2024. 10. 19

铁骨丹心 照汗青

陈慧瑛 著

TIEGU DANXIN
ZHAO HANQING

厦门大学出版社
XIAMEN UNIVERSITY PRESS
国家一级出版社
全国百佳图书出版单位

图书在版编目（CIP）数据

铁骨丹心照汗青 / 陈慧瑛著. -- 厦门：厦门大学出版社，2023.12
ISBN 978-7-5615-9199-4

Ⅰ. ①铁… Ⅱ. ①陈… Ⅲ. ①散文集-中国-当代 I267 Ⅳ. ①I267

中国版本图书馆CIP数据核字(2023)第236640号

责任编辑　曾妍妍
美术编辑　李夏凌
技术编辑　朱　楷

出版发行　厦门大学出版社
社　　址　厦门市软件园二期望海路39号
邮政编码　361008
总　　机　0592-2181111　0592-2181406(传真)
营销中心　0592-2184458　0592-2181365
网　　址　http://www.xmupress.com
邮　　箱　xmup@xmupress.com
印　　刷　厦门集大印刷有限公司

开本　720 mm×1 000 mm　1/16
印张　31.75
插页　2
字数　450 千字
版次　2023 年 12 月第 1 版
印次　2023 年 12 月第 1 次印刷
定价　88.00 元

本书如有印装质量问题请直接寄承印厂调换

厦门大学出版社
微信二维码

厦门大学出版社
微博二维码

桃花红雨　碧海丹心
——《铁骨丹心照汗青》自序

从儿时起，便知道先祖陈化成将军，是我国近代史上抗击外敌以身殉国，与林则徐、关天培、葛云飞齐名的民族英雄；从儿时起，父母给我的家训，便是爱国爱乡、忠贞报国。大半生里，虽然历经了诸多的艰辛磨难，但先祖的英风、家族的家训，我始终不敢忘怀。我一直想为我的先祖写一点文字，作为对"桃花红雨英雄血，碧海丹霞志士心"的纪念，也给后辈留一份刻骨铭心永志不忘的激励。但直到2022年化成祖为国捐躯180周年之际，《铁骨丹心照汗青》一文才真正问世。因此，在我的新书即将付梓之际，我将此文作为首篇，并将篇名作为书名，以此谨表子孙后代对先烈的深深敬意和永远缅怀！

日月不羁，自16岁步入文坛，转眼一个甲子。数十年间，除兢兢业业投身公务之外，我朝朝暮暮呕心沥血，为一生至爱的文学付出了生命的分分秒秒，到了生命之秋，终于写出了近900万字作品，总共出版了32部著作和数十篇论文、评论。《铁骨丹心照汗青》是我的第32部作品集，也是我公务退休以来的第10部著作。

"桃李春风一杯酒，江湖夜雨十年灯"。退休以来，本可安度岁月、享受人生，但深心所系，唯有文学，总希望以文字弘扬真善美、鞭挞假丑恶为平生宗旨的我，能继续开花结果，奉献人们。于是，春晨秋夕，夜雨江湖，何曾一日安息？匆匆十来春秋，不顾年已古稀，再度走遍城镇乡村、百水千山、境内境外、工农学商、五行八业，采风、采访、采写，起早摸黑、攀山涉水，终于又为读者写出数百万字作品，那一个个铅字组成的文章，是

我点点滴滴的血与汗。"目尽青天怀今古","我以我血荐轩辕",我想,我以我微薄之力,服务社会,敬献人民,以此来纪念先祖和鞭策自己启迪后代。

《铁骨丹心照汗青》一书45万字共71篇。书中分三部分——第一部分"铁骨千秋",弘扬英烈志士可歌可泣感人至深的丰功伟业,以及神州大地特别是故乡福建40年来震天撼地的巨大变革;第二部分"山水神韵",描摹祖国大好河山的神奇壮美,尤其是八闽大地厦门、福州、漳州、泉州、莆田、三明、南平、龙岩、宁德等地如诗如画的海韵岚光人文风情以及福建省得天独厚的福山福水福文化,还有欧美极地之旅旷古奇观震慑人心的迷人胜景;第三部分"品读馨香",抒写鉴赏古今名著的心灵体味、文朋友好佳作的衷心感怀,以及霜晨雨夕、中宵梦醒的睿思隽悟。

在进入信息时代的当今,纸媒和书籍,要占领读者的阅读空间并不容易;在经济腾飞、文学日渐边缘化的今天,不是优质作品,要在文坛上立足更难。因此,我希望书中的每一篇,都努力以情真意挚的笔墨、优美清新的文字、朴实无华的语言,一句句一行行兢兢业业地耕耘,尽量献给读者言之有物、品之有味、读之有益的精神滋养,以期得到存在的价值和社会的认可。当然,限于水平,难免时时有心有余而力不足之虞。

几十年来,京津沪闽粤川苏浙鲁云陕黑吉港台等地出版社,出版了我几十本著作,对于这些可敬的出版界同人,我始终深怀感恩之心!厦门大学是我的母校,厦门大学出版社出版过我的两部著作:《一花一世界》和《有一种爱叫永远》。当本书《铁骨丹心照汗青》编成之后,我想起唐朝诗人高适的一句诗:"借问梅花何处落?"我想,这一朵梅花,还是应该落在我的母校。饮水思源,没有母校的培养,哪有我的今天?幸遇厦大出版社原总编宋文艳老师的真诚关心、现任总编施高翔老师的全力支持和编校人员的认真编校,才有了这本书的顺利及时付梓,我的感念之心,言语难表!

此书出版,得到厦门市委宣传部和厦门文联的热情关怀,得到故乡同安、翔安两区领导及文友的诸多帮助,在此一并敬表谢意。

流光如电,转眼六十年。六十年间,许多师长给了我终生难忘的教诲,诸多文友给了我真挚无私的帮助,无数读者给了我取之不尽用之不竭的精神鼓励,这一切,是我能够在文学之路上岁岁年年持之以恒努力躬耕的源泉和动力。所以,我永远用我谦卑的心,感恩恩师、感恩文友、感恩读者!我将此书,作为一束炽烈而瑰丽的凤凰花,诚献给我敬爱的师友和广大亲爱的读者!

先祖陈化成将军的故事,在岁月中轮回,在年轮中流转,英雄业绩、代代传承。我把《铁骨丹心照汗青》作为沥血的心花,敬呈在先祖陵前,让它的芬芳,香飘千秋,普泽世人!

人生没有回头路,只有风雨兼程,不断前行!这是我写完此书的感想,并以此与广大青年读者共勉!对于本书的不足之处,也恳请读者诸君多多批评指谬。

是为序。

2023 年 10 月 30 日写于厦门

目 录

铁骨千秋

铁骨丹心照汗青
　　——陈化成故事　/ 003

白鹭风情　/ 018

爱心永远
　　——古城侨话　/ 032

珍重双杭　/ 039

玉　痴　/ 045

闽南人的爱情
　　——话说《陈三五娘》　/ 052

几生修得到梅花
　　——古田归来忆圆瑛　/ 058

乡愁和乡愁之外
　　——说不尽的余光中　/ 064

未必繁华才是春
　　——许地山素描　/ 070

沧浪之水清兮　/ 080

活水流香逸千秋　/ 085

春风十里扬州路
　　——记"扬州八怪"之一黄慎　/ 093

苍然老鹤梅花心
　　——品布衣诗人黄镇成 / 100

一座城和船的故事
　　——马尾港去来 / 107

一盏春茗千秋梦 / 119

龙年吉祥 / 127

共和国，我对您说
　　——写在祖国四十大庆前夕 / 129

不老的曾心 / 131

海角遗踪　策励后人 / 135

青青子衿
　　——记台湾青年创业者张秀祯女士 / 139

诗意人生
　　——德旺故事 / 152

紫金梦 / 160

山水神韵

山水神韵
　　——鼓山·涌泉 / 175

鼓楼三山寻贝叶 / 184

大音希声说兰若
　　——千古名刹南普陀 / 196

梦中缘
　　——雪峰寺随笔 / 206

诗魂禅魄母亲山
　　——品读清源　/ 213
梵音袅袅寄幽思　/ 220
翔安撷翠
　　——兼说马塘村　/ 231
惊　艳
　　——我来下潭尾　/ 237
绿云旖旎燕城香　/ 242
梦里的美丽乡愁
　　——山重村诗韵　/ 248
古道应笑我多情
　　——茫荡山三千八百坎清忆　/ 255
山山卧佛　树树菩提
　　——证觉寺随笔　/ 262
仁者无敌
　　——说湛卢　/ 269
从古渡说起　/ 274
不求闻达只烟霞
　　——从兰说起兼说庄言兰园　/ 280
山光水韵谢洋行　/ 289
忘　归
　　——我来上清溪　/ 300
相约梅花　/ 307
两岸青山玉带水
　　——长汀写意　/ 313

这金汤,等我千年　/ 320

梦中桥　诗中桥　心中桥
　　　——平潭的那一座桥　/ 326

养在深闺人未识
　　　——龙海火山惊艳　/ 332

廊桥回眸　/ 338

海州随笔　/ 347

琼州游踪　/ 356

琼州游踪(之二)　/ 364

水是眼波横　山是眉峰聚
　　　——东圳水库剪影　/ 369

极地之旅
　　　——南美行踪　/ 374

莱茵河之旅　/ 403

法兰克福风情　/ 406

品读馨香

拈花微笑
　　　——文学·人生·禅　/ 415

青青的果实
　　　——散文集《无名的星》后记　/ 427

浮生泥爪
　　　——《陈慧瑛散文选集》自序　/ 429

《心若菩提》后记　/ 431

繁花似锦写春秋

　　——《东南亚华文新文学史》撷翠　/ 433

横看成岭侧成峰

　　——为《城市年轮》序　/ 441

锦江春色来天地

　　——为《沧浪》序　/ 444

不能不爱的薰衣草　/ 447

民歌之树常青

　　——《同安民间歌谣集成》序　/ 449

山水诗的魅力　/ 451

读好书如饮甘露

　　——品人教版语文同步阅读作品集　/ 454

花与果

　　——与小学生谈阅读和写作　/ 457

江山也须美文扶　/ 459

山高水长话国学　/ 462

花开的声音

　　——写在中国"丹青世家"访厦之后　/ 464

海　缘　/ 467

茶　缘　/ 470

解读《梅花魂》　/ 472

女性作家的甜酸苦辣

　　——在海外华文女作家2014双年会暨华文文学论坛的发言　/ 491

铁骨千秋

铁骨丹心照汗青

——陈化成故事

众所周知，福建的林则徐、陈化成，广东的关天培、浙江的葛云飞，是近代抗击外侮、名垂青史的四大民族英雄，其中，为抗击外国侵略者，以身殉国、壮烈捐躯的爱国名将陈化成将军，故乡就在我们厦门同安区。

故乡之子

抗英名将陈化成，字业章，号莲峰，公元1776年4月29日诞生于福建省同安县的丙洲村。

丙洲位于距同安城南十公里的海中，山川雄秀，扼海口咽喉，地理险要，明末郑成功抗清，曾以它为前哨阵地。在清代，丙洲属同安县民安里，居民以耕作和捕鱼为业，也有少数读书人。陈化成的曾祖陈徽钦，便是一位文士。祖父陈光佐和父亲陈鸣皋，都是同安县庠生，陈化成出生于书香门第。

陈化成自幼好读诗书，大方稳重、机智勇敢、坦率耿直，尤其崇拜有品格有气节的仁人志士，因此，少年陈化成慨然以历史上的英雄人物为楷模，立志以天下为己任，特别赞赏汉朝效命疆场、马革裹尸的伏波将军马援。每每提起因受秦桧陷害的宋朝名将岳飞，未能实现直捣黄龙、收拾山河的夙愿，以"莫须有"的罪名屈死在风波亭，陈化成便愤懑不平、流泪痛惜。

正当清王朝风雨飘摇之时，西方资本主义国家特别是英国为了扩张资本，占领市场，千方百计企图打开中国门户，凭借船坚炮利进行挑衅侵

扰,中英关系日趋紧张。内乱外患的动荡时代,对陈化成不能不产生深刻的影响。

于是,少年陈化成,慨然以祖国历史上的英雄人物为榜样,立志为国家效力,22岁便入伍当兵。他入伍之前,曾在厦门海上捕鱼为生,长期的海上风雨漂泊和劳动锻炼,让他养成刻苦耐劳、坚忍不拔的品质,也使他熟悉并掌握了丰富的海事知识。另外,他擅长功夫,精通箭法,为后来出色的水师生涯,奠定了基础。

陈化成步入行伍之初,正值清王朝统治腐朽不堪,贪官污吏、贿赂公行。清朝军队,带兵的将领只知争权夺利,克扣军饷。"文官爱钱又怕死,武官怕死又爱钱",正是当时清廷文武官员的写照。士兵们受到层层盘剥,有些铤而走险,为非作歹。如此腐败的军队,完全丧失了战斗力。

清朝统治者的剥削和压迫,激发白莲教大起义和湖北、贵州历时十多年的苗民起义。东南沿海也出现了以蔡牵为首的海上武装集团,他们横行海上,不断出击,对闽浙粤三省沿海形成严重的威胁。因此,清廷派遣李长庚(李也是同安人),历任澎湖副将、定海镇总兵。陈化成就在李长庚的水师当兵,多次参加与海上武装集团的战斗,累立战功,升为军官。

嘉庆十二年(1807年),陈化成升任铜山守备。又因多次抓获洋人海盗,调任烽火参将。道光元年(1821年)升为澎湖副将。其后升任广东碣石总兵、金门总兵、台湾总兵。由于本事高强、吃苦耐劳和坚持操守,经过24年的漫长岁月,陈化成从普通士兵升至总兵高职。他升任军官后,同情士兵疾苦,不与腐败官僚同流合污,能够廉洁自持,拒绝迎送,不受馈礼。经管粮饷公款,账目清楚,点滴归公。积余军费,用于添置军械。由于自身克己奉公,部下士兵都愿意服从约束,听从号令,军队风纪甚好,深得民众拥护。

于是,陈化成在清军将领中声望越来越高,朝廷也开始器重他。当年,东南沿海的蔡牵武装船队掀起的风浪余波未息,英国人已在步步紧逼,福建、广东沿海一直不平静,海氛不靖,正是国家用人之秋,海防需要人才。道光十年(1830年),陈化成被任命为福建水师提督,这是最高品级的地方武官,是掌握一省海军的统帅。

廉政为民

陈化成任福建水师提督长达十年,直到道光十九年(1839年)12月调任江南提督。在这十年中,他一贯保持廉洁之风。在军事上颇有建树,并为地方做了不少好事,获得军民衷心拥护。

福建水师提督驻地厦门。水师提督统辖福建全省水师军务,辖制金门、海坛、南澳三镇及台湾、澎湖。陈化成接任福建水师提督时,正是清朝极其腐败之时,厦门和沿海各处营寨汛口,城墙失修,军械废旧。陈化成将军一上任,就着手进行整顿,陆续修葺营盘寨栅,让士兵不受风吹雨淋。朝廷拨下的兵饷,如数发放官兵。官兵得到正常供给,生活改善,军心安定,纪律好转。军械及时得到添置整顿,配备较为齐全,福建水师面貌焕然一新。

陈化成不仅在军事方面整顿刷新,对于地方上的公益事业,他也乐于支持帮助。他曾和驻在厦门兴泉永道周凯,共同倡议修复玉屏书院。自己捐银六百元,并联络一些地方绅士,修葺扩建校舍。聘请名家任院长,订立书院规章制度,造就不少人才。周凯修纂《厦门志》时,得到陈化成热心襄助。陈化成还为《厦门志》写了序。

由此可见,陈化成虽是武将,却极其关心并尽力推动地方文化事业的发展,功莫大焉!更加难能可贵的是陈化成操守廉洁,作风朴素,流传了许多感人的事迹。

福建水师提督兼管台湾、澎湖的防务。循例每隔两年,提督要出巡台湾一次。以往历任提督出巡,总是劳师动众,到处作威作福,接受送礼贿赂,刁难所在属官,借此捞取财物。道光十三年(1833年),陈化成出巡台湾,却和过去完全两样。舟师过处,丝毫不扰,轻车简从,所到营盘汛地,地方官员和绅士富户,拟按老例大事铺张迎送,馈赠金银礼品,陈化成严加拒绝。看到他如此廉洁,不像其他提督借机搜刮民脂民膏,台湾军民深受感动,称他为廉将。

有一次出巡台湾,陈化成还解决了一件久悬未决的公案,为台湾人民办了一大好事。原来,当时台湾出产的粮食,规定每年内运几万石到厦门,交福建水师提督发放军饷。但自嘉庆元年(1796年)以后,海上不平静,闽台船运遇到困难,难以完成军粮内运任务,历年积压在台湾待运的军粮很多,当地又不敢动用,贮藏费事,且有发霉变质的担忧。因此,地方请求上峰把粮谷在台湾出售,得款后解付厦门充军饷,以免冒风波和霉变的风险。可是前任水师提督刘起龙等想从中牟取私利,百般刁难阻拦,久久未得实行。这回陈化成到了台湾,台湾知府姚莹便把这件公事当面和他商量。陈化成认为这个办法,官商两便,便回答姚莹道:"只要对台湾官民有利,有什么不可以做的呢?我答应照办。"就这样,久悬未决的案件,立即给解决了。

陈化成虽官居一品,荣任一省的海军长官,但他个人和家庭的生活,却十分俭朴。他的原配夫人姓吴名爱,于嘉庆二十四年(1819年)六月间去世,继配夫人姓曾名甘。陈化成升任提督后,家庭移住厦门黄厝保草埔埕。此房就在小巷内,是一座砖木平房建筑,总面积一百多平方米,门窗朴素别无雕饰。厅房不宽,和普通百姓住家一样,陈化成用过的床头柜和小书橱,都很平常,屋檐下放着的一块长约六尺、宽二尺余的石床板,便是夏天他坐卧纳凉之物。如果门外没有竖着一对旗杆石,谁能相信它是官宦人家的府第呢？陈化成生活俭朴，节省下来的俸钱就用以捐助社会慈善事业如书院、义塾、育婴堂等等，其高风亮节，有口皆碑，不愧"廉将"之誉。他心地平和，生性恬淡。平日对人和善，循循善诱，和蔼可亲。不论军民，同样体恤，可谓心如菩萨。所以，人们称赞他为"陈佛"或"陈老佛"。

赤胆忠心

16 世纪初期，欧洲一些资本主义国家开始向国外扩张，夺取殖民地，开辟新市场。他们靠坚船利炮，采取欺诈和屠杀的海盗行径，到处横行霸道。把侵略矛头指向中国后，福建和广东首当其冲。19 世纪初，英国资产阶级为了摆脱经济危机，榨取更大的利益，从 1757 年开始征服印度，后来侵占新加坡，侵入缅甸，同时，加紧对中国经济侵略，输入大量鸦片，夺取巨大财富。

鸦片的大量输入，给中国人民带来了严重的灾难，吸食者不但耗费金钱，在生理上和心理上都受到极大的损害。有诗写道："海门一舸渡红夷，赚出黄金竟不知。未死卒难除此累，隔时容易惹相思。频年暗炙膏将竭，定候微违泪即垂。错当秘方医病用，者番呼吸转无医。"又有诗云："肠肥脑满渐摧残，憔悴相逢诧改观。直似鬼妆青面目，能令人变黑心肝。孤灯照处留宵伴，冷枕醒时报午餐。银匣封来煤数点，淮南鸡犬舔余丹。"如此惨况，是抽食鸦片者的真实写照！据 1835 年估计，当时全国抽大烟人数在 200 万人以上，英国向中国输入鸦片，换取中国丝、茶等等，还夺走了大量白银，使中国银源涸竭，银价飞涨。清政府财政日益窘迫，从而加重对人民进行盘剥和榨取。

福建尤其是厦门，是鸦片走私十分猖獗的地方。据《同安县志》记载，鸦片贩子在厦门开设"大窑口"，暗中销售鸦片。从大窑口再分销闽南各

处城镇,使鸦片受害者越来越多。英国鸦片贩子,勾结土匪、奸商、在贪官污吏包庇下,组成鸦片走私、贩销网点,将鸦片源源不断运至全国各地。陈化成在福建水师担任提督的十年间,正当英国鸦片输入中国急剧增多的时候。据估计,这十年间,中国消费鸦片价值一亿八千多万元,它不仅毒害中国人民,也危及清王朝的统治。陈化成生于厦门,耳闻目睹,他深知鸦片带给中国人民的深重灾难,因此,他坚决拥护禁烟,是禁烟运动的最得力的支持者和执行者。

因此,同以武力为后盾的英国鸦片船的斗争,也成为水师提督陈化成的重要任务。他以为民除害的果敢行动,为禁烟运动做出卓越的贡献。

道光十二年(1832年)三月间,一艘英国甲板船侵入福建海域,出没于厦门港外镇海角附近的南碇和澎湖之间的海面,行动诡秘。陈化成获悉,立即率领水师,将此船驱逐,并命令所属福建和台湾各营汛官兵严密监视,检查海上往来船只,防止沿海奸匪和英国船只勾搭。到了三月十九日,又一艘英国船驶到福清和海坛之间的大练洋海面,船上载着东印度公司派遣的传教士郭士立。目的是探刺收集我国沿海的情报,沿途还发卖鸦片,面对英国侵略者的挑衅和叫嚣,陈化成立即下令海坛总兵严厉对付,将船赶走。并当场捕获靠泊在英国船舷的两艘渔船,逮捕了勾结英船的六名人犯,解往福州讯办。

在英国侵略者加紧对闽海窜扰的时候,一些堕落士人,丧心病狂地一意投靠洋人,以达到升官发财的目的。又有一些只知保全禄位、贪生畏死的官员,奴颜婢膝乞求保全乌纱。对这些贪生怕死卖国求荣的部属,陈化成非常气愤,一再命令部属严加防范。其后,在英国的鸦片间谍船被迫驶离闽海后,陈化成仍亲率水师严防不懈。

道光十三年(1833年)间,英国鸦片贩子的走私活动十分猖狂,他们划到外洋,从停泊那里的英国趸船贩载鸦片烟土,直接运入内地,加工销售。当时同安县属的潘涂、官浔、柏头等乡,就有若干鸦片走私团伙的窝藏点。陈化成察觉到在海面上不易缉捕此辈奸匪,便约请金门镇总兵窦振彪和兴泉永道等僚属计议,决定采取克期进剿,四面兜擒的办法。一次围剿行动中,就缴获了十多艘快桨匪艇,捕获多名匪徒。

第二年,陈化成又发动另一次清剿。他预先部署严密侦察,摸清匪徒活动途径和伎俩,趁匪徒不防,率领镇、道官兵,水陆并进,把潘涂、官浔、柏头三乡的匪窟统统包围起来。这次闪电般的突击,取得辉煌战果,匪徒全部落网,并缴获了大量鸦片,从而比较彻底地打击了鸦片贩子的猖狂活动。

道光十七年(1837年),这一年,陈化成还和金门镇总兵联名出示了一张警告英商的布告,通令外国船只,一律远离中国海岸。但英国鸦片贩子并不甘心退出,他们仍然接踵而来,气焰嚣张,企图以武力来打开中国的门户。道光十九年(1839年)十月英国武装鸦片船三艘,又悍然侵入中国领海,驶到福建的梅林洋面停泊。陈化成闻报,立即率领水师赶赴现场,以密集炮火连环向英船轰击。这一仗,让英国侵略者尝到了福建水师炮火的威力。这是鸦片战争爆发前,陈化成在闽海的赫赫抗英业绩。

其后不久,即道光十九年十二月二十日(1840年1月28日),清廷诏命陈化成升调江南提督。

1840年,这一年,是禁烟运动的高潮,也是中英实际进入战争状态的一年。

就在这风云变色之际,六月下旬,调任江南提督的陈化成来到了松江府。到任之前,陈化成进京谒见并向道光帝许下"精忠报国,死而后已"的誓言。又不顾长途跋涉,马上偕同协办大学士两江总督伊里布去察看海口防务,检阅了吴淞口及上海各营兵勇,看到兵卒都上了年纪,面黄肌瘦,意志消沉。再看各营武备,刀剑枪炮,生锈的生锈,残缺的残缺,那些巡

船、沙船也都破旧不堪。这些景况,使他摇头叹息,感慨万千!

英国侵略军头目懿律,在广东无法下手,便在6月30日,率领舰船北上,企图骚扰闽海,进攻厦门。这时,经陈化成在厦门驻节十年训练出来的水师,在主战派大臣闽浙总督邓廷桢的指挥下,早作戒备。英军一侵入闽粤交界的南澳岛,就遭到邓廷桢和金沙兵备道刘曜春督率的水勇的火攻,一战败逃。一股窜入厦门港的英国舰船,也被当地陈胜元所率水师官兵击退。7月初,英国舰船转攻浙江定海。当地清朝官吏惊慌失措,不作抵抗,因此,定海就于7月5日被攻陷了。英军占领定海后,大肆掠夺屠杀。又把舰船开到大沽口,将英国外交大臣巴麦尊致清政府的照会,送交直隶总督琦善,提出赔款、割地等要求。这可吓坏了腐败的清朝政府,反禁烟派也随之抬头,纷纷出来指责林则徐"措置不当",力劝清廷妥协。清政府在吓慌了手脚之后,对英国的政策就来了个一百八十度的大转弯,从"禁烟"转到"安抚鬼子",准备投降。

陈化成恰恰相反。在定海失陷,烽火连天之时,他立即统率兵马驰赴吴淞口,部署抵御英军大计。

吴淞口是上海的咽喉,东临大海,南连浙闽,西通吴郡,北达长江,是江南重地,也是兵家必争之地。可是,吴淞口是滨海地方,沿岸无险可恃,虽说有常备兵近千名,也皆老弱之辈,不堪一战。

陈化成来到防地,观察地形,筹谋计策,真是坐不暇暖,寝不安席。他在吴淞口西炮台的右边,依傍海塘,安个帐幕住下,指挥战备。以往,江南提督都是住到城内的公馆,而时任江苏巡抚的梁章钜和陈化成是福建同乡,他以为陈化成位居一品,是戴红顶子的大官,特地安排了个舒舒服服的公馆,邀请他搬进去住宿,可是陈化成谢绝了。梁章钜以此十分钦敬他,又专为他赶制了一副新帐房。可是陈化成认为士兵住的都是破旧帐房,自己怎能独住新的?因此还是谢绝了,这更加感动了梁章钜,从而答应为吴淞口军士统统置换新的帐房。过了五天，总督伊里布来到吴淞巡视，看到陈化成把吴淞口的防务作了合理部署，但兵力却严重不足。于是伊里布增调来太湖、京口、狼山、徐州等营官兵，交给陈化成指挥。陈化成从此时起，就设防练兵，积蓄粮草，添置军械，为抵御英军作了充分的准备。他在沿江筑起了四十里长的土城，在土城上又设立三十六座土堡。同时，还派员赴湖北采购精铁，新铸了六十门大炮。最大的炮重八千多斤（四千多公斤）。原有的一些废炮，他也用来改铸新炮，使吴淞口东西两座炮台的战斗力大大加强。

可是1840年11月底，慑于英军武力，在反禁烟派唆使下，道光帝下令把林则徐、邓廷桢撤职查办，还派琦善为钦差大臣到广东与英军进行谈判，接受了英国侵略者提出的赔偿烟价六百万元、割让香港开放广州等条款。道光帝听说要割地赔款，气得大骂琦善"辜恩误国"，立即降旨锁拿琦善进京问罪，并对英国下了宣战书，派了皇侄奕山为靖逆将军，从各省调兵遣将开往广东。英国侵略者却先发制人，在1841年2月26日攻陷虎门，抗英名将关天培及守军四百余人，全部英勇战死。英军乘机将舰只开进内河，逼近广州。奕山来到广州，根本没有抗英打算，反把广东军民都看作"汉奸""贼党"，任意捕杀抢掠。自己则接受贿赂，选纳美女，乘机捞财，不久便和英国订立卖国的《广州和约》。

糊涂无能的道光帝，在签订了《广州和约》之后，以为战事完了，就命令沿海撤防。这道命令传到江南，使陈化成感到万分痛心。虽然吴淞守军被朝廷裁撤了一大半，陈化成还是率领自己管辖的部队，坚持驻守吴淞，屹立不动。海潮回涨时，他必亲登塘上瞭望。气候变化，则倍加警惕。每每告诫士兵说，平时宜养精蓄锐，操练要认真严格。又谆嘱僚属，无事不必到行辕走动，担心一旦有警，呼之不应。后人有诗赞曰："八闽移节下苔城，海笳长连细柳营。裘带风流羊叔子，弓刀揖让卫长平。"当时，因有

陈化成坐镇，吴淞口日益巩固，地方也日趋安定。人民倚重陈化成，英国侵略者也慑于陈化成的威名。因此，在民间流传着"不怕江南百万兵，只怕江南陈化成"的民谣。

陈化成夜以继日地操劳，又是上了年纪的人，难免身体不适，卧病帐房之中。同袍劝他暂时移住公馆，陈化成还是不肯。消息传到厦门家中，曾夫人放心不下，便差儿子来吴淞省视，还准备留下来照顾父亲。但儿子在营中住了三天，父亲便要他回去。他不敢违拗，只得依依不舍地离开。随后，曾夫人想来上海照顾夫君。陈化成闻讯，立即差人劝阻，并说："即使来了，也无暇相见。"

《广州和约》签订后，果然不出陈化成所料，英方策划在中国中心地区发动更大规模的进攻，鸦片战争新阶段开始了。

1841年8月26日，英国侵略军攻陷厦门岛。厦门是陈化成的家乡，家眷还留在这里。厦城沦陷后，铁蹄横行，玉石俱焚，噩耗频传，僚属都为陈化成家眷命运担心，陈化成却感叹地说："毁家不足惜，所恨未能早日剿灭英夷！"耿耿忠心，为国忘家，深为感人！

9月底，英国侵略军第二次侵入浙东，再次攻陷定海。接着，又连陷定海、镇海和宁波。在镇海主持浙江军事的裕谦，力战不支，跃入泮池自尽。于此期间，定海、镇海、宁波三地士兵和人民，与英国侵略者进行了顽强搏斗，牺牲壮烈。

这一连串悲痛的事件，给了陈化成很大的刺激。定海等地军民的壮烈抗英，更加坚定了他为国效忠的决心。他激动地对诸将说："武将卫国，死于疆场，是幸运的。愿大家都看重这一点！"

这时，正当深秋，海风飒飒，芦笛萧萧。老将军仗剑陈词，热泪纵横，激昂慷慨。

由于浙江战事失利，江南大局危险万分，清廷只好重整旗鼓，准备应战。10月18日,道光又封了另一皇侄奕经为扬威将军,统率从各省调来的二三万军队,开赴浙江前线。奕经和奕山乃一丘之貉,同样腐败。他从北京到浙江,一路上游山玩水,慢吞吞地走了四个月。一到苏州,就在那里勒索供奉,搜罗美女,作威作福,国家安危大事完全置诸脑后,结果屡战屡败。

这时,道光帝看到清军累吃败仗,为了保全自己的统治,又重弹"安抚鬼子"老调,但是,英国侵略者不予理睬。

就在清朝统治者准备投降,英国侵略者准备进犯长江的形势下,坚守吴淞的陈化成,既要与凶恶的英国侵略军作殊死战斗,又必须和统治集团的投降政策作斗争。这时,吴淞风云突变的斗争展开了。

慷慨就义

镇海、宁波失陷之后,清朝统治者,皇帝和文武朝臣,乱成一团。道光二十一年(1941年)秋天,清廷改派牛鉴任两江总督。牛鉴是一个胆小鬼、投降派,一到任,就和陈化成格格不入。

起先,牛鉴想要挟持陈化成,以便贯彻他的投降主张。但陈化成不为所动,牛鉴也拿不到把柄,无奈他何。牛鉴自己养尊处优,嫉妒陈化成的廉洁作风,企图对他进行利诱,通过军需局每十日送白银二百五十两给陈化成。但陈化成坚辞不受。最后,牛鉴干脆刁难掣肘,不支持陈化成的防务措施。再则重用那些投降派贪生怕死的将领,派他们到陈化成属下,以便暗中控制。

陈化成和牛鉴相反,一心一意准备抗御英军。他一面鼓舞士兵,安定军心;一面把全部兵力集中起来,作了周密部署,精心备战。此时,吴淞约有七千士兵,三百多门大炮,陈化成指派了升衔参将周世荣,率领松江、吴

淞、太湖各营官兵,沿江边的海塘环守。吴淞口有两炮台,陈化成自己守西炮台,派川沙营参将吉瑞领本营及安庆营士兵守东炮台。

部署停当后,陈化成时时顶风冒雨,处处查巡,往来海滨各处,进出港汊芦荡之间。一天晚上,参将周世荣和陈化成在一起,这时,吴淞江的晚潮正不断地冲击着海埭,四处夜幕沉沉、号角声声,陈化成面向青天,语重心长地对周世荣说:"你我两人的福气不小呀!"周世荣听不懂话里的意思,默然不语。陈化成接着说:"这次战斗,要是成功了,受重赏,多么光荣!就是失败了,也可以不朽,这不是福气不小吗?"周世荣依然默不作声。

在吴淞口这边,陈老将军加紧战备,严阵以待。但投降派牛鉴却把部将周世荣叫到他的行营里,让他派人到英舰上"招抚"。陈化成闻知此事,仰天长叹,说:"这样一来,军心乱了,敌人一定会来进攻了。"

果然,为了扩大占领区,榨取更多权益,窥伺长江的英国侵略军,就在1842年6月16日(道光二十二年农历五月初八)进犯吴淞口。

这天早上五时多,战幕拉开了。英军所有轮船一起出动,拖曳"布郎底"号、"弗莱吉森"号、"北极星"号等战舰沿江排列,重点进攻炮台,有数艘窜入上游。

这里,陈化成一看大战开始了,就对官兵们说:"今天我要极力用兵,以死报国,但愿诸位助我尽忠完节!"说完,就拿起一面旗子,登上火炮阵地,指挥作战。士兵们轰的一声,也进入阵地,待命射击。

不一会,英军船队驶至射程以内,陈化成立即挥动手中红旗命令射击。霎时间,数百门大炮齐发,猛烈轰击敌舰,敌舰也集中火力向炮台打炮。从清晨卯时至巳时,西炮台发炮数千发,硝烟蔽天,声震百里,打伤敌船数艘。英军旗舰被击中多次,打死打伤许多英国侵略兵,希威特海军中尉当场毙命。有入侵英兵被陈化成猛烈的炮火吓昏,竟跪在甲板上祈求上帝保佑,不少侵略者则葬身炮火见上帝去了。

　　在炮战中,使陈化成万分痛心的是,不少弹药中,夹杂着碎砖碎石,大炮多打几发,炮身、炮架就裂开了。按照陈化成的设计,吴淞炮台配备二百五十余门大炮。有些炮长达十尺,一颗炮弹重二三十斤,威力不小。可恨那些负责监制武器的贪官污吏,上下其手,偷工减料,掺假作弊,降低炮火威力,使火药损失大部,严重削弱了炮台战斗力。此时,陈化成虽愤恨至极,但无可奈何,只有继续进行殊死战斗。

　　经过几小时苦战,士兵斗志越来越高,英军寸步难进,从陈化成到每个将士莫不欢欣鼓舞。可就在此时,那位从战斗一开始就躲在宝山县城内坐山观虎斗的牛鉴,闻报陈化成坚持战斗,获得战果,就想出来捞一把。他想万一陈化成战胜英军,则可将大功揽到身上,于是,他坐上大轿,带着大队人马,前呼后拥,到吴淞来了。来到宝山城南校场,英军从望远镜中看见旗号林立,知是清朝的大官出城,随即发炮攻击。正好有颗炮弹打在牛鉴座轿边,弹片纷飞,伤了几人。牛鉴登时吓破了胆,立即从轿里跳出,摔倒在地,被数百藤牌兵搀扶着,仓皇逃回宝山。牛鉴一逃跑,军心立即动摇,士气涣散。

　　这样,英军的火力就集中起来对付西炮台。此时,陈化成仍然手执红旗,指挥作战。西炮台一片熊熊火海,将士伤亡惨重,却没有一个逃跑的。不久,英军的陆战队从依周塘登陆,西炮台从而腹背受敌,危急万分。这时,战前陈化成曾殷殷晓以大义的周世荣,竟动摇起来,劝陈化成撤退。陈化成一听,义愤填膺,厉声喝道:"庸奴,我误识你!"拔出宝剑要杀死他。周世荣也就溜走了。在敌人密集的炮火轰击下,陈化成负伤多处。一臂负伤,换另一手执旗指挥,燃炮杀敌。坚守的官兵,在陈化成指挥下,在短短的几个小时内,燃放数千发炮火,整个淞江江面,笼罩在浓烟密雾之中,英国侵略者的舰队受到重大创伤。但是,孤军无援,独木难支。英军陆战

队登陆后,击溃了清军的一支鸟枪队,步步逼近西炮台。陈化成见敌军涌至,率领将士和敌人展开白刃战。老将军身中数弹,血染战袍,倒下了又站起来督战,振臂高呼:"大家要多杀敌以至死!"老将军战斗到最后一息,壮烈殉国!一见将军倒地,标下武进士出身的刘国标赶紧上前,背起了老将军躲到炮台后的芦苇丛中。老将军弥留之际,口中还一再发出微弱而沉痛的呼声:"天乎……天乎天下灭贼乎!"

将军终年六十七岁。刘国标将他的遗体,藏匿在芦苇丛中,暗立标记。这才拖着受伤的双腿,前往嘉定县报讯。

将军一去,大树飘零。吴淞失守,清朝投降,丧权辱国的《南京条约》,把中国门户完全洞开于外国侵略者面前。然而,逝去的是一代英烈,不死的是民族魂中国心!陈化成牺牲后十余日,嘉定县令才找到将军遗体,并从遗体上取出数十块弹片。陈化成为国捐躯的噩耗传开,江南震撼,万民哀恸。嘉定人民罢市累日,纷纷哭奠!是年秋,化成祖灵柩起运返乡,白马素车,沿途民众设奠路祭吊唁者无数。道光帝得知化成将军抗英阵亡,深为痛惜,下诏优恤,在故乡与死难地各建专祠,赐谥"忠愍",人称"陈忠愍公"。

将军为国捐躯后,在上海,他的塑像被供奉于城隍庙内,成为城隍爷;在宝山和上海县城,均建有陈公祠;在吴淞公园,塑有陈化成铜像、建有化成桥;宝山临江公园,修有陈化成纪念馆、留有西炮台遗址、陈化成殉难处、化成路等等。当年吴淞炮台化成将军的抗英大炮,如今安置于北京中国人民军事博物馆;在台湾,拥有化成纪念碑、化成路、化成中学等等。在厦门,在将军故乡同安丙洲村,有供奉陈化成神祖牌位及画像的陈氏祠堂,有雄伟壮观的陈化成巨型雕像,矗立于"水师提督文化广场";在同安区文化广场,有陈化成纪念馆;在翔安区马巷"四公祠",化成将军供奉于其中;在思明区金榜山麓,有化成将军陵园;在草埔埕巷,有化成将军故居；在公园西路15号，有陈公祠……

如今，化成将军的丰功伟绩，已名垂竹帛，彪炳青史，家喻户晓，代代流传。

日月如梭，陈化成将军取义成仁，转眼180度春秋。岁岁年年，金榜山陵园和丙洲乡故居，海峡两岸，天涯海角，前来瞻仰拜谒者千千万万、络绎不绝。今天，作为民族英雄的子孙和故乡人民，在这片孕育英雄的土地上，成立陈化成研究会，除了纪念先烈可歌可泣辉映千秋的英雄业绩之外，更重要的是弘扬化成将军志存敌忾、任重干城、无私无畏、舍身报国的爱国情操和一生为民、廉洁奉公的美德典范，为中华民族永存一份精神瑰宝，为英雄故土长留一脉英风正气。在习近平总书记号召全体干部勤政廉政、爱国爱民、富国强兵、共筑中国梦、建设美丽家园的今天，对化成将军生平伟绩的推崇和研究，更加具有时代意义。

作为民族英雄的直系五代孙，我在陈化成故事结束之际，献上下面两对挽联：

铁骨千秋莲峰傲立神威雄镇天地
英名百代碧水低回浩气辉耀古今

青山存忠魂回望历史如此英雄有几
神州铭志士前瞻未来应是后继无数

作为花束，敬献于化成先祖陵前、诚献于故土父老乡亲和广大读者面前！

2022年8月18日写于厦门

白鹭风情

存在的价值在于：认识世界也为世界所认识。

——摘自作者"采访手记"

南大门的叹息

据说，一千多年前，成群的白鹭把丰满的稻穗衔到这四季如春的海隅，从此，嘉禾美树，碧海青山，养育了一方儿女，造就了一座富饶美丽的城池；从此，这儿叫鹭江、鹭门、鹭岛，又叫嘉禾屿。至于正式命名厦门，那是在1683年清政府解除海禁，作为"通洋正口"与外国经商之后。

其实，厦门最早和西方国家接触，是在明朝嘉靖年间。公元1547年，葡萄牙商船来到厦门港外，停泊在浯屿，与漳州、泉州、厦门商人进行贸易。1551年，葡萄牙商人在厦门设立公行。

万历四年即公元1576年，菲律宾的西班牙殖民总督派遣由马丁拉加与加奴尼摩两位神父以及官员，组成贸易代表团，搭乘机帆船来到厦门。他们游览了这个风光明媚、民风淳朴的海岛，受到了热情的接待。后来，他们曾经在各自的著作里讲述厦门留给他们的美好印象：城池雄壮俊秀，城墙高大坚固，民房精致，有大天井；街道宽敞，全铺上石条……

继葡萄牙、西班牙人而来厦门的，是荷兰人范米德。明朝天启二年即公元1622年，范米德考察了厦门商情，返回荷兰汇报。次年，荷兰政府委派彼得范和伦爵士以"贡使"身份来到厦门。直到永历十一年（顺治十三年）即公元1656年，郑成功把厦门作为抗清与复台的政治中心，积极开展海上对外贸易，荷兰人保证按规定纳税，从此得以在厦门设立商馆。

清朝乾隆时期，厦门港的国际贸易非常发达。嘉庆元年（1796年），厦门有洋行8家，大小商行30余家，洋船商船千余号，每只船上有海员几十人至近百人。这是一支相当雄厚的海上商队，每年春初，千舸竞发，乘北风南下，远航东洋的日本；南洋的吕宋、文莱、苏禄、占城、暹罗、柬埔寨等几十个港口，至第二年甚至第三年秋初，方乘南风返航。它们运出丝绸、瓷器等土特产，运回各国货物，互通有无，对中外经济交流起了重要作用。是时，厦门岛商旅荟萃，番船云集，人烟稠密，市景繁华，真是"近城烟雨千家市，绕岸风樯百货居"。每年关税收入占全省第一，成为我国对外贸易的重要港口。

但是，自嘉庆初年后，以蔡牵为首的武装集团横行海上，洋船受到严重威胁，加上英国走私船侵入骚扰福建沿海，到了道光年间，厦门港口的对外贸易便逐渐式微了。鸦片战争以后，清政府腐败无能，厦门被迫辟为通商口岸，帝国主义把持厦门海关，外国公司霸占厦门码头，垄断海运将近一个世纪。

从此，厦门——这风光如画的祖国大厦之门，这举世闻名的东方良港，曾久久地被遗忘，像断墙上的青苔，像颓庙里的古井，像一段年代悠远、字迹模糊的碑文……只有大海喋喋不休的潮汐，让人依稀记起她的青春、她的美丽、她的被岁月尘封了的价值！

多少年来，人们日出而作，日落而息，山沉静如老人，海娴静如处子，连飘逸不群的白鹭，也懒洋洋如同猫儿一般，蜷伏在沙滩上晒太阳！

呵，厦门——祖国的南大门，你曾锁住了几多活泼的希望、几多冒险的心！

这里不兴走关东，一些衣不蔽体，食不果腹的乡亲，便乘一叶小舟漂流南洋，到新加坡，到爪哇，到吕宋……留下来的人们，依然是日出而作，

日落而息,饿不死也富不了……

1949年,大军南下,厦门岛迎来了解放,厦门港回到人民手中,百业待兴,厦门生机再现。然而,30年的"前线不宜建设",于是,年年海波暗淡绿,岁岁春花寂寞红,任流水漂逝了岁月,任黄沙掩埋了金银!

厦门,这五口通商之一的中国咽喉要岸,这400万华侨进出的东南门户,人们竟茫茫然端着金盆喝稀粥……年复一年地,打发着"花开花谢无日了,春来春去不相关"的日月!

一夜东风花千树

20世纪后期,世界第三浪潮的冲击,亚太地区经济的崛起,令人无法不正视域外的现实和国家的命运。中国伟大的决策人邓小平及时提出了"改革开放"的根本国策。于是地处厦门—台湾—东南亚大三角和厦门—漳州—泉州闽南金三角的厦门,无疑成了我国沿海经济战略部署的重要一环。

20世纪80年代第一春,中华人民共和国国务院发出"批准厦门建立经济特区",并指定"厦门岛北部湖里地区划出2.5平方公里土地进行总体规划",这消息犹如一声春雷,震撼了厦门岛,也震撼了港澳地区以及整个华侨聚居的东南亚,封闭的名港终于要开放,昏睡的白鹭终于要亮翅!

市民奔走相告,市委市政府领导人喜上眉梢!那东洋的风,那欧美的云,那未来的现代化蓝图何等诱人!作为时代的先行者,厦门人特别是湖里人是多么自豪!

然而,经济起飞的必要前提——机场在哪儿?码头泊位在哪儿?水、电、汽、路、桥等设施呢?必不可少的工业基础呢?还有,金融业怎么样?啊,这一切,对于湖里是一片空白!

湖里旧称凤湖,据说在这片古老的土地上,曾有一只美丽的凤凰来此沐浴落足。然而,那时的湖里,山是荒草凄迷蜥蜴遍地的童山,水是渔火稀疏蛙鼓萤灯的野水,碱滩田头地角,刮风满目黄尘,下雨一片泥泞,人称它厦门的西伯利亚。

白纸一张,先画什么?据说新疆的葡萄,清晨从伊犁用飞机运出,上午十一点便到了香港,而厦门的名水产鳗鱼苗,必须用汽车拉到福州,再用飞机载往上海,才能转运出口!时间就是财富!机场建设,直接关系着特区经济起飞的速度!

于是,1981年底,推土机巨掌反铲,连同闽江水电工程局浩浩荡荡的"大篷车",雄赳赳地开进了沙尘飞扬的湖里高崎工地。修一个国际机场,即使在国外也要三至五年,厦门国际机场却必须争取在一年内拿下来。当时,一位法国戴高乐机场的技术人员前来厦门考察,我方总工程师把一年建成机场的计划告诉他,他满面疑惑地双肩一耸,用拖长三拍的尾音嘟囔了一句:"不可思议!"

但不可思议的事却变成现实!从设计施工到建成航站区、通信、导航台、主跑道,直到试航、正式通航,前后果然只用了一年时光。当首航访厦的西方记者走下波音707舷梯,仰望矗立蓝天之下的导航台和巍峨壮观的航站大楼,一个个瞪大眼睛:"如此神速,不可想象!这里有魔棒吧?"

是呵,这里有魔棒——特区经济政策这神奇的魔棒,使湖里转瞬变了模样!

号称"乡下"的湖里东渡,只有几座秃头山,一汪海淤泥,无房,无水,无电。这里是全市蚊蝇的集散地,却没有人的立足点。其实东渡就在市郊,离闹市区也不过3公里,可一直到20世纪70年代后期,它还保持着盘古开天以来的混沌真容,流传着许多鬼神一类荒诞不经的古老传说。

然而,80年代的第三个春天,一个令人惊艳的东渡新港,竟不容置疑

地出现在世人面前：荒凉的山包、凄迷的沼泽已经消失，那遍布港口的淡绿、鹅黄、朱红、银灰的多层建筑，那坦荡如砥的港区大道，那上千米长，根据现代港口标准修建的四个万吨级泊位，那堆场上一大片明晃晃的集装箱，那六台有如巨人叉开双腿、可让两列火车对开穿行的橘红色的大型龙门吊，还有那犁波剪浪、缓缓逼岸的外轮"郁金香"号、"伊丽莎白"号，那穿梭海面的鸥鸟……全都轻轻地向人们诉说着这移山填海的人间奇迹。难怪万里来访故乡的美籍华人、船舶制造专家杜莉丝小姐，站在新港码头上，那么动情地扬着美丽的吉提帽，用比平日提高八度的咏叹调大声赞叹："那个懒散的、古老牧歌式的厦门消失啦！东渡港——美丽的红帆，已经降临！"

是的，这儿，格林先生笔下阿索丽久久期待的幸福的红帆已经降临——

在蒿草遍地的湖里凤凰山，短短一年，由几十栋西班牙式、日本式、中国古典式建筑组成的幽雅迷人的山庄别墅型四星级旅馆——悦华酒店拔地而起。紧接着，金碧辉煌的金宝酒店等，如蘑菇般遍地生长。

在湖里，新修的大道两旁紫荆花迎风摇曳，宽阔明丽的长街通衢车水马龙，刚刚平整的144万平方米建设用地一览无余；款式新颖、色彩缤纷的29幢标准通用厂房如银燕凌空，现代化的职工生活区以及各类企业同时建立……

白纸上终于画出了令人目迷心醉的图画！然而，这一切仅仅是开始！当深圳的"水泥森林""蛇口速度"在全国电视屏幕、报刊、电台出尽风头之时，崇尚多干少说、只干不说的厦门父母官和朴实的湖里儿女，默默地为新兴的特区流着汗水，一锹一铲地开拓，一步一个脚印地前进。

邓小平、杨尚昆、王震、姬鹏飞、陈丕显、方毅、谷牧、乔石、田纪云、陈慕华、彭真、彭冲等中央首长，不辞辛劳地来到这儿。这是改变传统观念、振兴中华民族的一片小小的试验田呵,这是改革中国现有经济体制、迎接世界八面来风的一个小小的窗口,它萦系着国家领导人的心,也牵动着每个中国人的神经!

最难忘1984年,早春三月,乍暖还寒,邓小平同志在省委书记项南的陪同下,前来视察刚刚萌芽的厦门特区。那一天,当他游罢鼓浪屿,饶有兴味地询问项南书记:"厦门机场为啥子叫国际机场啊?"

项南回答:"搞经济特区,就应该与海外建立更广泛的联系。叫国际机场,就是要飞出去。只有飞出去,才能打开局面!"

邓小平轻舒双臂,朗声笑道:"就是应该飞出去!"

次日,邓小平在市委书记陆自奋、市长邹尔均的陪同下,视察厦门湖里工业区之后,心潮澎湃,欣然命笔,题下了:"把经济特区办得更快些更好些!"

老人家离开厦门那一天,特地冒着霏霏春雨,到厦门万石植物园种下了一株樟树,然后启程北上……

邓小平同志返京不久,中央领导同志在北京宣布:国务院决定把厦门经济特区从2.5平方公里扩大到整个厦门岛,并实行自由港的某些政策!一时间,国内外报刊、电视,纷纷传递着这一激动人心的喜讯!

啊,"好雨知时节,当春乃发生。随风潜入夜,润物细无声"。邓小平的南方之行,如春雨,滋润了厦门人民的心田;如春风,扬起了厦门人民改革的风帆!湖里,从此成为中国经济特区的发祥地,成为厦门人民改天换地的精神家园!

白鹭起飞了

天时,地利,人和。特区建设如何再快马加鞭?这一迫在眉睫的问

题,提到湖里区当家人心上,落在每一个湖里人肩上。

春水浩浩,百舟争渡,新的航程开始了。

要大张旗鼓地建设,钱从哪儿来?深圳草创阶段,中央还给钱。厦门呢,中央只给政策没给钱,只有靠厦门千行百业八仙过海,各显神通了!

外资引进是特区繁荣必不可少的条件,而厦门得天独厚之处,在于她是著名的侨乡,祖籍厦门的华侨华人遍布全球。为了乡情,也为了赚钱,厦门一竖起经济特区的大旗,外资,特别是侨资便纷纷涌入,一时间,三资企业如雨后春笋,生机盎然!

湖里的乡野,新建起一片莲花新村,新村里有四幢高雅幽静的别墅,红花碧树,小鸟依人。那是新加坡豪商白火煅与中方合作的杰作。祖籍福建安溪的白先生是侨居地运输界巨子,拥有大批资产。正当厦门特区亟待开发之时,白先生带着刚从英国乔德享学院毕业的儿子白连发、侄儿白仙洽毅然前来投资,在湖里建立合资企业,经营工程建筑、建材和房地产业务。白先生说:"虽然我自幼就到新加坡,但我的命运与祖国连在一起,祖国像一棵大树,她兴旺了,海外的子孙才能受到荫庇。"

因此,他与中方代理人曾先生同甘共苦,经历无数艰辛,终于创下了"汇成建设发展公司"这一被誉为厦门"地产之王"的可观基业。

曾增、曾琪是当时特区颇负盛名的青年企业家,他们在湖里独资兴办的以生产电脑、电话、录音机为主的"宏泰发展公司",是厦门三资企业的一颗明珠,它以科学的管理和最大限度调动人的主观能动性闻名于海内外。仅仅1987年,产值就达人民币1.5亿元。

特区的兴隆也震撼了隔海相望的台胞。"三德兴"是第一家进入湖里投资的台商企业,这家生产硅导电橡胶的工厂,以最落后的手工,制造出最精良的产品,赢取了高额的利润,获得了"福建省外商投资先进企业"的美誉。

另一家跻身湖里的台资企业"新亚洲贝壳珠宝首饰有限公司",台商抓住厦门劳力便宜的特点,将普通的贝壳切片、磨光制成绚丽夺目、珠光宝气的手镯、项链等,化废物为珍宝。据说一对成本低廉的贝壳耳环可卖7美元;而且,在欧、美、非国际市场上分外畅销。

几年间,300来家三资企业在湖里诞生,为特区注入了新鲜血液!大江东去,百川归海,顺应时代大潮,湖里,光荣地为厦门开启了中国的南大门,美丽的白鹭,终于起飞!

十年·廿年·卅年

十年,在伟大的历史长河里只是短暂的一瞬;十年,3650个浸透心血与汗水的日日夜夜,对于湖里人实在漫长!难怪,市、区两级父母官,十年之间,有的两鬓添霜,有的清瘦几许,连最年轻的习近平副市长,三年前英姿勃勃而来,面对千头万绪、万绪千头的全新课题,也不能不留下一脸沧桑!

厦门特区地处天涯海角,厦门特区是祖国敏感的神经末梢,国外市场、国内政治一有风吹草动,特区的晴雨表立即明显升降!

"清污",反资产阶级自由化,这些虽与经济建设无涉,但外商、华侨心有余悸,闻风便是雨,脚步立刻逡巡不前。如何加强外商的投资信心,如何创造良好的投资环境,这一切,当然都是令人呕心沥血的难题。但当年的厦门市市长,坚信改革开放势在必行,历史不会倒退。他反复强调:"要让外商得利,才能吸引外资。否则,孤岛就难发展!"

是啊,世界那么大,不赚钱谁来?自己得利也让人得利,两全其美嘛!但风风雨雨依然不断扑面而来——旧体制、旧传统、旧风气和现实的矛盾每一刻都在发生摩擦!

普遍的呼吁是：婆婆放手！作为众多三资企业聚集的湖里，"婆婆放手"更是当务之急！

汇成建设发展公司反映：要申请一块地皮，上上下下得盖17个公章；盖房要找规划局；防火要找消防局；排水要找公共事业局；用煤气要找煤气站；用电要找供电局；治污染、噪声要找环保局；装电话要找邮电局；盖房要入项，得找计委；盖了房子要卖给外国人，得找市政府；入户口得找公安局；交税得找税务局……盖一个公章至少一星期，跑了半年还办不成手续。

特区要发展，港口是关键，厦门的港口水深浪小，航道宽阔，少淤泥，可避风，又是国际航运的枢纽地带——每年，至少有15000多艘船舶经过台湾海峡，如果把厦门开辟成国际船舶补给港，只要能吸引3％的船只来厦门补给，不用任何投资一年就可以净得2500多万美元。但是，上头没点头，下头难动手。当年有关港规港法都是全国一刀切，根本无法适应特区大进大出大发展的需要。要建立船队，千吨以上的船舶得交通部批，千吨以下得省里批，一个报告送上去，几个月还不见反馈，于是，几千吨的货物积压在那儿，眼巴巴地望着大海运不走。大进大出大堵塞，谁见谁难过！

当过远洋船长，走遍三十几个国家的口岸办主任王元吉，不得不痛心疾首地呼喊："建议市人大制定港法港规！建议建立统一的管理机构！港监要下放！层次要减少！要不，美好的愿望可望而不可即，美好的时光白白浪费，大笔大笔的美元港币人民币，不断流进大海里，叫人如何不心疼？"

中国民航厦门站站长江亚水也大声疾呼："如今最大的苦恼是该下放的权限没下放，婆婆多，媳妇难做！"

呼唤、呼吁、请求、要求……于是，计委、经委、农委、科委、建委、经贸委和外资局等六委一局的联席会议召开了,从此,引进外资七枚公章一起盖,只要外资局统一行文就行了。和外商业务有关的海关、税务、商检等,也采取一条龙做法,客户在同一个房间可以一次盖完全部公章。许多手续在简化,许多规章在改革。障碍,渐渐铲平;道路,渐渐通畅!

当然,特区的苦恼远远不止这些。劳力、财力、智力的需求,上下关系、内外关系等等矛盾,种种纠葛,无日或已!

不管存在多少艰难曲折,不管经受多少惊涛骇浪,十年,电光石火;十年,沧海桑田。欢乐和苦恼,成功和失败,得与失,毁与誉,一切都成为过去,过去了的,又都成了亲切的回忆!十年呵十年,奋斗、拼搏、挣扎、前进,山重水复疑无路,柳暗花明又一村!

湖里,发祥、崛起的第一个十年过去了。20世纪90年代,湖里人迎来了建区后的第二个十年。第二个十年是腾飞、跨越的十年!十年间,湖里人通过加快构筑现代物流、商务营运、高新技术产研、新兴休闲旅游等四大基地,促进湖里经济突飞猛进;通过加快工业园区开发建设,加大招商引资力度,先后建成火炬高新技术产业开发区、象屿保税区、航空工业区、枋湖工业区等大型工业产业园区,吸引世界各地知名制造业前来落户。

进入新世纪,湖里区步入第三个十年。第三个十年,是湖里人力攀高峰、再创辉煌的十年。湖里区紧紧抓住世界高新技术产业加速转移的有利时期,完善现有工业园区,加快建设岛内枋湖高新技术区、岛外同安工业集中区、环东海域湖里园区。努力实施"腾巢换凤"战略——工业经济构筑以高新技术产业为先导,以资金和技术密集型为支撑,以劳动密集型为配套的格局,形成电子信息、机械制造两大产业集群。2006年,湖里区工业总产值首次突破1000亿元大关,成就了500亿元规模的电子信息产业群。

1988年,湖里的生产总值是0.22亿元,财政收入是538.7万元;20年后的2008年,湖里的生产总值达422.88亿元,财政总收入达40亿元,主要经济指标,均超过建区时的1000倍,经济总量在全国副省级以上城市中心城区中,位居前列。

当年的习近平副市长说:"湖里办特区,走的是自己探索出来的路。头三脚难踹,但厦门人默默地做了大量的工作!"

湖里的今昔巨变,"地覆天翻""天壤之别"对她不是形容词而是恰如其分的比喻!于是,国内国外,无数镁光灯瞄准她,无数媒体为她聚焦。《湖里起跑——似箭离弦》《更装、造血、换貌》《春风化雨二十年,厦门崛起看湖里》《湖里打造海峡西岸新明珠》《剑指海西中心城区》《厦门特区发祥地·国际投资新高地》……《人民日报》、《经济日报》、《中华工商时报》以及香港《商报》、《文汇报》……数不尽的佳篇美文为湖里讴歌;市、省、中央电视台,一次又一次为湖里喝彩!当年默默无闻"养在深闺人未识"的湖里,如今成了举世皆知的丽媛名姝!

今日湖里

今日湖里,大道如虹,长桥如龙,绿树成荫,花鲜草媚,城乡一体,楼群林立。放眼四望,民居有红蓝黄绿赤橙紫七彩别墅掩映于芒果树、洋紫荆、三角梅之间,社区有朱台翠阁穿插于园林山崖水畔。

繁华的台湾街、幽雅的五通民间对台贸易码头,现代化的国际邮轮城,不仅让彼岸同胞,也让世界看到湖里人血浓于水的赤子情怀。走进乌石埔油画村,犹如走进古色古香的欧洲小镇,西方的艺术和人文会让你流连忘返。美丽如画的香山游艇码头在蓝天白云之下,如威尼斯河边,如檀香山海滨、如悉尼情人港。一艘游艇价值三千万,数以千计的白色游艇像一群飘落海上的白鹭，无声地向世人展示这里的富有与时尚！

秀媚如诗的五缘湾大桥横空出世，如半规明月静卧春波秋水。辽阔的湿地公园芳草萋萋、紫燕衔泥，老树新花、芦苇摇曳，千百种鹭鸶鸥鸟翩然徜徉水草之中，名贵的黑天鹅贵妇般悠悠踱步湖边曲径……

有三五稚子诵读《三字经》《弟子规》的琅琅书声，有鹤发童颜的老者参差不齐的弦管起落，风里有泥土的清香，心中有儿时的记忆，回归自然的感觉，让你顿时忘却尘世的喧嚣与烦恼。

改革开放以来，湖里区提出"开发东部，繁荣中部，提升西部，南联北进，统筹发展"的工作思路，先后建成本岛与内陆连接的厦门大桥、海沧大桥、集美大桥和杏林大桥，构建了四横（仙岳路、南山路、湖里大道、环岛路）、五纵（长岸路、嘉禾路、金尚路、环岛路、县黄路）的市区主干道，初步形成以海运为重点，以沿海港口为枢纽，以国道干线公路为骨架的空运、水运、公路、铁路相配套的综合立体运输体系。实现行政中心东移、实施镇改街、村改居等目标，推进居住社区化、资产股份化、就业非农化、福利社保化、素质"市民"化。先后完成了徐厝、濠头、江头以及刘厝、祥店等旧村改造。改造完成后，在原来旧区61平方公里的基础上，全区面积将扩大50多平方公里。

近年来，湖里区委区政府积极完善征地拆迁、重点项目建设机制，招商引资取得前所未有的业绩。至2008年底，已有17家世界500强跨国公司投资21个项目，包括ABB、通用电气、波音、东芝、飞利浦、日本航空、戴尔、丰田通商、富士电器、霍尼韦尔、三菱、日本烟草、松下、TRW、可口可乐、沃尔玛、麦德龙等世界著名企业。2011年3月16日，湖里万达广场招商大会暨签约仪式在厦门国际会议中心酒店举行，吸引了800多家国内外知名品牌客商前来参与，30家知名品牌现场签约。

今天，湖里人正大刀阔斧地把东渡港建成国际邮轮母港，打造集购

物、餐饮、休闲、娱乐为一体的邮轮休闲区;努力把五缘湾片区建成厦门新客厅;把湖边水库片区建成高尚生态住宅区和繁华商业区;把枋湖片区建成区域行政中心和东部新商圈;把五通高林片区建成金融和现代服务聚集区;把环岛路沿线建成滨海旅游休闲带。

今天,湖里区正风风火火地以五缘湾商务营运中心为载体,引进创业投资、担保、典当等非银行金融机构,建设海西特色金融服务基地。另外,开拓闽南古镇、恒安国际广场等30个区级重点项目;以福德文化节、国际海洋周、游艇展等活动为依托,促进商贸旅游文化结合;着力发展创意设计、影视传媒、艺术品等富有特色的文化产业,努力促进文化创意产业集聚。

今天,湖里的教育事业蒸蒸日上,幼儿园、小学、中学、民办大学配套俱全管理规范,教育质量节节攀升。一年一度的诗歌节,带给湖里人的岂止是文化?那一种书香墨韵,体现着一个区物质与精神文明双翼并举!

2010年,湖里区获得"'十二五'时期值得关注的典范市县"、"中国中小城市科学发展百强"第30位、"全国最具投资潜力中小城市百强"第40位、"全国社会工作人才队伍建设试点示范区"等荣誉称号,在全省城市公共文明指数测评中,湖里区荣获第二名。

距1989年12月江泽民总书记视察湖里之后,2001年9月、2010年1月,胡锦涛总书记两次视察湖里。2010年9月8日,习近平副主席视察湖里金尚社区。小区绿草如茵、繁花盛开,老人在亭间休憩,儿童在草地嬉戏,一派和谐景象。一位老人手拿"福"字挤到习近平主席跟前,动情地说:"感谢党和政府给我们这么甜蜜的晚年!我把自己剪的'福'字送给您,祝您幸福!"

接过"福"字,习主席高兴地说:"也希望你们能够快乐、安康,大家一起过上幸福生活。"

这不是最后的胜利

弹指一挥间，凤湖，这一片三十年前年无凤无湖的不毛之地；凤湖，这一片承载着祖先荣光与梦想的土地，如今，而立之年的你，站在父老乡亲用血汗筑就的辉煌殿堂之上，自豪地向全世界宣告：美丽的湖里，吉祥的白鹭起飞了！吉祥的白鹭，世世代代在这里繁衍生息！

美好的机遇钟情厦门！然而，这不是最后的胜利。厦门市委原书记王建双同志曾谆谆告诫厦门人："我们应该看到，有机遇就必然有竞争。在国外，我们面临着太平洋沿岸和东盟诸国的挑战。在国内，北起辽东、胶东半岛，南至海南岛，开放正向纵深扩展，我们正处在南北夹击的态势中，面临的形势是严峻的，我们一定要从严峻的现实中警醒起来，紧紧抓住国际经济关系变化所提供的机遇，精心筹划，奋起直追，否则，在整个沿海开放地带就没有我们应有的地位！"

是啊，巨浪排空，长风鼓浪。世界日新月异，竞争处处存在！成功只能说明过去，未来有待于拼搏，特区人岂可掉以轻心？小小环球，为开拓者提供了献智献身的舞台；堂堂厦门——宏伟壮丽的祖国南大门呵，也向世界显示了她引人注目的存在！

因为湖里发祥，白鹭飞向世界！飞向世界，有鲜花美酒；飞向世界，有电闪雷鸣！路漫漫其修远兮，为了中华，为了后代，为了厦门更加美好的未来，美丽的白鹭，将继续求索、奋进、高高飞翔！

2013 年 12 月改定于厦门

爱心永远

——古城侨话

不久前,"第8届世界同安联谊会"在古城同安举行。来自世界三十几个国家和地区的92个代表团1500多名嘉宾,齐聚故土,共叙乡情,同襄盛举。在鲜花环绕的厦门人民会堂,在香山、在孔庙、在梵天寺、在环东海域……真是人头攒动,花团锦簇,叫人目迷五色、眼花缭乱!来宾中,有德高望重的侨领,有豪商巨贾、社会贤达;有白发苍苍的老者,有天真烂漫的孩童;有番媳妇、洋女婿;有身着汉装的学者、西装革履的绅士、花裙招展的淑女;有一色闽南方言的翁媪;有满口英语、日语、法语,须配备翻译方能与乡人交流的中青年……真是千姿百态,济济一堂,令人如入联合国一般。

侨居海外半个多世纪的新加坡同安会馆主席林树南先生,热情地把他的一家一一向我介绍:"这一届,我把我的儿子、孙子、孙女和外国籍儿媳都带回来了,让他们这些生长在番邦的后代,知道自己的家园在同安!"

作为归侨和侨务工作者的我,在国内,在海外,已千百次体味过那一种血浓于水的乡情、亲情,此刻,仍有一股温热,滚过我心头!

同安是著名的侨乡和台胞主要祖籍地。被毛泽东主席誉为"华侨旗帜、民族光辉"的陈嘉庚先生、"凡有海水处,无人不知名"的世界侨领陈嘉庚先生,他的故乡,就是当时的同安。现在,同安的海外乡亲有300多万,遍及全球近40个国家和地区;其中,在台湾总人口中,同安籍人数就占200多万。同安与台湾,有着深厚的地缘、血缘、文缘、商缘、法缘关系。

同安历史悠久,自西汉武帝时期许滢奉旨驻师小西门并带来中原河洛文化算起,已有2140多年文明史;从同安立名迄今,也有1720多年历史。五代后唐长兴四年（933年），正式建制同安县，辖今日之金门、厦门、同安、翔安、集美、海沧以及龙海角美镇等，几乎涵盖漳金厦三地。

19世纪，晚清腐败；民国之后，政局动荡；而后日寇入侵，国土沦丧，百姓饥寒交迫，加之西风东渐，为了谋生、为逃抓丁、为求学、为寻觅真理，富于冒险的同安人，一个个、一群群、一袭短打、一双木屐，背井离乡，扬帆南下，远漂南洋群岛乃至世界各地。在蕉风椰雨的南洋，在举目无亲的异国，他们筚路蓝缕，苦捱生计，为人奴仆苦力，猪狗不如；做人二等公民，只能委屈偷生。幸有胼手胝足，由肩挑担卖而成小本生意进而开行坐店的，毕竟千里挑一。至于不舍昼夜萤灯苦读终成正果的，更是凤毛麟角。

智慧勤劳的同安人，千百年来，在故乡创造了丰富的人文，在海外，也诞生了一批光照日月的英才俊彦奇人奇迹——

马来西亚华侨、孙中山先生的二夫人陈粹芬女士，祖籍同安（海沧）。1895年，孙中山在香港筹备广州起义，事泄流亡海外，陈随同流离转徙，掩护孙中山；1905年，孙中山在日本横滨组织中国同盟会，陈担负接待革命同志任务，胡汉民、汪精卫、戴季陶、廖仲恺、蒋介石等都承蒙她的接待和照顾，众人尊称她为"四姑"。

毁家兴学，造福教育，曾任全国政协副主席的乡贤陈嘉庚先生，享誉全球尽人皆知。

新加坡总理李光耀、菲律宾总统阿基诺夫人，祖籍都在同安。

同安丙洲乡人氏、中国现代史上四大抗击外侮的民族英雄之一——陈化成将军，曾任澎湖副将、金门总兵、台湾总兵、福建水师提督，为国捐躯战死吴淞后，白马素车，灵柩运回厦门之时，"江南居民排巷祭，哭者数十百万"。迄今台湾、上海均有化成路、化成纪念碑、化成中学等，用以纪念英雄的丰功伟绩。

同安马巷窗东人、被称为"南洋商界巨子""诗书俱佳，儒商合一"的新

加坡爱国华侨洪镜湖先生,热心支持家乡文化教育医卫事业。抗战期间,不仅自己慷慨解囊,还积极发动当地华侨募捐,大力支持祖国正义事业。其胞叔、新加坡名儒、民族志士洪晓春先生在支援抗日、操持家乡办学铺路建码头扶医助教等公益善举中,大部分资金由镜湖先生提供。

新加坡华侨、同安古庄人卢戆章先生发明的汉语拼音《中国切音新字》,比我国第一本文法著作《马氏文通》,早了六年。

举世闻名的学坛"怪杰"辜鸿铭先生,同安新圩古宅人,出生于槟榔屿,十岁被义父送往苏格兰上学并获爱丁堡大学硕士学位,成为我国最早完成全部英式教育第一人。他通晓汉、马来、英、德、法、拉丁、希腊七种语言,与严复同时获宣统皇帝颁赐的文科进士荣衔,曾到日本、我国台湾地区讲学、到北京大学任教。他提倡"中学为体,西学为用",把《论语》《中庸》《大学》等中国古文化译为英语传播西方,把西方文化介绍给国人,是联络中西文化的一座桥。

生于同安城关的新加坡华侨李琨琨先生,其诗、书名重海内外。20世纪20年代末,他的《墨水梅花》,在上海举办的中国艺术展览会上,被编入《中国艺术年鉴》。他写于50年前的《古梅》诗"老干低斜碧藓侵,林逋还是旧知音。可怜千载经霜雪,不改冰姿铁石心",流传至今。

被誉为"南琶国手"的纪经亩先生,同安龙窟西人,20世纪四五十年代,执教于新加坡、马来西亚、印尼等国和我国闽南、台湾、香港等地,被称作"中国南音教父",桃李遍及海内外。

知名作家、马来亚华侨高云览先生,同安刘五店人。新加坡沦陷前,与著名爱国文化人士胡愈之、巴人、郁达夫、陈文旌、张楚琨等过从甚密,参与发起《南侨日报》,回国后创作了脍炙人口的长篇小说《小城春秋》。

同安马巷人、美国华侨,著名钢琴家李加禄先生,其钢琴演艺曾获全美荣誉奖和一枚金钥匙。成名后,美国许多院校争相聘他任教,但新中国诞生的礼炮声声召唤，他毅然离开美国优裕的物质生活，回到上海音乐学院担任教授、钢琴系主任，先后为国家培育出顾圣婴、殷承宗等钢琴大师。

素有"中国圣母玛利亚"之称的、我国著名妇产科专家、中国妇产科开拓者之一的林巧稚女士，同安翔风里琼头村人，1921年考入北京协和医科大学，8年后毕业获医学博士学位，1928年赴美国芝加哥进修，荣获"美国自然科学荣誉委员会委员"。进修期满，美国欲高薪聘之，她说："我的国家穷，我们一起受苦；国家好起来了，我们一起过好日子！"她义无反顾回国，成为协和医院第一位中国籍妇产科主任。

蔡启瑞先生，1915年生于同安马巷五美街，厦门大学化学系毕业后留学美国。在美国俄亥俄州大学获哲学博士后，于美国工作近十年，取得显著成果。1950年，中华人民共和国成立后的厦门大学首次校庆，他迫不及待地发电报祝贺并表示回归母校之心。从此，他坚持不懈地向美国政府提出回国申请，历经六年努力，终于如愿归来。回国后，他坚辞中国科学院、清华、北大等名院校的高薪邀聘，径返母校厦大执教。他说："要高薪，要优越的工作条件，我何必回国？我回到条件较差的母校，更能报效祖国，报效校主陈嘉庚先生！"后来，他成为中国现代催化科学的奠基者、中国科学院资深院士、国际知名化学家。

……

近现代史上，古城同安侨台界的雄才精英，真是星罗棋布不胜枚举。他们是中华民族的光荣，更是故乡同安的骄傲！

极左年代，归侨、侨眷受尽歧视饱经磨难。在"文革"结束、祖国第二春来临之际，中国改革开放的号角激荡着海外游子心，为了给故乡重整山河、繁荣兴旺添砖加瓦，为了传承故国博大精深的精神文明，新一代的华人华侨、港澳台胞，又一次百里、千里、万里而来——

有兄弟联袂，如移民同安的港胞李仲明、李仲树先生。

有父子同行，如同安莲花乡人氏、新加坡豪商郭芳枫、郭令明、郭令裕父子，同安翔风里人氏、马来西亚中华工商总会会长许平等，马来西亚槟州首席部长许子根父子。

有夫妻相随，如同安丙洲人氏、菲律宾巨贾陈国祺、胡彩英伉俪。

有叔侄相伴，如同安马巷霞美村人氏、马来西亚马六甲州两代拿督、太平局绅杨长明、杨建谒先生。

有携家带口而来，如同安仁德里孙厝村人氏、新加坡中华总商会董事、新加坡同安会馆主席孙炳炎先生；同安城内人氏、文莱华人首富、侨领刘锦国先生。

有成群结队而来，如新加坡同安籍四大政界精英：新加坡前副总理、卫生部长，新加坡大学校长杜进才先生；新加坡国会议长、太平局绅杨锦成先生；新加坡人民行动党第一副主席王邦文先生；新加坡人民行动党主席、民选总统王鼎昌先生……

他们或探亲谒祖，或捐资兴医办学，或扶贫济困、修桥造路、改造农田，或投资办厂开店，或引资引智……真是车水马龙络绎不绝。

同安侨乡一向侨中有台、侨中有港澳。1988年至1998年10年间，小小同安，华侨、华人、港澳同胞捐赠公益事业款项达7300万人民币；1997年至2007年10年间，台企、台胞捐赠公益事业资金约1000万人民币。由于侨资港资的输入，投资总额10余亿元的东纶集团，总投资额5亿多元的厦门华诚有限公司，去年跻身厦门进出口总额36强企业、年纳税上千万元的华夏山二公司，投资规模超10亿元的香港金日投资（集团）有限公司……一家家如雨后春笋，红红火火，在同安遍地开花。

随着旅游区的开发，充满异国情调的竹坝华侨农场南洋风情园，诗情画意、美如仙境的五星级酒店——新加坡翠峰温泉大酒店、台资盛之乡温泉大酒店等横空出世，数不清的中小旅馆应运而生。

近年来，台资企业更是如火如荼欣欣向荣，至2007年，同安正常运营的台企已达460家，总投资额约130亿人民币，年纳税1亿多人民币，吸纳职工27300多人，对同安经济的开拓发展，做出了举足轻重的贡献。

同安与金、台，素来有男婚女嫁习俗。由于海峡两岸的人为阻隔，一条海路整整被封锁了40年。20世纪80年代末两岸又搭鹊桥以来，十年间，同安与彼岸，已有80多对有情男女喜结良缘。同、台两边姻亲往返频繁，也增进了两岸的民间往来和文化经济交流。

随着改革开放的深入，祖国日益繁荣昌盛，随着区委、区政府对侨台工作力度的不断加强，同安的海内外联谊更加密切。于是，一批批华侨、华人、港澳台青年，一群群年轻"海归"，纷纷回同安来读书，来创业，来感受故乡日新月异的变革，来探索新世纪的理想和人生……

从前"日出而作，日落而息"的古老、闭塞的同安消失了。如今，一个现代化的，无论经济还是人文，都在迈向世界的同安，已然昂首挺胸，屹立在海西，屹立在祖国大地——这一翻天覆地的变化，和同安华侨、华人、港澳台同胞无私、倾情的奉献分不开！曾任职厦门市市长十年之久的洪永世先生，在一次会议上慷慨陈词："没有华侨，便没有厦门的历史；没有华侨和港澳台胞，也没有厦门的今天！华侨的作用，怎么估量都不过分！"

厦门绝大部分的老华侨和港澳台胞，来自同安。洪市长的评价，一样适合于同安！

不只是同安的海外儿郎，几乎所有旅居异国他乡的天涯游子，只要事业有成，便兴故国桑麻之思、做跪乳反哺之举——那一种代代相传的爱国爱乡情怀，那一份历尽坎坷依然无怨无悔的赤子情肠，那一颗朝朝暮暮感恩故土回馈故国的奉献之心，令人为之嘘唏动容！他们对祖国对乡土的爱情，如日，如月，如江河大海，天长地久！不只是同安人，所有的祖国儿

女,都不会忘记你们——不会忘记你们过去蒙受的苦难,不会忘记你们点点滴滴的爱心,不会忘记——我们是血脉相连的骨肉同胞!

有一种爱叫"永远"!

海外游子对祖国的爱,永永远远!祖国对海外游子的爱,永永远远!

2010年12月写于厦门

珍重双杭

我从少年起便读《红楼梦》，几十年来，百读不厌，对书中贾宝玉说过的一句话"女儿是水作的骨肉"特别欣赏。于是，推而广之，对水的清纯、水的温柔、水的无坚不摧的坚韧、水的无孔不入的执着，有着一种刻骨铭心的认同；再推而广之，对江、河、湖、海，对水城、水乡、水街等等与水相关的风景，也便有着一厢情愿的向往。

全世界有八大著名水城，我走过五个：威尼斯、阿姆斯特丹、斯德哥尔摩、苏州、曼谷。印象最深的当然是威尼斯，她是中世纪著名旅行家马可·波罗的故乡，那叹息桥的冷艳、那古迹遍地的哥特式建筑、那金碧辉煌的巴洛克式教堂；拿破仑称她是"举世罕见的奇城"，歌德和拜伦对她赞扬备至，莎士比亚为她写下文学巨著《威尼斯商人》；最难忘的是圣马可广场，那是威尼斯的明珠，它最迷人的时候是上潮时光，一片潮水漫来，整个广场如同铺上一面硕大无比的镜子，所有的建筑物犹如镶嵌在水晶、琉璃之中，真是绚丽极了！

半个世纪以来，行旅所至的水乡，那就多了，我最心仪的地方是乌镇、周庄和丽江。

乌镇的水水相连，桥桥相通，纤巧的乌篷船，枕河而居的木屋，乌镇有可以让你漫步、让你沉思、让你静静地与心灵对话的长长的青石板路，还有那"春水碧于天，画船听雨眠"的诗情与画意，这一切，常常徘徊在我梦里。周庄古称"摇城"，那徽派浮雕、粉墙黛瓦、厅堂陪弄，那临河的蠡窗、入水的台阶，那双桥的杨柳丝、穿屋而过的箸泾河，那吴侬软语、阿婆茶香、橹声欸乃、昆曲悠远——画中的周庄，是我心中永远的外婆桥！建于

南宋的丽江古城,在青藏高原与云贵高原相连的地方,千年以来就是丝绸之路和茶马古道的中转站。彩云之南的丽江,实在是一个非常美丽的地方,那举世无双的玉龙雪山、虎跳峡,那无边无际野花芳香的草甸,那无处不在的小桥、流水、古色古香的木楼人家,那醉人心魂的纳西古乐,那长裙摇曳的普米女、摩梭女……那是一个悠闲之都一个艳遇之城,那是一个可以让你忘却时光流逝的家园,那是我常常思念的地方!

今年仲秋时节,我来福州台江。

当地文化官员提到,台江上下杭是名闻天下的古渡,水多桥多商埠林立,自南宋至民国,是海上丝绸之路的重要环节,也是闽省最大的商贸重镇。当年,长袖善舞的商贾把"双杭"经营得活色生香,如果把台江比作一顶皇冠,那双杭便是皇冠上那颗璀璨的明珠。如今,重新改造的双杭,人称"东方的威尼斯"呢——这充满魅力的介绍,让我满怀兴趣,也触动了我的水情怀我的威尼斯情结,我决心前往探胜。

那是一个细雨霏霏的清晨,与我同行的是导游小陈。

我告诉小陈,从前,我只知福州有三坊七巷,不知有曾经如此辉煌的双杭。小陈说:"台江古称南台,面江临海,自古就是八闽各地商品进入省城的集散中心;双杭呢,便是浩瀚闽江停泊船只、起卸货物的水运埠岸,也是闽商的发祥地,解放后一度萧条零落,近几年政府发力修复改造,旧貌新颜、天翻地覆了!上下杭历史文化街区,西到白马路,南至苍霞新城、合春弄、三捷河、中平路,东临三通路,北傍学军路,用地总面积31.73公顷。耳听是虚,眼见为实,你看看就知道了!"

我们来到三通路口三通桥边,先下杭后上杭一路探访。

三通桥是一座兴建于清嘉庆丙寅年(1806年)的石拱桥,桥身风雨沧桑苔痕渍漫,桥下流淌着静静的三捷河,河上有福船娓娓穿过。桥的左边是高楼林立的通街大衢,右边却是蜿蜒数里、沿河而筑的黑瓦白墙、翘脊凌空、仿如徽派建筑的房舍。一路走去，其间，也穿插着本土特有的雕窗巧绘、阳台垂绿的木楼、高墙大院的名人故居、富商巨贾的豪宅亭榭、香火氤氲的庙宇梵宫；当然，也有当年原住民津津乐道的奶婆弄、汤房巷；有五色繁花、常绿藤萝和爬墙虎，一丛丛、一串串、一朵朵、一片片，不问季节、不拘炎凉、不管高峻低卑，自得其乐地烂漫开放；有数百年老榕盘根错节长髯飘飘；有二三老者，悠悠然心无旁骛地雨中垂钓；船娘则一苇轻舟，悄然来去；偶尔，也有市井民居流出管弦悠扬，但只闻其声不见其人……来这里，我自然而然地想起乌镇、周庄、丽江，想起唐诗宋词，想起温庭筠《忆江南》里的"梳洗罢，独倚望江楼。过尽千帆皆不是，斜晖脉脉水悠悠。肠断白蘋洲"，想起戴望舒笔下撑一把小伞走过江南水乡的丁香一般的姑娘……至于威尼斯，纵然水乡水街水韵相似，毕竟国情民情时空天差地别，就不敢妄加攀比了！

"城南十里沙为岸，鳞次千家拥钓台"，漫漫千秋，双杭人凭借闽江四通八达的水系、凭借各种商船可以停泊各种大小码头的天然优势，风霜雨露、胼手胝足，发挥了他们吃苦耐劳的拼搏精神，也开拓了他们不同凡响的经商天赋，从而使双杭成为各地商帮的集中地，成为大宗茶、笋、纸、纺织品、南北货、药材、杂货等等行业的集散中心。这些货物，除辐射全国外，还远销东南亚和欧洲许多国家。

"近市鱼盐千舸集，凌空楼阁万山低"，当时的双杭街，拥有商行、京果行、布行、颜料行、国药行、茶行、糖行、纸行、海味干货行、钱庄、船务行、汽车运输行等等各行各业共130家；拥有洋行、保险公司、邮电局、商会、救火会、学校、名人故居、会馆、酒楼、庙坛、祠堂等共65家。当年，以双杭为首的福州商帮的兴盛辉煌，实在不亚于晋商、徽商、粤商、浙商。

小陈带我走进上杭路100号的魁星楼——亭台楼阁、彩塑墨绘、庭园榕樟，"林花着雨、水荇牵风"，真是美轮美奂，有如三坊七巷古建筑！那是

清光绪年间富商张秋舫等人，首创组织福州商务总会时，集体捐资买地兴建的。

在下杭路与隆平路交叉口，有一座高大气派的老式花岗岩楼房，这是当地声名赫赫的咸康药行。那红木门窗、雕龙镂凤的楼房，是民国螺州张桂荣兄弟开办的、占地约三千平方米的大药房，规模宏大，气派非凡。张家的第二、三代，在大陆、在台湾地区乃至美国都有设庄经商。

我们来到福州近代富商、马来西亚侨领杨鸿斌的旧宅采峰别墅——宅院坐落当地大庙山，背靠乌石山，面对藤山，左有鼓山，右有旗山，是风水绝佳之处。别墅之名，就是为了采纳五峰之灵气。别墅建筑是中西合璧的典范：西洋式的坊门，进门有斜坡向上的马道；门窗雕刻，则是中国式的梅兰松竹古典花卉；室内的屏风、太师椅、罗汉床、茶几，室外的花园、草坪、假山、亭台等等，都是中国风。

此外，还有兴化帮、江西帮、温州帮、闽南帮、福清帮、长乐帮等，在上下杭，也保留着许多精致高雅的别墅、洋楼、古厝、园林，这些或风韵犹存或老态龙钟的老屋以及它们的主人，多少年来，流传着无数神奇神秘惊险诱人的故事，那是双杭不朽的传奇和魅力。

我喜欢台江的桥。台江洲多，原来，洲与洲之间的往来，只靠行舟，难免常常发生船翻人亡事故，为此，热心善举的殷商富贾、慈悲僧尼、好德官员，便发心募资建桥。河水浅江面窄的，建跳墩子、浮桥、木桥；河水深江面宽的，建单孔、双孔、多孔石桥，这些桥千姿百态，如万寿桥、白马桥、彬德桥、路通桥、十四桥、洗马桥、透龙桥、双龙桥等等，这些桥给百姓安康、给社会吉祥、给人们急公好义普济众生的美好启迪。当年马可·波罗来游南台，曾在他的游记里写道："这里，一条一英里宽的大河，河上有一座美丽的桥，建筑在木筏上面，横跨河上。"可见，马可·波罗也留意了这座引人注目的桥。

双杭的桥,是台江桥的一部分。我足迹所至的双杭桥,有三通桥、星安桥、大桥、小桥。这些河桥,每一座都有一段幽深的历史、每一座都有几个风流蕴藉的故事,它们或古拙或娟秀,都是双杭的风水宝地;它们身边的老树、馨花、流水、人家,都是双杭岁岁年年朝朝暮暮的风景;它们的百代风华,可以与乌镇、周庄、丽江等水乡里数不尽的长桥短桥姐妹相称并肩比美!

有许多或本土或外乡的名人,与双杭结缘。

我印象最深的,诸如明嘉靖年间奉命入闽抗击倭寇的戚继光;被乾隆皇帝擢升九门提督的甘国宝;清末武状元黄培松;还有在双杭演绎缠绵悱恻的爱情悲欢也演绎《茶花女》的翻译家林纾。

"九一八"事变后,在台江苍霞洲落足两年的著名诗人、文学家郁达夫——1936年2月上旬,从闽江口进入福州,在台江上岸,他觉得闽江碧水,实在太秀丽了!后来,他在游记中写道:"世界上都认为欧洲的莱茵河美丽,我觉得福州的闽江比莱茵河更加美丽!"

是时正遇元宵,一轮明月,满耳笙歌,触发了郁达夫的爱国之心,在台江青年会,他写下了三首诗:

剩水残山月仍圆,客心何用转凄然?春风十里南台处,且听珠娘弄管弦。

南朝往事去悠悠,有福何尝一福州?今日凭栏休洒泪,偏安事业亦千秋。

东南形胜足偏安,赵宋王朝梦里残。奚怪今人咏风月,新亭我且耻儒冠。

这三首诗,成了诗人邂逅双杭时分留下的雪泥鸿爪!

双杭是个特别富于母性情怀的地方。这儿,文官武将、才子佳人、士

农工商、达官显贵、贩夫走卒，无不包容；这儿，儒、释、道、俗神和洋教，和谐共处。

这里，有为纪念南宋末年状元及第、官至监察史、一片孤忠抗击元兵的忠臣陈文龙而建的尚书庙。

这里，有供奉商神张真君的祖殿——下杭街东面有条沙合河，东通新港入闽江，西过三保也入闽江。每当闽江涨潮时，沙合河东也涨潮、西也涨潮，至下杭真君殿庙前会合。这种奇特的水文现象，使人们把真君殿视为福地、把张真君奉为商神。福州人说："真君殿潮水两头涨，财源滚滚随潮来。"于是，此地香火鼎盛、海内外信众如云，好些商家公会都设在殿内。

这里，有木鱼声声、梵音缭绕的观音庵，有海神妈祖娘娘庙，也有天主、基督教堂。

双杭"有容乃大"，所以人们难忘双杭！

走进双杭，似走进老时光，宜踩木屐、穿布衫、撑一把福州油纸伞，悄悄地走过河边、走过小桥、走进老屋、走进昔日的繁华与荣光，那是可望而不可即的岁月隧道，那是让你倍感苍凉也令你策马扬鞭的古钟遗响！

威尼斯也罢、乌镇也罢、周庄也罢、丽江也罢，纵然你们千娇百媚，纵然你们珠围翠绕，但双杭比起你们，多一分阳刚之美，多一分烟火气息，多一分向前向上追寻的活力！现在，我依然爱你们——威尼斯、乌镇、周庄、丽江，但我更爱双杭，当然，这种爱，包含着毋庸讳言的故土乡情，但在我心底，确确实实，你们，是美丽的月亮，而双杭，是东升的朝阳！

珍重老时光！珍重双杭！

2020 年 6 月写于厦门

玉　痴

俗云:"好玉如好女,可遇而不可求";又云:"黄金有价玉无价",说的都是玉的钟灵毓秀难能可贵。于是,形容一个人的优良品格,喜欢说"怀瑾握瑜"或"君子如玉"。

玉　缘

自幼喜玉,最爱是外祖父那翠如青葱的玉壶,它总使我想起王昌龄的诗句"一片冰心在玉壶"和"宁为玉碎,不为瓦全"、"化干戈为玉帛"、"玉汝于成"、"珠联璧合"等美好成语。

当年,在遥远的南洋,我出生时,父亲给起的名字是"慧莺",寄寓异国游子几时能像鸟儿飞回故乡的意思。上学时,老师嫌"莺"的繁体字笔画太多,给改成"慧英"。而我,竟自作主张地擅自改为"慧瑛",一直沿用至今。瑛者,玉石之光也,也当玉解,小小年纪,便以灵玉自况,我与玉的缘分,与生俱来,与名字同在。玉的宁碎勿折的忠贞气节,玉的润泽以温的婉转柔情,玉的辉映日月的美丽气质,让我为之痴迷。我把腕上相依相伴数十载的玉镯,视同肌肤;我曾多少回徘徊玉肆,与玉们对话终日。玉,是我心中的偶像心灵的知己。

后来读《红楼梦》,又称《石头记》,那书中的通灵宝玉,是红楼一梦永不泯灭的辉光;那主人公宝玉、黛玉,是红尘世界可歌可叹的精灵,一部《石头记》,竟与玉石难解难分。我爱《红楼梦》,心中的玉,便有了最美的附丽。

千古以来,玉器的品种无数,玉床、玉缸、玉枕、玉碗、玉镯、玉环、玉戒、玉珮……最高贵的是玉玺,那是皇帝独有的大印;最缠绵的是玉簪,那是即便穷家小户嫁女时也要陪嫁的绾住青丝绾住爱情的物件,最豁达的莫过于琀蝉了,那是陪葬物中含在死人嘴里薄薄的玉蝉,它告诉死者:"有一天,生命会复活,会如夏日出土之鸣蝉……"自古及今,无论帝王将相,还是平头百姓,无不愿与玉结缘。正如台湾作家张晓风所说:"玉是名士美人,可以相与出尘;玉亦是柴米夫妻,可以居家过日。"

断　想

玉石为君子和文人墨客最喜欢,因为玉石代表"仁、义、志、勇、洁"。诸如"画图岁久或湮灭,重器千秋难败毁""沧海月明珠有泪,蓝田日暖玉生烟""兰陵美酒郁金香,玉碗盛来琥珀光""玉在山而木润,玉韫石而山辉"等等描摹美玉的诗章,在中国文学史上,可谓车载斗量。

中国人把玉看作天地精气的结晶,使玉具有不同寻常的宗教象征意义。取之于自然,琢磨于帝王宫苑的玉制品,被看作显示等级身份地位的象征,成为维系社会统治秩序所谓"礼制"的重要构成部分。同时,玉在婚丧喜庆方面的特殊作用,也使它具有无可比拟的神秘宗教意义。把玉本身具有的自然特性,比附于人的道德品质,作为"君子"应具有的德行而加以崇尚歌颂,更是中国人的伟大创造。因此,玉是东方精神生动的物化体现,是中国文化传统精髓的物质根基。

在人世间,唯有玉,能平息战争、能异国通好、能令神仙眷顾、能补天阙、能消灾辟邪,脍炙人口的故事——

如女娲补天。相传远古之时,天柱倾塌,九州崩裂,大火燃烧,洪水汪洋不息,民不聊生,女娲炼以五色石补苍天,挽救了众生,又将补天多余之石散落大地,"千种玛瑙万种玉"由此而来。

如西王母献玉。传说中的西王母,居住在远古人类的发源地喜马拉雅山脉和昆仑山脉,曾向黄帝尧舜献玉,以寄托对故乡的思念。

如何氏之璧。2000多年前的楚国和氏,把在山中得到的玉璞献给楚国的厉王和武王,但厉王听信谗言,以假玉欺君之罪,先后砍去和氏的左右脚。后文王继位,命人剖玉察看,证实那是一块举世无双的美玉,于是把这块美玉琢成玉璧。为奖励和氏献玉有功,遂以和氏之名命名此璧为"和氏璧"。

如完璧归赵。战国后期,"和氏璧"被楚国用作向赵国求婚的聘礼,秦国也非常想得到它,就宣称愿以十五座城池交换赵国的"和氏璧"。虽名曰交换,其实是想骗而取之。足智多谋的蔺相如护送"和氏璧"出使秦国交换城池,在谈判过程中略施小计,从秦王手中夺回"和氏璧",并顺利返赵。后来,秦统一六国,秦始皇便令人将"和氏璧"琢成"传国玉玺",上刻"受命于天,既寿永昌"八个篆字,成为帝王无上权力的象征。

如鸿门宴。公元前206年,项羽在谋臣范增的策划下,设下史上有名的鸿门宴,欲除去劲敌刘邦以成就霸业,但在宴饮过程中,项羽因讲义气而犹豫不决,急得范增向项羽频丢眼色,并三次举起随身所佩玉玦示意,希望项羽快作决断,杀掉刘邦渡过险关。

如"玉环"典故。战国晚期,秦王曾遣使送一玉连环给齐国,并对齐国说:这连环上的两个环,没有人能分开,齐国人足智多谋,能不能把它解开呢?齐国王后听罢来使之言,拿来铁锤,把玉环敲断,并对来使说,我们已遵命打开了连环。秦王得知此事,认为齐国有宁为玉碎的精神,便不敢再存伐齐之心了。

如弄玉吹箫。弄玉据说是秦穆公的女儿,生时,正好有人送来一块碧色美玉。周岁生日,宫中摆了很多宝物,其女独抓此玉,弄玩不舍,因起名

为弄玉，弄玉长大后姿容绝世，聪明能干，善于吹箫，穆公令巧匠剖此玉做成箫，弄玉吹之，声音如凤鸣。穆公宠爱此女，特为她修筑"凤楼"，楼前建有高台，名"凤台"，随后穆公为其女寻求佳婿，引出了吹箫引凤、弄玉成亲、乘龙快婿的典故。

如雨花玛瑙。在南京中华门外，有一座小山岗，相传在1400多年前的梁朝，有一位和尚云光，每在这里讲经说法，总要讲得顽石点头，落花如雨，从此，这里就有了很多五彩斑斓、花纹美丽、色泽鲜艳的小圆石。人们认为这是从天上降下的雨花，故名雨花石，这一带也因此得名雨花台。

……关于玉的诸多故事，无不世代相传。

对于不懂玉的人，玉只是一拳无用顽石；对于爱玉的人，它是你生生世世的知音！所以，千百世纪以来，玉的前世今生，轰轰烈烈也罢，淡淡流馨也罢，击节高歌也罢，低吟浅唱也罢，上至帝王将相，下至引车卖浆者流，谁人不歌她颂她爱她？

一块美丽的玉石，细腻柔和，盈盈有光，像清泉潺潺，像美目流盼，当它贴近你的肌肤，便似一位冰清玉洁的女子，款款而来，用她暖暖的掌心，拂落红尘的喧嚣与忧伤，给你留下纯净和明朗；用她无言的温存，陪伴你走过黎明走过黄昏走过人世的沟沟坎坎，那一种温香软玉滋味，只有心上人才能体味。

一握天地间的玉石精灵，拥有如许众多博大精深的故事、如许婉约千秋的情怀寄托，因此，玉文化是中国文明史上不可忽略的永恒瑰宝，它的天长地久不可磨灭的光辉，纵使源远流长的茶文化、酒文化也无法与之抗衡。

华安玉

中国有四大名玉：华安玉、岫岩玉、和田玉、独山玉。

华安玉出自福建九龙江畔华安、南靖、漳平等地,古称茶烘石、九龙玉、五彩玉、九龙璧,在国内享有极高声誉,并跻身世界"石林",成为石玩中的珍品。

我是福建人,对故乡特有的华安灵玉情有独钟,12年间,我抵华安3次,皆为访玉而去。

九龙江畔青山绿水落差大、水流急、水质好,江水长年累月清澈见底,两岸四季绿树常青,华安玉历经百千万年漫长岁月的急流冲刷、拍击、磨洗、滚动,自然造就了她千姿百态光怪陆离、纹理色彩变化莫测的特色。多为双色石和多色组合石的华安奇石,自古有"绿云""红玛瑙"之称。

华安玉属硬玉类碧玉,其玉质温润、古雅斑驳,同时石质坚硬,色彩绚烂,有紫红、浅红、墨绿、灰白、黝黑等颜色,各种颜色深浅各异,分布不均,多呈条带状,组成瑰丽多彩的图案,有的如虎皮斑纹,有的似潺潺流水,有的像挥毫泼墨的山水画。华安玉细腻油润、石纹清晰,造型多样,形象石、景观石、色彩石、图案石、抽象石,各式俱全,集柔美、秀美、壮美于一身,可谓五色全诸美俱。

唐宋年间,华安玉被誉为珍宝进贡朝廷,北京故宫博物院迄今仍有珍藏。2000年1月3日,经中国宝玉石协会、中国地质学会宝玉石专业委员会等共同研究定名为"华安玉",并被列为中国四大名玉之一。

丁酉年阳历12月8日,在华安县文体新局苗志强同志、华安县观赏石协会秘书长邹培元先生的带领下,我拜会了华安玉协会会长、华玉实业有限公司董事长杨子华先生,华安观赏协会会长、九龙国际商贸中心总经理苏维民先生,听取了他们创业的艰辛、成功的欣慰和对前景的展望,看到了他们收藏的千姿百态活灵活现,大到价值连城、小则精致可人的万千作品,他们的玉世界大气磅礴、精妙绝伦,令人叹为观止!那青褐色的"垦荒牛"遒劲雄健、栩栩如生;那"梅兰竹菊"清雅古朴、风姿绰约;那"米芾拜

石"高标奇秀、毫发毕现……那刀工,那气势,那传统文化的底蕴和巧石的天然神韵,加上背衬名家书画,那一份美玉诗书画相得益彰、刚柔兼济的恢宏古韵,叫我流连再三,不舍离去。

杨子华先生说:"我们以仿古人物,大型摆件如虎、狮、麒麟、大象、貔貅、玉鼎等等以及形形色色的茶具为题材精雕细刻,行销海内外,比起阿富汗玉的贼亮浮华,华安玉古典庄重,宜展示宜收藏宜实用。只是创新不易呀!华安三宝——铁观音、土楼、华安玉,前两宝,别的地方也有,唯华安玉独我县拥有,属于真正县宝,政府要继续加强重视才好。"

我想,企业家的心声,应该也是政府的心愿吧。对于爱玉如我者,也渴望在市、县政府的进一步扶持下,华安玉艺术日益精湛,华安玉企业更加兴隆。

应我之请,邹培元、苏维民二位先生陪我前往距县城8公里的龙头山华安玉地质公园。

地质公园在九龙江北溪,那一日,午后的阳光明丽清亮,沿江一侧青山叠翠,一条山岭掩映在碧树琼花之中,翡翠般的江水在群山中蜿蜒流淌。蔓延数里的奇石,或层层叠叠,或星星点点,分布在北溪的河床上。380多年前,明代地理学家、旅行家徐霞客曾慕名来游,他在《徐霞客游记》中提到:"望前溪西去,一泻之势,险无逾此……","其石大如百间屋,侧立溪南,溪北复有崩崖壅水"。由此可见,其峡谷危滩,何等险峻!

山路实在难行,落叶复径、枝蔓牵衣、藤萝挡道。我与邹、苏二人相携而行,他们帮我后推前拽,一路攀山涉水,终于上岭下谷,来到岸边。只见满溪石头,圆、方、尖、扁,形态千奇百怪;累累卧石,大可数吨,小可盈拳,在冬阳下茫茫银灰一片。我问二位:"这就是名闻遐迩的华安玉吗?怎么灰灰蒙蒙的不见色彩?"

邹秘书长说:"冬日水位低,溪水漫不到石头上,要有水的滋润,玉石才能显出色彩、纹路和光泽来!"

于是,苏总回到车上去拿来水桶,下到溪里舀了水,一桶桶泼在四周的石头上,蓦然间,灰白的石头上立即显现出赤橙黄绿青蓝紫美丽如虹的颜色,在亮晃晃的阳光下熠熠生辉,我兴奋如同孩儿,高喊:"大自然的造物真是神奇呀!华安玉,终于见到你的真容了!"

我在北溪捡了一块未经磨砺的华安玉归来,作为这一次访玉旅程的纪念。

对于玉石,我都喜欢,爱她的温婉绚丽、爱她的一往情深、爱她坚贞不屈的气节、爱她地久天长的永恒!

只要是玉,我不在乎她的价值,翡翠也罢,羊脂也罢,和田也罢,蓝田也罢,我在乎的是她的气质。

当然,我有偏爱——我偏心华安玉,因为她的性情更内敛清雅,她的去处更普罗大众。何况,我曾接二连三痴痴地跋山涉水来寻觅她,我与她,有一种相思的情愫,始终难忘!

2018年元月6日写于厦门

闽南人的爱情
——话说《陈三五娘》

闽南是南音的故乡,也是我的故乡。

春秋佳节,仲夏黄昏,故乡的瓜棚豆架下、小楼幽院中,弦管南音,轻柔如水,流漫长街深巷……

随意走进一户人家,便可看见十七八岁,眉如月,眸如星,文雅清秀的女孩儿,或横抱焦尾琵琶,自弹自唱;或手执彩绸檀板,曼声歌咏。琴韵悠扬婉转,歌声缠绵悱恻。四围白发翁媪、青头少年、大嫂小姑,听着听着,一个个会忍不住按拍唱和起来。

故乡的舞台上,以南曲为主要唱腔的《陈三五娘》《胭脂记》《昭君出塞》《吕蒙正》《亚仙绣襦记》等梨园戏传统剧目,真是屡演不衰!往往是台上演员演唱一支名曲,台下观众和者数百……其中,最为脍炙人口、家喻户晓的是《陈三五娘》!

我的童年在海外,受长辈的熏陶,自幼常听南音、看梨园戏。回故乡厦门后,我家居住的小巷与南音社集安堂相距甚近,家父与同安乡亲、著名曲艺家、南音泰斗、集安堂堂主纪经亩先生又是知交,于是,我的少年时代,几乎每夜都与南音相伴,《陈三五娘》的唱腔,也耳熟能详。家父曾经边哼着曲调边告诉我:"《陈三五娘》剧中的主要唱段'因送哥嫂',在闽南城乡地区及海外侨胞中广为传唱。剧中内容刻画了陈三质朴、直率的性格以及为了争取婚姻自由,不畏权贵、不畏封建礼教禁锢而勇敢斗争的精神。为了进一步深化这一主题,细致入微地体现人物性格,纪经亩先生在传统南音的曲调旋律设计上做了有益的探索,使传统的'因送哥嫂'唱段更臻完善。真正做到雅俗共赏!"

家父还告诉我,《陈三五娘》是一个广泛流传于闽南文化圈、粤东、台湾乃至东南亚华人聚居地的美丽传说,始于历史故事,后来演化为戏曲,戏曲故事又使民间传说更富有传奇色彩。

其实,何止闽粤台湾?在中国音乐界、戏剧界,可谓无人不知无人不晓《陈三五娘》,那是中华大地凤毛麟角的爱情喜剧,那是传遍南国城乡占据妇孺老幼心灵的连台好戏。故事情节大抵如下——

南宋末年,一个元宵佳节,广东潮州街上,张灯结彩,人流不息,一幅人间好景色。泉州书生陈三,送哥嫂到广南上任,路过潮州,与黄家五娘相遇,相见之下种下情苗。富豪之子林大,也中意于五娘,托媒送聘。五娘之父黄九郎贪财应许,五娘坚持不从。六月,五娘与婢女益春在绣楼赏夏尝荔,正逢陈三骑马寻访五娘,五娘将手帕包荔枝投落,以寄深情。陈三拾得手帕喜出望外。数日后,陈三化装成磨镜师傅进入黄府,并故意将宝镜打破。黄九郎闻知大怒,陈三求情,愿卖身为佣,以赔宝镜。五娘料得陈三来意,又喜又怕。陈三虽卖身黄府,但与五娘咫尺天涯,难得相见。日月飞逝,三年间陈三历尽苦楚。因五娘态度若即若离,陈三不得已欲返乡里。益春得知婉言相劝,陈三即修书五娘,五娘阅后,深受感动,两人相会,山盟海誓永不分开。此时,林大因婚事拖延,引起不满,限五娘于三天内成亲。事逼无奈,五娘果断背井离乡与陈三远走高飞。

走过人生的大半辈子,对于《陈三五娘》这一曲南音爱情咏叹调,我一直铭记在心,热爱有加。

陈三、五娘不仅是戏剧里的人物,现实中也真有其人其事。每每想起泉州,就会想起陈三和他的浪漫生平。

从来遇合都是缘,今年暮秋,我来到泉州洛阳江畔,于是,自然而然有幸一了拜访陈三故里的夙愿。

陈三名麟,字伯卿,排行第三,故称陈三,其故里在泉州市洛江区河市

梧宅。阳历10月9日,由乡贤陈民权老师带路,出城7公里,我来到河市梧宅村陈三家乡,只见石碑上虽铭刻着"陈三故里",但旧迹却已荡然无存。方圆百亩土地,正在重建"故里"。为了寻觅陈三墓地,我们到得村中。陈民权先生指着小街上一座大楼说,20世纪60年代,陈三之墓还在这儿,后来被铲平建了这座供销社大楼。但陈三井尚存,走近一看,只见井边青苔斑驳杂草丛生。

在小街上,巧遇村中仅存的陈三后裔陈秀英老太太,听说我们前来采访陈三遗迹,特别热情,希望我们向当地政府建议,尽快修复陈三墓及相关古迹,并主动带领我们来到陈三坝。陈三坝为陈三之兄、广南转运使陈伯贤出资兴建。坝南是洛江区卢厝,坝东是惠安县陈坝村,700年前筑下的水坝,一直灌溉着附近村庄几百亩土地。当年陈三读书处青阳室,也在这儿,优雅清净,旧址尚在。

斯人已矣,遗迹犹存!倘徉其间,想想这儿就是数百年来绵延不绝地演绎活色生香的《陈三五娘》的主角故里,就是风流倜傥、才华横溢的陈三当年的落草之乡葬身之地,思古之幽情,油然而生。我想,爱情确实是永恒的主题,山川大地花树草木,附丽了爱,也便是永恒的了!

古老的中国,美丽的爱情传说无数。最为震慑人心的十大爱情故事——诸如凄美动人、叫人肝肠寸断的梁祝化蝶;一场朦胧烟雨,一次千年相遇,断桥定情成永诀的《白蛇传》;"在天愿作比翼鸟,在地愿为连理枝"的《长恨歌》;百转千回、缠绵婉转的《西厢记》;"孔雀东南飞、五里一徘徊"的《孔雀东南飞》;"嫦娥应悔偷灵药,碧海青天夜夜心"的《嫦娥奔月》;三生石畔绛珠仙草,离恨天上神瑛侍者,心心相印终成陌路的《红楼梦》等等。无论谁听了故事看了戏,无不心碎!因为,其中所有美丽的爱情,都以爱的牺牲作为前提。于是,多情的观众,每每要以滴滴珠泪,作为不幸姻缘的陪祭。

恰恰相反,与我国诸多传说、神话中的爱情悲剧大不相同的《陈三五娘》——为了追求美好爱情,陈三以一介书生,隐瞒身份,甘心为奴多年为爱受苦,无怨无悔;五娘痴情果断,敢于同封建礼制决裂,与心爱的人私奔,让有情人终成眷属;婢女益春,忠诚智慧,大胆泼辣,成人之美。二主角一配角,各自以独特的形式,表达与命运抗衡的大爱精神。因此,与古往今来汗牛充栋的爱情故事相比,《陈三五娘》最难能可贵的是它的乐观向上、积极进取的爱情观和引人入胜、令人振奋的喜剧结局,她给人以蓬蓬勃勃的生命活力、给人以健康快乐的美的享受!这也是闽南人"爱拼才会赢"的坚强、勇敢、执着的天性,也是闽南人与众不同的爱情。

《陈三五娘》从历史故事、民间传说、明代泉州传奇文言小说《荔镜传》(祖本)、明代嘉靖前《荔枝记》演出本、明代嘉靖《荔镜记》演出本,到现代形成脍炙人口的泉州梨园戏《陈三五娘》演出本,戏文增加了元宵赏灯、林大托媒、陈三游街、陈三磨镜、陈三为奴、益春留伞、巧绣孤鸾、林大逼婚、五娘断约、夜奔泉州等情节。一些后来被删节的戏文,如林大告状、五娘探牢、发配崖州、小七送书等,则成为民间故事。随着陈三五娘传说不断充实,后来又衍生了曲艺、舞剧、话剧、长篇小说以及电影戏曲片、故事片、交响乐等文艺形式,还出现了《陈三五娘》文化研究的专家学者。

演出《陈三五娘》的剧种很多,目前可查的,就有梨园、高甲、潮剧、莆仙、黄梅、海丰白字、歌仔戏(芗剧)、布袋戏、纸影戏等;说唱有闽台歌仔册、锦歌、南音、南管白字、竹马、车鼓和潮州的歌册、歌谣;小说有《荔镜传》、《绣巾缘》、《陈三五娘》、《荔镜缘新传》以及日本作家佐藤春夫写的小说《星》。拍成电影的有梨园戏《陈三五娘》、潮剧《荔镜记》,还有香港的《新陈三五娘》和台湾的《益春告御状》、《陈三五娘》、《五娘思君》等。此外还有电视剧《荔镜缘》,舞台剧《现代陈三五娘》和舞剧《陈三五娘》。

1995年,《潮州市文史资料》发表了知名戏剧家刘管耀先生所辑录的

《荔镜春秋》,从他书中收入的、自明代正德十六年(1521年)至1995年关于"陈三五娘"故事创作大事记可知:有关《陈三五娘》的戏文,有剧作36部、小说17部、歌册22部、故事3部、音像制品26部。由此可见其品种之丰富、影响之深广。

一个民间爱情故事,经历漫漫500多年的流传,却仍具有如此强大的生命力,无论从艺术的深度或广度上来看,都是极为罕见的。时至今天,《陈三五娘》的故事仍在不断发展中——仅笔者所知,这些年来,就有潮剧《益春夜遇》、《荔镜外传》、《益春》、《荔镜后传》和《益春外传》等剧目。《陈三五娘》,为我们呈示了一个十分独特的文化艺术现象!

在我心中,《陈三五娘》是戏剧百花园里的一朵芬芳的野菊花,她灿烂、质朴、经霜不凋、笑靥迷人。正因为她的本色、她的深入人心,所以她的生命力特别旺盛!正如学者朱双一先生谈到《陈三五娘》时所说:"与中国北方的粗犷豪放、江南的婉转细腻相比,处于中国东南边陲的闽台地方文化或可用粗砺朴实来加以形容。或者说,闽台文化具有一种朴拙之美,充满粗野灵动的生命活力,可说是一种质朴的现实主义。"

我赞同朱双一先生的见解。

2017年岁末,"第十二届泉州国际南音大会唱"在泉州梨园剧院开幕。我有幸应邀参加盛会,与来自菲律宾、印度尼西亚、新加坡、马来西亚等东南亚海丝沿线国家,我国港澳台地区以及泉州、厦门、漳州、三明等30多个社团的500多名南音弦友共聚泉州,以曲会友,畅叙乡情。一位去国多年的新加坡老华侨,看完梨园戏《陈三五娘》后,情不自禁地按拍清唱起"因送哥嫂":"因送哥嫂于卜去广南城,才到潮州,喜遇上元灯于月明。偶然灯下遇见阿娘有只绝群娉婷,见恁娇姿绝色女,于即会惹动我只一种相思。……"

陶陶然唱罢,老人情真意挚地告诉我:"小半个世纪里,我走遍了大半个地球,如果世界上有一种民间音乐、有一种地方戏剧,能够那样使千百万听众回肠荡气销魂夺魄;那样叫人忘我忘情如醉如痴;那样令人萌生故国桑麻之思、总角青梅之恋,我敢说,那就是南音,那就是《陈三五娘》,她们是我们妩媚多情的闽南女儿哪,走遍海角天涯,也难忘怀!"

老人的心与我相通,于是一见如故,彼此引以为艺术知己!

永远为你歌唱——《陈三五娘》!你是闽粤情缘孕育百代的艺术奇葩!你是故乡传统文化永远的骄傲!你是中国传统戏剧迷人的瑰宝!《陈三五娘》,祝福你——芳华永驻,千秋万代!祝福你——香飘古今,香飘海内外!

2019年8月写于厦门

几生修得到梅花

——古田归来忆圆瑛

一直以来,从深心里崇敬圆瑛大师,涉笔大师之先,我举手加额,真诚地为大师敬献一瓣心香!

我非常喜欢南宋诗人谢枋得《武夷山中》诗:"十年无梦得还家,独立青峰野水涯。天地寂寥山雨歇,几生修得到梅花?"每每回忆圆瑛大师,就想到梅花,圆瑛大师的梅花品格,古往今来,几人修得?

今年,圆瑛大师世寿135岁,1953年圆寂至今,正好一个甲子。半个多世纪以来,岁月沧桑,泥沙俱下,多少丰功伟业,多少名人雅士,大抵淡然如烟,但圆瑛大师的名字,却一直灿如星斗,辉耀在世人心上。

圆瑛大师是中国近代史上杰出的佛门领袖,我敬佩他,远远不只是因为他超人的学识、智慧和禅修专精、诗书并秀的过人才华;我敬佩他,更多的是他的大出世情怀和他的大入世功德,是他的利国济民的真正菩提心和感人至深的崇高气节!

大师出生于乡间草野,前世今生都是传奇——据说圆瑛家祖坟正面,恰对形如和尚帽的山头,依堪舆学,此地后代,有出高僧之象。圆瑛之父吴元云兄弟五人,却无一子嗣。圆瑛祖母到处求神问佛,母亲更是天天吃斋念佛,终于在婚后的第十二个年头喜得贵子,取名亨春。五岁那年,父母相继辞世。作为五房独苗,叔伯将他视为掌上明珠,叔父吴元吉对他更是呵护备至。少年的吴亨春智力超群,聪颖绝伦,在私塾中读书,一目十行,能作文赋诗,能下棋,能吹拉弹唱,有神童之称。年及十五,私塾先生认为亨春诗文已超越自己,建议他到县学馆读书。在县学馆,亨春每试必名列前茅。清光绪十九年(1893年)秋,十六岁的吴亨春喜中秀才。正当族人翘首以待亨春金榜题名之时，赴省赶考的吴亨春，突然只身前往鼓山涌泉寺当和尚去了。事后三天，叔父吴元吉赶到鼓山，不顾一切连夜将亨春带回家乡。次年，亨春得伤寒，命在垂危，忽梦莲花朵朵，文殊菩萨和四大天王先后前来度化，于是病体转安，遂再兴出家之念。于是，十九岁的亨春和叔父一起再上鼓山，同登佛门。第二年，二十岁的亨春和叔父，在鼓山涌泉寺由妙莲大和尚受具足戒，赐法号圆瑛、诗瑛。为此，圆瑛写下《二十初度》一诗：

  转瞬韶华二十年，飘然瓶钵访高贤。
  岂甘选佛居人后，为欲明心脱俗缘。
  新月初圆留净影，毒龙未制且安禅。
  何时归向灵源去？本地风光岁月绵。

  圆瑛出家，正值中日甲午战争中国惨败，清政府与日本签订丧权辱国的《马关条约》，这轰动朝野的奇耻大辱，给予圆瑛心灵极大的震撼。他最爱朱熹的一副对联："鸢飞月窟地，鱼跃海中天。"他认为鸢飞长天才能羽化，鱼跃大海才能成龙。他最喜书写的一副对联是："丈夫自有冲天志，男子当存救世心。"所以，他的出世，绝不是只想空门避世脱离苦海当一沙弥了此终生，他正是因忧国忧民而舍弃儒业，为救世救民而步入佛门。

  圆瑛在出家后的十年间，云游各地寺庙听经讲法，师从通智老和尚学《楞严经》、师从谛闲老和尚学天台教观、师从祖印老和尚学法相唯识、师从慧明大德学向上宗乘，加上自己博览群经、苦修禅学、洞察世事，圆瑛已具大师风范。在《三十口占》一诗中，圆瑛写道：

  三十年华访道勤，禅堂讲肆亦随群。
  满眶热泪成沧海，一片雄心付白云。
  欲向灵山参我佛，好从意地伏魔军。
  果能念念归无念，不舍尘劳般若生。

圆瑛不同凡俗的人生情怀,尽在诗中的字里行间。

光绪三十二年(1906年),宁波七塔寺举办传授心印法会,张灯结彩热闹非凡,八十三岁的慈运老和尚亲传法印给圆瑛,从此,圆瑛成为临济正宗第四十世,这是圆瑛三十岁生涯最大的辉煌!德高望重的慈运老和尚身居宁波弘法五十余年,门下高僧众多,但他最终选择了圆瑛,因为他深知圆瑛深厚的佛学功底、敦厚的为人和远大的抱负,是接受他的衣钵的不二人选。

光绪三十四年(1908年),圆瑛由江南回到闽南,在泉州开元寺开座讲经,由于他宗说兼通,辩才非凡,深受缁素听众欢迎,由此以后,他在闽南、江南声誉日隆。宣统三年(1911年),上海及十七省僧侣代表,联合成立"中国佛教总会",圆瑛被选为总会参译长。民国六年(1917年),圆瑛当选宁波佛教会会长,创办两所"僧民学校",对入学者施以义务教育。继之,圆瑛创办"宁波佛教孤儿院",收容无依孤儿,施以工读教育,各省闻风而动争相效仿。这一段时间,他不时在江浙一带讲经。民国九年(1920年),他在北京讲《楞严经》《法华经》,法缘甚盛。是时华北五省闹旱灾,哀鸿遍野,他参与发起组织佛教赈灾会,募捐救灾,全活灾民无数。

民国十一年(1922年),他到南洋弘法,在新加坡、槟榔屿等处讲经。民国十二年秋回泉州,与早年栖身天童寺时的同参转道法师一起,重修开元寺,次年在寺中创办开元慈儿院,自任院长,陆续收养孤儿二百多人。民国十五年,圆瑛重渡南洋,筹募慈儿院基金,并将募得之款,在马六甲组织了一个基金董事会,由董事会保管本息,按实际需要拨付慈儿院支用。民国十八年五月,在圆瑛、太虚、谛闲诸法师及王一亭、谢铸陈、黄忏华众居士的推动下,于上海召开"全国佛教代表会议",成立"中国佛教会",圆瑛被公推为会长。

圆瑛主持中国佛教会后,积极推动佛教参与社会事业,鼓励寺院设立慈幼院、医院、工厂,为社会分担责任。民国十九年,宁波天童寺住持改选,他当选继任。天童寺是六朝名刹、禅宗祖庭,他进院后,即宣布住持原则:"为法为人,尽心尽力",并提出"不贪名、不图利、不营私、不舞弊、不苟安、不放逸、不畏强、不欺弱、不居功、不卸责、不徇情、不背理"等"十二不"与大众共勉。随即开讲《楞严经》,四方学者云集。民国二十年夏天,长江水灾为患,蔓延数省,圆瑛为筹募赈灾款项,终夏四处奔忙。民国二十一年,天童寺大火,殿堂楼阁被烧九处,计五十余间,寺众悲痛万分,认为非二十年以上不能恢复。圆瑛亲自募捐,三年之中,全部重建,较之以前更见庄严。在此数年内,他奔走厦门、上海、长沙等地讲经,广结法缘。民国二十四年,他在上海自建圆明讲堂,是年秋季落成。民国二十五年,在天童寺方丈任满六年后,他坚决辞职,于民国二十六年正月,接任福建鼓山涌泉寺住持,这年是他的六十大寿,为此,两序大众举办千佛大戒五十二日。自民国十八年以来,圆瑛连任八届中国佛教会会长,统领全国佛教,无论在佛门在民间,都是有口皆碑!

圆瑛大师不仅佛学理论高深,济世笃行感人,更是一位爱国主义楷模,一位爱民爱教高僧。圆瑛主张"国家存亡,匹夫有责;佛教兴衰,教徒有责"。1931年秋天,"九一八"事变,东三省沦陷,他痛心疾首,亲撰对联以表寸心:"出世犹垂忧国泪,居山恒作感时诗。"及时通告全国佛教团体,启建护国道场,同时致书日本佛教界,严厉谴责日本军国主义罪行。

1937年卢沟桥事变后,他召开中国佛教会理监事紧急会议,号召全国佛教徒参加抗日救国工作,并担任中国佛教会灾区救护团团长,召集宁、沪两地佛教青年,组织僧侣救护队,积极进行救护抗日伤员工作。"八一三"淞沪会战开始后,这支僧侣救护队,出生入死,穿梭于炮火纷飞的战场,救护伤员,受到社会各界的崇敬与赞扬。这期间,圆瑛把圆明讲堂开辟为难民收容所,又成立了佛教医院、阵亡将士掩埋队,从事救护收容工

作。当年10月至次年9月,圆瑛两次偕爱徒明旸到新加坡、吉隆坡、槟榔屿、马六甲等地,组织华侨募捐委员会,借讲经说法之机,宣传爱国道理,提倡"一元钱救国运动",广大侨胞踊跃捐款,募得巨款,支援抗日救亡运动。

1939年秋,圆瑛正在圆明讲堂主持法事活动,日本宪兵以抗日分子罪名,逮捕了圆瑛和明旸两位法师,经20多次审讯、恫吓、威逼利诱以及严刑拷打,两位法师都镇静自若,闭目打坐,表现出铮铮铁骨的民族气节。出狱后,圆瑛仍住圆明讲堂,闭门谢客,专事著作。1943年,圆瑛在北京中国佛学院演讲,号召佛教青年不能闭门读书,要肩挑"救国爱教"两副重担,对国家存亡负起责任。

1949年,新加坡等地的圆瑛弟子,纷纷劝他飞往南洋,并准备在那儿为他修建比上海圆明堂大十倍的讲堂,圆瑛法师不为所动,他说:"我是中国人,生在中国,死在中国,决不他往!"

中华人民共和国成立后,圆瑛积极拥护共产党的宗教政策,1952年,圆瑛出席了亚洲及太平洋区域和平会议。1953年5月,圆瑛当选新中国成立后首任中国佛教协会会长。

圆瑛大师出世常怀家国忧,在中华民族危难之秋,他不因自己无守土之责而超然物外,挺身团结佛门僧众,共赴国难。圆瑛大师是现代中国佛教界不可多得的精英,他在抗战中所表现的大心懿行和无私无畏,永载中华史册;圆瑛大师一生坚持正义、反对侵略、热爱祖国、热爱人民、热爱和平,为此,深得海内外中华儿女的尊敬和怀念!

多年以前,早已向往拜谒圆瑛大师故居,直到今年初冬我才圆满心愿。圆瑛故乡在古田平湖镇端上村,阳历10月31日午后,当地宗教局领导陪我前往。离城五里许,见四围青山,草木繁茂,有依山傍水、庄严古朴、气势磅礴的寺庙赫然入目,一问方知是当地名刹极乐寺。据说民国二十二年(1933年)该寺毁于战火,民国二十九年圆瑛大师来此担任住持,得当地名士鼎力相助，在废墟上重建法王宫殿，于是众僧云集，一度中兴。1983年为落实党的宗教政策，古寺再次修缮一新。听得此寺是当年圆瑛大师修持处，我便入寺参拜。寺中沙弥学证法师带我前往瞻仰镇寺三宝：一是题字——圆瑛大师所题"得到此间真极乐，不知何处是西天"，国民政府主席林森题写的"极乐寺"，中佛协前主席、大书法家赵朴初50年前所题"大雄宝殿"和50年后题写的"圆瑛法师纪念堂"。二是雕刻精美、工艺精湛、佛门中罕见的三尊古铜佛像。三是当年缅甸佛教领袖赠送圆瑛大师的玉释迦佛。这里的丝丝缕缕，都是圆瑛大师的履痕足迹。

离极乐寺去平湖镇约30公里，至平湖往东北再行11公里，沿弯弯曲曲的石径，步入翠竹苍松环抱、碧流委曲婉转、篱边墙头火红与粉色的两丽花伸头探脑、鸠雀叽喳咿呀、白猫黑犬悠然踱步极为幽雅恬静美丽如画的一个小村庄，那便是端上村。在村里，参拜了圆瑛故居古拙的二层木楼、参观了当年圆瑛读书的私塾和文物资料齐全的圆瑛纪念馆。我想，因为圆瑛大师天长地久的遗泽，朝朝暮暮地滋润着这片诞生人间英灵的土地，于是，这肃穆秀逸的古老山村，水色岚光，树木花草，鸟兽虫鱼，灰瓦老屋，全都充满灵性，给人一种置身物外、超然世俗、无忧无喜的境界。这里的风声泉语，轻轻淡淡地、无始无终地、如梵呗、如风铃、如歌如诉，不绝如缕地向尘世传递着慈悲与吉祥的福音；这里的父老乡亲，岁岁年年，播种善、播种爱、播种慈悲与般若、播种圆瑛大师的理想和希望！

在端上村，你会忘记日月、忘记苦乐、忘记恩怨、忘记生死，但你不会忘记圆瑛——因为端上的天空，每一片云彩，都书写着这位既有神灵佛骨，又具高风亮节的大师的名字！

圆瑛伟大的灵魂，与古田的青山绿水同在，与中国广袤的大地同在！

2013年11月30日 写于厦门

乡愁和乡愁之外

——说不尽的余光中

  20世纪80年代起,我读过许多台湾当代诗人的诗歌,很喜欢一册《剪成碧叶绿沉沉》的诗歌合集,特别欣赏席慕蓉、郑愁予和余光中的诗篇。那时候,对席慕蓉的《一棵开花的树》《莲的心事》,对郑愁予的"我达达的马蹄是美丽的错误,我不是归人,是个过客……"(《错误》),真是心仪莫名,倒背如流。但能够在我脑海镌上深深烙印的,却是余光中的《乡愁》:"小时候/乡愁是一枚小小的邮票/我在这头/母亲在那头;长大后/乡愁是一张窄窄的船票/我在这头/新娘在那头;后来啊/乡愁是一方矮矮的坟墓/我在外头/母亲在里头;而现在/乡愁是一湾浅浅的海峡/我在这头/大陆在那头。"这首诗,十回百回地读过,每一回,总是泫然泪下。究其原因,一者,毕竟都曾是天涯游子,饱尝过"山河破碎风飘絮,身世浮沉雨打萍"的滋味;二者,此岸、彼岸,江山未统,难免心绪苍凉。

  后来,因为工作关系,我有幸结识了痖弦、洛夫、纪弦、郑愁予、席慕蓉、余光中、许达然、张晓风、陈映真、陈若曦等一大批台湾诗人、散文家、小说家,其中,与余光中缘分最深,或在两岸文化交流会上,或在海外华人文学研讨会上,或在母校学术研究会上,彼此都留下了合影。对于这位以《乡愁》风靡两岸的乡愁诗人,自然而然更有一份亲切感。原因之一,他是我的闽南乡亲;原因之二,他是我的母校厦门大学的学长。每次见到他清癯峻拔的形象和略带诙谐的沉思面孔,总觉得他的气质就是一位天生的诗人。

  丁酉年早春,旅次永春。说来有缘,这儿正是我崇拜的诗人余光中的故乡。听县文化官员介绍,这儿建设了一座总面积5000多平方米的余光中文学馆。为了寻觅诗人故土遗踪,我迫不及待前往文学馆览胜。

余光中文学馆位于桃溪畔,白墙黑瓦、依山而建,恢宏大气。文学馆展厅分三大篇章:乡愁四韵、四度空间、龙吟四海,每个篇章分若干小节,真是精心策划、文采风流。馆内藏有余光中手稿400余张,其父余超英先生的手稿若干,其堂叔余承尧先生的名画2幅,蒋介石、林森、汪精卫等国民党政要为其祖父余东有先生写的像赞,余光中的手绘地图、蜡像、著作、多媒体及电子书,高雄中山大学"余光中数位文学馆"等。文学馆全年无休、免费对外开放,从开馆至今,已接待了十几万客人。参观后,我深深敬佩馆长周梁泉先生呕心沥血的收藏和精心巧构的艺术布馆,更为县政府弘扬文学大师的大智慧大手笔所震撼。

我希望去看看余光中的老家,周馆长欣然陪同,一起驱车来到离县城12公里的余光中家乡,也是《乡愁》的故乡——桃城镇洋上村。这儿四面环山,淅沥春雨中,满目修竹青松流绿溢翠,瑟瑟芦苇与杂色野花在风中摇曳,红墙灰瓦的三进老屋,檐前雨珠滴答。周馆长告诉我,这是清末余光中的祖父余东有先生修建的闽南式大厝"鼎新堂",现在改名为"新坂堂",余光中的父亲余超英先生就生养在这座大厝里。余光中曾说,他与永春的故事,早在出生前就已开始,那是身处闽南永春的父亲与来自江苏常州的母亲在这里写下的爱情故事。1928年九月初九重阳节,余光中出生在南京,"这是个诗和酒的日子,菊花的日子,插茱萸的日子"。因此,他自称为"茱萸的孩子"。1935年,祖父余东有先生去世,年幼的余光中随父母前来奔丧,这是他与故乡永春的第一次结缘,那一回,余光中在永春小住了半年。

走进屋内,古老的地砖、昏暗的房间一如陈旧的岁月。诗人93岁的堂兄余江海和88岁的堂嫂住在十分简陋的后房里,他们见到来客,满面笑纹绽如秋菊,淳厚朴实犹如眼下的老屋。我走到屋后,见山坡上一溜排

开的五株老树依然枝繁叶茂。周馆长说,那便是余光中笔下的《五株荔树》了,这首长诗的手稿,现在收藏于"余光中文学馆"中。

余光中1947年考入金陵大学外语系,后转入厦门大学。1948年随父母迁居香港,次年赴台,那一年,他22岁。1952年,余光中毕业于台湾大学外文系。1959年获美国爱荷华大学艺术硕士。先后任教于台湾大学、台湾东吴大学、台湾师范大学、台湾政治大学。其间两度应美国国务院邀请,赴美国多家大学任客座教授。1972年任台湾政治大学西语系教授兼主任。1974年至1985年,任香港中文大学中文系教授。1985年,任台湾中山大学教授,其中有6年时间兼任文学院院长及外文研究所所长。从1962年的中国文艺协会新诗奖到2003年的第9届国际诗人笔会的中华诗魂金奖,再到2013年的两岸诗会桂冠诗人奖,余光中获得的各类文学奖项不胜枚举——但不管余光中曾经拥有多少头衔和桂冠,让他一举成名的,是他1972年一挥而就的那曲《乡愁》,这《乡愁》一出世,余光中的名字,便迅速传遍海峡两岸、五洲四海。

1992年,64岁的余光中首次返回大陆,"掉头一去是风吹黑发,回首再来已雪满白头"。这天涯游子,足足等待了42年才回波归渡。2011年起,余光中越来越频繁地返回"清水一湾舞白鹤,风光两岸映桃源"的故乡永春,并且用他不老的诗心,一再热情洋溢地讴歌这片留下先人血脉骨殖、令他岁岁年年长相思难相忘的土地。

其实,乡愁是古今中外诗歌一个历久弥新的主题。就中国而言,古往今来的诗人,写乡愁的诗歌可谓车载斗量。诸如"举头望明月,低头思故乡""胡马依北风,越鸟朝南枝""露从今夜白,月是故乡明""乡书何处达,归雁洛阳边""日暮乡关何处是,烟波江上使人愁""剪不断,理还乱,是离愁,别是一般滋味在心头""问君能有几多愁,恰似一江春水向东流""抽刀断水水更流,举杯销愁愁更愁"等等,真是俯拾即是。但余光中的《乡愁》

特别温润人心、特别引发共鸣,那是因为他的乡愁,有一个两岸江山隔一水、炎黄子孙梦难圆的时代大背景——诗人曾经说过:"大陆是母亲,那无穷无尽的故国,四海漂泊的龙族叫她做大陆,壮士登高叫她做九州,英雄落难叫她做江湖。不用多说,烧我成灰,我的汉魂唐魄仍然萦绕着那一片后土。"他的乡愁,是屈原"亦余心之所善兮,虽九死其犹未悔"的执着;他的乡愁,入木三分地体现了一位爱国诗人深沉厚重的家国情怀。正因为诗人拥有这样感人肺腑的家国情怀,他的乡愁,才能不胫而走,成为千千万华夏同胞共同的心声。

当然,余光中的诗不只写乡愁,也写亲情、友情、历史、自然等等,而且风格多姿多彩。从1952年大学毕业后出版的第一本诗集《舟子的悲歌》后,迄今为止,他创作了《蓝色的羽毛》《天国的夜市》《钟乳石》《万圣节》《天狼星》《五陵少年》《敲打乐》《在冷战的年代》《白玉苦瓜》《与永恒拔河》《隔水观音》《五行无阻》《高楼对海》等21部诗集共1500多首诗歌。

余光中也不只写诗,他还写散文、写评论、搞翻译,他自称,这是他写作的"四度空间"。

"右手写诗,左手成文。成就之高,一时无两。"文学大师梁实秋先生曾经这样评价余光中。余光中认为诗是一切艺术的入场券,散文是一切作家的通行证。他说:"我所期待的散文,应该有声,有色,有光。应该有木箫的甜味,釜形大鼓的骚响,有旋转自如像虹一样的光谱,而明灭闪烁于字里行间的,应该有一种奇幻的光。"余光中的散文,既有精雕细刻的妩媚"小品",如《宛如水中央》《在水之湄》等,也有浓墨重彩绘就的恢宏"大器",如《逍遥游》《听听那冷雨》《我的四个假想敌》《桥跨黄金城》等。

吴秀明主编的《中国当代文学史写真》中提到:"余光中'才子'和'学者'的双重身份,使其在诗歌和散文的创作中显得游刃有余,轻松自如,既有前者的潇洒纵逸,又有后者的缜密深思,而贯穿于诗文之中的,是不变

的'中国情结'。"

余光中也是当之无愧的文艺评论家,从 1964 年出版的诗论集《掌上雨》,到后来的《分水岭上》《从徐霞客到梵谷》《井然有序》《蓝墨水的下游》等,余光中先后出版了 5 部评论集。余光中以"清畅"的文字和"真性情"抒写专业文论,堪称"评论美文"。

余光中又是一位出色的翻译家。他还是一名大学生的时候,就已翻译名著《老人与海》。作为"白天用英文教学,晚上用中文写作"的语言大师,余光中做起翻译来自是得心应手。余光中说:"译者其实是不写论文的学者、没有创作的作家。"

余光中对翻译的态度是"认真追求,而非逢场作戏"。他的译作包括诗歌、小说、戏剧,他在戏剧方面的译作多次被搬上舞台,仅 2004 年一年间,奥斯卡·王尔德剧本《不可儿戏》的余氏译本,由著名导演杨世彭执导,在香港就连续演出 18 场。

福建向来是出翻译家的地方,自清末以降,黄加略、林则徐、陈季同、林纾、严复、辜鸿铭、林语堂、郑振铎等等,都是杰出的翻译家,余光中先生,亦是其中不可或缺的一员。

余光中除了文学创作的"四度空间"外,从青葱少年到白发苍苍,他一直是一名资深编辑。1954 年,余光中与覃子豪、钟鼎文等人,组成"蓝星诗社",该社出版《蓝星诗刊》《蓝星诗页》《蓝星季刊》等诗歌杂志。20 世纪 70 年代,他还主编《现代文学》及《文星》。1989 年,余光中以"总编辑"名义,主编台湾《中华现代文学大系》15 卷等,并荣获"金鼎奖之图书类主编奖"。

余光中以独到的才华、执着的爱国心和坚忍不拔的毅力,驰骋中华文坛逾一个甲子。涉猎广泛,硕果累累,盛名远播的余光中,在两岸同胞中,在华人世界里,真可谓实至名归、家喻户晓!

且不说千百年来,永春山川秀逸、地灵人杰的沃土;永春源远流长、美丽多情的桃溪,孕育了诸多能工巧匠、名人志士、文官武将,即便永春寂寂无闻,因为拥有诗人余光中,永春的芳名,也已然流传千古!

说不尽的余光中,你是中华民族文化之光,你是故乡骄傲的儿郎!永春因你而成为诗的家园!

2018年3月写于厦门

未必繁华才是春

——许地山素描

20世纪现代文坛,以鲁迅先生为首的洋洋洒洒的作家群落中,有一位似乎不温不火的作家许地山,离世之后,也淡然如菊,倒是因为他的散文《落花生》,多年来一直被选入人教版小学五年级语文课本,于是家喻户晓。而我,因为许先生是闽南作家,与我有一份乡缘的牵绊。于是,戊戌年初春来到许地山的故乡漳州,我自然而然地走近许地山,从而真正了解了这位乡亲作家的厚重与价值。

飘萍转絮畸零身世

许地山,福建龙溪人,原籍广东潮阳,名赞堃,乳名叔丑,号地山,笔名落华生,1893年2月14日生于台湾台南府平郡王祠侧的窥园里。

许先生的一生,恰似一条弯弯曲曲跌宕起伏的河流——生后数月,中日开战,未及二载,台湾失守,是时其父为台湾筹防局统领,散财避地大陆,3岁时,先生随父寄籍漳州龙溪。九岁,随父赴徐闻任所,后又辗转阳春、江州、三水诸县。14岁,再随父移宦广州,师从徐展云、龙积之、龙伯纯诸先生习经史。辛亥革命后,其父退居漳州海澄,因家境贫寒,19岁的地山,为维持家计,先受聘于福建省立第二师范当教员,后赴仰光任中华学校教员。24岁,先生往北平燕京大学求学,同年,其父殁于异域。27岁,先生毕业于燕京大学,得文学学士学位。是年,其原配夫人林月森也不幸病故。屡失至亲,先生痛不欲生。28岁,又毕业于燕京大学宗教学院,得神学学士学位。29岁,放洋美国哥伦比亚大学研究宗教。31岁,转赴英伦,入牛津大学,习宗教史、土俗学、印度宗教、梵语。后归帆印度,曾作短期勾留,就地研究梵文及佛学。33岁先生回国,先后在燕京大学、北京大学、清华大学任教授。36岁,与湖南望族周印坤之女、北京女子师范大学理学学士周俟松再结连理。

1935年,因与燕大教务长司徒雷登意见不合,40岁的许先生,南来广州任中山大学社会学系人类学教授。同年冬,先生再赴印度,一年后回国,仍执教燕大。42岁,因胡适博士之荐,先生就任香港大学文学院主任、教授,任职6年。49岁秋日,先生病逝于香港,下葬于薄扶林道中华基督坟场。

先生的一生,是不断追求不断探索不断奋进的一生,是坐不暖席车马倥偬云水天涯的一生,因此,他虽不幸早逝,但属于他的近半个世纪的岁月,留下的是一片铿锵的回响和耀眼的亮色。

文学哲学花开并蒂

许地山先生是以著名作家称誉于世的,其实,先生不仅是一位作家,还是一位哲学家。先生的著作,大体可以分为文学和学术两大类。

关于文学类,我拜读过先生的散文集《空山灵雨》《杂感集》、小说集《缀网劳蛛》《危巢坠简》,其中的名篇如《落花生》《缀网劳蛛》《春桃》等,都是令人回味无穷的。译著《孟加拉民间故事》《二十夜问》《太阳底下降》则是中西文学合璧的产儿。

至于学术著作,我涉猎不多,大约有《印度文学》《达衷集》《道教史》《国粹与国学》《扶箕迷信的研究》《佛藏子目引得》等。

先生的著作,以1926年学成回国任教为界,前期以文学创作为主,后期以学术著述为主。

我的关注点在于文学。通观先生的散文、小说,与他的生平阅历及宗教信仰息息相关。先生毕业于燕大神学院,游学欧美,早年信奉基督,但因生于忧患、长于忧患,加之母亲是虔诚的佛教徒,自己又曾在佛教之城仰光任教两年,因此先生平生著作,笔触所及遍及佛教、道教、基督教,但真正影响他人生观形成和创作倾向的,主要是佛学思想。北大陈平原教授说:"(许地山)之所以在'五四'一代作家中卓尔不群,很大程度上取决于其浓郁的宗教色彩与异域情调。"沈从文先生也这样评介许地山著述:"在中国,以异教特殊民族生活,作为创作基本;以佛教中邃智明辨笔墨,显示散文的美与光……"

因此,先生文学著作可归为两条:一是"爱"的宗教,一是"无我"。但他的理念,不是虚空,而是奋斗、进取,纵使失败,也义无反顾地再接再厉。先生说:"人生如蜘蛛结网,网难保不破,但照结不误,破了再补。"这一"补网人生观",是积极入世的,也是其作品的魅力所在。

另外,先生的作品,特别是散文,既有洗尽铅华的朴实,如《落花生》,又有缠绵悱恻的温馨,如《笑》《香》;既有俗世的男性阳刚、女性柔媚,如《无法投递之邮件》《荼蘼》《忆卢沟桥》,又有红尘中的哲学思索,如《海》《七宝池上的乡思》《蛇》;至于空灵隽永如诗的篇章,如《梨花》《桥边》《再会》;等等。先生的小说《春桃》,曾改编为同名电影。

先生的作品之所以引人入胜,就在于它的万花筒多棱镜般地闪烁异彩。宋庆龄、徐悲鸿、茅盾、郭沫若、柳亚子、郁达夫、老舍等,对先生的人品学识均有很高的评价。

不能不说的许南英

许南英先生是许地山的父亲。忠贞爱国、耿介正直又满腹诗文的许南英,对许地山先生潜移默化的影响很大。

许南英是台湾历史上第二十五位进士。1895年中日甲午战争爆发,时任清朝驻台湾筹防局统领的许南英,扼守台南,激于民族大义,率部奋死抵抗,苦撑危局,还将多年积蓄充作官饷,奈何回天无力,台湾最终沦陷。由于清政府的腐败,战争失利后,将台湾割让日本,富有爱国思想的许南英,不愿做亡国奴,抛弃全部家产,带领一家人迁回大陆,在福建省龙溪县(即今漳州市)落户,认祖归宗。后来出洋,因欧战滞留南洋,病故于苏门答腊。

许南英不仅是一位抗敌名将,也是著名的诗人,战前战后,他写了一系列充满爱国主义思想的诗篇——

"雄心尽付东流水,莽莽河山抱杞忧""沙场白骨臣之壮,幕府青衫我独贤",是他歌咏抗敌民族英雄吴彭年的诗章;

"血枯魂化三春鸟,茧破丝缠未死蚕",是1896年九月初三眺望沦陷中的台湾的心声;

"不随桃李斗襛华,一勺清泉养绿芽。几度春风深酝酿,托根无地亦开花",是借咏水仙以寄故土沦丧、国破家亡之悲凉;

"旅客他乡是故乡,到处溪山是主人""某山某水还无恙,谁毁谁誉任自然""合为诸生开望眼,相期祖国焕辉光",是羁旅怀乡中爱国志士的情愫。

许南英先生身后,留有一卷诗集《窥园留草》。老人一生好画梅,那是他铮铮傲骨的写照。

……

许南英大敌当前时的报国壮举、民族屈辱后的慷慨悲歌,是一代中华儿女的骄傲也是许氏家族的荣光。他的爱国主义思想和才华横溢的文学素养,对许地山先生是耳濡目染刻骨铭心的。

赤子情肠志士心

由于父辈忠贞报国情怀的言传身教浸润熏陶，许地山先生自少年起就拥有一颗赤子情肠爱国心。

1906年，先生进旅粤中学（原名随宦学堂），4年后毕业。正值辛亥革命前夕，广州革命浪潮汹涌澎湃，富有进步思想的17岁的许地山，毅然剪掉辫子，投身革命活动。

1921年1月，茅盾、叶圣陶、郑振铎等12人，在北平发起成立文学研究会，创办《小说月报》，该刊成为我国现代文学史上第一个规模最大、影响最广的新文学刊物。既是杰出作家，又是杰出民俗学家的许地山，是文学研究会的发起人之一。

1937年抗日战争全面爆发，"七七"事变后，时任香港大学文学院主任的许地山教授，发表文章、演讲，宣传抗日，反对投降；"皖南事变"发生后，出于高度的责任感，先生立即与张一麐联合致电蒋介石，呼吁团结、和平、息战，并拒绝为国民党反动派主办文化宣传活动及撰写文章。

1938年3月，在汉口成立了"中华全国文艺界抗敌协会"，许地山和郭沫若、茅盾、巴金、夏衍等45人当选为理事。当时大批文化人与青年学生流亡香港，许地山和由内地来香港的文艺界进步人士茅盾、胡愈之、徐悲鸿、关山月、柳亚子、杨刚、萧红等，全力发动香港文化艺术界群众积极投入抗日救亡运动，并成立了"中华全国文艺界抗敌协会香港会员通讯处"，许地山任常务理事兼总务，尽心尽力为抗日救国奔走呼号，积极开展组织教育工作。

在祖国危难之秋，许地山先生用他的赤子情肠志士心，用他如匕首投枪般的利笔，为民族的解放事业献上一束沥血的心花。

雷洁琼先生如此评价许地山:"地山先生一生坚持真理、追求进步、热爱祖国、诲人不倦的风范,使我们永远怀念。"

就是一颗落花生

许地山先生在《落花生》中写道:"花生的用处固然很多,但有一样是很可贵的。这小小的豆不像那好看的苹果、桃子、石榴,把他们底果实悬在枝上,鲜红嫩绿的颜色,令人一望而发生羡慕底心。他只把果子埋在地底,等到成熟,才容人把他挖出来。"

许地山的妻子周俟松说:"地山在生活上,一无嗜好,衣食简朴……喜爱与劳动人民接触,与广大群众交谈,对人真挚谦虚,对义务竭尽所能,对权力从来淡薄……"

在孩子的眼里,身为父亲的许地山又是什么样的呢?许地山的儿子周苓仲回忆一家人时说:"经常追逐为戏,妈妈当母鸡,我们兄妹两个当小鸡,爸爸当老鹰,常常被爸爸捉住抱起来打屁股……"

地山先生对孩童特别重视,随时都是循循善诱、和蔼可亲地说服教育。他和孩子打球、捉迷藏,还为孩子创制一种有历史意义的"六国棋"。他亲自栽花做盆景、养猴子、小狗和家禽,带着孩子们浇水、饲养,利用此时间作为休息。为孩子写童话,如《萤灯》《桃金娘》等等。

许地山常穿自己设计的长仅及膝、对襟不翻领的棉布大衫,蓄着山羊胡子,又爱写钟鼎文或梵文,因此同学多戏称他为"三怪",也有称他为"莎士比亚""许真人"的,他都微笑以对。平日里,他能文善诗,谈笑自如,有时讲普通话,有时讲闽南话,有时又讲广州话,风趣横生,和蔼可亲,人多喜欢跟他接近。

地山先生轮船火车从来乘三等座,豪华酒楼没有他的足迹。他的收

人,大部分用在购买图书上。他名其书房曰"面壁斋",就是激励自己心无旁骛地专心学习。他每日绝早起,深夜眠,总是如饥如渴地攻读。

地山先生对学生视同亲人,除课堂教学外,总是以身作则,教育做人的道理。他说:"从师若不注意怎样做人,纵然学有师承,也只能得到老师的死知识,不能得到他活的能力。做老师的任务,就在以'怎样做人'的活的知识育人。"

先生本色、谦和,没有名士的骄人气势,一生崇尚质朴无华、真诚内敛的落花生精神。

先生本身就是一颗落花生!

冰心轶事及胜友如云

地山先生的一生,可谓胜友如云。有意思的莫过于与冰心先生的过从,也算一段文人轶事吧!

1923年初秋,燕京大学有四位同学同船赴美,其中就有冰心和地山,说来也巧,冰心和后来的丈夫吴文藻相识,还是因为她请地山帮忙找清华的学生吴卓,地山却把吴文藻给找来。地山以后常对冰心说:"亏得当时的阴差阳错,否则,你们到美国后,一个在东方的波士顿的韦尔斯利,一个在北方的新罕布什尔州的达特默思,相去七八小时的火车,也许就永远没有机会相识了!"

1926年,冰心从韦尔斯利学院得到硕士学位后,回到燕大任教。次年,地山也从英国回到燕大,于是接触机会较多。1928年,经熊佛西夫妇介绍,地山与周俟松相识,1929年,在朗润园美国女教授鲍贵思家里宣布订婚,是日,中文的贺词,就是冰心宣布的。冰心幽默地说:"这也算是我对他那次'阴差阳错'的酬谢吧!"

冰心先生对地山先生深为赞赏："地山见多识广,著作等身……他的文学方面的成就,那的确是惊人的。他的作品,有异乡、异国的特殊的风格和情调。他是台湾同胞,又去过许多东南亚国家和地区,对于那些地方的风俗习惯,都描写得栩栩如生,这使得地山在中国作家群里,在风格上独树一帜!"

可惜天妒忠良,地山先生不幸早逝,对此,冰心先生不胜痛惜:"昔人有诗云'美人自古如名将,不许人间见白头',我想'才人'也和'美人'一样的吧！天实为之,谓之何哉！"

不仅冰心先生,当年文艺界的翘楚,对地山先生的人品文章,也都好评如潮——

郭沫若先生说："他不仅是一位诚实的创作家、真挚的学者,而且是一位极健全的社会人。也因为他是诚实、真挚,所以他的精神才极其健全。"

茅盾先生说："他是热情的,然而他的热情常为理智所约束,故不常见其喷薄;他对于人生的态度异常严肃,然而,他表于外者又常是爱说笑爱诙谐。"

老舍先生说："……他明知道某某人对他不起,或是知道某某人的毛病,他仍然是一团和气,以朋友相待。他不会发脾气。……为了读书,他可以忘了吃饭。"

叶启芳先生说："许先生对于我的最深记得的印象和我认为先生最伟大的品格,便是真诚,一种恳挚无比的真诚,一种坦白无邪的真诚。"

郑振铎先生说："他的一生都是有益于人的,见到他便是一种愉快。他胸中没有城府……"

郁达夫先生说："像(许地山)这样坚实细致的小说,不但是在中国小说界不可多得,就是求之于一九四〇年的英美短篇小说界,也很少有可以和他匹敌的作品。"

许地山先生一生多才多艺,琴棋书画无所不通。与许地山并无深交的胡适坚持自己的选择,推荐许地山到香港大学任文学院主任、教授,胡

适先生认为,在新文化运动中最佩服的人物,"除去二周(鲁迅、周作人)之外,许地山是第三名"。

与许地山交往的文友,还有梁实秋、周作人、蔡元培、柳亚子、胡愈之、邹韬奋、陈寅恪、瞿秋白、泰戈尔等等。

正如漳州作家黄文卿先生所说:"许地山和曾经出现在他生命里的那些人,在一个特定的时代背景下,在一个大时代的漩涡中,他们交集、碰撞,熠熠生辉,折射出钻石般的光芒。"

当许地山先生病逝的噩耗传出后,第一个送去花圈的是宋庆龄女士。书画家叶恭绰、银行家周寿臣、外交家颜惠庆、戏曲艺术大师梅兰芳、香港知名学者陈君葆、画家徐悲鸿等各界人士和团体,近千人或前往悼念,或送花圈,或送挽联,香港大学降半旗,港九钟楼鸣钟致哀。地山逝后哀荣,由此可见一斑。

地山先生千古之后,张一麐、陈寅恪、郭沫若、柳亚子、马鉴、陈君葆、老舍、茅盾、冰心、杨刚、叶启芳等一大批文化名人,纷纷写文章悼念。

香港中华儿童书院五年级学生谭孟荪,为地山先生写了一首悼诗:

  南中国殒了一颗文星,
  但世人永存着不朽的《萤灯》。
  我痛哭这位文化的伟人,
  纪念爱护我们的导师"落花生"。
  南中国殒了一颗文星,
  《桃金娘》却是永生。
  我痛哭这位新文艺运动的老战士,
  纪念爱护我们的导师"落花生"。
  地山先生的过早辞世,是中国现代文学的一大损失,
  也是他所有的文字知交和所有的学生永远的悲痛!

题外话

1915年冬至1917年夏，许地山先生曾居住漳州新华东街管厝巷。

今年，3月9日午后，我约了地山先生的族亲许江鸿先生，一起前往探访地山旧居。从我下榻的漳州宾馆步行至四季广场，不远处便是新华东街，只见人烟稠密、车水马龙，一派繁荣景象，但管厝巷许家故居，已荡然无存。江鸿先生说："2000年开发房地产，早就把许地山家的宅院拆掉了！"

我心惋惜："这是市级文物保护单位呀，怎么说拆就拆了呢？那拆迁补偿在哪儿？"

江鸿先生带着我穿街走巷，来到0596小区元南路7-2号，只见街巷间高大的建筑群下，建了一栋外观不中不西的两层小房，房子空荡荡的一无所有。江鸿告诉我，故居有800多平方米，这座形同公厕的补偿房仅有200多平方米，10来年了，一直任凭风吹雨打，也无修缮布馆。

痴痴地站在元南路上，看着补偿后的许家空房，我心怆然！近年来，我参观过漳州的许多城镇乡村，真是美丽处处变化天翻地覆；我瞻仰过平和县林语堂故居和芗城区林语堂纪念馆，那真是精工巧构、文采斑斓、气派非凡。林语堂是文坛秀士，是漳州的名片，故乡人民崇敬他是应该的！但许地山先生不仅是文学巨匠，还是满门忠烈的爱国志士，在故乡，理应拥有更多的鲜花和歌唱！

当然，只要千秋人长忆，未必繁华才是春！

许地山先生永垂不朽！

2018年4月5日清明节

沧浪之水清兮

沧浪之水清兮，可以濯吾缨。沧浪之水浊兮，可以濯吾足。

——《沧浪歌》

寂寞生涯　不甘寂寞的心

八百多年前，在风景如画的武夷山南麓邵武境内，在一座名叫严坊的村庄里，有一个婴儿呱呱落地，他的名字叫严羽。严羽家临莒溪，沧浪之水出于此，因此严羽自号"沧浪逋客"，而世称之为"严沧浪"。

严羽出身名门，在"诗村"严坊长大，少年时代便在当地崭露头角，十三岁以"日日昌明长乐年"，对老师的上联"山山出秀永嘉地"，获得满堂彩。

严羽出生在南宋统治末期，兵祸连连，民族危机日甚一日，社会动荡不安。南宋与金国签订的一个个屈辱和约，在少年严羽的心中留下了深深的伤痛，因此也造就了少年严羽"尚奇节"的个性——"奇节"即不同寻常的操守，严羽自幼把自己打造成一个具有英风剑气并熟知"纵横策"的志士。他勤学好剑，喜结交江湖名士，秉性忠耿，不屑仕进，一心想通过幕府来发展自己，以实现他引以为豪的"纵横策"。然而，多位当权者都无一例外地把他混同于普通的书生，从未委以重任。现实一再打破他的美好愿景，于是，他也从一位文武双修、壮怀激烈、以身许国的志士，慢慢变成一位向往隐逸山林的智者。

嘉定十二年（1219年）前后，严羽、严仁兄弟，随父、祖从军于西北玉门等地,历时近十年。绍定元年(1228年),严羽与弟严仁一同归乡。

壮士报国无门,书生落拓归来,兼济天下不得,则求独善其身,不仕归乡的严羽,转为"立言"——撰写《沧浪诗话》,也写诗,但其忧国爱民之心每见于诗,令人读罢热泪沾巾!

从壮年至耄耋之年,严羽一直关注着多灾多难的朝廷,当他获悉宋朝军队与元军作战节节败退时,内心无比焦灼,被敌方追杀、于困境中挣脱出来的文天祥的出现,让严羽看到了中兴宋室的希望。德祐二年(1276年)五月初,文天祥终于被朝廷委派到南剑州(今南平)。文天祥抗元,民心所向,各地忠义才学志士纷纷前来南剑州效命。此时,已是八十四岁高龄的白发老翁严羽,心中的爱国激情被再次点燃,他断然终止为族中弟子授课的教师生涯,独自抄小道来到紫云溪畔的曲赛渡口,登船顺流而下南剑州。在南剑州幕府,严羽得到安置,但依然没有得到幕府主人的重用。忽然之间,朝廷又急令文天祥南移汀州,于是,严羽施展"纵横策"、为国效力的好梦被完全粉碎。无可奈何,他只好乘小船溯流而上回到邵武。从此,严羽只能彻底隐居山林,一颗爱国家爱民族的不甘寂寞的心,终于寂寞,如同行云野鹤,最后不知所终!

沧浪诗行　山高水长

清代诗人赵翼有诗:"国家不幸诗家幸,赋到沧桑句便工",那便是严羽之谓也!严羽生活在"山河破碎风飘絮,身世浮沉雨打萍"的境遇里,仕途失意,但在诗坛上,他是幸运的。他一生三次客游江湖,除了首次塞上十年壮游之外,在他生活的后期,有过两次较长时间的出游。一次是理宗绍定年间为躲避家乡的变乱而出走,到过豫章(今南昌市)、浔阳(今九江市)以至洞庭潇湘一带。一次是漫游吴越,约在端平初年,历经建康(今南

京市)、扬州、吴中(今苏州市)、临安(今杭州市)等地。两次出游中间,在家乡结识了老诗人戴复古,成为忘年之交,有过一段朋辈三五相聚诗酒酬唱、切磋诗艺的快活日子,传为诗坛佳话。漫游塞北江南,广交江湖名士,加上忧国忧民之思,让他创作了大量上乘诗作,现存《沧浪先生吟卷》一百四十六首,仅是他诗作的十分之一。

严羽的诗词,多为忧国伤时之作,尤其塞上十年,更多慷慨悲歌。他的咏怀之作"貂帽狐裘塞北妆,黄须年少羽林郎。弯弓不怕天山雪,生缚名王入建章""古戍秋生画角哀,思归泣尽望乡台。胡天日落寒风起,但见黄沙万里来",抒发壮志豪情,于萧飒中见豪迈,有陈子昂、王昌龄之风;他的怀人之作"见说春帆外,康卢水石多。期君一把臂,长啸入烟萝""黯黯离筵夕照收,江城羌笛起边愁。念君此去三千里,何处关山是楚州?"情真意挚,意境苍凉,可见李白、杜甫诗痕;他的抒情之作"江上谁家吹笛声?月明霜白不堪听。孤舟万里潇湘客,一夜归心满洞庭""西风催我转胡床,坐落秋山午梦凉。蝉老树深音响别,满天风雨带斜阳",意在言外,忧心可掬,有李商隐笔墨;他的山水之作"清江木落长疑雨,暗浦风多欲上潮。惆怅此时频极目,江南江北路迢迢""梅花树树搅离心,寒重驼裘雪片深。诗思飞来驴子上,小山丛桂待君吟",清疏婉约,具王维、孟浩然冲淡空灵风韵。

在宋代诗坛,严羽是一位以崇尚盛唐诗风为圭臬的特立独行的诗人,不幸的仕途造就了诗人严羽。

诗话长留天地间

严羽终生蹭蹬,爱国情怀受挫,有心栽花花不发,想不到的是,他的诗,特别是他的《沧浪诗话》,无意插柳柳成荫,竟成了千古诗评绝唱。

严羽所著的《沧浪诗话》,是一部中国古代诗歌理论和诗歌美学著作,是宋代最负盛名、对后世影响最大的一部诗话,约写成于南宋理宗绍定至淳祐年间。人们能够记住严羽,严羽能够名重中外,皆因他的《沧浪诗话》。《沧浪诗话》是继钟嵘《诗品》、司空图《二十四诗品》之后最重要的诗歌理论专著,它确立了严羽在中国文学史与中国文学批评史上的重要地位。

《沧浪诗话》共分"诗辨"、"诗体"、"诗法"、"诗评"和"考证"五章,合为一卷,它对古代诗歌的历史演变,尤其是唐诗和宋诗所提供的正反两方面的经验,作了深入的探讨和总结,成为读者把握这一时期文学思潮的重要枢纽。它鲜明地提出了诗歌艺术的美学特点和审美意识活动的特殊规律性问题,触及艺术形象和形象思维的某些基本的属性,把传统的美学理论向前推进了一大步。它还全面地展开了关于诗歌创作、诗歌批评、诗体辨析、诗歌素养等各部分的理论,为后人提供了许多有用的思想资料。

《沧浪诗话》对后世诗歌理论的发展产生了巨大的影响。南宋以来的诗论中,不仅"格调""性灵""神韵"诸派,都从《沧浪诗话》中汲取营养,就是一些独树一帜的理论家如王夫之、叶燮、王国维等,也都借鉴了严羽的理论思维经验,并予以推陈出新。王国维《人间词话》的"境界学",便有其诗歌理论的影子。钱锺书对《沧浪诗话》推崇备至,并且以西方象征派诗论及现代文学理论与严羽的神韵诗论相比附。《沧浪诗话》中强调的神韵,被钱锺书视为诗中最高标准。《沧浪诗话》还先后被翻译为日、英、德、俄、意等国文字,研究《沧浪诗话》的外国学者也层出不穷。

戊戌暮春谷雨日,我来访严羽故乡邵武。原拟拜访莒溪畔严羽故居,乡人告知老宅早已荡然无存,仅遗土墙一片而已,叫我不看也罢!我听了心绪怆然。再问乡人,关于严羽,还有何处古迹留存?他说,有明代修建、几经重修的沧浪阁,在邵武城区溪南路。于是,即约当地文体局王继兵先生同往。

  由下榻处邵武宾馆至溪南路约二里许。一路分花拂柳,沿青石板小路来到沧浪阁前。只见建于富屯溪边的沧浪阁,坐北向南,由牌楼和楼阁组成。阁内处处油漆脱落,廊柱摇摇;阁外四周古墙斑驳,苔绿如毡,沧浪阁有如期颐衰翁,垂垂老矣!据传,此阁俗称"八角楼",明万历年间始建,原为富屯溪上"万年桥"南端的桥堡。清雍正初年,邵武知府周伟为纪念南宋诗论家严羽而改名"沧浪阁"。

  沧浪阁的管理人员告诉我,邵武市政府已作方案,拟尽快再修沧浪阁,以恢复名人古迹的庄严雄姿。为此,我心欣然!我想,大诗人、诗评家、爱国志士严羽得知,也当含笑于九泉!

2018年12月写于厦门

活水流香逸千秋

缘 起

在中国历史上,前有东周孔丘,后有南宋朱熹,两座文化丰碑并立神州天下,这是不争的事实。

与朱子结缘,读史还在其次,为主是因为我的故乡同安——朱子一生为官八年零十个月,在同安任职约五年。公元1153年,23岁的朱熹出任同安主簿,五年间,"敦礼义,厚风俗,劾吏奸,恤民稳","兼领学事",直接管理地方教育,积极扩建县学,在文庙大成殿后倡建经史阁,多方征集图书900余卷藏于其中,不辞劳苦,采风劝学,足迹遍金厦。至今,同安大轮山上的紫阳书院,还保留着当年朱熹石刻自画像、"瞻亭"墨迹石刻;城西莲花山上,有朱熹楷书勒石"太华岩";同安与泉州、南安交界的南门桥溪上,留有朱熹题刻"中流砥柱";由同安往国道324线上行驶,可见横亘路口的朱熹题刻"同民安"石坊;朱熹离开同安时,百姓送他至小盈岭,"扳辕不忍离",朱熹为此在当地一巨石上题写"扳辕石"……在同安任内,朱熹留下诸多文化遗迹,因此,朱子教化,在同安影响深远,一代代同安人,以朱熹为骄傲。

知道朱熹的出生地在尤溪,但对尤溪一无所知。与尤溪结缘,是因为外子大学毕业后,走上人生第一站,就去了尤溪一中当教师,于是,山高水远的尤溪,在心中便有了一份亲切。去夏今春,因省炎黄研究会的采风活动,有幸两次寄足尤溪。尤溪的山水人文实在秀丽多姿,但永铭千秋的胜迹,当然是这里诞生了一位伟大的哲学家、思想家、教育家、文学家和诗人朱熹!

沿着朱熹的足迹,我走进尤溪千古传奇!那世代相承的朱子文脉福泽,至今已发扬光大为尤溪闻名遐迩流播宇内的口碑!

神奇预兆

伟人的诞生常伴随奇瑞,朱熹也不例外。

南宋建炎四年(公元1130年)农历九月十五日,朱熹生于尤溪县城水南郑义斋馆舍,即今日南溪书院,出生时右眼长有七颗黑痣,排列如北斗。朱熹未生时,尤溪的文山、公山草木葱茏,朱熹出世前一天,文山、公山同时起火,火势各成"文""公"二字,其父朱松欣欣然曰:"天降祥瑞,必有所印,此喜火祥兆也!"

为此,朱松为孩子起名"熹",即喜火。因尤溪别名沈溪,朱熹的乳名就叫"沈郎"。因文、公二山火瑞,世人又尊称朱熹为朱文公。

朱熹故乡在江西婺源,朱熹出生之时,婺源井出紫虹三日,预示着"紫阳先生"的诞生,"人并称奇"。

步步莲花

虽然朱熹七岁便离开了尤溪,但留在尤溪的文墨印迹,可谓步步莲花。我脚踏莲花,有足底生香之感——

3月26日晨,至公山脚下南溪书院、当年朱熹的出生地。公元1253年,宋理宗御题"南溪书院"匾额,从此名扬天下,成为八闽文化象征之一,前来瞻仰的学者文士留下了大量诗文。如今的南溪书院建设群面积近5万平方米,是闽中腹地一处具有浓郁文化氛围的旅游胜地。

来到文公祠,这是南溪书院的主体建筑,主祀朱熹,从祀元定、黄干、真德秀、陈淳四大弟子。康熙御赐"文山毓哲"、李光地亲书"斯文正鹄",

为文公祠增辉添彩。登楼望远,水木清华,云烟出没,亭台楼阁尽收眼底。

沿着自西而东穿境而过的青印溪前行,水落石出,色青如印,人称"青印石"。青印石是灵异之石,唐时,福州僧人文炬过尤溪时留偈:

　　塔前石印现,家家亲笔砚。

　　水绕保安前,尤溪出状元。

文炬师果然一偈成签——宋庆历六年(1046年),青印石浮出水面,乡人林积应应试及第,成为尤溪县有史以来第一位进士;宋建炎四年(1130年),青印石又现,青印溪畔诞生了朱熹;嘉靖初年(1522年),青印石再次浮出水面,尤溪又出了一位靖边名将詹荣。

走过当年朱熹胎衣瘗处毓秀亭,那里悬着景泰皇帝御赐的"尼山真脉"匾额。

来到朱熹幼时读书处,这里高悬着朱熹当年亲书的"观书第"题匾。

游踪所至,最难忘处是"半亩方塘",那是根据朱熹的不朽诗作《观书有感》"半亩方塘一鉴开,天光云影共徘徊,问渠那得清如许?为有源头活水来"而建的胜景。数百年来,半亩方塘、天光云影,诱惑了多少多少莘莘学子前来拜师探哲!这里,成了历代文人骚客寻觅朱子文化底蕴、追慕先贤的神圣之地。

至于源头活水亭,建于山高水碧之处,泉水常年潺潺不息。此水绕过公山之麓,引入半亩方塘,即朱熹诗中的"源头活水"。

那开山书院位于韦斋祠附近,是古代传播朱子学说的地方,占地1000平方米,自北而南依次为山门、中堂、讲堂,两廊书舍共30余楹,煞是壮观!

走过城关水南,见两株香樟浓荫蔽日,绿叶森森,微馨流溢。同游者县文管会小陈告诉我,此樟树为朱熹手植,特别名贵——据说,童年的朱

熹听父亲朱松讲授《管子·上篇·权修》"一年之计,莫如树谷;十年之计,莫如树木;终身之计,莫如树人"深有感触,遂在其居处左侧,种下三棵樟树,现存两棵,已高达30余米,一棵树围16米,一棵树围10米,如此古樟王,全国罕见。因朱熹乳名沈郎,此树又名"沈郎樟"。香樟开枝散叶,葳蕤兴旺,有如传世朱学,历久弥新。

就在城关水南,有始建于南宋淳熙年间、重建于清光绪十七年(1891年)的白鹤楼,此楼雕梁画栋、古色古香。1991年底,县文管会发动群众集资修缮,在修缮过程中,于正厅四壁发现朱熹联句手迹:

春报南桥川叠翠,香飞翰苑野图新;

雪堂养浩凝清气,月窟观空静我神

这一"春香雪月"绝句,落款分别为"晦翁熹"、"朱熹"、"晦翁"及"鸢飞鱼跃"四方闲章。据考证,此联当为朱熹中年后所作。

我们来到天湖,天湖在城关水南朱熹旧居附近的莲花峰上,山因形如莲花而得名。天湖寺就位于风景秀丽的莲花峰巅,寺前有虎砂环绕如案,虎砂前有一半月形池塘,俗名"天湖",寺也由此得名。天湖面积在400平方米左右,水碧如玉,亢旱不竭。历朝文人墨客常登临游览,留下许多诗词墨迹。朱熹于南宋乾道四年(1168年)九月和淳熙三年(1176年)立春,两次邀友人登天湖,留下了著名诗篇《九月九日登天湖》《立春大雪登天湖》。

还有一处闇亭寺,位于尤溪县中仙乡吉安村的安山。据《重建闇亭寺碑》记载:闇亭寺"隔溪烟火数家,界分永泰;绕殿岚光一色,地属尤溪",乃百代名区一方古迹。相传庆元党禁期间,朱熹到龙门洞避难后曾辗转来此。现在闇亭寺埕墙柱有一上联"闇亭水涌天心月",为朱熹当年隐居此地偶得,由上山采药的老和尚镌刻于此;时隔数百年后,明末中仙乡举人张孝先巧续下联为"转山石卷岭头云",成就了一段不朽的文坛佳话。

在梅仙镇乾美村,有一件国宝级文物——《紫阳朱氏建安谱》。这是1982年尤溪县文物普查时,于朱熹30世孙朱培光家中发现的。经省文物专家鉴定,这部九万余字的《紫阳朱氏建安谱》,是全国唯一的木刻孤本,它既反映了朱熹生活时代的政治环境和文化特征,也描述了朱子文化的历史渊源和发展脉络,因此,对研究朱子学的文化内涵,对弘扬民族优秀传统文化,都具有十分重大的价值。

源远流长

朱熹对尤溪的文化传承是潜移默化、源远流长的。

据《崇祯尤溪县志》载:"尤溪,万山之中,重岗复岭。重林茂树,岚风荫翳,旧称山洞。土瘠收薄,洞民多负气剽悍。后,晦翁生于其地,以化诲之,士遂知学。……向之剽悍者遂守分耕樵,风俗日变矣。"足见朱熹的教化之功。

朱熹在尤溪的教化,首先是他不仅用理论,而且用身体力行的实践,去弘扬重农务本精神。《朱熹集》中的三篇劝农文,一再谆谆劝勉乡民,要不违农时从事农业生产、加强田间管理、兴修陂塘水利、多种桑柘麻苎、养蚕纺织、保护耕牛等等,还鼓励绿化:"多取小木,连本栽种,以时浇灌,务令青活。庶几数年之后,山势崇深。"在漫长的农业经济时代,朱熹的重农思想,给尤溪人打下了深深烙印,从此,尤溪男耕女织、族无游民,"衣食由此充,盈余由此始"。

朱熹在尤溪更重大的贡献是兴文重教。作为集儒家之大成、影响深远的思想家、教育家,朱熹把培养"圣人"看作是教育的终极目的,他认为"圣人"的素质,就是明人伦、重孝悌、仁义礼智、修身齐家。朱熹的教育思想深刻地影响着整个封建社会,当然也影响着他衔环落草之地尤溪。为

此，自南宋以来，尤溪的私塾、书馆、书学遍布城乡，"家乐教子，五步一塾、十步一庠，朝颂暮弦，洋洋盈耳"。难怪尤溪历代多有登科第功名者——据《八闽通志》载：宋代有进士76人，元代有进士4人，明代有进士17人，清代有进士1人，举人3人，贡生638人，这些人多数曾任官受职。

朱熹也是史上有名的文学家、诗人，只是为他理学盛名所遮掩，以至鲜为人知。朱熹留给后世篇帙浩繁的各类作品，仅诗作就有1200多首。其实，就他取材尤溪创作的《观书有感二首》，便足于让他名扬千秋。纪晓岚说："宋五子中，惟文公诗学功候为深。"钱锺书先生称朱熹是"道学家中的大诗人"。朱熹写尤溪的相关诗文，散见各种典籍，至今可查的，也就是20篇左右，这在他洋洋洒洒的诗文世界里，真可谓沧海一粟，但他倡导的诗风，却荫被了世世代代尤溪学子。因此，尤溪人一向崇尚诗文，仅县志所载，自宋以下，除周谐、朱松、朱熹以外，还有郭居敬、杨彩、田项、赵璧、邱三捷、林兰芳、蔡谦、李文朴、王尊等一批知名诗人。现当代诗人和著述就更为丰富，如陈华棠的《韵律例对》《海燕居诗词选》，陈长根的《朱熹诗选365鉴赏》《朱子行迹传》，黄清奇的《尤溪诗词选注》等等，都是脍炙人口的佳作。

至于朱熹在尤溪的清廉为政、循理守礼、忠孝爱亲方面的文化传承，那都是春雨润物、岁岁年年、家喻户晓的。

虚实传说

传说也是一种传承，它多数来自民间，因此更富有生命力。关于朱熹在尤溪的诸多传说，虚虚实实，代代相传，足见尤溪人对这位先哲的崇仰与膜拜。

朱子出生的奇火轶闻，那确是天降吉兆。

朱熹4岁时,其父朱松带他在院子里游玩,指着头顶湛蓝的天空告诉他:"此天也!"想不到朱熹应声而问:"天之上为何物?"朱松无言以对。这就是著名的"朱子问天"故事。朱熹的聪颖智慧,自小便见端倪。

《孝经》是十三经中唯一一部由皇帝注释的经书,它全面地阐述了中国古代的孝文化。朱熹5岁入学,8岁通《孝经》大义,在《孝经》上写下"若不如此便不成人"。

尤溪郑氏宅馆前有一条小溪,溪边有一片沙洲,一天,朱熹与孩子们一起玩耍。其他孩子正打打闹闹,小朱熹却悄悄在沙滩上用手指写写画画,人们走近一看,原来画的是八卦符号,众皆称奇,这就是尽人皆知的"沙洲画卦"。

朱熹6岁那年的一个春晨,朱松在半亩方塘边,为满园桃花所吸引,便嘱朱熹抄唐诗"桃花潭水深千尺,不及汪伦送我情",朱熹笔误,将"桃"写成"挑",朱松批评他,他即主动提出再写一千个"桃"字,此时忽然风雨大作,把一园桃花全打落在地。待朱熹写完千字"桃",满园桃花却又重新开放,这就是"半亩方塘二度桃"的奇闻。

……

近900年来,尤溪乡人记住朱熹和他的种种传奇,记住朱熹山高水长的文化业绩。难怪,当71岁的朱熹在血雨腥风的"庆元党禁"中黯然长逝,作文祭奠最为真挚沉痛的,便是一代文豪志士辛弃疾和陆游——辛弃疾哀哀哭奠:"所不朽者,垂万世名。孰谓公死,凛凛犹生!"陆游声泪俱下:"某有起九原之心,有倾长河注东海之泪。路修齿耄,神往形留,公殁不亡,尚其来享!"

今日朱学

"尤自大儒笃生以来,士颇知学,户有颂,家有弦,彬彬然风雅是尚。"

今日朱学在尤溪,已然成为一种精神财富和风雅时尚,它惠及尤溪教育、文化、民风以至经济的福德,只有亲临其境的人,才能深深感受。

形神毕肖、高大挺拔的朱熹塑像,于1988年三月初九朱熹祭日落成,各地各界名家刘海粟、林散之、冯其庸等等纷纷亲临尤溪拜谒,或为文纪念,或敬献墨宝。

朱子塑像,去岁又重建。朱子研究会,自1988年开始筹备,历经12年努力,2000年隆重成立。

紫阳书院、朱子文化院、公山公园、南溪书院建筑群,都在大兴土木之中。

尤溪公祭朱子,历朝皆有。2007年起,尤溪县人民政府恢复举办朱熹诞辰大典,一年一度的盛典,仪式极为热烈、庄严。如今"朱熹诞辰大典",已纳入省非遗。

近年来,以朱熹名字命名的诗词、书画、猜谜、楹联的征集、大赛活动,一个接一个,如火如荼地在全县举办。

与朱熹文化有关的名号,诸如"朱子故里""半亩方塘""沈郎香""沈郎樟"等等,也被注册成为知名商标,从而增添了尤溪商业的文化内涵。

信步朱子文化公园,但见群山环绕、碧水回流,翠鸟啼鸣,春柳如雾。有十里文化长廊,一路"石书",雕刻着朱子诗文名句;沿堤"诗墙",铭镌着全国名家书法……

尤溪有福,拥有朱熹世代神韵;神州美丽,重塑朱子人文辉光!噫吁嚱,倘朱子归来,对酒当歌:"吾道不孤矣!"

2014年5月1日写于厦门

春风十里扬州路

——记"扬州八怪"之一黄慎

去年仲夏,重访扬州,在瘦西湖、在个园、在大明寺、在古运河……,浓绿浅翠里,风光固然明媚多姿古意盎然,但我寻寻觅觅的,却是当年"扬州八怪"的遗踪——对于清代中期这一批才华横溢、潇洒脱俗的扬州才子,我情有独钟。其中最心仪的是郑板桥,他的"六分半书",以兰草画法入笔,极其潇洒自然,参以篆、隶、草、楷字形,穷极变化。但我之至爱是他的竹画和题竹诗——诸如"四十年来画竹枝,日间挥写夜间思。冗繁削尽留清瘦,画到生时是熟时""胸无成竹"等,几乎成了我写作遵循的经典。他的"衙斋卧听萧萧竹,疑是民间疾苦声。些小吾曹州县吏,一枝一叶总关情"也成了我从政为民的信条。至于"八怪"中的其他人,只是浅识,并未深知。

甲午岁末抵宁化,在闽赣交界的那一片客家祖地,亿万年沧海桑田造就的山青、水媚、石奇、洞幽的绮丽风光固然令人身心愉悦,但最令我惊讶莫名的却是——在这当年穷乡僻壤的山区,竟然诞生了黄慎、伊秉绶、郑文宝、李世熊、张腾蛟等一批永垂青史的文化名人。其中,最叫我倾心的是"扬州八怪"之一的黄慎。

相识黄慎

相识黄慎,真是缘分!

12月24日,下乡蛟湖,乡人告我,这是清朝画家、"扬州八怪"之一黄慎的故乡。这里山迢迢水悠悠芦苇摇曳白鹅凫水,如一帧帧淡墨山水,风

景十分诱人。乡人提起,黄慎是位孝子——此地风俗,端午家家食鸭,黄慎家贫,买不起鸭,十岁的黄慎,希望病中的母亲能吃上鸭子,便画了两张画到集市叫卖,人家看到他的鸭画栩栩如生,便用真鸭换了他的鸭画,他终于让母亲过了一个快乐的节日。小小少年,便有如此画艺如此孝心,叫我好生感动。

回到宁化县城,我即邀县文体局局长唐又群先生,一起参观博物馆黄慎书画并瞻仰黄慎故居——故居位于从前叫下东门如今称中山街的一条短巷里,小小的青砖黑瓦月洞门、不足10平方米的窄窄门脸,显得十分陈旧古拙。跨入月洞门是三进木建筑厅房,悬挂着黄慎的书画和一些本地书法名家作品。其中一个小厅,一条"纪念黄慎诞辰327周年端午雅集笔会"的红布横幅赫然入目。一路走来,对黄慎益增崇敬之心,我以为,黄慎诗书画成就,绝不在郑板桥之下,可惜数百年来,弘扬不足! 据说黄慎故居,如今由一家公司承包管理并作为公司办公地点,留给我的印象是相对简陋,与黄慎盛名其实难副。

黄慎字公懋、躬懋,号如松、瘿瓢、东海布衣等,清康熙二十六年(1687年)端午节,诞生于宁化一个知识分子家庭,7岁读书习字;14岁,出外经商的父亲病逝,家徒四壁,靠母亲做针黹维持一家生计;16岁,奉母命赴建宁拜师学画,他乡漂泊,寄居僧寺,在青灯古佛旁,历经十余年的破庙寒毡勤学苦练,为他后来的诗书画成就,奠定了深厚基础。1719年,33岁的黄慎离家远游,走过赣、粤多处城乡,见识诸多文人墨客。1723年年底,他来到风光雄秀、人文鼎盛的金陵,开始了六朝金粉地的卖画生涯。这位来自闽北僻地的客家青年,诗书画逐渐扬名大江南北。

1724年,黄慎第一次来到扬州,这淮左名都的旖旎浪漫,让黄慎艺思飞扬。在这里,他结识了汪士慎、郑板桥、李鱓、高翔、陈撰、边寿民、王步青等一大批画家、诗人,并和他们过从甚密。扬州的快乐时光令他倍加思亲,1727年,他启程回乡将母亲妻女接来扬州。在声名鹊起、日月温馨的扬州时光,44岁那年,他居然纳当地美女吴绿云为妾,老友郑板桥为此还写诗相赠:"闽中妙手黄公慭,大妇温柔小妇贤;妆阁晓开梳洗罢,看郎调粉画神仙。"红袖添香,让黄慎诗兴勃发,写了不少好诗。客居扬州十二载,铸就了黄慎艺术生涯的辉煌,后因老母思乡心切,1735春,孝子黄慎毅然携妇将雏,陪伴母亲回归故土。当年离乡,还在壮年,而今归来,已是两鬓华霜,黄慎自是无限感慨!秉承"父母在,不远游"的古训,黄慎只在宁化周边行走,直到母亲仙逝后,他才又重访阔别十六载的扬州,梅开二度,虽有旧雨新知诗画唱和,但岁月欺人,毕竟物是人非。两度居停扬州,黄慎的艺术成就达到了巅峰。他和郑板桥、金农、罗聘、高翔、李鱓、汪士慎、李方膺等一帮意气相投、造诣非凡的画朋诗友——史上称作"扬州八怪",把春风十里的扬州艺坛,鼓捣得风生水起、千古留名。

1758年,72岁的黄慎终于告老还乡——在乡间,他继续他的书、画、诗创作。直到1772年,86岁的艺术大师黄慎,才终于告别了飘萍转絮的浪游人生、卸下了尘世浮名蝇利的牵绊和心累,悄然无声地、安息在故乡县城北郊——一座名叫茶园背的小山上……

画如酒

观黄慎画,如饮美酒。

据不完全统计,黄慎存世的画作有1200多幅。纵观黄慎之画,大气、传神、栩栩如生,呼之欲出。当年客居萧寺的一个无名画工,后来能够成为名满天下的画界巨擘,那是他母亲的大智慧眼的激励,那是他七十春秋朝朝暮暮焚膏继晷的追求;那是他得故乡地气灵脉的浸润和一次又一次走向远方博采众芳的滋养。

论画技,黄慎全能。工笔、半工笔半写意、大写意,他都在行。虽师法青藤、白阳,但另辟蹊径。他最擅长人物画,无论历史人物、世俗男女、仙佛神鬼,皆独出机杼,不落他人窠臼——他的《渔翁》《盲叟》《钟馗》《八仙》诸画,形神毕肖、淋漓尽致。他的写意花卉,注重删繁就简、好写一枝一叶;而鸟兽虫鱼,蝶翅蝉翼空灵通透,角蹄喙爪坚润质感,如《双鸭》《柳塘双鹭》《雪梅寒雀》《三羊》《狮狗》等等,均出神入化、跳脱如生。他的山水画师宗宋、元大家但又别出心裁,或用云头皴、折带皴、鬼脸皴和自创皴法写沧江危崖、孤峰耸立;或用米点绘平林野渚、雨雪山水——他的《桃柳春江》《驴雪探梅》《菊花》等等代表作,潇洒清丽、疏朗秀劲;他用草书笔法创作的大写意,气势磅礴、雄浑恣肆——《风雨归舟》《写生山水》等一批上乘之作,其壮美绮丽,令人目骋千古胸荡层云。

难怪他的挚友郑板桥赞美他:"爱看古庙破苔痕,惯写荒崖乱树根。画到精神飘没处,更无真相有真魂。"一代宗师齐白石1919年在《老萍诗草中》写道:"余在黄镜人处观《黄瘿瓢画册》,始知余画犹过于形似,无超然之趣,决定从今大变。"近代绘画大师徐悲鸿说:"瘿瓢佳作有笔歌墨舞之乐!"足见其画的神韵及对后世的影响。更可贵的是,黄慎的画,渔妇、纤夫、贫僧、乞丐等等劳苦大众,皆出其笔下,他的心他的画,与众生相连。

其代表作《草亭飞万竹诗草》我最喜爱,其章法奇异如松柏之剪影,其点画浓淡如花叶之缠枝,真可谓非书非画,亦书亦画,堪称奇观。难怪雍正年间,黄慎的绘画"尺纸容缣,世争宝之"。

黄慎画,如佳酿,一卷在握,让你在微醺与陶醉之间,饱尝人间春色领略世态万千,那一种艺术极品的享受和漂泊人生的感悟,尽在不言之中!

书如茗

开门七件事,柴米油盐酱醋茶。那茗茶的滋味,是尽人皆知的,看似清谈,却养身养心,名人雅士、村夫野妇,无人不需无人不爱的。

黄慎的书法,妙如茶!

黄慎以精擅草书著名于世。他师法怀素,得其飘逸飞动、笔走龙蛇真传,兼取孙过庭、颜真卿笔意,从章草脱化而出,自成一家。他的草书行笔沉稳如山,笔画壮实如杵,顿挫分明,转折圆融。字与字之间虽少连笔却血脉贯注一气呵成,不论立轴、对联、册页、长卷,无不错落有致、疏密相当,如跳珠走盘、雁影横空。清康熙帝推崇董其昌,乾隆帝推崇赵孟頫,从此形成风靡一时的圆软匀称、被讥为"算盘珠子"的馆阁体,黄慎却不趋时尚,敢于独树一帜,且楷、隶、行、草、篆诸体皆备,也喜欢在长篇草书中镶嵌隶、篆字,给人以奇峰突起、别开生面之感,这也就是郑板桥所谓"乱石铺街"之体。

他的代表作《郑板桥道情》、《李白春夜宴桃李园》、《唐子西文条屏》、《自作七律》、五言联"石云和梦冷,野草入诗香"等等,都堪称字中有画、标新立异之作。我最欣赏他写于雍正年间的《自作七绝三首》——其一,"一从点选入官家,尽道人称绿萼华,曾记夜深煎雪水,牙痕新月剩团茶";其二,"多情自古犯情痴,每爱江南唱竹枝。莲底女郎双白足,不知红豆是相思";其三,"谁怜小凤自妖娆,眉锁春山赛二乔。最是一楼秋水冷,月阑人静学吹箫",诗的风流倜傥、雅韵入骨就不必说了,那书法真可谓树老根深、古朴圆润,字字珠玑,直教人如品武夷大红袍、杭州碧螺春,阅后齿颊留香、回味无穷!

同乡友人雷鋐品评黄慎草书:"其字亦如疏影横斜、苍藤盘结,谓山人字中有画也,亦可!"

黄慎书法,一字如香茗一叶,清韵荡人肺腑、世代流芳!

诗如淑女

黄慎工诗,著有《蛟湖诗草》。

读黄慎诗,如对淑女,有一种只可意会而不可言表的优雅,有一种一厢情愿的倾慕和爱恋。

黄慎能书擅画善诗,是千古不可多得的"三绝"巨匠。

品罢《蛟湖》,于书画诗之中,我更崇仰黄慎之诗。黄慎学诗,来自乡贤张钦容望的鼓励,他对黄慎说:"你不能诗,一画工耳!能诗,则画也不俗。"黄慎始学诗,夜夜伴老佛就神灯苦读,至三更乃已。于是,画中有诗,诗中亦有画,遂名满天下!

黄慎的诗直抒胸臆、写真性情,内容多为讽喻世情、怀古言志、交游酬酢、旅况清愁、山水景物、田家农事、风土闺情等,古体朴茂沉郁,五律清丽婉约,七律圆熟酣畅,七绝深得晚唐神髓。

黄慎之诗最动我心弦的——一是充满智慧灵性之作,如"一抹断烟杨柳外,好锄明月种春蔬""道书懒阅尘封卷,药圃新锄草迸芽""难分苦竹青千个,细数浮花红一蹊""台上苍藤挂古今,井边断绠谁提汲""敲冰擎作磬,攒雪塑飞仙"等等,遣词造句,看似平淡却奇崛;二是性情中人的抒怀之作,如"客来一勺寒泉水,相对无言但煮茶""莫道山间无幽事,时时野鸟自相呼""须眉欲白难辞老,岩谷回青易更新""壮心秋老自萧森,万里潮来一呼吸""丹炉不受风雷灭,画卷常为天地容"等等,深心寄托,意在言外;三是亲近大自然之作,如"砧捣一声霜露下,可怜都作石城秋""大江东去成天堑,处处春山叫鹧鸪""昨夜亭前风雨过,晓持竹帚扫桐花""送君微雨雪花天,扬子江头鸭嘴船"等等,清新疏朗,涤人心胸。

黄慎诗歌,古风古味古韵、大气沧桑、娴熟老到,有陶渊明之飘逸、谢胱之清雅、杜诗之老辣、李白之灵动、韩愈之沉雄,集乐府、诗、骚、唐诗、宋词之长,化蛹成蝶,独树一帜;黄慎诗歌,情深不甜腻,习古不泥古,浩然如日月星辰,泱泱如奇峰秀川,能藏诸名山传诸千古,能让一代代人再三击节吟唱!因为画名,掩了诗名,实在是黄慎的遗憾也是诗坛的遗憾!

在我心中,黄慎诗歌,如西施、如蔡文姬、如班昭、如卓文君、如上官婉儿,是美女、是才女、是淑女。我想,任你是铁石人儿,见了他如美人如秀女的诗章,也不能不爱慕!

黄慎一介布衣,没有显赫家世、没有达官贵人扶持、没有山高水长的依傍,全凭自身的大智慧大奋发,创造了中国艺术史上诗书画三绝并秀的震撼人心的奇迹。他传奇的一生,理想一直在远方,精神一直在高处,他的诗书画造诣,是常人难以企及的臻于至境的天方地圆;是纵横今古屈指可数的艺术精灵!

黄慎实在是八闽大地不可忽略的骄傲!当然更是故乡宁化不可忽略的骄傲!如果没有他,宁化千年的文化史不可能如此辉煌!山清水秀的宁化养育了黄慎,挚爱家乡、聪明绝顶的黄慎,回馈了他对故土最伟大的奉献!

"春风十里扬州路,卷上珠帘总不如!"

黄慎永恒!

2015年1月26日于厦门

苍然老鹤梅花心

——品布衣诗人黄镇成

闽北有条母亲河,名叫富屯溪。富屯溪源起光泽县回龙潭,这里石骨撑天,云根蟠地,潆瀑幽深,岩崖险峻、有九关十八隘,其中建于唐广明元年、名闻遐迩的八闽第一关"杉关",地处止马镇,是由闽入赣门户之一,青山壁立,雄关高耸,可谓天险!如此山川风水,注定必出英才奇杰——元代著名田园山水诗人黄镇成的故乡,就在这里。

黄镇成,字元镇,号存存子,公元1287年(元至元二十四年)暮秋,诞生于止马镇上井村,这是杉关灵秀孕育的优秀儿郎,他给光泽带来了绵延千古不绝如泉的文脉;他才华横溢的一生,也如同故乡的险山奇水一样坎坷曲折。

壮志未酬家国恨

镇成周岁,家人按民俗为他办"抓周"仪式。幼小的镇成在琳琅满目的物件中,稳稳抓起的是一支毛笔。亲友都恭贺黄氏父母:"你家公子日后必成大器!"

或许是天意,从此,笔墨伴随镇成终身。

镇成自幼精读经史百家之书,胸怀远大理想抱负。年少的他,便写下"吉日有远行,我行志四方""大鹏发天池,抟风起翱翔"等志向高远的诗行。

然而,他生于元代中叶,当时,元朝统治者把全国民众分为蒙古人、色目人、汉人、南人四等,对蒙古以外的各族尤其汉人、南人,无论政治、经济,都实行残酷统治血腥镇压。延祐年间,踌躇满志的镇成,先后两次赴考,由于民族压迫和种族歧视,才气如虹的学子黄镇成连连落第。功名事业一筹莫展、前程无望,年轻的黄镇成内心充满失意忧伤,只能以诗发泄悲愤心声:"我欲驱车行,太行路崄巇;我欲驾方舟,沧海无津涯!"

在他郁郁寡欢之时,一日,踯躅街头,偶遇一白发乡翁,老者执其手:"年轻人,唐朝张继科举失败,他的《枫桥夜泊》却流传千秋。可是,当时的状元,如今又有谁记得他的名字?"

镇成听了顿悟,于是,离开家乡远行吴、楚、齐、鲁、燕、赵,悲歌慷慨,万里壮游。

漫游祖国河山之后,镇成浮海归来,在邻县邵武城南筑"南田耕舍",作归隐田园之居,从此淡出江湖,致力笔耕,悉心著书立说,写诗作赋。

然而,仕途蹭蹬并不曾冲淡他的爱国爱民情怀;兵荒马乱战祸连绵岁月,行旅大江南北,又让他目睹了许多社会惨象民生疾苦,因此,在他的诗歌里,时时寄托着他对苦难人民的深深同情、对残暴政权的极度不满。从《负薪行》《采薇行》《希韦子歌》《题墨菊》等一系列诗篇中,可以看到诗人愤怒抨击天灾人祸带给劳苦大众衣食无着的痛苦艰辛——为了苟延残喘,寒冬腊月里,他们不得不赤足单衣攀山负薪、上岭采薇,而"日醉华筵"的"达官贵族",却过着"白玉为堂金作马"的糜烂生活;从"渊明已逝屈子沉,晚香纵有谁知心?""三十五年江海梦,又随归雁过潇湘""世上纷纷吹战尘,山中道人都不闻?"等等诗句,可以听到诗人壮志未酬的悲凉叹息、报国无门的清寂心音,以及忧国忧民的愤怒呼号!

苍然老鹤梅花心

当年离家,黄镇成还是一倜傥少年,历经数十载风雨沧桑,暮年春深

回乡，父母双亡，故人星散，田庐旧业，满目荒凉。站在双亲坟前，他仰望白云，不胜噫嘻，深感自身已然一只苍苍老鹤，此去唯有栖身田园，与梅花为伴。于是，他在回返故乡上井时，写下了一首诗：

东井田庐故业非，十年风雨寸心违。

江湖水阔冥鸿去，城郭春深老鹤归。

桑梓尽随黄壤化，松楸空望白云飞。

梅花此日能相约，竹杖相携上翠微。

那一份刻骨的悲凉，尽在字里行间。寄情山水，与梅鹤为伍，成了诗人无奈的归宿。

诗人在隐居的岁月里，最爱是梅花。诗中，梅影深深，梅香缕缕，诸如："前树乌桕熟，疑是早梅花"；"雨余添菜荚，霜后出梅花"；"江海张公鬓欲华，每从吟屋写梅花"；"鹤过无迹苔痕老，梅自开花月影闲"；"岁寒冰雪梅堪赋，物外烟霞鹤与俦"；"谷口桥边日未斜，先寻宿处近梅花"；"风雨生寒七日春，梅花落尽杏花新"；"几回欲问台边月，晴雪梅花冷自开"；等等。吟梅、颂梅佳句，信手拈来；喜梅、惜梅之心，岁岁年年。梅花，那凌霜傲雪岁寒不凋的铮铮玉骨、那不争春不媚俗却艳压群芳的高贵品质，不正是诗人人格诗品的写照吗？

诗人平生游展所至，多为名山古刹；诗人平日旧雨新知，不少山僧大士——他登天台，"仙客云霞迷旧路，化人宫殿现层霄"；他上雁荡，"雁山钟磬半空闻……宝台光绕梵天云"；他朝普陀，"见说蓬莱清浅处，便从鹏翼起秋河"；他礼五台，"去礼文殊宝刹开……更上翻经第一台"；他进峨眉，"茶鼎夜烹千古雪，花幡晨动九天风"；他到灵隐，"两峰塔影天垂盖，千佛林光地布金"……他与练师对弈，"长年别有壶中乐，消得仙人几局棋"；他邀上人对饮，"山到白云应驻锡，地逢沧海只浮杯"；他题麻姑，"偶然吹笛下山去,又过人间五百年";他访处士,"跨鹤来寻处士家,迢迢空翠隔烟霞。山童揖客松边坐,却背春风扫落花";他寻僧不遇,"香积厨边华雨纷,翻经台上柏烟焚。不知飞锡游何处?应在天台看白云";他送山人归,"桃流谷口泉初落,杉拥关门鸟自啼。已办登临几双屐,溪君来往踏晴泥";他春日抵庙,"门外仙童扫落霞,问师还只在山家。推窗引客云边坐,自扇风炉煮雪花"……

我想,逸梅清鹤、佛缘禅心,也是落拓诗人苦寂生涯超然物外的解脱吧!诗人身处人间底层,高洁不染世俗烟尘。如林和靖梅妻鹤子,如陶公采菊东篱,不夺本志,不改初心,斯其可敬矣!

山水田园铸诗魂

黄镇成壮年阅历祖国大好河山:江楚秀色、齐鲁胜景、燕赵雄奇,尽藏诗人胸臆;倦旅归来,故园风情,乡野山川,又朝朝暮暮浸润陶冶诗人情怀。于是,脍炙人口的山水田园诗,成就了诗人黄镇成一世文名。

读黄镇成山水田园诗——诗如画,人在画中行。大至壮丽山川,小至乡土风光,在诗人笔下,都令人有身临其境之感,如《舟过石门梁安峡》"一双白鸟背人去,无数青山似马来",《西陵渡》"潮依草岸痕初落,风拗蒲帆影半开",《章子渔白云崖》"千嶂落霞秋树老,一江疏雨暮帆回",以及《谢子安之江右求葬师·其二》"朝来雨过秋如洗,写出江南一幅山"等,天边飞鸟、似马青山、潮痕帆影、落霞秋树,无不形神逼肖、呼之欲出、气势磅礴、气象万千;如"夜来酒醒山月上,只在芦花深处眠","几时来此山中住,结个松巢伴鹤栖","不知何处真堪画,移得柴门对楚山","流水三椽舍,桑阴五亩田……石榻看云坐,溪窗听雨眠","一径落红叶,万山生白云"等,山月芦花、松巢柴门、流水溪窗、桑阴石榻、红叶白云,山野风物,淡泊脱

俗、天然清新,一如素描写生。

品黄镇成山水田园诗——诗如琴,一弦一柱,雅韵清音,有秀泉濯心、春风拂面之感。如《秋风》"红树夕阳蝉噪急,白蘋秋水雁来多",蝉鸣雁唳,是琴音;《新城道中》"清枫渡口半可涉,无数山禽留客酤",禽鸟啁啾,是琴话;《钟山》"月满石城秋似水,风高淮浦夜生潮",风声潮语,是琴韵。至于"分明听得吹长笛,只隔红阑第一家","多忧每恐风摇竹,易感还愁雨滞花","携琴欲扫苔根石,为写秋声寄白云","琴中写得江南意,翠绕巫山十二峰"等等,那诗中已明明白白流漾笛声、琴声、风雨声、竹喧声、花开声,声声是天籁。

诗人多情,山水空灵,田园温馨,铸就镇成美丽诗魂!

家国不幸诗人幸

"谁谓世路宽?我独不得出!"仕途落魄,命运弄人,黄镇成不得已寄身林泉、躬耕诗田,故世人称之为"布衣诗人"。风尘不染士子心,清寒岂夺诗仙志?数十春秋的艰辛磨砺,其诗神韵,上追陶潜谢灵运,意境清淡高远,语言古雅淳朴,字字句句,风姿绰约,秀骨天成,有行云流水之妙,无佶屈聱牙之弊,与元诗多浮华雕琢的风格迥异!

黄镇成著有《秋声集》4卷268首,古体、近体、五绝、七绝、五律、七律,可谓诸体俱备。《四库全书简明目录》评其诗:"近体出以恬淡,古体出以清倩,亦复善用其短,故韵致楚楚,颇得钱郎遗韵。较元代纤秾之体,固超然尘埃之外也!"

《秋声集》中,无论抒怀诗、咏志诗、山水诗、田园诗,其风骨正气凛然,其艺术炉火纯青,明郡人何望海在《秋声集·序》里写道:"萧骚淡雅,古无一不似汉魏,近无一不似少陵。"实乃恰切评价。

家国不幸诗人幸。是时代的悲剧，成全了黄镇成的诗歌业绩。当然，除《秋声集》外，诗人黄镇成还有《周易通义》10卷、《尚书通考》10卷、《性理发微》4卷、《武阳志》等著述，这些文字，多为阐发儒家经籍之作。

壮年时节，部使者闻诗人黄镇成之贤，相继推荐他出仕，但诗人都婉言谢绝，不肯应诏。至正二十二年（1362年），执政举荐黄镇成为江西路儒学提举，此时诗人已年逾古稀，皇上旨下，任命文书到达乡间之日，诗人却溘然与世长辞。嗟乎，镇成！诗人享年75岁，赐谥号"贞文处士"。

蟒袍未必传千古，布衣流芳满乾坤，此诗人黄镇成之谓乎？镇成作古后，当地名士为了纪念这位人民诗人，特地修建了一座"秋声亭"，与严羽的"诗话楼"并峙，成为一方人文胜景！

如今，在止马镇，开辟了宽广秀丽的"镇成广场"，绿树婆娑、草坪花艳，远山浓翠田畴连阡，四围民居美屋成片。在松风烈烈的要隘雄关——杉关，习近平总书记当年来此手植的香樟树，已郁郁葱葱、亭亭如盖。诗人有知，当含笑于九泉！

光泽出好茶，茶史源远流长。曹雪芹巨著《红楼梦》第41回"栊翠庵茶品梅花雪，怡红院劫遇母蝗虫"中，写贾母来到栊翠庵，比丘尼妙玉招待贾母的上等好茶，名叫"老君眉"。光泽乌君山前产老君眉，此茶叶长味郁，秀色可餐、韵味隽永，是清代时尚的名茶之选，今日风韵美誉依然不减当年。杉关老鹤、布衣诗人黄镇成，就是光泽大地上一树卓尔不凡的老君眉，它用它年年岁岁的苦涩与清芬，给光泽儿女也给八闽人民，带来了生生不息的生命滋润，更带来了永恒的艺术之春！

当然，正因为诗人黄镇成无缘出仕，他的作品难以得到更多的官方认可与推介，难以参与更多的文学交流与传播，难以接触更多的业界精英与社会受众，因此，他那可与宋、元、明、清诸多诗坛大家比肩的骄人才华，他那明丽如高山流水、高雅如清风朗月、能让大千读者心仪心醉的如珠如玉

的美好诗篇,只能流传在光泽、流传在福建,只能为家乡父老乡亲所赏识,却无法在神州大地更加广阔的舞台上发扬光大,这是诗人的憾事,也是历史的失落!

2015年6月6日星期六写于厦门

一座城和船的故事

——马尾港去来

众所皆知,地球的表面积为 5.1 亿平方千米,其中海洋的面积,占整个地球表面积的 70% 以上。人类社会发展的历史进程,一直和海洋息息相关;人类的文明与进步,直接受益于海洋。因此,地球上星罗棋布的大大小小港口,大约有 3000 多个,每一个港口,不论是如雷贯耳还是默默无闻,总有它为世人歌吟不休的荣光、艳遇与沧桑,每一个或流传千古或不为人知的故事,都与海与船密不可分。

近半个世纪里,我走过五大洋许许多多港口,当年的世界十大名港——除了理查兹贝和南路易斯安那以外,鹿特丹、新加坡、香港、安特卫普、休斯敦、高雄、汉堡等八个港口都曾游展涉足,它们的繁华活力,它们的风姿秀色,也曾让我一见倾心,但是,走过了看过了,久而久之,印象里也就大同小异了!

然而,有一个港口,它的慷慨悲歌,它的大气磅礴,它的人文厚重,它给近两个世纪留下的撼人心魄的惊涛骇浪和不泯烙印,却让我对它的记忆历久弥新!

这个港口,便是中国马尾!

我与马尾初识,在 20 世纪 80 年代,沧海桑田,转眼 30 个春秋。今年冬末,故地重来,涛声依旧,多少美梦成真;

山水如昨,港城天翻地覆;好景迷人,不可胜数,但在我心中,难以忘怀的还是船的故事。

茶为媒演绎船缘

马尾历史悠久。东汉光武帝建武元年（25年），各地商船经过马尾来往福州，开始了水上贸易。五代闽王王审知发展对外贸易，初步开拓了马尾港。

马尾地处福州东南，距市区20公里，东望台湾，南抵粤桂，北达浙赣，内涵三江，外通四海，港汊纵横，地势险要，历来群雄逐鹿，为兵家必争之地。

百多年来，马尾被卷入军政漩涡，成了举世皆知家喻户晓的港口，导因竟是缘茶而起。

英国爱丁堡籍作家约翰·汤姆逊先生，公元1862年、1869年曾两度旅游中国10余座城市，行程8000多公里，他的一生有8部著作，其中6部与中国相关。《福州与闽江》是他的第一部作品，他在书中提到：英国发动鸦片战争，追根溯源，是为了获得茶叶。因为英国不论贵贱男女，都嗜茶如命、无茶不饮。福建自古以来就是中国重要的茶叶产地，更是重要的茶叶外销基地，因此，茶叶成为中英贸易中最重要的商品。英国无法用传统商品打开中国市场，只能用白银交换茶叶，为了扭转巨大的贸易逆差，英国人在印度大量种植鸦片输入中国，赚取白银交换茶叶，从而埋下了鸦片战争的祸因。

1840年鸦片战争之后，中国被迫开放五口通商，福建独占两口：厦门与福州。1853年，太平天国运动和小刀会起义，切断了武夷山运往上海和广州的新老茶路，福州成为武夷茶区唯一畅通的口岸，成为全国最大的茶叶出口地和新兴的世界茶港。由于繁荣的茶叶贸易，19世纪中下叶的闽江出海口——马尾罗星塔下，最多时曾云集海外运茶船百多艘。由于竞运茶叶,还诞生了一项世界级赛事——运茶竞赛,谁能将第一季武夷岩茶运至纽约、伦敦这样的终点,他的茶叶就可以卖得最高的价钱。那时候,罗星塔在欧美人眼里,是中国驶往世界的原点。

缘茶而起,马尾成了中国通向世界的门户,而马尾驰骋世界的特使,便是船,便是遮天蔽日、浩浩汤汤的云舟雾楫!于是,在马尾,便演绎出数不尽的风流倜傥、可歌可泣的关于船的故事,一个多世纪以来,脍炙人口名传遐迩!

船结缘创建辉煌

1842年,西方列强的坚兵利炮,轰开了神州大门。面对血与火的洗礼,面对晚清政府的腐败无能,中国人不能不沉思、探索、追求、拼搏。1861年起,崇尚"天行健、自强不息"的一批有识之士,掀起了以"自强"为旗帜的轰轰烈烈的洋务运动。

在洋务运动的大背景下,1866年,闽浙总督左宗棠在福州马尾创办了福建船政,大张旗鼓地开展了建船厂、造兵舰、制飞机、办学堂、引人才、派学童出洋留学等一系列"富国强兵"活动,培养和造就了一批优秀的中国近代工业技术人才和杰出的海军将士。鼓山苍苍,闽水泱泱,依山傍水的福州马尾,从此成为中国船政文化的发祥地和近代海军的摇篮。

今日,走进雄风猎猎、山明海碧的马尾,当年的船政遗迹俯拾皆是。

沿婴脰山而上,可见1866年建于山上的船政学堂。根据学堂所处地理位置的不同,分为前学堂和后学堂。前学堂为制造学堂,又称"法语学堂",目的在于培育船舶制造和设计人才,主设造船专业,优等生被派往法国学习深造;后学堂为驾驶学堂,亦称"英语学堂",旨在培养海上航行驾驶人员和海军船长,主要专业为驾驶专业,学习优异者选送英国留学。同

年,为了培养工程绘图人才,在前学堂内又附设了绘事院。船政学堂是中国最先引进西方自然科学教材和近代教育制度的新式学堂,培养出了一大批科技、军事、外交、教育以及社会科学等优秀人才,如最早翻译《天演论》等西方经典著作的著名启蒙思想家、教育家、翻译家严复;被誉为"中国铁路之父"、组织监造了我国第一条铁路——京张铁路的詹天佑;最先将中国古典文学《红楼梦》《聊斋志异》等翻译成法文,有"中学西渐第一人"之称的著名外交家、翻译家陈季同;近代天文学奠基人、北京天文台首任台长,发明了我国第一代打字机的高鲁;与外敌英勇奋战、为国捐躯的著名海军将领、甲午英烈邓世昌;曾代理国务总理的著名爱国海军将领萨镇冰等。

来到婴脰山下,探访临街重建、石狮守护的船政衙门——1867年落成的船政衙门,是船政钦差大臣及其幕僚办公、议事、休息的场所。衙门分设中、左、右 3 个大门,每扇大门均画着巨幅门神。正门上方挂一直匾,上刻"总理船政"。大堂与后堂之间连以覆龟亭,两侧建披榭。民国时期,船政衙门改为海军警备司令部。抗日战争爆发后,屡遭日机狂轰滥炸,仅存官厅池和船政石狮。2013 年 10 月,船政衙门依旧址复建——这是迄今为止中国唯一的船政衙门,作为中国第一个领导海军建设的国家级机构,其建筑物意义非凡。

最为震撼人心的是马江海战纪念馆,该馆建成于 1886 年 9 月,又名昭忠祠——为纪念 1884 年中法马江海战中为国捐躯的 736 位福建水师官兵英灵,清光绪皇帝赐旨建祠致祭。昭忠祠展厅以大量珍贵文物,展示中法马江海战和中日甲午战争实况。1920 年,民国海军及船政学堂校友募捐重修,并将甲午中日海战福建籍阵亡英烈合入置祀。昭忠祠成了我国唯一一处共祀甲申、甲午两役忠烈祠堂。1984 年重建昭忠祠,与烈士陵园、马限山炮台等合辟为"马江海战纪念馆"。

昭忠祠内,有马江海战烈士墓,九墓相连,悲风飒飒。1884年中法马江海战结束后,闽江沿岸军民自发组织打捞阵亡将士遗体,就近掩埋在马限山东南麓沿江处,先后形成九冢,冢前各立"忠冢"石碑。1920年由时任福州船政局局长的陈兆锵主持,将九冢及福州船政局船坞旁的一批烈士遗骸并为一丘,墓碑亭盖用舰板焊成。1963年福州市文管会组织重修,"文化大革命"期间破坏严重,烈士陵园改为水泥预制板工厂。1983年再次维修墓葬,墓前立一对石望柱,沿墓道登6级石阶到墓埕,墓埕中央建石碑亭,刻楷书"光绪十年七月初三日,马江诸战士埋骨之处"。

位于马尾区罗星山下东青洲的福建船政一号船坞,又称青洲石船坞,是1886年时任船政大臣的裴荫森在罗星塔东侧修筑的大型船坞。坞体为巨大花岗岩砌成,坞口为大铁闸,还设有抽水机、机器厂、水手房等,总占地面积达3000平方米,可容纳7500吨级船只入坞修理。1934年扩建,除供福建水师船、舰维修使用外,该船坞曾接纳"海筹""海琛""海容"等军舰,还对外承接美、法诸国修船业务,是当时远东最著名的大船坞之一。1941年,日军撤退时炸毁船闸,坞旁设施尽毁。2001年,福州文物局对一号船坞进行清淤、考古,马尾区政府主持修缮,次年海军司令部拨一艘猎潜艇来此,供人参观。

始建于1867年的造船厂轮机车间,总占地面积2744平方米。轮机车间由法国工程师设计,具有明显的欧洲厂房风格。该厂最盛时工人达360名。清同治九年(1870年)制造出的中国第一台船用蒸汽机,至今仍为马尾造船厂车间使用。轮机车间在中法马江海战中损毁严重。1938年6月1日,南车间被日军飞机炸毁,现剩北车间和合拢厂,2006年修缮恢复原状。该厂是船政所属的十三厂中唯一保留完整的厂房。在世界各国船厂中,轮机厂已极为罕见。

造船厂内的钟楼,具有浓郁的法兰西风格,平面呈方形,高18.2米,

五层，四面墙上原来各镶圆形大时钟，直径1米，现存圆窗。楼顶八角形，安装南北指向标和风向标。1939年被日机多次轰炸，钟楼受损，机械钟被毁。1984年经修缮，钟楼基本恢复原貌。

为护卫船厂而设立的古炮台——中坡炮台，位于马限山山顶，始建于1868年。初建时，安放1尊21生克虏伯后膛炮和2尊12生克虏伯后膛炮，在中法马江海战中曾阻击法军登陆，后遭毁。马江海战后，船政大臣裴荫森主持重建，1888年建成，占地3800平方米。20世纪90年代，马尾区文体局对中坡炮台进行测绘重修。

以上船政遗址，如今都列为全国重点文物保护单位。

至于马尾婴脰山坳里，作为福建船政重要标志性建筑的船政天后宫、马限山西南麓的英国领事馆、马限山东南麓的圣教医院院长公寓、马限山顶的梅园别墅等等船政遗址，也都是今天的省、市级重点文物保护单位。

马尾船政，以船开端；船政遗址，处处与船相连；马尾的荣辱悲欢，桩桩件件，由古港岁岁年年的百舸千帆，承载苦难与辉煌！

雄魂壮威慑天下

提及马尾，特别是马尾船政，绕山绕水，绕不过一大批名垂青史的人杰精英，尤其是左宗棠、沈葆桢、邓世昌。

左宗棠离世至今130多年，他和我们的距离并不遥远，他是左右那个时代的雄魂，他是照耀中国近代史的明星，当代人只要展开晚清那一幅幅风雨飘摇的画卷，怎么也绕不开他威武的身影。

61岁那一年，他出任清廷的东阁大学士，清朝不设宰相，大学士就相当于宰相。凭借慈禧的信任，左宗棠得以办成好几件流芳千古的大事——

光绪初年,左宗棠指挥湘军,大战新疆,为中国收复了160万平方公里的国土,相当于现在国土面积的六分之一。

西北大开发,建设大西北,是左宗棠的另一功勋。他在有生之年,拖着孱病之躯,咳着血,鞠躬尽瘁,为国家和一方民众办了很多实事——创办民用工业、军事工业,修路造桥,兴办军屯,鼓励民屯,兴修水利,禁止毒品,开垦荒地,发展农桑,稳定边防……

1866年5月,英国人要求中国租用外国轮船缉拿海盗,清廷不少官员认为,自己造船太麻烦,租、借或买船方便得多。左宗棠认为,向外国借船,扯皮的事很多,不是长久之计。至于租船,价格高,租期也难把握,还不能挂上中国旗号。至于买船,就怕外国人利欲熏心,卖旧船、低档船,出售之前,掩盖毛病,成交之后,配件坏了,你要改造,又必须用人家的配件和技术人员,我们不懂技术,只能任人勒索……诸如此类,弊端甚多。而且,与我们一衣带水的邻国日本,将会在海上崛起,如果日本能制造轮船,而中国不能,如何保障国防巩固国力?所以,最好的办法还是自造轮船。

1866年6月25日,时任闽浙总督的左宗棠,力排众议,向清政府递交了关于在马尾设立船政的奏折,提及:"欲防海之害而收其利,非整理水师不可,欲整理水师非设局监造轮船不可。"这份奏折受到慈禧的重视,前后19天就作出批复。左宗棠不计个人得失、一片忠贞爱国之心,感人肺腑!

于是,名噪中外、永垂青史的马尾船政由此开始。

船政事业起于左宗棠,成于沈葆桢。

正当左宗棠紧锣密鼓地筹划建厂造船的宏伟大业之时,朝廷调他改任陕甘总督。他一面向朝廷申请缓赴西北,一面十万火急寻找接任之人。得知封疆大吏林则徐之婿、晚清重臣,政治、军事、外交翘楚沈葆桢守制在家,他三顾茅庐请其出任首任船政大臣。

沈葆桢主持船政 8 年多，历尽千辛万苦，顶住多方压力，积极筹措资金，建设厂房，添置设备，聘用洋员，引进技术，共制造出湄云号、福星号、安澜号、扬武号、飞云号等 15 艘轮（舰）船，装备了中国第一代海军舰队。经过沈葆桢的苦心经营，福建船政在两三年之内，从无到有，从小到大，一跃成为当时远东地区规模最大、最早、最专业的造船基地。

沈葆桢本着"用洋人而不为洋人所用""以机器制造机器，积微成巨，化一为百"的真知灼见，有效地培养技术人才并吸纳先进科学技术；本着"船政根本，在于学堂"的育才理念，创办船政学堂，增设"绘事院""艺圃"，派遣留学生——为中国的繁荣强盛，1877 年至 1897 的 20 年间，先后输送 110 名优秀学员，不远万里赴英、法等国求学，从而培养造就了一大批优秀的海军、科技、工程、外交、翻译人才，这一批专业精英，后来大都成了国家的栋梁之材！

公元 1874 年，沈葆桢受命办理台湾海防兼理各国事务钦差大臣。在台任职期间，他兢兢业业巩固防务，发展经济，奠定了台湾富强的基础。

沈葆桢一生恪尽职守、清正廉明。对于官场不正之风，他疾恶如仇，纵使亲戚犯法，老父讲情，他也不为所动，断然大义灭亲。他奉命担任福建省钦差大臣时，境内贪官墨吏皆惶恐不安。晚清名士何绍基赞之："官声清过两江水。"而举荐他执掌马尾船政的恩公左宗棠也莫不如此——因为位显功高遭嫉，不断被告御状，说他袒护浙江富商胡雪岩套购军火，从中渔利。慈禧太后命户部、吏部抽出要员，兵分两路——一路陕西、甘肃，另一路浙江、福建，进行联合调查。调查的结果是：左宗棠的部队节衣缩食、含辛茹苦，帮助当地汉回百姓建设"塞上江南"；左宗棠把朝廷给他的高额补贴，全用于资助士兵、修桥修路、开设书局、刊刻经典、修建庙宇、雕刻石碑……难怪，左宗棠出关收复失地时，人们作诗相送，诗曰："大将酬边尚未还，湖湘子弟满天山。新栽杨柳三千里，引得春风度玉关。"现在，西北地区的杨柳,仍称"左公柳"。

邓世昌是毕业于马尾船政学堂的首届学员,是我国最早一批的海军军官之一,是清朝北洋舰队"致远"舰舰长。他富有强烈的爱国心,常对士兵说:"人谁无死?但愿死得其所!"1894年,中日甲午战争爆发,9月17日,日本舰队突然袭击中国舰队,引发黄海大战。战中,担任指挥的旗舰被击伤,大旗被击落,邓世昌立即下令在自己的舰上升起旗帜,吸引住敌舰。他指挥的"致远"舰在战斗中最为英勇,前后火炮一齐开火,连连击中日舰。日舰包围过来,"致远"舰受了重伤,开始倾斜,炮弹也打光了,邓世昌大义凛然,对部下说:"我们就是死,也要死出中国海军的威风,报国的时刻到了!"下令开足马力向日舰"吉野"号冲去,准备和它同归于尽。这时,一发炮弹不幸击中"致远"舰的鱼雷发射管,"致远"舰沉没。200多名官兵大部分牺牲。邓世昌坠身入海,随从抛给他救生圈,他执意不接;爱犬"太阳"飞速游来,衔住他的衣服,让他无法下沉,他见到部下都无生还,狠了狠心,将爱犬按入水中,与它一起沉入碧波。

为我中华,他献出了宝贵的生命,享年46岁。

邓世昌牺牲后,举国皆恸,光绪帝垂泪撰联:"此日漫挥天下泪,有公足壮海军威。"并赐予邓世昌"壮节公"谥号,入祀京师昭忠祠,御笔亲撰祭文、碑文各一篇。威海卫百姓感其忠烈,于1899年在成山上为邓世昌塑像建祠永久祭奠。1996年12月28日,中国人民解放军海军命名新式远洋综合训练舰为"世昌"舰,以示纪念。

马尾雄魂,英武千秋,威慑天下! 马尾英灵,岁岁年年,与船相伴!

丝路长遗泽万年

马尾作为闽江和东海的交接口,是中国海上丝绸之路的起点和终点。

明初是中国海洋事业的一个历史高峰,郑和下西洋驻泊福州港,从马尾开洋。当时出入闽江海口马尾的贸易频繁、货源丰富,如马刀、马匹、金银、玛瑙、象牙、螺壳、香料、胡椒、乌木等等,都在《闽书》的记载中。唐宋时期的马尾甘棠港,许许多多货物从这里扬帆出海。两百年前,外国船舶来到福州闽江口,在外海远远望见罗星塔,都会情不自禁地欢呼:"China tower"(中国塔),于是,罗星塔在国际上就有了"中国塔"之称。

随着丝绸之路的开辟和海上贸易的进展,不但开阔了人们的视野、促进了经济的发展,还带动了沿海民众为寻求改变命运和生机而漂洋过海。从此,开拓、进取、经商的观念,溶入了一代又一代马尾人的血液中,为海上丝绸之路的兴盛繁荣,做出了重大贡献。

由唐及今,中国有三张誉满全球的名片:唐之丝绸,宋之瓷器,明清之茶叶。福建茶得到西方社会广泛的赞誉,喝武夷岩茶,更成为西方贵族身份的象征。1662年,葡萄牙公主凯瑟琳远嫁英国时,将武夷红茶当作嫁妆带入英国王室,为此,凯瑟琳被世人称为"红茶皇后",聪明的英国商人把凯瑟琳美丽的肖像,印制在武夷红茶的包装盒上,作为广告,武夷红茶从此走进英国的千家万户。

19世纪初年,从武夷山到广州的福建茶叶商路,通常要50至60天才能到达;后来开辟的崇安至上海的新茶路,也要24天左右到达;而自闽江顺流而下,运往福州马尾最快4天,最慢8至10天便能到达。海上丝绸之路,是古代中外交通贸易和文化交往的海上通道,在福建茶香飘四海的历史进程中,马尾港凭借其独特的区域优势,在历经海上丝绸之路的千年发展中,发挥了特殊的不可估量的作用。

近年来,马尾港经济产业发展迅速,逐渐形成以临港工业、港口物流、旅游为支柱的现代化经济体系。现在,作为以经济发展为主的国家级开发区,马尾不仅是福建省、福州市的工业重镇,是福州跨国公司、上市公司最密集的区域之一,而且,马尾推进以"绿色城市""绿色屏障""绿色通道""绿色村镇"为主的"四绿"工程,也进一步展示了马尾山清水秀的宜居魅力,从而获得了"中国人居范例奖""全国绿化模范区"等诸多殊荣,也因此界定了马尾在21世纪中国海上丝绸之路建设中的不同凡响的重要地位。

如今,徜徉在马尾山光海色美丽如画、绿树繁花四季如春的滨海大道,追思历史风云、金戈铁马,恍若如烟旧梦;听潮起潮落,看鸥鸟翻飞,颇有陶然忘机之感。

经济腾飞,人民富足——造福华夏的海上丝路、无船不行的海上丝路呵,天长地久、遗泽万年!

诗人林宇写过一首《马江古战场》:

> 都是遥远的时光
> 都是幻影的思考
> 曾经的涛声
> 远去了的世纪
> 所有的华光在风中隐去
>
> 当最后的炮声震裂马江的天空
> 硝烟在悲壮中沉寂
> 呜咽的不只是青山
> 悲凉的阳光照射下
> 崛起了只只桅杆
> 刺向苍穹,尊尊古炮
> 百多年圆睁不屈双眼
>
> 放飞的鸽子凌空划过

哨声中　抖落羽毛一地

　　飘洒出殷红的记忆

　　不朽的灵魂不朽

　　枪炮吻热的土地

　　肃立着碑林座座

　　只有马限山奔腾的江水

　　依然喧涌着向前向前

我把这首诗，作为我的文章的结尾。

悲壮的诗行里，海水滔滔，船依然向前运行！马尾的故事，代代流传；马尾的未来，阳光灿烂！

2016 年 1 月写于厦门

一盏春茗千秋梦

一盏春茗千秋梦——中国黑陶建盏,从喜诞、辉煌、衰落、消亡到今日浴火重生,走过了路漫漫一千多个风雨春秋!

爱屋及乌

平生嗜茶。笔者曾在小文《茶缘》里写道:"茶是平生至爱。大自然中,能够在大半生里朝朝暮暮、不离不弃、相依相伴的知己,大约也就是她了。痴痴地爱她,不仅仅是因她的色、香、味种种令人陶醉,更不因世人加于她的无数功利和声名。刻骨铭心地眷恋的,是她片尘无染的清纯,是她九死未悔的执着,是她百转柔肠的悱恻和金戈铁马的风骨,是她可望而不可即的幽雅和不与众芳争娇夺宠的脱俗。"

因为茶,爱屋及乌,自然而然地喜欢茶具:诸如茶壶、茶罐、茶盏、茶宠等等。其中的茶盏,从前最爱是宜兴紫砂,记得20世纪80年代中期,作为一名新闻记者,为了紫砂,我专程赴江苏采访了宜兴紫砂一厂、紫砂二厂,有幸拜会了中国紫砂泰斗顾景舟大师,拜赏了他手制的石瓢、鲍尊、乳鼎、供春壶、兰言壶、均玉壶、莲心壶、云间如意壶、玉露天星提梁壶、回文竹茶壶等等国宝级珍品。从此,见紫砂,便欲罢不能。当然,看到其他名瓷茶具,如景德镇青花、粉彩、德化如意白瓷、盖碗玉瓷,以及仿哥窑、钧窑、龙泉窑、汝窑的茶具珍品,也是心仪的。

至于建盏,也闻其名,知道产于建阳地区,却了解甚少。20世纪90年代中期,友人自闽北来,送黑瓷茶具一套,说是建盏,嘱勿转赠他人,因

无知则不懂珍惜,只当一般茶器使用,几经辗转搬家,迄今已不知所终。

乙未年农历九月,首次抵建阳。建阳位于福建省北部,建溪上游,武夷山南麓,另称潭城,是福建省最古老的五个县邑之一。"曲阜出孔丘,建阳有朱熹",北孔南朱对中国文化的影响,一如长江、黄河的源远流长。我来到在这古风习习的人文胜地,人们津津乐道的,除了朱熹、宋慈、游酢等脍炙人口的历史名人之外,街谈巷议的竟多是建盏,文人雅士把玩的是它,市井乡民淘宝的是它,商家琳琅满目持货待贾的是它。

对于依稀相识久违多年的建盏,我不能不刮目相看了。何况,我对于茶和与茶相关的器皿情有独钟,于是,自然而然地便开始了对建盏前世今生的探索和寻觅⋯⋯

建盏千秋

建盏烧制始于唐代,兴盛于两宋。

宋,是一个让现代文人艳羡的时代。当时雅士文朋琴棋书画品茶论道成风,甚至有个不专心做皇帝,却醉心于艺术雅玩的宋徽宗,不仅在书法上创造了独具一格的瘦金体,更是偏爱茶艺,对茶道做了精心研究,写出流传史册的《大观茶论》,其中"点茶"一篇,见解独到,给世人演绎了最标准、最雅致的点茶法。

所谓点茶法,"点"就是用沸水将茶末点化成茶汤,点茶的程序是——先取茶饼一块,用密纸包好,从外面加以捶捣,然后再用茶碾碾碎,过筛后就开始煮水,待水沸后稍停再冲点,可保证茶味甘甜,后取定量茶末于盏中,注入少量开水将其调成膏状,再一边注水一边用茶筅搅动,叫作"击拂",这时茶面上会出现乳白色浮沫,浮沫的颜色和持久度,成为衡量茶品好坏的标准。

宋代,朝廷建立了贡茶制度,贡茶产地需要一种方法来评定茶叶的品位高下,于是,逐渐发展形成了一项有趣的竞赛——斗茶。当时,上至皇帝下至黎民斗茶成风,在建阳贡茶产地尤甚。大书法家蔡襄的茶学专著《茶录》中,提到建阳的斗茶:"视其面色鲜白,著盏无水痕者为绝佳。建安(建阳古称)斗试,以水痕先退者为负,耐久者为胜。"也就是说,点茶后在茶面上形成的浮沫,以色白和泡沫持久为优。

宋代文人在分茶的过程中,也会通过巧妙的搅拌,在茶沫上画出禽兽鱼虫、山水人物图案,与现代人在咖啡的泡沫上作画颇为相似。更有甚者,可以在茶沫上作诗,称为"水丹青"——北宋刘贡父就曾写诗称赞分茶技艺高超的谦师和尚:"泻汤夺得茶三昧,觅句还窥诗一斑。"由于宋代茶色尚白,所以建安地区出产的黑釉茶盏,不仅利于观察茶汤上面的浮沫,更是衬托茶色之白的最好器具。

建安黑釉茶盏始烧于五代末北宋初年,起初以烧造无斑纹通体乌黑的茶盏为主,称为"乌金釉盏",当时只在建安产茶地区流行。北宋初年,朝廷把建安地区划为贡茶产区,建立了北苑茶园,黑釉茶盏也被专门进贡朝廷。随着宋代茶文化的不断发展,北苑茶园成为当时全国最大的贡茶产地,产品层出不穷,以追求冲泡后的茶汤色白为佳,常以"似雪""胜雪"赞之。这种独特的茶文化极大地带动了黑釉茶盏的烧制,茶盏的新品种也不断花样翻新。建阳水吉以烧制的具有东方民族色彩的乌金釉盏见称于世,中国陶瓷史上名之曰"黑建""紫建""乌泥建"等,后来烧制的兔毫盏,成为当时最流行、产量最大的建盏品种,这一点,从古窑址出土的大部分建盏是兔毫盏可以得到证实。

宋徽宗曾在《大观茶论》中提到:"盏色贵青黑,玉毫条达者为上。"意思是建盏以青黑色为贵,最好是带有月光下兔毫的光泽,那就是所谓的兔毫盏。

宋代，水吉烧制的兔毫盏被称为宝碗。当时的名人黄庭坚作词曰："兔褐金丝宝碗，松风蟹眼清汤。"精于茶道的蔡襄在《茶录》中提到："建安所造者，绀黑，纹如兔毫，其坯微厚……最为要用。出他处者，或薄或色紫，皆不及也！"

建盏的烧制地点，与宋代首屈一指的贡茶产地，都在武夷山下的建安；无独有偶，在紫砂兴盛的明代，宜兴附近的阳羡山上，同样也出产闻名天下的阳羡茶，似乎烧制名茶具的地方，总有一款名茶伴其左右——茶具因茶而生，茶因茶具而媚，两者相辅相成，也是天造地设的因缘！

北宋末年，宋徽宗为金人所俘，统治者被迫迁都临安，政权南移，建盏受益，得到进一步发展，从而迎来了鼎盛时期。但风雨飘摇的南宋最终被元人所灭，改朝换代，北苑茶园因此遭受了沉重的打击。

明代之初，明太祖朱元璋为警戒宋朝奢靡之风，取消了团饼进贡，一种更能保留茶叶原香的散茶泡制方法——团茶（即现代人的饮茶方式），渐渐取代了原来的团饼技艺。团茶的普及，结束了建盏气象万千的时代，自此，当年流光溢彩的建盏，慢慢被世人淡忘，至清代，建盏完全断烧。

20世纪30年代，一位名叫普拉曼的美国人，在福州古玩店里看到造型凝重、温雅晶莹的建盏后，爱不释手，聘请了一位中国向导，亲自驾车来到水吉镇，找到古窑址，带走了八大箩筐匣钵、碗筷和黑釉瓷器，其中的一种大口内敛广肩小底的钵式碗，至今其他地方尚未发现；另外，普拉曼带走的瓷器纹饰中包括兔毫、鹧鸪斑、鸡羽毛等精美微妙的花纹，迄今在全世界都属罕见。普拉曼在他后来的《建窑研究》一书中写道："无名的宋代陶工制造出那崇高且文雅的建瓷，其精美是难以用语言表述的！"

近30年来，随着建窑遗址的挖掘，出土了大量建盏，古雅厚朴的建盏，又重新进入人们的视野。一些富有烧制陶瓷经验的手艺人通过长期摸索，基本恢复了烧制建盏的技艺，产品也更加丰富多样，除了经典的茶盏外,也有茶壶、茶叶罐和花插等新品种。建盏在当今的茶文化中,远远不只是实用茶具,更是具有收藏价值的陶瓷艺术品。

今日风采

乙未年阳历10月29日中午,我专程前往探访古窑址,与我相伴的是水吉镇的宣传委员陈毅明先生。水吉镇距县城33公里,约1小时车程。小陈告诉我,水吉有8个村,面积278平方公里,人口不足4万,基本上以烧制建盏为生。

建盏陶土,在南山村。我们驱车南山,远远地便见南浦溪委曲婉转而来,正是枯水期,碧溪瘦芦花似雪,树木苍苍红土灿然,古陶建盏的身躯母土,就在这里,面对南山,我有一种伏地膜拜的冲动。

小陈告诉我,古代建盏主要烧制地在后井村芦花坪。于是,我们一起来到后井。一进村,只见满山遍野的瓷片、匣钵堆积如山,连山路两旁和小河里也随处可见,可以想象,当年建盏的烧制,曾经是何等兴盛辉煌洋洋大观!

水吉镇林建站站长徐祖明老师是研究建盏的专家,特地赶来为我做向导。徐老师告诉我,建窑遗址很多,1954年6月,华东考古队到水吉考察,就挖出7个建窑遗址,这是新中国成立后首次发现这块布满瓷器残片的土地蕴藏的秘密与价值。徐老师又说,尽管建窑遗址不少,但最重要的是:芦花坪、牛皮伦、大路后门、社长埂4个遗址。

我跟随徐老师来到芦花坪。站在芦花坪向远处瞭望,可见一条长龙蛰伏山腰。徐老师说,这就是闻名中外的世界上最长的龙窑了,有135.6米,从唐代起开始生产黑瓷,是最古老的建窑遗址。我们沿山而行步上龙窑,风声娓娓相随,犹如龙吟细细。据说当年此窑一次可烧制瓷器3万件

以上,窑炉附近曾采集不少"供御"字样垫饼。

站在龙窑上,看遍地建盏泥坯,四围植被茂密,秋水如镜,远天如烟,秋雁横空,嘹唳声声,遥想昔日窑火连天,商贾云集的繁华景象,一切有如梦幻……

20世纪70年代末,芦花坪建盏被重新挖掘出来。1981年3月,样品被送往北京。两个月后,中央美院、北京故宫博物院等数十家文博单位,50多位专家、学者云集建阳,参加"恢复宋代建窑兔毫釉产品鉴定会",从而确认建盏为中国十大名瓷之一。千年建窑,犹如一颗出土明珠,重放异彩。建盏烧制,梅兴二度,又在建阳遍地开花。

徐老师介绍,建盏器型有大碗头、束口碗、喇叭碗、加边碗、斗笠碗等;建窑烧制的黑瓷除了茶盏,还有钵、瓶、罐、灯台、钟杯、执壶等;建盏的斑纹主要有兔毫、油滴、乌金釉、西瓜纹、铁锈斑、鹧鸪斑、彩虹斑、曜变等。

下山来,我们访问了芦花坪建盏有限公司,那是2007年由孙福昆、孙寒冰父子两代经营起来的建盏制造厂。在这里,我们看到了如同兔子身上毫毛一样纤柔的金兔毫盏、银兔毫盏,见到了釉面密布银灰色金属光泽小圆点、形似油滴的金油滴盏,见到了灰色或深灰色的灰贝釉、橘红色的柿红釉,真是琳琅满目美不胜收。

更难得的是,建窑的传统手艺流程要经过选瓷矿、瓷矿粉碎、淘洗、配料、陈腐、选胎土、练泥、揉泥、拉坯、上釉、装窑、焙烧等十三道工序,我有幸参观了其中练泥、揉泥、拉坯、上釉等六道手工工序,心中深有漫行古道重返历史回归自然的感觉。

据说,两宋建盏兴盛时期,曾通过海上丝绸之路,远销非洲、中东、西欧等地,在"南海一号"沉船和"华光礁一号"沉船的考古挖掘中,都发现有大量的建窑黑釉瓷器。现在,在东南亚诸国、我国台湾地区,建窑仍拥有广阔市场。如今,建阳建窑建盏制作技艺的非物质文化遗产代表性传承人已有13人。

　　我与陈毅明、徐老师且行且看且谈,转眼便是黄昏。晚秋的暮色如同画笔,把芦花坪和龙窑描摹得古意苍苍古趣盎然。我们虽依依不舍却也不得不离去,徐老师说,回城去吧,去看看城里的建盏一条街,那是新时代的建盏王国呢!

　　我与小陈如嘱来到位于建阳西区生态城的"建阳建盏文化街",这里洋溢现代气息的通街大衢灯火通明,鳞次栉比的建盏商铺或堂皇富丽或古朴高雅,数不尽花色品种和千姿百态的建盏,让人目不暇接眼花缭乱。我问小陈,这条街上的建盏商家共有多少人?小陈说,从当年的十几家,发展到今天,约略有300来家吧。

　　我们随便走进一家名号为"贵稀堂"的商铺,小陈说这里的主打产品是兔毫,后来又开发了绒毫、冰裂茶墨釉、饰红釉、曜变、鹧鸪斑等产品,主人詹贵稀是南平市建盏非遗传承人,名重一方。我看那灯光下的建盏璀璨夺目文采斐然气韵逼人,的确高贵脱俗美色灿烂。

　　我们信步而去,来到"谭艺轩"。主人何宝兴先生热情来迎,他是1979年参与推动古窑挖掘并恢复建盏制造的有志之士和建盏能人之一,迄今36年,兢兢业业从事建盏事业。他家的金兔毫盏、银兔毫盏,纹路栩栩如生光彩夺人,让人摩挲再三赞叹不已!

　　文化街上最有意思的是"云谷山"建盏有限公司,老板陈旭才31岁,已从业多年。他的父亲和两个姐姐都做茶叶生意,只有他独闯建盏经销这条路。他是一位颇有抱负的年轻人,他的目标是打品牌。他说他准备联合一批工艺师一起研讨,让产品更加多样化——不仅要有各种传统的、现代的茶具,还要有各种争奇夺巧的茶摆设,以满足今日茶文化中雅俗共赏、老少咸宜的多方位需求。他认为,建盏的兴旺与茶文化的繁荣息息相关密不可分,因此,名瓷的功能也可以各具一格——青花可以摆设为主,

而建盏黑陶更具典雅厚重的审美情趣,既可当茶具又可作为艺术品来鉴赏。他在北京、广州、厦门都有开店,让建盏和茶叶两行并行殊途同归,商机甚好;特别是不久前在厦门的茶博会上,他把建盏设计和建盏审美发挥得淋漓尽致,让海峡两岸"发烧友"惊奇惊叹欢喜莫名!

如果把建盏内敛温润玲珑剔透的兔毫、油滴盏、鹧鸪斑、曜变等等花纹放大,其风情韵致,美丽华贵有如油画。难怪唐朝诗人刘禹锡在《西山兰若试茶歌》里,赞美建盏纹彩"骤雨松声入鼎来,白云满碗花徘徊";北宋文豪范仲淹为建盏分茶题诗,"黄金碾畔绿尘飞,紫玉瓯心雪涛起。斗茶味兮轻醍醐,斗茶香兮薄兰芷";南宋才子陆游描绘建盏分茶,"矮纸斜行闲作草,晴窗细乳戏分茶"。

是啊,美妙的建盏泥坯,在千摄氏度高温之上、创作出非人工可为的天造地设的神秘莫测的绮丽华彩,它不能不让你浮想联翩,让你古今莫辨,让你艺思飞扬,让你倘若有幸拥有一枚珍品,便会终生相随不弃不离!

建盏因茶而兴,因茶而灭,因太平盛世而涅槃。

一盏春茗千秋梦——中国黑陶建盏,从喜诞、辉煌、衰落、消亡到今日浴火重生,走过了路漫漫一千多个风雨春秋!

建盏,这伟大的土与火联姻的神奇的玲珑儿,这八闽大地浴火新生的古精灵,此行建阳,有幸与你相识相知,从此爱你,直到永远!

2015 年 11 月 24 日 写于厦门

龙年吉祥

再过几天，便是龙年。

两千年是新千年，据说新千年恰逢龙，三千年才一回，是否属实，未经考证。但人们愿意相信这是事实，因为如此祥和如此珍贵的年份，将给新千年带来多少美好的期待，将给中国人带来多少喜庆的寄托！

自古以来，龙是中华民族吉祥的图腾，是国运昌盛百业繁荣的象征。古代，人们把至高无上的皇帝称为真龙天子，把皇帝的容貌称作龙颜，把皇帝的衣裳叫作龙袍；把长城喻为蟠伏凝固的巨龙，把黄河、长江比成腾挪跃动的神龙。在汉语成语词典里，生龙活虎、龙飞凤舞、龙腾虎跃、虎踞龙盘、龙吟虎啸、神龙见首不见尾等等关于龙的词语，真是比比皆是。千百年间，良马有龙种、龙孙、龙驹，佳茗有龙井、龙凤团，宝剑号龙泉，琴曲称龙吟，豪杰之士被褒作龙虎，大德高僧被尊为龙象，喻佳肴美食为龙肝豹胆，赞丹青书法为笔走龙蛇，端午划船觅屈子称放龙舟，悬瀑临深潭号龙湫，山珍有飞龙，娱乐有舞龙，植物有龙柏、龙葵、龙舌兰、龙吐珠、龙血树、龙爪花、龙船花，海产有龙虾、龙鱼、龙虱……名贵香料有龙涎香，千年古刹有龙华寺，舞台上有跑龙套，大自然有龙卷风，新石器时代晚期有龙山文化，河南洛阳城外有龙门石窟，南宋陈亮著《龙川文集》，北宋苏辙撰《龙川略志》。在民间，称天庭隆突为龙庭饱满，称男女婚配为龙凤呈祥，也有梦龙、乘龙、化龙的传说，也有九龙壁的奇观。以龙为地名如龙华、龙州、龙江、龙安、龙阳、龙里、龙陵、龙海、龙岩、龙羊峡、龙尾城、龙泉堂、龙须沟、龙宫洞等等不胜枚举。神州大地，宫廷庙宇，触目可见龙橡龙柱；华城僻镇，无处不有雕龙翘脊。不论是王公贵胄的殿堂，还是平民百姓的陋

室,不论是远古,还是今人,全都拥有龙的精灵。

在中国,飞禽走兽千千万,但没有任何一种动物,能像龙那样享有如此崇高的名望如此神圣的威力,享有如此普被天下的祥光瑞气如此盘桓千古的永恒和魅力。尽管,除了恐龙留有化石,堪以证明它曾经生存世间之外,真正的苍龙、飞龙、金龙等等,百代以往,谁人见过?龙的存在,是虚与实的合璧,是理想与现实的结晶。作为一个鼎盛民族百代千秋威武不屈的形象,作为万千国民心中永永远远吉祥如意的情结,龙在中国早已成了一种文化。龙的足迹,遍布中华大地所有的城镇乡村;龙的文化,渗透于世世代代中国人民的血脉心灵。

伟大中华在海外拥有数千万游子。华侨也罢,华人也罢,不论你漂洋过海寄迹何方,不论你的家族在异国他乡历经几代,但你的黑头发、黑眼睛、黄皮肤,仍明确标志着你是龙的子孙。因此,所有的海外儿女,无不承认自己是龙根龙脉龙的传人。在我国港澳台地区,在东南亚,我们的同胞的豪宅庭院、园林寺庙,龙的辉煌无处不有;在美洲,在欧洲,在澳洲,甚至在非洲,凡有华裔所在,凡有唐人街的地方,龙的灵魂无处不在。因此,源远流长的龙文化,无形中也成了世界文化的一部分,谁都不可能否认中华民族的存在,因此,谁也不可能否认龙的存在!

龙年千禧,它必将给泱泱中华带来无限生机带来无数吉瑞。龙年千禧,祝龙的精神永生——在中华亿万民众心中,在海外万千游子心里!

2000年2月写于厦门

共和国，我对您说

——写在祖国四十大庆前夕

共和国，我对您说，在您的四十岁，在您的不惑之年，仰望您五彩缤纷的版图，我情不自禁泪流满面……

记取当年，我在异邦流浪，共和国，您是我心中的月亮——那一派温馨迷人的光辉，铸就我挥之不去的思念，于是我越过荒山、越过野水，越过繁华的障碍和亲情的诱惑，投奔您的膝前。

在我们互为依存的漫漫日月里，有红霞、白鸽、蓝天，也有阴霾、风暴、雷电；有花前月下小桥流水，也有金戈铁马遍地狼烟；有两情相知悠然默契，也有误解和忧伤。然而，世界可以天翻地覆，您我之间血脉相连至情不变。您虽如牛负重但气宇轩昂，连华尔街的达官阔佬也得刮目相看。因此，我远远不只爱您黄土地上的绿水青山茫茫雪原万千生灵万千宝藏，我更爱您顶天立地不卑不亢不屈不挠七尺昂藏，如果地球上失去您，那么莽莽东方将陆沉一片。因此，我为您朝朝暮暮默默耕耘，我为您岁岁年年尝遍风霜，无怨无悔，无悔无怨。

共和国，几十年间，您从稚嫩走向成熟，再不是小米加步枪的模样，再不是蓝制服灰大褂的清寒，再不必忍受"东亚病夫"的丑陋绰号，您已堂堂皇皇走上联合国讲坛。您的精英您的果实遍布神州遍布世界，如今提起"中华"，举世都要抬头仰望！

共和国，您不是没有失误，您也曾偶入歧途，您从封建的旧轭中走出，因袭的历史过于沉重；您还年轻，创造的经验有待开拓。而且，在您的四周，还有居心叵测的狐鼠，还有虎视眈眈的野兽。于是，您那光辉灿烂的画卷，也曾留下一抹两抹的败笔，也曾有过瞬间的黑暗。共和国，我为您

的成就讴歌,我为您的挫折扼腕!然而,失败是成功之母,您永远追随时代的大潮向前!

可笑,觊觎的鹰犬,唯恐天下不乱;可恨奸诈的小人,边吮吸您的乳汁边骂亲娘——"尔曹身与名俱灭,不废江河万古流"。共和国,灰尘掩盖不了您黄金的本色,黑夜遮挡不住您旭日的光芒。无论从前、现在或将来,共和国,您健壮的躯体足以抵御蚊蝇的咬噬;您雄伟的气魄足以抗争八面来风!

共和国,您可知道,您那神奇美丽的土地,拥有多少炎黄赤子刻骨铭心的相思?纵使海枯石烂,也泯灭不了这纯真挚朴的情感。至于我,我已丢失了青春,但我的心依然年轻,共和国,您的欢笑,您的泪水,您的过去,您的未来,都是我心中的至爱。爱是一种无上的欢乐,也是一种深沉的痛苦,我能献给您的,只有心中一片永恒的苦恋!

共和国,我对您说——在您的四十岁,在您的不惑之年,我对您的爱情,一如初恋!我珍惜您有莺歌燕舞也有刀光剑影的昨日,我期待您国富民强、人寿年丰、电光石火的明天!

我深信我美好的憧憬会像金色的蔷薇含苞怒放!

共和国,让我们共历人世艰辛,让我们同享花好月圆!

1989年9月22日写于厦门

2000年1月29日改写于绿村书屋

不老的曾心

曾心先生是我的学兄。1959年,我考入厦门一中高中部,他是我的同班同学;1962年,彼此同时录取于厦门大学中文系,我们又成了同窗。人的一生,能在心底留下历久弥新记忆的人,往往寥若晨星。岁月如流水,转眼半个世纪,曾心,是令我难忘的一位至交。

曾心是泰国侨生,因上学晚,年纪比较大。当时,在我们班级中,东南亚各国侨生大约占了三分之一。他是最不显山露水的一个。身材不高,肤色黝黑,少言寡语,面目和善,给人以木讷、持重、亲切、和蔼的印象。他学业成绩中上,特别勤奋,课余时间看到他,总是抱着书本。我是班上的语文科代表,每回收取他的作业,他的字迹总是工工整整,一丝不苟。他担任班长,一到劳动课或春播秋收下乡劳动,总是累活脏活抢先干。他的憨厚与质朴,几近于迂。他乐于助人,20世纪60年代初,中国连续三年困难时期,学生大抵清贫,他并不富有,但只要同学有急难,第一个慷慨解囊的一定是他。

大学毕业正好赶上"文化大革命",曾心被调往广东省外事办公室,后来又去了广州中医学院。我被分配到了太行山,听说他跻身杏坛还著书立说,又听说20世纪80年代初,他重返出生地曼谷,那是后话。再相见已是1992年初夏,曾心从泰国回厦门来到我家中,把酒话桑麻,重温同窗梦,自然无限欢喜。谈起文学,一向庄重如哲人的曾心却眉飞色舞,要了我新出版的两本散文集,欣欣然而归。此时,他已是知天命之年。

不可想象,回泰之后,他竟文思如泉,不曾听说发表过文学作品的曾心,散文、小说、评论一篇篇、一本本问世。1994年我首次访泰,曾心带我

至家中,当时他还在从商从医,但他家高高低低的三层小楼里,书橱、书架、书桌,密密麻麻全是书,除了少量医家典籍,竟全是古今中外文学著作,也有不少国内当代名家新作。他的桌上、椅上、床上,到处都有或整齐或凌乱的创作手稿。我在惊叹之余,不禁深深折服:难得的中华之子啊,在异国他乡,仍不忘传播炎黄文化的火种!我对曾心说:"你在步鲁迅、郭沫若的后尘呢!"憨厚的曾心连忙双手直摆:"岂敢!岂敢!"

他陪我游览曼谷寺庙,前往郑王庙的湄南河畔,我问他:"在泰国这样的商业社会,你为什么会想到步入如此艰辛的笔耕生涯而且如此执着不移呢?"

他眺望着缓缓流逝的湄南河水,微微一笑:"也许是一种责任吧!一种发自内心的'不须扬鞭自奋蹄'的挚爱吧!"

曾心在历经风霜雨露、饱尝世态炎凉的数十年间,一直怀抱赤子之心,爱大自然的壮美山川,爱社会底层的真善美,爱血脉相连的祖国故土,爱生他养他的侨居之乡。他凭借一双透视社会的锐眼,凭借一颗洞察人世秋毫的爱心,凭借一把宝刀不老的铁笔,为泰华社会描画了一大卷人间浮世绘,为弘扬中华国学、彰显人伦礼义,奉献了众多优秀篇章。

有的人早慧,少年得志,名声大噪,但虎头蛇尾,后力不济,结果江郎才尽。曾心厚积薄发,一发则不可收拾。在人生之秋,能如长河奔腾、如高山日出,气象万千者,真是凤毛麟角!而难能可贵的曾心,就是其中之一。

从20世纪90年代中期起,曾心不仅在泰华文坛声名鹊起,而且,他的名篇名著——《大自然的儿子》《心追那钟声》《蓝眼睛》《一坛老菜脯》等,也传入了中国,他的多篇作品不断在国内外得奖,并且选入中国年度选集、"文学大系"、中泰教材读本。曾心开始作为著名作家,活跃在泰华文坛上;已经出版了13本著作的曾心,开始作为东南亚知名新秀,出现在中国东南亚华文文学研究人选之中。他在20世纪之初,当上了泰华作家协会理事、《泰华文学》编委、泰国留中校友总会办公室主任、厦门大学泰国校友会秘书长、厦门大学东南亚华文文学研究中心兼职研究员等。曾心的文学之路,不仅是青年文学爱好者的榜样,也是中老年文学有志之士的楷模。

曾心是文坛上的多面手,他写散文,质朴无华,真情感人,催人泪下;他写微型小说,寓教于文,如春风化雨,润物无声;他写评论,为文客观公正,理论功底扎实。我特别喜欢他的散文,他送我的第一本散文集《大自然的儿子》,我拜读多遍,那一份人间至诚,一般江湖作家难以具备如此情怀,他的《猴面鹰哀思》,那一种对生命感人至深的酷爱,也不是扰扰红尘中人人都能拥有的心愫。面对曾心平实、真诚的散文作品,我的最大感受是文如其人。更想不到的是如老松如古玉的曾心,近年来也写诗,写如青春火焰如电光石火如行云流水的小诗,而且一写就是数百首,并出版了两本小诗集,那一首首令人击节赞叹的小诗,惜墨如金、明白如话,通哲睿智,如《萤火虫》:"平凡的一生,只做一件事,提着灯笼,给行人照明!"短短四句十九个字,却过目难忘。

十年来,泰华文学逐渐成为东南亚华文文学的主力军,曾心已然成为泰华文坛的主将,两年一度的东南亚华文文学研讨会,我们总能相见。但曼谷再度握手,却是十五年后的去岁仲夏。

去年七月,应泰国留中校友总会之邀,我到曼谷讲学,讲学之后,曾心邀我至他家中小红楼,就是这座小红楼,诞生了泰华文坛闻名海内外的诗歌圣地"小诗磨坊"。

曾心之家在闹市之中——门外,大小商店鳞次栉比,红男绿女挨肩接踵,紧邻是一座庞大的停车场,千车万驾,进出其中;门内,化外仙居,诗情画意、花香鸟语、禅心古韵,令人自然而然地顿悟陶渊明"结庐在人境,而

无车马喧,问君何能尔？心远地自偏"的深意了。

在我眼前,在我心中,岁月老去,曾心不老！

2016 年 8 月写于厦门

海角遗踪　策励后人

厦大校园里,鲁迅旧居前,原先有一片操场,大家叫它"鲁迅广场"。

二十年前,广场一侧,有数株大可合抱的合欢树,树下散置石桌石凳;广场另一侧,有一个小巧的六角凉亭,坐落在红白相间的夹竹桃花之中,喧闹的三角梅,一年四季缀满了翠绿的琉璃亭盖。

我在那儿求学的时光,不论晨昏,总喜欢到鲁迅广场来。黎明,倚在小亭的栏杆上背古文、读外语;傍晚,或独自一人,或三五结伴,坐在石桌旁:思索、探讨、争论……这儿是一个磁场,吸引着我,吸引着许多青年的心!

那时,每当我走近鲁迅广场,不由自主地总要抬头仰望那座洁白花岗岩砌就的楼房——我总觉得,身着深灰色长袍、脚穿陈嘉庚公司橡胶鞋的鲁迅先生仿佛还坐在"集美楼"窗前:正在为厦大学生备课,为集美学校写演讲稿,为文学青年改习作……于是,我心里就燃起一苗欲望——如饥如渴追求知识的欲望;滋生一种信念——向往光明、弃恶扬善的信念。

教授我们古代汉语的陈敦仁(梦韶)老师是鲁迅先生在厦大执教时曾经耳提面命的弟子。有一回,他怀着崇敬的心情告诉我们:当年,他写了个剧本《绛洞花主》,求教于先生,先生花了几夜时间读完后,对他说:"从前有人编过《红楼梦精华》,可是很少看见这书。你的剧本,可当作《红楼梦精华》读。我替你写几个字,作为引言,你可以寄到北新书局去试试。"

陈既高兴又不安:"这么幼稚的稿子,拿去出版,岂不是贻笑大家?"

先生却鼓励他:"青年人学习写作,只要尽其在我。人家笑不笑,哪有闲工夫去管它。成人是从小孩变来的,小孩不因自己幼稚而害羞,你们青

年人何必因为自己写作幼稚而怕羞呢?"

结果,先生在离厦前夜的百忙中,特意为陈写了《〈绛洞花主〉小引》,并于离开厦大那天亲自将原稿和"小引"一起放在陈的信箱里。后来此文收入《鲁迅全集》第七卷《集外集拾遗》。

从此,每当我走进鲁迅广场,自然而然地就记起敦仁师充满深情的回顾。我的眼前,便历历地浮现了鲁迅先生离厦之日将《〈绛洞花主〉小引》放入邮政信箱后匆匆登程的情景。我的心头,便涌起了对先生真挚而深切的缅怀。先生没有"文豪"的架子,没有"名士"的威风;奖掖后辈,如保姆爱护婴儿;指引青年,如烛光照彻迷津。闻名遐迩的文学大师,原来却这般平易可亲!而"平易可亲"四字,又怎能包容先生这些言行的丰富内涵!

1962年,我考进厦大不久,偶因在班刊上登了两篇习作,被系刊《鼓浪》聘为编辑。当时的我,一心只想多读书,并不把"区区"《鼓浪》当回事。一天,我们开编委会,《鼓浪》的"编辑指导"许老师环视了大家一眼,严肃而深沉地说:"新来的同学可能不了解《鼓浪》的创刊者是谁,如果你们知道这是鲁迅先生亲手创办的,就会感到这小小的刊物分量有多重……"

原来,鲁迅先生到厦大后,指导学生创办了"泱泱社"和"鼓浪社"两个新文艺研究团体,"泱泱社"出版《波艇》月刊,"鼓浪社"出版《鼓浪》周刊。这两种刊物,先生都亲自审稿、改稿并指导编印,还亲自为刊物撰稿。先生的《厦门通讯》,就发表在《波艇》创刊号上。为了《鼓浪》和《波艇》,先生耗费了许多的时间和心血。

因此,每当我走到鲁迅广场,情不自禁地就会想起《波艇》《鼓浪》这两株先生亲手扶植的文艺幼苗。我的心里,便充满了肃穆的景仰之情——像先生这样一位叱咤风云的文化主将,居然甘当人梯,为文艺新兵"打杂","在生活的路上,将自己的血一滴滴地滴过去,以饲别人"(《两地书》·九五)。如此伟大而美好的心灵,怎能不叫后人们永久地纪念并引以为楷模呢?

从老师那儿和阅读有关书籍,我得知了鲁迅先生在厦行止的一鳞半爪:

1926年12月,有一天,先生上完"小说史"课后,询问学生:"学校里和周围农民的小孩,都能上学读书吗?"当先生听说许多工农子弟无法入学时,便提议筹办"平民学校"。在先生的关照下,厦大学生自治会终于在顶澳仔借得一间祖厝,将学校开办起来。学校修房屋、购图书、买纸张,先生经常慷慨解囊。

先生在厦大国文系任教授时,经常到印刷厂校对讲义稿。一次,有个工人问先生:"'就'字怎么写?"先生马上抽出一张纸,一笔一画写给他看。后来,这位工人将先生教他的几个单字凑起来,裱成了一幅屏条。

先生到厦大后第一次拿到薪水——四百元支票,自己上"美丰银行"领现款。银行的人看到一个穿土灰布棉袍的寒酸"老头",眼珠便往上翻。问:"这张支票是你的吗?"连问三次,先生还他三个白眼,连吸三口烟,一语不发。那张支票终于在无声的抗议中兑现了。

先生离厦前夕,学校当局在鼓浪屿海洞春为他饯行。当时有些资本家在座,校长乘醉说道:"厦大是一个私立大学,谁出的钱,谁便可以说话。"先生随即从口袋里取出一个铜板,幽默地说:"我捐给厦大一个铜板,我要说话!"

……

每当我走过鲁迅广场,这言传书载的先生的一言一行,连同"横眉冷对千夫指,俯首甘为孺子牛"的先生名句,常常一起映上我的脑际,我也就时时想起1927年初春,先生特意在南普陀西南小山岗上龙舌兰丛生的坟前拍照的往事。我想,先生之所以特别喜欢厦门的龙舌兰,也许就因为它

具有不凡的气质:处贫瘠之地却生机盎然;没有墙头草的奴颜,没有温室花的媚骨;如刀似箭,傲指苍穹,抗烈日,御台风,毫无保留地献身人类。而先生的铮铮硬骨和坚韧斗志,不也可以从龙舌兰身上得到体现吗?

先生诞生迄今一百周年,先生由京华南来厦大距今五十五周年,先生逝世也整整四十五周年了。先生的文章,固然字字珠玑,代代相传;先生的思想和品格,更与日月星辰同辉,与中华民族永存。故乡有缘,碧岛青山,曾留下先生足迹;母校有幸,春风帐下,至今犹存大师教泽。

我敬仰鲁迅,所以,我热爱厦大鲁迅广场。这儿有一脉灵光——智慧的灵光;有一股正气——民族的正气,这儿记录着先生的音容睿智、良言益行。这一切,引人深思,催人警醒,导人向上。

每当我站在鲁迅广场,我就想:应该做一个像鲁迅先生那样的人——为民族,为人类,"吃下去的是草,挤出来的是奶"!

1990年9月4日写于厦门

青青子衿

——记台湾青年创业者张秀祯女士

青青子衿，悠悠我心。但为君故，沉吟至今。

——曹操《短歌行》

如果有一种爱，伴随你的终生，这种爱，就叫作"永远"！

戊戌仲春，有缘与台湾创业青年张秀祯女士相识，为她一家两代坚贞不移的土地情缘深深感动，于是有了随缘而来的相识、相知和默契。

2018年4月14日下午，我来到厦门市思明区龙山中路16号8楼启达海峡创业基地，拜访慢蔓摇（厦门）生态农业科技有限公司张秀祯总经理。

想象中的张总应该是衣裙靓丽、风采照人的女士。推门相见，却是一位娃娃脸，童发复额，一件深灰色圆领棉麻T恤，质朴如同山间土地，清纯如同在校大学生。走进20来平方米的办公室，墙上挂着三个布垫装饰，是形态各异的小鹿，桌上排着一列自产多年的橙子醋、苹果醋等纯天然生态产品，雅致、清爽，风格一如其人。于是，我们自然而然地便有了亲切而快乐的交谈。

我们的谈话尽管是天马行空，但贯穿话题的始终，千绕百转，都离不开土地，离不开徐香兰女士。

桃源的香兰姐

徐香兰是张秀祯的母亲，人称香兰姐。

香兰姐出生在台湾西岸桃源乡下,那是穷山恶水的地方,父母是贫困的农户,少年时代的生活是艰辛的,但也是快乐的——因为她从小生活在一个与野鸭、青蛙、水草、鱼儿嬉戏的湿地生态之中,年轻的姑娘们会在农忙之余在河边洗发,她们采集牵牛花和叶,轻轻搓揉发丝,然后在清澈的河水中冲洗,小鱼小虾穿梭其间。那时候,山野上肥沃的土地中生长出来的芥菜叶,大得可以包住一个孩子。日子虽然清贫,却充实而知足。

然而,经济起飞后的台湾,农民和土地都成了最大的牺牲者,农药、杀草剂、化学肥料联手残害了帮助土壤自然循环的微生物,使土地酸化、贫瘠。在人类的奢取豪夺下,美好的四季循环成了恶性循环。十七岁外出打工的徐香兰,家乡土地的变化,勾起了她重重的乡愁。"为什么以前的人贫穷而知足,现代人却富有而不快乐?"徐兰香一直思索着这个问题。她的答案是:"现代人虽赢得许多,却失去田园、失去环境,失去滋养生命的大地,失去根,没有根的人是不会快乐的。"

20世纪90年代,关西大桥的修建,几乎抽干了全村人吃、用的地下水,徐香兰组织新竹县关西镇村民向当局抗议;目睹农药厂排放有毒废水,导致河川鱼虾暴毙,徐香兰挺身而出组织附近居民展开抗争,农药厂最后只好关厂歇业,她却因率众围厂而被定罪,缓刑2年执行。后来,高尔夫球场业者为开发球场,挖山、封填野溪、封闭道路,迫使农民售地以开发球场,让农民无法继续耕种。徐香兰继续组织抗争,但这次她却被彻底孤立,谣言四起,抗争的民众也顶不住地方势力的施压,最后,因为她的苦撑并援引"水污染防治法"等抗衡,迫使业者停建。

徐香兰,一位两个孩子的母亲,普通得不能再普通的农妇,瘦得只剩下37千克。外人见她又黑又瘦,都说她疯了。但她坚守与人友善、与环境友善、与土地友善的人生宗旨,无所畏惧,锲而不舍!

打完土地保卫战,农友问她:"没有农药,我们该怎样耕种呢?"于是她决定回归土地。利用农场休耕，她遍访朋友，准备身体力行，开拓出一条与土地合作种植、加工出健康食物，顺应自然，养生护土的新路。

都兰山打碗花

几经选择，香兰姐决定到台东都兰去。

都兰实在是个美丽的地方，前临波光潋滟的太平洋，后依四季常青的都兰山，抬头，能看到湛蓝的天空，身旁，能感受无尘的海风。都兰山山头终年云雾缭绕，飘逸着神秘色彩，山中的"普悠玛祭台遗址"充满神奇，不少人专程前来探访这庄严之地，寻找当年阿美人、卑南人的历史痕迹。民风淳朴、空气甜美、有着无数神奇传说的都兰山，不管外界如何喧嚣，始终如世外桃源一般。正如台湾歌手巴奈的歌唱："我一个人住在都兰山下，没有冷漠的高楼大厦，却有热情的人；我一个人走在都兰湾旁，没有急促的工作步调，只有海浪裙摆荡……"都兰山上有个很有名的地方，叫作"月光小栈"，台湾著名导演林正盛，曾在那儿拍摄了《月光下，我记得》。月光小栈是个木制小楼，整座建筑共两层，一层是艺术家展示空间，第二层则是根据电影场景而还原的女主角的房间。站在阳台上，可以远眺都兰山前的大海。徐兰香的家就坐落在这秀美如画的都兰山脚下的小乡村里。

怀着土地环保梦，在都兰山下，徐香兰创建了打碗花农场。徐香兰祖籍客家，客家话里，打碗花就是野百合。野百合生长在水源处，当水质遭受污染，它们就会消失，而依赖水源的作物便跟着受到破坏。农家人没了生计，犹如饭碗被打破。所以，有打碗花的地方，就是生态美好的地方，赐名"打碗花"，那一份吉祥的寄托，便尽在不言中了！酿造是客家人的传统手艺，于是，酿醋，便成了打碗花农场经营的首选项目，当然，也配合做酱油、酱菜等。

香兰姐把家安在农场里,远离市区,有9只流浪狗为她守候家门,她用老鼠笼抓老鼠,抓到之后,就拿到山上放掉。她的女儿们都是抓蛇的高手,自由进出门户的大蛇小蛇,女儿们只是用竹签夹住它们,再放到门口的大水沟里去,他们一家,与大自然和谐相处。

有人问她现在是朋友多还是敌人多,她略微想了想,说,当然是朋友多;那些把我们当作敌人的,是官僚和资本家,这是一个理念上的对抗,而这对抗是永远的。

香兰姐说:"我做的事业叫循环立体农业,比如在我的农业上鸭、稻共生,不接受被污染的水进入我的土地,不让被污染的东西进入我的田园,每一个生命在自己的土地上各自独立,我用过的水别人能继续用,这样,农村的资源就不会浪费。农业是母亲,工业的发展是要照顾农业的,但是,今天,反过来我们会看到工业已经入侵农业,甚至于农业已经工业化了。"

有人认为,循环农业是不可能的,因为循环需要时间,因为我们把土地破坏之后,土地恢复需要时间,所以,徐香兰把农业比喻成一个母亲。母亲为你含辛茹苦地服务,你常常没有感觉,可是当你的母亲离开了你或者离开了你的家,你才知道母亲的重要。农业是重复、循环,就像母亲做很多琐碎的事情,日复一日、年复一年不断工作。徐香兰说:"我们在地里每天弯腰折体,每天面对的是小昆虫、小微生物,所以我们每天工作的时候非常快乐,因为这些小动物是我们的'童工',它是来帮助我们的,不是来破坏我们的。有一次我在我的水稻田上面把昆虫捞起来,用放大镜分析,发现其实益虫是比害虫多的,但是当我们把农药撒下去的时候,我们就把我们的伙伴也杀死了,这是一个很残忍的策略。其实我的土地母亲是很聪明、很智慧的,她有办法养育我们所有的生命,所以我开始梦想过着从前我们祖先的生活。"

香兰的醋

徐香兰的农业立体循环采用的是上下关联、一环扣一环。譬如酿醋，就是从种子抓起，采用生态自然的理念，与自然和谐，与动植物和谐。她的梅子园里，有六对穿山甲在那里栖息；她的水稻田里，有一只野母山猪带着三只小猪在那儿寄居，为了配合穿山甲和野猪的生存条件，梅子和水稻的产量会受影响，但因为不放农药，完全原生态，质量就会好得多。经过五年后，徐香兰的梅子和水稻，无论产量还是品质，都超过了惯性农法生产，消费者也由进入会员再变成"粉丝"，变成爱生态、爱自然、爱乡村的人。会员为此提出"环境教育"，带着便当盒一起到田间劳作；有的爸爸妈妈带着四五岁的小孩到梅子园等待穿山甲出现，从此也敢于喝生态杨梅酿造的醋了。用香兰的话说，这就是用别人的眼睛来发现惊奇。

当然，徐香兰在为作物环保、食品安全努力身体力行之外，也不断和社会不良现象作斗争——她发现有的所谓的"有机店"，并没有真正为食品安全把关，而是鱼目混珠，许多东西一面借助"安全食物"的理念，一面掺入添加剂，把"有机"当作商机。于是徐香兰把所有的货品用终端价买回，让"有机店"没有噱头可做，但她自己就得赔上一大笔钱。拒绝利益诱惑，坚持自己、坚持真理，不忘初心、砥砺前行，这就是"台湾真女子"徐香兰！

人为的破坏，让越来越多的植物从山林里面消失，从事天然酿造十年了，即使自然环境越来越恶劣，徐兰香还是到处奔走，说服农民以有机的方式种植凤梨、稻米、梅子等蔬果，并且高价收购——徐兰香用高于一般市价三分之一的价格，向农民购买土地上的作物，再用技术指导农民如何去活化净化土地。她坚持取法自然，以山林为酿造厂，以纯净糙米当原料，从野苘、香蕉花中提取菌种，用大陶瓮做容器，经过碾米、洗米、泡水、

蒸米、引菌、入瓮等繁复的过程，最后再放到野外，静置整整一年之后才可以开瓮。以山为依靠，以阳光和好空气为伴侣，有机醋才逐渐熟成。这样，不但提高了农作物的经济效益，也让越来越多的土地可以恢复生机。同时，更为重要的是有利于人体健康。徐香兰说："多一家有机农场，就少一家太平医院！"

十年来，徐兰香在遵守大自然法则下努力工作、用心做好醋的同时，她所走过的一块块土地，无论是梅园、李园、水稻田、松园、萝卜园，甚至樟树林，的确慢慢地恢复了生机。台湾同胞都有田园梦，希望休假日或退休后种种田、栽栽花、养养鸡鸭，香兰的立体循环农业理念和打碗花农场的醋，是保住台湾好山好水的功德事业，也因此圆满了人们美丽纯净的田园梦。

台湾资深剧评家王墨林为徐香兰的醋写了一首诗：

　　徐香兰的醋，
　　酿造出来的是一种大自然的能量，
　　它来自一颗安静的心所能承载的天地有情。
　　徐香兰的安静不在打坐，冥想这个脉络才能被找到，
　　却是属于当下在五光十色的消费社会里，
　　那一份对于简单生活已难得一见的坚持。
　　徐香兰不仅衣食住行都很朴素，
　　连她的生意来往也是直来直去，
　　一点点非分的心机都没有。
　　我七年前因病开始喝她的醋，
　　从浅交到深识，让我一步步走进她的酿造世界，
　　我就是这样深刻地感受到，
　　徐香兰对"酿造"这份传统文化的疼惜，
　　并在其中看到她没有被市嚣声遮盖的坚持。

因为如此,
从徐香兰安安静静地坚持,
我能感受到她把对上帝信仰的爱,
用心地浇灌在她种植的每一方土地、
酿造的每一缸醋,
以作为荣耀天地神祇的见证。

徐香兰相信善有善报,她说,一个狂风暴雨的夜晚,她带着小女儿从市区回家,穿过森林时,一边开车一边看到路边的树木一棵接一棵地被劈倒,山路受阻,她和女儿只好弃车步行,"我们不断听到身后传来咔嚓咔嚓倒树的声音,好像在追赶我们,非常可怕"。但总算平安到家,看到大女儿蜷缩在被窝里,吓得不敢出声。第二天早上起床,她才发现自家的黑瓦房顶,昨晚早被大风掀跑。一家有惊无险,她觉得冥冥之中是老天爷在保护着她们。

是的,徐香兰善心得福报。2005年,她和全球999名妇女一起,被提名参与当年诺贝尔和平奖的评选。没有哪一个人酿醋,可以酿得像她这样惊天动地!

如今,在打碗花农场,在黎明,在黄昏,朝朝暮暮,人们依然可以看到,年逾花甲的香兰姐忙碌的身影!

秀祯走大陆

十几年前,徐香兰已带着她的立体循环农业梦,跨过海峡走进大陆,在这儿进行考察、交流、讲学、学术研讨等等,她已然成了两岸土地环保的名人。但她的视野如同大地一样开阔,觉得事业需要有人传承,何况,广袤的大陆别有一番天地,于是,她把女儿张秀祯带进了大陆。

张秀祯也是乡村湿地长大的孩子,从小住在新竹外婆家,外婆特别宠她,好吃的好喝的都优先照顾她;外婆心灵手巧,一片树叶,可以给她编成项链、戒指等首饰。她与妹妹,帮外婆打理木瓜、橘子,喂鸡、喂鸭,她喜欢外婆,喜欢农村,对于土地,有一种与生俱来的热爱。学校放学、放假期间,她几乎都在乡村里度过。

后来,她到新竹玄奘大学读书,学的是法律专业。毕业后她到律师所当助理律师,但那儿的工作她觉得很枯燥无聊,她不喜欢法律纠纷里那么多的喜怒哀乐。后来她到台湾土地规划主管部门去,负责以农为主的文化创意产业,先后做了台东、云林、离岛等一系列规划,那时候,每天工作16个小时,每采访一个人,就多认识一个灵魂,这是一份快乐的工作。然而,她慢慢发现,政策在那儿往往成了一个口号,无法付诸实践,因此激情渐渐被消磨。

妈妈想让女儿参与自己的事业。2004年,有一次长假,妈妈把秀祯"骗"到大陆来,说的是旅游,实际上是来大陆找地,她们到了北京、山西、云南、福建等地。在找地的过程中,2013年,她们认识了福建"爱故乡"团队的志愿者闫迎春先生。

"爱故乡"团队发端于2012年,是由福建农林大学海峡乡村建设学院、中国人民大学乡村建设中心、中国农业大学人文与发展学院等机构联合发起,旨在以"故乡情怀"唤起人们发现乡村价值、参与家乡建设的热情与自觉行动。五年多来,"爱故乡"从福建起航,到全国遍地开花,先后开展了"发现故乡之美""寻找故乡之歌""青年爱故乡""爱故乡工作站"等等形式多样的大众化活动,为保护、传承华夏五千年农耕文明,为乡土文化注入新的活力,连接城乡,推动乡村振兴。目前福建设立"爱故乡"工作站的,已有厦门、福州、泉州、宁德、龙岩等地。

闫迎春陪着张秀祯母女找地,并介绍她们与"爱故乡"团队沟通,请她们参加"爱故乡"沙龙讲座。闫迎春几次到台湾打碗花农场调查,经严格考察,徐香兰收闫迎春为徒。在闫迎春的协助下,经过了多年的寻寻觅觅、考察分析,张秀祯将取得的数据,送回团队内,由经验丰富的农业专家、教授整理、实验、分析,最终,选定了厦门。厦门,与台湾习俗相同、语言相通、山川气候条件相近,这是张秀祯选择厦门的重要原因;当然,她家打碗花农场的许多客户都是厦门人,厦门人认同她家产品,厦门是她家重点的目标市场,这也是张秀祯入驻厦门的另一原因。

慢蔓摇

岁月如流水,张秀祯从 2003 年带着"立体循环农法"的种子来到大陆,一直到 2016 年在厦门同安区汀溪镇西源村落地生根,转眼十三度春秋。历尽多少风霜雨露,尝过多少甜酸苦辣,那真是一言难尽。

在汀溪,张秀祯打造了 120 亩的循环立体农场,成立了慢蔓摇生态科技农业有限公司。

我问秀祯:"你的公司名字好别致,为什么把它叫作'慢蔓摇'呢?"

秀祯微微一笑:"我有一些朋友,搞跨境电商,快快上马,也很快关门。我记住了一句话——'上帝欲使你灭亡,先让你疯狂!'所以,我崇尚做事业慢慢来,特别是农业,更要慢,要深蹲,人家才能认同。当你把土壤打理好,放进一粒种子,种子的力量是不可低估的,但你要给它时间。"

她说,"慢蔓摇"——第一个"慢",是告诉人们要耐得了寂寞,沉得住气,坚持自己的初心;第二个"蔓",草头蔓,是土地成长蔓生的力量;第三个"摇",指的是当"慢"与"蔓"相加时,是有律动的,有内力和内功,因此可以永续发展。

一看就忘不了的"慢蔓摇",让我感受到张秀祯的奋斗历程和这个名

字的内涵,是息息相关的。

张秀祯不无自豪地告诉我:"循环立体农法是站在古人的肩膀上发展现代农业的方法,我们通过农业布局,农场规划等方式,将合适的动物、植物放在合适它们的位置上,然后加上生物防治、生物补充等手段,让它们形成一个自然循环的系统。这样的循环立体农法,基本上不需要人为干预,四十五亩的田地,只需要两名专业技术人员就能掌控。"

现在,张秀祯的农场已经开始运作,种植了部分作物,主要是豆类。张秀祯说:"虽然我们的作物不施放肥料,人为干预少,但是,产量可以追平普通的种植方式。"

张秀祯为汀溪农场拟定的名字是"安生",那也便是安全生产的意思。安生农场的规划是:一是土壤微生物的保存,也就是保存土壤的营养。二是生产酱油,从土壤、种子、加工过程到酱油成品,均无任何添加剂。三是利用两条环绕农场的秀丽的溪流,以及周边多姿多彩的原生态植物,将生态纳入自己规划的版图中,就地取材建设一个科普基地,让城市里的人们,尤其是孩子,多多了解大自然、了解乡村。四是在开展环境教育的同时,发展观光农业。准备在农场建设自行车道,让人们享受自然风光和慢生活。

年轻的张秀祯美好的理想不是乌托邦——在骄阳烈日下,在北风凛冽里,她用汗水一滴滴滋润大地,用脚印一串串夯实田园,她,美丽的都兰女儿,用真诚的行动,在大陆,在汀溪,写下了自己传承家族夙愿,全心全意呵护土地、关爱土地的美好诗篇!

我问张秀祯:"小张,你离家多年,单身在外,想家吗?"

她爽朗地笑了:"我在这儿挺好的! 我喜欢乡村,喜欢大自然,喜欢原生态,这里有许多新鲜事物吸引我去关注,许多富于内涵的生活值得我去欣赏!"

她告诉我,业余时间,她系统地学习中医,还尝试从植物里去萃取护肤品。有时她会出外旅游,旅游对她来说也是工作。她喜欢传统文化艺术,尤其是建筑工艺,她特别喜欢闽南的古厝、培田的古民居……因为生命中有追求,生活里有情趣,逝水流年,都是丰富多彩,所有的日子,都很充实!

听张秀祯一席话,我知道,她已经把慢蔓摇公司,把安生农场,把充满魅力的闽南大地,当作她的家了!

敬畏土地珍惜土地

我和张秀祯谈到她一家两代对土地几十年如一日的厚爱,以及为保卫土地所做的奉献。秀祯十分感慨:"要敬畏土地,要珍惜土地,'土能生万物,地可出黄金。生死托斯寄,七尺报母心。'世间万物源于土,归于土,土为万物之母,土乃万物之根本。传说上帝和女娲均以泥土造人。大地的泥土,为人类带来无限生机,人类的生存,衣食住行均来自大地的恩赐。农民视土地为生命,正代表我们国人对土地的重视之情。中国人历来钟情于土地,《祭义》曰:'右社稷,左宗庙。'就形象地说明了这一点,左宗庙,祭祀的是我们的祖宗;右社稷,则是祭祀土地。社,土地之神也,稷,谷神也。在古代,有'春祈秋报'的传统,在春天耕种之前祈求社稷诸神保佑,在秋天收获后则要报谢诸神的恩德。我们现在的春节,还流传着祭拜土地公公的传统,这也是先民敬畏土地的表现。"

是啊,土地是博大的,博大的胸襟可以包容一切,可以化腐朽为神奇;土地是厚重的,厚重的德行可以承载世间万物。凡有土地的地方就能长出茂盛的庄稼、绿草,就有生命的气息,就有人间烟火……所以,对土地的敬畏,对土地的感恩,是人类从远古就形成的情感。如中国神话传说中的神土"息壤","抟黄土做人"的女娲,这些与希伯来《圣经》中所述的"上帝

用地上的泥土造出人类的始祖亚当"基本相似的传说,足以说明人们心中对土地母亲般的深情敬重。再如东周时期的晋国公子重耳,在亡命逃难途中仍然向土地跪拜,叩首上苍,携土块奔命;在北京地坛,明清历代皇帝每年都要举行规模盛大的祭祀活动;古时的民间,人们都要敬祀土地爷,以期保佑五谷丰登;如今人们动土兴建,都要选择良辰吉日……敬畏土地,成为人类千古以来延续至今、亘古不变的宗教般的虔诚信仰。

土地是人类的母亲,人类在母亲的怀抱中繁衍生息,就像地里生长的庄稼、树木一样一茬一茬。土地给我们春草、夏花、秋果和冬韵,土地给我们提供赖以生存的物质基础。在大地的怀抱生活,我们无比幸福。

是啊,土地让我们安身立命,土地使我们获得精神,土地叫我们的灵魂回归。陆地上有生命的东西都源于泥土,最终回归泥土,循环无穷,构成了缤纷灿烂的陆地世界。正如周国平先生在《人生哲思录》中说过的一句话:"人,栖居在大地上,来自泥土,也归于泥土,大地是人的永恒家园。"

然而,目前有110个国家可耕地的肥沃程度在降低。在非洲、亚洲和拉丁美洲,由于森林植被的消失、耕地的过分开发和牧场的过度放牧,土壤剥蚀情况十分严重。

空气污染问题也是酸雨问题——以前,酸雨问题只涉及欧洲和北美的老工业国,现在,亚洲和拉丁美洲经济高速发展的部分地区,也受到了酸雨的侵害。空气污染还打乱生态系统的正常运转,加速房屋的损坏,导致气候反常变化。

在发展中国家,80%~90%的疾病和1/3以上死亡者的死因,都与受细菌感染或受化学污染的水有关。现在,每天有2.5万名男人和妇孺,死于通过水传染的疾病。

温室效应严重威胁着整个人类。据2500名有代表性的专家预计,海平面将升高,气温的升高也将对农业和生态系统带来严重的影响。

在过去数百年里,温带地区国家失去了大部分森林。最近几十年以来,热带地区国家森林面积减少的情况也十分严重。按照目前这种森林面积减少的速度,40年以后,一些东南亚国家就难见森林了。

由于城市化、农业发展、森林减少和环境污染,生物存在的自然区域变得越来越小了,这就导致了数以千计的物种绝迹。

工业带来的数百万种化合物存在于空气、土壤、水、植物、动物和人体中。即使作为地球上最后的大型天然生态系统的冰盖,也受到了污染。

人口的暴增和农业土地的污染以及贫穷,促使第三世界数以百万计的农民离开农村,聚集于大城市的贫民窟里。随着新世纪的到来,有些大城市里的生活条件已进一步恶化。

鉴于现在全球土壤遭受破坏严重、自然环境日趋恶劣,张秀祯提出的"敬畏土地、珍惜土地"的理念和实践,特别富于现实意义,当然,这也是当前我国提倡振兴农村、建设美丽乡村,构筑中国梦的重要前提。在采访行将结束时,张秀祯用朴素的语言提出一个建议:"我希望农民认认真真地去种真的作物,城市消费者认认真真地去吃真的食物——我认为,这就是振兴乡村的核心了!"

是啊,农作物环保了、食物环保了,人民才能健康,乡村才能振兴,国家才能富强,道理很简单,意义却很深刻!这是台湾地区土地专家徐香兰和青年创业者张秀祯母女共同的心声,也是我们每一个地球人虔诚的心愿!

青青子衿,悠悠我心。但为土地,砥砺至今。此徐香兰、张秀祯两代土地卫士之谓乎!为了她们对生我养我的大地无怨无悔执着不移的爱,我在心中,向她们致敬!

2018年7月写于厦门

诗意人生

——德旺故事

法国作家雨果说过:"世界上最宽阔的是海洋,比海洋更宽阔的是天空,比天空更宽阔的是人的心灵。"有幸,在2013年岁末,我结识了一位心胸比海洋、比天空更宽广的人——福耀集团"玻璃大王"、中国首善曹德旺先生。

一根拐杖　一片江山

曹德旺的人生之旅,是一部传奇。

曹父河仁曾经是上海永安百货公司的股东。1948年,河仁携眷乘船回闽,全部财产放在另一条货轮上,不料命运弄人——货轮沉了,举家顿时沦为贫民,当时德旺2岁。从童年到青年,德旺割过草、放过牛、贩过水果、拉过板车、当过伙夫,尝遍了常人难以忍受的辛酸。1976年,他到福清高山异型玻璃厂当采购员,1983年,他承包了这家年年亏损的小厂——这便是后来震撼世界玻璃行业的福耀公司的前身。

1984年,一件小事,成就了曹德旺驰名世界、辉煌一生的美名。这一年,曹德旺去武夷山旅游,给妈妈买了根拐杖。抡起拐杖往肩上扛时,开日本车的司机教训他:"你小心点,别把我的玻璃砸碎了,几千块钱一片呢!"

他想,自己是做水表玻璃的,懂得行情,那片汽车玻璃,顶多也就50多元吧,怎么能值几千元呢?他愤愤不平:"我们国家落后,日本人太欺负我们了!"

血气方刚的曹德旺立志:一定要"为中国人制造一片属于自己的汽车玻璃"!

于是,他决定进入汽车玻璃领域并立即动手,到上海耀华玻璃厂买回图纸,火速安装设备。尽管当时中国的汽车工业还很落后,但他的工厂,当年居然盈利70万元,1987年更是盈利500万元。

1996年,福耀玻璃与法国圣戈班合资,建起了第一个高标准的汽车玻璃厂万达。

香港是福耀玻璃国际化的第一站。

曹德旺说:"去香港前,有人问我,你不会讲英语、粤语,跟人家又不熟,怎么做生意？我想,只要价廉物美,竖起招军旗,自有吃粮人!"

到了香港,他把电话黄本买来,找到号码直接就给客商打电话,结果一如所料,不少客商亲自跑到酒店拜访他。就这样,香港生意旗开得胜!

美国是福耀玻璃国际化的第二站。

当时,曹德旺卖给美国批发商一片玻璃27美元,美方在零售市场却出售100美元,因此,曹德旺就想前往美国南卡罗来纳州发展。1995至1997年,他在南卡罗来纳州买了110英亩土地,先建仓库,后建厂房,经营3年,亏损了几百万美元。换成一般人,早打退堂鼓了,但曹德旺不认输,请了一个美国专家帮他调研。这位美国人分析后说,美国市场层级太多,中间层层加价,建议曹变分销为直销。于是,曹德旺重组美国市场,去掉二级供应商。1999年,他赚了几百万美金,把亏损的钱全部拿回来了。

现在福耀在美国市场的占有率是20%～30%。美国内布拉斯加州因此授予曹德旺"海军上将荣誉军衔",此前,只有里根荣获这一称号。

福耀,从牛棚小厂到世界巨头,走的是一条历尽艰辛百折不回的路!今日福耀,不仅在福清、长春、北京、上海、重庆、广州建立了汽车玻璃生产基地,在福建福清、吉林双辽、内蒙古通辽、海南海口等地建立了现代化浮

法玻璃生产基地,在国内形成了一整套贯穿东南西北、合纵连横的产销网络体系,还设立了中国香港、美国子公司,并在日本、韩国、澳大利亚、俄罗斯及西欧、东欧,设立了商务机构,成为名副其实的跨国公司。福耀集团总资产,也由1987年的注册资金627万元,增长至目前的130多亿元人民币。如今,福耀荣膺中国第一、世界第三的汽车玻璃厂商称号。

果敢、睿智、对理想和事业无限忠诚的曹德旺,用30年的心血,打造了一个光辉灿烂的玻璃王国!问到曹德旺的人生感悟,他说:"在我的企业家生涯中,最大的成就,便是和我的员工们一起,实现了'为中国人制造一片属于自己的汽车玻璃'的美梦!"

一位糟糠　一位红颜

富翁和名人,一般来说,常有绯闻和风流韵事。我问曹先生,是否也难以免俗?他听了,很动情地告诉我:"年轻的时候,我曾经遇到一位红颜知己,那是一个让我想把家都扔掉的女子!当时,我既非富人更非名人,我们只是真心相爱,彼此觉得找到了一生的知音。"

那时候他非常痛苦,把情况写信告诉妻子陈凤英,陈不识字,只好由他妹妹念给她听。待他回家,她见了他,只是淡淡地说:"我知道我配不上你,知道你迟早会走掉,你要是真走了,把房子和三个孩子留下来给我。"

他听后伤心不已。

曹德旺1969年结婚,那一年,他23岁,家里非常穷,母亲又生病,家人要他尽快完婚,找个老婆照顾母亲。曹说:"我们的结合完全是父母之命,婚前只看过她一张很小的黑白照片,两人连面都没见过,当然,也就没有谈过恋爱。"

新婚时,他把她的嫁妆全部卖掉了,拿钱去经营栽种白木耳,然后到江西贩卖。她在家里伺候病中的婆婆,一年到头聚少离多,她一句怨言也没有,认为嫁给他了,就他说了算,她再苦再难也不会抱怨。没想到,在江西,货被扣了,不但赔了本钱,还欠了债。当时很多债主来要债,家里能卖的东西统统卖光了,只剩下一间小房子。他对上门讨债的人说:"房子你们要能够拿走,也拿走。"这要是换成别的女人,没准会怎样哭闹呢,但她仍然没有一句怨言。

于是,在人生的三岔路口,他面临着艰难的抉择——一边是结发妻子,她为他默默地奉献了那么多年,吃了那么多苦;她淳朴善良,永远无条件地信赖他;另一边是红颜知己,他们有共同语言,有刻骨铭心的感情。他很苦闷,不知道以后的路应该怎么走。

于是,他选择了100个家庭进行调查,工人、干部、医生、教师、老板都有。最终发现,几乎没有一个家庭是绝对幸福的。谈恋爱的时候,可以求同存异,一旦真正生活在一起,必然会出现许多问题;更重要的是,虔诚信佛的他,笃信道德是良心之母,深知"糟糠之妻不下堂"之理,他的心,慢慢冷静下来。

曹很感慨:"'百年修得同船渡,千年修得共枕眠',因此要彼此珍惜,不要轻易去改变。这个道理,我也是逐渐悟到的。"

后来,他把家里所有的财产都登记在太太名下。他说:"我以此来弥补我的内疚,也让太太安心。"

当然,说起那段人生往事,他依然非常伤感:"我曾经在心里暗暗发誓,这辈子一定要为她争一口气,让她了解,她爱的是一个值得去爱的人,这一点,我做到了!"

持佛·布施·利益众生

曹德旺告诉我,他最喜欢谈的是佛教,最喜欢做的是慈善。人称曹德

旺"佛商"。曹德旺宽阔气派的大办公室,安放着一尊高大庄严精致的观音塑像,他说:"我家三代信佛。我认为一个事业有成的人,应该本着感恩的佛陀精神去处世。我向社会捐款,便是一种比较粗浅的表达方式。"

曹德旺盖了许多寺庙。他在家乡高山镇出资2.2亿元捐建的香橙寺,集儒、释、道三家于一体,走遍中国乡镇寺庙,如此宏伟壮丽、内涵丰富者,仅此而已!

他在故乡福清市重建千年古刹灵石寺,还常年供养全寺100多位尼众。

在普陀山,他捐款7000多万元,建设了一座摩天遏云的13层万佛铜塔。

他游览九华山,看到耄耋之年的老和尚在化缘建塔,他又捐资两千万元,建了一座7层铜铸万佛塔。

在山西五台山,在北京潭柘寺……他同样捐献巨资,用以修缮名山古庙。

他到过敦煌,他说,两千多年前的丝绸之路,写满了多少商贾的离合悲欢。"我为什么要盖这么多庙,因为我在研究中国宗教史时发现,中国的寺庙大多是商人捐建的,今天的社会文明,凝聚了有史以来无数仁人志士的奉献。我们这一代受惠多多,也应该为下一代留下一点有益的东西,我很感激当代政府给我提供了这个机会。"

他持佛的第一善行,便是布施。他说,六祖提出的布施有三种:财施、法施、无畏施。财施,他做到了,那就是把赚来的钱,拿出来捐赠社会,与民共享。他创办的福耀,为本公司一万五千多人,上、下游产业链总共十几万人,提供了发展平台和生活基础,那就是法施;当然,如果没有许多金钱,但你向弱者献出你的微笑和爱心;有人落水了,你勇敢地跳下去抢救,这种无畏施,更是伟大。

早在创业初期,曹德旺就开始做慈善。1983年,他的工厂刚承包几个月,他的小学老师来找他:"当年你上学时的课桌椅,至今几十年了,破旧得很,你帮忙做一套吧?"他二话没说就答应了。实际上,当时他还负着债。从那时起,他每年赚的钱,都会拿出一部分来资助孤寡贫弱和公益事业。

2008年汶川地震,曹德旺亲赴灾区,先后捐赠2000万元;2010年以来,曹氏父子为灾区、学校和社会捐款10多亿元;为故乡修路、建校、扶贫济困等,捐款7个多亿。平时,对公司员工的重病资助,对社会孤贫失学的资助,那就不胜枚举了!

曹德旺说:"我做慈善,不求名,就为尽力完成一份社会责任!因为,我真诚地爱我们的国家、我们的人民!"

2011年5月5日,曹德旺捐出七成福耀玻璃股份,成立以他父亲名字命名的"河仁慈善基金会"。这些股份,当时市值约40亿元。这石破天惊之举,加上他历年来累计捐赠近60亿的善款,令他当仁不让地坐上"中国首善"的太师椅!

曹德旺告诉我,你有爱心,就会为人所爱。最幸福的人,不是官有多大,财有多少;最幸福的人,是走到哪儿都受人尊敬。

是的,慈悲如佛的曹德旺,因为利益众生,所以,不论走到天涯海角,都深受人们的尊重和爱戴——有一回,在舟山机场,当电脑屏幕显示曹的名字时,瞪大眼睛的值班组长,立即满含敬意地通知工作人员:"给他第一排!"在中国,曹德旺的名字当然是金字招牌,就是在美国,曹德旺无须任何担保,就可以贷款1亿美元,这,就是信誉;这,就是殊荣!

心中浮屠诗意人生

浮屠,佛陀之异称,后通称佛塔为浮屠。曹德旺心中自有浮屠,所以能够持戒行商。

他在办公室里挂了一副对联:"战战兢兢即生时不忘地狱,坦坦荡荡虽逆境亦畅天怀。"他随时警诫自己居安思危、敬畏法律、敬畏民众;他时刻要求自己"追求阳光下的利润,凭着良心和智慧赚钱"!

他始终遵纪守法,崇尚无欲则刚:"佛家持戒,第一戒贪。只要不贪,无论做什么事,心中都有一种很宁静的境界!"

他说:"我把自己置身全社会的监督之下,我就不会犯规!"因此,他从商几十年,每年给国家缴纳高额税收,为国家创造大量外汇,从不逃税避税,对官员,他连一盒月饼也没送过。

对子女,他遵循古训:"不求金玉重重贵,但愿儿孙个个贤。"教导子女,重在德育。因此,他的三个儿女,尽管家财万贯但个个朴实无华、谦逊低调,他们和他们的母亲一样,都特别支持父亲普济众生的慈善事业。

曹德旺认为,不必给子女留太多钱,应该留给他们智慧和修养,"你有能力就有钱,没能力,有钱也会花光。想一想,解放前蒋宋孔陈四大家族,成功的后人有几个?"

言谈之中,曹德旺的博闻强记、出口成章令人折服——经史子集、中外经典,诗词名著、佛经隽语,他信手拈来,如清泉汩汩。在他身上,无铜臭气息,有诗书清香。

他说:"现在,我每天仍坚持读书两小时,经济、历史、人文、科技,各种书都读。人要有钱容易,要有思想有境界就难了!"

他读《红楼梦》,"好了歌"能倒背如流。

他喜欢《巴黎圣母院》,认为这本书的主题,就是最贫困最底层的人,情感往往最淳朴、最真诚。他说:"书中艾丝美拉达和卡西莫多的人格,是我的追求。"

有人问他,当今不少企业家拥有博士、硕士头衔,你只念到初中,有没有自卑感?他哈哈大笑:"我,为什么自卑?我家挂了一幅《陋室铭》,'山不在高,有仙则名。水不在深,有龙则灵。斯是陋室,惟吾德馨。谈笑有鸿儒,往来无白丁……'现在跟我交往的都是大德鸿儒,我有什么好自卑?"

他最推崇国学中的"仁义礼智信",把它当作格律自身、管理企业、教育子女的瑰宝。

他从佛经中学得"忍辱"与"豁达",他说:"脚能走多远,终归是由心有多宽决定!"

不能不提一提曹德旺的别墅松桂园,那是一座欧式城堡般的别墅,背衬青山,前临碧流,风情万种地掩映在一片漫长的冬青绿墙里。

别墅中令人难忘的是书房里那一整面巍巍书墙、画室里那琳琅满目的画卷,音乐厅里曹家小孙女弹奏钢琴的身姿,还有大厅里的"高山流水"笔墨丹青、巨幅横空出世的瀑布墨宝、飘逸多姿的梅兰松竹四君子条幅,以及数不尽的美玉、奇石、玻璃、陶瓷等等工艺品洋洋大观。有了这些,来访者会误以为撞入文化殿堂。

曹德旺用锲而不舍的奋斗,打下一片大有为的江山;用利益众生的大爱,无私地奉献国家、奉献社会、奉献人群!诗人王小波说过:"人……需要拥有一个诗意的世界。"我以为,曹德旺的心,像福耀玻璃一样透明!曹德旺的世界,是真正的诗意世界!曹德旺的人生,是美丽的诗意人生!

2014年1月2日写于厦门

紫金梦

闽西三百里汀江,一半在上杭。飘逸如诗的汀江水,岁岁年年,养育了多少智慧勤劳的上杭儿女、演绎了无数可歌可泣的壮烈故事……上杭是国人皆知的英雄之乡,倾汀江之水,写不尽上杭的红色篇章!今天,我来上杭,站在历史巨人肩上,探寻与汀江相依相伴的美丽神奇的紫金山,还有那叫人永生难忘的紫金人!

传说中的紫金神话

从前的上杭,我是熟悉的。我在厦门大学读书时,曾到上杭搞社教8个月。"文革"期间,我的三个兄弟,分别在上杭蛟洋、蓝溪、泰拔三个公社插队落户近十年,为此,我几乎走遍了上杭的山山水水。这一片古老、贫瘠、生生不息的红色土地,在我的深心里挥之不去!

古城一别三十秋。20世纪末,传来了上杭紫金山挖出金矿的消息;21世纪初,又听说紫金矿业股票在上海上市,每股账面价只有一角钱,人们还疑疑惑惑不敢出手,结果敢于冒险的人买下了,不久后紫金股票涨了一千倍,于是,造就了一批千万、亿万富翁。"掘金客"厦门恒兴集团董事长柯希平以1000多万人民币入股紫金,十年后给他带来百亿身家,从而荣获"厦门首富"桂冠;另一位"掘金客"新华都实业集团董事长陈发树直接入股和间接持股,成为紫金第二大股东,至2007年底,他的股权价值已达243亿港元,从而坐拥"福建首富"宝座!有如阿里巴巴的传说——紫金发掘财富的故事,不胫而走;紫金创造富翁的神话,家喻户晓!金子的

"诱惑"是不可抗拒的,于是,蛇年初夏,我来上杭,带着流传中的神秘和好奇,带着对淘金人的尊敬和探索,走进"紫金"!

见到了金山

紫金山位于上杭县城之北,有"杭川第一风景名胜"之称。紫金山产金,这是史上就有记载的——《宋史·地理志》载:"上杭紫金山,又名金山,上有三池、胆水、浸铁产铜,水赤味苦。"《汀州府志》载:"紫金山,宋康定年间盛产金因名。"

据后来考察,紫金山金矿形成于100多万年前的燕山晚期,在地壳的一次大规模运动中,形成上面金矿体、下面铜矿体——这种奇特的上金下铜的矿化垂直分布,被人们形象地比喻为"铜娃娃戴了个金帽子"。但近千年来,谁见过这儿的黄金赤铜呢?

6月8日午后,紫金总部宣传部部长华林峰陪我上山。一路上,小华告诉我,紫金矿业原是一个县级小金矿,经过近20年的发展,如今已经成为全国最大的黄金公司。紫金在海内外投资组建了近百家子公司,是目前中国矿业中控制金属矿产资源最多的企业。2006年位居《福布斯》中国最具投资价值的海外上市公司第16位(矿业企业第1位);2007年位居《福布斯》中国顶尖企业榜第2位。至2011年,总资产超过500亿元。紫金的辉煌,令小华自豪也令我感动!

矿山离县城23公里,出城后,沿途松、桉夹道,绿意盎然好风如水。至东风岭,远眺紫金山,犹如天然翠屏耸立天地之间,山间怪石嶙峋气象万千!来到矿区大门,进了紫金山旅游中心,戴了安全帽,与工作人员小谢一起上采矿、选矿场。想象之中,矿山应该是烟尘滚滚、机声隆隆、寸草不生的地方。没想到,沿山而上一溜水泥路,四围青山满目葱茏,野树山

花,触目皆是。小谢说,这不是真山,是矿渣堆砌,然后精心绿化而成的人造山——想想,那是怎样庞然浩大的工程哪!进入紫金公园,有古色古香、充满民族风情的巨大 A 形雕塑,让你肃然起敬!因为 Au 是元素周期表中金元素符号:Au 的第一个字母,那是紫金的行业标志;A 在英文字母表里排行第一,"第一"是紫金矿业的荣誉也是紫金矿业的追求!

经过十八道湾,来到紫金山的一天门。从一天门到麒麟顶,眼看近在咫尺,落差却有二百来米,据说先人沿崎岖山路攀登,需数个时辰才能到顶,如今大道通天,十来分钟便可抵达。麒麟顶上,用大理石铺就一个开阔壮观的观景平台,北可俯瞰深不可测的万丈深渊;南可平视切割有如层层梯田的重重矿山,那采矿场、选矿场以及各种机器设备,都在眼皮底下;西可见汀江如练,两岸绿树翠竹。远处,峰峦如龙盘旋如蛇逶迤,一色墨绿如黛;近处,五柱石峰如五名壮士驾龙而来,惟妙惟肖,故有五子骑龙之说;山下有二三小湖,湖水呈靛青或深蓝,有如九寨沟五彩斑斓的海子。小谢说,那不是湖泊更不是海子,那是尾矿坝里液态或粉态的尾矿。想不到如此矿山美景,竟多半是废物利用,真是叹为观止!

因为黄昏要封山点炮,我们赶着夕阳下山。到了山下,小谢带我去参观矿山植物园。我想,各种植物园大同小异,小谢却说,我们的植物园与众不同,它依然是用矿渣修成,又指着植物园旁边的人造青山介绍,山上的马尾松插种紫薇、杜鹃等花卉,到了春天,真是姹紫嫣红,美不胜收。这里是专门为矿工们休闲游览而建的园林哪!

小谢告诉我,紫金山国家矿山公园规划总面积 30 平方公里,分游览、生产经营、游乐、休闲、生态观光野营等 7 个功能区,预计 2020 年全部建成。届时,游客可在公园内野营、露宿、野炊、观赏生态林、模拟野外矿产调查等;金矿闭坑后,游客还可乘坐专用游览车进洞观看地质奇观、矿石运输和地下生产场面。

走过车水马龙的生产工地,走过气势磅礴的露天采矿场,走过棵棵垂榕、片片草坪……大自然的造物,紫金人的杰作,每一处景物,每一个场面,都蕴藏着美丽动人的故事;每一座山峰、每一片红壤,都烙下紫金人艰苦创业的踪迹!我炽热的心,对紫金矿业留下了深深的敬意!

　　回到矿山旅游中心,我对小华赞叹不已——我说,今天不像矿山之行,倒像名山胜地之游了。小华说,那是紫金人用热血和汗水换来的呢——想当初,一座大山,高耸入云;一条羊肠小道,蜿蜒盘旋入深山,一边绝壁,一边悬崖,其间有荆棘、杂草、乱石,还有野兽。人坐在装满炸药的卡车上,左边万丈深渊就在脚下,右边怪石张牙舞爪扑面而来,令人望而生畏!住的是土坯房,喝的是洞坑水,行靠双脚,用靠肩挑,雨天喝黄汤,雪天吃冰块,遇上大风,屋顶整个被掀掉!紫金人吃过的苦呀,和山上数不尽的野草一样多……

　　金山上金子般的紫金人哪!于是,我想去看看紫金矿业的开拓者和领路人!

拜会淘金人

　　回到紫金总部,董事长陈景河先生到厦门分公司去了。只有大堂素壁龙飞凤舞的书法条幅《永遇乐·金山》迎接我,细看之下,竟然是陈景河的大作:

　　　永遇乐·金山

　　　　杭川大地,汀水缠绵。五龙欲飞,麒麟梦圆。金山倚此,擎闽西一片。历千万年,岩浆喷涌,携金带铜此间。宋康定、为献黄金,先辈心血无限。

　　　　勘探队员,四进三出,誓把青山踏遍。开山劈地,艰辛探索,奉金

抱铜献。古往今来,多少心愿,紫金重任在肩。待来日,金山光芒,夺目耀眼。

真想不到,大名鼎鼎的铁汉子陈景河,居然还是如此锦心绣口、才思横溢的词人!从《永遇乐·金山》词中,也可看出紫金的奋斗史和创业者的情怀,为此,我决心到厦门采访他!

由于上杭县委书记邓菊芳同志的帮助,我很快在厦门与陈景河先生取得联系。相约6月14日(周日)上午在马哥孛罗东方大酒店茶室相见,他比我早到2分钟,是"打的"来的。我诧异堂堂大董事长竟然不乘私驾,他说平时忙,难得一个星期天,让驾驶员休息休息。陈先生的爱心,让我感动!于是想起不久前习总书记在天津视察时所说的话:"在实际工作中,有时候情商比智商更重要!"于是,我对这位紫金的领航人,有了良好的第一印象!陈先生敦厚、儒雅、亲和、自信、笑脸团团如弥勒,握手就座后,他不无自豪地率先开口:"'紫金'在国内外享有盛誉,这是不争的事实!在中国黄金行业中,我们排名第一,利润占全国30%,产量占全国10%,还有有色金属铜、铅、锌、钴、铁等,资源最多,利润也是全国第一;在国际上,我们的黄金产量排名第10,生产成本全球最低,福布斯世界2000强排名880位!但是,紫金的路不好走哇!当年走进紫金山,我还是个毛头小青年,现在,转眼也年过半百了……"

谈到创业,这位"金光闪闪"的紫金当家人如数家珍:"我是闽西人,我和紫金,注定有情!1977年参加高考,热爱文科的我,阴差阳错地报考了福州大学地质专业,从此,勘探队员寻找地下宝藏的锤声,吸引了我充满理想的心灵!"

陈景河大学毕业后,为了那千百年古老的传说,为了圆心中的黄金梦改变故乡的贫穷,他毫不留恋省城的都市文明,毅然一脚踏进紫金!紫金山用雄伟的身姿博大的胸怀迎候她忠诚的儿子;紫金山也用险崖峭壁、狂风浓雾、暴雨山洪,用酷夏严冬荒凉孤寂,用百千次的冒险千百次的失败考验她痴情的儿子。经历了无数常人难以忍受的艰难险阻——当时的地质普查技术还比较原始,为了对一个又一个剖面进行测量,他经常得攀爬峭壁或悬挂在山顶危崖边的那几棵树上……功夫不负苦心人,终于,在1983年的春天,在海拔1138米的紫金山主峰附近寻找到金矿,并在此后的勘探中证实——在金矿的下面,蕴藏储量达500多万吨的特大铜矿!陈景河成了第一个在紫金山上发现金矿、第一个提出紫金山"上金下铜"论断的人!

从此,陈景河与金矿结下了不解之缘——他走遍紫金山的每一寸沟沟坎坎,风餐露宿,朝朝暮暮,勘察又勘探,转眼便是10年。1992年,紫金山矿床被划给上杭县开发,组建了上杭县矿业公司,35岁的陈景河作为特殊人才,被委以公司经理重任。在缺资金、缺技术、缺人才的前提下,陈景河勇挑重担,边干边学,废寝忘食,通过实践,大胆提出堆浸技术。这种新工艺投资少、运作简单,但在多雨的南方不易推行,专家们认为不可思议,行内人都不看好,但陈景河用他坚定不移的信心和锲而不舍的努力,终于实验成功!创造了每吨矿石处理成本最低,比传统的"全泥氰化提金法"成本大大降低,黄金含量最高可达5个"9",赢得巨大经济效益的惊人奇迹。这次技术革新只投资700万元,就建成了原预算至少投资2900万元的首期工程,而且规模比原计划扩大了近一倍。

紧接着,陈景河又连续主持开展了金矿的二、三、四期技改,引进了世界先进的破碎分筛设备,创造了亚洲规模最大的千吨药揭顶大爆破,开辟了多个全国最大的10万吨级以上的选矿堆浸场、变硐采为露采,创造了中国黄金行业入选品位最低、单体矿山开采规模最大、投资成本最少、产金量最高等多项全国之最。紫金矿业以300万元起家,到2012年,总资产已达数百亿元;当年第一次产金8千克,到2012年,产金已达90吨。

福建省工业企业利润总和,还没有紫金矿业一家多。短短10来年间,紫金创造了在中国黄金行业及中国矿业独领风骚、备受瞩目的"紫金神话"。一个默默无闻的小型金矿,一跃成为国际级明星金矿。

我请教陈景河先生:"对轰动中外矿业企业界的紫金神话,你有什么感想?除了你们坚忍不拔的意志和执着不移的探索,你用的是什么招数?"

陈景河说:"从前,中国矿业企业在国际上基本没有话语权,我想,每一个有志气的中国人,都要为民族争光!今天,紫金虽取得成功,但不代表永远,只有不懈不怠、积极进取,才能实现梦的圆满!"

于是,陈景河提到他的第一招是——改制。改制分三步走:一是吸收职工入股,把原国有独资企业,改成职工持股的有限责任公司。二是吸收民营成分,成立股份有限公司,引进福建最大的国营百货集团4800万元现金,成为紫金矿业第二大股东。为此,紫金从绝对控股退到相对控股,这是紫金真正实现按现代企业制度运行的最重要保证。与此同时,企业出资一次性买断了全部国企职工工龄,从根本上解决了阻碍企业发展的体制问题。三是2003年底,紫金矿业股票在香港上市,成为内地在香港上市的首家黄金企业。香港上市后,国有股已稀释到32%,公司净资产达27亿多元,赢得了向国内外发展的足够资金。

陈景河的第二招是——扩张。陈景河认为,不能把鸡蛋都放在一个篮子里,应该从单一矿种向多元化矿种转型,从单纯矿山生产经营向冶炼、原材料生产延伸,进军有色金属与黑色金属领域,兴办相关新兴产业。

截至2012年,紫金已在福建、新疆、贵州、内蒙古、吉林、四川、青海、广西、安徽、黑龙江、河南等二十几个省、自治区插上了自己金灿灿的旗帜,拥有100多家下属企业,实现控制黄金金属量315吨,铜金属量500万吨,以及多种有色、黑色金属,取得矿权64个,探矿权1600多平方公里。视觉识别字母的"ZJ",已然成为中国现代矿业航母的标志!

近年来,陈景河用堪以骄傲的技术实力,实现了他的扩张"野心"——成立贵州紫金矿业股份有限公司、珲春紫金矿业有限公司、巴彦淖尔紫金有色金属有限公司,介入潜在经济价值达数千亿元的西藏玉龙铜矿的开发……

香港上市后,世界上一些牛气十足的大公司,频频向紫金抛来合作的"绣球"——国际黄金矿业5强之一的南非金田黄金矿业公司、全球著名黄金矿业公司——巴里克、国际性矿业艾芬豪公司等派员到紫金矿业考察,对紫金在低品位资源利用方面所取得的成就给予高度评价,双边合作也接踵而至!

随着"走出去"战略的实施,陈景河在公司成立了国际部,向俄罗斯、加拿大、英国、菲律宾、印尼、蒙古、澳大利亚、塔吉克斯坦等多个国家发起冲击。

于是,一大批富翁诞生了。粗略估计,百亿富翁2位,10亿富翁1位,亿万元富翁30人以上,千万元富翁500人以上。紫金企业员工的衣食住行、生活福利、生活品质、文化教育等等,也得到了巨大的改善。现在,紫金拥有国家重点实验室、国家级技术中心、博士后科研工作站等。迄今为止,紫金20余项科研成果获省、部级科技进步奖;拥有100来项专有技术包括24项发明专利。

我走访了位于海富中心的紫金集团厦门分公司,在面向浩瀚东海、宽阔典雅的董事长办公室里,所有的奖状、奖杯、奖旗,都默默无声地诉说着紫金的前世今生、紫金的光辉和奉献!

1957年出生的陈景河属鸡,伴着紫金的辉煌,山鸡变成金凤凰。陈景河本身,荣誉与桂冠也接踵而来——紫金矿业集团有限公司董事长、紫金矿冶学院院长,教授级高级工程师,享受国务院政府特殊津贴专家,福

建省人大代表，中国黄金协会副会长等。先后荣获国家科技进步奖一等奖、地矿部找矿一等奖、国家经贸委黄金科技进步特等奖、地矿部科技成果三等奖等，以及全国优秀科技工作者、福建省五一劳动奖章获得者、福建 2003、2004、2005 经济年度十大新闻人物、2004 年中国十大经济新闻人物等等。

我深知企业成功的因素是多方面的，天时、地利、人和，缺一不可，但我还是认真咨询陈景河先生，紫金如此成功，最主要的原因是什么？陈先生胸有成竹，乐呵呵地伸出一个巴掌——就这么五条：

"一信任。首先是政府信任我们。矿山是政府的，我们只是经营者。历届地方党委、政府都对我们非常信任，也给予很大的支持，从不干预我们的经营，真正做到了所有权和经营权分离，让我们能够在一种比较自由宽松的环境里，迈开大步朝前走。其次是大股东对我的信任，使我没有后顾之忧。"

"二敬业。我们的高管人才大都有矿业从业经验，专业背景好，决策就不容易失误。创业阶段非常艰苦，大家任劳任怨、众志成城；现在子公司遍及海内外，只要总部作出决定，员工立即背起行囊上路。团队职业操守好，任务完成高效。"

"三创新。首先是技术创新，世界上没有相同的两座矿，每个矿都有自己的特点，这就需要有很强的创新能力。我们的观念是'科学原理和客观实际良好结合，最适合的就是最好的创新！'其次是管理创新。管理没有经典、没有治百病的良方，根据子公司在不同地区不同国家的经营特点进行特色管理，就是创新。"

"四控制。一面并购一面勘探就是对资源的控制，资源控制是我们最主要的战略。近两年黄金矿业价格往下走，为我们的并购和今后的继续发展，创造了良好条件。"

"五监督。监督是企业重要的工作手段,我们的监督机制十分健全,监事会为我们看好家,这是紫金顺利经营健康发展的必要保障。"

陈景河一席话,让我深深理解紫金成功的秘籍。

在厦门海富中心分公司,我问陈景河的秘书小凌:"你对个人拥有10亿资产的董事长评价如何?"小凌言谈里充满敬意——陈董是一位事业心强、高瞻远瞩的人。他是紫金神话的缔造者,但他从来谦虚谨慎;他虽然是企业里的富翁,但从来勤俭节约。2008年原始股解禁后,紫金的经济条件好转了,他说,钱多了,艰苦奋斗的精神不能丢、创新的精神不能丢!他每日都超负荷地工作,从来没有什么休闲时刻,有时在车上打个盹,就算休息了!

是啊,在我的眼里,这位闽西山区农民出身的地矿专家、大企业家,那一份浑厚、质朴和对事业无休无止的追求,与小凌对他的看法不谋而合!

金山　银山　绿水青山

在紫金集团办公区域,触目可见"生命第一,环保优先""要金山银山,更要绿水青山"的醒目标语——这是紫金人的环保理念,也是紫金人的追求!

当家人陈景河说,国家宝贵的矿产资源,必须实现利用的最大化,让有限的资源发挥最大的价值——这里的价值不仅仅要考虑经济利益,同时要充分考虑社会效益,考虑环境问题,考虑可持续发展。

作为国内规模最大的黄金矿山,自公司成立之初起,始终坚持将环境保护和生态治理摆在重要位置,结合矿山实际,积极推行清洁生产工艺,改变传统矿山企业污染物的末端治理为源头控制;推行资源的综合利用,把有害环境的废弃物减少到最低限度。为此,陈景河创造了一个新名

词——"紫金概念的环保"：零污染、零排放，环境再造更美丽。

国际著名的矿业环境专家沃尔夫-马提尼克在考察紫金矿业后指出："公司在环保上取得的成绩达到了世界先进水平，将来可以参加大型的国际性会议，向国外同行推广优秀的环境治理。"

2001年，中国环境科学研究院对紫金山矿区环境保护现状进行了系统评价，结论是："与国内同行业其他矿山相比，目前紫金山矿山已经有效地控制了环境污染，可以实现矿山的可持续开发，创建环保模范矿山。"

紫金矿业的环保"三部曲"是：闭路处理排放、植被恢复再造、工业旅游示范。

植被恢复再造方面，紫金山金矿根据每年编制的植被恢复计划，采取生物与工程相结合，乔、灌、草、花相结合等措施，努力建设成林、草、矿三位一体的复合生态系统。目前已绿化面积已有800余亩，至于工业旅游建设，公司已经建成了紫金山黄金生产工业旅游区。目前紫金山金铜矿正努力把矿山建设成为园林式矿山，2007年9月20日，紫金山金矿被列为首批"国家矿山公园"。陈景河说，他还计划在以后恢复好的植被上，建立世界第一的"矿山高尔夫球场"呢。

平心而论，紫金集团对矿山环保是下了功夫也收到成效并得到好评的。但也有马失前蹄的时候——2010年7月3日发生的重大环境污染事故，是紫金成立以来最大的灾难。陈景河说，事故的发生我们必须深刻检讨：由于缺乏经验，设防标准偏低；由于工程质量不足，又赶上前期暴雨，才造成了污染汀江网箱鱼死事故，实在是令人痛心疾首！当然，也有不同的声音：当时天气太热，网箱内鱼群过于拥挤，也是鱼的死因之一，因为江中的野生鱼倒还活着。可那时候，铺天盖地的媒体报道一边倒，对公司造成了巨大的压力。但好样的紫金人并不回避惨痛的现实，他们把压力化作动力，将7月3日作为每年的"安全日"开会纪念，让全体员工记住历史记住教训进一步重视环保。把6月5日(世界环保日)至7月6日,作为环保安全月,开展一系列环保教育活动。公司还专门投入7亿元对环保设施进行整改,紫金的环保,近年来又上了一个新台阶。

当地的朋友告诉我,今日上杭的高楼美舍、科教进步、市井繁华、民生富裕,多半与紫金的崛起息息相关。因此,我想,世人在谴责紫金污染汀江的同时,我们也应看到今日紫金人正视自我、完善自我、奋勇直前的大决心、大作为。

我问陈景河,你对紫金的未来有什么设想呢?谈到未来,陈景河信心十足:"还是那句老话——要金山银山,更要绿水青山。我们的目标是:打造一流的矿业企业,一流的环保矿山。紫金矿业要争取在2020年前进入世界500强,环保水平也必须相应进入世界先进行列。"

陈景河的紫金未来不是梦!毕竟,"日照澄洲江雾开,淘金女伴满江隈,美人首饰侯王印,尽是沙中浪底来"的人工淘金史已经一去不复返了,代之而起的是今日的中国紫金、世界紫金、百年紫金!

紫金是黄金铸就的诗行,紫金是诗行排列的黄金!在新世纪辉煌的中国梦里,有一个金光四射的黄金梦,这个梦,属于紫金!

2013年6月28日写于厦门

山水神韵

山水輯略

山水神韵
——鼓山·涌泉

天鼓无声观日出,白云入洞伴僧眠。

——鼓山白云洞楹联

秋高气爽的8月末,我到榕城,住晋安区新紫阳酒店。

夜深不寐,卧枕翻书,至三更方入睡。朦胧中,竟步入山中,迎阶而上,见石洞有达摩面壁香烟缭绕;洞右侧,一巨岩直插崖谷,题诗曰:"孤高一片石天然,恰似猿栖古洞旁。慧性也知清静好,名山独守听谈禅。"又听得隆隆有声如槌天鼓。恍然醒来,乃知是一枕南柯。细细想想,此山当是鼓山,此峡当是山间十八洞天中的"仙猿守峡"。噫吁嚱,自12年前最后一次鼓岭游至今,转眼又猴年!莫非山神、野猴也思念我?于是,重谒鼓山、涌泉寺之心,油然而生。

鼓山,最有文化的风景

鼓山在福州市鼓山镇东南,山高969米,因山巅有巨石如鼓,每风雨大作,便簸荡有声,故名。汉代郭璞在《迁城记》里赞之"右旗左鼓,全闽二绝",宋代朱熹称之"闽山第一"。由白云、狮子、钵盂、驻锡、香炉及主峰屴崱六峰组成,占地近50平方公里,四季林木常青、苍松滴翠、奇葩流红、岩秀谷幽,有峰、峡、岩、洞及溪、涧、瀑、泉共300余处,名胜古迹遍布全山,自宋朝至今,皆为游览胜地,是福州"十佳"风景区之一。

我与鼓山,虽阔别多年,毕竟是老友。8月31日晨,出城十来公里,

轻车熟路，转眼便到山下。纵然名山风景万千，"任凭弱水三千，我只取一瓢饮"，情有独钟处，除绝顶峰、仙猿守峡外，也就是灵源洞、喝水岩、古道十亭、十八洞天中数景，以及其他山川难以比拟的诸多摩崖石刻。

绝顶峰即为巋峰，西望郡城，远近村落如棋如画；东睨沧海，大小岛屿如螺如髻，天风浩荡，烟波浩渺，前次来游，见山崖石壁留下了历代官员、文人墨客诸多诗赋，元朝帖木儿的《登为巋峰》："绝顶一声长啸罢，海天空阔万山低"，明嘉靖福州才子林世壁的联句："眼中沧海小，衣上白云多"，生动地描摹了绝顶雄峰的浩然大气，令人过目不忘。

古道依山涧而修。沿古道由下而上，北边是深涧，南边是悬崖峭壁。飒飒秋风里，攀山望水，我依次过第一亭、东际亭等，至半山亭，由一小径折入，便见达摩洞，有达摩金身塑像及高达6.6米巨幅"面壁"摩崖石刻。相传唐代鼓山涌泉寺灵峤法师初入山时，即在此煮食。有林尚铭题诗："小洞悠悠日暮登，盘桓鸟道郁千层，岩头古佛无人识，疑是当年面壁僧。"颇具禅意。

达摩洞前面右侧，是巨石冲霄形如灵猿的仙猿峡。相传达摩禅师的肉特别香甜，要是能吃上一口，便可与天地同寿。为此，峡门之下，常有狼啸鹰翔，都想来食达摩肉。猿猴本有灵性，又参了达摩的禅经，法术了得，自告奋勇、风餐露宿地守住峡口，不让野兽飞禽伤害达摩，久而久之，化为石猿，这便是我梦中忠诚守峡的仙猿了。

达摩洞上方，有一片巉岩峭壁，凿岩为阶，蜿蜒而上，称"玉石云梯"，云梯尽头，有一巨岩凌空伫立，如苍鹰亮翅，人称老鹰岩。立岩头，可俯瞰福州全景。最难得的是，足下闽江如带、小浦纵横，涨潮时分，如雪的潮水穿行碧绿的水稻田间，字迹分明一笔不缺活灵活现地排出"福""寿"二字，真可谓天地奇观！难怪清朝诗人魏杰赋诗云："远浦潮生字字明，图开福寿自天成。西方古佛称无量，东海神仙亦有情。"

一路走来，竟到灵峤岩。这是当年灵峤法师讲诵《法严经》的地方，山形透迤腾挪，如龙行虎跃。在"龙腹"处，有降龙洞，龙头径对灵峤岩，有如与一群佛家子弟一起，听灵峤讲经，人们称之"神龙听法"——龙潜大海是自然规律，但神龙居然飞到鼓山上听法，那是何等神奇景观！

降龙洞之左，有伏虎洞，洞顶有巨石横空出世，酷似猛虎之首，此虎缩爪藏足，作俯首皈依状，"虎背"上有石如书卷，故称"伏虎驮经"，也是天造地设之作！

至于慈航架壑、老鹤巢云、仙人寄迹等等山岩洞穴，无不形神毕肖，且都与佛结缘。

我最喜欢的是——水云亭边山崖上题刻着"铁石梅花"的灵源洞。灵源洞两峰相依成峡，跨峡而建的灵源庵如一道飞虹，横卧喝水岩上。喝水岩实在是徒有虚名，并无流水。据说唐代以前，喝水岩水流丰沛、滔滔不绝。五代时，有位名神晏的高僧，每日在岩边诵经，厌烦水声聒噪，便运足神力，大喝一声"汰！"，从此，溪水改向东流，纵然天降大雨，喝水岩也无滴水。所以，喝水岩的"喝"，不是喝水的"喝"，而是大喝一声的"喝"。

喝水岩东边的水云亭，亭旁的崖壁倒是终年涌泉不绝，后人在泉口雕一龙头，泉水就从泉口奔涌而出，水云亭因此也称"龙头泉亭"，这脉泉水很神奇，水装满杯而不溢，若将一片铜钱轻放水面，铜钱也不下沉。所以，喝水岩的泉水流到哪里去了，竟成千古之谜！

清末当过宣统皇帝老师的陈宝琛先生，在喝水岩上建"听水斋"并写诗："听惯田水声，时复爱泉响……"其实，此情此景，也只是"此时无声胜有声"了！但灵源洞两侧，荟萃了自宋以来摩崖石刻200多方，约占鼓山现存608方国宝级摩崖石刻的三分之一多，拥有朱熹、蔡襄等等名人的墨宝，且真、行、草、隶、篆诸体俱备，犹如一座天然石刻书法宝库，被世人美誉为"东南碑林"，这可真是不可复制的旷世文化瑰宝哪！

鼓山是一座有文化的山，它是历经近7000万年发育形成的闽都山水文化最典型的代表。诸如宋朝的朱熹、赵汝愚、李纲，清朝的魏杰、陈宝琛，近代的严复、庐隐、郁达夫等等以及历朝官宦、高僧大德，都在鼓山留下了他们诸多的诗文、摩崖墨宝以及不寻常的足迹。

但毋庸讳言，鼓山文化是从佛教文化、神仙文化开始。淳熙十四年（1187年）四月，福州知府赵汝愚在为崛峰读朱熹题刻的"天风海涛"，有感题诗："几年奔走厌尘埃，此日登临亦快哉。江月不随流水去，天风直送海涛来。故人契阔情何厚，禅客飘零事已灰。堪叹人生只如此，危栏独倚更徘徊。"湖海落拓、禅心清寂，是鼓山才足以寄托知府情怀！民国九年（1920年），近代思想家严复回家乡福州，到鼓山避暑，住在陈宝琛的"听水斋"里，为灵源洞写了一首诗："幽绝灵源洞，清游得未曾。摩崖纷往记，说法自神僧。阁接闻思近，斋犹听水称。何当新雨后，据石看奔腾。"纵然诗人是中西合璧的新潮人物，到了鼓山，也不能不想到高僧神晏的讲经说法。鼓山文化的佛韵禅风，由此可见一斑！

所以，鼓岭点滴山水，都是人间一段禅！鼓山一沙一石一花一树，都承千古文脉滋养！

涌泉，难以忘怀的梵宫

提到鼓山，无人不知涌泉寺，那是鼓山吉祥的明珠，万古千秋，护佑着晋安以至有福之州的风调雨顺百姓安康。

凡游鼓山，必谒涌泉寺，这是我几十年的惯例。

是日，来至山门亭，又见"无尽山门"牌匾和楹联："净地无须扫，空门不用关"——"净地不用扫"是一种境界，"空门不用关"是一种情怀，在中华大地数不尽的名山古刹中，涌泉寺的山门无门独具一格。

涌泉寺位于鼓山之上,前望香炉峰,后倚白云峰,建于唐建中四年(783年),占地约1.7公顷。据《榕城考古略》介绍:"有龙见于山之灵源洞,从事裴胄曰:'神物所播,宜寺以镇之。'后有僧灵峤诛茅为屋,诵《华严经》,龙不为害,因号华严台,亦以名其寺。"传说建寺之初,灵峤向龙借地,并承诺:"借地一席,时还四更。"老龙想,一席之地,又四更即还,有何不可呢?谁知灵峤祭起一袭袈裟往天上一丢,刚好遮住白云峰,半座山成了阴影,于是便在阴影内建寺,又令不准敲四更钟,不敲四更钟,还地的时间就未到,寺庙就永远屹立在白云峰上。可是不知过了多少年,有个小和尚不信"四更钟"的说法,偏偏在四更敲钟,结果把老龙敲醒,老龙记起还地之事,便兴风作浪,吐水成瀑,要冲垮寺庙。说时迟,那时快,灵峤和尚忙把《华严经》塞进老龙大嘴里,让老龙不能吐水,才保住了寺庙,从此寺称"华严",为后来涌泉寺的前身。这传承千年的故事,为涌泉寺披上了一层神秘美丽、充满诱人魅力的面纱。

唐会昌五年(845年)武宗李炎大除佛教,华严寺被毁。五代后梁开平二年(908年)闽王王审知填潭为寺。乾化二年(912年),奏赐紫衣,赐号定慧大师,禅寺称"国师馆"。宋朝时,宋真宗赐额"涌泉禅院"。明永乐五年(1407年),改称涌泉寺。明朝时,该寺曾两次毁于火灾,后来相继修复、扩建。

现在的涌泉寺基本上保持着明清的建筑风格。寺依山傍谷、灵气氤氲,万木荫庇、四季葱茏,槛廊连缀,25座大小殿堂簇拥着大雄宝殿。大雄宝殿巨柱耸立,飞檐凌空,巍峨壮丽。

涌泉寺的另一特色是,见山不见寺,进寺不见山。此寺本在山中,访寺行香道上,一路青山相伴。但走进山门踏上长数百米清净无尘、石灯笼引路的漫漫石板道,唯见翠树掩映,不见山影流岚。是日,涌泉寺大知客会朝法师到山门口迎我,我问寺庙方丈普法大和尚在否?会朝师告我:

"云游去了,我来接待!"

会朝师是上海佛学院毕业的一位"80后"青年僧人,眉清目秀、清奇俊朗。他带领我按佛门规矩参拜礼佛,一殿殿走来,行至地藏殿,是日为农历七月二十九日,正好是地藏王菩萨生日。地藏王是我最崇敬的菩萨之一,他以"安忍不动,犹如大地,静虑深密,犹如秘藏"所以得名。佛典载:地藏菩萨在过去世中,曾经几度救出自己在地狱受苦的母亲;并在久远劫以来,就不断发愿要救度一切罪苦众生尤其是地狱众生。所以这位菩萨同时以"大孝"和"大愿"的德业,被佛教广为弘传,也因此被普遍尊称为"大愿地藏王菩萨",并且成为汉传佛教的四大菩萨之一。在佛门,佛的层次高于菩萨,地藏王修行功德圆满,本来足以成佛,但他发大愿心:"地狱未空,誓不成佛!"甘心留在菩萨界普济阴阳两界。我深幸有缘,能在名山古刹为地藏王菩萨庆生。

我知道涌泉寺有"三宝""三铁"闻名遐迩,但以前总是行色匆匆,无法全部一饱眼福。此行一是虔心专程而来,二是天赐其便——是日风和日丽、寺中又几无游人、清寂雅静,三是有大知客指引讲解,于是终于有幸一一参访拜谒。

涌泉三宝,指的是陶塔、血经、雕版。

涌泉寺门口,矗立着一东一西两座庄严秀丽的陶塔,东边名"庄严劫千佛宝塔",西边名"贤劫千佛宝塔"。这对宝塔,平面八角九层,是我国现存的最大陶塔,原立于福州南郊城门龙瑞寺,1972年移至今址。此塔建于北宋元丰五年(1082年),采用上好陶土烧制,连门窗、立柱、塔檐、斗拱、椽飞、瓦陇等,也都是用陶土分层烧制,然后拼合累叠而成,上施釉呈紫铜色,远看如同两座铁塔。每座塔的塔壁,均塑有佛像1036尊,塔檐塑有佛伽、力士72尊,塔顶有葫芦形宝瓶,塔基塑有金刚力士、狮子和各种花卉,各层檐角都有镇檐佛,真可谓富丽堂皇!我们来到陶塔下,听叮当声声如环佩,抬头一望,秋阳下,塔檐上的风铎,在如水清风里摇曳生姿,那是令人忘忧的天上的音乐呀!

血经,是僧人刺血写成的经书。涌泉寺中珍存着557册血经书,那是清光绪年间,华能和尚刺血、信士王谷楷书《大乘般若波罗蜜真经》;定慧大师刺血、克定书写《佛说四十二章经》等。我看放置玻璃柜中的血经,虽皆为红色,但色泽不同。咨询会朝师,方知要写成血经,需要很长的时间和大量的鲜血,为了不让鲜血过早凝固让字迹鲜红清亮,有的和尚几乎不吃盐,因为吃了盐刺出来的血易凝固,且写出来的字颜色锈红暗淡。数百册血经书,需要的是常人难以企及的虔诚佛心和非凡毅力,血经的难能可贵处,也在于此。

涌泉寺的第三宝有两种说法:一是雕版,一是佛牙舍利。这两种宝物,涌泉寺都不可或缺。所幸,两样宝物我都参拜了。

从宋朝起,涌泉寺就开始刻经、印经,至清康熙年间,涌泉寺成了全国出版经书的重要场所之一,截至1932年,共刻经书359种、大都精美绝伦。1929年,弘一法师来寺,见后大加赞叹,誉为:"皮藏佛典古版之宝窟。"寺中的藏经阁,目前尚存各种佛像、书画板片11375块,堪称一座佛经宝库。其中,《华严经疏论纂要》一书共120卷,是清康熙七年(1668年)涌泉寺住持道霈,花费10年时间,在唐朝古佛学著作《华严书钞》《华严经论》的基础上,重新删节订正而成,是我国佛学著作中的稀世珍宝。

在藏经殿正中,有一座释迦如来灵牙舍利宝塔,舍利塔中的琉璃瓶中,贮藏着78颗舍利子和1节象牙化石,会朝师告诉我,据说这是一位居士的祖先在家乡修塔时意外发掘出来的灵物,后来,居士把它们捐赠给了涌泉寺。

涌泉三铁,指的是铁树、铁锅、铁丝木。

涌泉寺方丈室前的院子里,有三株千年铁树,树高约3米,围径约2

米,一雄二雌,灵气独钟,岁岁开花,雌树黄花似绒球,雄树花形如绒塔,是目前国内已知栽培最早的铁树。

涌泉寺铁树原本"种植最难长,每年只长一二叶,向来不开花"。涌泉寺方丈至今历135代,第130代的中国近代禅宗泰斗虚云大师,与铁树最有缘。1930年,虚云大师在寺中为信众讲《梵网经》,方丈室丹墀两株铁树忽然开花,花大如盆,须瓣若凤尾,远近来参观者络绎不绝。虚云特地为此赋诗:"优昙钵罗非凡品,随佛示应现金花。世间彩凤称祥瑞,现则吉祥喜可嘉。兹山丈室两铁树,人言此卉向无蓓。定是主林神拥护,故将仁寿放流霞。"虚云大师开创了千年铁树开花史,从此,涌泉寺铁树年年放花如锦,至今已逾80春秋。我边听铁树传奇,边与铁树合影,在灿灿秋光里,恬然安享一段美妙如醇的吉祥时光。

斋堂是僧人用餐的地方。"一锅煮千人饭,粒米大如须弥山。"这是涌泉寺的一大特色。

过钟楼,沿廊而上,走过几多殿、堂、楼阁,我们来到斋堂。斋堂里最引人注目的,是靠墙的四口建造于宋代的巨锅,大小不一,最大的一口口径达1.67米、深0.8米,称"千僧锅"。大铁锅煮斋饭,一个僧人持5米叉子,一个僧人地下送柴火,三千斤柴火烧热锅,水沸大米洒下锅,那一种叱咤风云的磅礴气势,我只在宁波隋朝古刹天童寺见识过。

在大雄宝殿的三圣佛——弥陀佛、观世音、大势至菩萨背面,安放着一张看似普通实则非凡的供桌。这张供桌由铁木和花梨木合制而成,称"铁丝木",桌面长3米、宽0.5米、厚近1米,重达500斤,清康熙五年(1666年)海外华侨弟子高宁慈捐赠。铁丝木供桌有四个特点:遇火难着,入水即沉,阴潮晴干,不易腐蚀。我用手细细抚摩桌面,还是秋老虎施威季节,手心却感到丝丝透凉,触感如同玉石一般。据说,昔日,寺中僧众常以此供桌的变化,来预测出行天气,以决定是否得带雨具——铁木干爽则天气晴好;铁木潮湿则即将下雨。因此,这张铁木供桌,又有"晴雨表"之称。

涌泉寺,佛语禅机、造化天然、传奇瑰丽,魅力千秋。除非你不来,来了你就忘不了。

鼓山是有诗之山,有佛之景;涌泉寺是有佛之灵,有福之境。山水相依、僧俗同福,这便是鼓山和涌泉寺的神韵与诱惑!

鼓山与涌泉寺,地久天长,福地之光!

2016 年 9 月 18 日写于厦门

鼓楼三山寻贝叶

福州的榕树像依姆,充满着根深叶茂荫庇子孙的母性襟怀;福州的茉莉像依妹,氤氲着撩人情思动人心弦的幽芳。无论你是何方人氏,走过福州这片土地,那浓荫匝地的老榕和无处不在的茉莉花香,在你心间,是否总是挥之不去?但在无数次邂逅福州的记忆里,最让我难以忘怀的却是——古称冶城今称鼓楼区的那一片江山,那是福州最原始的发祥地!2000多年的历史积淀,把她打造得雍容厚重、珠围翠绕、仪态万方:三坊七巷的古色古香古韵如兰;闽王祠、文庙的文脉深远大气辉煌;林则徐、严复、林觉民、邓拓、冰心等一大批英杰名人,如巨星闪烁与日月同光……更有千年古刹如西禅如开元如华林等等,贝叶声声化甘霖,给千家万户带来风调雨顺福泽安康!

西 禅
——荔树四朝传宋代,钟声千古响唐音

据载,福州鼓楼区拥有90余处重点文物保护单位,其中,我最常瞻仰之地,是西禅寺。

西禅寺的那一份恢宏大气、清寂灵气、儒雅文气,那一份古佛神圣、古树沧桑、古迹琳琅,实在是一般寺庙难以比拟的。走进西禅,有一种身心俱静、陶然物外的颖悟,有一种时空交错、古今不辨的幻觉,有一种消弭俗念、重返天真的快乐,那是我心灵的福地之一!

西禅寺名列福州五大禅林之一,为全国重点寺庙,位于西郊怡山之麓,古刹大门坊柱上镌刻楹联"荔树四朝传宋代,钟声千古响唐音",清代周莲撰写,点明西禅寺建于唐朝。寺成之后,千年以往或兴或衰,但香火绵延,历朝都有建树。

相传南北朝时,炼丹士王霸居怡山"炼丹成药,点石为丹"。每逢饥岁,便靠卖药换米救济穷苦百姓。后来,王霸在皂荚树下"蝉蜕而去、羽化成仙",人们便在他的故居建寺,此为西禅寺前身。隋末圮废。

唐时,有禅师号大安(793—883年),于福建黄檗山出家,后至江西参拜百丈怀海禅师,又在湖南沩山居住30年,接任沩山密印寺住持。重兴西禅寺时,大安回到怡山,从者甚众。是时,西禅寺有僧人三千,规模宏大。咸通十四年(873年),唐懿宗赐其号延圣大师,并赐紫袈裟和开元藏经给西禅寺。大安圆寂后,谥号圆智大师,葬于楞伽山(今祭酒岭),报恩塔内有唐刻《塔内真身记》石碑。1953年,《塔内真身记》出土,成为研究西禅寺历史的珍贵资料。

后梁开平三年(909年),继大安之后住持西禅的是慧棱法师,当时,有僧侣一千七百人。后唐长兴三年(932年),慧棱圆寂后,葬于怡山方丈室后。今寺内尚存慧棱禅师纪念塔及碑记,成为西禅寺重要文物古迹。

自宋天圣年间至清朝初期,西禅寺屡毁屡修,历代多有高僧住持,西禅寺香火不断。

清光绪三年至十五年(1877—1889年),是时祖庭破旧、寺庙风吹雨打,释迦牟尼佛站在风雨中,僧人只好拿斗笠遮佛头。当时住持微妙禅师多方集资,进行重修。1876年,微妙师赴京,光绪皇帝赐《龙藏》一部、康熙御书《药师经》一部。随后,微妙师又远涉重洋到新加坡、马来西亚、印度、缅甸、菲律宾、泰国等地募集善款,回国后主持新建了藏经阁,重建了大雄宝殿、法堂、天王殿等30多座殿堂,形成今天西禅寺的规模和格局。因此,西禅寺在海内外久负盛名。海外廨院如新加坡的双林寺、马来西亚

槟城的双庆寺、越南的普陀寺等等,至今与西禅寺仍保持着密切联系。

抗战期间,西禅寺被日军飞机炸毁,后由该寺监院证亮等及新加坡、马来西亚、越南各地下院积极募款修复,基本上保持了原有风貌。

中华人民共和国成立后,西禅寺又屡加修复,焕然一新。

十年"文革"动乱,西禅寺再次遭劫,佛像全部被毁,大庙殿堂楼阁园林,一律被占作工厂民居。1979年,省、市政府落实宗教政策,当年福州市市长洪永世先生主政,迁走了两座工厂;海外华侨闻讯,纷纷回国朝觐,谈禅、清禅、法禅、成雄、达贤;李光前、李成义父子;郑格如居士及其子郭鹤年、郭鹤举等,为修复各殿堂纷纷慷慨解囊,并创建了玉佛楼,修建了报恩塔,重建西禅寺并使寺庙规模得以扩充,于是,千年西禅重光。1982年,国务院正式批准西禅寺为全国重点开放寺庙。

春秋佳日,我常常沿着林间石径,入题写"安步来看,六朝胜迹;回头且望,五代名蓝"的第一山门,再入"碧涧生潮朝自暮,青山如画古犹今"的第二山门,进天王殿、谒莲池观音,穿花度柳,来到大雄宝殿。每见画栋雕梁,古朴辉煌,龙像庄严,金光灿烂,想历尽人世沧桑,青灯古佛,依然笑对人间,有一种平和与感动,流漾心间。

殿后通向法堂前庭,麻花石埕清净无尘,四季花卉红绿蓝紫。埕中有石柱撑起一硕大石球,人称姻缘石。石球中有小孔,据说来参善信,若有求男女佳缘者,可焚香礼佛后,以眼观石孔,便可见神奇影像。难怪香头簇簇,香火氤氲不散,可见信之者众。

几乎每一次,在树上、花间、青石板路上,我都可以看到成群喜鹊叽叽喳喳飞上飞下,令人产生法喜充满之感。

出法堂,绕过后墙,新建的华严三圣佛殿富丽堂皇,与西禅古寺三殿坐落在一条中轴线上,大殿中间的释迦牟尼大佛,文殊骑狮,普贤驮象,高大庄严慈悲,让你有高山仰止、景行行止之感。

从三圣殿左行十步进玉佛楼,楼前柱刻"宏法大雄,胜迹重开存宋荔;安禅贞志,空门高讽隐诗僧"。

再登数十层石阶,便见观音阁,阁中一尊千手千眼观世音佛像,用黄铜铸成,重达29吨,为全国罕见。

穿过花庭甬道,来到报恩塔前。这座高67米,15层,塔内8厅,外造9廊,八角飞檐,屹立蓝天之下,为国内最高石塔。塔旁一座罗汉阁,塑有500罗汉,神态各异,栩栩如生。

附近还有一座藏经楼,藏有清康熙御笔《药师经》、刺血缮写《法华经》等,均属于珍贵文物经卷。

另外,西禅寺除唐代开山祖师大安禅师塔内真身铭碑外,还有白龟吐泉遗址、五代慧棱法师塔、唐代七星井,弘一法师放生池碑……都是福州历史文化名城见证。

西禅寺最具特色的是荔枝树——唐代慧棱法师曾在法堂前后种植4株荔枝,现尚存西边一株,俗名"天洗碗",成为千年古物。前庭右侧另有一株荔树,盘根错节,高3米,粗则双臂难抱,标名"宋荔古迹"。全国佛教协会会长赵朴初首次访遏时,曾题咏一绝:"百柱堂空观劫后,千年象教话当时。禅师会得西来意,引向庭前看荔枝。"

1928年,住持智水、监院证亮重修寺院,开辟寄园和放生池。在寄园种荔枝数百株。西禅寺荔枝,"皮光而薄,味清而甘",自唐以来,历代文人墨客,每当荔熟时节,争先前来品荔,留下许多轶事和诗词,诸如"山色湖光,荔子荫中开法席;松涛竹籁,昙花香里普慈云""来啖荔枝,此地合留苏子带;闲翻贝叶,真源参澈柳州诗"等等。千载以来,西禅寺年年举办荔枝会,四方名人、雅士、游宦、高僧来此吟诗作画,篇翰不绝。"怡山啖荔"成为西禅寺风流韵事、享誉四海。

现任方丈赵雄法师十五岁出家西禅寺,转眼三十年,除深修弘法之

外,近年来为赈灾、扶贫、助学、希望工程等等,也乐施善助,以入世精神服务社会。他的禅房,卷轴盈架,书香满室。书法是他修心养性的功课,他的古篆、隶、行、草俱佳。他抚琴弹奏的《平沙落雁》《阳关三叠》幽寂绵邈,撼人心弦。这是一位不可多得的空门才俊,与西禅寺的高雅、空灵、禅意如水、古韵悠然正好默然相契。

开 元
——古佛由来皆铁汉,凡夫但说是金身

我与开元寺结缘,在三年前。2013年秋末,我从厦门到寿宁县,拜谒三峰寺。三峰寺住持告诉我:"福建的药师佛三大道场,一是本寺,二是福州的开元寺,三是厦门的石室禅院。"于是,拜访开元寺的念头,就一直存留心中。

此后不久来福州,住省政协宾馆。黎明时分,我按图索骥,从五四路步行,穿过井大路来寻芝山脚下开元路78号的开元寺。甫未进寺,远远地便见高耸壮观、题写着"萧梁古刹"的外山门,巍然屹立于市井之中。

进了山门,在曦曦晨光里,沿内山门、药师殿、铁佛殿、毗卢藏经阁、观音阁、四面佛阁、明旸法师图书馆、宝松和尚纪念楼、提润和尚纪念楼、108罗汉堂、观音苑、禅悦斋一路瞻仰礼佛,心中慨叹,如此民居蔼蔼、市声扰扰的红尘闹境,居然有如此清幽雅静、古意森森的道场!

八时许,本性方丈来迎。方丈见我拂晓诚心拜谒开元,分外高兴,延请我至二楼禅堂,娓娓道来——他说,开元寺是福州现存最古老的寺院,是南无消灾延寿药师佛著名道场,始建于梁太清三年(549年),历经南北朝、隋、唐、宋、元、明、清,距今已近1500年历史。开元寺曾为皇家寺院、宗庙,是日本真言宗祖师空海大师、日本天台宗祖师圆珍大师、印度密宗高僧般若怛罗大师于唐代入华修学之地,也是闽王王审知、王鏻父子极力护持之古刹。

"芝山不见山,有刹开元古",作为福州九山之一的芝山,一直以隐形的文化象征为历代墨客文人所抒写吟诵。方丈吟诗一首:"城里青山闻梵音,灵源高阁影沉沉。鸟边祇树人烟近,象外云花野照深。苔色满廊行履迹,月明空界印禅心。自怜人代多氛垢,未得焚香礼遁林。"他说:出世的清凉,成为红尘中人的向往。何况,药师佛是健康之王、长寿之王、消灾之王、吉祥之王,他有药王、药上两位菩萨常随辅佐,十二神将二十四小时值日随护,历史上,药师佛灵验事迹数不胜数。因此,开元寺自古香火鼎盛,也就顺应天心民意了!

方丈告诉我,本寺最为珍贵的"开元双璧"——巍巍铁佛和煌煌《毗卢藏经》,是福建乃至中国佛教文化史上值得浓墨重彩抒写的篇章。

开元寺铁佛是福建省最大的铁佛,称"阿弥陀佛",叠掌跏趺坐于莲花台上。据考证,铁佛铸于北宋元丰六年(1083年)之前,高约6米,重达10万斤以上。铁佛殿前立柱,刻有明末举人曾异所撰楹联:"古佛由来皆铁汉,凡夫但说是金身。"其中玄机,各自心领神会。

铁佛灵应不胜枚举。据寺中老僧介绍,1941年日本侵占福州时,准备将铁佛搬到日本去。一天,一帮日本兵在铁佛旁边搭起架子,想把铁佛的头先卸下来。没想到头一个人刚爬上去,就从高高的架子上摔下来;换一个人上去,还是摔下来。日本兵本来就敬畏大佛,如此折腾便更加害怕了,连忙撤退。于是铁佛得以保存完好如初。

1976年4月,福州遭遇一场空前雹灾,市区内许多瓦片屋顶都受到严重破坏。但令人惊奇的是,铁佛殿范围内却没有下冰雹,殿堂由此得到完好保护。

《毗卢藏经》,又称《毗卢大藏经》《开元寺大藏经》,始刻于北宋徽宗政

和二年(1112年),完成于南宋高宗绍兴二十一年(1151年),全藏以千字文为序,收经1452部,6359卷,主持人为开元寺历任住持。《毗卢藏经》是中国私家刻藏之始,在中国佛教史上有着极大的影响,是中国刻经史上的重大事项。

除了"双璧",开元寺还有不少特色,诸如佛教中草药、"四面佛"、千年灵芝等等。

开元寺前住持宝松和尚,曾在开元寺创办福建佛教医院,后继者提润法师,在寺中开办中草药肿瘤门诊,十几年间,以中草药及自制秘方救死扶伤,声名远播海内外。省佛教协会任命他为省佛教中草药医院筹委会主任,并由他出资在寺内创办了全国首家佛教中草药肿瘤门诊。从此,深藏街巷之中的福州开元寺,终日求医者络绎不绝。

泰国曼谷的爱侣湾酒店旁,有世界著名的四面佛。每天,世界各地的信徒与游人,络绎不绝地前往朝拜、祈求、许愿、还愿、谢恩。据说,为了赞叹四面佛的功德,每天还有不停息的舞蹈供奉。

福州开元寺,也有一尊四面佛,据悉,这是曼谷四面佛的分身,在曼谷开光后又在福州开光。信众都说,这四面佛很有灵感,不仅保佑健康、婚姻,还保佑财运与事业。怪不得,佛前的树上,结满了许愿卡;墙上檐下,挂满了锦旗。

"萧梁寺观今余几?尚有芝山迹可寻。"可是,当年盛产灵芝的芝山,如今在高楼大厦的包围中,哪里还能寻觅到深山老林里的灵芝芳踪呢?令人不可思议的是——方丈说,在他升座的那一年,斋堂前面多年以前因雷击而枯死的龙眼树,竟然发出新芽,而树桩里更神奇地长出一棵硕大的灵芝!这朵灵芝直径20厘米,形态古拙、气象浑厚,那真是中兴佳兆现,枯木出灵芝啊!

开元寺之行,更令我心生欢喜的是认识了方丈本性法师——本性法师,生于霞浦山区,长于海边,兼容了山、海刚柔相济的性格。其颜貌清雅,其为人谦和,少年即学佛,青年剃度出家,先后毕业于南京中国佛学院栖霞山分院、北京中国佛学院、科伦坡国立凯拉尼亚大学研究生院。剃度恩师为悉明上人,授法恩师为明旸上人。悉明上人乃南京金陵大学高才生,后为常熟兴福寺首座和尚;明旸上人,是圆瑛大师的入室弟子,生前住持上海圆明讲堂,兼任上海龙华寺、宁波天童寺、福州西禅寺、莆田梅峰寺、北京广济寺之方丈。本性法师良好僧格的塑成,有赖于悉明上人、明旸上人的精心雕琢,而本性法师为学之刻苦与严谨态度之养成,则深受赵朴初居士、茗山长老、传印长老的影响。明旸上人为之传法,授定他为禅门临济正宗第42代、曹洞正宗第48代的法脉传人之一,付予法卷、祖衣、朝珠为证信之物。

法师少时爱好诗文、书法。而今,除住持寺院之外,还担任福建省佛教协会副会长兼秘书长、中国佛教协会常务理事。寺务、会务繁多,法师尚能于百忙中挤时间,勤于著书讲学,陆续撰写并出版了禅思录《如何安心》《如何自在》《如何解脱》,论文集《佛教的基本观点》,中译英的《佛陀和他的十大弟子》等著作。其文辞清新,多寓哲理于故事,寓奥义于公案,深入浅出,通俗易懂;其书法清奇脱俗、别具一格。法师还经常应邀于国内外团体、院校举办禅学讲座,启迪生活,励志人生。另外,法师还创办福建省开元佛教文化研究所,组织专家学者整理研究佛教文化典籍,弘扬佛教文化精神,其精神可贵,其功德无量。同行谈起法师,皆谓之儒僧。

本性法师是真正的空门才子、佛界精英,他除了深修弘法、文化慈善之外,岁岁年年,借助开元寺平台,他努力扶贫、助学、助残、赈灾、行医救人……1988年,在为民办实事的白内障"复明工程"活动中;2008年,在"海西春雨行动"中;2009年,在"服务社会、服务海西"活动中……他先后得到省委、省政府相关部门的嘉奖。本性法师虽然已经脱离世俗,却依然

怀着一颗赤子之心,努力地践行着"人间佛教"理想!

我请教本性法师,他办教的宗旨是什么?

他说:"我以为,立教的根本是:回归信仰,重建道德。佛教的优良传统是:爱国、爱教。爱教,就是荣佛耀祖;爱国,就是佑民护国,就是庄严国土、利乐有情。"

我问法师,开元寺的"寺标"里有水滴、火炬、种子、莲花瓣,还有毗卢遮那手印,那是什么意思?

他说:"佛教里,水,意味着生命,是慈悲之水;火,代表光明和智慧;种子,是生存、发展、开花、结果、奋斗、希望;莲瓣,佛从莲花生,七品莲花出淤泥而不染,纯洁、神圣;毗卢遮那手印,毗卢遮那佛是佛教中的法身佛,佛有千万亿化身,但法身只有一个。"

他说:"寺标,只是旗帜和象征,关键是住持好寺院,让理念不断成熟,让功能得到更大发挥。"

他说:"心灵的禅修,是一朵芬芳的奇花;灵性的溯源与回归,是其异果;而东西方文明,则是其肥沃的土壤。本人,愿作浇水人!"

本性法师是一位有大理想、大思路、大作为的僧才,自踏入禅门以来,他热衷于环球禅旅,不断出访东南亚各国和世界各地,或讲学,或参访,或参与学术研讨,足迹遍及四十几个国家,为中国佛教文化的弘扬和国际交流,发挥了应有的作用。开元寺的兴旺和贴近民心,与本性师几十年的大发心、大努力、大奉献分不开!

日已近午,我怀着崇敬之心和本性师握别。他赠我菩提香珠1串、开元寺创办的佛学杂志《21世纪禅文明》1册、法师墨宝"日新其德"1幅。我珍重本性师的吉祥赠予和美好祝福,我会乘愿再来!

华 林

——人世百岁化轻尘，华林千年不老木

每到省城，免不了时时往返华林路上，所以，华林寺在我的视野里，存在多年了。

但真正拜访，却是今年7月6日中午——当我跨进华林寺大门，一目了然的是宽阔洁净的石径、两旁开阔葱青的草地、一座飞檐翘脊孑然独立的大殿和东西配殿，与一般寺院的建制完全不同。

经寺中讲解员杨晓蕾女士介绍，方知此寺高贵的出处和不同寻常的历史价值。

被誉为国宝的华林寺，位于屏山南麓，建于北宋乾德二年（964年），至今已跨越千年。当时，吴越国国王钱镠割据闽浙等地，福州郡守鲍修让为祈求佛祖保佑郡境安宁，拆除闽王宫殿，利用拆下来的材料在屏山南麓修建"越山吉祥寺院"，内有文昌祠、普陀岩和正殿等。正殿之后有法堂，法堂之西有祖师殿，都以屏山（越山）为背景。

此后，后人又在附近建造数座禅院，规模宏大。宋高宗曾赐该寺御书"越山""环峰"。明正统九年（1444年），御赐匾额"华林寺"，一直沿用至今。

明正德年间（1506—1521年），附近的罗汉院、越山庵等并入，华林寺规模更大了，后又增建了御书阁、环峰亭、绝学楼、胜会亭等建筑物。

清嘉庆至道光年间（1796—1850年），重建大殿、天王殿、山门、廊庑、客堂、僧舍等。但时至今日，其他均已无迹可寻，仅存大殿。现有殿外的石板甬道、山门、走廊及东西配殿，还有绿化植树，都是1988年8月大殿修复后完成的。华林寺1982年就被列入全国重点文物保护单位。大殿

虽经历代重修,但主要构架还是初建时原物,这是长江以南最古老的木构建筑,更是研究我国南方木建体系的珍贵实物。大殿为单檐九脊顶抬梁式木构建筑,高15.5米,面积574平方米。面阔3间,进深4间,为8架椽屋,共用18根巨柱支撑。在构造和艺术处理上,如柱子的上下卷杀做法,云形驼峰,昂面的双枭双混曲线,圆形断面的月梁,柱头方、罗汉方和撩檐方上镂刻团窠等,都具有唐宋风格,也带有明显的地方特征。

大殿的整个架构中,没有使用一颗铁钉,这是华林寺的独特所在。这种框架结构的合理性和稳定性,使大殿经受了千年风雨的考验,至今保存完好;这种木柱风格流行于南北朝时期,隋唐以后已不多见。古朴的造型、精湛的建筑技术和艺术风格,使华林寺在唐宋时期的木构建筑中独树一帜。

大殿落架大修时,对各主要部位构件取样,经国家文物局文物保护科技研究所碳14测定,受测样品普遍达到1200年,最高达到1400多年历史。据现存史籍文献研究及科学测定,大殿的建造年代确认为964年,若按建筑年代排序,它列于山西省五台县南禅寺大殿、佛光寺大殿,芮城县广仁王庙,平顺县天台庵、大云院,平遥县镇国寺大殿之后,居全国第七位。前六座建筑均保存在气候干燥的西北高原地区,而华林寺大殿,则是长江以南最为古老的木构建筑。

华林寺大殿的建成,比《营造法式》这部建筑史上有里程碑之称的官方典籍还要早100多年;比浙江宁波的保国寺大殿、莆田的元妙观三清殿要早半个世纪。

经中、日专家学者考证,华林寺大殿对日本镰仓时期(12世纪)末的建筑风格有着巨大的影响。可见,华林寺又是中日文化交流的重要历史见证。

1984年国家拨款落架重修华林寺,采用有机化学灌浆等新技术工艺,保存了原构件各种精美造型和特色,整修如旧,并配建附属建筑:山门、东西配殿、回廊及工作室等等。1989年10月全部竣工,占地面积5000平方米。寺内存有宋代高宗赵构篆书残碑一方,清康熙"华林禅寺香灯碑"、民国"林森纪念堂碑"等。

  我徜徉在大殿四周,浏览着四壁悬挂的福州唐宋明清的古寺古佛古桥古建筑诸多图片,听殿外鸟声啁啾,南风如水,清净、空旷、寂寥,在这里,你会不由自主地感悟历史的厚重、感悟古城福州建筑的文明与辉煌,感悟空门的神奇与魅力!

  近日,习近平总书记对文物工作作出重要指示:"文物承载灿烂文明,传承历史文化,维系民族精神,是老祖宗留给我们的宝贵遗产,是加强社会主义精神文明建设的深厚滋养。保护文物功在当代、利在千秋。"他强调:"各级党委和政府要增强对历史文物的敬畏之心,树立保护文物也是政绩的科学理念……"

  我想,所有有良知、有作为的父母官,一定会记住总书记的教导!

  福州三山寻贝叶,古寺老佛梵经,除了让我清净身心,也让我深深为福州城珍贵的人文悠久的史迹古老的文明感到由衷的骄傲!

2016年8月12日于厦门

大音希声说兰若
——千古名刹南普陀

引 子

兰若：寺庙，梵语"阿兰若"之简称。

菩提缘起半个世纪

"南朝四百八十寺，多少楼台烟雨中"——发源于印度的佛教，传入中国后历经两千多年的传播，与中国传统文化相互吸纳交融，已然成为中国文化的重要组成部分，对中国历史、哲学、文学、艺术等文化形态，都产生了极其深远的影响。佛教东来，也走入了寻常百姓家，极盛之时，"家家观世音，户户阿弥陀"，于是，佛菩萨圣诞等宗教吉日，也逐渐成为社会普遍接受的民俗佳节。

因此，佛教与国人的关系源远流长密不可分。迄今为止，我国共有佛教寺庙、僧院16000余座，民间小庙不计其数，佛教信众过亿。

位于中国东南海疆厦门岛的南普陀寺，是中国百大名寺之一，更是八闽佛教重地——她占地约26万平方米，背倚五老群峰，面临东海碧波，四季馨花绿树，满山莺啼燕语，奇石嶙峋，岩泉清冽，得天独厚风景绝佳。寺内天王殿、大雄宝殿、大悲殿、法堂，建筑精美、宏伟壮丽。各殿供奉弥勒、韦驮、三世尊、地藏王等，慈眉善目形神毕肖。藏经阁珍藏数以万计的历代经典、佛像、古籍，其中宋代铜钟、明朝万历年间血书《妙法莲华经》以及何朝宗名作白瓷观音等，至为名贵，丰富多彩的佛教文物，令人叹为观止！

寺宇四周保留众多碑铭题刻,如明万历陈第、沈有容的题名石刻、清乾隆御制碑等。寺前高大红棉映日、满目荷池凝翠;寺后数峰屏立,松青竹翠、岩壑幽深,人称"五老凌霄";山间崖壁丈余见方一笔挥就的"佛"字石刻、古朴庄严的先师舍利宝塔,蔚为奇观!这一方佛门胜境,千年以往,达官贵人、乡野黎庶,朝朝暮暮,前来拜谒,游览者无数。今日,厦门这名扬四海的侨台之乡,工农商学、海内外游子,更将她奉为祈福求平安的吉祥家园!

我与南普陀结缘,要追溯到孩提时代。我出生在新加坡,我的家在四马路——这儿有全新加坡最大的观音堂,日日香火鼎盛,信众川流不息。终日耳濡目染加上亲人礼佛的潜移默化,对于观音菩萨的崇敬,早已植根幼小心灵。回国后,每逢初一、十五,奶奶、母亲都会带着我去南普陀朝拜。南普陀是观音菩萨的道场,从此,南普陀大悲殿,便成了我少年时光节假日的向往。

我十六岁考上厦门大学,校园就在南普陀寺之旁。无风无雨的晨昏,我总是拿着课本到南普陀去,在放生池畔背古文、读外语;在观世音莲座下默想沉思。春夏秋冬,千年古寺的幽雅宁静令我潜心学业,如水梵呗和晨钟暮鼓,净化与滋养我的心田。

我上大一时,曾在南普陀寺法物流通处,请得8寸坐式白瓷观音1尊,放在丰庭二308室集体宿舍的书桌上,5年大学加上1年"文革"动乱等待分配,一共6年时光,历经几度寒暑、多次下乡、"文革"武斗种种,我离校时,观音瓷像竟安然无恙。大学毕业后,因海外关系,我被发配太行山,临行前,我小心翼翼地将观音像用红领巾包裹,万水千山带往太行。在遥远的大西北,我被插队农村劳动改造,观音像伴我走遍当年三晋高原的穷山恶水坡坡坎坎。6年后,我终于怀抱观音,回到故乡。此后,我又经历无数人世坎坷、经历多次迁徙搬移、数十春秋如水流逝,但观音像至

今一直伴随、护佑着我。

后来几十年间，因因缘际会也因从事人大宗教工作之需，我与先后三位方丈——妙湛、圣辉、则悟过往多多相交甚笃。南普陀于我，不只是感悟佛学精微佛法无边的殿堂，也是凝聚友谊耕耘福田的地方。

缘深深、情深深，半个多世纪以来，无论走遍天涯海角，我总念念不忘南普陀，故乡观音殿那一盏长明灯，照我三代菩提心！

千载沧桑古莲芬芳

佛门大师释太虚有诗《南普陀题石》：

南海普陀崇佛刹，虎溪白鹿拟匡庐。
千岩百洞奇难状，陨石飞星古所都。
水鸟皆谈不生法，林云巧绘太平图。
山狮十八惊呼起，一吼当令万象苏。

南普陀山川奇秀、气势恢宏、禅道威严，由此可见一斑。

古刹南普陀始建于唐朝，历史悠久，文化积淀丰厚，初称泗洲院，北宋僧人文翠改建称无尽岩。明初，断臂和尚觉光法师，得鹭岛陈氏旺族捐助扩建寺庙，改无尽岩为普照寺。至明永乐年间，普照寺已成为殿堂完备、法物齐全、住僧众多、田租富足的大寺。到了清初，由于清兵进岛施行迁界，普照寺被夷为废墟。至清康熙二十二年（1683年），靖海侯施琅平定台湾后驻镇厦门，才捐资修复普照寺、增建大悲阁供奉观世音菩萨，更名普照寺为南普陀寺，沿用至今。寺庙扩建时，特请漳州南山寺德僧慧日禅师当住持，慧日成为南普陀寺第一任开山祖师。乾隆五十三年（1788年），乾隆皇帝为平定台海起事有功将官亲撰《纪功碑文》，当时台湾归属厦门道管理，经厦门道奏议，御文刻石，分建四座御碑亭，立于南普陀天王殿前。慧日禅师开山后数百年,经历任住持如渊、景峰、省已、喜参、转逢、转道等多次重修扩建,到民国初年,南普陀已建成三殿七堂的禅寺格局,成为近代闽南最具规模的千古名刹。

南普陀历来是禅宗临济宗喝云派的子孙寺院。1924年,喝云派住持转逢和尚将寺院改为十方丛林,推选会泉法师为首任方丈。次年10月,会泉在转逢和尚的支持协助下,在寺中创办闽南佛学院,从此,南普陀不仅是迎纳各地高僧大德的十方丛林,也成为全国学僧向往的高等学府。1927年,会泉任满,礼请中国佛教领袖太虚大师就任南普陀方丈、闽南佛学院院长,延请知名法师常惺、大醒、芝峰、寄尘等等和厦门大学多位著名教授前来授课讲学。1932年,太虚大师蝉联两任方丈期满引退,常惺继任方丈。常惺任满,由性愿续任。不久,性愿应聘菲律宾弘法丈席仍由性愿虚挂。1934年,弘一法师于南普陀寺增办佛教养正院,着力培育僧才。从此,南普陀寺群贤毕至、高僧云集、法幢高举、名闻中外、十方弟子竞来求经,迎来了建寺以来前所未有的兴旺时期。寺中一批高僧大德也前往港澳台地区,甚至远涉重洋到东南亚各国以及日本、韩国、斯里兰卡、澳大利亚、美国等地弘法,于是,南普陀自然而然成为中国佛教远播海外的殊胜道场。

1937年,抗战全面爆发,南普陀寺一度被驻军占据,闽南佛学院横遭日机轰炸,寺中住僧和学院师生纷纷避入内陆或出国。1938年5月,厦门沦陷后,寺院僧众稀落,寺宇萧条,曾经的盛况已成过眼烟云。战后,南普陀寺在广心和尚任方丈,也有过一时之盛,但不久时局紧张,集居僧众又烟消云散,南普陀寺复归凋零。

新中国成立后,政府拨出巨款翻修寺宇殿堂,开凿般若池,新建转逢、会泉和尚纪念塔。寺僧开展生产劳动以自食其力,同时将原来的佛教养正院改为养正义务小学,免费招收附近学童入学。1966年"文化大革命",寺中宗教设施惨遭破坏,住僧也受猛烈冲击,只好纷纷离散另谋生路。

1980年，国家拨乱反正，全面落实宗教政策，南普陀寺再度辉煌。1982年，成立南普陀寺管理委员会，妙湛和尚任管委会主任兼寺务监院，1988年就任第8任方丈。妙湛升座后，妥善安置流散十年来归僧众，重整禅林法规，主持翻修扩建寺宇，复兴停办近半个世纪的闽南佛学院、佛教养正院并亲任院长。1994年12月，妙老和有识之士一起，创立南普陀寺慈善基金会，成为中国佛教寺院首创慈善机构，千年古刹重放光彩，南普陀呈现一片欣欣向荣景象。1995年12月，妙湛和尚圆寂。翌年8月，全国佛教协会副会长圣辉大和尚接任，成为南普陀寺第9、10、11任方丈。圣辉和尚倾力整顿寺院道风，严整规仪，提倡学修一体化、遵守丛林规章，在佛学院增设研究生班，聘请北大、人大、社科院、复旦、南京大学等名校名师前来授课，积极开展佛教对外交流，多次率团前往日、韩、德、法、西班牙等国参访弘法。2005年，圣辉届满，两序大众推举则悟法师接替，沿任第11、12、13、14任方丈至今。十来年间，则悟方丈主持翻建天王殿、大雄宝殿、藏经楼、廊宇、上客堂、功德大楼等，与厦大共同完成"厦大——南普陀停车场"市政工程，率众勤修戒、定、慧三学，努力研究现代佛教文化，积极开展弘法利生活动，推广人间佛教。以教育培养人才，以文化确立品位，以道风赢得信众，以慈善回报生活，以联谊扩大交流，走出一条爱国爱教、可持续性发展的良性循环道路。

千载风雨沧桑，佛寺几经劫难，国运昌盛之日，古莲倍加芬芳！

高僧辈出法脉天下

1925年，南普陀创立的中国第一家佛教高等院校——闽南佛学院，迄今已90周年历史。90年来，闽院培育了近2000名僧才，弘法足迹遍布全国、全世界，为中国宗教人才建设和佛教在海内外的传播，做出了举足轻重的巨大贡献。

南普陀闽南佛学院,是哺育佛门精英的摇篮,也是高僧辈出、大师云集的辉煌圣殿——

1924年,南普陀寺改子孙寺院为十方丛林后,拟就寺中创办闽南佛学院,德学兼具、禅教兼通、爱国爱教、誉满中外的圆瑛大师前来协助筹办,为学院起草规划和章程,并受聘为南普陀首座,为古寺留下光辉一页。

1929年,近代史上著名的艺术家、教育家、思想家、革新家,一生多才多艺——在音乐、美术、戏剧、诗词、篆刻、金石、书法、教育、哲学、法学诸多文化领域都有极深造诣,被佛教界尊为近代中兴南山律宗第11代祖师的弘一大师二度入闽,留住闽南佛学院近半年。其间,学院大醒、芝峰诸师有感于国有国歌,校有校歌,佛教也应有佛歌,应诸师之请,由弘一大师作曲,太虚大师依曲谱词的佛歌庄严问世,这就是流传至今、举世皆知的《三宝歌》。1935年元旦,弘一大师带病从晋江草庵来到南普陀寺,在学院开讲《四分律含注戒本》;1937年正月,又在学院开讲《四分律删补随机羯磨》、在养正院讲《十善业道经》、书法;同年2月,在养正院讲《南闽十年之梦影》。1938年春,日军南侵,战火逼近厦门,众多佛门弟子恳劝大师离厦到内陆避难,大师镇定自若并题"殉教应流血",足见其爱国爱教气节。

1927年,南普陀首届方丈会泉和尚任满,派人前往上海,敦请中国现代爱国爱教的僧伽楷模太虚大师,继任方丈和学院院长。5月,太虚应聘到任。后数年,闽南佛学院成为太虚佛教教育事业中心。1929年,太虚游历欧美各国后回厦,极力推行佛教僧制改革,倡议厦门市组织思明佛教会,对厦门规诫废弛的寺岩进行整顿,对佛学院的学制和教学内容进行改革,要求学僧"学行"双修,鼓励学僧以振兴佛教、昌明佛法为己任,养成刻苦耐劳的体魄和清苦淡泊的志趣,为兴教献身而勇猛精进。从此,学院院风院貌焕然一新,煌煌然成为全国一流的佛教高等学府,从而造就了一大

批德才兼备的名僧大德,蜚声海内外,如从事佛学研究、国内外驰名的印顺大师;如住持名山巨刹、振兴佛教的栋梁之材竺摩大师等等。太虚连任两届方丈、院长届满后,仍与厦门佛教界保持密切联系,1935年,太虚再度卓锡闽南佛学院讲学,谆谆教诲学僧爱国爱教、树立为国家为佛教而献身的精神。1937年,抗战全面爆发,太虚四方奔走,呼吁全国佛教徒行动起来,积极投入抗日救国运动。1946年,抗战胜利后,国民政府授予太虚"宗教领袖胜利勋章"。

佛教传入中国后,经历几大转折:一是隋唐以前,佛教从印度传来,进入译场。二是隋朝以后,由百丈立清规,马祖建道场,佛教彻底中国化。三是唐至清末,教化升格,到了民国,就是太虚的学院教育模式。太虚是世界三大语系——汉、藏、巴利文一致认同的跨时代高僧;也是其他宗教——道教,天主、基督、伊斯兰教共同尊崇的宗教领袖。在中国佛教史上,太虚是最了不起的大德之一,如今海内外威名赫赫的台湾佛光山星云大师,也是太虚大师的学生。

被太虚大师誉为"生平第一益友"、终生推崇"人间佛教"、海峡两岸一致崇仰的印顺大师,1931年2月,由浙江普陀山至厦门南普陀闽南佛学院求法,为同班同学讲十二门论。1952年,印顺到台湾,此后数十年,为弘扬人间佛教,印顺法履遍及东南亚。1965年,印顺应邀担任台北中国文化学院教授,成为有史以来第一位进入大学任教的出家法师。1970年,大师的《中国禅宗史——从印度禅到中国禅》及《精校敦煌本坛经》出版,得到日本佛学界高度重视,将著作译为日文,并获日本大正大学授予博士学位。印顺大师平生著作共24部,他说:"愿以这些书的出版,报答三宝法乳深恩!"1994年7月,89高龄的印顺大师在弟子的陪同下,由海峡彼岸回大陆,巡走当年出家、学习、受戒、授业的驻锡之地,此行第一站就是厦门南普陀寺。是时,妙湛方丈亲迎山门之外,寺众隆重欢迎大师归来。2005年6月4日,世寿100的印顺大师,在台湾花莲安详圆寂。

一生不遗余力弘扬佛法,在世界佛教界,特别是东南亚佛教界享有盛誉的新加坡首任佛教总会会长宏船法师,是晋江池店霞福村人。1919年,12岁的宏船,经会泉和尚剃度出家并做了会泉侍者。1924年,会泉任南普陀寺首任方丈后,宏船随师移驻厦门。1927年,在厦门虎溪岩创设"楞严学会",受命为厦门万石岩寺监院,太虚大师到万石岩参访会泉,见宏船行持严谨、年轻有为,赞誉有加,欣然题联相赠:"海上有山森万石,人间渡世仗宏船。"1941年,宏船往新、马弘法,后接任新加坡光明山普觉寺住持。当时的光明山面积30英亩,荒凉偏僻。宏船晋山后,农禅并重,大兴土木,扩建庙宇,配置亭台楼阁,绿化美化光明山,使之发展成为新加坡名闻遐迩的名胜巨刹。1983年,宏船应中国佛教协会的邀请,连续三次率团到中国四大名山进香。宏船对厦门南普陀寺、万石岩寺、虎溪岩寺等祖庭的修复和重建,均捐助巨资;对南普陀闽南佛学院的复办,更是与妙湛法师一起多方奔走,并努力争取中佛协赵朴初会长支持,学院终于于1986年成功复办。1990年2月25日,宏船在新加坡光明山普觉寺圆寂,世寿85,遗体火化后,舍利子无数。

悲愿宏深,为十方善信衷心护持的妙湛法师,1957年由扬州高旻寺云游入闽,卓锡南普陀寺,以其学德兼优深受大众礼敬,1958年遂任南普陀寺监院。妙湛以身作则,带头劳动,将劳作奉为修行。是时政治运动频繁,法师以其梵行高远,临危不惧,守寺护法,使常住文物得以保存下来。1966年,"文革"浩劫,南普陀钟鼓沉寂、僧徒星散,妙湛迫于形势,只得去站柜台卖糕点,竟能养活寺中老弱僧众多人。1979年拨乱反正后,南普陀被列为全国重点寺院,但古寺断瓦残垣、佛殿危颓、金刚倒地、满目疮痍。妙湛受中佛协赵朴初会长召请,重新剃度恢复僧装,不辞劳苦奔走四方,请政府拨款,向各界募化,先后恢复了所有殿堂、壁画,兴建了教学大

楼、太虚图书馆、方丈楼、普照楼、海会楼、师生寮房,以及全国第一禅堂和全国第一慈善大楼,并在山门前开辟荷花池、万寿塔,在后山修整肃穆林立的祖师塔。妙湛把培育僧才作为千秋大任和当务之急,1981年,在赵朴初先生和宏船大师的支持下,全力以赴恢复闽南佛学院并兼任院长。1994年12月,妙湛首创中国大陆第一家佛教慈善机构——南普陀慈善基金会并任会长。妙湛师有着观音的慈悲心、弥勒的度量、普贤的愿力,他以"任劳任怨委曲求全"八个字总结自己的一生。他常说:"要舍得布施,舍了才得,不舍不得,小舍小得,大舍大得。"妙湛师一生所行持的是"不为自己求安乐,但愿众生得离苦",即使在86岁高龄临终之际,犹心心系念芸芸众生,用他颤巍巍的手,写下"三门常衍,勿忘世上苦人多!"

南普陀一寺两院,除了有幸与以上令众生顶礼膜拜、让巨刹名垂千秋的佛门领袖结缘之外,还有东初、演陪、瑞今、广洽、广静等等以及远在美国的宽能,在加拿大的达义法师,都是出自闽南佛学院门下,都是在世界佛教史上占有重要席位的高僧。

南普陀法脉,流播遍天下,震慑世人心!

宝刹新姿佛光普照

风景绝佳、道场兴旺的南普陀,既是世界各国无数游客的旅游胜地,更是海内外成千上万慈悲信众进香礼佛圣地。这里,无论丽日当空还是风晨雨夕,每日来客平均3万以上,每年来客总数700万以上——那是怎样一片吸引众生身心的强大磁场呀!在这里,没有贪、嗔、痴;没有斗殴、攻讦、伤害。在这里,只有慈悲、慈善、慈爱;只有和谐、宁静、安详!

现任方丈则悟师,是当代不可多得的佛门青年才俊——年方四十,为人庄严厚重、学修并进,思想开拓,业绩斐然,众望所归。则悟10年间蝉联 4 任方丈,把南普陀所有堂、殿,依唐风古韵修葺一新,他十分珍惜先师创办、培育诸多高僧大德的闽南佛学院,他说,各行各业的发展,人是根本,有人才能弘道,僧才难得,因此要特别重视佛教教育;当年妙湛法师建立的慈善基金会,近年来会员多达 7 万人,善款总数已达 1 亿元,慈善法乳,遍及全国各地特别是西部贫困地区;秉持先师"人间佛教"理念,则悟采取了一系列改革措施:诸如取消门票,文明进香,零经济、零商业、零门槛,成立义工团——来自各种行业的 7000 余名义工,不仅保障香客如过江之鲫的寺院纤尘不染,保护文物山林花鸟、维护社会治安,还把服务范围,拓展到医院、社区、公共场所;2011 年,南普陀与台湾共同发起"海峡两岸青年禅文化体验园",为两岸青年认同祖国传统文化、了解中国禅文化构筑平台;针对现代人心理压力大,南普陀去年成立了全国首家佛法辅导室,请法师作心理引导、佛法治疗;针对国家发展、科技发达、物质丰富,但信仰淡化、心灵空虚、伦理缺失,今年,南普陀提出"推行公共文明道德行为准则",以本寺作为试验田,再向全国推广;最近,南普陀又提出"以戒为师、以法为师",倡导全体僧众学戒律、讲戒律、守戒律,回归佛陀本怀,促使僧团道业日隆,从而感化众生并保持清净本心。

南普陀桩桩件件的改革、教化,兴旺的是寺庙、受益的是民众、弘扬的是人间正气、风行的是全国典范。宝刹新姿,点点滴滴,浇灌的是观音菩萨的大悲水;朝朝暮暮,操持的是则悟法师的爱民心!

国泰民安的今日,读南普陀历史,巨星辉耀,令人高山仰止、景行行止;望南普陀天空,佛光普照,令人法慧充盈、法喜充满!

2015 年 4 月 12 日写于厦门

梦中缘

——雪峰寺随笔

记得是1999年的一个春日,作为省人大代表,在参加一年一度的省两会期间,和几位友好相聚一起,谈及前一日做梦,梦中驱车出福州城,至远郊山区所在,群峰环抱,森林茂密,遥遥可望一寺沿山而筑,走近了,见寺前横亘一大片水稻田,便弃车绕田入寺。寺内古木撑天,青霜点点。有香雾氤氲,梵呗声声;有梅花、牡丹,绽放枝头。一位面目慈祥步态轻灵的清癯老僧含笑来迎,带我走过一殿又一殿……我话音未落,时任福州市政法委书记的童先生便抢先呼应:"那分明是雪峰寺了!你以前到过吗?"

我说从未去过,也不知道哪儿有寺名雪峰。众人称奇,童书记自告奋勇,说会后开车送我去梦境所在。可会议一结束便集体返厦,并未去成。此后虽有多次机会,且我与梦中曾见、果然清瘦干练的雪峰寺广霖方丈也相识多年,却一直不曾拜谒雪峰寺。

光阴如飞鸢,转眼到了2016年岁暮,有幸随省炎黄采风团来到闽侯县,方知雪峰寺就在闽侯境内。天假其便,因缘具足,我自然而然首选参访雪峰寺。此时,距离我当年梦游雪峰,春来秋往,岁月之树已划过了18个年轮。

11月18日清晨,我与寺庙所在地大湖乡的宣委相约,一起前往雪峰寺。

乡宣委告诉我,雪峰寺位于闽侯县西北雪峰山南麓,海拔900多米,山脉绵延60余里,跨闽侯、罗源、古田、闽清四县,距福州77公里。雪峰山与鼓山、旗山三山鼎峙,环抱福州,合称福州"三绝"。

雪峰山原名象骨山。雪峰寺开山祖师高僧义存(822—902年),福建省泉州人氏,俗姓曾。12岁出家,17岁受具。经"三到投子,九至洞山"的苦修以后,结庵于福州象骨山,精通佛理,德高望重,声誉广传。

五代时,闽王王审知曾问义存:"师住象骨峰,有何奇特之处?"

义存回答:"山顶暑月,犹有积雪。"

王审知便说:"这山可名雪峰!"

从此,象骨峰改名为雪峰。山势峭拔,风景绮丽的雪峰山,享有"闽越神秀""琼瑶第一峰"之美称。古人有诗赞曰:

  太华凝结素芙蓉,隔崦流云淡复浓。

  夏入伏中微觉暑,时移秋半便如冬。

  银锄错落千重岭,玉砌嵯峨百丈松。

  几度雨花台上望,光摇楼阁起霜钟。

我们沿蜿蜒山道一路盘旋而上,四周峰峦罗列如屏,地势雄奇高峻,森林郁郁苍苍,一如梦中情景。

行车约 1.5 小时方抵大湖乡。一下车,便见宏伟壮观、大气磅礴的外山门门楣上那"南方丛林第一"六个大字。穿过外山门,梦里的稻田,已化作一池波光粼粼的碧水,池里锦鲤嬉戏游弋,四周清净如禅,只有软软的冬阳和微馨的和风相伴。行百余米至内山门前,即见山门两旁站立石狮,石狮两侧各树一方赑屃驮石碑,分别是"雪峰真觉大禅师碑铭"与"雪峰崇圣禅寺碑文记"。山门正面双龙拱卫一直匾,灰底金字镌刻赵朴初先生手题墨宝"崇圣禅寺"。山门的中门楹联题:

  此地出高僧追数祖庭闽中首刹

  妙峰拟雪岭笃生宗眼天下名山

两侧分别是"指月""拈花"两个小门。我们正欣赏古寺风采,巍巍红墙里走出两位法师:一是高大魁梧的妙真师,一是朴实敦厚的照顶师,他

们代表广霖大和尚前来迎接,让我依稀如同当年老梦神游之遇。

照顶师带我游览礼佛。他说:雪峰寺又名崇圣寺,始建于唐乾符二年(875年),比鼓山涌泉寺还早建30来年,涌泉寺开山祖师神晏还是雪峰寺祖师义存的高徒呢!雪峰寺现存殿宇多为光绪年间重修,1983年,雪峰崇圣寺被列为汉族地区佛教全国重点寺院。

步入内山门,即见四株参天柳杉拔地而起,树大十围,老干虬枝,绿叶如盖,生机盎然。照顶师指着其中两株告诉我,左边是义存祖师手栽,右边是闽王王审知所植,树龄都高达1300多年了。由于年代久远,历经沧桑,一棵柳杉已经倾斜,靠钢筋水泥仿造枝干撑扶。另一棵柳杉的主干部分基本枯死,但两侧躯干却依然枝繁叶茂,上摩苍穹。另外两株柳杉为清光绪年间,雪峰寺住持达本禅师种植,亦有740多年历史,它们共同构成"柳杉奇观",成为雪峰寺的"镇寺之宝"。

我们来到大雄宝殿前庭,这里有大木球,直径1米有余,据说为义存大师所设。当年凡出家人来求法,义存大师每欲度众,便滚一球以示机锋,出家人明白,就算开悟;不明白者,就再深修。原有三球,今余一球。另有涌地金莲,花呈金色,顶端尖锐,瓣间生蕊,朵朵重叠,犹如涌出地面的金色莲花,鲜艳美丽而富有光泽,她是雪峰寺的寺花,芳名"千叶宝莲",来自云南北部金沙江干热河谷,是佛教寺院珍贵的"五树六花"之一。因木球、宝莲,寺中法堂有石刻楹联:

室滚三球,禅有机契;花开五叶,法本心传

一路辗转,行至难提塔——塔址在法堂之右,建于五代后梁开平元年(907年)。此塔为义存祖师肉身塔,祖师世寿87岁坐化,全身藏此。祖师示寂前夕,有人问他:大师何时再来?祖师留箴:"天生福地,石卵开花日,乘愿再来!"塔如圆钟,每方石上均镌一卵石,共200余颗,有石卵爆花之说。据《雪峰山志》记载,塔内有铭与序计225字,系义存自撰、王审知署名的石刻。据传,义存祖师刚圆寂后那几年,每半个月,都会托梦让徒弟下来墓里为他理发。后来战乱,只好将塔门封死。

提到祖师,照顶师满怀崇敬,他说,在中国佛教历史上,福州雪峰寺颇有名气,初落成时,有三座大雄宝殿、三座禅堂以及七座斋堂,这样的规模在南方实在少见,各地慕名皈依者3800余众,被称为江南第一丛林。南宋宁宗时,雪峰寺与杭州中天竺永祚寺、湖州万寿寺、江宁灵谷寺、苏州报恩光孝寺、奉化雪窦资圣寺、温州龙翔寺、金华宝林寺、苏州云岩寺、天台国清寺同列为"五山十刹"。

雪峰寺举国闻名,缘于开山祖师义存——唐僖宗赐其法号"真觉",从其学者,几遍全国,以后禅门沩仰、临济、曹洞、法眼、云门五大宗中的法眼、云门二宗,即出其派下,影响深广。现今雪峰寺与西门西禅寺、鼓山涌泉寺、瑞峰林阳寺及象峰崇福寺,并称福州五大禅林。

雪峰寺主要建筑物有天王殿、大雄宝殿、钟鼓楼、法堂、禅堂、客堂、藏经阁、方丈室等。寺内藏有《碛沙藏经》、印度梵文《贝叶经》和整部《频迦藏》8000余卷等珍贵经典,虔诚的顶照师陪我一一瞻仰礼拜。最精美的是大雄宝殿中来自缅甸的三世如来玉佛,庄严秀丽,栩栩如生,令人过目难忘。

更令我难忘的是寺里供奉的一尊"蓝文卿公"——我问照顶师,蓝文卿是谁?照顶师说,当年,义存祖师想在此地建庙,与当地地主蓝文卿商量,蓝文卿二话没说便把所有房屋的钥匙,都交给义存;把整座山林、全部田地和一应地面建筑物,都献给义存,自己和家人,各自背上一个背包就走了,搬到远处的蓝田村去生活。如此仗义、如此无私、如此古风的侠士,怎能叫人不由衷敬佩呢?蓝文卿公,你是真正配享人间世世代代香火供奉的菩萨!

沿寺庙中轴线一路顺坡而上，左边是留香园，据说宋初有一僧败絮百结，疮毒遍体，共处一室者不堪其恶臭，令主事者赶走他。与他邻榻的小和尚可怜他，为他送行数里，分手时，他将身上的一小块疤痂留给小和尚，小和尚也不推辞，带回僧房，没想到室内异香扑鼻，经久不息，从此，此处便称留香堂。

中轴线右边是吉祥门。入门后经百米长过道，尽头处便是雪峰寺南国牡丹园。据照顶师介绍，这片牡丹园，建于20世纪90年代中期。当时，寺庙从山东菏泽、河南洛阳引进优良品种，经精心栽培，使北国名花在雪峰寺安家落户。现在寺里有牡丹37000余株，260多个品种，每年清明、五一前后两次开花，姹紫嫣红，满园芳菲，前来礼佛赏花的善信、游客车水马龙络绎不绝。

20年来，雪峰寺一年一度举办牡丹节，并配套举办书画笔会和作品展览。数百幅名家诗、书、画作品，悬挂于大雄宝殿两侧游廊及法堂前，为千年古刹增添了文化氛围和时代气息。

雪峰寺丰富的文化内涵，源于千年历史的传承，也来自现任方丈广霖大和尚30来年含辛茹苦的创造与经营。

1961年，8岁的广霖在家乡周宁方广寺出家，后往宁德支提山华藏寺，1970年拜雪峰寺瑞森长老为师，先后任雪峰、鼓山两大丛林知客，1979年考入中国佛学院灵岩山分院深造，受具足戒于苏州西园寺，深得该寺高僧永惺长老器重并传法授记，成为天台宗第四十六代传人；另接受新加坡双林寺住持、福州西禅寺谈禅长老传授法印，成为临济正宗四十七代传人。

1984年广霖师回闽，驻锡雪峰，遂全面主持修复千年古刹雪峰崇圣禅寺，数年间，不惮劳苦，筹募巨款，精心擘画，让内外山门、天王殿、钟鼓楼、客堂、斋堂、云水堂、留香堂、文殊堂、方丈楼祖师纪念堂等二十几处建筑焕然一新,同时修复枯木庵,收回万工池,并发扬光大百丈怀海禅师"农禅并重"精神,种植绿竹、林木3000多亩,梅花千株,牡丹百亩,使雪峰寺成为南国寺庙中最大的梅园与牡丹园。

广霖大和尚也是慈善家,多年来慷慨解囊,扶贫济困,助学救灾,功德自在民间;广霖大和尚更是书画名家,文字功底深厚、书法刚劲有力富于神韵,所以,雪峰寺的魅力,不仅在于她的佛法无边普济众生;也在于她的园林滋润身心和艺术涵养性灵!

雪峰寺的建筑风格,在传统中见独特:君帽式的山墙层层叠叠,殿顶的飞檐翘翼处处彩绘,三层塔式的钟鼓楼,殿脊上的回头猛龙,屋角处蹲坐的奇异兽饰等等,均别出心裁独具一格。我走过无数寺庙,但雪峰寺留给我的记忆不同寻常!离开寺庙时,照顶师看出我几步一回头的留恋,便请我移步庙外千米左右的枯木庵,他说,那是不可多见的古迹呀!于是我们欣然前往。

枯木庵是一座建在山坡上的木建筑,庵前有一汪绿莹莹的秀水,不远处有逶迤起伏如翠绸飘逸的青山,头上阳光如锦缎,天空是透明的海蓝,美丽的乡村美丽的风景美轮美奂,加上处处梵音如风如水如心底的叹息,人在此时此地,真有不知今夕何夕之叹了!

走进庵内,见一树枯木,仅存3米多高的主干,树腹中空,可容纳10余人,里面供奉着义存祖师的金身塑像。据史籍记载,树龄已有3000余年。树腹内壁有我国现存的最古老的木刻题记,记载着闽王舍款造庵和建筑水池的史实。枯木内外还有20余段李纲等宋、元、明、清名人题刻,但历经千余年的风雨剥蚀以及"文革"时期的火烧刀砍,多已模糊不清,据当地人士介绍,大致都是追述庵史、赋咏枯木之作。这"树腹碑",是我省木雕三大奇物之一;在国内,也属独一无二的国宝。

从寺后登山,在绝顶处有一泓清泉,源流奇特,广约三尺,水口仅数

寸,能随潮汐涨落。涨潮时,涓涓流泉由四边顽石中汩汩流出;潮落时,泉水便干涸枯竭,滴水不出。此泉名"应潮泉",是名副其实的奇泉。

此行走进闽侯,想不到四处通街大衢高楼林立车水马龙气象万千一派大城景象,完全不见当年旧模样!更想不到的是——这里深山老林间的千年古刹雪峰寺,也如此重焕异彩生机勃勃随处祥光普照!国兴宗教兴,信其然也!

感恩炎黄采风闽侯之旅,圆了我朝拜雪峰的梦中梦!

2016 年 12 月 16 日于厦门

诗魂禅魄母亲山

——品读清源

不论是谁,纵使走遍天下千山万水,能时时浮上心头的,往往也就那么三山两水。我心中的两水,就是厦门的鹭江、泉州的洛阳江。我心中的三山,就是万石岩、武夷山、清源山。这种偏爱,大抵也和乡情分不开。

就山而言,我喜欢万石岩的奇峰异石、千花百卉,还有山中万石莲寺、天界寺、太平岩寺、紫云岩寺、甘露寺、白鹿洞寺、虎溪岩寺等七座梵音不断的千年古刹,以及弘一法师等高僧大德留下的行行足迹;我热爱武夷的碧水丹山、九曲行舟,还有大红袍等千古名茶;我最钟情的是清源山,我爷爷祖籍同安,从前同安县归属泉州府,我奶奶是泉州的女儿,所以,泉州也是我的故乡。清源山是泉州的母亲山,也是我的母亲山——当然,这种爱远远不止于乡恋,因为,我阅名山多多,难得有清源如许大气象大品位如许居身闹市却清雅如菊万邦来仪却谦虚如竹的山林!走进清源,是走进中国历史、走进炎黄文化,是走进诗界、走进禅境,是走进一座拥有人世大百科全书的气势宏伟的图书馆!

我来清源,最后一次是 2012 年春初。戊戌深秋,再度来游,此山已被列为国家 5A 旅游景区、国家自然与文化双遗产地了,这些桂冠,对于清源山,应该是实至名归的。

大美清源

清源山得名于一个神奇的传说:当年八仙中的铁拐李云游至此,见此山苍松翠柏,曲径通幽,一时兴起,用铁拐捅地赞叹。不料用力过猛,将拐

戳进了山石中，拔出后清泉奔涌而出，从此，人们就称该山为清源山。

清源山，海拔618米，古时也名"齐云山"，素有"闽海蓬莱第一山"之誉。那气韵酣畅飘逸的"第一山"石碑，出自北宋四大书法家之一的米芾之手，现在还留在山中妙觉岩上。

清源山水碧山青，钟灵毓秀，寺观庙宇，石雕石刻，蔚为大观。现有大型石雕7处9尊，仿木结构佛像石室3处，摩崖石刻600方，其中刻于高峰绝顶的"山海大观"，刻于涧底岩下的"潺潺流"，都是难得的石刻精品。清源山风景区，以三十六洞天，十八胜景闻名于世，其中尤以老君岩、千手岩、弥陀岩、碧霄岩、瑞象岩、虎乳泉、南台岩、清源洞、赐恩岩等为胜。

清源山，花山树海洞幽岩奇，那是外观，她的内核是"道"——她是中国最重要的道教圣地，坐落山中、题碑"老子天下第一"的唐代老君造像，历经千年风霜，依然不改东方智圣道貌岸然的神韵风采。

作为道教名山，清源山遍布道教文化遗迹，唐代有高道蔡如金、吕岩，五代南唐有谭峭，宋代有裴仙，明代有董伯华等，均在清源山留下行踪。明代大学士、书法家张瑞图，为清源山留下了"道教圣地"墨宝。历史上，清源山建有真君殿、北斗殿等十八道观，殿宇恢宏，香火鼎盛，现在还有三清殿、纯阳洞等。

除了道教，佛教、基督教、伊斯兰教、火神教、摩尼教等，都在清源山留下胜迹——我国现存最早、经由海上丝绸之路流传海外的禅宗典籍《祖堂集》，出自清源山梅岩招庆寺；闽南最早的佛教建筑延福寺，坐落于清源山景区内的九日山麓；伊斯兰教创始人穆罕默德门徒三贤沙仕谒、四贤我高仕，长眠灵山圣墓；山中弘一法师舍利塔，镌刻了一代高僧得证涅槃……因为多元宗教文化并存，清源山被称为"宗教博物馆"。

早在宋元时期，泉州就是海上丝绸之路的起航点和东方大港，作为母亲山的清源山，见证了当时万商起航、搏击沧海、闯荡天下的壮观和辉煌！

当然,以"闽海蓬莱第一山"的雄姿,清源山自然而然地承载着丰厚的历史和永不泯灭的荣光,许许多多珍贵的人文胜景,也必然成为世世代代乡思乡愁最深的烙印——其中,"闽中第一位进士"欧阳詹、四岁能诵诗书的神童王慎中,曾在这里结庐攻书;"香奁诗人"韩偓、一代名相姜公辅曾长年隐居山中;大理学家朱熹来游清源,曾题"九日山""源头活水"于山中摩崖石壁;一代名将俞大猷,少年时期曾在此读书;弘一法师在此留下"悲欣交集"遗墨;丰子恺的泪墨画也留存山中;还有无数名人传说,诸如蔡襄、李贽、郑成功、施琅、施世纶……清源山,是中国乃至世界文化遗产的一部活典。

大美清源,您儒、释、道并存,岩、泉、洞俱幽,人文荟萃、古迹斑斓,您以博大精深的文化内涵和仙风道骨的迷人灵韵,俘虏了千古世人心!

老君不老

清源山,最难忘的是老君岩。纵然每次入山,不可能诸景皆游,但老君岩却是必定拜谒之处。

老君岩造像于宋代,据《泉州府志》记载:"石像天成,好事者为略施雕琢。"寥寥数语,使之更具有神秘色彩。石像高5.63米,厚6.85米,宽8.01米,占地面积为55平方米。石像右耳垂肩,苍髯飞动,面带微笑,左手扶膝,右手凭几,食指与小指微前倾,似能弹物,背衬青山,巍然端坐,更显空山幽谷,离尘绝世。千百年来,他席地而坐,任凭"雨深衣袂生秋藓,月晓须眉带石霜",总与天地浑然一体,注视着大道清源。

老君即老子。两千多年来,老子"骑青牛西出函谷关"后的行踪,一直是千秋之谜,在漫长的历史长河中,老子的去向渺无踪迹,只有"羽化登仙"才可解释。传说中老子出关羽化云游千日之后,至清源山的罗、武两

山之下显圣,故老君岩,在明朝以前称作"羽仙岩"——虽为传说,但孔老夫子说过:"……龙,吾不能知其乘风云而上天。吾今日见老子,其犹龙邪!"因此,也只有羽化登仙一说,才符合老子神龙不见首尾的空灵飘逸。

我崇拜老子,他的《道德经》,是中国哲学史上的千古绝响。这部皇皇巨著,内容至简至易,朴实无华,大无不包,细无不入,包罗万象;内涵至深至奥,微妙玄通,囊括治国、修身、养生、自然、社会、军事种种无上妙道。老子的哲学思想和由他创立的道家学派,对中国两千多年来思想、文化的发展,产生了深远的影响。

所以,老君像前世世代代香火不绝,达官贵人、名流雅士、童叟妇孺,一年四季,挨挨挤挤,叩拜者何止千万?当年的理学大师朱熹,便常来此处云游朝觐——这,远远不止是一种宗教信仰,更重要的,还是炎黄子孙对中华民族的伟大思想伟大人文的热爱和尊崇!

老君千年,千年不老。每回相遇,我总有无数言语,与老君于相对凝眸间默默交流……

南台诗痕

南台,应该是清源山最美的地方。沿山而上,登南台,有一种"会当凌绝顶"的感觉。秀美泉州,曾经的"梯航万国、舶商云集"的"东南第一大港"泉州,若不登临南台岩,便难以领略这种山海交辉的磅礴和震撼!

"南台夕照"是扬名中外的泉州十八景之一。我到南台,正是黄昏,秋风如水,万籁俱寂。沿途绝壁摩崖,如"出岫无心"、"如此江山"、"绝壁遏云"以及俞大猷题诗:"胡然北斗宿,化石落人间。天不生奇石,谁擎万古天?"等等斗大石刻扑面而来,雄奇俊逸,令人叹为观止!

南台是儒释道三教合一和谐相处的圣地,有魁星阁、南台寺、三清殿等三教寺观。传说古代上京赶考的学子,只要到南台魁星阁拜五夫子图,就能取得好成绩,于是绵延至今,每逢高考前夕,不少学生家长依然趋之若鹜。

我瞻仰了观音菩萨、魁星和太上老君之后,至南台阁,拜见"世纪福钟"——五千斤巨钟,饰以铭文以及龙、凤、狮、牛、鹤等,真是古韵盎然、气象万千!陪同我上山的清源山管委会工作人员小林说,每逢佳节,就会响起古老的钟声。我想,在长风浩荡的清源山上,在绝顶南台,那清音远扬的悠悠钟声,便是母亲山对故乡儿女的深深祝福、对远方游子的声声呼唤!

我到南台最高处的撷云亭,俯瞰远处江如玉带,那是故乡的母亲河晋江;近处西湖,一派浓绿浅翠秋光如画;放眼四周,高楼林立,车如流水,市井繁华,古城一片欣欣向荣!

此刻,一轮夕阳,如同无比硕大的金橘,冉冉地悬浮天边,清源山和整座城池,都变成了黄金宫殿,那一种神奇美艳,如诗如童话!央视著名主持人白岩松来过清源山后,曾经说过:"美丽的泉州,如同清源山,并不高大,但内涵丰富、魅力非凡。这是一个低调的城市!这是一个一生一定要来一次的城市!"

提到南台,不能不提到晚唐五代诗人韩偓。韩偓,陕西西安人,十岁能诗,其姨父李商隐曾专门作诗赞赏他:"十岁裁诗走马成,冷灰残烛动离情。桐花万里丹山路,雏凤清于老凤声。"

天祐三年(公元906年),韩偓到达福州,投靠威武节度使王审知;乾化元年(公元911年),受泉州刺史王审邦延请,定居于南安丰州招贤院内。不久,韩偓结交了一位肝胆相照的好友傅实,傅实在九日山莲花湖畔建庐让韩偓隐居。韩偓十分喜欢九日山风景,并曾登上清源山南台岩,激情满怀地写下流传至今的《登南台岩》:

无奈离肠九日回,强摅怀抱立高台。

中华地向城边尽,外国云从岛上来。

四序有花长见雨,一冬无雪却闻雷。

日宫紫气生冠冕,试望扶桑病眼开。

后梁龙德三年(923年),韩偓病逝,傅实遵照他生前遗愿,将他安葬在九日山东北角的葵山南麓。千年之后,对韩偓的诗才和品行都深为景仰的弘一法师路过此处,特来拜谒,见墓碑残破,还带头倡议重修了韩偓墓。

所以,南台——风声、雨声、钟声、读书声、梵呗声、鸟鸣声、花开声,声声,都是诗音诗痕!

悲欣交集

弘一大师是我平生最为敬重的精神大师。他的一生,与闽南缘分深厚,其中一段缘,就放在清源山。

重访清源,我自然要去拜见弘一大师的舍利塔。

安放大师舍利子的灵骨塔,坐落在清源山腰,那是一座闽南风格的石构仿木建筑,内壁上嵌有大师爱徒丰子恺和泪研墨所作的"弘一律师遗像",塔顶是蜘蛛结网式的八角藻井,朴素又不失华丽,就像弘一大师的一生,绚烂之极,又归于平淡。

晚风中,抬头仰望舍利塔前巨石上大师的最后遗墨——"悲欣交集",仿佛隐约听到他创作的"长城外,古道边,芳草碧连天……"的歌曲缭绕耳畔,有千般感受,涌上心头!

大师生前,曾经表示,他与清源,颇为有缘——

1938年,弘一法师为泉州著名思想家李贽画像题词时赞道:"由儒入释,悟彻禅机,清源毓秀,万古崔巍",并常吟诵韩偓赞美清源山的诗句:"四序有花常见雨,一冬无雪却闻雷。"

1939年春天,因常常想起元代诗人契玉立《咏清源洞》诗句:"泉南佛国几千界,闽海蓬莱第一山",素来凡事随缘的弘一法师认为机缘已到,便萌生了前往清源山之心,并于1939年2月起身赴清源山小住。

寓居清源山期间,弘一法师经常在山巅极目远眺,并向陪伴他的南台岩僧人表示:清源山"其地优美,适于养静",时时流露出对清源山的喜爱和留恋。那时,清源洞的住持元前法师和南台岩僧人,对弘一法师极其恭谨且照顾周到,让弘一法师深感温暖和惬意。

1942年,弘一法师荼毗后,所得舍利子也部分留存于清源山弥陀岩,与他生前喜爱的清风明月、幽谷梵音朝夕相伴。

清源山,与三山五岳相比,您没有拔地而起、"刺破青天锷未残"的奇峰峻岭,也没有从天而降、"飞流直下三千尺"的巨瀑奔泉,然而,您有启迪千古人心的厚重文化,您有"老子天下第一"的老君岩,自然而然地,您在名山之列!

爱您,清源山——母亲山!爱您的诗魂,爱您的禅魄,爱您数不尽的传奇与故事,爱您读不完的哲理与智慧,爱您岁月静好时的妩媚与祥和,爱您有风有雨时的浩气与担当!

清源山,您是参天大树,品读您,每一回,只能是一枝一叶,读不尽的清源山,与您告别,一步一回眸……

清源山,与您相约,明年再来!

2019年7月写于厦门

梵音袅袅寄幽思

又是秋雨潇潇时节,至厦门郊区梵天寺,古佛蔼蔼,香烟冉冉,梵音依依,山鸟乱啼,红莲含苞吐艳,紫燕来觅旧巢,空门无埃,净地有禅。风吹树影,一袭驼色袈裟飘然而来,窃以为法师又欣然来迎,待定神注视,却已缥缈无踪。呵,屈指一算,故人往生,转眼已是五载,虽人天永隔,但心息相通,竟一如法师在世之日。

结缘之初已成莫逆

我与法师,初识于四十年前。1968年春,正是"文革"期间,我滞留母校厦门大学等待毕业分配。一日,同窗友好颜立水先生邀我作故乡同安游,并告我同安县有大轮山,山下有梵天寺,寺中有当家老僧,法号厚学,拟带我拜会,于是同往。同安距厦门七十里许,是时大轮山梵天寺一带,已被辟为县革委会机关农场,而厚学师也被"下放"为放牛郎,栖身破庙之中,每日与牛相伴。我们沿田间小径蜿蜒而上,至半山腰,远远望见一年约五十的老者,头戴竹笠,身披短褂,脚穿草鞋,拿着叉子低着头,大概是在拣牛粪,旁边跟着三头黄牛。立水将巴掌卷成筒状,用闽南话扬声叫道:"当家师,有客人来了!"

老僧往下一看,朗声回应:"我把牛系好就来!"

于是,厚学师拉过牛鼻,将牛绳系于古树上,便健步如飞地赶下山来,带我们到寺里破旧的斋堂,顾不得一身汗水淋漓,忙取暖壶倒开水泡茶,见那茶色莹黄鲜嫩,不像一般茶叶,我还未垂询,法师已热情介绍:"这是本寺特产。院子里有几株老桂，每年秋天，将桂花收下晾干，加冰糖密封起来，就成了桂花茶。"

抿一口清茶，果然花香袭人，余甘满口。在那人妖颠倒的年代，法师尚有如此淡定的情怀和与自然交融的雅趣，令我钦服！

是日中午，法师留膳，无非粗瓷大碗，山蔬野果。法师陶陶然，谈及梵天始建于隋朝，为八闽最古老的寺庙，原名兴教寺，有庵七十二，宋熙宁二年（公元1069年）改名梵天禅寺，朱熹曾题其法堂："神光不灭，万古徽钦。"元代毁于火，明洪武十三年无为僧重修，有金光殿、天王殿、大雄宝殿、法堂、文公书院、仰止亭、魁星阁、钟鼓楼等建筑群落，气派恢宏，蔚为壮观。千年以往，高僧辈出，雅士云集，香烟不断。唐代黄檗、慧日；五代道丕、观志；明代无为、法相；清代实韬、无疑；现代会泉、会机诸高僧名师，均先后主持该寺，弘一法师也曾云屦涉足，故而梵天寺声名远播。1918年，军阀张树成纵火，殿堂焚烧大半。"文革"开始，幸存的古建筑又被破坏殆尽。说到此处，法师无限感伤："原来庙里大佛顶天立地，据说当年佛手指掉下一小节，请工匠来修，竟用了满满一簸箕土，你看那佛祖有多高大！可惜呵，一破四旧，一帮造反派用绳子套住佛头，硬是拉倒毁弃了！"

说话间，厚学师提到寺庙后山上有紫阳书院，是后人为纪念当年在同安当主簿的大理学家朱熹而建的；传说乾隆皇帝下江南，也曾在庙后山崖留下碑铭石刻；新中国成立后，担任东海舰队司令、交通部部长的厦门同安新店人氏彭德清将军，新中国成立前在附近从事地下党工作时被捕，潜逃出狱后，为躲避敌人追捕，也曾跑到梵天寺金刚宝殿。当时，就是厚学师为他敲掉脚铐，让他远走高飞。

问及法师家山何处，答曰厦门鼓浪屿，俗家姓洪，名德操，十三岁出家，属童子僧。信马由缰，拉杂谈来，已是日影西斜。破庙握别，我与颜立水已步出数十米，回头一望，犹见法师，拱手肃立，相送于山门之外。

积沙成塔重修古刹

再与法师相见，竟是我江南塞北飘萍转絮归来的 20 年后。1988 年春桃红柳绿季节，我与新加坡华侨、同乡纪甲城夫妇同游梵天寺。此刻已是拨乱反正，法师也年逾古稀，容颜依然清癯、身骨依然硬朗，只是身披袈裟，手持念珠，慈眉善目，已非当年放牛模样。深深唱喏一声"阿弥陀佛"之后，法师相待依然是当年的桂花茶。只是法师居处，依然并非梵天本寺，而是位于古刹旧址之旁、昔日七十二庵堂之一的小庙龙山寺，庙里的佛殿连同功德堂，拢共不足 60 平方米。问及别来境遇，法师款款道来——

"文革"间，经有关部门批准，县公安局拆掉金刚宝殿、大雄宝殿和天王殿旧基，占用梵天寺方圆 40 多亩土地改建监狱。从此，古寺遭到彻底破坏。"1976 年，毁大殿建监狱时，有一柱中梁，是非常难得的栋梁之材，我再三请求留下，待以后有机会修庙时使用，可惜无人采纳我的意见，结果被犯人锯成几段了！"

说至此，法师吁嘘，以袖拂泪。又谈及当时周围农民，一群群跑到寺庙四周挖山打石，是时法师只不过是个养牛郎，形同"劳改犯"，虽一再呼吁，谁人理他？法师便告到时任副县长的蔡景祥那儿，蔡亲自上山没收了挖山人的凿子，才保住了大轮山那一片山林水土。

法师又说，梵天寺信众遍及海内外，"文革"后，前来问津者源源不绝，也有檀越布施，诸如侨领陈嘉庚先生之侄孙陈文峰居士，出资修缮紫阳书院；新加坡华侨纪甲城先生解囊重建山门等等。

"但毕竟旧时的梵天，如今已是高墙铁网，重门深锁，何年何月，才能古刹重兴、香火再续？"说罢，法师仰天长叹！

我心凄然,默默而返。

是年,因工作之需,我被调任市人大侨务外事委员会,分管侨、港、澳、台、外事、宗教、民族、旅游工作。上任之后,我即着手研究国家宗教政策和梵天寺历史沿革,从而了解"尊重和保护宗教信仰自由,是党对宗教问题的基本政策。这是一项长期政策,是一直要贯彻到将来宗教自然消亡的时候为止的政策",以及"'文化大革命'期间被占用的教堂、寺庙、道观,及其附属房屋,属于对内对外工作需要继续开放者,应退还各教使用"等党的政策。又从调查中得知,据不完全统计,祖籍同安的台湾同胞有300多万人,祖籍同安分布世界各地的海外华人,华侨有20余万人。自1980年以来,许多港澳台同胞、海外华人、侨胞,迫切要求归还梵天寺旧址;历届人大代表、政协委员也多次提出议案或提案,要求尽快归还和修复梵天寺,以落实党的宗教政策。然而,行将十载,政府两度换届,法师的夙愿,人民的呼声,依然束之高阁。

1991年春,人民代表大会期间,我邀集同安代表团黄水珍、陈昆元、刘水在等36名人民代表,共同提出"关于归还并修复梵天寺,落实党的宗教政策,保护历史文化古迹"议案,该议案在200余件议案、建议中几经遴选脱颖而出,成为当年大会上被选中的五件议案之首,民意之高,可想而知。经大会主席团讨论决定,将此议案交由我侨务外事委员会办理、审议。在我的上司、市人大常委会主任王金水先生的支持和市委、市政府领导的关心下,我委会同市、县两级党、政各相关部门诸如公安局、统战部、宗教局、计委、财政局等等,做了大量调查研究协调工作,多次召开人民代表座谈视察,努力争取省宗教局配合,积极引进海内外捐赠,并在全国政协副主席、中国佛教协会会长赵朴初先生访闽时,抓住机遇反映情况获得支持和鼓励。从此,越过无数难关,历尽千辛万苦,前后八年,横跨两届人大,终于易地盖起新监狱,拆了老监狱,归还了古庙旧址,并在旧址废墟

上，重建起一座金碧辉煌的梵天寺——开光之日，各界要人、诸山长老光临随喜何止千人？前来参观的善信和百姓，更是万人空巷，成为千古盛事！

漫漫八度春秋，为了不负人民重托、认真办好"重修梵天寺"议案，我曾数百次奔走于厦门同安之间。日日月月、岁岁年年，我与法师，有过许许多多难忘的交往，因此，我深深理解，对古寺的修复，最欣慰交加的人是法师，最操劳不尽寐寝食不宁的人也是法师。新修后的梵天寺——这样一座拥有金刚殿、天王殿、大雄宝殿、观音殿、法堂、钟鼓楼、两廊配殿以及周围配套设施等方圆144亩的宏伟建筑群，耗资3800万元而未动用国家一分钱，其间的一沙一石、一砖一瓦，莫不是法师无日无夜茹苦含辛化缘而来。

记得法师第一次出国到新加坡——新加坡是同安籍华侨最多的地方，听说法师为修庙结缘而来，乡亲们纷纷自愿解囊，一下子就集中了数十万坡币。因为捐款都是现金，法师怕丢失，每日出门，必再三叮嘱旅馆服务生："我把钱放在枕头下，你要帮我照看好！"幸亏新加坡是法治社会，加上该服务生为人厚道，否则法师之举，岂不等于开门揖盗？但老人对这一份民众财修庙款的呵护和珍重，由此可见一斑！

修复梵天寺的喜讯传出，海内外善信及广大妇孺百姓，无不举手加额奔走相告。凡来助缘者，少则三元五元，多则百万元以上，法师均一一汇集存入银行户头妥善管理，一丝一毫不敢疏忽。法师不仅虔诚事佛慈悲为怀，吸引了结缘者络绎不绝；老人还擅长地理风水及预卜人生，慕名而来者更是趋之若鹜。多年来，供养法师个人的钱财何止千万？但法师不曾一分钱落入个人口袋。法师用他的福慧赢得的每一个"利是"（红包），全部交给手下人登记在册存入银行，然后定期在寺内张榜公布。以拥有金钱而论，老人可谓富翁和尚，他圆寂之后，留存银行的款项，还有一千六百多万！但法师每日饮食，千篇一律是粥饭就腐乳、破布籽和青菜；穿戴呢，只有上堂礼佛或做法会，才披上袈裟。平时，夏天一套苎麻衣褂，冬天一领棉布夹袍，往往洗得十分陈旧，分不清原色是灰是白，领口袖口破损，还打上补丁。腊月时节，有时寒流来袭，老人冻得耳红鼻紫，却始终舍不得买一件羊毛衣。有一回，一位香客看了心中不忍，送来一件新棉毛衫，老人对我说："穿上它暖和多了，咳嗽也少了些！"言者欣欣然，闻者却心酸！

　　法师七十三岁那一年年底，一次病中，我去探望他，他神情凄清地自言自语："算算自己的寿元，也就是活到七十七岁。闭眼之前不知能不能看到寺庙落成，叫人心里怎能不着急？"

　　我忙安慰老人家："法师尽管放心，梵天寺不修好，菩萨不会放您回去的！依我看，您还可以享受一个生肖轮回至少十二个年头呢！"

　　老人听了，病情似乎一下子减轻了不少。

　　老人患有肺结核，时时咳嗽，又常年胃肠不适，每日与药为友。以其衰朽之年，一般人大抵需晚辈定省晨昏照顾起居，而法师为修复大庙，完全置个人疾苦于度外，烈日一顶竹笠，雨天一把油伞，无论寒冬炎暑，终日辗转工地上。有一晚，寺里给我打来电话，告我法师病重却不肯住院就医，让我劝劝他。我立即与友人郭先生相约连夜驱车同安。无奈任凭我等死劝，法师放不下修庙工程，就是不上医院。情急之下，郭先生单膝下跪恳切相求，法师万般无奈，次日才到厦门住院。在修建寺庙的全过程中，法师无论巨细，事必躬身。从停车场、公厕到山门拦路设卡等等看似微小办理起来却是万难的问题，一一锲而不舍地向上反映，直到解决为止；从建筑质量、进度到开支等等大事小事杂事，一一不厌其烦地与工头、工人讨论争执讨价还价，直到满意为止。

　　在经济大潮的冲击下，许多宗教场所也未能免俗，全国处处，不收门

票的寺庙相当罕见。梵天寺落成后，法师本着"取之于民，用之于民"的原则，一律不收门票。因此，寻常时光，寺里人气兴旺，香火鼎盛；节假日里，更是车水马龙，人潮如涌。除信众外，上至中央省市下至民间乡下——党、政、军、工、农、学、商，各界头面人物名家雅士文人墨客以及引车卖浆者流，前来瞻仰古刹拜会法师者，每年均有数十万人次。

法师的可敬可佩之处，在于他的大本色。他是真正的出世，平生布衣芒履，诵经礼佛，普度众生，甘心忍受清寒寂寞老病交加，无欲无求于人世；法师的可歌可颂之处，在于他的不平凡。为了心中的信仰，为了国泰民安、人间和平，他情愿步入滚滚红尘，节衣缩食、夙兴夜寐，用饱尝艰辛的三千个朝朝暮暮，无怨无悔地成就了弘扬国运修复古刹这一番丰功伟业。因此，他是真正的入世。梵天重光，固然因时逢太平盛世，各级领导关怀，但与法师的大慈悲大智慧大作为也密不可分。正因为有了法师的锲而不舍、至诚无我的高风亮节的感召，才有了万千民众的聚沙成塔集腋成裘众志成城，才有了千年古迹重返人间的脍炙人口的传奇。

坐而论道感化世俗

从20世纪80年代末至法师圆寂前的十五年间，春晨秋夕，时与法师过从中，除商讨修建梵天寺大小事宜及日常事务之外，我也有幸亲聆法师许多教诲，尤其是关于佛学的教义和人世的教化，从而丰富了我的人生也给了我受用不尽的福慧和启迪。

法师的言谈，总是深入浅出。宗教工作是我的工作范围之一，有一回，我请教法师，什么是"菩提心"？法师指着桌上的一盏莲花灯，缓缓地说："如果有人提一盏灯，走到暗室去，将光明驱散黑暗，这个提灯的人，就是发菩提心的人。持这一份大光明炬的智心，就是菩提心！"

我又请教法师,凡人与菩萨有什么区别?法师答:"'菩萨'二字是梵音,本义就是觉悟众生。一个发了菩提心的人,当下就可以尊称他为菩萨。是凡人还是菩萨,就看他是否发菩提心!"

随后,法师还与我交谈了佛教五宗——禅、教、律、密、净的教义和区别。听罢,我便有一种顿悟的感觉——其实,现实与空明、人间与神界,有一条道路可以相通,这条路,就是行善除恶。佛教的教义,应该也在于此。

法师八十二岁那年,一次,我上梵天寺,见一老妇正磕头如捣蒜,哀哀哭求菩萨保佑儿疾早愈,法师站立一旁,摇摇头不胜感慨:"我入佛门,也有七十个年头了,各种香客,见过何止万千?从来都是父母为儿女祷告的多,儿女为父母祈求的少呵!"

是日中午进斋时,法师意犹未尽:"现在,城里都是独生子女,生活条件好了,不少孩子聪明有余,爱心不足,衣来伸手,饭来张口,把父母当成钱柜和奴仆,不懂什么叫孝心!这些人再不好好教育,将来的家庭伦理、社会公德就很叫人担忧了!"

老人由此谈到"孝"——法师一向非常推崇孝道。他老人家虽自幼栖身佛门,但几十年间,从不忘母亲祭日。即使到了耄耋之年,每逢母祭日,他也都设供祭拜。他说:"古人把父母的恩德,比同天高地厚,人能孝顺父母,就是好人!一个人连父母都不孝敬,还能对国家'忠',对朋友'义'吗?"

法师告诉我:"不要溺爱孩子,宠猪毁灶,宠儿不孝。子女不教,父母之过。想想,人在初生之时,一刻也离不得父母;半载周岁,认得人的面目,在父母怀中便喜,若别人抱去便啼;自三四岁至十四五岁,饥向父母要食,寒向父母要衣;做父母的见儿嬉则喜,见儿哭则忧;自己未曾吃饭,先怕孩子肚饥;自己未曾穿衣,先怕孩子寒冷。时时防儿有病,事事求儿平安。待到长大,为他延师教授,不惜金钱;定亲婚娶,多费资财。盼他立志

成人,望他兴家治业。若是孩子有了疾病,父母日夜焦心,求医问药,衣不解带,恨不得将身替代。若是孩子远行,父母白日牵肠挂肚,夜晚睡梦难安,明知眼前无法归来,依然时时倚门而望。一生一世,经营计划,哪一件不是为儿女着想?若教得孩子有几分人样,父母便无限欢喜;若孩子不成器,便死不瞑目。及至儿女年长,父母也日渐衰老,如此深恩,急图报答,犹恐不及万一,作为儿女,能不及早孝顺吗?"

法师又说,人如不知父母恩情,就想想自己抚养儿女的辛劳;人若不懂父母的期待,就想想自己责成儿女的心肠!常言道:"积谷防荒,养儿防老。"父母受了千般辛苦,也只是指望儿女孝顺,有个后望。

"我看今世的人,将父母生你养你、供你教育,为你婚配,都像是应尽的义务,所以不懂孝顺。试看那乌鸦也晓得反哺,羔羊也知道跪乳,禽兽倘能报本,人若不知孝顺,就连禽兽都不如了!"

法师一席话,令我如醍醐灌顶,无论从为人子的立场,还是从为人母的角度,都受益深深。法师行道数十年,教化广泽苍生,在纯洁人世心灵,净化社会空气,弘扬传统美德诸多方面,发挥了常人难以取代的作用!

泉壤永隔不尽哀思

法师体质素弱,疾病不断,那是长期过度操劳,加上素食营养不足入不敷出所致。但几十年青灯古佛晨钟暮鼓的修炼,法师却颐养得神清气爽,智慧超人。即便过了高寿八十有四,依然眼不花、耳不聋、腰板直、记性极好。且法师虽身在空门,但心系民众,又绝非化外之人。他每日看电视新闻,读报刊文件,又与社会各阶层接触频繁,因此,国内外大事,从两伊战争到美国双子星座被毁,从高峰决策到街谈巷议,他无不了然于心!于是,见人间丑恶,则义愤填膺;见洪涝旱灾,则求神祈天;见孤寡贫寒,则援之以臂；人有疑难，他以他的大智慧，为之排忧解难；天有横灾，他以他的大慈悲，为世界祈祷和平。因此，法师往往无暇顾及自己，病虽缠身，但并不伤身，有时一场大病下来，明明只剩游丝一线，过了几日，只要能勉强进餐，他又挣扎而起，为众生继续奔波。因此，法师在我心中，与死亡无缘！

那年夏天，法师肺病转剧，饮食不佳，人也明显消瘦。七八月间，我时时去同安看望，他心里事事明白，交谈间，依然思路清晰、言语有序。我总以为，不过是老人过分劳神、气脉不足所至，当无大碍，再三至嘱法师身边侍者，认真照顾老人就医服药，少让外界再来叨扰。入九月秋风起，法师身体便一日不如一日，寺中人等一再劝他住院治疗，法师始终不肯。我到身旁苦劝，法师握住我的手，低声说："日前，我做了个梦，菩萨告诉我，我的护法神走了。过了农历八月十五，病能好就好了；不好，也是命数，不必强求的！"

歇了一会，又说："我不离开佛庙，离开了就回不来了，所以，我不去医院。当年，南普陀的妙湛方丈和觉星法师，都是去了医院就再也没回寺庙！"

由于善信的好意，最后还是把法师送去住院。我再一次见到法师，是公历9月20日，在厦门中医院。当时我正准备公务出访，行前赶到病房，见法师气色红润，神情清朗，心中不胜欣慰。我告诉法师已一一吩咐医护人员，当会好好照顾他，我将远行出差，待归来，再来陪他出院。法师点点头抬抬手，微笑着说："你放心去吧！不用挂心。"

我握住法师的手，帮他掖了掖被子，一步一回头地离开了病房。

9月22日，我随同厦门市政府代表团出访新西兰。24日，我从奥克兰打电话回来询问法师病况，都说正常。26日在惠灵顿，又打电话回厦探询，完全意料之外，临行前神采清和的法师，在我心底与死无缘的法师，

竟然已于25日深夜,悄然圆寂于医院,享年八十五岁。想不到数日前家乡一握,竟成永诀!一代高僧,转眼灰飞烟灭!我彻夜难眠,在遥远的大洋彼岸,我以泪和墨,为厚学师写下了一副冠头联:

厚积德薄享受天涯作客痛哉斯人已乘黄鹤去
学佛法济众生廿载相知悲矣吾师何日再归来

我在案头,供上净水清花,把挽联,一字字折成纸鹤,朝北仰望苍穹,伴随哀思苦泪,焚化它们——在异地他乡、在如诗如画的新西兰,让它们为法师往生送行!

异国来归,重游梵天,庙宇依旧、灵佛依旧,大轮山绚丽秋光依旧。然而,故人已逝,物是人非,只有古寺旁的双狮无言地诉说、诉说着历历往事;只有庙檐前的风铃轻轻地呼唤、呼唤着法师魂兮归来!

所幸梵天后继有人——法师往生之后,青年弟子长净接其衣钵,五年间,薪火相传,法事有序,厚学师灵骨白塔伫立蓝天之下,各路僧尼善信海内外香客又纷至沓来,法师有知,当含笑于仙台!只是人们对法师的思念,永永远远,如清风、如流泉、如木鱼声声、如梵音不息……

2008年10月20日写于厦门

翔安撷翠
——兼说马塘村

远树暖阡阡,生烟纷漠漠。鱼戏新荷动,鸟散余花落。

——谢朓《游东田》

花褪残红青杏小,燕子飞时,绿水人家绕。

——苏轼《蝶恋花·春景》

我的乡村情怀,与生俱来。

少年时代,我家住在新加坡直落亚逸,它在巴塔山的山脚下,靠近新港的地方。那时候,新加坡城镇的郊外,有着非常美丽的种植园,栽种着胡椒、咖啡;生长着椰子、橡胶。一片片的丁香和豆蔻,终年婆娑着碧绿的叶子,结着十分可爱的鲜红和淡黄的果实。当然,还有甘蜜园和阿答厝温暖的夜、扑朔迷离叫人浮想联翩的彩色灯火,那一种东南亚乡间风情,让我至今难忘!当时,我曾问父亲,故乡的村庄,也是这般模样?父亲拿了唐诗,给我吟诵了孟浩然《过故人庄》:"故人具鸡黍,邀我至田家。绿树村边合,青山郭外斜。开轩面场圃,把酒话桑麻。待到重阳日,还来就菊花!"然后款款地对我说,就是这般模样!于是,我的心中,对古朴醇厚的祖国家园,便有了深深的眷念!

后来,我看了不少19世纪末欧洲的乡村电影,诸如《简·爱》《苔丝》《霍德华庄园》《基督山伯爵》《包法利夫人》《茜茜公主》《茶花女》《呼啸山庄》等等,那欧洲四季的乡间景色,真是妙不可言——无垠的田野和牧场,没有人工雕琢的痕迹;疏落的五颜六色的农舍,错落有致如同积木;农舍背后是绿色的草原,有成群绵羊徜徉其间,有二三奶牛悠然踱步,草原后

面隐约可见山峦起伏;不远处,有美丽的河流,河边不时有一家大小带着狗狗散步,绿色的草丛里偶尔会蹦出野兔;夏天里有成群秀丽的天鹅、水鸭和五彩斑斓的鸟儿,人和动物融洽相处;晚上可以看到萤火虫,看到满天繁星,有时甚至还会看到划过夜空的流星……后来,我走过了许多国家,异域数不尽的乡村风景,也令我倾心不已。

然而,当我回到家乡,那是 20 世纪 60 年代,触目所及的农村,到处贫穷、落后、肮脏,与当年心中诗情画意的乡村判若天壤。

厦门郊区翔安,从前属于同安,同安是我真正的故乡。我对故乡的挚爱,那是血浓于水的情缘。可是,那风头水尾、土薄地瘠的翔安,乡亲多数生计困顿度日艰难。我的一位生于翔安乡下的姨妈,就因为贫病交加无力治疗,年轻轻地便离开人间,至今想来,令人心酸!

岁月如轮,转眼五十春。经过拨乱反正,经过改革开放,经过几任父母官和翔安儿女披星戴月、叱咤风云的拼搏奋斗,如今的翔安,真是"天翻地覆慨而慷":当年的乡间小路,被海西第一大道——翔安大道取代,那是厦门乃至全省最宽阔的道路;国内首条海底隧道——翔安隧道,把厦门至翔安将近 2 小时车程缩短到 15 分钟;全国唯一经国务院批准设立的翔安大嶝对台小额商品交易市场,已经成为海峡两岸的大客厅,每日迎来五湖四海无数宾朋;拥有多家产值超百亿大型企业的翔安火炬高新园区,撑起一座世界级光电产业基地;比厦门大学本部更加开阔壮观的厦大翔安校区,几十栋教学、科研大楼巍然屹立在蓝天白云之下;现代化、气象万千的翔安新城正悄然崛起,从此结束了厦门东部有区无城的历史……

翔安乡村的巨大变化,也令人叹为观止!就说昔日的边陲小镇新圩吧,这是同安原住民的家园,当年的沉寂荒芜、民不聊生已淡入旧梦。今日,宽敞笔直的新曦大道,人流如潮的闽南风情街,古色古香的建筑群落,如诗如画的小桥流水,绿树葱郁的闽南非遗文化公园,新颖美观鳞次栉比的工业园区厂房,还有脍炙人口的"嫂子、汉子、孩子"三子文化品牌……这一件件亮丽的新装,为新圩这历经人世三百载风霜的古镇,完成了令人刻骨铭心的华丽转身!2011年,"新圩小城镇建设"名列全省第一,赢得了闻名遐迩的"海岛鼓浪屿,乡村新圩镇"美誉!

在新圩农村,最令人难以忘怀的是马塘。地处厦门东北角、三面靠山的马塘村,昔日是一个只有九间半破旧农舍的山沟小村,人口稀少,交通闭塞,土地贫瘠,灯不明,路难行,水奇缺,人称"瘦马塘"。马塘人长年累月面朝黄土背朝天地辛苦劳作,依然过着"地瓜当主粮、鸡鸭换油盐"的难度温饱的日月。大部分青年到了婚龄成不了家,全村80%的农户抱养童养媳。四乡八里流传着"有钱不借马塘人,有女不嫁马塘郎"。

如今的马塘,山坡碧绿、果树成荫;村道宽敞,芳草茵茵;家家别墅,五彩缤纷;户户轿车,宝马奔驰;曲径通幽,花香鸟语;佳侣双双,人丁兴旺;乡人相亲,如兄如弟,置身其中,犹如走进现代化休闲旅游度假村。

马塘的前世今生,让你有恍同隔世之感!

时逢盛世,有志气的马塘人穷则思变。

1985年,村民陈清渊和哥哥陈清水等几位有志青年,一起筹措资金3万元,因地制宜,利用当地水果资源,创办起翔安第一家村庄罐头厂——新圩兴华罐头厂。工厂的注册商标是"奔马",他们希望马塘村这匹马儿奔腾起来,从此脱掉赤贫的帽子。没有技术,他们带着干粮到晋江罐头厂去学艺;没有厂房,他们用竹篾自行搭建;没有水,冒着严寒亲自去挖井;没有电,自己买发动机;路不通,用大车盘小车的方法,把罐头原料一车车往村里拉;没有水源,村书记陈清渊带领村民,从12公里以外的古宅水库引水进马塘;没有道路,就与邻村换地,劈开山坡,填平沟坎,修建了一条800多米的进村水泥路……他们不等不靠,自力更生,取得了当年投产当年收益的骄人业绩,实现了马塘村工业零的突破。

1990年，马塘村与新加坡华侨黄福华以及厦门外贸粮油食品进口公司合资，在兴华厂的基础上，创办了中外合资同茂食品罐头有限公司，同茂公司逐年增资扩产，成了带动全村经济发展的支柱。后来，马塘村又与我国港台地区乃至澳洲合资，兴办了兴茂矿泉饮料有限公司、吉富实业有限公司、银鹭食品有限公司、吉原企业有限公司，并于2000年组建成立了今天海内外赫赫有名的厦门银鹭集团。

银鹭工业园区，拥有员工7000多人，工厂宏伟壮丽、高楼林立，园林式的厂区优雅明净，令人赏心悦目。如今的银鹭，已发展成为福建省乃至全国最大的食品饮料生产基地之一。银鹭商标先后被认定为厦门市、福建省著名商标、全国重点保护商标。银鹭集团先后荣获农业产业化国家重点龙头企业、中国罐头工业十强。到2006年底，马塘村所在银鹭工业园区，年产值已突破20亿元大关，创利税近6000万元。

马塘村带头人始终坚持"以工兴村"的宗旨，因此，短短20多年，马塘村闯出了一条"以工带农、共同致富"的崭新道路。随着经济起飞，马塘村的名字开始走出翔安，走出厦门，走向全国。1995年，马塘村被评为"全国乡镇企业环境保护先进单位"；1996年，被评为厦门市"亿元村"；1997年，被省委授予"先进基层党组织"；1998年，被中组部授予"全国农村基层组织建设工作先进党支部"；1999年，被中央文明委评为"全国创建文明村镇工作先进单位"；2005年，被中央文明委授予"全国文明村镇"称号。

如今，名声远扬的马塘村，已基本实现"七化"：住房别墅化、道路水泥化、通信程控化、用水自来化、照明电气化、村庄园林化、厕所卫生化。成为布局合理、交通便利、设施配套、环境优美的现代化"都市"新农村。

几年来，马塘村社会治安稳定，邻里团结和睦。群众安居乐业，村风民风淳朴，基本做到"夜不闭户，路不拾遗"。于是，当初的"瘦马塘"今天的"金马塘",已然无可争议地拥有"福建第一村"的桂冠!

当然,对于众目睽睽的明星,光荣永远属于过去。"路漫漫其修远兮,吾将上下而求索",站立潮头的马塘人,又开始了新的征程——企业经营方面,在现有的马塘工业园区的基础上,正规划生态、园林型的厦门银鹭高科技园区,采取"高科技、规模化、重市场"三大措施和实施"人才、科技、名牌"的可持续发展战略,实行"以商引商,以资引资"及"产、学、研"相结合,继续扩大科技园区的开发和建设;新村建设方面,随着乡村人口的增加、新建房屋的需求迫在眉睫,环境的改善、道路的维修势在必行。今天的马塘人,正着力建设银鹭山庄二期工程、休闲主题公园、人工湖、新别墅区、二环路等等,并进一步改造乡村路面、开展大规模绿化……未来的马塘村,将成为一个集现代工业、农果观光、民俗风情、别墅山庄为一体的现代化多功能的社会主义新农村。

迷人的马塘村,在这里,我见到了中西合璧富足宁静的美丽村庄,见到了工农商学交融生机勃勃的兴旺日月,见到了父老乡亲悠然自得安居乐业的幸福容颜!多少年来,可爱的马塘村,每回涉足,总让我扬眉吐气;每回离去,总叫我依依回首!她是堂堂故乡人的骄傲,她是中国乡村的自豪!今天,党的十八大春风,吹遍祖国的山山水水,习总书记提出了"建设美丽中国"的美好目标,马塘,你就是"美丽中国"的先行者,你就是"美丽中国"里一朵美丽的花!

当然,作为故乡之子,对于马塘村,我还有更深的期待——据我所知,有一位中国规划师背上行囊,奔赴法国、英国、葡萄牙、意大利等10个欧洲发达国家,历时3个月,对100个村庄进行调查。在这次调查中,这位中国规划师发现,欧盟100%的农村社区,处于广袤的绿色开放空间之中;100%的农村社区,集中居住区内,实现农业生产活动与生活分开;100%的农村社区,建设了集中的雨水排放系统、住户自备了家庭化粪池

和污水处置系统、使用卫生厕所、粪便由市政当局集中处理；100％的农村社区，生活垃圾由市政当局集中收集和处理……

因此，尽管他看到的多瑙河未必像施特劳斯所描述的那样蔚蓝，莱茵河也未必如歌德吟咏的那般清澈，尤其是塞纳河和泰晤士河难免令人有些失望，然而，他在那里见到的乡村小溪，总是清亮见底！100个村庄走下来，他几乎没有见到一个白色的垃圾袋，路边甚至连一堆垃圾也没有。他认为，农村之所以成为欧洲人的理想家园，原因就在这里。这些欧盟国家，新的城乡差别正在浮出水面，不过，这是颠倒过来的：城市不如农村！农村社区没有城市里的垃圾浊水、人声鼎沸、交通拥堵、非人的建筑尺度，只有绿色、鸟语、各式各样的人性化标志、与人的容忍尺度相适应的建筑尺度……这位规划师说："文脉主义刮遍欧洲农村，欧洲农村正在死而复生！"

我对这位规划师的调查见解，颇有同感。

因此，我由衷期待马塘村在经济发达、物质丰富、衣食无忧的今天，多留出清新的绿地、多创造洁净的空气，多奉献文明和爱心，给老人和小孩、给小白兔和松鼠；让大自然更欢快地呼吸，让村民更长寿安康；让远道而来的朋友们，把她当作放飞心灵的乐园！

我这份深深的期待，是缘于爱——对故乡深深的爱！是缘于我的乡村情怀——与生俱来的乡村情怀！

2020年9月写于厦门

惊 艳

——我来下潭尾

我和下潭尾结缘，在数十年前。

那时我刚从海外回归厦门，有姨妈来家中做客，我问风尘仆仆的姨妈从哪里来，她说从马巷下潭尾乘船来，那是我平生第一次听到下潭尾的名字。

在姨妈长长短短的叙述中，下潭尾留给我的记忆是烂泥荒滩野渡、赤穷闭塞落后。姨妈年轻守寡，贫病交加，不到四十岁就过世了。在后来的岁月里，逢年过节，我常常会思念忠厚勤劳朴实的姨妈，毕竟，她是母亲国内唯一的亲人。可是，我从来不曾去过下潭尾，我怕触景伤情。

两年前，我到龙海，当地作家带我去参观野生红树林，那一片郁郁葱葱的海上森林，从此一直留在我的记忆里。不久前，我和朋友谈起龙海的红树林，怀念之情溢于言表。友人拊掌大笑："咱们翔安下潭尾的红树林湿地公园，真是美不胜收！那是翔安也是厦门一张闪亮的名片，你居然不知道？"我自愧孤陋寡闻，便心心念念起早已知名却从未谋面的下潭尾。

时过数日，正是初秋，巧遇翔安庆祝建区20周年举办省市作家采风活动，我终于有幸两次来到下潭尾。

下潭尾位于同安湾顶，东溪、西溪、龙东溪三条溪流在这里交汇入海。首次来到下潭尾，是退潮时光，只见海滩上一片碧汪汪的树林，浩浩荡荡地向天边奔涌而去，在蓝天白云之下，那一种壮美景观，令人顿时胸襟开阔！

公园管理人小陈告诉我，红树林生长在热带、亚热带海岸潮间带、由红树植物为主体的常绿乔木或灌木组成，在净化海水、防风消浪、固碳储

碳、维护生物多样性等方面发挥着重要作用,有"海岸卫士""海洋绿肺"美誉,也是珍稀濒危水禽的重要栖息地,鱼、虾、蟹、贝类生长繁殖场所。

中国红树植物分布在广东、广西、海南、福建、浙江等省区。红树林其实是绿树,这类植物的祖先原本与陆地上的其他植物无异,只是在进入海洋边缘后,经过极其漫长的演化过程,加上潮涨潮落间海水的周期性浸漫,这些富含神奇单宁酸的植物,一旦刮开树皮暴露在空气中,就会迅速氧化成红色,红树林之名便由此而来,它们是"水陆两栖"的植物群落。

下潭尾公园建设前,这里是养殖滩涂地,海域周边养殖废水、生活污水肆意排放,一脏二乱三差,生态环境破坏严重。2005年开始,厦门市政府委托"中国红树林之父"、厦门大学林鹏院士,带领厦大红树林课题科研组,在下潭尾种植100亩红树林试验林并成活。下潭尾红树林总规划面积404万平方米,现已种植约85万平方米,并建设4.2公里的海上休闲栈道,是福建省最大的人工重构红树林生态公园。公园按自然生态片、休闲体验片、人文科普片等"三片";按生态观鸟区、红树林保护区、科研科普区等"五区"进行规划,融环境保护、科学研究、科普教育、游憩观赏于一体。

沿海岸线漫步,我看见脚下的滩涂,红树上花叶深绿鹅黄色彩缤纷,有红色、灰色的螃蟹在泥里横冲直撞,有不知名的鱼儿在浅浅的水下嬉戏;远远近近,一群群白鹭如杨花翩跹、如柳絮轻飏。据说全世界红树林共80多个品种,翔安有红海榄、秋茄、桐花树、白骨壤、木榄、无瓣海桑、老鼠簕、海芒果等8种。盘根错节的红树林如一片硕大无朋的翡翠,漂浮在蔚蓝的大海上。

古代文人多伤秋,此时西风徐来,天地之间,竟是一派生机盎然,我不禁想起诗人刘禹锡的诗篇:

自古逢秋悲寂寥,我言秋日胜春朝。

晴空一鹤排云上,便引诗情到碧霄。

山明水净夜来霜,数树深红出浅黄。

试上高楼清入骨,岂如春色嗾人狂。

我想,这不就是今日下潭尾的写照吗?

第二次来下潭尾是满潮时分,上次相识的那一片红树林,已悄无声息地没入大海。

依然是小陈接待我,他向我介绍:公园以"城市绿心·海上乐园"为总体定位,以海上红树林为背景,围绕引育种中心及"一栈道、两环岛、三跨桥、四码头、五场馆、六美景"的主体景观,构成一幅如张孝祥《念奴娇·过洞庭》词中所写"玉鉴琼田三万顷,着我扁舟一叶。素月分辉,明河俱影,表里共澄澈。悠然心会,妙处难与君说"的美丽画卷。

小陈陪我游览数里水上长廊。海潮正满,四望一片空蒙,我们凌波而去,远远可见弯弯曲桥,桥身如下弦月,桥下是盈盈绿浪,小陈说那是踏月桥,有杭州西湖断桥韵味,是情人相会的绝妙去处。前行里许,有逐日桥;再行二里,有摘星桥。金风习习,秋阳款款,上得桥来,遥遥地,正面直对同安大桥,左边是琼头村,右边是丙洲村,后面可遥望丙洲大桥、火炬大桥和民族英雄陈化成将军巍峨挺拔的塑像。风姿绰约的大自然景观与美丽的乡村风情,融汇成一幅天然壮丽的立体风景画。

潮水渐落,有红树上的花朵渐渐浮出水面,水面成了缀满千花万蕾的锦绣丝绸。据说每天的日出日没、潮涨潮落,这里的红树林、芦苇荡,有中华白海豚、白鹭、鹭鸶、黑脸琵鹭、珊瑚礁等生物景观,更有万鸟齐飞、鱼翔浅底、遍地红蟹、海上人家等自然和人文景观。

红树林下层的底栖动物非常丰富,吸引了鹭类、鹬类、鱼类等潜藏其中;红树林上层,枝繁叶茂,很多种类的红树一年四季开花,招引了大量的昆虫,为太阳鸟、啄花鸟、绣眼瞪林鸟提供食物;傍晚归巢的鹭鸟、椋鸟多

喜欢在红树林里休息。夏日炎炎，酷暑难耐，成片的红树林，覆盖在海边，犹如大自然的"空调"。优良的环境、适宜的气候、丰富的食物，使得红树林成为候鸟迁徙的栖息地。

红树林具有净化水质的功能，它能把水中污染物妥妥吸收。而且，红树林生长密集，根部较宽又能够牢牢扎进海滩；红树林相比海堤柔软，当海浪汹涌而上，它能够削减海浪大部分力量，对沙滩、海堤可以减少许多冲击力。2017年4月，习近平总书记考察广西北海金海湾红树林生态保护区时专门指示："保护珍稀植物，是保护生态环境的重要内容，一定要尊重科学、落实责任，把红树林保护好。"

走尽逶迤海上漫漫数里的长桥短桥，我们登岸而去，参观了秀色可餐的白鹭馆、青鸾馆、西元汉服馆之后，但见金阳西倾，晚霞满天，有野笛声声飘然而来，有人字大雁悠然飞过，忍不住重返海边栈道，看"落霞与孤鹜齐飞，秋水共长天一色"，看"一道残阳铺水中，半江瑟瑟半江红"，心想，他日再来，应在落日时分，借小舟一芥，徜徉海上，领略"月晃长江上下同，画桥横绝冷光中。云头艳艳开金饼，水面沉沉卧彩虹"，欣赏"斜日半山，暝烟两岸，数声横笛，一叶扁舟"，那是扰扰红尘中人，难得享受的浮生乐趣呵！

听说下潭尾附近的滨海浪漫线"闽石园"，有一片正当时令开花的美艳迷人的粉黛乱子草，为了不虚此行，我踏着夕辉前往。来到闽石园，只见一大片山坡上，弥漫着粉嫩如婴儿脸庞、如天边彩虹、如云如雾的密密层层的粉黛乱子草，那一种撩人情思的娇艳，如梦如幻、如诗如画、仙气飘飘，用浪漫二字实在不足以形容，那是草木中不可多得的粉色公主，紫衣小姐薰衣草的秀色，与她相比，略逊一筹！

厦门是举世闻名的风景胜地，但"曾经沧海难为水，除却巫山不是云"，人们提到厦门，总是先想到鼓浪屿。鼓浪屿固然天生丽质，可厦门诱人的风光,何止于此?我想,今日下潭尾,无论自然风情,抑或生态价值,也当令世人瞩目!

二十载披荆斩棘,二十载电光石火,众目昭昭,下潭尾今昔,犹如天壤!如果姨妈有幸灵兮归来,当应笑慰!

2023 年 9 月 12 日写于厦门

绿云旖旎燕城香

长听南园风雨夜，恐生鳞甲尽为龙。

——（唐）陈陶《长竹》

  竹是大自然高风亮节的君子，是人世间普济众生的观音。

  名人雅士爱竹，苏东坡说："宁可食无肉，不可居无竹。无肉令人瘦，无竹令人俗。人瘦尚可肥，士俗不可医。"郑板桥说："四十年来画竹枝，日间挥写夜间思，冗繁削尽留清瘦，画到生时是熟时。"仁人志士赞竹。方志敏写竹："雪压竹头低，低下欲沾泥。一轮红日起，依旧与天齐。"叶剑英咏竹："彩笔凌云画溢思，虚心劲节是吾师。人生贵有胸中竹，经得艰难考验时。"远古至今，千家万户，不论是达官贵人，还是市井百姓，无人不需竹。竹简、竹纸、毛笔等，是中国古文明的主要载体；竹席、竹床、竹柜、竹帘、竹椅、竹筷等，乐器里的笙、箫、管，不胜枚举琳琅满目的竹编工艺，食用的竹笋，入药的竹茹、竹心、竹叶等，真是无时不有、无处不在、无人不爱。

  我国的竹文化源远流长。古人把"不刚不柔，非草非木，小异空实，大同节目"的植物称之为竹。远在距今六七千年的新石器时代，便有关于竹子历世的记载。仰韶文化遗址出土的陶器上，已可辨认"竹"字符号，余姚河姆渡遗址内，发现了竹子的实物。《辞海》中收录竹部文字两三百个，如笔、籍、簿、简、篇、筷、笼、笛、笙等等。诸如"竹报平安""衷丝豪竹""青梅竹马""日上三竿"一类与竹有关的成语，也比比皆是。竹子最早出现在诗中，是《诗经》的"瞻彼淇奥，绿竹猗猗"；宋朝画竹名家文与可，墨竹潇洒如灯取影代代流传；元代大画家赵孟頫写竹，风枝雨叶笔笔传神,一时脍炙人口。

新石器时代早期开始用竹编织器物,春秋战国时期竹编艺术已臻完美,尤以楚国最为发达。商周时期形成了雕刻工艺,汉代有竹雕艺术品存世,六朝时期文献中有竹艺记载。唐代以后,竹刻名家辈出。竹艺中表现的题材,寄寓着福、禄、寿、喜、财、发、顺、吉等的吉祥文化图案,数千年来一直在民间装饰美术中流行,更被广泛应用于雕刻、织绣、印染、陶瓷、编织、剪纸等各种工艺品的创作中。

竹与中国音乐文化息息相关。我国传统的吹奏乐器、弹拨乐器基本上用竹制造。竹子,对中国音律的起源产生了重要影响,自周朝以后,历代使用竹定音律,故此,晋代就以"丝竹"作为音乐代称,有"丝不如竹"之说。唐代把演奏艺人称为"竹人"。竹是中国传统音乐不可替代的物质载体。

竹对我国宗教文化的影响年深月久。先民奉竹为图腾,把竹作为祭具和祭品。道教和佛教皆崇奉竹子,追求竹子构筑的清雅祥和环境。

在祭祀、婚丧、交际、节日、朝规等社群文化中,竹文化联系着口承文艺、游乐活动以及信仰习俗,从而构成了民俗文化的重要元素。

自商代以来,竹简和木简为我们保存了东汉以前的大批珍贵文献,如《尚书》《礼记》《论语》等。殷商时代用竹简写的书叫"竹书",用竹简写的信叫"竹报"。竹笔的发明在文化史上也具有开拓性的一页,殷代出土的甲骨、玉片、陶器上都留有毛笔书写的朱墨字迹。早在9世纪我国已开始用竹造纸,比欧洲约早1000年。关于用竹造纸,明代《天工开物》中对它作了详细记载,从竹简到竹纸,竹子在文化发展史上始终占有重要地位,对保存人类知识、传承中华民族光辉灿烂的历史文化,丰功伟绩不可磨灭!

春秋战国时期,我们的祖先已制造了利用杠杆提水的竹制工具"桔

榫",用竹筒提水灌溉的"高转筒车"。竹子在武器发展史上也功不可没,从原始的竹弓射箭到春秋时期的抛石机、宋代的火药箭、竹管火枪等,都是古代竹制武器。

我国的竹精神万古千秋。历代文人,赋予竹极其丰富的文化内涵:梅、兰、竹、菊并称四君子;松、竹、梅号称岁寒三友,竹峻拔修长,高出云表;立身正直,从不摧眉折腰,连幼小的竹笋也坚贞不屈,即使大石压顶也勇于抗争,直到破土而出;竹质实心虚,节目分明,纵然烈火焚烧,竹节仍历历可见!竹是林中谦谦君子,也是自然界的"仁人志士"。古人颂竹"未曾出土先有节,纵使凌云仍虚心",赞美的是竹的气节与情怀。晋朝王献之好竹,以竹为贤人,称竹为"竹君"。白居易吟竹:"千花百草凋零后,留向纷纷雪里看。"

竹无牡丹之富丽、松柏之伟岸、桃李之娇艳,但她飘逸不群、朴实无华,不论土地肥沃贫瘠,不管人间雨雪风霜,刚正谦虚、默默无闻地把一生一世,完全无私地贡献给人类。竹的高标劲节,永远令人折服!竹的奉献精神,永为人世楷模!

江南水乡,翠竹青青随处可见,那婀娜身姿、如云绿鬟,给大地平添了无数生机、无限风韵!只知福建山城永安,人文荟萃风景如画,有桃源洞、鳞隐石林、天宝岩、安贞堡、贡川镇等诸多名胜,却想不到被美誉为"诗意栖息地"的永安,竟然主要得益于漫山遍野的绿竹!

我到永安,已是秋末冬初,树木葱茏,满城绿意,一种水灵灵生意盎然的气息,特别熨帖地氤氲在我的心坎里。好客的东道主知道我首次来访永安属"处女游",分外热情,告诉我城里的"绿"不过是小儿科,大抵人工培育而来,真正的"绿",在竹海!平生爱竹,引为知交,于是如渴晤老友,迫不及待请主人安排"竹海"之行。

辛卯年阳历 10 月 26 日,承永安市林业局小刘相陪,驱车前往城外上坪林业站。小刘一路向我介绍：永安地处武夷山与戴云山过渡地带，境内有九龙溪和巴溪交汇于城西，形似燕尾，故别名"燕城"。燕城山水相依，泉瀑遍地，极为有利林木花草生生不息。一年四季，香樟、铁树、茶、梅、火力楠、松、柏、榕、黄金桂、美丽针葵、水杉、阿丁枫、山樱花、三角梅、吊钟花、猴头杜鹃等等，真是沸沸扬扬、郁郁葱葱、姹紫嫣红。至于竹子就不用说了，你去看看吧，耳听是虚眼见为实。

当然，小刘还是忍不住如数家珍——他说，永安拥有竹林100多万亩，农民人均竹林6.7亩，居全国之首；年产笋干7200多吨，也是全国之最；全世界竹子大约1200多种，我国拥有250种，永安占了76种。其中散生型的如紫竹、方竹、毛竹、淡竹等等，丛生型的如佛肚竹、凤凰竹、青皮竹等等，混生型的有茶竿竹、苦竿竹等。2001年11月，在洪田镇附近，发现近万亩连片苦竹林群落，面积之大为福建第一。2006年11月，永安市被国家林业局和中国竹产业协会授予"中国竹子故乡"称号！

永安竹林，以九龙竹海为最，现在被命名为"国家级九龙竹海森林公园"。近年来，永安作为全国唯一的林业改革与发展示范区，不仅在集体林权制度改革和生态建设方面取得了显著成效，而且在林竹产业发展方面也一直走在全国前列。目前，永安拥有笋竹加工企业200多家。笋竹加工产品，已涵盖家居、建材、工艺、保健、化工、食品、文化、生化利用等十余个行业近200个品种，永安成为福建最大的竹胶板生产基地，2010年，竹产业年产值达24.6亿元。冬笋、春笋、闽笋等毛竹"三笋"年年丰收近3年来，上海两会一直指定永安冬笋为专用礼品，每年需求量约4吨多。闽笋干更是江浙一带笋商"追捧"的爱物。

车行个把小时，言犹未尽已抵上坪，我们会同上坪林业站小王，三人一起奔九龙竹海国家森林公园而去。是日大雾茫茫，行车山中，如同腾云驾雾一般。城里温度在22摄氏度左右，山间只有14摄氏度。可见夏日

炎炎中,这里是何等惬意的避暑胜地!

九龙竹海国家森林公园位于永安市东面永上公路龙共段。公园分为九龙竹海、紫云山和青水畲族乡生态茶园3个景区,总面积约1705公顷,森林覆盖率达90.25%。每个景区各具特色、互相映衬,共同构成了森林公园"竹幽、林茂、峰峻、水清、瀑奇、茶香"的自然景观。

公园以福建省竹子现代科技园区为龙头,沿着溪边毛竹山、古树林和仙人睡石等旅游点连片开发,形成气候条件优越,自然景观优美,森林植物资源、野生动物种类丰富的旅游景区。公园由于地处戴云山余脉,地质构造切割深度大,重峦叠嶂,水流湍急,奇洞深罅,形成九龙瀑、竹神阁、竹神睡石、碑刻、古树王等特色景观。走进竹山,林海绵延,可谓"竿竿青翠滴,个个绿生凉",如同大自然镶嵌在永安市郊的一处天然氧吧。

我此行目的地,在九龙竹海。到得山上,朦胧岚光里,依稀可见高大巍峨的"九龙竹海"牌坊横亘眼前,下车过牌坊,一望无涯浩浩荡荡凌空穿云的无数翠竹,绿雾涌动如茫茫大海波涛起伏,那一种惊天动地的恢宏壮丽气派,令人不得不深深感叹造物主的赐予和永安人改天换地的创造!据说当年竹林自然放养,自生自灭,无论竹竿竹笋,大抵清瘦低产,如今当地政府引导竹农,采用高效施肥、挖沟引水、适时灌溉,毛竹如婴儿,有人悉心照料便茁壮成长,于是枝枝粗壮、竿竿挺拔、碧叶参天,竹笋丰腴。如今,永安竹农在竹山的每一竿竹子上都插上标签,像"选女婿"一样把优秀壮实的笋竹选出来,让"毛竹王"脱颖而出。广大竹农大胆尝试竹山分类经营,使每亩毛竹立株数和竹山收入提高至10年前的3~5倍。今年1月17日,永安市西洋镇福庄村竹农吴新民,从自家竹山上挖出一串长约80厘米的竹鞭,上面生长着22个"连体龙船"冬笋,总重量约10千克,成为轰动当地的奇迹!小王告诉我,2008年福建永安笋竹文化旅游节期间,丰田村农民邢永旺的一竿毛竹,以胸径17.3厘米的好"成绩",获得了全市唯一的"毛竹王"金奖。可当天我们在竹海里,寻寻觅觅中却找到了胸径17.7厘米的今年的"金竹王"!

竹农一年四季辛勤呵护竹山,竹山便成了竹农的"金山"。据统计,2002年以来,全市共完成竹林低改40多万亩,竹山高效经营20多万亩。高效经营区内,每亩年收入都在1500元以上,高的达到3000多元。

这里的竹海风情神韵,也吸引了无数中外游客。夏日绿云如涛,绿风如酒,令人心清气爽,暑气全消;冬天大雪如絮,翠竹如玉,莽苍苍满山粉妆玉琢,真是人间天上!至于品格的熏陶、楷模的教化,就都在潜移默化的不言之中了。想起《解读贡川》书中有这么几句:"远远的读其苍茫,近近的读其清幽,粗读其豪放,细读其深沉。"我想,此四句,不正是哺育了一代代永安人葳蕤生命与优秀品格的九龙竹海之谓乎!燕城有幸,绿竹长青,绿云常驻,芳名留千古!

从清幽绝俗的九龙竹海恋恋不舍归来,我心怅然感慨清思不再又要步入都市扰扰红尘之中,想不到竟在一临水酒家的粉墙上,见题有杜牧诗一首:

清露白云明月天,与君齐棹木兰船。

南湖风雨一相失,夜泊横塘心渺然。

心中不免惊喜:一来由衷赞叹永安城不愧人文厚重之地,连偏街小店也风雅如此;二来此诗中意绪,直是我与九龙竹海匆匆相聚又依依分手的心境呢!

2011年11月3日厦门

梦里的美丽乡愁

——山重村诗韵

楔 子

"晋太元中,武陵人捕鱼为业。缘溪行,忘路之远近。忽逢桃花林,夹岸数百步,中无杂树,芳草鲜美,落英缤纷,渔人甚异之。复前行,欲穷其林。林尽水源,便得一山,山有小口,仿佛若有光。便舍船,从口入。初极狭,才通人。复行数十步,豁然开朗。土地平旷,屋舍俨然,有良田美池桑竹之属。阡陌交通,鸡犬相闻。其中往来种作,男女衣着,悉如外人。黄发垂髫,并怡然自乐。"——此为晋代陶渊明所写《桃花源记》片段。

千古以来,多少厌倦世俗的红尘男女,都神往桃花源,把它作为灵魂的寄泊之地。然而,在普世繁华的今日,哪里去寻找"往事越千年"的桃花源呢?

想不到我此行长泰,如同哥伦布发现新大陆——与名城厦门近在咫尺的古山重村,竟是21世纪真实存在的桃花源!

山重重 水重重 梦重重

这是一个非常古老的村落,寄足在重重叠叠的大山间,故名山重。公元669年,唐朝将军陈政入闽,行军总管薛武惠奉命率军进驻山重,后定居于此,繁衍后代。这里的山,终年郁郁葱葱;这里的花,四季飘逸芳香。陪我参访的村宣委林爱珍女士说,十几年前,这儿好一片深山密林,当时她还是个小姑娘,有时一个人走进老林,黑漆漆总觉得心慌,但满山的野花山果鲜菌俯拾即是,让人无比快乐!这里有一条清清亮亮川流不息的马洋溪,从村里蜿蜒而过,犹如母亲甘甜的乳汁,哺育着世世代代的山重儿女。千百年来,四面环山的古山重,只有一条山间小路通往外界。乡人过着日出而作、日落而息,"不知有汉,无论魏晋"的淳朴日月。

当然,祖祖辈辈,山重人也做着飞翔的梦,他们渴望像鸟儿一样,飞出大山,飞向更广阔的蓝天;他们盼望山外飞来金凤凰,让座上客常满、杯中酒不空,让美丽的山重,为世人了解、赏识。

2002年,一群山重愚公自发组织、自带干粮柴刀,在通往厦门灌口镇的仙人旗大山上,开拓出一条通行汽车的乡村大道。从此,"养在深闺人未识"的山重,开始掀开红盖头,蜂蝶般的游客,慕名猎奇而来,寻幽访胜而来,择地投资而来,一群群、一波波地涌入了古山重。

重重山开颜、重重水欢笑、重重美梦成真了!

古村　古巷　古厝

走进山重,如同走进《清明上河图》里的村庄:小桥流水,野柳扶疏;青篱黄墙,花光照眼;老干新枝,鸟语啾啾;村前屋后,蜜柚、柑橘、橄榄、龙眼、桃、李,桂花树、凤尾竹等等,穿插错落,密密层层。天是青花釉一般的亮蓝,水是春秧一般的嫩绿,山是古铜一般的黛紫,家家户户,有鸡鸣犬吠,孩童嬉乐。街头翁姥媪,恬然自得;乡间小店,笑脸迎人……

在这千年古村落里,百年古建筑随处可见。那古厝,就地取材,用的是溪中石头,那石头,经流水陶冶岁月打磨,圆润剔透色泽如金如玉。于是,山重村民居外墙,一色儿是大小不一、排列有序的鹅卵石砌就;那小巷路面,也一律是圆融铮亮、颜色鲜艳的卵石铺成,朝晖晚照里,遥遥相望,高低错落的房舍,犹如水晶宫殿;蜿蜒曲折的小路,犹如金蟒银蛇。这些浸透了多少人世沧桑的古屋,风风雨雨多少春秋,那一瓦一石依然健在;

这里条条鹅卵石古道，曲折迷离纵横交错如迷宫，就是本地乡人，在这千回百转的巷道里，有时也难免迷失其中找不着东西南北。

我走进迷宫，有泉声潺潺、竹吟细细，听风挟秋阳，掠过屋脊燕尾，只见"一片水光飞入户，千竿竹影乱登墙"，竟是诗画难分的境界。沿途一些人家，出外经营门户深锁，院子里的大丽、紫荆、三角梅，依然花团锦簇，挤挤挨挨依偎墙头楹间，真应了岑参诗句"庭树不知人去尽，春来还发旧时花"情景了。

我漫步山重村塔仔溪桥边山野，见一座距今近800年历史的宋代佛塔伫立天地之间，佛塔外观如蒙古敖包，塔顶石柱形似毛笔，寄寓驱邪镇妖、文昌笔兴之意，故名"文昌塔"。村中，另有建于明朝天启、嘉靖年间的一堡一宫——孟宁堡，这座四方形碉堡式的三层石堡，占地1600平方米，用条石、石板砌成内墙、外墙和四周城墙，历经400年风霜，至今风貌依然；浓缩了山重村文化精华的昭灵宫，供奉着海内外扬名的闽南俗神保生大帝，雕梁画壁、彩绘浮塑，至今栩栩如生；还有当年朱熹为村中薛氏家庙题字的手迹，也保存完好。

这里有汉韵民乐，古琴悠悠，它们与汩汩山泉、雨丝风弦一起，汇成了令人永难忘怀的山野牧歌。

走在金秋十月黄昏的山重，品味着"山色浅深随夕照，江流日夜变秋声"的清韵，有不知今夕何夕之感！

"山光悦鸟性，潭影空人心"，山重村留给我的古色古香古音古味古典幽思，没有人工痕迹，是世间难得纯粹的天人合一！

古樟　古瀑　古图腾

山重村树种纷繁，以樟树为最。

众多的山重古樟，一树树铜枝铁干巍巍巨伞遮天蔽日绿云婆娑，历经千年酷暑严冬，依然生机盎然气势磅礴流馨溢翠，实为人间奇观！其中最大的一株两千年古樟，树干周长达15米以上，需13人方能合抱。在古樟威仪壮观的树身上，那饱经沧桑坚硬如钢、如斧斫如刀刻的树皮，皲裂盘曲如龙、如狮、如虎、如大象、如猕猴、如巨鲸、如弥勒、如观音、如佛手……那是一幅幅天造地设的古老图腾！

图腾崇拜是一种最原始的宗教形式，它流行于全世界，在中国历史上有着更为重大的意义——泱泱中华56个民族各有自己崇拜的图腾，那是每一个民族的光荣和骄傲。我相信山重古樟身上——这些日雕月刻千年铸就的吉祥图腾，给山重人带来的不只是丰衣足食，还有无数的快乐和福祉！

山重古樟，它们是千年不朽的尊者，护佑着古山重一方百姓的平安康泰。为此，这儿世世代代的乡民，将它们奉为神明虔诚膜拜，并为最古老的树王树碑立传，敬称它为"大树将军"！

山重村有寻梦谷，又称蝴蝶谷，被誉为"闽南第一瀑布群"。雄奇险峻的寻梦谷，掩映在亚热带原始森林保护区内，由仙人峡、情人峡、勇士峡组成，纵深2400米，天然落差280米、谷内拥有16级瀑布，构成一幅幅天然泼墨山水。成群结队的蝴蝶，在这里安家落户。"青山不墨千秋画，绿水无弦万古琴"，蝶阵翩翩，似天花飘飘似落雪茫茫，来到这里，如入人间仙境，让你身心完全回归自然。

倾珠坠玉如虹如霞如云如雾的古瀑，不仅给山村带来瑰丽风景迷人秀色，还与清溪、流泉、老井一起，养育着山重村千百生灵——它们让山民繁衍、让六畜兴旺、让花开、让草长、让五谷丰登。就是这儿生生不息的香樟，也得益于古瀑明泉岁岁年年源源不绝的滋润，才有傲立千秋、枝叶葳蕤的今天！

夜卧山重，听风动古樟，满树秋声萧萧飒飒如对客呢喃，披衣而起，苍

然有感于南朝诗人王融"怃然坐相思,秋风下庭绿"深意,自忖树有千龄,人难百岁,能不珍惜寸寸韶光乎?

花山　花海　花世界

中央电视台《远方的家》栏目播映古山重:"每年二三月,这里的桃花、李花、油菜花漫山遍野,她们追赶着春天的脚步……"

是的,到山重,最炫目的是花,是村中野外、山崖水畔春来春去不相关、四季笑口常开的花,是家家户户案上窗头篱边墙角姹紫嫣红媚餍诱人的花。春天里,那殷红的桃花、素白的梨花,那银光闪烁的李花,那一望无际黄灿灿金晃晃如婺源三月的油菜花,把山重变成花的山、花的海、花的世界——此刻来到山重,不管你是白发苍苍的老者,还是蹒跚学步的小儿,都会不知不觉地把自己当作一朵花,融入花山、花海、花世界,你也会情不自禁地赞叹——造物主赋予山重这份独特而奢侈的荣华!

夏日,那"接天莲叶无穷碧,映日荷花别样红"的莲荷,那"朝如青丝暮成雪"的芙蓉;秋季,那金银点点、芬芳扑鼻的金桂银桂,那"飒飒西风满院栽""满城尽带黄金甲"的菊花;冬天里,那迎霜傲雪、铁骨铮铮、高雅素洁的梅花,也一片片、一树树,无不应时绽放!

至于这朵花谢了,那朵花又开,一年四季多半是花期的三角梅、凤凰花、夹竹桃、相思、合欢等,更是沸沸扬扬、热热闹闹、终年不息地在这儿招蜂引蝶。

山重季季春,岁月轮转花不断哪!

这里新开发的十里蓝山,那一脉一眼望不到边的广袤青山,如今开创成日日鲜花、四季繁华的真正花山。那红、黄、橙、绿、青、蓝、紫的各色花卉,有如七彩飞虹降落人间;有如巧夺天工的硕大花毯,一直铺展到天边。

这片绚丽绝伦的天地，被命名为玛琪雅朵花海。玛琪雅朵是意大利最美丽、最高贵的一种花，此花为当地一个部落所信奉，后来成了美好、淳朴生活的象征。这儿的玛琪雅朵花海占地1.2万平方米，分草花区、油菜花区、草莓区、灌木区、乔木区、三角梅园区等多种种植区，花草种类丰富，依山形地势、配合时令穿插种植。

我来蓝山，触目所及，是一大片一大片的薰衣草、夏槿、孔雀草、彩叶、鼠尾草、石竹、凤仙、一串红、黄花槐、百日菊、秋罗、长春花、非洲菊、莺尾花、香彩雀、太阳花等等，艳红娇黄粉紫嫩绿、幽香弥漫五彩斑斓的千花万卉，组成一个芬芳的花城。双双情侣，在这花城里共定白头，那是名副其实的花好月圆！游人来到浪漫花城，仰观千英荟萃、俯吻馥郁芬芳，与蜂蝶共舞，伴知己徜徉，十里蓝山的韵味，便尽在不言之中了！

有人说玛琪雅朵的"花花世界"，是女性的天堂。当然，那满目芳菲，自然而然使人想起"娉娉袅袅十三余，豆蔻梢头二月初"的含苞待放的女儿，想起"云想衣裳花想容，春风拂槛露华浓"的思春少妇，但更多的旅人远道而来观赏山重花都奇观，不论男女，除了愉悦身心之外，更多的当是重拾旧梦、再塑青春的启迪。

而我，念及这些从前养在深宫大院、富贵人家的名花异卉，如今漫山遍野汪洋恣肆如火如荼自由自在地怒放在绿水青山之间，"不肯画堂朱户，春风自在杨花"，让芸芸众生共享花容月貌天地精华，那是盛世机遇玉成的硕果，那是山重人的大智慧大造化！人间能有如此美景，我心感恩——感恩时代、感恩三重父老乡亲！

水云间　云水间　天地之间

《水云间》是琼瑶名著"梅花三弄"系列之一。

长泰山重后园村，逶迤起伏的迢迢青山，古朴幽深的鹅卵石曲径，阳光下疏影散漫的古厝，倒映清溪之中的百年老榕、千年古樟，鸡鸣、犬吠、啼莺婉转如歌，无不给人除尘洗心超然物外的出世之感。每当黎明、日暮时分，古村云纱缥缈、彤霞成绮；雨后初晴，则薄雾缭绕，灵山秀水，尽入诗画中，此情此景，恰如琼瑶小说《水云间》意境，故称"水云间"。

2012年，这里吸引了来自厦门鼓浪屿的张戈小姐，她看准这个不可多得的世外桃源的俗世价值，花了一年工夫，将后园村半个世纪前修建的闽南红砖厝，改造成一片野趣横生、安宁静谧的旅游民居——"水云间"民宿，在这里，人们可以远离尘世，在清静无为的大自然里泊居数日，让自己成为古村里的古屋、古道、古树和无边花草的主人。

走进"水云间"民宿，你会把心放下，放在山谷、放在泉边、放在花树之中、放在蓝天白云之间。你会忘却人世的纷争和心中的烦扰，陶陶然地享受一段纯属自己的无是无非、无忧无虑、有闲有味、自由自在的快乐时光。

云水间、水云间、天地之间，令人物我两忘于古今之间！是虚？是实？是梦？是幻？是现实中原生态的桃花源！

来此山重，你会寻寻觅觅、流连忘返；告别山重，你会留一卷相思，在眉梢心头，在午夜梦回时！

山重的儿女，纵然远离家园千山万水，"桃李春风一杯酒，江湖夜雨十年灯"，那梦里挥之不去的乡愁，还是故土山间潺潺的流水缠绵的云、是古村三月的油菜花五月的玫瑰、是卵石小巷拂晓时分得得的屐声、是青梅竹马时光含羞带怯的小芳……那心中缱绻的归思，也带着嘤嘤鸟啼和馥郁花香！

山重的乡愁，是美丽诗行，是陈年老酒，醇厚芬芳！

2014年11月12日写于厦门

古道应笑我多情

——茫荡山三千八百坎清忆

人由猿猴演变而来,猿猴来自山林,这是不争的事实。千年以往,因文明的向往而出山;为心灵的皈依而归山,这是人类不由自主的选择。爱山,是人对本土的眷恋,是人的天性。

八闽故土,青山处处,最爱是武夷。自20世纪80年代初结缘至今,转眼36年,这期间,或公务,或旅游,或长住,或短憩,应该有近20回了。武夷的山山水水:玉女峰的秀色、大王峰的雄姿、天游峰的空灵、九曲溪的缠绵、大竹岚的脱俗、大红袍的清韵……总在我的心间梦里,纵使日月久违,也无法相忘于江湖。

也知道武夷之邻有茫荡,也知道茫荡是我国尤其是我省名山,但一则心中有武夷,便产生了排他性;二则不曾相识,也就不会相知,因此,数十年间,一直忽略她的存在。

我坚信,无论山川人物,有缘总会相遇。猴年阴历四月,我终于来到茫荡山属地南平市延平区。

延平建县于东汉建安元年,距今1800多年历史,人文厚重,有"理学名邦"之称,宋朝名人杨时、罗从彦、李侗、朱熹,并称"延平四贤"。自古及今,延平都是闽北政治、军事、经济、科技、文化、金融中心,可圈可点的辉煌当然很多,但东道主首先热情洋溢地向我介绍的是距城15公里的茫荡山,告诉我这座大山是世界文化与自然遗产地武夷山的"南大门",是大武夷旅游格局"北山南水"中的重要组成部分,又是我省三大旅游之路"大武夷绿三角旅游合作"支点,属于国家级自然保护区、省级风景名胜区。"宏伟壮丽"的美好推介,激发了我的探索欲,加上我对山水本能的向往,于

是，在延平，我首选走近茫荡山。

据说，茫荡山素有"福建庐山"之美誉，绵延40多公里的26万多亩山林，分布在高山、深谷、盆地，夏无酷暑、冬无严寒，是福建中部最大的天然林基地，是闻名全国的"绿色金库"，集险、奇、幽、秀、声、色、神、气于一体而闻名遐迩。茫荡山奇花异树无数，其中尤以生长在宝珠村的"晴雨树"最为奇特——这一株古老的红豆杉，树高17米。每逢夏秋季节，烈日当空，树下必有丝丝细雨飘落，日照愈强，雨点愈密，游人无不惊叹这一世界奇观。

早在宋代官方文献《地舆纪胜》中，就提到了福建茫荡山；宋代状元黄裳，也在《演山集》中对山中胜景做过记载；宋嘉定十五年（1222年），南剑州知事陈宓盛赞茫荡石佛山中景致及摩崖石刻，不亚于香山、武夷、天台、雁荡诸景。茫荡山文化内涵丰富，历代文人墨客在此留存诸多诗文墨宝；明宣德六年（1431年），世界航海家郑和第七次下西洋，在茫荡山雪山寺云宝殿铸造了国之瑰宝——郑和铜钟，现存中国历史博物馆，为国家一级文物。茫荡山现有三千八百坎、懵懂洋、溪源峡谷、石佛山、天湖、宝珠村和莲花山等七大景区。

在短暂的时光里走遍茫荡山是不可能的，于是，我别无二心地选择探访古道三千八百坎。

三千八百坎与四川剑阁古道齐名，是闻名天下的闽赣古道，因昔日从岭脚至岭顶要登三千八百坎而得名。相传这里曾经是一条羊肠小道，当年杨家将杨八妹带兵入闽，因山路逼仄坎坷不平运粮不便，下令修此古道。因此，古道留下了许多有关杨八妹的传说。乡人告我，这里，还传颂着一则脍炙人口的动人故事——

晚清年间，茂地村筠竹坪住着善良勤劳的农民王满科一家三十几口人，以狩猎种养为生。那年正月初一，兄弟六人拜祭家中猎神，敬请猎神给兄弟六人指点前程,猎神说老二王堂选有十年乞丐命。堂选想,我已有妻室,膝下也有一娇女,家中虽不算富足,生活也还殷实,何以要行乞呢?但既为命中注定,看来天意难违。

当时,拔地千丈、天梯般盘旋而上的三千八百坎以及筠竹坪、上瓦桥等周边古道,因年久失修,加之早年流传"三千八百坎,坎坎出黄金"之说,远近贪财之徒,不分昼夜到坎中挖掘求宝,虽然结果是子虚乌有,但古道却被毁得面目全非险象环生,令过往行人苦不堪言。王堂选想:猎神所指,应是令我行乞,捐资修复古道吧?我能行善积德,也不枉为人一世。

从清光绪二十七年(1901年)起,王堂选倾其毕生胼手胝足劳作所蓄杉木,卖了五百余银圆,作为启动资金,同时向四邻八乡募捐筹资,每日风餐露宿,不畏艰难险阻,亲率工匠跋涉于奇峰绝壁、老林险瀑间,凿岩削壁,筑铺石阶。然工程浩大,非旦夕之功,只能断断续续进行。资金不足时,王堂选就用竹筒带饭,坐到坎头古堡边,将黄布修路告示用竹竿挂起,地上放一竹篓装善款,边上放一功德簿,由捐资者自行记载姓名银两,然后将所有捐资人名刻于坎头下第一亭木牌上。王堂选将所捐善款全部用于修复古道,而自己节衣缩食,每日所食只是咸豆腐干就山泉下饭,令所有石匠及路人感慨噫唏敬仰莫名。

当时一担谷子值两块大洋,而每一坎成本就需一块大洋,为安全便民,王堂选将每级石阶高度降为15厘米,增宽至1米,因而级数增为五千五百三十六坎,每级石阶用一或二块石条砌成,平均三步就有一坎,用一长石条砌就,台阶若有不牢固者,必令其改置,因而路漫漫十里石阶,工程坚固、工艺美观。

王堂选苦心经营,二十年如一日,坚持不懈。至民国十年(1921年)王堂选六十六岁时,三千八百坎、筠竹坪周边以及上瓦桥等古道全线贯通,千寻峭壁,化险为夷。王堂选之壮举感天动地,过往商贾行人,无不肃

然起敬、有口皆碑。

民众皆提议为王善士请褒扬颂,可他却说:"此乃我之分内事,只为行人方便,以求心安而已。我膝下无子,求名何用?"当时南平名人林升平(原清朝八贡)和省议员郑元祯(原清朝进士,曾任县令)等,联名上书省府,倡议表彰王堂选功德。民国十二年(1923年),省长萨镇冰有感于王堂选之义举,题"义声载道",立碑于坎头古堡下约三百级坎道旁,并上报国家,请求嘉奖王堂选之功绩。民国十三年,曹锟大总统亲题"义问宣昭"横匾,中间钤玉印"文典之玺"。

王堂选七十岁生日,南平县令亲自上三千八百坎,到筠竹坪王家为之祝寿。因其无儿,筠竹王姓后人为纪念他的功德和延续他家香火,每户人家的第二个孩子均过继到他名下,以光大他之美名,并继承他修桥铺路、行善积德的优良传统。

听罢王善士古道热肠的功德善举,我心潮起伏,更添探望古道之心。

四月十五日午后,从城里出发,沿回旋曲折、绿不见顶的山径蜿蜒而上,脉脉青山、点点农舍,好风清冽如水、满耳野瀑喧腾,有古寺飞红流翠,有松鼠出没、鸟语嘤嘤,却不见人踪。

二十分钟后,来到下瓦桥。下瓦桥始建于宋朝,为单孔石墩三重木平梁桥,集桥、廊、亭于一身,是一座十分美丽的古廊桥,桥中央祀奉护桥神"真武祖师"。下了桥,便到达坎脚,右侧可见一座古色古香、青瓦朱墙的吕祖庙,据说这是南平近郊唯一奉祀八仙之一的吕洞宾的庙宇。朝前看,"三千八百坎"与"闽赣古道"两石碑赫然入目,传说中这儿曾是延平王郑成功军旅营寨之处,三千八百坎就从这里开始向上延伸。

古道修在石壁悬崖间,拾级盘旋而上,沿途有数不尽的奇岩怪石、古藤名木、野花异草,有山泉逶迤,叮咚如琴;有怒瀑飞腾,如虎吼震山。转过几个山坳,便见两条瀑布从茫荡之巅飞泻而下,双瀑相依相偎,如两条倾珠泻玉的白龙,山民称之双龙瀑。双龙瀑布之下,有深不可测的墨绿幽潭,有清澈见底、游鱼可数、卵石历历的碧溪。仰望龙瀑飞花溅珠,耳听瀑声虎啸龙吟,流岚缥缈、野芳沁心,让你顿生横跨今古、天人合一、返璞归真之感。

山道萦纡,一级又一级,行行复行行,"山重水复疑无路,柳暗花明又一村"。忽然间,有一个流水潺潺,古桥横卧,长满芭蕉、棕榈和茶树,宛如一幅山水画的村庄,扑进我眼帘,这就是半坎村了。半坎村里原来住着七八十户人家,以种茶、养蜂、挖笋为生,时代变迁,村民陆续搬到山下居住,如今人去楼空,仅存断垣残壁,只有不知人事的花树,依然如期开花结果。

令人惊奇的是半坎村的坡坎上,到处生长着一株株、一丛丛茶树——这可不是野生茶,而是大名鼎鼎的半坎御茶!据史册记载:四百年多前,这里曾有一片占地1000多亩的御茶园,生产专供皇帝饮用的石乳贡茶。《延平府志》记载:"延平石乳,清白可鉴,风韵甚高,凡十色,皆宜和二年所制。"那时半坎御茶园与武夷御茶园、建瓯北苑贡茶园齐名。明嘉靖年间,武夷茶渐衰,遂改由南平半坎茶上贡,从此南平半坎御茶声誉鹊起,运销全国各地及海外。后因连年战乱,经济萧条,失去了往日的繁荣昌盛景象。现在,延平区政府和当地旅游部门,正着手开发半坎御茶园,建造游客接待中心。

离开半坎村,走过跨涧古桥,来到半岩坪,半岩坪有数百种古树名木,如楠木、樟木、檀香、枞树、红豆杉等等,挺拔高大,形态各异,不少树龄均在800岁以上,树径1至4米不等。有一株老根盘虬、叶繁枝茂的1800多岁的古樟——它的树腹可同时容纳七八个人或放进一张八仙桌,不少游客到此,都纷纷与这株长寿"树老人"合影留念。

在半岩古亭歇歇脚,抬眼看去,近处是一块尖尖巨石——"试胆石",人立其上,向下俯望,只见云气蒸腾,深渊万丈,令人心胆俱寒两股战栗。

远处山峰,下丰上仄,颇像一柄"刺破青天锷未残"的利剑,难怪明代诗人王际嵘感慨万千题诗吟咏:"峻峭巉岩灵气通,横斜古道逼高崧。初沉落日千山雨,乱卷浮云满树峰。"

山回路转,步移景换,在高山上,我终于看到了"义声载道"碑。这便是前面提过的当年萨镇冰省长亲临三千八百坎,为表彰王堂选修建古道的壮举而题写的那块功德碑了!

过了功德碑,便到坎头堡。堡上有6棵高达20余米的柳杉,天晴时,即使远在南平城区,都可望见它们挺拔入云的英姿,它们被南平人美称为"铜关卫士"——相传当年杨八妹开通三千八百坎运粮古道后,便在坎头堡这险要关口处设兵把守。杨八妹率兵北上时,竟忘了下令撤回古堡上的哨兵,这守关的6名哨兵,没有接到撤回的命令,不论风吹雨打,都一直坚守在岗位上,直到饥寒交迫以身殉职。巡天大师见此,大为感动,便将他们点化成树神,巍然屹立在坎头堡上。这当然是神话,但却给后人留下了一段忠于职守的佳话。

坎头堡这座石砌拱门城堡乃宋朝古堡,是一瓮堡,相传唐末黄巢义军入闽时曾在这儿安营扎寨。古堡里有一座奉祀观音的庙堂,当年曹锟大总统为王堂选题写的"义问宣昭"匾,便存于此观音庙正厅上方。古堡左有银山,右有金山,与朦瞳洋景区相邻,此处一夫当关,万夫莫开,地形险要,自古以来,乃交通要塞、兵家必争之地。传说当年杨八妹奉命远征延平,延平城墙坚固,易守难攻,杨八妹用她那削铁如泥的宝剑,从后山悬崖峭壁开路。傍晚时分,杨八妹将宝剑一挥插进岩缝间,宝剑劈开山峦,形成金山、银山。金山、银山昼开夜合,宝剑横在金山、银山之间,谁也拔不出来,据说若谁有幸拔起宝剑,一定会交好运。

扬名海内外的闽赣古道,是南宋文天祥抗元、明末郑成功征战的行经之路;历史上,辛弃疾、文天祥、马可·波罗、徐霞客等名人也在此留下足迹。苍苍古道,文星武将,曾经烙下不朽诗行;狼烟烽火,曾经镌刻岁月沧桑,古道不孤,与天地共存亡!

时近黄昏,登上三千八百坎古道之巅,置身千山万壑林涛瀑语之间,举目四顾,远眺建溪、富屯溪二水缭绕南平城蜿蜒如带下福州;近揽日月星辰天风云霓花香鸟语入怀中,纵然岁月如歌世事如麻,但我心中风烟俱净、百念皆消,唯有茫荡三千八百坎,萦绕我心田。

是啊,那崇山峻岭、密林深处、险峻崎岖、裂石穿云的三千八百坎古道,已然让我"不思量,自难忘"!天下名山胜迹多多,三千八百坎的风景如画也罢,人文荟萃也罢,千年的桑田万年的脚印也罢,这些都不是让我难以忘怀的理由,最令我刻骨铭心的,是王堂选这样一位朴实无华的山民,用20年的岁月,用无私无畏无怨无悔的心,为人世打造了一条通往万古千秋通往幸福安康的金路!他,是巍巍茫荡山不朽的灵魂——

因为他,茫荡山在我心中永恒!

信笔至此,我脑子里不由得涌现出苏东坡《念奴娇·赤壁怀古》名句:"多情应笑我,早生华发。人生如梦,一尊还酹江月!"我想,从此而后,我爱茫荡山,当一如武夷!茫荡山切莫笑我文人多情见异思迁——我对三千八百坎一见钟情,那是因为有灵魂的风景,谁能不心心相印?

2016年6月15日于厦门

山山卧佛　树树菩提

——证觉寺随笔

秀起龙峰百丈梯,平畴一望野云低。
鸟巢梵宇庐山近,水映禅心慧远齐。
夜半涛声清客梦,楼前月影下莲溪。
偶来世外空尘想,卧起晨钟唤醒迷。

——(清)廖腾烽《宿证觉寺》

缘分这东西,真是奥妙无穷——不仅人与人、人与自然之间讲缘分,就是人与佛与寺庙,也讲究缘分。

我凡到一处,不论名城华都,还是山乡僻县,总会向东道主问及这儿是否有古刹存留,这也算是与佛的一种夙世之缘吧!

丁酉年仲春时节来将乐,这是位于福建省三明市西北部、武夷山脉东南麓、闽江支流金溪中下游的一个山城,因"邑在将溪之阳,土沃民乐",故得名"将乐"。

将乐的春山如玉女临风,青葱秀媚,令人倾心低回;将乐的金溪如绿云垂地,缭绕城乡,千年不离不弃;更有鬼斧神工千姿百态的玉华洞,徐霞客为她流连忘返,将乐因她声名远播。

问及当地朋友,如此钟灵毓秀之地,可有佛门香火?友人告之:在万全乡,有唐朝古庙证觉寺,是当地首屈一指的大庙,历经唐、宋、元、明、清五代,据说较福州鼓山的涌泉寺还早建288年,其建制也与涌泉寺相仿,故民间有"先有将乐证觉寺,后有鼓山涌泉寺"之说。

将乐,是福建省最早建县的九个古县之一;万全,是将乐人文历史悠久的名乡，人说，"城内杨龟山（将乐著名哲学家、文学家杨时），城外梁月山（将乐大儒，著名理学家梁彭）"。城外，指的就是万全乡。清咸丰七年（1857年）五月，太平天国石达开的部队，曾进驻万全村。

朋友告诉我，万全是一个集故窑、古牌坊、古村落、古渡、古刹等古建筑于一地的古趣盎然的乡村，而口口相传证觉寺四围青山，山山皆卧佛，对游人更具诱惑力。于是，我找来将乐县志，县志载："古刹证觉乃镛州胜地。寺创自唐初武德三年，辟丛林而始建精舍，历劫火而赤地徒存，山楼苔遍，法象尘封。元代丘圩，明朝定鼎，元璋君相，曾驻跸舆。允宜贝阙长新，名齐五越，琼楼式焕，胜擅三华者也。迨宋末，元代至正之世，有天潢之亲，法名天然者。尔时横开胜阙，高峙银楼。玉磬声清，缭绕四周之瓦角；金铮响振，搏俯百尺之楹头。方丈阶前，尘立白雪；大雄殿上，座显红莲；法雨雷鸣，天香雾积，实诚跨全省之名胜，甲上游大观者矣。"

于是，对这座"千柱玲珑法殿开，盘陀飞锡自西来。北闽名胜称第一，原是天潢亲创哉"的我省名寺，崇仰之心油然而生，拜访万全乡证觉寺，也就成了将乐访古之旅的必然行程。

3月30日午后，在沥沥淅淅的春雨中，沿蜿蜒金溪，行车40里，来到太平山麓群山环抱之中、形似"观音坐莲"的证觉寺。大庙配制，果然一色唐风，与福州鼓山涌泉寺大同小异。天王殿前，有巨副楹联恢宏大气：

太平盛世宝相现如来因念菩提空五蕴
证道禅床显身观自在果修罗汉悟三乘

万全镇党委书记吴昌林先生带我一起参观。

寺分上、中、下三殿：上殿也称头殿，即"法堂"又名观音殿，有古传黄铜观音一尊，高5米余重千余斤，妙相庄严、栩栩如生，是将乐县最大的一尊金属菩萨，在证觉寺安座千年。另外，供有来自印度的释迦牟尼、观世

音菩萨、大势至菩萨三尊玉佛,这三尊玉佛皆用汉白玉精雕而成,洁白如雪,技艺超群,堪称无价之宝,是国家二级保护文物。

二殿又称中殿,是宏伟壮观的大雄宝殿,又称三宝殿,有赵朴初先生亲笔所书的"大雄宝殿"牌匾,现移至天王殿大门上方。寺庙特请知名技工仿古制作一块大匾,特别神奇的是,这块匾,正面看是"大雄宝殿",左侧看是"诸法空相",右侧看是"万德圆融",故称"妙趣匾"。殿内有高大雄伟的三宝如来、达摩祖师、十八罗汉等。中殿右边有禅堂、藏经室,内存释光明师从印度迎请回来的《大藏经》120部以及万佛忏、千佛忏等。

三殿即天王殿,殿中供奉高达3米、用15000张金箔贴成的弥勒佛以及四大金刚。钟楼、鼓楼就建在天王殿的走马楼上。

全寺有佛像百余尊,寺前有碧水盈盈的放生池,寺后有高僧塔、海会塔、圆寂塔等古塔5座。还有寺田、茶园、果树、菜地数百亩。寺中僧尼依古制,发扬"一日不作,一日不食"的佛家优良传统,粮油菜蔬自给有余。

证觉寺的弧形屋脊如卷浪,飞檐凌空似燕尾,梁顶屋檐有麒麟奔走凤凰展翅。寺里寺外,双人合抱的香樟、红豆杉,枝繁叶茂的紫薇、银杏,还有横空流翠的松、柏、榕、梓,还有幽香袅袅的梅花、杏花、桃花,在习习春风霏霏春雨里,置身其中,让你明目清心五内俱净久久不忍移步。

在总人口不过18万的小县将乐,居然有如此规模如此气派如此生机盎然的美丽梵宫,真令人赞叹不已!

更令人赞叹的是,本寺住持——竟然是一位89岁高龄的老尼释今莲,她的故事,可以写一部长长的传奇。

说起释金莲,不能不提到证觉寺的历史和复光大师。

证觉寺历经五朝,几经兴毁,到了清末,由于战火连连,兵匪横行、灾荒遍地、瘟疫流行,地方政府强行摊税抓丁,致使寺中僧侣,也不得不四处躲藏,寺院疏于管理,建筑日渐残破,经书法器佛像大量遗失,最后整个寺院竟毁于火患。

在极度艰难困苦的岁月里,万全乡杏溪村善士杨瑞丛不顾个人安危,毅然出面护寺,并于1920年到1921年,四方化缘筹款,终于在一片瓦砾堆中重新建起美轮美奂的证觉寺。

为了更好弘法,造福桑梓,杨善士决心终身事佛,他到福州鼓山涌泉寺学习并受戒,得法号复光禅师。在涌泉寺数年,他认真参禅悟道,广结善缘,虚心求教各路大德高僧。

回故乡将乐之后,复光禅师专心主持证觉寺佛事,认真弘扬佛法,强调僧人必须遵守"一日不作,一日不食"的百丈清规,率众僧春耕秋收、植树种茶、栽竹育花,美化寺庙。于是,证觉寺不仅自给自足,还经常施粥济贫。

为了恢复证觉寺元气并弘扬正法,复光禅师不仅延请各派大德高僧前来讲经授课,还委派武艺高强的云游僧人先明大师前往印度西天取经。先明大师风餐露宿,历尽磨难,终于在印度佛界资助下,取回《大藏经》真经一部,并请得西方净土汉白玉释迦牟尼、如来、观音像各一尊,这些真品、精品的到来,再次给证觉寺注入灵气、正气。复光大师与先明大师一道,成就了中国现代史上罕见的西天取经神话。

经过复光禅师和广大僧人、信众的艰苦努力,证觉寺终于逐渐恢复生机和人气,复光师也被推举为闽北6县(明溪、泰宁、建宁、沙县、顺昌、将乐)佛教分会理事长,成为人人景仰的一代高僧。

1958年,千年古刹证觉寺被征用作为上海劳改农场坑塘分场场部医院;1960年12月,复光师怀着无尽遗憾,悄然圆寂于邵武龙湖西岩庵。

然而劫数依然未尽,"文化大革命"开始后,除了不可移动的几座佛塔与僧侣墓地之外,寺庙被彻底拆除,大批珍宝、文物和珍贵经书宝卷不知所终。

于是，再造证觉禅寺的历史重任，便落到了复光师的女儿杨芳莲身上。

"文革"一结束，复光大师的女儿，年逾不惑、已为人妻为人母的杨芳莲女士，落发为尼，法号释今莲。她不分昼夜，苦口婆心游说乡亲重建证觉寺，一时八方善信积极响应，出钱出力。40年来，释今莲经历了多少艰辛、委屈和磨难，苍白的语言难以表述！

在释今莲带领僧尼和众善信茹苦含辛、朝朝暮暮的努力下——1978年——"文革"结束后的第二年，寺院的头殿落成。

1979年至1985年，寺院先后建起了观音殿、大雄宝殿、禅堂、僧房、斋厅、藏经阁、海会塔、放生池、客舍、太平山门楼等等。

如今，藏经阁内珍藏佛典、经书数千卷。木鱼山下新建的海会塔、后山上重新修缮的五座清代佛塔，成为证觉寺的著名景点。浴火重生的证觉寺，流光溢彩，熠熠生辉，这是一位比丘尼历尽万苦千辛种下的福果！这是一位创业者用大智慧、大毅力创造的奇迹！

1982年春开始，省佛教协会会长普雨方丈法驾莅临，为证觉寺写下"证觉禅寺"匾额。

1985年8月，全国佛教协会会长赵朴初先生，亲书"大雄宝殿"横匾赠予证觉寺。

伴随古刹重建，寺院蒙难期间遗失民间的大批珍贵文物、佛像、经书也陆续回归。2008年8月，一位外省的陈姓施主，花了三十几万元，从北京拍卖现场拍下一个100多年前证觉寺遗失的一尊瓷观音佛像，将它护送归还证觉寺。

在政府和社会各界的支持下，今莲师秉承复光大师"农禅并重"的遗训，带领僧尼走"爱国爱教"道路，20年前便实现了"以寺养寺""自给自养"。1990年11月，"三明市寺庙自养现场经验交流会"在证觉寺召开；

市、县宗教局及统战部门,还在证觉寺举办了内容丰富的宗教政策宣传教育展览,吸引了数以万计的游客与信众前来参观,也受到施主们的高度颂扬。

如今的证觉寺,不仅是一个风景优美的千年古刹,而且还是一个多种经济作物种植园和疗养、避暑胜地。伴随芸香佛韵,游人可在殿前远眺"鲤鱼朝天",可到林下品茶赏月,可以望云山如梦如幻,可以听金溪如歌如诉。这里的古老石塔、功德林、修行竹、皈依松、福德果、报恩茶和千姿百态的奇花异木,令人心旷神怡,宠辱皆忘,如临仙境。

吴昌林先生带我攀上寺庙之巅,要我看看眼前奇景。我放目浓绿浅翠,只见太平山对着木鱼山,一脉脉云峦雾岭逶迤起伏流波溢彩,如同一尊尊庄严妩媚的大佛,千年不睡,千年不醒,静卧在古刹的晨钟暮鼓里、在娓娓梵音和缥缈云烟里,无日无夜地祝祷人世和平众生吉祥!

触目所及,环山皆花树,在禅意青山,每一朵鲜花,每一棵绿树,都是般若;花开的声音,鸟啼的婉转,都是禅音。此处,果然山山卧佛、树树菩提,名不虚传哪!诸君来此,可以去俗,可以解忧,可以陶然忘归!

寺中有一楹联正是此情此景的最好写照:

寿无量法无边无是无非无烦恼
人有缘度有难有因有果有菩提

拜识寺中住持今莲师,是在罗汉堂。远远地见她快步走来,一袭灰葛袈裟,身材短小精悍,步履矫健敏捷,慈眉善目,笑意盈盈。这样一位年近九十的耄耋高龄老人,背不驼、耳不聋、眼不花,声音清亮,真是难以想象;更难以想象的是,这样一位弱女子,离夫别子,继承父业,历尽甜酸苦辣风霜雨雪,无怨无悔地将半个世纪的时光,奉献给青灯古佛,奉献于普济众生,用柔弱的肩膀,肩起重兴千年古刹重任,开拓出一片佛光璀璨欣欣向

荣的梵宇天地,这是何等震撼人心的壮举!

今莲师带我到斋堂,热情待我以擂茶麻糖,她说,擂茶和麻糖,都是寺中自产的材料自制的手艺,包括柴米油盐酱醋茶,也莫不是寺里自给自养,老人眉眼之间,颇有得色。提到几十年创建证觉寺的心血、汗水和泪水,老人倒是云淡风轻:"那一切,就像木鱼山的春露秋霭,风吹过就散了。不必总记住艰难不易,想想今日的佛光普照天下,百姓安居乐业,梵音不断,金钟长鸣。我们应该心生欢喜!"金莲师豁达的胸襟和哲人一般的语言,令我深心敬佩!

离开证觉寺时,今莲师送我至山门。依然是细雨绵绵,老人为我摩顶,说:"佛为你洒甘露哩!"殷殷至嘱我乘愿再来。我诚祝证觉寺香火鼎盛、金莲师福愈荼寿。我答应今莲师,今后,凡到将乐,定来古刹参拜佛祖、顶礼大师!

2017年4月12日写于厦门

仁者无敌

——说湛卢

2016年秋,游莫干山,山幽水秀,风景之佳倒在其次,念念不忘的是干将莫邪为宝剑殉情的悲壮故事——西汉时,干将莫邪两夫妻为晋君造剑,三年而成,剑有雌雄,为天下名器。干将以雌剑献君,留其雄者。谓其妻:"我藏剑在南山之阴,北山之阳,松生石上,剑在其中。晋君若发觉匿雄剑,必杀我。你如生男儿,可告他。"后来晋君果然发觉,杀干将。妻生男名赤鼻,具以告之。赤鼻十八岁时,晋君梦一人要来报仇,遂追捕甚急。赤鼻逃至朱兴山中,遇刺客答应为他报仇,乃割赤鼻首,以奉晋君。刺客令用大锅煮赤鼻头三日,不烂,晋君往锅前探视,刺客以雄剑削晋君头堕锅中,刺客也自刎,三头悉烂,不可分别,只好分成三份葬之,名为三王冢。壮烈如此,难怪干将、莫邪,世称挚情之剑。

想不到今秋来闽北松溪,松溪有一座丰神奇秀的湛卢山,原来就是莫邪之父欧冶子锻造绝代名剑湛卢宝剑的地方,真是天缘巧合!

公元前496年,越王允常恳求天下第一铸剑大师欧冶子为己铸剑。欧冶子奉命后,带着妻子朱氏和女儿莫邪、女婿干将来到闽、浙一带名山大川,遍寻适宜铸剑之处。当他们见到湛卢山清幽树茂,薪炭易得,矿藏丰富,山泉清冽,适宜淬剑,就结舍于此铸剑。用了三年时间,终于炼成宝剑。"剑之成也,精光贯天,日月争耀,星斗避彩。鬼神悲号。"欧冶子将剑献给越王。越王爱抚之下,命名"湛卢"。从此,欧冶子便同他的湛卢剑一起名扬天下,故以剑名山。

欧冶子铸成此剑时,不禁抚剑泪落,因为他终于圆了自己此生的梦想:铸出一把"五金之英,太阳之精,出之有神,服之有威"的锋芒盖世、无

坚不摧而又不带丝毫杀气的兵器。有一位诗人说:"湛卢是一把剑,更是一只眼睛。君有道,剑在侧,国兴旺。君无道,剑飞弃,国破败。"

是的,湛卢剑是一只眼睛,它看透人世善恶;湛卢剑是一缕英魂,张扬人间正义。所以,仁者无敌,湛卢剑是一把仁道之剑。

冷兵器时期,剑不仅军事地位显赫,在漫长的历史长河中,尚剑之风也形成了中华民族独特的剑文化。松溪学者冯顺志先生精辟地阐述了剑的深刻内涵:剑是权力和地位的象征,如皇上授予钦差大臣"尚方宝剑",具有先斩后奏的生杀大权;剑被作为显示地位的标志,有严格的佩剑制度;剑被作为一种风雅佩饰,如屈原佩剑问天,李白仗剑天涯;剑的神秘色彩,在民间备受推崇,居家挂剑,有镇宅辟邪、祈福安康之意。

当然,太平日月,剑更多地被当作一种高贵的装饰品。在古代,从皇帝到文人,都喜欢佩剑以显示身份。此外,剑也被当作一种仪式道具——在中国道教仪轨中,剑常常作为一种降伏妖魔的法器,这些剑不用作搏击,只强调其权威性,表示剑乃神人之物。在欧洲,剑被用于册封爵士与骑士,这个习惯一直流传到今天。

欧冶子锻造过五大名剑——湛卢、巨阙、胜邪、鱼肠、纯钧,湛卢名列第一,此剑可让头发及锋而逝,让铁近刃如泥,举世无可匹敌。后代诗人题诗曰:"十年云卧湛卢下,斗间瞻气有双龙,人间何处问欧冶?欧冶一去几春秋,湛卢之剑亦悠悠。"汉代哲学家恒甫说:"好马十匹,不如良驹一匹;利箭十柄,不如湛卢一柄。"李白诗:"空余湛卢剑,赠尔托交亲。"苏轼诗:"湛卢谁复见?秋水光耿耿!"龚自珍诗:"迢迢望气中原夜,又有湛卢剑倚门。"都是对湛卢宝剑的由衷赞美!

关于湛卢宝剑的传奇甚多。《东周列国志》记载:湛卢宝剑铸成,为越王所得,越王视之为国宝。越国被吴国攻灭,吴王阖闾获此剑。有一天,此剑忽然不见,但几天后,楚昭王的枕边,突然发现这把寒光闪闪的宝剑。

相剑者人宫解谜:此乃铸剑名师欧治子的"湛卢"宝剑,越王无道,杀王僚自立,又坑杀万人以殉其女,吴人悲怨,越王岂能得此剑?此剑所在之国,其国祚必绵远昌炽。楚昭王大悦:"此乃天降瑞兆也!"可见,湛卢宝剑已成为预示国家兴亡的神物了!唐朝诗圣杜甫有诗咏道:"朝士兼戎服,君王按湛卢。"相传战国时期赵国名将李牧、唐朝名将薛仁贵曾佩带此剑。《三侠五义》中提及南侠展昭用巨阙宝剑与丁月华的湛卢宝剑互换定亲。《三侠剑》中写到叶成龙持此名剑,入寒井,斩怪蟒。湛卢剑几经辗转流徙,后来传到南宋抗金名将岳飞手中。绍兴十二年(1142年),岳飞父子遇害后,湛卢剑便不知下落。

不止湛卢名剑,欧冶子铸造的一系列赫赫有名的铁剑和青铜剑,也莫不冠绝华夏。在著名的秦始皇兵马俑里,考古人员在秦皇一号坑发现一把青铜剑,被一尊150公斤重的陶俑给压弯了,青铜剑弯曲的程度超过了45度,可当考古人员将陶俑移开之后瞬间,弯曲45度的青铜剑竟然马上反弹平直,它异常惊人的韧性,瞬间自然恢复的能力,令人惊诧莫名。古代这样精湛的铸剑技艺,超乎想象,其技术之先进令现代人也瞠目结舌,自叹不如。

1965年底,湖北江陵出土了越王勾践剑,该剑距出土时已逾2000年。在潮湿的地下竟毫无生锈,出土时完好如新,不仅锋刃十分锐利,剑身也满布菱形花纹,还用鸟篆刻镂铭文为"越王勾践自制"。这一考古发现,给欧氏铸剑的记载提供了一个实物佐证,说明欧冶子铸宝剑并非神话。

我的崇剑情结来自历史也来自文学。历代提及宝剑的诗文甚多。自古及今,屈原、曹植、陈子昂、杜甫、李白、王安石、王维、温庭筠、刘长卿、李商隐、杜牧、孟浩然、李贺、骆宾王、元好问、元稹、陆游、文天祥、谭嗣同等等,都留下了歌咏宝剑的诗章,从而形成了瑰丽高雅的剑文化。其中李白

的"宝剑双蛟龙,雪花照芙蓉""延陵有宝剑,价重千黄金";辛弃疾的"国仇未报壮士老,匣中宝剑夜有声""醉里挑灯看剑,梦回吹角连营";《警世贤文》的"宝剑锋从磨砺出,梅花香自苦寒来";秋瑾"千金市得宝剑来,公理不恃恃赤铁",都是脍炙人口家喻户晓的。

大自然的鬼斧神工,加上悠悠数千年的历史文化积淀,使以湛卢为首的宝剑,不仅创造了灿烂辉煌的军事价值,也创造了代代相承经久不衰且博大精深的剑人文。

为重现当年湛卢宝剑风采,松溪县自1985年起,查资料集人才,搞实验,继承古代传统工艺,辅以现代控制、冶炼、加工等10多道工序,终于制出了湛卢宝剑系列产品——软剑、硬剑、单剑、双剑、开锋剑、手杖剑、兽纹剑等。这些剑,剑身银光闪烁,柔韧适中,剑面镌刻龙凤,花榈木、红木制鞘,黄铜薄片镶包,并嵌有宝玉石图案,高贵典雅,古朴端庄,令人喜爱。当年生产的第一批产品,送往北京"中国国际展览中心"展销,展品当即被抢购一空。1986年6月14日,《福建日报》以"当年欧冶子铸剑地,如今湛卢剑再问世"为题,报道了这一消息。《人民日报》及其外文版、《文汇报》等20多种报刊转载此文。1987年,湛卢宝剑获福建省工艺美术百花奖。

据县里介绍,松溪原来有13家铸剑厂,1996年还成立了湛卢宝剑工会,现在只剩下湛卢剑省级非遗传承人范志华先生一家了。

9月22日午后,怀着崇敬与探秘之心,我与县文体新局苗志强同志一起,前往解放街239号湛卢宝剑厂拜会范志华先生。宝剑厂当属前店后厂,来到店前,只见石砖铺地、本色木橱窗,正中横匾为古篆"剑魂"。橱窗中排列着数百柄各式红缨宝剑,在软软的秋阳映照下熠熠生辉。范先生一派儒雅,与宝剑一起一片古韵。见来了远客,主人彬彬有礼地延请让座并为我们泡了武夷岩茶,说:"湛卢剑的非遗传人是我岳父杨振条先生,他今年75岁了。我自少年时代起便热爱剑,常常到杨家学习造剑技艺,高中毕业后就到湛卢剑厂来上班,因此与杨老师的女儿有了感情,便一直留了下来,1987年结婚。与剑结缘,转眼也30年了。"

我听了,心想,这莫不是干将莫邪故事新版?

杨振条先生祖籍浙江永康,祖上在松溪居住了近200年,后来子孙又到永康向师傅学铸剑,到了杨振条,便回到松溪来。他是杨家铸剑的第八代传人了,失传千年的铸剑工艺在杨振条手上得到了恢复。

范志华先生把去年央视采访的《杨振条的铸剑人生》播放给我看,我深深震撼于年逾古稀的老剑师为了宝剑艺术的探索,历尽艰辛,坚韧不拔,无怨无悔。今日的他,依然如松如石,如虎如猿,体魄轻捷,精神健旺如少年。他是一把中华古剑,雄风烈烈,龙吟细细,仁人志士,见而生敬;妖魔邪恶,闻风丧胆。

范先生说:"剑是有气节有灵性的,只有心存善念的人,才能造出好剑;只有胸襟坦荡的人,才能与剑为伍。"

他又不无得意地告诉我:"铸造'天下第一剑',是一种追求也是一种使命。今天,湛卢宝剑厂打造春秋、汉、唐、宋、元、明、清等各个朝代的仿古剑,每一把剑我们都精心砥砺。我们希望一剑传千秋,让我国博大精深的剑文化得以永恒!"

听君一席话,胜读十年书。在我心中,对于宝剑的一片钟情,有了一份质的升华。仁者有爱,仁者无敌,信其然也!

秀丽如画的松溪,有两大国宝,人称二绝:一是温润如玉的青瓷,一是天下第一剑湛卢。青瓷是美人,宝剑是壮士。有美人如玉、有壮士如山的地方,谁人不向往?

2018年4月写于厦门

从古渡说起

汴水流，泗水流，流到瓜洲古渡头，吴山点点愁。

——（唐）白居易

此生注定是旅人，旅人注定与风晨雨夕与荒山野水与莽原古渡相识，与沧桑苍凉相思离别等等情思相知相伴。

于是，我走过许多古渡。那汉唐西渭桥边的咸阳古渡，是一座见证了多少离愁别绪肝肠寸断的古老的渡口，最著名的当数王维的《送元二使安西》："渭城朝雨浥轻尘，客舍青青柳色新，劝君更尽一杯酒，西出阳关无故人。"那黄河上著名的三大古渡——茅津渡、风陵渡、大禹渡，真是风涛际天，形势险要，尤其是沟通晋豫两省的交通要津茅津渡，更是万里黄河上一个极为险要的渡口；那坐落在镇江市云台山麓的西津古渡，"长天一色渡中流，如雪芦花载满舟，江上丈人何处去，烟波依旧汉时秋"。唐宋以来的青石古街、元明的石塔、晚清时期的楼阁，沿坡而建的石门古色古香，门楣上历代名人的题字清晰可见，西边的小码头街仍保持着唐宋风韵，漫步在这条古老的街道上，可以领略当年古城地处要塞，商旅繁荣的风貌；泉州万安古渡洛阳桥，则是我八闽大地扬名天下的千年古渡了，洛阳桥是举世闻名的梁式海港巨型石桥，为国家重点文物保护单位……

多年以前，我写过一首关于家乡"古渡"的歌，歌词是：

曾有一轮红日

让我追逐

曾有一段烟波

为我沉浮
　　渔舟戏水多欢乐
　　杨花依人弄轻愁
　　旧梦古渡头

　　往事付与春风
　　山水依旧
　　重来检点年华
　　诗情依旧
　　莫道人世多坎坷
　　花自繁荣水自流
　　月明古渡头

　　当年的厦门音协主席、男中音歌唱家吴培文先生,曾把它唱得回肠荡气。

　　于是,那故乡以及故乡以外古渡的春潮秋汐,总弥漫我的心中。

　　丁酉暮秋,来到福州仓山。仓山真是个俊雅毓秀之区,那琼花玉岛的绮丽,那三江口的雄奇,那金山工业区的繁荣昌盛,那螺州小镇的古韵绵绵,那江心爱情岛的风流浪漫,那文化南台的书香,那名人故居的厚重,无不令人赞叹不已!但更令我心仪的却是这里的淮安古渡(旧名"怀安古渡")。

　　仓山区建新镇淮安村,位于福州西部、南台岛西端,闽江水从西向东奔流直下,到这里被分流为白龙江和乌龙江,直至马尾再汇成马江。历史上的淮安,文教发达,书院林立,理学大师朱熹、黄干都曾来此讲学传道。因此,淮安一带科名长盛不衰,举人、进士层出不穷,也诞生了一批经国济世的名臣和满腹经纶的大儒,其中最著名的是明朝状元、礼部尚书、太子

少保翁正春,兵部尚书、抗倭名将、民族英雄张经,闽中十才子之首、闽剧祖师、爱国文人曹学佺。

长期的历史文化积淀,使淮安地区保留下来大量的文化遗址和文物古迹。1953年发现的"淮安遗址"是我国东南地区最典型的文化遗存之一,同年发现的南朝至唐代的淮安瓷窑址,佐证了福州是我国古代海上丝绸之路的重要启泊地。淮安村曾经作为淮安县治,也留下了如县衙署、城隍庙、接官道、码头等县治文物,从而成为我省唯一的古代县治文化的活化石。

淮安盛产名贵花木和茉莉花茶,有"百花之乡"美誉。花伞、蓖梳、角梳、漆器等,也是这里传统的古老工艺。

矗立在乌龙江中的金山寺,号称"水上明珠"。著名的妙峰山、石岊山、桃源山、马岭等,横亘淮安,其中,石岊山更是秀拔不群、风水绝佳之处,也是达官贵人百年后入土为安的宝地。因此,石岊也顺理成章成为淮安的别称。

暮秋时节,农历九月十五日,我与杨少衡、璎珞二作家一起探访淮安。出城后沿上下店,经淮安大桥,依乌龙、白龙双江交汇的岊江古道一路前行,西风如水,天蓝云淡,雁声嘹唳,古道另一侧的石岊山上,老榕亭亭如盖,红、紫、粉、白、黄五色三角梅笑意盈盈;美人花异木棉彤云一片,远望如樱花;此外,羊蹄甲、蓝花楹、金桂也郁郁葱葱,芬芳四溢,真是"不是春光,胜似春光"了,车行十余里,即到淮安古渡口,沿风侵浪噬的斑驳石阶走下渡口,青石板铺就的码头虽然历经千年风霜,依然完好无损,码头一旁乱石参差,正当满潮,涛声潺潺如歌如诉,一江秋水,碧波如练,远处有渔人垂钓,对面的岊山楼台林立芳树如烟风姿如画,有一种旷古沉寂,有一种活泼生机,让你忽略古今。

淮安建县于北宋太平兴国六年(981年)。淮安古码头附近有芋原驿,古时交通发达,舟航云集,驿旁有梁武石,相传梁武帝曾登岸坐此。东边有普觉寺,据说普觉寺为梁昭明太子所书,寺旁有文昌阁,是乡绅高南斌、王观宾重建。宋代著名思想家、教育家朱熹,当年到福州,就是乘舟东下,经石岊江在淮安码头泊岸,并写下了《宿石岊馆二首》:"春江日东注,我行溯其波。扬帆指西滢,两岸青山多。青山自逶迤,飞石空嵯峨。绿树生其间,幽鸟鸣相和。……"及《晚发怀安》:"挂帆望烟渚,整棹别津亭。风水已云变,我行安得停?离樽柱群贤,独醑愧先倾。谈笑不知倦,但觉江水清。……"从此,朱熹与淮安结下不解之缘。

"布帆去如飞,日暮江风急。古城虽已墟,犹指怀安邑。"

独特的地理位置和清丽古朴的自然风光,赋予淮安神奇的历史文化魅力。我们来到离古渡口仅70米的石岊山南麓漫坡上的衙署遗址,这是明洪武十二年(1379年)的淮安县衙署。这座主体结构为明末清初建筑,遗址三进,木石结构,穿斗式构架,单檐悬山顶,前后庭院条石铺地。地面石板及围墙基石,当为宋代遗物。目前,修缮一新的衙署遗址,在暖暖的秋阳下,仿佛一位睿智老者,默默地向世人诉说着往昔官府酬酢、驿马往来的辉煌和人世沧桑的无限感慨。

衙署前侧堤岸下,有长70米,宽6米许的接官道,直通古渡码头,那是当年淮安县迎送南来北往官员的专用道路;古时福州举子进京赶考,多于淮安古渡码头乘舟北上,接官道也是他们的必经之路。

顺古渡沿乌龙江前行,不远处便见一座禅寺,犹如一方硕大石印浮于江面,问东道主,方知是建于宋朝绍兴元年(1131年)、福州唯一的水中禅寺,因形似江南镇江金山而取名金山寺。金山寺四周水流汹涌,白浪滔滔,有砥柱中流之势,又巧借外景江波鸥鸟、云桥雪浪、青山碧树,依形而建,清幽辽阔的自然风光与小巧玲珑的寺庙建筑,浑然一体佳境天成,令人不忍移步。

我们从渡口下石阶乘一苇小舟渡江,老艄公撑篙至寺庙码头后,弃舟拾级而上,只见寺门前石缝中伸出一树虬曲多姿、绿叶如巨伞的老榕,其气势有如黄山的迎客松。寺庙正门悬挂着赵朴初先生题写的"金山寺"牌匾。前殿为妈祖阁,供奉海神妈祖娘娘。穿过妈祖阁,有宋朝年间修建的高10米,由185块白梨石砌成的金山石塔,当江水满潮时,塔浮江心,是金山八景之一。近代名人林纾曾写诗赞美这座千年宝塔:"水寺烟深隐画檐,钟鱼不响雨廉纤。野僧飞锡疑无路,只向云中认塔尖。"

转过塔身到后殿,这里便是金山寺的主楼大悲楼,供奉如来佛祖、观音菩萨、地藏王等。正逢农历十五,许许多多善男信女来此烧香敬拜,抽签问卜,香火鼎盛,烟雾缭绕。大悲楼左侧有"怡怡斋",俗称文昌阁,相传张经、翁正春等多位名人都曾在此读书出仕;右侧为"借借室",明嘉靖三十八年(1559年),莆田爱国志士林兆恩先生借寓此处著书立说,故名"借借室"。

从后殿转到楼外,迎面便是一棵从寺基岩缝中长出的大樟树,树高20米,径粗1米多,树干离地1米处分叉成两大树干,在3米处又长出一横干,像手臂一样把两大树干紧紧相握,人们称此香樟为"连理树"。据说此树为明朝状元翁正春手植,距今已有400多年树龄,树冠遮盖半个寺庙,浓荫压瓦,六月生凉。寺中有一小亭延伸江面,香客依亭而立,可眺望烟江丽景、云峰雾岭,以及两岸秀色可餐的乡村别墅。元代诗人王翰有诗:"胜地标孤塔,遥津集百船。岸回孤屿火,风渡隔村烟。树色迷芳渚,渔歌起暮天。客愁无处写,相对未成眠。"写的就是金山寺的风情韵味。

我默默地徜徉于淮安古渡口,尽管山崖水畔无处不在的天然美景令人流连忘返,尽管古刹古迹蕴藉人心的禅音古意叫人返璞归真,但毕竟古渡已成历史,"月落乌啼,总是千年的风霜;涛声依旧,不见当初的夜晚"。所有的空寂与悲怆,所有的苍凉与失落,都留给了逝水流年,留给了祖先!

如今,滨江岸线达 4.5 公里的仓山区建新镇淮安村,在东、西、北三面环江的土地上,建起了五彩斑斓的金辉淮安半岛别墅区,建起了金碧辉煌的金辉淮安国际住区,建起了现代化的保利西江林语花园……淮安村南面,与包含福建农林大学等多所大中专院校在内的传统学区,共享半岛内的大盘配套、社区内的精英教育体系以及两大原生态山体公园;共享大型商业街区、游艇码头、半岛独立式会所;共享交通、商业、教育、娱乐等种种生活配套……

被历史冷落了多少世纪的淮安古渡,被人们淡忘了多少春秋的淮安古渡,今日的你,像涅槃的凤凰,浴火重生! 美丽的淮安古渡,我为你的新生,纵情欢呼!

淮安古渡,你是一篇无字的诗,你是一幅无框的画,你是一首无言的歌,仓山儿女用他们改天换地的擎天巨手,圆了你重见人世繁华的春梦!

我来古渡,时令是深秋,风物所及,到处生机勃勃!

我来古渡,时令是深秋,我心所在,此行步步春风!

相信,今天中国所有的古渡,和淮安古渡一样,都告别了古老和荒凉,都远离了离恨和别怨,都共同编织着一个新奇瑰丽春意盎然圆满温馨的中国梦!

从此,我走过古渡,再不惆怅;从此呵,我要重谱一曲新歌,为古渡放声歌唱!

2017 年 11 月 11 日写于厦门

不求闻达只烟霞

——从兰说起兼说庄言兰园

兰花,自古以来,人们就把她视为高洁、典雅、爱国和坚贞不渝品质的物化形象。兰花,被誉为"花中君子",诸如蕙质兰心、义结金兰、兰桂齐芳、芝兰玉树、空谷幽兰、吹气如兰等等诸多与兰美满结缘的成语,字典中俯拾即是。《周易》更谓:"二人同心,其利断金,同心之言,其臭如兰",是将君子比德于兰,而非以兰比德于君子。在中国传统四君子梅、兰、竹、菊中,和梅的孤绝、菊的风霜、竹的气节不同,兰花不仅代表清雅高贵的文人气质,还象征一个民族的内敛风华。

兰的故事

关于兰的故事,特别是名人与兰花的故事,古往今来,可谓家喻户晓。

孔子爱兰花。春秋时,孔子自卫适鲁,作猗兰之操,誉兰为"王者之香",又作琴曲《幽兰操》,歌颂美丽的兰花。而后,历代文人雅士便咏兰不绝。孔子特别重视个人品格的修养,在兰花身上寄托了深切的感情。他曾用一系列比喻,说明交友和环境对人品行的影响。他说:"与善人居,如入芝兰之室,久而不闻其香,即与之化矣;与不善人居,如入鲍鱼之肆,久而不闻其臭,亦与之化矣。"这句话的意思是说,常和品行高尚的人在一起,就像沐浴在种植芝兰散满香气的屋子里一样,时间长了便闻不到香味,但本身已经充满香气了;常和品行低劣的人在一起,就像到了卖鲍鱼的地方,时间长了也闻不到臭味,因为已经融入到环境里去了。从此,"芝兰之室"就成为良好环境的代名词,成为一个颂兰、美兰的成语。

屈原博闻强志,娴于辞令,但是他的政治主张遭到旧官僚贵族的激烈反对,而他依靠的楚怀王又昏庸无能,忠奸不分,听信谗言而迁怒于他。到楚襄王时,屈原被长期流放于沅湘一带,虽遭穷困,但其志不变,思君爱国之志,匡时济世之情,常通过多种香花异草加以表达。对于兰花,屈原情有独钟,在《离骚》《九歌》《九章》等许多诗篇中,都写到自己如何滋兰、佩兰、纫兰、搴兰、刈兰。"扈江离与辟芷兮,纫秋兰以为佩。"他以兰为友,将兰作为佩饰,以表达洁身自爱的美好情操。

越王勾践喜兰,他在距绍兴城二十五里,东临古鉴湖,西背会稽山的渚山种兰花,为此,后人把渚山命名为兰渚山,把兰渚山下的集市命名为花街,把兰渚山下的驿亭命名为兰亭。

书圣王羲之一生一爱兰、二爱鹅。爱鹅其来由是——他曾给一位山阴道士书写了《黄庭经》而"笼鹅而归"。而更有情趣的是爱兰的故事——永和九年三月初三,王羲之约友修禊,选择了兰亭为修禊之所,除"此地有崇山峻岭,茂林修竹,又有清流激湍,映带左右"外,此地还盛开幽兰,馨香扑鼻。同去的名士们因此而留下了"俯挥素波,仰掇芳兰""微音选泳,馥为若兰""仰泳挹遗芳,怡神味重渊"等咏兰名句。王羲之在精研书法体势时,得益于养鹅,更得益于爱兰。曲颈高歌,红掌拨清波的鹅,给王羲之的书法带来启示。而那迎风飘拂、婀娜多姿的兰叶,更启发了他创立飘逸流畅、妍美遒媚的书法新体。王羲之将兰叶的各种姿态运用到书法中,使他的书法结构、笔法、章法的技巧达到了神韵生动、随心所欲的高超境界。我国元代一件稀世名瓷"青花四爱图"梅瓶,有"王羲之爱兰""周茂叔爱莲""孟浩然爱梅""林和靖爱鹤"四幅图,可见,王羲之爱兰影响之深远。

徐渭诗、书、文、画无不精绝。他的画,涉笔潇洒,独得天趣。尤其是花鸟画,用笔纵横,不拘绳墨,淋漓尽致,气势奔放,开创了明代中期水墨画写意花鸟画的新格调。徐渭画了很多兰与水仙相配的画。《题水仙兰

花》诗云:"水仙开苑晚,何事伴兰苕?亦如摩诘叟,雪里画芭蕉。"题《水仙兰竹》云:"水仙丛竹挟兰英,总是湘中三美人。莫遣嫦娥知此辈,定抛明月下江津。"在《画兰》诗中云:"醉抹醒涂总是春,百花枝上掇精神。自从画得湘兰后,更不闲题与俗人。"另外,徐渭还作了很多兰诗,如"莫讶春光不属侬,一香已足压千红"。徐渭送兰画于友人,题诗曰:"仙华学杜诗,其词拙而古。如我写兰竹,无媚有清苦。""无媚"与"清苦"写的是兰,也是徐渭自身的写照。

鲁迅家几代人都喜爱兰花,他在《致山本初枝》的信中说:"我的曾祖父曾经栽培过许多兰花,还特地为此盖了三间房子。"鲁迅的祖父、父亲也都养过兰花。鲁迅从小就喜爱花、虫、鱼、鸟,读书之余跟随父亲在天井和百草园广植花草。他曾根据自己的经验,订正过《花镜》中的某些讹误。稍大一点,常约二弟作人、三弟建人至城内府山、塔山采兰。每年二三月份兰花开放时,三兄弟常到会稽山、兰渚山、箬山去春游、采兰。1911年3月,鲁迅和周建人、王鹤照一起去游览会稽山下大禹陵。出发前,鲁迅特地带上事先准备好的工具,以便上会稽山采兰。关于那次会稽山采兰之事,周建人晚年还经常提起:"老大(鲁迅)采到'一叶兰'后,兴奋极了,对我说:'老三,我们真不虚此行!'回到家里,我们小心地将兰花上盆种好。"

朱德同志是兰花迷,他出生于四川仪陇,川中大地兰花多,他自小喜欢兰花。南昌起义后,朱老总转战粤北、湖南直至井冈山时,带队伍辗转于深山老林中,常与兰花为伍。20世纪60年代时,他还能讲出粤北、湖南哪座山上有兰花。20世纪五六十年代,他在成都住处种过兰花——他把"井冈兰"赠与上海龙华花圃,把"武夷兰"赠给武汉东湖花园,他还把自己种植的名兰"绿云点珠""银边大贡"等赠与成都草堂兰圃、广州兰圃、杭州花圃、苏州拙政园花圃,并为杭州花圃的横匾写下"同赏清芳"四个大字。

1962年,周总理在杭州西子湖畔亲切会见来华访问的中日友好人士松村谦三。松村谦三非常喜爱中国兰花,曾搜集过不少品种。总理深知松村谦三的爱好,趁在杭州相会时,吩咐随员去苗圃挑选了一盆名兰送给他。苗圃的同志特地挑选了一盆叫"环球荷鼎"的兰花——此花是40年前绍兴兰农在上虞大舌埠山中掘得,实为兰中极品。当松村谦三从总理手中接过这盆兰花时,激动得说不出话来。他知道"环球荷鼎"的珍贵,他更体会总理的真诚心意。"兰"象征美好,也象征友情,总理希望中日友谊像"兰"一样常青,像"兰"一样馨香。松村谦三捧着"环球荷鼎"回到了日本,晚年一直致力于中日友好事业。在生命弥留之际,他将儿子们叫到床前,语重心长地关照他们要继承他的中日友好事业,要养好总理赠送的兰花。他的儿子松村正直牢记父亲教诲,广结兰友,潜心钻研,几年后,兰技大进,从养兰的门外汉,到成为日本兰界的养兰高手。他把"环球荷鼎"送给兰友,使"环球荷鼎"香飘日本。

"西安事变"以后,张学良遭软禁。1946年被秘密解往台湾,开始了长达半个世纪的幽禁生涯。在幽禁期间,张将军除读书外,就是莳养兰花。他曾坦然表示:"我第一爱夫人,第二爱兰花。"他还说:"写诗可言志,养兰能寄情。"他把热爱祖国之情,融入于热爱中国兰花之中。五十年来,张学良在家中莳养了200余盆兰花,亲自栽种、管理,不仅培育了大批中国传统春兰名种,如绿云、宋梅、大富贵等,还栽培了广东报岁、福建建兰、四川川剑等多类兰花。90年代初,张学良被解禁,每年春暖花开时,他经常到台北市区及近郊兰园赏兰、买兰,经常与台湾地区世界兰蕙交流会的兰友切磋兰艺,并欣然出任该会荣誉会长。

……

兰与名人的传说,清韵流转,代代相承,成为永恒!

兰的歌唱

兰花品种众多,享誉海内外的中国十大名兰是素冠荷鼎、鬼兰、石斛兰、蝴蝶兰、莲瓣兰、翡翠兰、建兰、墨兰、春兰、蕙兰,这十大名兰虽千娇百媚姿色各异,但总的特点是花色淡雅、风姿绰约,香气浓郁、清而不浊,一盆在室,芳香四溢。

还有一种寒兰,它是一款非常隽丽的名花,生于林下、溪谷或湿润、多石的土壤上,株型修长秀美,花姿优雅脱俗,花朵赏心悦目,花色艳丽多变,花香清醇久远,凌霜冒寒吐芬芳,故有"寒兰"之称,为国兰之一,很受花友喜欢。

寒兰通常以花被颜色区分,有青寒兰、青紫寒兰、紫寒兰、红寒兰。其中以青寒兰和红寒兰最为珍贵。台湾所产之素心寒兰,花色淡绿,属青寒兰类型,至目前为止,素心寒兰数量特少,价格十分昂贵。其名品为"寒香素""广寒素""寒山素",都是极品名兰。

名兰如名姝,君若爱兰,有幸见之,不能不兴"一顾倾人城,再顾倾人国,宁不知倾城与倾国,佳人难再得"之叹!

关于兰的歌唱,千秋以来,可谓车载斗量。我之最爱,是清代郑板桥的《折枝兰》《高山幽兰》和秋瑾的《兰花》。

折枝兰

多画春风不值钱,一枝青玉半枝妍。
山中旭日林中鸟,衔出相思二月天。

高山幽兰

千古幽贞是此花,不求闻达只烟霞。
采樵或恐通来路,更取高山一片遮。

诗人郑板桥把兰花比喻为一枚素净高洁、玲珑剔透的"青玉",一片乍暖还寒、含情脉脉的"相思二月天";因为她的超然物外,只以深谷老林为家,只与风月烟霞为伴,从不求闻达于红尘艳世,她甚至于担心采樵人发现她的幽居,特请一爿高山为她遮挡。那一份绝代佳人的冰雪肝胆优雅清芬,令人读之,弃尘绝俗而五内清凉。

兰 花

九畹齐栽品独优,最宜簪助美人头。
一从夫子临轩顾,羞伍凡葩斗艳侪。

民族志士秋瑾认为,自伟大诗人屈原在《离骚》中写道"余既滋兰之九畹兮,又树蕙之百亩"之后,品格高贵的兰花,再也羞与大红大紫的庸脂俗粉为伍,因此,德行芬芳的美人最宜佩戴她。

无数文人雅士咏兰的诗章,赞美的大抵都是兰花清雅高远的君子风范和不为权贵折腰、不为流俗折节的志士风骨。爱兰,爱的就是兰的气节和风骨。于是,养兰人、赏兰人朝夕与兰相对,大抵也有一份书卷气、一份淡泊、一份幽怀了。

庄言兰园

戊戌年孟冬时节,我来三明三元区。乡人告诉我,此地位于武夷山脉和戴云山脉之间,原始森林密布,河谷纵横、山水秀丽,深山里野生兰花甚多,有一户养兰大户在中村乡,种的是寒兰珍品。

出于爱兰之心也出于对养兰人的敬慕,我专程前往拜访地处莲花峰山脚下的庄言兰园。到了兰园,青山壁立,流水潺潺,好一处幽雅所在。

主人庄顺建先生热情来迎,带我走进一座竹篱环绕的木结构建筑,门前的题匾是"梅兰阁"。踏入阁中,地上有方池清泉,锦鲤游弋,墙上有"清

气若兰""抱朴"书法条幅。我问庄先生为何起名"庄言",他说"庄言"是她女儿的名字。看来,庄先生是爱兰若女了。

主人迫不及待地向我介绍——他刚刚荣获上海名家名品邀请赛金奖的作品"翠微"(寒兰)和在连城荣获全国寒兰节金奖的作品"荷之韵",虽是行外人,看到这两盆袅袅娜娜、楚楚动人、幽香缕缕的寒兰极品,我也不能不有如男儿骤见美人而心旌摇曳了。

庄先生带我前往村外的塑料大棚,参观数千盆形态各异、风情万种的兰花,置身那一种满目翡翠、暗香氤氲的绝妙境界,来客自然而然地也就心静如水人面如花运气如兰了!

庄先生是三明市养兰大户,名闻遐迩。我请教庄先生几时开始与兰结缘,他不无自豪地向我娓娓道来——如何从一个门外汉到一位养兰专家的奋斗历程。

出生于1976年的庄顺建,1995年从集美轻工业学校毕业后,回到了三明,在三明塑料厂,从技术员一步步成长为工程师。2006年,经历了企业改制,他离开了塑料厂,并代理市区三棵树涂料,这一干,就是3年。

在自主创业的过程中,庄顺建逐渐对兰花产生了兴趣。2009年,他在中村乡大焙坑村承包流转土地,创建兰花基地,占地约50亩。刚开始,他的基地不过是一片竹片大棚,兰花的种植规模也仅有5000盆。为了发展兰花事业,庄顺建将全部的身心都投入到寒兰的种植中,并且不断改良种植技术。他将植料的配比由原来的河沙掺木屑,改良成河沙掺腐殖土,保证了兰花苗子壮,开花率也从每年的3%一跃提升至50%,增加了兰花的商品特性,缩短了选育新品种的时间,提高了种植效率。

到了2012年,庄顺建的兰花基地已选育出30多个优秀的寒兰新品种。为了更好更快地定向栽培,他还特意建造精品兰房,顶上一层固定遮阳网与一层活动遮阳网,随着天气季节的变化调节光照,缩短了兰花高温及低温的休眠期,压缩了生长周期。同时,他还在中国兰花交易网注册了网店,名为"庄言兰园生态园"。优秀的"武夷山脉寒兰"从此走向全国各地,甚至迈出国门,进军韩国、日本市场。

"兰花走出去、客户走进来。"电子商务平台的助推,让庄顺建的兰花销售的渠道迅速扩大,基地里的兰花完全不愁销路,而他的网店信用度也在2013年底达到了三星级。在网店发展的过程中,庄顺建不断创新兰花邮寄方式,他曾用PVC水管套装取盆的兰花,使兰花在运输过程中既轻便又不受损,这一做法,在兰花网销应用中,至今仍无更好的方式取代。

为了结识更多的兰友客户,每逢大的兰展,庄顺建必去参加,而每次参展,他的兰花都取得了好成绩,这大大增加"庄言兰园"的影响力,"庄言兰园"也在全国成了一个品牌。2015年,他还在全国工商总局成功注册了"庄言兰园"商标,增强了产品的公信力。

通过7年多时间的努力,庄顺建的兰花基地已是全钢构保温大棚,兰花种植规模也达到了10万盆,2016年,他还登记注册了三元区"庄言兰园生态农场"。在他的带动下,中村乡现有5家兰花生产大户,直接带动100多人就业。

其实,在创业的过程中,庄顺建碰到了许许多多的艰辛,资金、设施、气候、管理模式等等,重重难题曾经困扰得他喘不过气来。最无助的时候,唯一的代步工具摩托车,家里搜遍边边角角,找不出20元钱来加油。但庄顺建说起往事云淡风轻,从他身上,我看到了兰花的清和淡定风采和抱朴守真气质。

我想,庄顺建先生养兰的起因,一是对兰的一份欢喜心,二是为了生活。当生活已经不成问题时,养兰,对他来说,便是培育一种不忘初心的理想、一种"不求闻达只烟霞"的情操、一颗清净无邪的佛心、一脉淡泊悠然的禅趣!

戊戌岁末，在三元，我有缘与兰相遇——品兰、品养兰人、品如兰风骨千秋禅，实乃平生之幸事也！

2019年1月4日写于厦门

山光水韵谢洋行

三明有个大田县,位于福建省中部,戴云山脉西侧。

大田辖10个镇、8个乡,山多田少,有"九山、半水、半田"之称。全县那半分水,大多集中在谢洋乡。

谢洋乡位于大田县西南部,距县城31公里,是泉州、三明、龙岩三市的接合部,地处八闽中心,辖14个行政村,总人口8300余人。谢洋乡的水源,哺育着县城的15万父老乡亲。因为水魅力的诱惑,也因为对谢洋山川人文的仰慕,我用了两天半时光,探访了谢洋5个村。

坑口村

一水护田将绿绕,两山排闼送青来。

——(宋)王安石

坑口属于大仙峰自然保护区,距著名的象山风景区仅7公里,依山傍水,风景秀丽。全村管辖面积12200多亩,林地10860亩,生态公益林6000多亩,森林覆盖率达89%。

从县城龙江宾馆出发,经石牌镇至坑口,约半小时车程。沿山而行,松、杉、翠竹、芦苇以及不知名的杂树郁郁葱葱。陪同前往的谢洋乡副乡长施发东、石牌中心小学老师林天生,建议先参观农家乐"坝水一方"。

"坝水一方"是当地引进福建省坝水一方生态旅游开发有限公司,通过盘活坑口水库旧管理处、旧供销社等闲置资产,因地制宜改造而成的"农家乐"项目,从而着力打造"吃农家饭,住农家院,观农家景,享农家乐"

的美丽乡村旅游休闲基地。

细雨霏霏中,走进"农家乐",见气派恢宏的院子里,一栋近两千平方米的白色大楼巍然矗立,有流青滴翠的柏树一排排,有大红灯笼一串串;房前屋后,有一片片串钱柳、香樟、茶花、毛杜鹃、富贵子,或开花,或放绿,都是生机勃勃;远处,有登山栈道,山上,樱花、桃花满山,山下有溪流淙淙,有弦歌悠扬,穿山渡水而来。走进大楼,有绿意氤氲、窗明几净的客房,有悬挂荷花、牵牛花、梅、兰、松、竹以及晒谷、风车等水墨丹青的一间间餐厅,有琴、棋、书、画雅室,清雅质朴,与山光水色融为一体。据说每逢节假日,总是宾客盈门。

温婉秀丽的老板娘出来热情招呼,亲手为我们冲泡地产铁观音、蜜柚茶、东方美人茶,茶香人靓,更为"农家乐"平添一份风韵。

施副乡长说,目前正在加快推进游泳池、休闲垂钓、农耕体验、亲子乐园、葡萄沟等项目,待建设全部完成,当更是一番欣欣向荣气象。

天公作美,风停雨住,我们便往山上寻觅坑口水库。山风拂面,青天白云,只见一望碧水,有如一块硕大无比温润晶莹的翡翠,镶嵌在四围青山之中,这就是被县政府列为城区饮用水水源的坑口水库了。

坑口水库是中国第一座碾压混凝土大坝工程,始建于1984年,竣工于1986年,坝高54.8米,顶宽5米,平均来水量7991万立方米,水库库容2700万立方米。坑口水库,可用来调节下游装机总容量为1.47万千瓦的七级电站,防洪保护面积980亩,从三级引灌农田面积4458亩。水库建成之后,曾长期用于当地村民的渔业养殖,有力地促进了当地经济的发展,产生了较大的经济和社会效益。

我们来到位于坑口水库边上的南大草原。南大草原藏身于一个狭窄而弯曲的山谷里,"一溪清水向东流",弯弯的溪床,如同坠落在坑口大地上的一弯眉月,由西北丛林中的泉水汇流而下,绕村而过,溪水清澈透明,空气清新,环境优美。南大草原有棵树龄千余年的银杏树和一棵古老的樟树,古银杏高 30 余米,胸围 5.20 米,每年产白果 800 余斤;古樟树胸围 5.50 米。古老的银杏和樟树,共同见证着沧海桑田的变迁。南大草原与坑口水库互相依托,如诗如画,令人流连忘返!

象山村

人家在何许?云外一声鸡。

——(宋)梅尧臣

  象山海拔 1432 米,是大田县第二高峰,与县境内第一高峰大仙峰遥望对峙,是八闽地理中心,因山形如一只巨象趴卧吸水而得名。屹立峰巅,可鸟瞰周边 7 个县市的秀丽山川。

  象山风景区,就坐落在象山村。

  象山风景区与坑口水库山环水绕,从坑口转到象山村,

  登临峰顶,便能俯瞰大田全貌。这里拥有福建省内陆最大的天然草场,被誉为"南方天山",举目远眺,牧草绵绵的万亩草原,碧汪汪地如同海洋,云雾缭绕,山峦叠翠,真是"天苍苍、野茫茫,风吹草低见牛羊",景色宜人、气象万千!施副乡长见我陶然如醉,便说,你没见过那日出、云海、春天的百花,冬季的雪景、那才是大自然美的享受哪!

  林老师说,象山景区内,有数千亩原始森林、有红豆谷、试剑瀑、万军岩、石阵、水帘洞、沼泽地等自然、人文景观,还有野生红豆杉、赤楠、穿山甲、东方蝾螈等珍稀动植物。50 余亩的天心湖形成高山出平湖的奇景,还有始建于元代的象山寺、瓦窑遗址等等人文古迹。

  因为施、林二人对象山寺刘公绘声绘色的介绍,我建议一起到象山寺去领略刘公坐化成仙的神奇传说。

象山寺坐落于象山的"象鼻"上,峰峦秀美,祥云缭绕。寺后古木参天,绿树掩映。庙前田园阡陌,涧流回响,颇有"深山藏古寺"的韵味。

象山寺始建于元代延祐年间,六百多年的沧桑岁月,几废几兴。现存寺庙重建于1982年,为二进重檐歇山式结构。神龛上供奉刘公祖师等菩萨塑像,庙里香烟袅袅,缥缈若仙境,不少善男信女前来燃香点烛,祈求平安吉祥,真乃"净地朴清尘土界,山深留得佛仙踪"。

悬挂于庙内左侧梁下的一口铸造于明朝崇祯十七年的大钟,让人不能不感悟这里的悠久历史而萌生思古之幽情;庙前大门旁的回文对联:"象相地形地相象,山高泉水泉高山",读后叫人对象山神奇山水的魅力更加回味无穷。而至今仍广为流传大田以至周边县份的刘公故事,以及刘公塔、刘公竹、刘公泉、刘公鱼、刘公台等遗迹,更是引人入胜,令游人无不远道慕名而来——

元朝时,湖美岩坑有户积善人家,姓刘名缙绅,娶妻谢氏。夫妻信佛,十分虔诚。

一日,刘缙绅与谢氏在院里点香燃烛祈求合家康宁、人丁兴旺,忽见菩萨射出万道金光,满院生辉,谢氏便觉怀中有异,知是佛爷送子投胎,万分欢喜,元朝大德元年丁酉(1297年)四月初一日,生下一男孩,取名刘普惠。

普惠十二岁时,其父辞世,剩下孤儿寡母相依为命,苦度时光。

由于早年失怙,六甲母舅怜悯,将刘普惠接至家中抚养。六甲有座大山,即象山,这里灵山秀水,风景奇特,普惠甚爱此山,常年帮母舅放牧。他与佛有缘,超凡脱俗,边放牧,边悟佛理,逐渐灵通,有了驱邪、惩恶之本领,为人们防疫消灾、救苦救难,屡显神通,后来名声远扬,人们尊称为刘公。

刘普惠在象山放牧牛羊,因年少体弱看守不住,牛羊常走失。他把赶牛羊的竹梢倒插于地,这些竹梢便成活了,并繁衍下来,终成竹林,后人尊称为刘公竹。

象山往仕洋岬方向三华里至半山腰处,有一石亭,这里四周皆土,却有一突兀巨石,一半埋于土里,一半伸向空中,里厚外薄,形成凉伞,人称刘公亭。

传说刘公在象山放牧时,见巨石欲坠,用手托起,以石块垫之。石下涌出一股清泉,晶莹透彻,长流不息,冬暖夏凉,人称此泉为刘公泉。

民国版《大田县志·方外传》记载:"刘公未在佛时能苏已死釜鱼。"相传有一回,刘普惠的舅母在锅里煮鱼,鱼在热锅中蹦跳挣扎,刘普惠生性慈悲,从母舅手中抢过勺来,铲起锅中将死之鱼,放进有水木桶,倒进山涧,奄奄一息的小鱼竟然奇迹般复活,那小鱼带着受伤的斑痕,摇头摆尾地游走了。从此,象山田间、小溪里多了一种长着花块斑痕的小鱼,人们称它为"刘公鱼"。

当年的象山,草地上乱石遍野,牛羊行走觅食磕磕碰碰,石头在山坡乱滚,伤人伤畜,为害不浅。普惠便把乱石垒成约一人高的众多石塔,塔林如战场行营布阵,蔚为壮观,日久天长,风吹雨打,无一石塔崩倒,人称刘公塔。

昔人遇难即念刘公祖师咒:"象山顶上显化正身,行符咒水求济万民;魁步斗,背后七星,七星宝剑,斩断妖精,顺鬼不斩,恶鬼除根,吾奉刘公祖师敕值到奉行,急急如律令。"刘公成佛后,地方官员呈报朝廷,元仁宗皇帝即敕封刘公为"都监大恩主",下旨赐建象山岩寺。

自元代以来,刘公祖师香火多有分炉,真像也多被重塑。今尚有大田县城镇东桥头,均溪镇玉田、红星、宋京、上太,石牌镇下洋、小湖,上京镇溪口、溪尾,湖美岩坑,武陵镇茶山、武陵垵,太华镇东埔、桃源、楼地洋、早兴等数十乡村立庙拜祭。除本县外,邻近漳平、永安等县市也有不少乡村设庙敬奉。

明朝年间,刘公祖师声名远播省外。广东一带苦于兵灾,粤人祈盼刘

公祖师前往救难。有人组织人马请佛,夜深人静时赶到象山,寻至寺院,见刘公神像,众人抬着就走。没想到,庙外处处是野草高达数尺的草地,寸步难行。一夜转来转去,至天亮发现又回到了寺旁。粤人见状大惊,悟出神明难欺,赶忙焚香祈告:"吾等千里迎佛,祈神显灵,救粤民于苦难,敬请祖师出行。"言毕,草原现出道路,粤人抬着刘公神像,匆匆而去。自此,"佛去广东,显在象山"的神话便流传开来。

武陵乡大石村旺兴堂背靠小山,山上生长着一片树木,直径都在一米以上,每棵树高皆超过二十米。"大跃进"时,被民工砍去烧炭,只剩下两棵古树,因靠近旺兴堂没人敢砍伐。20世纪60年代的一天,一阵飓风,吹倒其中一棵大树,压倒房屋四间,所幸没伤及人。剩一棵孤树,巨大枝干伸向旺兴堂屋顶,让住户寝食难安。宅主唯一的办法是砍掉大树,砍树前先到刘公庙祈求刘公保佑人、宅平安。宅主怀着忐忑不安的心情,抡起斧头砍起树来,方砍一半,硕大树枝干便吱吱嘎嘎地响了起来,眼见就要压到房屋上,在场观看的人们无不心惊肉跳。这时,奇迹发生了,树干在半空中画了个大半圆,瞬间自断为四节,相续坠落于宅旁菜坪,房子无半点损坏。人们都说,尽管当今科学如此发达,恐怕也难讲出其中道理,只能说是刘公显灵。

我们一行三人,礼拜了神话中的刘公,离开象山,前往珍山村。

珍山村

月下江流静,荒村人语稀。

——(唐)钱起

福建三江源森谷景区位于谢洋乡珍山村。

来到珍山村莲花山中,时已黄昏。莲花山海拔1048米,进得山来,南风拂面,碧荫如水,暑气全消。

莲花山形如莲花,地处福建地理中心。山上孕育而出的三股水源,分别流向福建省的三大河流——向西,经漳平市流入九龙江;向南,经永春县一都镇,流入晋江;向东,经均溪河、流入尤溪,最后汇入闽江,形成"一山三江水"的自然奇观,因此,素有福建三江源之称。

清代乾隆年间,谢洋乡怀德村举人林畅曾经写过《珍山胜景》,诗云:"珍山景致莲花妆,四畔罗围起秀峰。"还写过《春日游莲花山》:"高峰耸起入霄烟,此日登临在半天。眼小芦山千际树,胸吞碧水百回川。苍松郁郁三春秀,修竹菁菁满野妍。谁道此中无景致,三时领略夕阳前。"登上莲花山顶,天开云阔,群山尽在脚下,可览泉州、漳平、龙岩等地秀丽山川。

珍山村有座千年的古祠堂奉先堂,始建于嘉熙年间,谢洋乡14个村6000多林姓人口,均从这儿开基繁衍。奉先堂侧房供奉着南宋年间坐化成佛的当地群众保护神——黄公祖师。祠边有一座形如观音菩萨的山峰,侧面的几十亩水田,古时称为"十八塘",由大小不等的十八丘水田组成,至今还流传着观音钓鲤鱼的风水传说。现在,水田已种上10亩莲花,复原了古代荷叶田田的悠然胜景。

美丽珍山,孕育着一片依山临水的千年古树。林老师说,早春时节,溪谷之间,无数野生的山樱花盛开,落下的粉红花瓣,随着溪水流淌,那是远近闻名的艳丽花溪,美若童话世界。每当秋风吹起,这里的山谷林间,都会呈现一片色彩斑斓的景色——枫香、乌桕、槭树、楠树等红色、橙色、黄色、紫色的叶子,夹杂在翠绿的树林中间,五彩的秋叶在山头漫开,抬头望去,只觉得流丹凝霞,美不胜收。

这里的原始森林,有几百株数百年、上千年的古树,这些古树盘根错节、遒劲旁逸、千奇百怪,形成了"生命不屈""枯树逢春""一线天""岁月沧桑""美猴王"等奇景,还有千年树王、三叠瀑、闽江源头第一瀑、古代水磨

坊遗址等等胜景。

原始树林里触目可见珍贵的红豆杉、稀有的观音座蕨、古老的水杉、高大的枫树、女贞、木荷和野生猕猴桃林。深谷里瀑布飞流直下,泉水潺潺,溪流两岸,藤萝蔓延,杂树生花,美不胜收。

是日,恰农历五月十六,入晚时分,金乌西坠,皓月东升,三江之源的珍山山水,在银色的月光里,在万籁俱寂中,恍如化外之境!

怀德村

野凫眠岸有闲意,老树着花无丑枝。

——(宋)梅尧臣

踏着黎明的晨曦和甘露,走进怀德村,这是一个古色古香充满人文气息的古老村庄,让你走过了看过了就忘不了了。

怀德村位于象山脚下,东与坑口村接壤,西与谢洋村毗邻,南与珍山村交界,北与象山村相邻。闽江源头均溪河从村子中间流淌而过,村后有山峰,村前有古树,森林覆盖率达90%。农户230户,村民以耕作为主,日出而作,日落而息,民风古典淳朴。

古村落坐落于群山峡谷盆地之间,由两山壑形成的两条小溪,蜿蜒缠绕于村落两侧。村民采用闽南、闽北部分建筑特点,借鉴粤、赣建筑风格,依山沿溪建房——山脚下、山腰上、田野间、山谷里,星罗棋布地散落着一座座风格迥异的院落,如卧虎雄踞,如金蛇逶迤,如灵龟镇守,如交椅坐坳……我们走进村落,步入庭院,看群山合抱,奇峰挺立;观秀水绕堂,绿影侵户,真有心旷神怡之感。

怀德村始建于清朝年间,至今三百多年历史,子孙繁衍,现有近千人。林老师的故乡就在怀德村,因此,他不无自豪地对我说,怀德村优美的生态环境,孕育了淳朴勤劳的怀德村民,这里人丁兴盛,人才辈出。怀德村林氏,共有72人中过举人和秀才,"叔侄联科""五代连芳""兄弟同泮""三代秀"等佳话历代相传,现在还保存着石头竖立的政职牌。这里还是有名的长寿村,历史上有过不少百岁的老寿星。

我一一参观了村庄里的"萃秀堂""丰乐堂""济多堂""好多堂"等,这些堂屋里的古典壁画、吉祥图纹、雕梁画栋、诗词楹联等比比皆是,此地村民的艺术造诣和文化品位,由此可见一斑。

林老师说,林氏族亲秉承"忠孝传家"之美德,男者立命修身,女则安分持家。他带我前往参观朝廷恩建的"节孝"牌坊,虽岁月久远、风雨溇漫,古碑苍老,但刻有"节操励冰霜千秋表洁,孝心昭日月万古传芳"的石联犹在,这是本县唯一留存的讴歌妇德文化的历史见证。

传说乾隆丁卯年,本村举子林畅与人结伴赴榕应试,因途中同伴偷桃被擒,看园老汉知道他们是读书郎,特地出联对"童生生童生字少一横"难之,扬言若无以对则不放行。林畅即代答:"老大大老大字多一点"。老汉笑"童牛偷桃",林畅反讥"老犬守桃",结果老汉一笑放行。村风儒雅,令人折服。

乡人介绍,本村每逢元宵、清明、七夕、除夕以及春、夏、秋、冬四时斋供,供品考究、摆放齐整,有如排兵布阵;迎佛设道场,聘请各类剧团,演出各种传统节目,佛法人缘,相得益彰,真是令人叹为观止!

谢洋村

岭树重遮千里目,江流曲似九回肠。

——(唐)柳宗元

谢洋村在莲花山上,登山可望三江胜景。这里,竹海千亩,茶林飘香;

这里，是谢洋乡政府所在地。

来到谢洋村，正是黄昏时光，乡政府大楼四周，宽阔整齐的游步道，数百株各类景观树绿叶成荫；中心绿化带上，五彩鲜花迎风摇曳，芊芊草坪苍翠养眼，有翠鸟蹁跹，如迎远客。配备标准的篮球场，有壮年村民在打篮球；崭新的排球场上，有年轻人在一展身手；多种户外健身器材罗列，着装时尚的青年男女来来往往，一派小城风光。

施副乡长告诉我，为了解决村民建房用地困难，推动偏远山村农户向集镇集中，安置受灾户，谢洋村总投资1.7亿元，于2011年开工建设三和新村造福工程。新村以打造"产业优、百姓富、生态美"的新型农村社区为目标，以乡政府门口海拔876米为基点水平，平移"后头崎"山，形成平地130亩，规划宅基地230宗，并进行新村人行道、路灯亮化、社区绿化、环境美化、休闲场所优化等建设，提升集镇档次和水平。

今年以来，谢洋村新建一座占地近三千平方米的茶叶集中加工区，一座休闲广场，栽种桂花、樱花、桃花、樟树等树种五千余株。乡供电所、信用社、文化活动中心也在建设之中。

施副乡长说："谢洋村已被列入我省千村整治、百村示范典型，利用这一契机，我们将立足于便民、安民、乐民、亲民、育民、助民的基础上，努力让三和新村实现'搬得出、稳得住、能致富'。"

难怪，来到谢洋三和新区，看到的不仅仅是美丽乡村，而且是一个富饶兴旺颇具现代风情的城镇。

晚上，我们三人在乡政府食堂晚餐。菜肴是大块龙骨、大碗猪蹄、山间竹笋、老林蘑菇，还有放养土鸡汤……一盘一碗，都是乡间山珍野味。有村主任和当地派出所所长、全国劳模、脚步踏遍谢洋每一寸土地的吴祥江同志作陪，谈到当年山穷水瘠的谢洋村今天天翻地覆的变化，大家无不感慨万千！

伴月而归,三和新村的美景,总在我脑海里挥之不去。

花香鸟语、山光水韵谢洋行,既叫我大饱眼福也让我心灵深受滋养——当然,这里,只是大田县的一个局部,小县大田,还有风光处处!

2018 年 7 月 24 日于厦门

忘 归

——我来上清溪

三十年来,百次以上,听过上清溪的芳名;三十年来,十次以上,有过拜访泰宁的机会,却一再错过。但天地人间,只要有缘,总会相见,今年莺飞草长的暮春时节,终于一偿夙愿。在我心中,如果说泰宁是一首词,那是柳永的《雨霖铃》;如果说,上清溪是一首诗,那是古风"行行重行行"……

古城诗韵

可能十万珍珠字,买尽千秋儿女心。

——(清)龚自珍

位居闽西北武夷山南麓的山城泰宁,古往今来,无数华章丽赋,歌吟过她那卓尔不群的丹霞胜景、惊世骇俗的奇绝山水,以及辉煌厚重的人文底蕴,因此诱惑了无数风流雅士、四方游子纷纭杂沓而来。

从来多是看景不如听景,但此行泰宁,却意外发现,任你妙笔生花,也难描尽泰宁风光。足见"纸上得来终觉浅,绝知此事要躬行"是至理名言。

车抵泰宁,时值正午,竹影迷离,满目或红或白的夹竹桃在春阳里恣意怒放,花与树温润微馨的气息扑面而来,飘入眼帘的是背衬青山的一排排坡顶、粉壁、黛瓦、翘角、马头墙的新徽派建筑,有如一群群奔马热情来迎远客。

步入县城,已是午后三时,素有"汉唐古镇、两宋名城"美誉的长街短巷,处处流传着"隔河两状元、一门四进士、一巷九举人"的种种传说,处处镌刻着朱熹、杨时、李纲等历史名人的云游足迹。尚书巷里,明朝兵部尚书李春烨气派恢宏的尚书第,双双乳燕呢喃着往昔的繁华。红军街头,老一辈无产阶级革命家周恩来、朱德、彭德怀、陈毅、刘伯承、聂荣臻、杨尚昆等,当年在此指点江山、运筹帷幄的遗痕历历如昨。

依依暮霭里,明光可鉴的青石板路,当年古朴的屐声依稀可闻;绿苔斑驳的老井,汩汩清泉诉说着岁月沧桑;曾经芳姿绰约、演绎过多少人世爱恨悲欢的水廊桥,如今已古色古香沉静如哲人;那一柱擎天的甘露寺,那灵趣盎然的桥灯,那有如开心弥勒的硕大山岩,那峨眉山慈航大师普济众生的庙宇,莲音梵语灯影里,有一花一世界、一树一菩提的感悟;那古老传承的梅林舞、傩舞和灯舞;那名闻遐迩的岩茶、擂茶和藤茶,充满野性的风姿和沁人心脾的芳香,让你不知今夕是何夕。至于灵秀泰宁的大金湖、大峡谷、九龙潭、猫儿山、状元岩、红石沟等等诸多胜景,明朝文人池显方曾描述:"转一景如闭一户焉,想一景如翻一梦焉,会一景如绎一封焉,复一景如逢一故人焉。"那是非常贴切的形容。

泰宁古城,有一种浑然大气的古韵,有一种浮生若梦的诗境,有一种超然物外的脱俗。走近泰宁,宜抖落红尘、放下心累,无忧无虑、无牵无挂、气定神闲、怡然自得地去亲近她,痴情如逢初恋,品味如对佳茗,执着如老僧入定,天真如稚童嬉游,忘物忘我,方解其中真趣!

山魂水魄

水枕能令山俯仰,风船解与月徘徊。

——(宋)苏轼

同行友人张锦才先生告诉我,泰宁虽众景皆美,但极品在上清溪,嘱我一定前往探胜方不虚此行。对于上清溪,我已心仪多年,加上张兄敦促,于是欣欣然踏上上清溪之旅。

上清溪位于泰宁东北部，从县城到上清溪大约22公里。据说当年梅真人为炼丹、传经、布道，在此建了七栖岩。道教有"三清"：玉清、上清、太清，承载七栖岩的山山水水，得名于道教"三清"之"上清"，蕴人间仙境、超凡弃俗之意。上清溪全长五十多公里，已开发漂流的十五公里，有九十九曲、八十八滩、七十七弯、六十六峰、五十五岩、四十四景、三十三里。

农历四月初四午后，我与月生、全然、璎珞三人，沿长兴公路到长兴村于瑶坪，进入上清溪景区。一路上，山道萦纡，翠竹苍松遮天蔽日，野花舒放如笑靥，芦苇摇曳似招手，满目绿意，一派生机。至朱口溪码头，两山夹峙，一脉青葱流水婉转逶迤而去。迎着船娘招呼上了竹筏，只见轻篙一点，竹筏即穿山渡水款款离岸前行，人呢，一下子便滑入峡谷山水丹霞画廊——眼前，峭壁如刀，如剑、如冲天火炬，如遮日彤云，如玉山倾倒，如翠蔓腾挪，游云拂面而来，美景伸手可握，真有"山从人面起，云傍马头生"之感。因山势阻隔，九十九曲溪水，短则百把米，长则二三百米，每一曲的终点皆为断崖绝壁，令身临其境者，惊喜、惊叹、惊险，心如逐鹿，目不暇接。

千秋万代沧海桑田地壳变迁，大自然的鬼斧神工，将这里古老的陆相沉积岩，荟萃成千姿百态的奇峰异洞，造就了妙如仙境的碧水丹山。沿溪而行，那山石，庞然大气的，如鲤鱼跃龙门、如金钟倒悬，如五老看山、如海市蜃楼、如阳光三叠、如驼峰、如象鼻……最美的是落霞壁、千嘴岩、百褶谷与孔雀开屏——由于水位落差大加上水流湍急，小小竹筏跌宕起落，总令我小心翼翼惊魂不定，实在记不得转过多少滩和弯了，忽见一片红霞自天际飘落，不禁忘了山陡溪深，竟站立船头欢呼雀跃。船娘说，这就是上清溪最美的落霞壁。落霞壁是风的杰作，千年雄风将倔强的岩石镂雕成大大小小的洞穴，这座艳丽如丹的巨大岩壁，高达八十多米，望之绚丽如晚霞，璀璨如火焰，岁岁年年，温暖着峡谷的清寂与空寥。我对同伴说，这是一首诗哪！妩媚的船娘面有得色："何止是一首诗呀，你看前面的百褶谷——波浪起伏,曲折分明的岩壁,铭刻着水流切割的痕迹,一年四季,岩壁上点缀着不同的植被和花草,很像现代女孩五颜六色的百褶裙呢!"

行舟抵达千穴云集的千嘴岩,不可思议的是,一个个洞穴,形神毕肖得犹如一张张灵动的嘴,或欲言又止,或喋喋不休,或嗷嗷待哺,或哈哈大笑,或浅唱低吟,或仰天长啸,或喜或怒,或哀或乐,尽在一山之中,沉默的石头会说话,虽然无声,无声的语言里,演绎的却是百态人生。年年岁岁,天地山川,默默地,聆听着它们永恒的倾诉……于是,我想起了陆游的名句:"天机云锦用在我,剪裁妙处非刀尺",此千嘴岩之谓乎?

在象鼻岩对面河岸,我看到一棵紫藤,其纤长柔曼的枝叶,在高峻的峭壁上,敷衍出一幅巨大的活灵活现、妙相天然的孔雀开屏图,其构图之完美娟丽、笔法之流畅严谨,其形神毕肖、呼之欲出,即使丹青里手,亦当叹为观止!山风拂过,孔雀栩栩如生,这便是脍炙人口的上清溪上品洞穴"孔雀开屏"!

乘竹筏沿溪而下,清溪奇观中另一精彩、丰富、迷人的精华风景——两岸崖壁上惟妙惟肖的丹霞小品,如鲨鱼嘴、猫头鹰、老虎爪、仙人脚等等,更是不计其数。

当然,在这里,也有人迹罕至,古木参天,山岩崩塌、风声鹤唳的处女峰,"阴风搜林山鬼啸,千丈寒藤绕崩石",那便是富有探险意味的景观了。一般游客,包括我,还是喜欢它那"春山叶润秋山瘦,雨山黯黯晴山秀"的诗情画意。

上清溪深藏于群峦叠嶂的褚石翠峰之间,蜿蜒于平坦如街的峡谷、幽深如巷的巷谷、壁立一线的线谷之中,弯多、滩急、山高、林密、峡逼,山重水尽疑无路,柳暗花明又一村,衷肠九曲,千回百转,天为山欺,水求石放;溪水或急湍成滩,浅不没膝;或沉涵成潭,深不可测,宽处不过三丈余,有如青绸匹练轻扬飘拂;窄处宛若江南小巷,舒展双臂便可撑山而立,恰似

纤腰束素锦带翩翩。天留一线,仅容片筏通行,人来则希声悠然空谷传音;无人则清旷沉寂如地老天荒。

上清溪以野、幽、奇、趣,构成了举世罕见的千年峡谷曲流壮观,那一种奇特丹霞野性幽溪的斑斓瑰丽,与原生态古风的隽永清丽,融漓江之水、武夷之山、张家界之风景、九寨沟之色彩、三峡之险峻于一炉,令你怡然陶然、流连忘返!

花音鸟趣

芳树无人花自落,青山一路鸟空啼。

——(唐)李华

行程过半,已近黄昏,一鞭夕照忽隐忽现,逡巡在清澈油绿的溪面上,竹筏过处,水中沙石清晰可见。我探身掬水,许多小鱼在指间穿来穿去,荧荧地闪光。我看见沿溪古树垂藤,藤上生苔,阳光下晶莹闪烁如翡翠。生在水边的珍贵树种桫椤、生于岩腰的长叶榧三五成丛,黄花菜、卷柏、檞蕨、不韦、龙须草、乌冈栎、毛竹、青冈、闽楠、喜树等随处可见,五彩缤纷的花草,描绘出山间万紫千红的春光。

飘至兰花峡,岩壁上处处兰草,斜阳里墨绿镶着金黄,轻盈袅娜如秀女,据说花开时节,绝色幽兰,清香弥漫整个峡谷,香味沁人心脾;转过双乳峰,悬崖间探出几树野百合,其花如雪,大家正感慨大自然的慷慨赐予,想不到船娘竟蹦出一句:"野百合也有春天!"众人不禁相顾会心一笑。船娘指着一团品相平常的小草说,那是还魂草哪,即便是天旱枯萎成衰草,只要遇到一点水,立即还魂重生。此刻,船娘一亮歌嗓:"上清溪,满山都是花,哥哥采了一朵花,给妹来戴下……"夹带浓浓野味的情歌,在峡谷间回旋,撩起花香也惊起鹧鸪一片。

峭壁上还有锥栗、竹笋、木耳、红菇等种种山珍,还有无数美艳葳蕤的无名花草,它们恣意蔓延,生机勃勃,这种花刚谢,那种花又开,天天都有生日,四季都是花期。"繁枝容易纷纷落,嫩蕊商量细细开",它们用不息的抗争和追求,诠释着生命的永恒,它们是上清溪真正的主人!

一路漂流,总见一只白鹭,忽左忽右,伴舟而行,那是我家乡厦门的市鸟呀,没想到竟在这儿相遇,真有他乡遇故知之感!同行者璎珞,兴高采烈地指着前面山隈一只黑头白尾的鸟儿高喊:"看,多美的小鸟!"船娘说,那是雄相思鸟,红尾相思是雌鸟,它们从不成双成对,都是独来独往,那是单相思哪!话音未了,又见一群白鹇袅袅婷婷而来,歇在忘归峡下,颇有闲庭信步的隐士风范。竹筏款款前行,花丛中,忽然闪出几只云燕,脑子里浮起文天祥"满地芦花和我老,旧家燕子傍谁飞?"的诗句,心中便有了几分时不我与的淡淡忧郁了。此时,林梢丛隙里,传出了树鹊、画眉、山雀等鸟儿悦耳的啼鸣,那生命的跃动,让人又心生欢喜。到了最狭窄的情侣峡,抬头一线天,竟然有一只苍鹰在高高的云空上盘亘不动,那一份孤傲,竟是三闾大夫屈原和乌江英雄项羽的写照,喧嚣的城镇,那是断然看不到这样潇洒凄美的身影了!

在"千奇藏幽谷,万芳盈一峡"的上清溪,水下、空中、岩壁,到处可见生命的足迹、到处流漾花音和鸟趣,到处弥漫天籁与诗意,当你身临其中,不知不觉地,仿佛也化作一花一鸟一木一石,与大自然无边风月融为一体!

心灵放牧

心同野鹤与尘远,诗似冰壶见底清。

——(唐)韦应物

如今,大千世界多少原始风情,已然远离我们而去。上清溪的珍贵之

处，在于她还保存着大自然原生态的清纯和美丽，保存着未经人工雕塑的古拙与神奇，她让你一旦相识，此后不管历经多少年头，仍然会依依回首。

走进上清溪，要有"远看山有色，近听水无声，春去花还在，人来鸟不惊"的宁静之心；要有"华枝春满、天心月圆"的般若慧眼。上清溪，在你旷古沉寂的壁立千仞前，在你百折千回的多情碧流间，在你云端古刹的钟声梵语里，在你花香欲醉鸟韵悠然的恬恬好梦中，你，是滚滚红尘中人放牧心灵的芳草地；你是扰扰人世间可以静坐禅修明心养性、可以卸下世俗面具如婴儿、可以享受"春有百花秋有月，夏有凉风冬有雪；若无闲事挂心头，便是人间好时节"的圣洁之地。

因此，上清溪啊，人世间有你，可以少却几多浮躁与争端，可以增添无数和谐与圆满。你是现代世界里——难能可贵的可以让人清怀洗心、可以令人不知老之将至、可以叫人乐而忘归的地方！

2012 年 5 月写于厦门

相约梅花

我家洗砚池边树,朵朵花开淡墨痕。
不要人夸好颜色,只留清气满乾坤。

——王冕《墨梅》

　　我侨居星洲的外祖父,平生至爱梅花。他说,梅花冰肌玉骨、凌霜傲雪、坚贞不屈,是国魂、中华民族之魂。我少年回国时,外祖父赠送我的就是他珍藏的名画《墨梅》。11岁那年,我信笔涂鸦,写了一首《咏梅》诗:"不需春风竟殷勤,摒弃蜂蝶伴霜君。淡月一痕作颜色,傲骨自有烈士心。"后来,我写了一篇散文《梅花魂》,被人民教育出版社选入小学第10册语文课本,绵延迄今18个年头了。我与梅花,有着与生俱来的相知与默契。

　　梅花有国花之誉,全国各地,梅岭、梅林、梅峰、梅陂、梅村、梅溪、梅径、梅坞……何止万千?闻名天下的南京梅花山梅园、武汉东湖磨山梅园、无锡梅园和上海淀山湖梅园,并称为"中国四大梅园"。另外,"中国十大梅园"的评定虽然标准不一,但也大都如雷贯耳。

　　千年以降,歌咏梅花的歌曲如《梅花操》《梅花引》《梅花雪》《梅花梦》《梅花三弄》等等,真是传唱南北经久不衰,弘扬梅花的诗篇更是车载斗量流芳千秋。诸如歌咏梅花高贵品格的"寒夜客来茶当酒,竹炉汤沸火初红。寻常一样窗前月,才有梅花便不同""不受尘埃半点侵,竹篱茅舍自甘心。只因误识林和靖,惹得诗人说到今""高标逸韵君知否,正是层冰积雪时""雪虐风饕愈凛然,花中气节最高坚""俏也不争春,只把春来报。待到

山花烂漫时,她在丛中笑"等等;如抒写梅花诗情画意的"挥毫落纸墨痕新,几点梅花最可人。愿借天风吹得远,家家门巷尽成春""到处皆诗境,随时有物华。应酬都不暇,一岭是梅花""墙角数枝梅,凌寒独自开。遥知不是雪,为有暗香来""疏影横斜水清浅,暗香浮动月黄昏""有梅无雪不精神,有雪无诗俗了人。日暮诗成天又雪,与梅并作十分春""梅雪争春未肯降,骚人阁笔费评章。梅须逊雪三分白,雪却输梅一段香";如吟诵爱极情深的"当年走马锦城西,曾为梅花醉似泥""君自故乡来,应知故乡事。来日绮窗前,寒梅著花未?""何方可化身千亿,一树梅前一放翁""折梅逢驿使,寄予陇头人,江南无所有,聊赠一枝春"等等,真是家喻户晓妇孺皆知。

自古以来,梅花与名人的故事不胜枚举。

最为脍炙人口的,一是梅花仙子的故事。相传隋代赵师雄游罗浮山时,夜里梦见与一淡雅女子饮酒,这女子芳香袭人,又携一绿衣童子,在一旁轻歌曼舞。天将曙,赵师雄醒来,发现自己睡在一棵梅花树下,树上有翠鸟在啼唱——原来梦中的女子就是梅树,绿衣童子就是翠鸟。赵师雄梦遇梅花仙子的韵事,从此流传千古。

二是林逋梅妻鹤子的故事。林逋,杭州钱塘人、宋代著名隐士,生性恬淡,不趋荣利,在杭州西湖孤山结庐隐居,不为天命君权所苦。他能书善文,尤长于诗赋,一生不娶妻生子,却酷爱梅花、仙鹤,常常四处寻访,但遇佳奇品种,便用重金购来,置于住所四周。闲暇之际,一人赏梅玩鹤。"疏影横斜水清浅,暗香浮动月黄昏。"便是他的咏梅名句。他有只仙鹤,取名"鸣皋",每逢客人来访,他不在家,童子便开笼放鸣皋飞翔报信,他见了鹤,即回家会客。因此,人们称之"梅妻鹤子",成为传世逸闻。林逋逝后,真宗皇帝赐号"和靖先生"。至今,在孤山北麓,仍立一小亭,人称"放鹤亭",是元朝人为纪念林逋而修造的。冬末春初,登亭远眺,各色梅花争奇斗艳,蔚为大观。孤山放鹤亭一带,是西湖赏梅胜地。

三是王冕与梅花的故事。元代有个爱梅、咏梅、画梅、育梅成癖的王冕,隐居于九里山,植梅千株,自题所居为梅花屋。又工画墨梅,花密枝繁,行笔刚健,有时用胭脂作没骨梅,也别具一格。其诗《墨梅》名扬天下:"我家洗砚池边树,朵朵花开淡墨痕。不要人夸好颜色,只留清气满乾坤。"王冕还写过一篇《梅华传》,把《三国演义》中的"望梅止渴"故事,改写成了一篇趣味盎然的童话,借赞扬梅花蔑视权贵的抗争精神,暗喻自己高尚的人格。

四是毛泽东与梅花的故事。在大自然的千花百卉中,毛泽东最喜爱梅花,他用过的地毯、笔筒、茶杯、烟灰缸、饭碗上,均可见清秀俊逸的梅花图案;他赠予上海宋庆龄故居的礼物,也是梅花地毯。这种雅致深婉的梅花情结,铭刻着一代伟人的生活情趣和人格追求。中国历代咏梅的佳作,毛泽东几乎都阅读并手书过。

毛泽东暮年,为国事、家事、天下事所困扰。有时难免心绪苍凉,为抒发郁积情思,毛泽东不时诵读蒋捷的《梅花引》"都道无人愁似我,今夜雪,有梅花,似我愁"等诗句,以借梅抒怀。梅花,是毛泽东心灵的圣品,是毛泽东无言的墓志铭。

中国传统文人视梅为花中"清客",把它与松、竹并称为"岁寒三友"。所以,层出不穷的梅花故事,充溢泱泱中华的诗书画作品。

5月9日,有缘初访闽粤交界处的福建南大门诏安县。这里山海形胜,人才辈出,是中国著名的书画之乡,有当年游击队活动的乌山红色老区,有闻名远近的古民俗村、古牌坊村,更有九候山的千年古刹,果老山的摩崖石刻、南门村的望洋台……风景名胜甚多,但弱水三千,我只能取一瓢饮耳!次日,我前往九候山参谒九候禅寺。九候山是位于诏安城东北约12公里处的九座大山,素有"闽南第一峰"之誉,方圆十余里,层峦叠嶂,烟岚起伏,奇岩怪石嶙峋,唐朝已是人们游赏和进香礼佛的胜地,至宋

朝更声名远播。山上有九侯禅寺、五儒书室及泉、瀑、石、岩等诸多引人入胜的秀丽景观。

我攀山越水，来到九侯禅寺礼佛，只闻得，散漫和风里，有微馨流漾，我问同行者何来幽香？同伴是县农办主任吴雄明，他告诉我：寺前寺后，有梅树错落，虽花期已过，但梅韵清香，总在若有若无中。经他介绍，我才知道，诏安多梅花，是我国著名的青梅之乡；名冠八闽的乌山梅园，就在太平镇红星乡；梅分花梅和果梅，果梅即青梅，他本人就是县青梅学会的副秘书长。我的梅花情缘，令我为此欣喜莫名，立即与他相约探访红星乡。

前往红星乡梅园是在午后。到达梅园前，先拜访了太平镇诏安县福益食品有限公司田文序董事长，他从15岁起经营青梅事业，现在43岁了。提到青梅，田董如数家珍，他说，一般人只知梅开花，少知梅结果，其实青梅芳名自古流传，《诗经·周南》的"摽有梅"，三国的"望梅止渴""青梅煮酒论英雄"，李白《长干行·其一》的"郎骑竹马来，绕床弄青梅"等等，莫不脍炙人口，但这只是停留于文学层面，它的药物价值、经济价值，那就数不胜数了。古时梅子是代酪作为调味品的，系祭祀、烹调和馈赠等不可或缺的东西。至少在2500年前的春秋时代，就已开始引种驯化野梅，使之成为家梅——果梅。1975年，我国考古人员在安阳殷墟商代铜鼎中发现了梅核，说明早在3200年前，梅已用作食品。现在，根据科研成果，青梅产品属于食药同源，其碱性功效是柠檬的5倍，可治32种疾病。日本人饭后一颗梅，将它作为防病健体的必需品。至于梅的吉祥意义，如梅具"四德"："初生为元，开花为亨，结子为利，成熟为贞"；梅开五福："快乐、幸福、长寿、顺利、和平"，则是代代相承的传统文化了。

田董说他与梅结缘20年，识梅、爱梅，将梅视为终身知己。又说，作为千年青梅文化的承载者，他将与梅同行，开创梅乡新天地。田总与我交谈甚欢，可谓梅友也！

离开福益,车子转入红星乡乌山梅园,只见青山环抱,绿水萦绕,漫山遍野的梅林千株万树,有白粉梅、绿萼梅、杏梅、青竹梅等等,碧莹莹地覆盖天地。吴主任说,南京的梅花山才一千多棵梅树,我们的梅园是几万亩哩,可惜繁花落尽,要是赶上花季,这数万亩梅花同时绽放,香风熏得游人醉哪!站在山坡上放眼望去,连绵雪山一样的美景呀——"遥知不是雪,为有暗香来",那是如何惊天动地浩浩荡荡的香雪海呦!这时节,天南海北,赏梅者接踵而至,涌动如八月钱塘潮呢!吴主任的自豪之情,溢于言表。

梅园里有美丽如画的木栈道;有安徒生笔下的小木屋;有谁家放牧的小棕马乖巧地在草地徜徉;有泉水潺潺,清澈如镜的溪流逶迤蜿蜒,夕阳西下时分,波光粼粼,闪烁如绸如缎;有戏水白鹭高低起落;有花衣少妇或浣衣或捞蛤蜊……真是好一幅美丽田园景象!

我们沿山而行,山下有青梅博物馆、梅庄农家、梅花村;山上有大梅林、小梅林、观梅亭、赏梅亭……步履所及,翠草如茵,耀眼的三角梅如泉如瀑,不拘高下,热烈绽放。梅园之行,虽未见梅花倩影,但梅乡的风情韵致,已令人无限心仪。

吴主任说,我国植梅已有3000多年的历史。赏梅的兴起,始于汉初。到了南北朝,艺梅、赏梅、咏梅之风更盛,《金陵志》载:宋武帝之女"寿阳公主日卧于含章殿檐下,梅花落于额上,拂之不去,号梅花妆,后宫人皆效之。"隋唐之际,李白、杜甫、柳宗元、白居易等,也多有咏梅名诗。宋元年间,是我国艺梅的兴盛时期,除梅花诗词及梅文外,梅画、梅书也纷纷问世。宋代梅诗特多,林和靖的"梅妻鹤子",元代爱梅、咏梅、画梅成癖的王冕,就是最有名的代表。明清时期,艺梅规模大有进展,明代王象晋的《群芳谱》,记载梅花品种达19个;清代陈昊子的《花镜》,记有梅花品种21个。当时,苏州、南京、杭州、成都等地,以植梅成林而闻名,咏梅的书、诗、

文、画,争相出世。"扬州八怪"中咏梅、画梅的名家,如金农、李方膺等,皆为世人熟知。今天我们的乌山梅园,是历史的延续也是改革开放的成果。

听了小吴侃侃而谈,红星乡宣委沈雪玲女士对我说:"梅花虽然名贯古今名满天下,但在30年前,红星乡与梅花毫无瓜葛。吴雄明主任当过我们分管农业的副县长,也到我们红星乡驻过点,他最了解情况。从前,这儿山瘠水瘦。1986年,在当时大念'山海经'的大好形势下,本乡农场干部杨秋金承包了100亩荒山种梅,在这位大规模种植青梅第一人杨秋金的带动下,在县政府扶贫政策的大力支持下,诏安青梅种植规模迅猛发展,到了2000年,全县种梅面积达10万亩。红星乡在原有的基础上,又经过10余年的坚守与传承,如今种梅已达4.5万亩,是'中国青梅之乡'富硒青梅的主产区。'诏安红星青梅'荣获中国驰名商标、中国绿色产品称号!红星这贫穷落后的野岭荒村终于脱贫,过上了'春踏青,夏游溪,秋登高,冬赏梅,吃硒餐,享长寿'的'硒梅特色小镇'生活。"

难怪,这里的老人,安逸富态;这里的小伙子,生龙活虎;这里的姑娘,粉嫩如梅。红星梅花欣逢盛世,给大地带来无限生机,给众生带来多少福分!

小吴、小沈热情邀我花开时节一定来,又说,要来赏梅,一定得元月上旬来。小吴说,那时候,梅花盛开,你站立花间,被繁英拥簇,被香雾缭绕,无形中,你便也成了一朵梅!

我答应小吴小沈,迎雪吐艳,凌寒飘香的梅开时分,我一定再来——为了拜访夙世因缘心心相印的梅花,为了红星梅乡诗意的憧憬,也为了看望开拓乌山梅园的父老乡亲们!

明年元月,相约梅花!

2017年5月31日写于厦门

两岸青山玉带水

——长汀写意

七十五年前,新西兰人艾黎接受宋庆龄的委托,来到长汀。他说:"中国有两个最美的小城,一个是福建的长汀,一个是湖南的凤凰。"

凤凰筑于元明,背衬南华山,拥沱江如翡翠;长汀建自唐宋,依托卧龙山,有汀江似虬龙,两城皆山水相伴尚品城池也!因诞生沈从文、因沈从文的《边城》,凤凰名满天下!而"十万人家溪两岸,绿杨烟锁济川桥"的长汀,千年以往,留下了张九龄、苏东坡、黄庭坚、陆游、宋慈、文天祥、徐霞客、王阳明、上官周、纪晓岚、伊秉绶、黄慎等等名人墨客的珍贵足迹和不朽篇章!在我心中,充满少数民族风情以及神秘楚巫文化的湘西名城凤凰,是一枚玲珑的古玉;有如观音挂珠、山川雄奇俊秀的长汀,却是一柄熠熠生辉的宝剑!

古玉虽云贵,宝剑更辉煌!

汀江,我用"母亲"为你命名

你到过汀江吗?

汀江,那是一脉多情多义的流水,从西晋始,大量汉人因战乱而纷纷南迁,汀江便以宽阔的襟怀接纳了一批又一批颠沛流离的客家先民,哺育了一代又一代来自四面八方的客家儿女,孕育了传承千秋开花散叶海内外的客家文化。

汀江,那是一条来自遥远岁月的古色古香灵韵悠长的大江,她造就了名闻天下的"一川远汇三溪水,千嶂深围四面城"的客家首府汀州,留下了

数不尽的古城墙、古寺庙、古驿站、古码头、古廊桥、古民居、古街、古碑、古亭台楼阁等等永垂青史的文物古迹。

汀江，那是充满正义呐喊回荡英雄悲歌的炎黄血脉，缔造共和国的伟人毛泽东、朱德、刘少奇、周恩来、邓小平、陈毅、叶剑英、陈云、胡耀邦等，曾在这儿叱咤风云；为民族解放英勇就义的烈士瞿秋白、何叔衡等，在这里留下了白骨青冢。为了祖国的新生，汀江人不惜抛头颅洒热血，汀江边的每一寸土地，几乎都倒下一个汀江儿女！

汀江，你的每一连竹排，都在诉说着你的慷慨、你的博大、你深沉的情怀和伟大的奉献；你的每一滴水珠，都记录着你源远流长的苦乐悲欢和盖世辉光！

今天，时代进入21世纪的今天，在汀江旅游航程的开发中，"两岸青山玉带水，十里田园入画廊"，百媚千娇、拥绿偎翠的江流，映衬得沿途乡村秀色可餐绮丽如画，真可谓一步一景，步随景移，风姿绰约，仪态万方，引来了千千万寻幽览胜、凭吊名人故居、追随红色足迹、探访母亲河、回归心中圣地的四海慕名者和汀州天涯游子！

汀江，你是客家人的母亲河，也是所有革命者的母亲河。世上，万事万物都可忘却，可谁能忘却自己的母亲呢？

于是，汀江，我用"母亲"这个神圣的字眼，郑重地，为你命名！

两岸青山玉带水，十里田园入画廊

如果说，县城里有无数古韵，令你回首汀州千年风雨；今日来游，更叫人倾心的是或信步汀江品阅山川秀色，或一枕清流聆听涛声如歌。

从县城出发，上205国道约30公里至新桥镇，自新桥镇新桥村到庵杰乡涵前村，沿汀江两岸连绵20公里的河谷地带，俗称十里画廊——这里河道蜿蜒如游龙,碧水清澈似明镜,空气甘甜微馨清新如洗,农舍妍丽如花散落如葺,"人家在何许,云外一声鸡",好一派世外桃源田园风光!

这里满目青山,浓绿浅翠,成片的黑叶锥林、鹿角锥林、南方红豆杉、福建柏、日本黑松、中华杜樱、香樟、花梨木等等名木如阳刚铁汉,满山的枫香、华山矾、金桂、细柄蕈树、小蜡、赤叶杨、枳椇、朴树、山乌桕、椤木、石楠、青冈、白桂等等秀树如谦谦淑女;野生兰花的幽芳,令你领略豆蔻香闺的吐气如兰,数千种五彩斑斓的真菌让你眼花缭乱,珍贵的蓝菇也在这儿落足。王安石诗:"不肯画堂朱户,春风自在杨花",其此地之谓乎?山间有艳光四射的白颈长尾雉,有风雅如士子的白鹇,有华丽的金裳凤蝶,有潇洒的苍鹰,还有偶尔露峥嵘的野猪和狗熊……这里的山崖水畔,有鸬鹚抱颈而眠,有鸳鸯戏水,有水鹿徜徉,有蜥蜴穿梭,有蟒蛇逶迤,清波中有锦鲤游弋,泥涂中有拟腹须鳅出没……苏东坡诗"水清出石鱼可数,林深无人鸟相呼",是此处的真实写照!这里老干苍藤,春来春去不相干,百转千回,总要撑起一串串乳芽新绿;这里不知名的山花,不论季节不计花期,总是灿灿烂烂无拘无束地开放,一簇簇一朵朵就像婴儿粉嫩的笑脸,真应了梅尧臣:"野凫眠岸有闲意,老树着花无丑枝"诗境了!这里一片片如江如海如云如雾如梦如幻的翠竹,绿韵悠悠清吟细细,如丝弦如管乐、如伯牙子期品琴、如文君相如幽会,令人忍不住想起寇准"日暮汀洲一望时,柔情不断如春水"的千古佳句了!

云浮千峰,可渡不动之舟

有两座神奇的大山与十里画廊相依相伴——八宝峰和大悲山。

八宝峰古称翠峰山,这座佛教名山地处汀州城北的翠峰、庵杰、铁长、新桥四乡交接处,离县城20公里,海拔一千多米,山势雄伟峻拔,洞壑幽

深莫测,花树松竹沸沸扬扬郁郁葱葱,满山翠鸟啼鸣泉声如诉。传说当年定光佛在此修炼,捏石为具,裁云为衣,吸纳天地灵气,采集日月精华,最终得道成佛。这儿从此留下定光佛修行时所用的石灶、石桌、石凳、石碗、石人、石马、石狗、石龟,因而此山名"八宝"。

八宝峰开发于宋代,山上建庙,称峻峰寺,佛香四延,历代多经修拓,信众弟子展布各地,今闽粤赣琼各方僧尼,多出此门下。寺中佛香、茶香、花香、草香,竹影迷离,天风浩荡,真是绝佳修身养性之地。

八宝峰之绝,在于云海。立峻峰寺前,只见白云如雪涛汹涌奔腾而来,四周青山,如芥舟点点,浮游于一派茫茫白浪之中,那是"大江东去,浪淘尽,千古风流人物"的境界了;转瞬之间,又见银山壁立,"横看成岭侧成峰,远近高低各不同",浮云缭绕,玉带飘飘,如西藏雪域神山上披挂着一条条银色的哈达,那是亦梵亦佛的清凉世界了;一阵风吹过,云山倾玉山颓,便见好一幅大写意淡墨山水画卷迎面舒展,轻纱薄雾,影影绰绰、小桥流水,似有如无,那便是唐诗宋词里的烟水江南了!八宝云海的诡谲多姿、变幻莫测,真令人叹为观止!

我来八宝峰,想到清朝厉鹗《百字令》里"林净藏烟,峰危限月,帆影摇空绿。随风飘荡,白云还卧空谷"诗句,恍若步入清虚之境,有一种物我两忘之感沁入心中,令你忽略浮生苦乐……

当然,我来八宝峰,见虚渺云海能淹没万古雄蜂,"总为浮云能蔽日,长安不见使人愁",不免想起古往今来多少志士仁人的悲欢往事……是呵,物我两忘,只在片刻;触景生情,"风声雨声读书声,声声入耳",那才是真实的人生感悟!

山称大悲,自有清韵如禅

我是读了刘超苏先生的诗章:

> 仿佛应合了前生的召唤
> 与你相约。大悲山
> 过往的风
> 都有悲天悯人的低语

才决定去拜访大悲山的。因为,我心仪那一份深入骨髓的禅韵。

大悲山在庵杰乡长科村与铁长乡洋坊村之间,距县城约30公里,海拔1234米,巍峨峭拔,为汀东最高峰,主峰高耸,群山环伏,如莲座托举观音结跏趺坐,妙趣天然,故山名"大悲"。峰顶宛如笔尖,黎明时分,旭日初露,从山尖笔锋上冉冉升起,这是大悲山最瑰丽的美景。

山上有寺,建于明朝,古称普慈院,后改莲峰寺,供奉观音菩萨于此。"庙宇立于高峰,众山皆小",近可望汀州涌翠,远可眺赣水苍茫,是汀州十大名寺之一。梵呗声声,赐大悲福音;芸香袅袅,祷众生平安,四海香客,摩肩接踵而来。

山间古木参天,奇花遍地,千年野生红豆杉群,至今茂密葳蕤,年年都有滴血的红豆悄然落地,那是守望千秋的相思哪,让你慨叹大自然果然存在生生不息的生命和不离不弃的爱情!

山里人家,土墙靠崖而筑,青青竹瓦复顶,烧的是信手拈来的茅草树枝,喝的是竹筒引来的清泉活水,"一片水光飞入户,千竿竹影乱登墙",房舍大抵掩映在绿竹丛中,房前屋后,有梅、兰、菊、紫荆等四季笑口常开。

至山中已近中午,但见炊烟四起,随便走进一户人家,淳朴如红土地的山民,并不问我从哪里来到哪儿去,只是如见故人般乐呵呵地捧出山蔬野味,让饥肠辘辘的来客大快朵颐。

在这里,我想起了厦门后溪镇闽台民俗村的一副对联:"小时候快乐很简单,成年后简单很快乐",是啊,这里的生活很简单,这里的人儿很快乐!

在莲峰寺,我曾请教佛门师傅何谓"大悲"?师傅双手合十:"怀有慈爱与悲悯,让众生感到快乐!阿弥陀佛!"

大悲山名副其实禅机深深,师傅简洁的开示,也清韵如禅!

古江之源,有龙穿门而过

二十里山水画廊,终点在龙门。龙门古称龙门峡,位于庵杰乡涵前村,离城三十二公里。

天下水流东,唯汀江朝南。穿过龙门峡的汀江,迎来第一县长汀,又汇百溪逶迤南流,过上杭入粤境,与梅江会合成韩江,经潮、汕注入南海。"盈盈江水向南流,铁铸艄公纸作舟。三百滩头风浪恶,鹧鸪声里到潮州",因此,龙门峡为古江之源头。神州大地龙门甚多,然皆无门,独龙门峡真有其门,"天生一个龙门洞,千里汀江一线穿",是闽西一大胜景。

我到庵杰,已近黄昏。遥望龙门,大山就像一条腾飞的巨龙,其突兀的峭壁酷似龙头,两眼炯炯有神,崖壁石缝藤蔓丛生,风来如龙须轻拂。山间有巨洞,洞旁怪石嶙峋,或如龙爪,或如龙心,或如龙胆……形神毕肖,气势磅礴!洞下,涛声如鼓,隆隆作响,有如金戈铁马鏖战沙场。水深绿如琉璃,时值炎夏,置身其中,仍觉凉气透骨。与思翔、月生、哈雷诸君乘竹筏顺流入洞,清风习习,泉声泠泠,似鼓瑟、似鸣琴、似啼鸟嘤嘤,让人耳清目明五内俱爽。至山崖最低处,纵然将头伏至膝盖,仍心中惴惴犹恐"碰壁",真是竹筏穿过龙门峡,不甘屈服也低头了。据说每至春夏山洪暴发时节,洞内江水澎湃怒吼,声如巨雷,人立洞口,可见江流喷涌犹如蛟龙吐珠白浪排空,壮观极了!

沿洞门右侧小路拾级而上,穿越"一线天",至半山处有石林一片,千姿百态鬼斧神工的钟乳石琳琅满目。到峰顶,有梵宫古称"龙神庙",现为修葺一新的五谷神庙,乡人常来朝拜,祈求庇佑一方风调雨顺五谷丰登。

走出高崖古渡、深潭老庙,只见渡口村落散漫,油光闪亮彩羽斑斓的公鸡母鸡们悠然闲庭信步,家家门前一汪碧水,满塘荷花或红或白正开得精神。有大坝拦溪形成的清亮亮的瀑布,水声哗然如唱山歌。

途经石人村,好客的主人邀我等至一高姓山家饮茶消乏,交谈之下,方知主人自厦门同安来这儿开厂卖茶,对我来说,竟是异地逢乡亲了!飘逸桂圆香味的盏盏清茶,韵味醇醇如甘露,我想,这便是龙门峡泉水的功德了——好茶配好水,那才是金玉良缘哪,难怪高先生要离乡背井迢迢来此经营了!

离开龙门,圆了十里画廊山川梦,已是暮色苍茫,蛙声呱呱如送客,柳线依依似牵手,此情此景,君能不回头?

2013 年 7 月 16 日写于厦门

这金汤，等我千年

第一次到云霄，是1965年初夏，当时我就读于厦门大学，学校组织我们前往云霄常山华侨农场劳动多日，此后，我再也不曾涉足。云霄留给我的记忆，除了烈日下山间密密麻麻的菠萝园和挥汗如雨的劳作，还有贫瘠的土地和贫困的原住民，其他的风物人事，大抵如梦如烟了。

转眼半个世纪，今春重来云霄，不知为什么，我总想起藏族诗僧仓央嘉措的两句诗："但曾相见便相知，相见何如不见时。"那一种令人瞠目结舌的山川巨变和人文胜迹，叫我对古城云霄，不得不重新相识和刮目相看了！

位于闽南的云霄县，是漳州文明的发祥地。唐总章二年（669年），玉钤卫翊府左郎将归德将军陈政奉诏率兵南下，入闽平"蛮獠啸乱"，与子元光于云霄火田开屯建堡，据闽粤之交，且耕且守。仪凤二年（677年），陈政在云霄病逝，元光奉旨袭职，奏报立州。垂拱二年（686年），朝廷诏准于此地建州置郡，称为"漳州"，治所在今云霄境内，陈元光被誉为"开漳圣王"。

据相关考证资料记载，云霄早在5000多年前已有先民繁衍生息，名胜古迹和纪念地林林总总，诸如尖峰夏商贝丘遗址、圆岭商周印纹陶文化遗址、仙人峰、青崎岩画、云山书院、威惠庙、树滋楼、漳州故城、石矾塔、第二次国内革命战争时期红色阵地乌山十八间洞、天地会创始地高溪观音亭以及陈政墓等等。

至于那形如圆锥复地美如日本富士山的将军山，那一望无边如同绿色海浪、鸥鸟纷飞的红树林湿地，都是令人流连忘返的美好去处。但此行最大的收获之一,是第一次得知我心目中最崇敬的女英雄、女志士、女诗人秋瑾,竟然就诞生在云霄——当年,秋瑾烈士的祖父露轩公在云霄做官,子、媳也跟随由浙入闽,孙女秋瑾就出生在云霄官邸,我庆幸自己有缘访问了她的童年故居;收获之二,便是第一次了解云霄与神秘的巴哈马、华丽的迪拜、隽美的突尼斯以及风情万种的夏威夷等一起,共同绵延于温馨悠闲而钟灵毓秀的北纬23度这条古老的地脉,从而拥有举世瞩目的海洋温泉!

我对温泉的认知,首先是从唐代白居易的《长恨歌》得来:"春寒赐浴华清池,温泉水滑洗凝脂。"少年时光,想象那一脉氤氲如玉的热泉和美人出浴的风情,该是何等的曼妙温润!于是,心神往之。后来读地理,方知世上温泉多矣,仅我的家乡厦门,就拥有日月谷、翠峰、盛之乡等等温泉。

但海洋温泉却相对稀罕——海洋温泉是在特定的地理位置、特殊的地质构造,因海水倒灌渗透地下深层,与火成岩和变质岩接触转化而形成的温泉。正因为这种特别苛刻的形成条件,使得海洋温泉比普通温泉更为罕见和珍贵。

海洋温泉源自大海深处,富含数十种有利于人体健康的微量元素和矿物质,它可以降低神经末梢的兴奋性,缓解肌肉、肌腱和韧带痉挛及僵直状态,产生镇痛效果;它具有活跃单核巨噬细胞系统吞噬功能,起到抗炎消肿、解痉镇痛作用;它还能改善局部的血液循环、促进新陈代谢,并减少炎症产物及代谢产物的堆积,加速组织再生能力和细胞活力,有利于水肿的消退及组织的修复。因此,海洋温泉的养生效果更优于一般温泉多多!

目前全世界探明的四大海洋温泉,分别是意大利西西里岛夏卡城温泉、日本九州鹿儿岛沙蒸以及我国台湾绿岛朝日温泉、珠海海泉湾海洋温泉。

我国的珠海海泉湾海洋温泉是罕见的氯化钠泉,富含了30多种对人体有益的微量元素,中国温泉泰斗陈炎冰先生曾亲笔题词"南海第一泉",它汇聚了全球各种风格的120余种温泉池,荟萃了世界温泉文化的精华;意大利西西里岛一直以其美丽的金色海滩、明媚的阳光以及埃威尔火山等著名的传统景点,成为广大游客的度假天堂,而以海水温泉闻名的西西里岛夏卡城,拥有的是稀有的"咸水温泉";日本鹿儿岛位于日本九州岛南部,拥有富饶的自然和人文景观。与鹿儿岛隔岸相望的樱岛火山,是日本喷发最为频繁的活火山之一,秀丽的风光为鹿儿岛温泉增辉添彩。鹿儿岛的温泉源多达2730个,这里的天然沙蒸温泉,受到地下温泉加热效应影响,沙子温度可达40～50摄氏度。沙蒸的效果比直接浸泡温泉的效果要好10倍,这种沙浴在这里已经有300多年历史了;台湾绿岛朝日温泉,位于绿岛东南海岸的嶙峋礁岩间,为世界少有的咸水温泉之一,属于硫黄泉质,但无浓厚的硫黄味,浸泡后也不会有黏涩感,因此,特别为人们津津乐道。

温泉也称矿泉,矿泉分氡泉、碳酸泉、硫化氢泉、铁泉、碘泉、溴泉、砷泉、硅酸泉、重碳酸盐泉、硫酸盐泉、氯化物泉、淡泉等12类,其中以氡泉为最佳——它含有特殊的放射性氡气,氡气在温泉水中蜕变,会产生具备电离能力、富有较高生物学作用的、穿透力不一的 α、β 和 γ 三种射线,具有非常明显的医疗和养生效果。

真想不到云霄这蕞尔小县,居然得到上苍最慷慨的赐予——金汤湾海洋温泉,据当地父母官介绍,这里的温泉便是含氡强食盐泉,富含多种矿物质和微量元素,是世界上独特而稀有的高品位、复合型的医疗温泉。

耳听是虚,眼见为实。金汤湾海洋温泉位于云霄陈岱镇院前村,4月14日,陈岱镇党委委员汤金凤女士,专程陪我前往探胜。

车行约一小时,来到方圆数百亩的金汤湾海洋温泉度假区。不可想象——那通街大衢,宽阔大气的度假区,一派欧洲园林气象,一般来说,4月的花事已是绿稠红稀,但在这儿,三角梅、炮仗红、紫荆、吊钟花、绿萝、薰衣草等等,红黄蓝紫,依然摇曳生姿。远远地,便可望见一大片有如罗马宫殿的米黄色建筑群,像一只美丽的金蝶,匍匐在中国南部海边,这就是2008年落成的金汤湾五星级海水温泉酒店。

走进酒店门楼富丽壮观的大堂,只见一个硕大无比的马赛克花盆,蒸云吐雾,袅袅娜娜,满堂生香。一问才知是海水温泉由地底奔涌而出,形成烟云缥缈的如梦如幻境界。整座酒店设施,一色希腊建筑风格,所有厅、吧、堂、馆,全都采用希腊神话中人物的名字:诸如以酒神狄俄尼索斯命名的中餐厅,以爱情女神阿佛洛狄忒命名的露天啤酒吧,以月亮女神阿尔忒弥斯命名的闽台特色风味厅,以法国东南薰衣草之乡普罗旺斯命名的咖啡厅等等。触目所见,都是女神、天使、仙女以及米开朗琪罗笔下健硕美男的精美雕塑,水雾迷茫的海洋温泉,就在酒店的后花园里。

这里,得天独厚的自然环境孕育了极品海洋温泉。这里,温泉是原汤,矿化程度高,色泽略带金黄,故称"金汤"。这里的别墅露天庭院,均设有温泉汤池——有年轻的女郎和稚童,在热气蒸腾的泉水里悠然漂浮,有白发老翁在木制躺椅上醺醺入梦……看到他们,有一种洗尽铅华、放下尘累的感悟,充溢我的心间。酒店拥有海神居、玫瑰园、佩夏百合居、佩夏石竹居、温泉SPA岛等各类客房近300间,房间里一律配有露天汤池。这里,原汁原味的地中海风情;这里,完美的托斯卡纳田园度假理念,想想,偷得浮生半日闲,在这里,在海水与温泉的安抚与呵护中,陶陶然不知今夕何夕,那是何等舒心何等写意!据金汤湾酒店总经理陈曦先生介绍,这里的海水温泉,治愈和缓解了不少病患者的宿疾。我想,除了开拓旅游业务之外,陶冶身心和治疗疾病,也是海洋温泉酒店的重要功能呢!

这里的天然半坡汤墅,依山而上顺势蔓延,山石跌宕起伏,园林高低错落,四季莺歌燕语,终年花树葱茏,有小桥倩影依依,让人想起《廊桥遗梦》;有迷你斗兽场,让你重温罗马胜迹;有素馨花和桃金娘娓娓私语,让你回首浪漫的莱茵河之旅。站在这里,你会不知不觉地穿越——从中国南部海滨穿越到希腊的星空,从现代穿越到中世纪,从扰扰红尘穿越到蓬莱仙宫……

与金汤湾海洋温泉唇齿相依的是名闻天下的东山八尺门。八尺门本是渡口,公元669年,开漳圣王陈元光率兵开拓闽南,造就东山岛日益繁荣昌盛,人们感恩陈元光的治政功德,将渡口命名为"陈平渡"。公元1664年,清政府为断绝东山岛人民与抗英将领郑成功的联系,在渡口筑起八尺高的界墙炮台,并驻兵把守,陈平渡遂改名为八尺门。1960年,人民政府在八尺门修筑起620米长的跨海长堤,从此,东山岛与大陆相连成为半岛。

八尺门海堤一桥飞架云霄、东山,有如一条银光闪闪的巨龙,腾挪在苍穹与碧波之间,站在金汤湾佩夏公寓红砖漫就的大广场上,仰望古渡长桥,舟楫空蒙,海天一色,山河雄伟,一腔豪气,不禁油然而生!八尺门是金汤湾海洋温泉最壮丽的背景,金汤湾海洋温泉是八尺门最贴心的搭档!

今天,金汤湾的拥趸,已遍及海角天涯;岁岁年年,不论春夏秋冬,无数与海与泉结下不解之缘的人们,都在这儿相会。陈曦总经理说,即使在旅游业相对清淡的2014年,金汤湾的总营业额还高达5500万元,比前面一年多增长了1200万元,当年景区的客流量,也达到38万以上。

金汤湾海洋温泉是云霄无与伦比的风景和生生不息的资源,也是福建以至中国引以为豪和骄傲的珍稀国宝!

回望历史,云霄金汤,你曾经怀才不遇、默默地在海底挣扎了多少世纪?如今,等待千年,大自然的主人终于找到了你——让你重见日月,让你焕发青春,让千家万户,领略你迷人的风采、领略你温暖的爱心、领略你神奇的魅力!

今天,路迢迢,我来觅金汤湾,这金汤,也在等我——等我千年,此刻,终于相见;相见,在四月,在春浓如酒时光!

2016 年 5 月 12 日写于厦门

梦中桥 诗中桥 心中桥

——平潭的那一座桥

平潭那一座桥,是昔日平潭人梦中的桥、是今天世人诗中的桥、是匆匆过客的我心中的桥!

关于桥的歌唱

"桥"永远是一个美丽的字眼,无论古今中外。提到桥,总会想起无数关于桥的歌唱——"二十四桥明月夜,玉人何处教吹箫?""伤心桥下春波绿,曾是惊鸿照影来"也罢,"隐隐飞桥隔野烟,石矶西畔问渔船""朱雀桥边野草花,乌衣巷口夕阳斜"也罢,多情才子的歌吟也罢、文人雅士的怀古也罢,桥,总是手牵手、心连心的象征;桥,总是"造福于民"与"美好吉祥"的载体和化身。

千古以来,提到桥,人们总会把它与许许多多或温馨,或浪漫,或凄美的爱情故事相连。两千多年前,美丽的虞姬,为盖世英雄项羽殉情在江苏沭阳的霸王桥下;一千多年前,伟大的诗人陆游,在他饱经风霜的耄耋之年,来到绍兴沈园小桥边,深深怀念他的初恋爱人,留下了流传千古的爱情诗篇;脍炙人口的梁山伯与祝英台缠绵悱恻的十八相送:"送君送了十八里,长桥不长情意长",双双化蝶而去;风光如画的杭州西湖断桥上,演绎了家喻户晓的许仙和白娘子相遇、相知、相爱的悲情绝唱……至于外国小说、电影中的《廊桥遗梦》《魂断蓝桥》等等,莫不是与桥息息相关的爱情悲欢!

有山的地方,难免有桥;有水的地方,大抵有桥;有人烟的地方,少不了桥,因此,提到桥,不论你是青头少年,还是苍苍老者,往事历历,你的心,都会柔软如绵。当然,那是古人的情怀,今人更看重的却是桥的功能、桥的奉献了!

且不说那世界现存的最大的敞肩桥赵州桥,那驰名千秋的苏州宝带桥,那泉州的万安桥、北京的卢沟桥、程阳的永济桥等,它们在中国以至世界桥梁史上留下至今不泯的辉煌,就说现代举世闻名的南京长江大桥、武汉长江大桥、香港青马大桥,以及美国金门大桥、澳洲悉尼大桥、法国诺曼底桥、日本多多罗大桥等等,这些横跨大江、大河、大海的长桥,它们对于人类政治、经济、文化、生活的贡献,就远远不只是壮丽景观的欣赏、美好情感的寄托了!

平潭那一座桥

形似祥兽麒麟的平潭,古称岚城。岚者,山风也。岚城,从前的确是一个边远荒凉漫天风沙的海岛。纵然,这里有一望无际、秀丽如画的龙凤头沙滩,有危岩峭立、云飞浪逐的君山,有雄起的男性骄傲海坛天神,有旷古奇观的泮洋石帆,有神秘莫测的仙人谷、仙人井等诸多迷人风景;有无数古老的传说,有不少英雄的故事,还有许多脍炙人口的民俗风情,但路遥遥、水迢迢,行旅不便,总还是养在深闺人未识。

可是,自2010年中央将平潭定位为开发区后,三年来,开山造林、吹沙造地,一栋栋高楼大厦拔地而起,一条条长街广衢足下延伸,一座座码头临海而立。已建成的金碧辉煌的星级宾馆、宏伟壮观的海关大楼、美丽辽阔的海渔广场以及独具特色的风力发电、成龙配套的幼儿园小学中学等;建设中的如意城、海坛古城、小商品市场、水果市场、客轮码头等,还有纷至沓来的宾朋和慕名而来的游客,还有从前这树难长草难活花难开的

风窝,如今满目翠树碧草鲜花五彩缤纷,凡此种种,无一不骄傲地向世人宣称:昔日风硬土瘠贫穷落后的平潭已成为历史,一个全新的现代化的平潭正昂首崛起!

几乎所有的人:原住民、官员、创业者、远道而来的客人,无不兴致勃勃地赞叹眼前天翻地覆骇世震俗的惊人巨变。而我,平潭归来,却深深地想起一座桥、一座沟通往昔和今日的桥、一座承载历史艰辛和现实辉煌的桥、一座圆了父老乡亲祖祖辈辈的美梦和向往的桥……

这座桥,名叫平潭海峡大桥。

平潭是我国第五大岛,福建第一大岛,西边凭海坛海峡连接大陆,东面依台湾海峡紧邻台湾,素有"千礁岛县"之称。由于海峡阻隔,千百年来,这里的人们外出只能靠舟行船渡,平日里人车争渡,在渡口待渡一等几十分钟数小时是常事,遇上危重病人外出求医、婚嫁新人赶赴佳期、紧要公务火急出岛,远方游子苦盼回乡种种,真是五内煎熬,呼告无门;倘若台风来临或暴风雨来袭,一连数日,轮渡停航,遥望彼岸,那一种望洋兴叹、可望而不可即的愁肠百结,非亲历其景难以体味!至于商品流通、经济发展因交通不便受到的制约,那就更可想而知了!

平潭人祖祖辈辈渴望一座桥,一座沟通繁华大陆的桥、一座开拓平潭未来的桥、一座拥有活力与生命的桥!但是,千年如流水,平潭人生活在痴痴的期盼里!

20 世纪 90 年代初,平潭县实验小学二年级学生吴立舒,给福建省交通厅厅长徐钢叔叔写了一封信,附上了她的作文《我的大桥梦》——立舒小朋友写道:"在宁静的夜晚,我做了一场美梦,梦见平潭大桥像一条巨大的纽带,把小山东和娘宫连接起来……桥上一片繁忙,桥两边的大理石上,雕刻着青龙,一共 39 条,代表着平潭 39 万人民。"徐钢厅长看了很感动,亲自到平潭来视察,并把建设平潭大桥纳入议程。然而,一个贫困的海岛,要建一座桥谈何容易?"路漫漫其修远兮",这件修桥惠民的好事,艰辛的奋斗历程横跨了18个春夏秋冬——

1992年,平潭正式提出建设大桥,邀请相关单位进行海底地质勘探和可行性研究;1994年,省计委、省外经委为建设大桥立项并进行全国性招标;1995年,平潭县与香港怡华公司签订建桥合同,但港方因所需资金缺乏保障及短期内投资无法回收而毁约;1998年,省政府将大桥作为重点招商项目与法国GTM集团达成合作意向,但该公司在多次考察后,对大桥车流量和平潭经济发展缺乏信心,选择退出;1999年,省交通规划设计院对大桥"预可"报告进一步修订,2001年完成;2005年,国家发改委批复大桥项目建设框架;2007年5月,国家发改委通过大桥初步可行性研究报告,同年9月,交通部批复大桥初步设计方案;2007年11月30日,孕育着世世代代平潭人梦想和期待的平潭大桥,终于正式动工;2010年9月15日,起自福清小东山、止于平潭娘宫的平潭大桥全线贯通合龙;2010年11月30日,总长4676米、双向4车道的平潭大桥终于通车。通车的时刻,选在上午10时10分,意喻"十全十美"。从此,平潭正式与福州内陆相连;从此,平潭人告别了依靠轮渡进出岛屿的历史。

一座大桥的建设历史,等于一个婴儿从出生到十八岁完成成人礼。这漫漫的十八度春秋,凝聚着各级、各部门领导诸如当年的省委书记卢展工、副省长苏增添、福州市委书记袁荣祥、市长郑松原等等的关怀和支持,特别是平潭几届父母官坚忍不拔的意志和不离不弃的努力,凝聚着成千上万造桥人无数艰辛的汗水和心血,那是任你妙笔生花,也描摹不尽的人间壮举!

一个美妙如阿里巴巴的童话成了现实,一个关于飞渡蓝色大海的好梦成真,一只渴望飞奔的麒麟终于矫健起跑。难怪,大桥通车之日,平潭县城万人空巷,数不清的父老乡亲涌上街头,热泪盈眶、载歌载舞、鞭炮连

天,用热烈的狂欢,来见证这辉煌的时刻——平潭,小立舒的海峡大桥梦实现了!平潭人,终于走上现代化的天桥!

平潭这一座桥,给予平潭人的,不仅是个人儿女情怀的圆满,也不仅是人间美景的低吟浅唱;这一座桥的诞生,代表着一个海岛的新生,给予的是几十万以至上百万人的福祉,成就的是一个未来的欣欣向荣的世界的奠基!

令人振奋的是,2010年春天,时任省委书记孙春兰同志前来平潭视察,看到还未竣工的大桥只有4车道,便说:"大桥的桥身这么小,恐怕还没有建成就被淘汰了!"

时任县长的陈文波同志回答:"平潭没有财政收入,钱不够,超前意识也不够,不敢搞大。建桥时,平潭还不是开发区,这座桥,满足本县几十年的人流、物流、经济发展是可以的,现在搞开发区,就不够用了!"

孙书记认为说得有理,回省里马上召开常委会研究,决定在平潭复制一座并行的姐妹桥,纳入省高速公路管理。县里不花一分钱,既能高速通行,又可收过桥费,对于平潭人民和平潭开发区,这是天大的喜讯!

于是,2010年9月15日,平潭海峡大桥复桥动工。今年底,复桥即可通车!姐妹桥两条比翼齐飞的金龙,托起了平潭开发区这一片金光闪闪的天地!

过了河,别忘了桥

今日平潭,人烟鼎盛,花团锦簇,一片片豪华的现代建筑在烟尘滚滚中华丽现身。海峡彼岸与此地,最近距离仅68海里;福州和海岛,车程只有一个来小时,一桥飞架南北,天堑变通途,人流、物流、车流,十倍、百倍烟尘滚滚而来,房地产蒸蒸日上,旅游额猛翻了几倍。无限商机诸多胜景,令平潭身价百倍。平潭管委会主任说:"平潭原先只是一个乡野村姑,如今可以列入城市选美行列了!"

今天,当汽车以短暂的5分钟,飞快地轻松地不着痕迹地驶过大桥驶进开发区,可能有许多人会忽略——车轮下那一座日日夜夜栉风沐雨忠贞不渝地迎来送往的桥。但是,如果没有这一座桥,荒僻的平潭就没有今天轰轰烈烈的开放与建设,孤独的海岛就没有今天丰富的物质文明和精神文明!那是一通百通无处不通的幸福桥呀,那是千人万人百千万人的生命之桥!

当夕阳西下时分,我站在海边航站大楼上,迎着飒飒如歌的秋风,俯视金光灿烂如戏水游龙腾挪于碧海银波的平潭大桥、远眺车水马龙如潮水推涛拥浪气象万千的平潭大桥,我的眼前,是美妙怡人诗情画意令人浮想联翩的壮丽风光;我的心中,对这座铭刻历史、继往开来、创造福音的梦中桥、诗中桥、功德桥,充满了感恩之心、充满了真诚的温情、充满了深深的敬意!

关于桥的成语、俗语很多,但最常见的是"过河拆桥"。其实,过河拆桥的,无论于人于事,都比较少见,那毕竟是涉及道德范畴的行止,为人们所不齿。但过了河忘了桥的,则比比皆是。有一位哲人说得好:"没有桥,如何到达彼岸?没有路,如何走向世界?不要忘记桥,更不要忘记搭桥人;不能忽略路,更不能忽略铺路者。"所以,我想,所有平潭人都不会忘记这座祖祖辈辈苦苦期盼终于美梦成真的大桥、不会忘记所有为大桥的催生诞生而付出青春、智慧和血汗的造桥人!今天,光临美丽平潭的人们,在享受现代开发区丰硕成果的同时,也一定会记住如义犬如黄牛如骏马的平潭大桥,那朝朝暮暮岁岁年年的奉献;会记住漫漫二十余载,茹苦含辛造桥铺路、为开发区的奠基立下了汗马功劳的平潭大桥主人的前世今生!

2013年10月写于厦门

养在深闺人未识

——龙海火山惊艳

　　我家居厦门，龙海紧邻厦门，提起龙海，多数厦门人了如指掌。那闻名天下的海上丝绸之路启航港之一的月港，那"万樯成集、盛极一时"的石码、海澄古镇，往事越千年，涛声依旧；那圆山脚下"凌波仙子"水仙花的故乡九湖，那虎渡桥边断岸千尺蜚声八闽的江东鲈鱼，春华秋实，依然花香鱼美；那水上吉卜赛人寄居的连家船，犹如母亲河九龙江怀里的摇篮；那紫泥水乡连绵数十海里、葱葱郁郁的海上奇观红树林、白鹭翩翩似飞雪；那供奉神灵感应驰名海峡两岸的救命天尊保生大帝的白礁宫，那白水贡糖东园粉粿浮宫土笋冻海澄双糕润，至今脍炙人口风韵犹存；最难忘那"小桥流水人家"，半个多世纪的风霜难以改变容颜的埭美古厝群，如荷花盛开如紫燕歇足，一朵朵一只只一排排一片片连成千家万户连成美丽乡村，让你感慨时光倒流让你回归耕牧童年……

　　龙海是我心中的鱼米之乡、花果之乡、红树林之乡、红砖古厝之乡，古朴、温馨、富足，有如小家碧玉，清纯、秀丽、古味醇醇，那是"杨柳岸、晓风残月"的温存滋味！

　　今年阳春三月，再访龙海。以为故地重游，无非增添现代化气象，山川风景，应该是胜迹如昨。没想到东道主介绍，此地有两千四百多万年前的古火山口，令我自叹孤陋寡闻，近在咫尺，多年来竟瞠然无知，心中不免跃跃欲试。

　　抵龙海次日，主人盛情，即安排市委宣传部小蒋陪我前往火山口。小蒋说，古火山口坐落在龙海市隆教乡白塘村附近的牛头山滨海火山地质公园，北望厦门，南傍汕头，东临台湾海峡，西接漳州开发区，是我国第一批十一个国家地质公园之一,也是我国独一无二的海洋地貌火山公园。看来此处荣衔不小,但外界怎么知之甚少呢?

我们出发在阳光绚丽的午后。车子出城区,经东园镇过浮宫大桥至港尾,沿途一边是波光潋滟、舟楫如林的天然良港深澳湾,一边是巨石磊落如虎豹斑斓、果树植被葱葱郁郁的南太武山,绿水青山相伴而行,令人更添游兴!约四十分钟车程,抵隆教乡白塘村,这是畲族人聚居的村落。

一下车,便见一片银光闪闪的海滩热情奔涌而来,那海滩有如农历初三的一钩新月,又像豆蔻年华的女孩儿那弯弯的秀眉,真是妩媚极了!脚下那望不着边际的银沙,绵软如缎亮白如雪,海风拂过,细沙轻轻蠕动如丝绸闪烁。此刻,鸥鸟低旋,游鱼喋喋,海浪低吟浅唱,除我与小蒋,并不见其他人踪迹。小蒋说,这个海滩绵延六公里,一路走去都是如此洁白如此轻柔如此幽静,竟是处女一般的珍贵呢!

我是海边长大的孩子,我是海的女儿,我也少见如此秀媚迷人几近不食人间烟火的海域沙滩。海滩右边,有一座山坡,时值仲春,芊草碧绿如染,无名的黄花喜盈盈地开得放浪不羁;海滩后侧,有一条宽阔的防风林带,沸沸扬扬的海参花、马鞍藤、蟳仔草,红、黄、蓝交织,把树林打扮得如同人工修整的大公园。

信步沙滩而去,正是退潮时分,遥遥地,便见一大片黑黝黝的岩石,匍匐在锈红色的礁盘上或半裸半隐在深蓝色的海水中。目力所及的远方,可遥望一座乌黑巨石垒就的高高的小山,载浮载沉于海中央。小蒋告诉我,海边的石头是火山岩,那小山便是大名鼎鼎的古火山口了。这火山口,潮涨时则隐没海里,潮退后则露出水面,我们此行正赶上它露面的时候呢!

据地质专家们考证,该古火山口曾经发生过三期十五次的火山大喷发,喷发后留下的海蚀熔岩洞、多处优质沙滩以及古森林炭化木层等,形

成了今天世界极为罕见的、保持较为完美的、珍贵的火山地貌景观。火山的分类有活火山、休眠火山、死火山,这是一处极为宝贵的死火山地质遗迹,对研究西太平洋火山岩带发育历史,有重要的科学价值。

沿着布满火山岩的漫长的海岸线踽踽前行——我深入火山岩群中,摇摇晃晃地踩过或西瓜状,或流纹状,或枕状,或圆或方,大小不一、坎坷不平的火山石,我抚摸着火山口周围深褐色、暗紫色、紫灰色、形态各异的玄武岩,亿万年的峥嵘岁月在我手上流逝,亿万年的人海沧桑在我手下沉淀,我不禁悚然而惊,难道,我也成了化石?成了古人?四野万籁无声,石头默然无语……

忽然,我看见这片旷古沉寂的海地,岩石间居然翕动着海星、海胆、野生鲍鱼,以及眨着亮闪闪的小眼睛的小毛蟹,我想,火山死了,生命犹存呀!

我继续深入古火山遗迹腹地,只见黑压压一大片数以百万计、通身如墨的六方柱形玄武岩,一柱柱密密麻麻地,相携相依地,在夕阳如火的黄昏里,金灿灿、亮晃晃地以同一角度同一姿势,整齐划一地共同俯向大海,那气象,活脱脱就是西安先秦古墓场上那一大片方阵严谨、铺天盖地、浩浩汤汤的兵马俑,那一种惊天骇地的万古雄姿,实在是天地人间伟大的奇迹,难怪地质学家们盛誉此处为中外极为罕见的古火山博物馆!

站在这大自然举世无双、诡异无比、奇特壮丽的造物前,面对那一种义无反顾、同仇敌忾的磅礴气势,那一种忠贞不贰、视死如归的壮烈情怀,让我自然而然想起"风萧萧兮易水寒,壮士一去兮不复还"的荆轲;想起"东临碣石,以观沧海"的曹操;想起"人生自古谁无死,留取丹心照汗青"的文天祥;想起二万五千里长征路上千千万万阵容肃穆、整装待发的沙场勇士……有一种苍凉悲壮的浩然正气,充溢我的心间!

当我走出庞大的火山石"八卦阵",回头一看,山下的火山岩,如狮吼、如虎啸、如鹿飞奔、如凤展翅、如金鸡独立,如小鸟啼鸣……而沿山朝上的火山岩,一行行一垛垛就像排列有序的鳞甲,你抬头仰望,活灵活现就是一头硕大无比的蜥蜴,正奋力向上爬行;待你沿石阶登上高高的古炮台,天风海涛里,晚霞如花,俯瞰山下,只见那庞大的蜥蜴掉头转身,化作一条熠熠生辉的金龙,施施然下山奔海而去……我不能不深深地震撼于大自然创造的、勾魂摄魄、惊风雨泣鬼神的美妙神奇的杰作了!

小蒋见我在古火山口徜徉良久,便说:"陈老师,我看您对此地情有独钟呢!我真不明白,这神秘的火山究竟是从哪儿来的?怎么能够出神入化到如此超人境界!"

我说,火山的形成并不神秘——地壳之下一百至一百五十千米处,有一个"液态区",区内蕴藏着高温、高压下含气体挥发成分的熔融状硅酸盐物质,即岩浆,它一旦从地壳薄弱的地段冲出地表,就形成了火山;火山神秘的地方在于——它的存在,使人无法忽略超自然的力量!

在我萍踪浪迹的大半生里,也领略过一些著名火山胜地的风采,如日本高耸入云、白雪皑皑的富士山;如被称为"地中海灯塔"的意大利西西里风神岛的斯德朗博利火山;如美国黄石公园火山创作的奇观间歇泉、老忠实泉——那沸水散发出来的蒸气,就像一朵奇大无比的白云漂泊在蓝天上;如号称世界上最活跃的火山——夏威夷基拉韦厄火山;如菲律宾最高的活火山马荣火山等等,还有我国的黑龙江五大连池火山群、镜泊湖火山、长白山火山等等,可以说它们各有千秋,各有绝色。但这些火山,有的风光秀美,却失于阴柔;有的宏伟瑰丽,但稍嫌外露,有的幽深莫测,如同探险;有的盛名之下,其实难副。也许出于个人偏爱,迄今为止,在我有幸能够亲近芳泽的火山中,无论死火山、活火山或休眠火山,其中的神韵与寓意、其中给人的想象空间和让人回味的生命哲理,以及同世世代代人类的密切相处与亲和魅力,皆以龙海牛头山火山为最!

牛头山火山，一片历尽沧桑不甘寂寞的土地，一群伫立千年顶天立地的英雄，一尾石化成青山仍旧生机勃勃的巨型蜥蜴，一条蛰伏万代依然渴望腾飞的莽莽神龙——坚强、坚持；不屈、不挠；无怨、无悔；抗击，抗击暴风流岚；抗争，抗争岁月枷锁！万石无言，默默无言中饱含着对人世的深情；千波喧腾，不息的呼唤里是对命运的抗衡！刚强者在这儿找到知己；懦弱者从这儿幡然奋起！

想不到如此玲珑幽雅，如此温婉可人的龙海，竟有如此金戈铁马、"引无数英雄竞折腰"的壮烈阳刚的一面！

当然，与牛头山火山相邻的镇海卫，也为这滨海火山地质公园增添了不少的人文和古韵。走进用条石或鹅卵石垒砌而成的镇海卫古城，只见古榕、古洞、古街、古庙、古城墙，一派古朴古典古色古香，自己也就恍若古人了。

漳州全市七百多公里的海岸线上，分布着众多的海防遗址，其中的五大名卫：龙海镇海卫古城、漳浦六鳌古城、东山铜山古城、诏安悬钟古城等，均有六百余年历史，极具观赏价值。明朝以来，闽南沿海百姓深受倭寇匪患袭扰之苦，明洪武二十年（1387年），江夏侯周德兴奉旨抵御倭寇，来到太武山之南、鸿江之滨的镇海——即今日龙海市隆教畲族乡镇海村，选择居高临下，地形险要处，筑城设卫为防，城墙长近九百丈，有女墙一千六百多座、剁口七百多个，以海为壕，开东、西、南、北四门和水门，洪波涌起，惊涛拍岸，雄关如铁，壮士如林，行人至此，回望先人足迹，胸中豪气倍增！镇海卫这座名闻遐迩的兵戎海防古城，历经六百载历史烟云，故垒雄风，至今犹存，大江东去，呐喊声声，与亿万年古火山并肩而立相得益彰，成就了人世间永恒的风景！

当我离开古城，走在乡间小道上，看见三五渔妇，或蹲或坐，怡然自得，面前摆着大小不等的竹篮，篮子里放着水灵灵的海星、海胆、海参、海蛎、海贝、海柳等等，有几位大姑娘小伙子嘻嘻哈哈地在那儿挑挑拣拣，一问，才知道是中央电视台第7套的记者们，准备来这儿拍摄火山口风光和隆教镇畲族乡"抢孤棚"民俗。我的思路，一下子回归现实——毕竟，这片孕育奇迹的土地，已引起世人们的关注！

　　落日余晖里，山山水水一派柔和的绯红，连火山口和古堡，也红彤彤的辉光闪耀，天地如梦如幻如诗如画，人在梦里人在画中。驱车回城时，有一种沁人心脾的感动，让我欲罢不能几番依依回首！

　　龙海别来多日，滨海火山奇观仍时时浮上心头。我想，当今世界五彩缤纷，当今人间物欲横流，当今人心浮躁喧嚣，这一片上苍赐予人类的古老的山川胜迹，可以给你养眼，可以给你养心，可以供你陶冶性灵，可以容你思考人生，可以激励你奋发有为，可以诱导你返璞归真……所以，牛头山火山，你虽然已逝千年，可天长地久，永远是鲜活教材！只是，你的绝代风华，至今还知之寥寥，养在深闺人未识，是珍稀当然也是遗憾！

　　愿所有的来访者，都是热心的红娘，让如此引人入胜如此夺人心魂的绝佳去处，快快成为万众瞩目的美丽新娘！

2013年5月22日写于厦门

廊桥回眸

我国是桥的故乡。那百桥千桥，除了穿车度人等种重大功德之外，留给人的，还有如西施纤纤玉臂般的美丽，还有"杨柳岸，晓风残月"的灞桥伤别的凄丽，还有"姑苏城外寒山寺，夜半钟声到客船"的枫桥夜泊的清丽，还有"二十四桥明月夜"的扬州瘦西湖的明丽，以及"一桥飞架南北，天堑变通途"的壮丽。桥，无论梁桥、拱桥或吊桥，长桥如排律，短桥如小令，大桥如苍龙，小桥如锦鲤。桥，是诗，是画，是诗画交姻的产儿，是先民手植、后人培育的建筑史上永放芬芳的野百合。

还有一种桥叫"廊桥"，那是桥家族中的宁馨儿。第一次认识它，是20多年前看了美国电影《廊桥遗梦》之后，男女主人公在麦迪逊廊桥浪漫邂逅后演绎的爱情悲欢，使这座廊桥广为人知并成为美国国家级文物保护单位。但无论是单孔跨度、年代久远，还是外观造型、内部结构，它都不能与中国的廊桥相媲美！

我国地域广阔、山川众多、溪流纵横，特别是南方，丘陵广布、山高林密、谷深涧险，交通极为不便。古代的能工巧匠充分发挥他们的聪明才智，因地制宜建造了各种形式的桥梁，其中就有不少造型别致的廊桥。这些廊桥有的横跨在险难绝壁之上，有的静卧在村落市井之中，景致十分伟丽壮观。据不完全统计，在我国的青山绿水之间，至今仍耸立着3000座以上风格迥异的廊桥。它们历尽沧桑，已经伫立了1000多年。那古朴而典雅的造型、实用而科学的结构、粗犷而又不失细腻的风格，折射出我国先民的文化观念、审美情趣和高超技艺。它们构成一道道绮丽的风景线，使人们无不为之动容、流连忘返。

在各种造型的廊桥中,以木拱廊桥造型最为独具特色,它是中国传统木构桥梁中技术含量最高的品类,也是世界桥梁史上绝无仅有的一个品种。

木拱廊桥分布于闽东北、浙南山区,这里山峦起伏、森林茂密、地形复杂。在恶劣的自然条件下,先民们逢山开山铺路,遇水修山搭桥,运用惊人的技巧,建造廊桥,改造自然。在历史漫漫长河中,廊桥饱经沧桑,与奇山秀水和谐交融,形成一幅幅隽永的图画,它是沟通古今的文化使节。

《中国科学技术史》称廊桥"在世界桥梁史上,唯中国有之"。北宋名画《清明上河图》中那座汴水虹桥,就是木拱桥的典型代表。清代周亮工的《闽小记》载:"闽中桥梁,最为巨丽,桥上建屋,翼翼楚楚,无处不堪图画。"木拱廊桥是人类智慧的结晶,是历史变迁的缩影,更是优秀传统文化的珍宝。除艺术本身的巨大价值外,木拱廊桥还蕴含着许多颇值细述的文化亮点:如廊桥与地方民俗、信仰,与史实、传说故事,与桥名、碑记,与楹联、书法,等等。可以说,每一座木拱廊桥,都闪耀着迷人的人文光芒。

廊桥通桥全凭榫卯衔接,严丝合缝,结构牢固,巧夺天工。桥梁专家惊叹廊桥为"古老概念的现代遗存",又称是我国桥梁建筑艺术的"活化石"。闽东北、浙南的古廊桥,据不完全统计约有108座。桥梁结构类型多种多样,其中16座木拱廊桥,被列入"中国世界文化遗产预备名单"。

戊戌年暮春,我至闽北顺昌,得知此县有古廊桥23座、新廊桥23座,共46座,便约福建省木拱廊桥营造技艺非遗项目代表性传承人徐云双匠师、县文体广新局李元生局长一同前往探胜。

4月18日清晨,一行三人离县城,驱车经将军村、沙墩、麻溪、安下、大历,前往岚下村。沿途穿行在崇山峻岭,有如一片绿荫之间,48公里山路仿佛转瞬即达。我们一路探访钱墩村的玉屏桥、岚下村的石环桥、夏做村的党风桥、大酒镇的龙山桥。午饭后,我们又风尘仆仆赶往中国历史文

化名镇云坑镇,欣赏了秀水村的文昌桥、曲村的登云桥。这些桥,或乡民集资,或乡绅独捐,或官民共建,纵然多姿多彩、风格各异,但共同的特点是:用杉木建造长亭,桥上建屋盖瓦、飞翼翘然,桥两边设美人靠,既为路人提供歇脚停担、避暑纳凉、遮风挡雨之便,又可以保护桥体及桥底的木结构不受风雨侵蚀。桥中供奉菩萨,保佑乡民、路人四季平安。桥头桥尾有桥名、碑记,廊柱、横梁有楹联、诗词、书法。桥下,流水潺潺,如歌如诉,鸥鸟翻飞,游鱼唼喋。桥之四周,绿树参差,山花烂漫。近观一座玲珑山水桥,远看一幅清淡水墨画,古意淳淳,如化外之境。

最难忘的是两座桥,一座是岚下厝桥,另一座是秀水文昌桥。

厝桥又名"玉环桥",建于清朝光绪十三年(1887年),已有100多年历史。厝桥在村子中心,横跨鹭鹚溪,联结桥东、桥西500户人家。

厝桥长61米,宽5.4米,单孔木拱。桥西端用巨大的花岗岩砌成桥墩。廊桥分上下两部分。下部以古老的大杉木穿插别压,再用4根粗大的苦槠木为牛头,形成拱形,把桥的压力均匀分配到两端的桥墩上,虽历百年沧桑,廊桥依旧。

廊桥上部铺以木板,再复以青砖,作为桥面。长廊下部6根杉木为柱,以抬梁式屋架分成17间,左右两边用宽厚板凳平稳对接外设护栏,形成美人靠。蓝瓦护顶,用于挡风雨遮骄阳。正脊挑下白底墨书纪年,三架梁上置放师博梁、功德梁。

廊桥边上有两处码头,供人挑水饮用、盥洗。发源于期岩山麓的小溪,流过青山流过田畴,自古如斯,以甘甜清润的流水哺育着两岸人家。

廊桥一片月,万户捣衣声。月明之时,码头上一字排开浣衣女,木槌捣衣声声。依然是男耕女织的传统农耕文化,一个个和谐的农家构成了一座和谐的村庄。

廊桥下的溪水里,生活着许多许多的鱼儿,有鲫巴仔、石板鱼、鳗鱼、翘嘴巴、白刀鱼、草鱼、鲤鱼。人不伤鱼,鱼不惧人,鱼和人们亲密相处。

廊桥下有屹立河中的巨岩,人称"石璞"。人们在河岸与石璞间筑起了木竹坝,留出一道水流,安上龙骨水车,造了水碓。每天都有人碾谷,那"吱呀呀"的水车转动声和"嘭嘭嘭"的舂米声,是先民们最原始的音乐。农人们一茬茬来了,一茬茬走了,黄灿灿的稻谷变成雪白的大米和油亮的米糠,他们把心中的喜悦带回家,农耕文化就是这么质朴无华。

廊桥两边——桥东有虎头岩,桥西有龙山,两山夹峙,仅留一道狭窄的水道。从廊桥上向北瞭望,一练白水宛如从天而降,那是古金钗港,一堵石墙挡住了上游来水,水在石墙上冲破了一个圆形缺口,以雷霆万钧之力夺路而下,形成了一道飞瀑,直奔廊桥而来。站在廊桥南眺,平畴十里,菽稻青青,那是迄今为止岚下最富饶的水田区。

廊桥下的古码头,曾经是木材的集散地。河上游的郭城、百益、桃源、夏墩山山岭的杉木长大了,砍伐下来,顺着溪水漂流到这里,层层叠叠,横七竖八,堆得楼房般高。这时疏浚杉木的工人来了,手执根长竹竿,竿顶紧套着锋利的铁钩,轻轻地点拨铁钩,一截截五六米长的杉木筒就乖乖地顺流而下,这叫"拆架"。每当春末拆架时,廊桥上总有许多人来看热闹,那时刚发排花讯,溪里漂的是金,漂的是银,漂的是载杉人一年劳作的血汗钱。杉木顺溪漂流到鹭鹚溪口后,扎成木排,一直漂到福州码头,然后装海船运到上海、广州。

廊桥有博大的胸怀,包容着各种不同的文化——古时私塾先生在这里吟咏:"怀中盈日月,眼底是乾坤。""长虹堪勒马,仙鹤可载舟。"现今常有学生在这里读外文。桥上有人拜观音佛,桥东基督教堂有人祷告上帝,祭神时道士身着法衣在桥上作法。从前,桥头黄庆酒家有堂子班的青楼女歌唱:"天上乌云堆打堆,没有东风吹不开,依是三春嫩茶叶,没郎滚水泡不开……"1963年,著名演员赵丹、祝希娟等人拍摄电影《青山恋》时,

曾在这里歇足。中外文化、雅俗文化、儒释道文化在这里碰撞、交流、融合，汇聚成岚下人独特的文化思潮。

厝桥每年有三次民俗活动：端午节行桥，农历七月十七迎通天佛，农历八月十五拉卢、烧塔。

最难得的是行桥——每年端午，凌晨刚交五鼓，上百位四五十岁以至六七十岁的农妇，早早地从四乡八里云集廊桥。她们身着左衽布扣的蓝衣、蓝裤，脚穿布鞋，发髻上插红色绒花，手捧经盘，列队行桥。在60米长的廊桥上不断往返，口诵观音经，祈求父母双全、夫妻偕老、子孙满堂。经盘里不仅有黄色的经筹，还有粽子、斋果、铜钱和硬币。在行桥诵经时，不时把粽子、斋果、硬币抛向小孩，让小孩去争抢，民间俗称"结缘"。

厝桥边有与文天祥同科登进士的南宋爱国名将、著名诗人谢枋得（号叠山）的叠山纪念馆，"桥亭留片迹举目东山再追步，草堂怀忠魂回首江左更风流"，为岚下廊桥平添一段人文风采。

文昌桥建于明正德十年（1515年），数百年间屡经火患，于2009年正月开工重修，主墨木匠为徐云双。文昌桥是迄今为止闽北最长的廊桥，全长149米，有桥屋49间，四柱九檫，抬梁式木构架，屋面铺小青瓦，作清水脊，桥门上屋面作歇山式，中间及左右次间屋架做重檐耿山顶。迎水面置神龛，祀观音、文昌帝君、大禹神像。单檐歇山顶桥亭内，饰四方彩绘藻井。

文昌桥附近，原有三座古建筑：一是桥西的关帝庙，二是桥南的文昌阁，三是桥东的天后宫。这些古建筑和旧时的文昌桥，构成了一组古色古香的建筑群，相互辉映，蔚为壮观！

文昌桥建于蛟溪之上，水阔波平，色如翡翠。溪中锦鲤，五彩斑斓，游人一丢鱼食，便成群结队，争先恐后汹涌而来，真是美艳极了！

新建的文昌阁也是徐云双的作品，七层宝阁巍然屹立在蛟溪琵琶洲上,与廊桥相距不过十来米之遥。晴天丽日之下,春风漾柳之时,站立廊桥月洞窗前,眺望阁上凭栏游子,你会不由自主地想起卞之琳《断章》中的名句:"你站在桥上看风景,看风景的人在楼上看你!"是啊,此时此刻,阁中人和桥中人,彼此都是对方眼中的风景、心中的诗!

提到顺昌的廊桥,就不能不提到廊桥非遗传承人徐云双,他的业绩与顺昌廊桥同在!

徐云双,顺昌县博古园林古建有限公司总经理,1964年12月出生于福建省宁德市周宁县,1971年迁居顺昌县仁寿镇桂溪村,14岁开始跟随父亲徐陈福学习大木手艺。三年出师后,又秉承父意跟随叔公徐应铭学习造桥技艺。曾自费到上海、承德等地参观、学习、研究古建筑艺术。2010年正月,在圆满完成闽北最长石拱廊桥——顺昌县文昌桥的建造任务后,徐云双又决定在顺昌双溪合掌岩营建一座由他自己设计并完全按照古法施工的贯木拱廊桥——龙泉桥。2013年7月,成功建成天然古韵、巧夺天工的龙泉桥的徐云双,被南平市政府公布为市级非物质文化遗产项目——闽北木拱廊桥营造技艺的代表性传承人。2018年2月,被福建省文化厅公布为省级第四批非物质文化遗产项目木拱廊桥营造技艺代表性传承人。2017年10月,破格晋为工艺美术师。2018年5月,被南平市政府授予第二届"南平市工艺美术名艺人"荣誉称号。

徐云双不无得意地告诉我,坐落于顺昌双溪合掌岩的龙泉苑廊桥,简称"龙泉桥",下临深壑,边顶陡坡,背靠素有"21世纪江南最大佛教石窟"之称的合掌岩石窟。如飞龙卧波,跃然镶嵌在全部由青条石垒砌而成的桥台之上,全拱长32米,净跨19米,在四围岩石崔嵬、古木参天的山场怀抱中脱颖而出,成为一处低调、奢华、有内涵的风光所在。说它低调,是因为它在整个合掌岩景区中所处的位置偏僻清幽,如果不是满怀猎奇访胜之心,人们很难目击到它的惊艳存在;说它奢华,是因为它从表面看来,

只是一座用于连接环山石径的跨涧木桥，但却使用了中国古代造桥史上最具技术含量的一种营建手法贯木拱技术；说它有内涵，是因为它无论是选址、选材以至运输、建造、完工，都无一遗漏地将古人建造贯木拱廊桥的传统技艺完整演绎，犹如一册实践版的古建筑教科书，既可予人明鉴，更可为人解惑。

徐云双又对我这廊桥建筑的门外汉细心讲解，他说廊桥建造的基本要领是：百柱成一桥。所谓"百柱成一桥"，就是要想建成一座能够历经百年风雨、承受相当重量，可行人、可过车，安全有效、标准规范的单跨贯木拱廊桥，就必须严格按照用材不少于百根柱的最低标准来严格执行。

他又说，廊桥行家的传世之宝是鲁班尺与桥诀，为什么古代匠师仅凭一把鲁班尺、一支墨斗以及一规一矩，就可以营建出比例精巧、造型美观而且完全对称的既壮观又典雅的传统建筑？原来，一切都在"一四起平梁、一六起鸭脚、九五起六角……"的经验总结中。这些浓缩了中国匠人的聪明与智慧的最易于传承的数字口诀，让中华民族的传统文化瑰宝，可以在一代又一代手艺人的口耳相传中生生不息、开花结果。

谈到施工。他说，自己完全按照老一辈最传统的方法来施工，所有的施工具，除了在材料上有着与时俱进的变化之外，比如从前毛竹编的篾缆绳，换成现代的钢丝绳；木轮手推车，换成橡胶铁皮车，其余的人工操作，完全按照传统的模式来进行。

至于怎样维护廊桥。他告诉我，与任何一类的古建筑一样，贯木拱廊桥也需要依据使用状况，进行不定期维修。但是，能不能修、用什么样的方式修、是不是修起来事半功倍，却实实在在大有讲究。他讲了"偷梁换柱"的经过，那可是真真切切的维修技术，而不是单纯课本上的成语。

徐云双最为出彩的木构作品，大都围绕着顺昌而展开。文昌桥，这座2010年正月重新焕发耀眼光芒的古廊桥，是徐云双成名的开始。但成名了的徐云双依然朴实而谦逊,他真诚地告诉我自己对传统文化的执着,也告诉我信仰给予他的力量。

他说,作为非物质文化遗产——木拱廊桥传统营造技艺项目,有一个重要的组成部分,那就是"清河",这是建桥动土时必不可缺的祭拜仪式。对此,徐云双十分感慨:

"'清河'这种仪式,有人以为是搞迷信,其实这不是迷信,这是我们老祖宗流传下来的一种对山川、对大地、对生命、对神灵的本能敬畏。它和我们现在道路施工时,政府发布通告是一一个性质,差别之处只是需要告知的对象不同而已。政府通告是要告诉路面行人,施工工期从哪一天起至哪一天止,施工期间通行不便,需要经过哪里绕道行走等等;而我们的'清河'通告(即《祭河师表》),需要告知的对象,主要是来往于这个河道的所有万物生灵包括孤魂野鬼、飞禽走兽等等,告诉它们的内容也是某某人(一般是造桥缘首和主墨师傅)将要在此河道上拦水筑堰,造桥修路,可能会惊扰到各位不便通行,希望各位可以让出通道方便施工,一旦上梁仪式结束后,就立即举行仪式让各位恢复通行。我想,老祖宗这种克己复礼、敬畏自然、敬畏生命的自觉行为,何尝不是一种传统人文精神的高尚表现呢?"

我认同徐云双敬畏生命、敬畏自然的观点,一路走来,言谈甚为怡悦。暮色沉沉时分,返程途中,徐云双又接着补充:"其实除了'清河'通告外,我们做木工的主墨师傅还有很多讲究,这些讲究我们在做工程的时候都会认真执行。比如开工时毕恭毕敬地请师傅啦,工程出现不好苗头时需要'压煞'啦……大家凭着良心约束、神明约束,共同保障工程尽善尽美圆满完成。反正祖祖辈辈就是这么传承下来,缺少了这些,就不是完整的非遗技艺了。"

我觉得我面对的,不单是徐云双师傅,我面对的,是博大精深的传统

文化，我有种一路学一路重当学生的感觉。

入夜，我独自徜徉在历经七次磨难、如今新生的明代古桥登云桥上，正是"可怜九月初三夜，露似真珠月似弓"的眉月时分。见"四面翠屏山色秀，一条碧玉水光寒"，长桥无语，涧水有声，人在此间，恍若梦中。心想，廊桥有缘，躬逢盛世，我生有福，幸会廊桥，从今而后，岁岁年年，回眸廊桥，便有缕缕相思如忆故人了！

2018年10月写于厦门

海州随笔

连云港,古称海州。

离别海州至今,从秋到春,时令已过了一个季节,但怀念之殷不绝如缕,时时萦绕心曲。

平心而论,从前的连云港,在我心中只是神州广袤大地上的一个普通港城而已。港口对我这个生长于新加坡,定居于厦门,大半生与海港相伴的游子并不陌生。因此,吸引我前往海州的,是人情而非地缘。

连云港是一个与我素昧平生并无亲朋故旧的城市。去年仲夏,当地市委二次来函六次来电,盛情相邀前往采风,当时因工作繁忙无法赴约。金秋十月,连云港市委再次来函来电,至情感人。感人至深的是当地地方官那一种礼贤下士之心,那一种期盼外界了解连云、期盼连云起飞的赤诚之心。我无法拒绝这一份真诚无法拒绝这一份敬业乐业献业之心!于是,利用短暂的双休日,我下决心飞赴海州。

闲说连云

飞机降落在连云港机场,前来接机的文学硕士、市委宣传部外宣处长李祖坤留给我质朴而睿智的印象——他紧握我的双手:"盼了半年多总算把您盼来了!部长让我谢谢您的光临。"

接着,他迫不及待地告诉我:"连云港是一个千年古郡,风景秀丽,人文荟萃,东临黄海海州湾,与朝鲜、日本隔海相望,西依大陆广阔腹地,南靠上海浦东开发区,北接山东半岛,是得天独厚的经贸口岸。自新欧亚大

陆桥贯通之后,国际集装箱过境运输由连云港承担,因此,连云港已成为这一国际大陆桥的东方桥头堡。"

李祖坤激情洋溢的介绍,引起了我对连云港的浓厚兴趣,我提议不妨驱车一览市容风采。于是,车子缓缓徜徉于连云的长街短巷——全城东西南北四个小区,环绕市中心如众星拱月。车到之处,但见城中楼房林立,随处都有热火朝天的建设工地。看来,这个城市房地产开发正在起步,颇有古城新生气派。各式霓虹广告、各种工厂、公司招牌扑面而来,商场商品五光十色,农副产品琳琅满目,处处车如流水,人头攒动,有一种朝气蓬勃的兴旺气象,让你身临其中不由自主地热血沸腾。城里街巷明净整洁,已是深秋时节,位于苏北地区的连云港居然绿树蓊郁,繁花照眼,微凉的西风,飘逸着淡淡的晚桂芳馨,令人神清气爽,如饮甘露。

小李带我到仿古条街,数百米大街两旁,尽是灰墙红瓦、飞檐翘脊精工巧筑的古建筑群,人行其中如步入历史。这儿提倡"以古兴商,以商兴城",因此每年仲春四月初八日在这儿举行庙会,城乡民众,外地来客,成千累万,或洽谈贸易,或货物交易,或内引外联,或互通信息,或浏览民俗,好一派繁华景象。

车抵海州区,梧桐夹道,塔松款款屹立,如金陵街景,如长春城观。这儿最引人入胜的是矗立于十字路口的城雕秦始皇塑像——塑像威仪万方,颇有臣服天下、驾驭六合之势。史载秦始皇五次出巡,曾两次到过连云港,并亲登"奶奶山",后人遂将此山改称"秦山岛",立石阙作为"秦东门"并书:"阙者秦始皇所立石之秦东门,阙事在史记。"

从此,此地又称"东海门户"!

秦始皇塑像旁有石雕武士、战马、车轮。武士头戴冕旒,飘逸潇洒,古色古香古意盎然;石雕飞马腾空,气势磅礴,神采逼人;战马拉战车——巨轮仅雕出四分之一车辐,那一种残缺美留下了艺术的空白——留给人以浓郁的历史沧桑感,也留给人驰骋想象的无限空间。

城雕正前方为锦屏山,山势雄浑奇秀,与城雕互为衬托,相得益彰。

城门牌坊"海州古城"为著名书法家、中国佛教学会会长赵朴初所书。

车游罢,小李陪我至云台宾馆。云台山脉为连云港境内名山,市政府宾馆便以云台为名。云台宾馆所在地160年前还是一片江洋大海,100年前还是茫茫苇荡,沧海桑田,由此可见。而今云台宾馆草鲜花艳,环境极清幽雅致,装修也豪华美观,颇具名城风范。

怀古幽思

不入宝山,焉得宝石?想不到连云港古迹遍地,名人如云,古城的文化品位和历史价值因之而名噪海内外。

据《左传》记载,鲁昭公十七年(公元前525年),孔子曾来连云观海,后人将他登过的山峰称为"孔望山"。2000余年来,孔望山游人不断,孔子遗踪,为连云留下千古不废的文化瑰宝。

经专家考证,连云港市云台山脉的主峰花果山,就是中国古典小说四大名著之一《西游记》中所描绘的花果山仙境。当年,吴承恩得益于花果山神仙福地的陶冶和启迪;而今,花果山则因《西游记》而闻名遐迩。跋涉于飞泉泻玉、花木扶疏、古杏入云、奇峰耸秀、风光迷人的花果山中,流连在形神逼真的猴石、沙僧石、八戒石、唐僧壁、"金箍棒"、"水帘洞"等灵岩秀水之间,令人物我两忘,古今莫辨。

连云港市郊灌云县有个板浦镇,公元1782年,李汝珍随其家兄寄居于此,在此,李汝珍用毕生精力写下了名扬中外的文学巨著《镜花缘》。云台山区是李汝珍经常涉足之地,难怪《镜花缘》中的山光海景风土人情、方言民俗时令特产等至今仍与海州当地人文风物相似。书中提及的"小蓬

莱"刻石和象征"镜花水月"的镜石,就在连云港市的东磊。在板浦,李汝珍的旧居保存完好,如今当地政府又拨款兴修李汝珍纪念馆,馆内花园五色榴花吐艳。镜花奇缘,古韵依依,留给后人多少美好想象!

连云港宿城地界三面依山一面靠海,当年唐太宗李世民曾东征至此。这里有一处宛如山石盆景的山峰,就因李世民曾在此与番将作战被围,幸得大臣救驾而被封为"保驾山",山顶有一棵高大的古松,李世民曾拴过战马,后人称之为"唐王拴马柱"。

一个城市,有了古迹名胜就有了历史财富,有了如陈酿佳醪一般令人回味无穷的文化积淀。

天书种种

最令人叹为观止的是连云港市锦屏山南麓的将军崖,那乌黑发亮的岩石上,居然有数十米见方神奇瑰丽的岩画。那岩画用坚硬石块凿就,有人物头像,有菽麦豆禾,有太阳、星星、月亮,有祥云、祭坛,还有各种难以辨识的图腾和符号——经国家文物局鉴定,将军崖岩画是我国迄今为止发现的最古老的原始社会岩画,也是汉族地区首次发现的岩画。历史学家称它是"我国东方的一部天书",它为人们研究史前文化提供了直观的形象资料。

距市区西南5公里处的孔望山上,另有一片依山势而开凿的汉代摩崖画像石刻,石像中有释迦牟尼涅槃图、舍身施虎图以及立佛像、坐佛像、供养人,等等。它们比驰名中外的敦煌石刻艺术还早两个世纪,是我国目前发现的最早的佛像艺术雕刻,被誉为"九州崖佛第一尊"。1984年,当地博物馆负责人将孔望山摩崖佛像拓片送去北京给赵朴初先生,赵老看后欣喜万分,即挥高题诗:

>　　海上丝绸路早开,阙文史实证摩崖。
>
>　　可能孔望山头像,及见流沙白马来。

这儿还有西周、东周的石棺葬,石棺上的红陶钵镌刻着至今无人知晓的符号,那是龙山文化时代的遗迹。

1994年,连云港东海县温泉镇又发现了尹湾汉墓竹简130件,这些简牍的内容大抵是占卜打卦之类,其中有一篇民间故事《神鸟赋》,以鸟寓人描写了一个缠绵悱恻的爱情故事……

扑朔迷离的摩崖天书,辉煌灿烂的孔望山佛像以及石棺竹简种种珍贵的国宝——那一个个至今无法破译的神符,那一道道至今难以解开的方程,给古城海州披上了神秘的面纱,给后人留下了无尽的思索,给游客带来了动人心魄的诱惑!

水晶之乡

东道主告诉我,连云港的东海县是中国的"水晶之乡",年产水晶800吨,占全国年产量的一半。

真是行万里路胜读万卷书,原来,我平日喜爱的水晶,故乡就在这儿。

我请主人带路,专程拜谒东海。

东海县离市区大约1小时车程,午后时光,秋阳和煦,车入县境便见楼房鳞次栉比,临街商店几乎全是水晶生产工厂、销售店面、水晶雕塑工艺公司,据说总数在300家以上,难怪橱窗璀璨亮丽,那些栩栩如生的人物、花卉、鸟兽水晶雕件,默默无声地展示着地方的美丽和富足。

我们到民间水晶市场,那五彩缤纷、晶莹剔透的水晶原胚、水晶雕件,令人眼花缭乱,爱不释手。最可爱的是含有包体的水晶,或如千山流翠,或如野枫照水,或如流沙明驼,或如春江幽帆,或如金黄琥珀,或如红蓝宝

石,或如猫眼,或如翡翠,鬼斧神工,百态千姿,大自然神奇的造化将水晶体中的杂质和水珠幻化成绝妙的风景和斑斓的美色,真叫人拍案叫绝!

东海县因盛产水晶成了水晶之乡也造就了水晶文化。在这里,有水晶博物馆,水晶研究会。水晶除了它的工业价值、药学价值、装饰经济价值之外,艺术价值也占很大比重。有一位黄运琴先生,除了拥有不少水晶珍品之外,还拥有相当丰富的水晶知识,把水晶文化炒得热气腾腾。

在东海,2400平方米土地就有1000平方米土地产水晶,此处触目可见水晶。当地老乡告诉我,他们建房子打地基、打井、打篱笆,常常一挖就挖出水晶石。有时到地里锄头一挖也是水晶石,甚至有人夜间出来空地解手,一泡尿一冲就冲出块水晶石,于是,有的农民把水晶原石拿来垒猪圈。

东海水晶储量丰富质量好,据说毛主席的水晶棺用的就是东海水晶。当年县委书记带着全体党员拣水晶,运到北京城,为敬爱的领袖献上东海人民一片心。

50年代,东海县某村生产队出土了一块3.5吨的水晶,乡亲们得到这份被誉为"东海水晶王"的国宝,首先想到的不是个人或乡村的发财致富,而是无偿奉献给国家。因此,"东海水晶王"跋涉千山万水,终于到了北京,至今仍安放在国家地质博物馆门前。当时,国家奖励东海县一台拖拉机,奖励村民每人一双解放鞋。

站在商品大潮汹涌的今日,回想当年这些无私而淳朴的东海人的作为,我既为东海人那颗颗如同水晶一般透明的心深深感动,也自然而然地涌起了一些与水晶有关的思考。

于是,我从东海买回数枚美丽的水晶原石,它们立于我的案头,每日每夜,给我一些襟怀坦白灵魂净化的启示,给我许多美丽的联想、艺术的熏陶。

新欧阳修

每读宋朝文学大家欧阳修文，总赞叹不已，尤其《醉翁亭记》更令我百读不厌。我以为欧阳修公可贵之处在于既当作家又做官——当官则爱民如子，为民办实事，与民同甘苦；为文则字字珠玑，载誉千古。因此，虽相隔百代，心景仰之，常常引为人生范本。

不意此行海州，有幸结识此公，此公既身居要职，又擅长文墨。为官则一方安居乐业，百姓交口称善，为文则儒雅风流，广纳天下贤士，令我感佩之余，疑为欧阳公再世！

这位新欧阳修公者谁也？连云港市委常委、市委宣传部部长吴加庆先生是也！

我抵连云之时，吴加庆部长正在基层公干，直至次日的宴席上，我才见到他。这位当地的重要官员，方脸大耳，五官开阔，留给人一种厚道、朴实、干练的印象。他与我们几位同赴海州的作家一一握手称谢，满腔热情地致辞欢迎："连云港欢迎你们，连云港的起飞和走向世界需要你们的支持！"

他口口声声称呼作家们为"老师"，唯恐对大家照顾不周，他详详细细交代他的部下办好每一件有关接待的事宜。那一份虚怀若谷、求贤若渴之心，那一份盼望连云港文化繁荣经济发达之心，从他的眉梢眼角、举止言谈中流露无遗。

他说："我真心诚意地把老师们请来，就是为了让你们了解连云港，我们的精神文明和物质文明都刚刚起步，迫切需要专家的指导外界的关注，我希望借重你们的声望和大笔，把连云港人的奋斗和期望告诉海内外的朋友，我相信你们一定能为连云港的起飞献出你们的智慧并留下你们的

墨宝华章。"

我们每个人都为他的敬业精神和卓识远见深深感动。

他告诉我,去年,他邀请了中国作家协会副主席陆文夫、江苏省作家协会主席艾煊等一批著名作家来,这回又请了河北的梅洁、南京的吴野、冯亦同、江广生等作家来,明年还准备延请贾平凹、余秋雨等文坛大家……

吴加庆部长懂得"他山之石可以攻玉"的道理,因此广交天下名人,为市委出谋划策,为连云港描绘新篇。他的眼力和魄力,他的从政才干,令人刮目相看。当然,令人敬佩的还有他的文采风范——这位20世纪60年代毕业于南京航空学院的工科大学生,后来居然成了作家,他写得一手好文章,散文尤佳。

吴加庆祖籍连云港东海县,东海山明水秀,是美丽的水晶之乡,也是著名文学家、民族志士朱自清的故里,可谓地灵人杰。吴秉承了家乡的山水灵性、名士遗风,从一介书生到步入仕途,先担任东海县委书记,后被提拔为连云港市分管工业的副市长,因宣传部部长席位空缺,组织上认定他是合适人选,又将他调任市委常委、主政市委宣传部。他干一行爱一行,走一处留一个口碑。

他的运筹帷幄,他的战略眼光,他的倜傥风姿、斐然文采,从他苦心经营"他山石"——搜罗天下名家为连云港效力的作为可见一斑。从政,政绩佼佼;从文,文章焕彩;为人,人品如水晶晶莹透亮。难怪人说:"海州出了个欧阳修!"

这位新时代的欧阳修,除了留给我一份崇仰之情,还留给了我为人、为政、为文的许多启迪!

古老的海州,新兴的连云港,我与你不过三日相聚,但别后对你的思念,却已如同多年老友。古城新姿,孔望石佛,锦屏天书,云台崖画,还有东海水晶,还有新欧阳修,还有长驻心头的胜景处处、永铭心田的人情依依,为了这一切,我想,来日我必将故地重游!

1997年元月写于厦门

琼州游踪

盛夏七月,为参加全国廿个开放城市人大会议,笔者于阔别多年之后,同黄启巽教授及林修德、彭明武二同仁重访海口,山川不殊风景异,令人目迷五色心血沸,特撷椰乡片绿,以飨读者。

天文奇观可是人世征兆

如落花水面,如流云山间,波音 757 悠然自得地在雷州海峡上空飞行,夕阳将云彩点化成无数金银珠翠,一簇簇,一朵朵,如金菊如雪莲,在微风中冉冉开放。俄顷,亮色收尽,舷窗外,乌云似泼墨腾空而起,如写意山水,如悲鸿笔下之奔马,如可染纸上之老树,如 18 世纪欧洲幽深的古堡,如唐宋年间巍峨的佛殿道观……一切若即若离,似是而非,奇伟之极,神妙之极。转瞬之间,远处茫茫灰云涌动,或明或暗,或深或浅,如高山峻岭,如大漠流沙,如皑皑雪原,如繁星闪烁,如沧海横流,如野林蔽日,莽苍苍一望无涯无际;倏忽,又是一片云泉花树,如江南水乡烟花三月小桥流水,如塞北初秋风吹草低见牛羊,如戈壁黄昏驼队逶迤驼铃声声。忽而,浓烟乱云铺天盖地迎面扑来,飞机钻入云幕如被亘古大山吞没;忽而,飞机穿出云层,又是晚霞流光溢彩,一派气象万千。十年来乘飞机不下数十次,从未见过如此变幻无穷、神奇瑰丽、令人如此惊心动魄目不暇接的景象。由此,人不能不产生一种天然的附会:大自然如此奇妙壮观,莫不是人世间变幻万千的一种美好的兆示——海南,自别来,你有多少新奇的人事,等待着我如诗如梦如幻的探索?

由厦门启程,经广州,抵海口,二次登机二次落地,前一次准点,后一次甚至提前十分钟抵达,在我小小的乘机史上,也是空前的幸遇。

零星话其实不琐碎

下机后是夜八时许,有海口人大侨委何主任来接,他说今春三月来访厦门时曾听过我介绍厦市侨情,灯光下细细一瞧,果然是旧相识。在热切的招呼声里,在拂面的热风中跨进小车,穿过片片华灯闹市,来到"泰华"——这座三星级的酒家珠围翠绕光艳照人。回忆当年海口之夜,半月如规,街灯昏黄,狭窄的道路灰尘浴面,稀疏的小摊小贩有如乡镇光景,除了行署招待所,略具规模的宾馆酒楼还是凤毛麟角。如今眼前景象,已经颇有特区风采。

旅途奔波,一夜无梦。清晨进餐厅,见墙上有宣纸裱就的东坡诗:"十年归梦寄西风,此去真为田舍翁,剩觅蜀冈新井水,要携乡味过江东。"这应该是东坡贬琼之作,田园味与苦涩味并存,将它放于如此繁华场所,文雅固然文雅,却也形成一种强烈的反差。

早餐是皮蛋粥、猪肠粉、水晶豆包、酱凤爪等,道地粤菜本色。置身如此,如在五羊城中。

饭后出门,沿街槟榔、椰子、羊蹄甲、吊钟花、冬青……红红绿绿,熙熙攘攘,纯粹热带风情。沿老街走了一圈,无非是厦门中山路、大同路、泉州十里长街模式,店铺小小,杂货横陈,多的是各路时装,不少来自我闽南石狮。至于家电百货,更是挨挨挤挤,琳琅满目。匆匆走了个把小时,腿力毕竟有限,只好"打的"回府。

下午,海南日报社黄宏地、中新社海南分社社长林华二先生驱车带我往龙昆路、龙华路、人民大道、临江街、和平北路转了一大圈,只见新区高

楼林立别墅如花,一片片一丛丛,红白蓝黄绿,全是欧式建筑,千姿百态,令人几疑身在异国。记得8年前来此,不过是县城风光,楼层破旧,红扑扑的尘土漫天飞扬,灰溜溜的滩涂触目皆是。当时接待我的州委书记雷宇同志说,一直到1982年,全国数百个城市,只有拉萨和海口两市未设交通亭红绿灯。其简陋闭塞,可想而知。而今,一望无际的滩涂已为高楼广厦所覆盖,龙华一带的沿海高楼群简直是香港滨海风光。林华是福建籍,作为异乡人,他对海南颇为投入,言谈间赞不绝口;宏地祖居文昌,作为故乡人,他分外自豪,面有得色。他们说如果改革开放政策不变,海口不出十年,可建成第二个香港。

夜间,海口市政府接待处钱处长来落实返程机票一事,讲了一番海南生意经,如何见缝插针,如何搞活经济,令我这个机关公务员同行听得目瞪口呆,深深折服于海口人的商业意识。钱说:"就说我这个姓吧,从前人家总觉得有那么点'资'的味道,讨嫌得很,自己也恨不得改了姓才好。如今真是人见人爱,无论走到哪里,一听'钱来了',立刻围上来欢头笑脸地握手请坐。咱因了这姓竟成了'财神爷'啦!"看来海南人在变,主要是海南人的观念在变!说到这儿,大会会务组的李医生插进话来:"提起做生意发财,还是福建行,尤其是泉州人、晋江人。广东潮汕人、浙江温州人也很厉害,这几年在海南,他们不少人发了大财!"

李医生是汕头籍,在海南人民医院当内科大夫,到过厦门,很喜欢厦门大自然的天生丽质,对厦门人也就多了一份亲切感,于是热情地和我攀谈。他说这几年来海南的闽粤浙个体户在这儿买小车盖洋楼的不少,他们大抵带了二三万元下海南做地砖、钢材一类的建材生意,几年后积下几百万上千万的人很有一些。有位温州人吴国安,财产已达3000万元。在这儿搞好了,比去外国强得多,出境出国在这里已没太大吸引力。他又说,这儿贫富悬殊。我问贫者温饱可否保证?他回答温饱没问题,主要是难以进入高消费的行列——这部分"清贫者"大体是机关干部、医卫、教职人员。我问他本人每月总收入多少,他说600元左右。而报社黄宏地告诉我月总收入千余元,这样看来,丰衣足食庶可无虞。

第三天晚上,市委、市府、市人大联合宴请。市长曾浩荣先生是闽籍莆田人氏,生于浙江金华,看到故乡来客,颇有一见如故之感。宴罢来宿处看我,谈起他前年由太原调入琼州时说,前人种树,后人得荫,海口近年确实变化不小。他的思想是努力按小平同志的指示去办,把眼光放长、眼界放宽,尽量开拓。他说这儿生地每平方50元,熟地也就是100元,公寓房、综合大楼大约1000元左右,地广劳力足资源丰富,前来问津的港商、台商,甚至外商不少。他把重点放在创造良好的投资环境,让人家愿意来,来了留得住。他说,只要政策继续开放,几年后达到香港水准也不会太难——当然,海口地处省府所在,众目昭昭,也有不少难题。"但没有难题要市长何用,知难而上,海口就有希望!"——这位年富力强的市长颇为自负地说。他建议我看看他们的开发区,多提批评意见,我答应一定下去参观学习。

眼见为实　翻疑是梦

答应了就得行动,不是为了猎奇,是为了寻求生活中新与美的答案。

据市长介绍,开放的海南有四大经济中心,中部以海口为中心,东部以文昌为中心,南部以三亚为中心,西北部以洋浦为中心。而省会海口已辟出金融、永万、海甸、金盘等六大开发区。

在一个椰风如水蕉雨如烟的清晨,我沿龙昆北路的夹道椰林来到金融贸易区,想不到当年那一片蚊蝇相逐的荒滩,如今已被珠光宝气的银行、免税商场、五颜六色的商店、写字楼群,还有现代化装修的市委、市府、

市人大办公大楼、职工宿舍以及体育馆、海上公园所取代。我看见一座外墙一式黑色银母片大理石装饰，造型新颖、豪华美观的大楼有如鹤立鸡群，招牌上写着"南洋商业银行"，我信步踱入大厅，一群花枝招展的银行小姐欢迎我前来参观。于是我登电梯直达天台，这座28层、高103米、占地面积3600平方米、玻璃幕墙装修、设备超前、三年前总投资额超过2000万美元的大楼，东濒琼州海峡，西接秀英码头，海秀路横列眼下，风景秀媚。一年前，它还是海口建筑群中首屈一指的"白马王子"，如今，由天台放眼市容，比它更为高峻更为壮观的擎天立地新楼，已不止一座。啊，天外有天，山外有山，日新月异，变化万千，这便是今日的海南！

在占地4平方公里，以搞"商住"为主的金融区徜徉半日，我又走访了新华社香港分社负责开发的1.2平方公里的永万区，以及由北京公安部开发的高级住宅、国际交流中心为主的占地6.5平方公里的海甸区。海甸岛原来也是一片滩涂，如今填地盖上别墅群，望过去一片五彩斑斓，幢幢别墅如鲜蕈朵朵，令人心旷神怡。加上海南大学、海南医学院、海南师范学院皆聚居此处，又增加了几许文化氛围。

但我最感兴趣的还是金盘开发区。占地16.25平方公里的金盘是海南红土地上一片蓝色的希望！原海口市工业局局长现任金盘总经理的唐苏宁先生告诉我：海口端出金盘，引来了美、法、德、日、新加坡和我国香港、台湾地区的一大批客商。他带我参观金盘新建的美国工业村，只见一大片银色的厂房在骄阳下光辉四射。这片厂房是引进美国资金、全部设计根据美国MB—MA标准厂房规模建筑而成的，每幢2500平方米，空调、水电、配电盘全包，每三个月完成一幢，每平方出售800～850元。唐总说："我们注重软环境建设，几十个报批手续全放在金盘区一次性解决，外商把钱拿来就可以投产！"——这个办法，就叫作"筑巢引凤"吧！

我还参观了金盘区中美合资生产移动电话的"海南联通新技术电子

有限公司"以及中日合资、全厂61人、年创汇1000万美元的"海和不锈钢制品厂"……

漫步在金盘区,到处空气清新、花红草绿,到处衣冠楚楚、笑容可掬,到处楼房华丽、设备新颖,到处运作快速、有条不紊。金盘区的风光是现代化的忠实注脚,金盘区的人们是改革开放的优秀形象。

我问唐总,何以短短三年就有这样美丽诱人的金盘,他不假思索地脱口而出:"不就是用政策打基础,求效益抓落实嘛!"

改革的春风吹绿了海南的山山水水。蛮荒野僻的海南已成明日黄花,一片蓬勃的生机迷人的希望如同孔雀开屏——未来的海口是三个"一百":人口一百万,土地一百平方公里,国民生产总值一百亿。很难将往日风景与今日风情沟通,虽眼见为实,却疑身在梦中!

老相识已不相识

俗语云:衣裳要新,朋友要旧。到海口,便想起了那一年初访时匆匆涉足的罐头厂,那一片简陋的厂房、低矮的工棚虽貌不惊人,但主人热情的笑颜和他们待客的椰子水、菠萝块、芒果汁却令人记忆犹新。

我向海口市人大的李主任打听了一下海口罐头厂厂长王光兴的近况,李主任说:"他现在是咱们人大的兼职副主任,老当益壮,财大气粗啰,对人大工作倒是非常热心!"

李主任告诉我,罐头厂由当年的亏损大户扭亏为盈,如今成了海口市的拳头企业、创汇大户,几年来,连续保持三个全国第一:产品合格率、产值、职工收入均居全国同行业第一。他们生产的天然椰子汁是国宴饮料,畅销海内外,先后得过四个金奖,年产值达3.5亿元。

李主任说得我心热血沸,恨不得立时前往拜谒。想不到当人大组织

我们集体参观时,老相识却面目全非——当年的红泥土路低矮门面已无从问津。宽阔整齐的柏油大道两旁站立着制服齐整的成排门卫,雕龙画凤、黄琉璃覆顶有如宫墙的工厂厂门巍峨壮观,大红大绿的彩旗灯笼,呈现出一派不容忽略的富贵繁荣,真是"士别三日,当刮目相看"了!不巧王光兴厂长外出开会去了,干练的麦副厂长热情地接待了我们。在空调、彩电、音响配备齐整,内装修焕然一新的会议室,我们品尝了该厂六个品种十八个门类的各种饮料,与当年蹲在泥地上撬椰子罐头的情景相比,真是天上地下。

我请教麦副厂长,为什么短短几年间,一样的人,一样的资源,竟能如此突飞猛进,转亏为盈?麦副厂长说:"也没什么诀窍,就是实行深化改革呗!"

原来,该厂以前因为分配不均,科技人员积极性调动不起来,人才几乎跑光。技术上不去,生产越多亏损越大,迫使你不得不采取新措施,筑窝留鸟。如今的人大李主任是当年的李市长,对他们厂十分支持——支持他们一搞发明奖,解决脑体倒挂,谁开发一个新产品发给谁五千、一万元奖金。二设成果奖,从纯利润中抽取 3% 作为个人或小组的成果奖励——产品开发出来,投放市场是关键,能够投放市场,工厂便无后顾之忧。有了成果奖,仅 1991 年该厂便开发了十一个新品种并投入市场。三是采用干部聘任制,让有真才实学能干肯干的人上领导岗位,改变无能者窃据要津,有才者明珠投暗的不合理状况。从科室到厂部,干出成绩的给予优厚待遇,干得窝囊的予以免职。至于招聘,厂内外均可报名,厂里组织竞选会,让应聘者上台自荐。竞选上台的科长、厂长既光荣也有压力,只能上坡不许下坡,这样,人才也就脱颖而出。工人则采取优化组合,组合上了好好干,组合不上的进行教育,允许改正平日不足。在分配中采取分厂制、岗位工资制,改变从前的大锅饭、一勺煮。

麦副厂长说,三条措施实行后,技术人员、干部、工人积极性都得到了大幅度的调动,于是,每年产值成倍增长。

看来,海口罐头厂兴旺发达旧貌换新颜的原因,关键还是在于人的观念的变化。其实,何止一个厂,整个社会的进步也一样,只要将人这万物之灵的潜能充分调动起来,任何事业都会无往不胜!

离开罐头厂,在欢欣鼓舞中却难免涌起一缕淡淡的惆怅:千里来寻故地,那片老相识的旧厂区毕竟已荡然无存——我想,这也许就是中国人那种剪不断理还乱的恋旧心态在作怪吧!

1992 年 9 月写于厦门

琼州游踪（之二）

"一去一万里,千之千不还,崖州何处在?生度鬼门关!"千载以往,海南便是贬官逐臣流放之天牢。因此,这当年南荒萧瑟地,曾留下多少天涯英雄泪、青史不朽诗!

有心万里来琼台,谁人不谒五公祠?

五公祠坐落于海口市郊琼山县府城镇,它为纪念唐朝名臣李德裕,宋朝名臣李纲、赵鼎、李光、胡铨而建于清朝光绪十五年。这五位一代良宰或因秉公死谏,触忤朝廷,或因不谀不媚,开罪权贵,或因正直无私,不容于奸臣朋党,于是流落天涯老死琼州,一腔热血化作海南杜宇。五公祠令我流连忘返者不是檐牙穿云飞阁流丹的"海南第一楼",不是繁花翠草古朴幽雅的庭院深深,而是祠门两侧那一副对联:

于东坡外有此五贤自唐宋迄今公道千秋垂定论
处南海中别为一郡望烟云所聚天涯万里见孤忠

两来五公祠,望此千古名联,读之再三,如会忠魂,忍不住凄然泣下!

五公祠院中另有一座明代建筑——苏公祠,那是为纪念宋朝著名文学家苏东坡遭贬海南而建。

一代文豪苏东坡不幸生于党争激烈、文网尤严的时代,尽管好友文同曾劝他"西湖虽好莫题诗",但清放不羁、肝胆如雪的苏公还是因诗祸入狱,一贬广东惠州再远谪南海儋州。

苏诗在北宋末期被赵氏王朝列为禁书,但他清雅峻拔、俏丽多姿的诗文却被人民保存下来流传开去；苏公身为文士，但一生中有三分之二岁月在为官从政生涯中度过，纵然屡遭迁贬，但他的政绩，人民记住了并代代相传：在徐州执政时，黄河决堤，他号召人民并亲身参加抢险救灾，保全了一州子民生命财产；就职杭州刺史任内，他疏浚西湖，灌溉民田千顷，挖葑泥筑堤，留下千古"苏堤"胜景……难怪至今里巷百姓衣食游乐皆忘不了苏公：食有东坡肉，服有东坡巾，戏有东坡戏，书法有"苏字"，唱曲有"苏词"……

我敬佩苏公，尤为敬佩海南人民对于这样一位四川眉州才子，不因受贬斥而歧视，不因异地人而冷落，恰恰相反，立祠祭祀，数百年香火不断，琼人之忠肝义胆，磊落襟怀，由此可见一斑。

苏公祠有"学圃堂""观稼堂""东斋""西斋"等古建筑群落，更有历代珍贵文物尤其是宋徽宗书写的瘦金体"神霄玉清万寿宫诏"碑，但我最喜欢的仍是其中的两副对联，一副是：

此地能开眼界

何人可配眉山

另一副是：

唐嗟末造宋恨偏安天地几人才置诸海外

道契前贤教兴后学乾坤有正气在斯楼中

诞生于海南本岛的名臣丘浚、海瑞、邢宥、唐胄、王宏海等，于海南文化的开拓、传播和发展也都做出了不可磨灭的贡献。但对于中外游人来说，最熟悉的莫过于海瑞。19世纪60年代，这位一代忠贞曾在中国政治舞台复苏并扮演了一个非同寻常的悲剧角色，因此，海瑞墓也就成了琼州永垂不朽的人文景观。

海瑞祖居琼山，逝于南京。据说扶柩回桑时，棺木抬至海口附近的滨

崖村,竹杠断了,海瑞妻认为海瑞愿埋于此,遂未返故乡而停葬滨崖。

重谒海公墓,滨崖村不老,人世又是八度春秋。步入陵园,夹道椰林冬青依旧,翁仲石龟石兽石碑依旧,如巨大馒头似的石墓在夏日如血的夕阳下沉默依旧!

我徘徊于宽阔的流红荡翠的墓园之中,手抚海公"生老百年"四字一体手迹,翻阅海公名著《海忠介公集》,想起这位不惜乌纱落地,敢于为民请命,有口皆碑的千古清官——当官十六载,罢官十六载,毁墓之后复修此墓又是十六载,不禁一洒清泪!愿人世狐鼠尽,乾坤正气伸,天地长清明,海公庶可含笑于九泉矣!

天涯孤旅英雄泪,毕竟已成既往,而今——

而今,多少党政官员文人墨士,或弃冠南来经商,或怀才投奔热土……一批全国知名的作家——湖南的叶蔚林到海南来了,我的文友、原广西作家蔡旭到海口晚报社当老总来了,我的学兄兼同乡林华先生也万里迢迢从京华自愿请缨来琼……

端午日,我拜访了林华主政的中新社海南分社,在他的办公室,正面粉墙悬着李苦禅之子李燕所作的栩栩如生的《猴戏蟠桃图》,侧墙挂着朱育莲题跋的"暗香随笔落,春色逐人亲"的梅花图,另一侧是无名氏龙飞凤舞的遒劲书法"山涛醉"。其书生意气诗画襟怀于此可见!林华因我的来访而分外喜悦,难得佳节故人来嘛!他为我端来硕大的糯米粽子,说:"在这天涯海角,你我共祭屈子诗魂吧!"说罢,以水当酒,一饮而尽!饮罢将我拉到窗前,指着窗外一大片建设中的高楼厂房,颇为动情地说:"凄风苦雨、断肠人在天涯的琼州已完全成了历史,海南的新诗篇正由我们这一代人书写!"

林华虽已年过知天命,其浪漫情思仍不减当年,听了他的话,不知为什么,我的心头,浮起东坡被贬为琼州别驾时所作:"……莫嫌琼雷隔云海,圣恩尚许遥相望。……他年谁作舆地志,海南万里真吾乡!"

绿椰依依兮,何日君再来

海南是椰乡,街上是椰树一行行,撑起一片蔚蓝的天;水畔是椰林一片片,拥有一片蔚蓝的海。人们吃椰肉吮椰浆饮椰水烧椰壳住椰屋头戴椰叶尖顶笠壁挂椰妹椰船雕。椰是海南的象征,椰是海南的生命。当然,海南还有咖啡、香蕉、槟榔、胡椒、腰果、菠萝蜜等等,但与无地不生无处不有年产数十万吨的椰子相比,不过是小巫见大巫。于是海南人甚至海南客人的梦乡,也难免有椰语呢喃椰风婆娑。

椰子一年四季都是花期——不论何时,总是有的已结果,有的正扬花,于是有四世同堂之美称。但真正的丰收季节在六月——到了盛夏六七月之交,沉甸甸如篮球般大小的椰果挂满枝头,这儿、那儿,街头巷尾常有椰子落地的"卜卜"声。据说椰果有三个洞——一对眼睛,一个嘴巴。那嘴巴是樱桃小口,你细心寻着它,对着那小嘴儿敲开,就可以吮吸到甘洌如泉的椰水。至于那一对眼睛,却是辨认世人的精灵,椰果落地并不轻易伤人,因为那一对美丽的精灵不忍心伤害抚育它成长、与它相依为命的人类。不过,据说作恶多端者却常常遭到椰果砸头的报应,那当然是属于世态人心的民间传说了!

除了椰子,海南盛产小叶相思,其中一种相思树,可结如血珠一般晶莹的红豆,红豆顶端有一闪亮的黑点,传说是情人的眼泪。在山林之中,在荒村野店,常有稚童村姑,用小瓶装数粒红豆向游人兜售,我眼力所及,几无不肯问津弃之而去者。因为那毕竟是一份优雅如诗温情如梦的纪念。纵使不为心上人,也为琼岛这片多情的土地,谁能不带走一颗两颗相思红豆?

海南到处是绿,不是唐诗宋词里的愁红惨绿,不是江南烟雨里的朦胧柔绿,不是深山野林的世故老绿,这是一种热带特有的郁郁葱葱、蓬蓬勃勃的热烈而明媚的壮绿。它没有忧伤,没有沉郁,没有犹疑,没有停歇,它是永恒的生命,岁岁年年,野火烧不尽,台风摧不垮,世世代代的刀光剑影也除不尽斩不绝!

于是,当即将离开琼州,海口市曾市长、海口晚报社记者王子君小姐、新闻界老友黄宏地、林华、蔡旭以及海口市人大李主任、侨委何主任、办公室符科长等一群人先先后后送至宾馆、送至机场,一再殷殷握别至嘱我他日再访琼之时,当波音飞机飞越琼州海峡飞越雷州半岛指北而行之际,我的脑子里,仍摇曳着琼岛那一片生意盎然、婀娜多姿的绿:绿椰、绿风、绿相思……我的心头,蓦地想起一首歌,一首风靡华人世界的邓丽君小姐唱过的歌:"今宵离别后,何日君再来?"

呵,今朝离别后,他年我再来!

1992年9月写于厦门

水是眼波横　山是眉峰聚

——东圳水库剪影

水是眼波横,山是眉峰聚。欲问行人去那边?眉眼盈盈处。才始送春归,又送君归去,若到江南赶上春,千万和春住。

——王观《卜算子》

半个世纪以来,走过名山胜水多多,人工湖泊、水库,也见过不少,游屐所至——那亚洲最大的人工湖、燕山明珠密云水库,那位于安徽太湖境内古迹累累、人文荟萃的花亭湖水库,那源于海南南渡江水域辽阔,酷似大海,白帆点点,渔歌盈江的松涛水库,那闻名遐迩的湖北三峡水库、葛洲坝,青海龙羊峡水库,浙江新安江水库,河南小浪底水库、三门峡水库,吉林丰满水库,甘肃刘家峡水库,河北官厅水库,还有中国最大的平原型水库洪泽湖、全国藏区最大水库香格里拉市桑那水库、亚洲最大的沙漠水库甘肃民勤县红崖山水库,以及位于嘉义县境内、台湾省最大的曾文水库……这些水库,除赋有饮用、灌溉、防洪、发电、航运、养殖等普济众生的功能之外,大抵山清水秀、风光宜人,或浩渺,或幽深,或气象万千,或诗情画意,于是声名远播,游人如织。

在福建,虽然也有水口、棉花滩、山美等大大小小数十个水库,但与全国这些著名的人工湖泊相比,毕竟是小巫见大巫。想不到,上个月在闽中腹地莆田城厢采风,有幸相识了一片养在深闺人未识的美丽山水。归来后,那独特迷人的风光和摇曳多姿的倩影,枕上梦里,竟漾洄不去。

记得是4月14日下午,莆田籍作家章武、谷忠先生推荐我去参观位于城厢常太镇的东圳水库,说她的风景如何说她的富饶种种说我要去了

一定不虚此行等等,我心中自忖:"谁不说俺家乡好?"当然,老朋友的推介,对我毕竟有相当的诱惑力。次日中午,顶着艳艳春阳,与种生学兄、康小姐、晓岳先生一行,在常太镇宣传委员林天虎的带领下,驱车前往东圳。林委员一边陪同一边不无自豪地介绍:东圳水库建在木兰溪最大支流延寿溪中游,坝址在莆田常太镇松峰村。涵盖莆田市仙游、荔城、城厢三区近18平方公里,库容量4亿多立方的东圳水库,修建于1958年,历经3次移民万人搬迁,淹没水田、旱地1000多亩,承载着110万莆田人民的生活用水、农业灌溉、工业用水、发电等,号称莆田"第一水缸"。

出常太镇不远,满目青山,款款而来,不同凡俗的是山山白头,银光闪烁。我正惊讶——地处江南,又值暮春,哪来的落雪?林委员忙解释:那是枇杷林呀!原来水库四围沿山,密密麻麻种着8万多亩枇杷,正是果熟季节,为防鸟兽虫蚁侵犯,每一串枇杷,都用锡纸包起,漫山遍野,莫不如此!难怪车中遥望,那"忽如一夜春风来,千树万树梨花开"的奇景,令人叹为观止!据说这里的枇杷皮薄果大肉甜饮誉全国,是当地民众主导产业,因此常太镇号称"中国枇杷第一乡"。

车经洋边村,见别墅成群,五彩缤纷,高低错落,玲珑有致,大家不免啧啧称羡。林委员感慨深深:"这儿曾经是无名荒山,从前的村子叫石狗寨、朝天寨……土匪多,野兽多,山民贫困不堪,一直到了解放后,有的人家还是打破一只碗,一家人就得轮着吃饭。一村里,有人做了一套中山装,全村人进城都借着穿。过年时才能吃上一次炸豆腐。自从修了水库,真是穷乡僻壤变天堂,这里的洋边村,一户一季,光枇杷就能赚十几万元,因此,人们叫它枇杷垒砌的村庄。"

环绕东圳水库有利车、照车、东太、坑洋、常太、南川、洋边、岭下、长基、松峰等10个村庄。我们顺着平坦如砥的盘山公路,转过一村又一村,沿途,红、蓝、黄、绿的村居楼宇,掩映在银辉曜日的枇杷林中,有小松鼠横越路面,有野雉穿梭林间。据说,每年冬天枇杷树盛开淡黄色的小花,此时,阳光下,一望群山,仿佛披上金色地毯,清清淡淡的幽香,弥漫山野,那是人与大自然共同创造的杰作。

到了库区,看山是次,看水为主。慢慢地,水库的真容出现了。先是山崖边一汪云影岚光,浅翠里间着灰蓝,悠悠然透迤而去,那水,如眼波,流光溢彩,回眸四顾;那山,如黛眉,或远或近,或奇峰峭拔,或缓坡温润。水依山,山绕水,峰回水转,媚眼盈盈。开阔处,如江如湖,如钱塘如洞庭,遥遥地,可见水鸟低回,野树含烟,村舍依稀,不禁想起宋朝词人仲殊《南柯子》里"绿杨堤畔问荷花:记得年时沽酒,那人家?"的风情韵味了!逼仄处,如溪如涧,如武夷如桃源,水草萋萋,游鱼出没,垂钓者入静如古佛。水中漂浮片片绿洲,或如巨鲸,或如玉璧,或如西湖三潭,或如无锡鼋头渚,触目千姿百态,一片空绿摇翠。斜阳里,倦鸟归林,薄霭氤氲,山山水水,酿成一色陈年女儿红——如诗、如画、如梦,真应了周邦彦《玉楼春》中"烟中列岫青无数,雁背夕阳红欲暮"的景致了!试想初秋时节,满山枇杷落果后,黎明时分,朦胧晴曦里,曙色如笑靥,山山青螺结,水水碧玉簪,那一种"袅袅婷婷十三余,豆蔻梢头二月初"的清纯与秀媚,更是何等令人心醉!

同行者见我对山川秀色低回咏叹,便说东圳也不光有柔美的一面,遥想当年,那千军万马开山辟岭修桥筑路建成的长 360 米,高 58 米,顶宽 8 米的水库拦河大坝,像一座巨大的屏障,横亘在天马、地龙两山的峡谷之间,从而拦住了自仙游九鲤湖奔涌而下的溪水,形成如此恢宏浩瀚的人工湖,那是何等雄奇壮观的伟大工程啊!是呀,东圳山水,既孕育了芊美秀慧如林兰英、陈至立等巾帼精英,更诞生了雄才大略如蔡襄、徐寅、郑樵等名宦奇才……阴柔与阳刚,并存于东圳山川。

一行人走走停停,在山光水色和历史钩沉里流连忘返。林委员却深

有感慨:"靠山吃山,20世纪90年代以来,饲养猪、禽是常太镇致富的另一主要产业。可是,拥有10万多头猪、23万多羽鸡鸭、总面积40多万平方米的养殖场,污水日日夜夜流入水库,到了去年,水质已变浑变红严重污染。为了保护全市人民的生命安全,常太打起一场保护水源的硬仗——将全部养殖场迁出库区,这就要直接影响成千上万家庭的利益,于是出现了许多可歌可泣的感人事迹,树立起震撼全市的'东圳风格''东圳精神'。现在诸位看到的绿水清波,是常太人艰苦奋斗、无私奉献、牺牲小家,成全大家的成果。"

听后,大家对常太人不禁肃然起敬,对养育一方土地的东圳水库,更添一份挚爱和真情!

凭心而论,东圳水库的姿容,实在不亚于镜泊湖、小浪底等,而首屈一指的枇杷林,则是别处无可与之匹敌的美景与特色。难怪1962年郭沫若先生来访莆田时,曾赋诗盛赞。今天,作为莆田人民生命之源的东圳水库,已成为一个新兴的游览区,两岸步移景变跌宕多姿的奇峰峻岭、四季花香鸟语藤萝翁郁的山野树林,与澄碧如镜的湖水、悠然往返的鸥鹭相映成趣。游人至此,或临湖徜徉,轻吟浅唱;或泛舟湖心,凌波荡桨,或攀山探幽,依泉煮茗,可观美景、卸劳顿,可益身心、增智慧,可忘却浮生烦恼、尘世喧嚣,真是一举数得,其乐无穷!

史称"文献之邦""壶山兰水"的莆田,自古就有四季景、二十四景之说,人文景观与自然景观遍布山区、沿海和平原。唐朝诗人罗隐曾来游此地天云洞,见峰奇、石怪、洞幽、林秀、径曲、云雾缭绕,亭榭隐约,山茶烂漫、异草丛生,赞曰"满山皆秀";明朝徐霞客当年入莆仙,写下千秋名篇《游九鲤湖日记》:"出五漈,山势渐开……其旁崩崖颓石,斜插为岩,横架为室,层叠为楼,屈曲成洞;悬则瀑,环则流,潴则泉,皆可坐可卧,可倚可濯,荫竹木而弄云烟……若水之或悬或渟,或翼飞叠注,即匡庐三叠、雁荡龙湫,各以一长擅胜,未若此山微体皆具也。"至于那白塘秋月、梅寺晨钟、九华叠翠、湄屿潮音、钟潭噌响、谷城梅雪、壶山致雨、绶溪钓艇……诸景,那充满神奇色彩的莆禧、天云、仙女、九鲤四大祈梦胜地,那千年名刹广化禅寺,真可谓名闻遐迩代代相传。倘若将美如仙境的东圳水库,和莆仙地区得天独厚的名山胜水、千古以来的灵气人杰,作一番精心研讨、整合并隆重推出,我相信,它必将吸引普天下无数寻幽觅胜的红男绿女,招徕海内外众多豪儿侠士精英人物。这,不仅将造福莆田百万乡亲,也必然造福八闽大地!

  风姿绰约的东圳水库,你的名字,一定会走出莆田,走出福建,走向世界!

  生生不息的东圳水库,你芳名远扬、众灵来朝的未来,是我真诚的祝福和期待!

2011年5月6日写于厦门

极地之旅

——南美行踪

对南美的痴恋,长达十年之久。多年间,面对世界地图上的南美洲,总想起苏轼《出颍口初见淮山是日至寿州》诗句:"长淮忽迷天远近,青山久与船低昂。"于是,想象着烟雨茫苍苍、行舟不辨天远近的"一月之河";想象着背衬碧峰、媚视天下的伊瓜苏大瀑布;想象着依偎在安第斯山怀抱里的俏丽绝伦的多摩列多大冰川;想象着人间极地——火地岛的旷古荒原,以及稀世奇珍祖母绿、海蓝宝石等等。

久久的相思,终于盼来伊人。夙愿的完成,是去年西风乍起的金秋——

七夕,在圣保罗

由林、朱、曹三位先生和老陈、小陈、王、林、田诸大姐、小姐一行8人组成的考察团,行经上海、巴黎,航程连带转机、候机,一共35小时,终于在当年8月30日当地时间清晨6时——说来也巧,恰是中国时间传统的"情人节"七夕,抵达南美第一大城巴西圣保罗市,开始了我枕上梦中殷殷向往的南美行旅。

我国的华侨真是遍布全世界,即使远处天涯的南美洲,也少不了祖国亲人——一到圣市,便有当地侨领洪门罗会长、李副会长喜眉笑眼前来接机,两部车子将我们带往唐人街。据说此刻是一年最低气温时光,约10摄氏度左右,空气冷峭清冽。沿途棕榈夹道,杂花生树,更有熟悉的橙红三角梅和淡紫牵牛花招摇街头,好一派南美初春景象。古老的唐人街全世界大同小异,罗会长在打着汉字牌匾的"幸运美食城"请我们品尝午茶。广式的皮蛋粥、虾饺、凤爪;京味的过油茄子、大饼、油条等等,热腾腾的中华南北饮食组合,加上服务生殷勤送上的华文《南美侨报》,大标题赫然刊载次日我国人大常委会委员长即将来访圣市消息,使你真切感受即使远离国门也解不开中国结。

饭后,罗、李诸先生陪我们去参观批发市场,乘电梯上层层大楼,75%是中国商品:衣服、鞋帽、食品、五金、百货无所不有。南美人与中国人混杂一起,贸易市场熙熙攘攘人声鼎沸热闹非凡。后来我们到了"东方移民商业区",这儿有地产商品、巴拉圭商品,有来自世界各地的商品,但中国商品数量依然遥遥领先。我们不能不惊叹祖国在海外商气之旺。罗会长告诉我:海拔760米、面积1500平方公里、市区人口1740万的圣市,是巴西的工商、金融中心。全市共有超市700家,购物中心11个,集市800多家。1984年,我国在圣保罗设总领事馆。1988年,圣市与上海结为友好城市。目前圣市有华侨、华人17万以上,多家中资公司在此设立机构,商场触目所见,大都是"China"品牌。原来,中国与巴西,友谊与商贸早已源远流长。

听说圣市的金融业相当发达,我们请华侨朋友小李、小叶,带领我们前往金融街览胜。小李说:"你们真是有心人,居然也了解圣市金融盛名!"据小李介绍,圣市是巴西工商、金融中心。全巴西拥有50家最大企业,圣市就占了30家。机械、汽车、电器零件、轻工、医药、塑料、烟草、印刷等主要企业共有22.5万家,但独占鳌头的还是金融业——本市共有银行和分行5037家,银行职员占全市就业人口总数的10%。

我们一路逶迤来到"银行街",果然名不虚传——大道宽阔豪华,大气磅礴,绿树掩映、鲜花满目,宏伟古拙雕饰经典的百年老屋和新潮时尚美轮美奂的现代楼群和谐共处,气派不亚于巴黎的香榭丽舍、柏林的菩提大

街。这条闻名遐迩的老街已有 500 多年历史,而圣保罗建市至今只有 400 多年,它比城市更古老。街道两旁,各种银行招牌如汇丰银行、巴西银行、联合银行、凯撒银行、巴涅斯巴银行、义达乌银行、布兰幕斯古银行、波士顿银行、麦干鸠银行、苏安玫尼斯银行……林林总总,令人目不暇接。难怪银行街附近,一平方地产高达 1.5 万里奥,1 里奥相当于 3.5 元人民币,那价位,在中国也算得上天价了!

走出金融区,行至路易斯街,先瞻仰恢宏壮观的议会大厦,再游览位于圣保罗的主教座堂广场的南美最古老的教堂——圣保罗主教座堂;到大公园参观巴西独立纪念碑;然后信步商业街,看卡西诺(赌场)的老虎机,看小街上五颜六色高高低低的房舍;到阿古斯达街和保利斯达街,看红灯区的绿女红男;到伊比兰嘎街,浏览文化博物馆——它的原身是一座气象宏伟金碧辉煌的王宫,王宫里有一片非常美丽的园林,清池如镜,游鱼翩然,茂林修竹,弯弯的绿篱间杂着粉红花朵,妩媚可人。虽然是走马观花,但在海拔 800 多米的巴西高原上,在天蓝如海、风清似水、艳阳如花的世界名都圣保罗城中,在一年一度的七夕,我的南美处女游不仅让双眼领略了异国的美丽风姿,也使喧嚣的心灵"赢得浮生半日闲",因而免不了要想起那些年深日久丝丝缕缕的儿女情长和迢迢银河彼岸的另一半。

国情·侨情·罗先生

入乡问俗,人之常情。在圣市,不免问起巴西国情,李先生说,当地社会福利相当不错,全民医疗免费;教育至高中免费;小孩出生后,可领取牛奶费至 8 岁;政府每月发给失业者当地最低薪,约 280 至 300 里奥,折合人民币 1000 元左右。但社会贫富悬殊,离婚率高,婚外恋多。巴西的男女比例是 1∶7,因此一夫多妻比比皆是。李、叶二位也随俗娶了双妻,都是一中国妻、一巴西妻,各养两个女儿。虽是异国婚姻,尚能和睦相处。

这里的华侨多来自广东、福建,大抵是赤手空拳为谋生而来,先打工后经商再成家立业。他们在外抱成团,但也融入当地社会。来自广州的罗会长是满族人,侨居圣市14年了。他怀揣区区100美元,告别年轻的妻子和刚刚出世的幼子,他只身踏上南美这片远离故土的神秘土地,其中艰辛,真不堪为外人道。当他胼手胝足奔波生计之时,妻子耐不得寂寞,分别两年后琵琶别抱了。他不怪妻子,至今还给她寄生活费。一年年,他从一无所有到拥有豪宅、豪车,以及相当规模的企业。他成了侨领、成了当地望族,走在街头,走进商场饭店,认识他的人比不认识的还多。他爱护侨民、团结本土,乐善好施。对于来自祖国的同胞,不论高官还是平民,他一律热诚接待。在这里,他有两位太太,一位在圣保罗,一位在伊瓜苏。伊瓜苏姑娘为他又生了两个儿子。现在的他,知足常乐,事业上并不想更大进取;他厚道善良,福分随了他,如今苦尽甘来,该有的都有了。

这里也有不少台商。他们有的来淘金:做宝石生意、经营商贸;有的来猎奇,拥有南美娇娃后就定居下来或当"空中飞人",在两大洋之间飞来飞去。我们在伊瓜苏相逢的蔡先生、张先生、朱先生、周先生,就是旅居巴西事业有成的台商佼佼者。因为我国台湾地区讲闽南语,远在他邦,乡音如酒醉人心,相聚倍感亲切!

走近你,宝石宝石

中国尚玉,玉石文化源远流长。对于美玉宝石,古往今来,上至帝王将相,下至平头百姓,无人不喜爱——它们不仅跟价值相连,不仅和美艳相随,还与避邪、消灾、镇宅、祈福、护身、养生等吉祥之缘息息相关。

巴西是举世闻名的宝石王国,它的宝石、半宝石的品种和数量均居世

界首位。主要的宝石有祖母绿、钻石、红宝石、蓝宝石等,其中祖母绿质量最为上乘。半宝石有紫晶、黄晶、黄玉、水晶、碧玺、海蓝宝、帝王黄玉、玛瑙等,其中以帝王黄玉、碧玺为上品;至于珍珠、玉髓、化石等,那便是等而下之的了。据巴西宝石协会估计,2006年,全国宝石出口额达10亿美元。

到了巴西,任你是妙龄少女、青头少年还是白发翁媪,不被宝石诱惑几乎不可能。我们来到圣市利必达街自由区。这是一条宝石街,沿街珠光宝气,宝石商店鳞次栉比。同行者因我曾担任福建省宝石协会副会长、厦门市宝石协会会长多年,公推我帮忙鉴定优劣并讨价还价。我的会长、副会长等等虽为忝列其位的虚衔,但"山中无老虎,猴子称大王",我自然义不容辞领队前往访宝。几经比较斟酌,终于为朱先生、王小姐购得粉红碧玺坠子各一,售价为364美元、165美元。对此价位,购者不明深浅、同行他人也心有疑虑,我告之依我浅见,此处宝石品位之佳价格之廉相当罕见,买了的是福气,过了此村难有此价。果不其然,逾二日,还在巴西境内的机场宝石商店汉斯顿,大体质量和相等克拉的碧玺,价格却已高达4至5倍,且毫无讨价还价余地。后来到了智利、阿根廷,价位更是节节攀升。当然,因了我这"参谋",我们也在另一处小街每人购得相对而言价廉质优的宝石数枚,作为南美之行美丽的收获,那是后话。

巴西真正的宝石城在克里斯塔利娜市。"克里斯塔利娜"是意大利语,意为水晶城,因为当年意大利人发现了此地的水晶矿,故以意语命名。克里斯塔利娜是一个只有8万人口的小市镇,但全世界65%～70%的宝石在这里集散。这儿家家户户开宝石店,共有100多家宝石商店和珠宝加工作坊,各种名贵宝石琳琅满目艳光四射美不胜收。街上摩肩接踵的,都是世界各地的珠宝商和慕名而来的外国游客。

在行色匆匆的探宝途中,于不期然间,我竟觅得心仪已久的帝王黄玉一枚,其色如初月,其泽如新蜜,其形温婉、其彩柔媚。我心喜悦,真正领略"好玉如好女,可遇而不可求"的滋味了。

小城故事·伊瓜苏

离开圣保罗,飞往伊瓜苏,已是去国三日后的一个黄昏。步入伊市,细雨霏霏,空气清新,繁花照眼,高楼不多,屋舍大抵小巧、精致如童话,好一个清丽而宁静的小城。

伊瓜苏是位于巴西、巴拉圭、阿根廷三国交界的巴拉那河与伊瓜苏河汇合处的一座边城,离巴拉圭仅40分钟车程。伊市面积630平方公里,市区面积85平方公里,人口25万。年平均温度27.7摄氏度,冬不寒夏不热春秋凉爽宜人。她是巴西第二大旅游中心,当地居民主要从事商业和旅游业,到了伊市,依然有华侨朋友洪门总监张先生偕侨友小蔡小周来迎,彼此虽素昧平生却一见如故。张先生告诉我们:伊市经济40%靠农业,主要农作物有玉米、黄豆、小米、咖啡;60%靠旅游,中国游客最多,有时一天来了十几个团队。导游朴明杰是吉林人,娶的是巴西太太,见到我们热情洋溢,谈到南美如数家珍。他说先领我们去参观伊瓜苏国家地质公园,那是由于千万年前地层断裂岩浆迸发后,形成层层叠叠的丘陵,为郁郁葱葱的松树、槭树、桦树、桃金娘所覆盖,遮天蔽日,流泉飞瀑自森林中高低错落不择地而出,林中植物共有两千多个品种。动物最多的是机灵的果子狸,最凶猛的是黑豹。至于麋鹿、野猪、穿山甲、蛇、蜥蜴等等,也触目可见。鸟类有380多种,国鸟是大嘴鸟,又名天堂鸟。品种最多的鸟是鹦鹉。昆虫无数,仅蝴蝶就有800多种,以蓝蝴蝶、88蝴蝶最美。走进公园,果子狸追随我们左右,寸步不离,头上彩蝶翩翩,耳边泉声泠泠,山花暗香浮动,四围浓绿浅绿相拥,令我如入神仙境界。

伊瓜苏是印第安瓜拉尼语，意为"巨大之水"，而伊市最负盛誉的也是大水：一是大瀑布；二是水电站，都是举世闻名。伊瓜苏大瀑布就在国家地质公园内。世界三大瀑布：北美尼亚加拉（Niagara）瀑布，非洲维多利亚（Victoria）瀑布，伊瓜苏（Iguazu）瀑布排行第三。非洲的瀑布先不去说它，南、北美的两大瀑布确实是世界奇观。我曾有幸两次拜识位于美国纽约州和加拿大安大略省之间的尼亚加拉瀑布——她交通四通八达，游客来去方便，其中马蹄瀑布、美国瀑布、新娘面纱瀑布的壮美景观委实人间罕见令人低回赞叹，但当我们随小周小蔡攀山涉水来到伊瓜苏大瀑布，我的心灵却受到了极大的震撼——这幽居于深山密林的绝色丽姝，要亲近芳泽可不容易，因此，她的天姿国色也就更具神秘美与自然美了。

沿蜿蜒曲径挹芬拨翠攀山而上不足二公里，便听得海啸山呼、大涛澎湃之声逼耳而来。前行数分钟，游人已置身有如千军万马奔腾呼号、酣战不息的伊瓜苏大瀑布面前，此时水幔云纱，铺天盖地，一帘数百米宽、落差80米以上的飞瀑悬空而下，如银纱千匹、如素缎无垠、如水晶焕彩横空出世、如霞光万道充盈天地。那一种排山倒海气吞江河的雄姿、那一份绮丽绝伦飘逸腾挪的丰韵，委实夺人心魂！最为奇妙的是建筑于巨流凌空倾珠泻玉的瀑布近旁的一弯石桥，在这里，人们虽难免衣衫半湿，却能切肤亲近伊瓜苏大瀑布如诗如画巧夺天工的神韵；最为震撼的瀑布是跌水落差达90米的"魔鬼咽喉"——当我手扶桥栏战战兢兢地移近桥端，见迎面壁立的魔鬼峡有如孔雀开屏，宽幅数百米的飞流，以雷霆万钧之势沿千丈绝壁直奔河谷，其声如疆场战鼓隆隆如天外春雷滚滚，其浪如金龙千尾如银蛇无数，水花如魔方如昙花，瞬息万变。我们出发时天阴阴细雨迷蒙，想不到此刻竟有一线阳光莅临山巅穿越层层烟云水雾，形成一挂七彩飞虹横跨山谷之间，虽然只是短暂数十秒停留，但那一种灿烂夺目、绚丽辉煌的气象，真是"此景只合天上有，人间能得几回闻"的神仙境地，让你有幸一见终生难忘！

关于这片美艳绝伦的山水，流传着一个荡气回肠的爱情故事：古时，当地漂亮的酋长女儿爱上了一位家境贫寒的青年，其父因门不当户不对而极力反对，有情人被活活拆散。女儿万念俱灰，挥泪跳崖殉情，她的眼泪化作瀑布，岁岁年年，不断地向人们倾诉着她的痴情和不幸。这段传说，无形中增添了风景的凄美和灵性。据载，形成于12000年前的伊瓜苏大瀑布，是伊瓜苏河汇集了万千大小溪流，行经悬崖峭壁俯冲而下深谷形成的胜景。自天而降的水量每秒钟约1750立方米，宽达数公里的水帘共有270道湍流和飞瀑，就其宽度和流量，尼亚加拉大瀑布不能不甘居其后。

拜会了鬼斧神工的大瀑布，我们上山顶人工瞭望台再睹山容水貌，然后进咖啡屋休息，品尝名扬四海的巴西咖啡，参观小店琳琅满目的巴西宝石，五官受益，神清气扬，驱车归程，几度回眸，依依不忍离去。夜间，华侨张、朱、蔡、周先生相陪，吃烤肉，喝白葡萄酒，看桑巴舞、印第安舞，粗犷热烈的民族风情，令人耳目一新手舞足蹈心旌摇曳。我告诉张先生：好景如斯，盛情如此，真不虚此行！张先生说没完呢，明天还有好节目——参观伊泰普水电站，它是迄今为止世界上最大的水电站哩！

次日，由旅馆至伊泰普湖，不过十分钟车程，庞然大坝便屹立眼前。伊泰普是印第安语，意思是"会唱歌的石头"。伊泰普大水坝坐落在伊瓜苏大瀑布附近，是集防洪、灌溉、航运、发电于一体的得天独厚福惠民生的浩大工程，它与伊瓜苏瀑布拥有共同水源——巴拉那河，巴拉那河是仅次于亚马孙河的南美第二大河，位于巴西和巴拉圭的交界处，全长4000公里。

巴拉那河从高处的巴拉圭流入低处的巴西，地势之差为120米。浩浩荡荡排山倒海的巨流倾入巴西，每分钟的排水量超过9000立方米。因

此,1975年,巴西和巴拉圭携手合作开发巴拉那水源——在150米宽、90米深的河床,建起了伊泰普大水坝,1984年开始发电,1991年大坝完工,高度为196米,相当于65层楼房。据说建筑大坝使用的水泥,可以铺建一条由里斯本到莫斯科的长途公路。大坝宽度为273米,可让23辆巴士来往穿行。目前共有18台发电机组,每台70万千瓦,年发电量为790亿度。我们到达大坝时,非常幸运地遇上不可多得的泄洪,巴拉圭溢洪道14道阀门全部打开,每秒钟的排水量是正常大瀑布的40倍,加上当天艳阳当空,其气势的壮观、瑰丽、辉煌、灿烂,真是令人叹为观止,差可比拟的便是美国横跨内华达、利桑那两州的胡佛大坝!我们进入巴拉圭国境,乘坐豪华大巴行驶在泄洪道下宽广的公路上,看四周草地流青树木苍翠景色如画,饱餐秀色令人心旷神怡。附近有名人树园,我们下车参观,见到我国李鹏、李瑞环、朱镕基等昔日中央领导人栽种的树苗已蔚然成荫,亲切肃穆之感油然而生。

伊瓜苏因拥有举世闻名的大瀑布和大水坝,每年都诱来数以百万计的海内外游客。为此,伊瓜苏边境的旅游业蓬蓬勃勃,如日东升!

里约的春·春的里约

黄昏,由圣保罗机场飞里约热内卢,因为晚点,夜9时许才抵达目的地。从飞机舷窗俯瞰里约,万家灯火荟萃成钻石的海洋,璀璨极了。进城后,春风习习,满街霓虹闪烁车水马龙人声鼎沸。这南美第二大城的辉煌,由此可见一斑。

导游小郑再三叮嘱,里约风景很美,但里约小偷很多,抢劫随时都有,大家务必小心。对于这个美丽与危险并存的城市,我们难免心中惴惴。但也许是我们幸运,也许是导游言过其实,里约三日,倒是平静无事。

里约坐落在风光秀丽的瓜纳巴拉海湾,是巴西著名的观光旅游胜地。据说三百多年前,浩浩荡荡的葡萄牙舰队开抵里约时,正是元旦,久未见到陆地的葡萄牙海员兴奋不已,把背山面海的里约误以为大河出口,于是,就把此地取名为"一月之河"。今天的"里约热内卢",就是葡文的"一月之河"。1934年巴西独立时,里约曾经是首都;1960年,巴西迁都巴西利亚,从此,里约的政治、行政中心地位旁移。几年后,圣保罗跃居巴西第一大城,里约又只好屈居其后。然而,作为"拉美第一度假之都"的美誉,里约却始终是其他城市难以取代的。

西方旅游业内人士认为,一个地区旅游能否繁荣,与3S分不开,那就是:阳光(sun)、沙滩(sand)、性(sex)。里约,正是少数"3S"俱全的拉美城市。但里约最让人津津乐道、最令我流连忘返的还是蜿蜒数千米、素有"天下第一名滩"盛誉的银色海滩。当次日凌晨,我早早起床来到海水悠蓝、沙白胜雪、一望无边的沙滩旁,只见烟波浩渺,长风鼓浪、涛声如雷,千朵万朵浪花如女孩彩裙的花边,沿漫长的海岸线拥簇而来。数不清的泳儿泳女,如鸥如鱼如蛙;数不完的泳衣阳伞,如七彩繁花盛开;数不尽的海燕鸥鹚,如纷飞的柳絮飘扬……壮阔无比的天风海涛、生龙活虎的弄潮儿,加上闻名遐迩、艳丽无比的巴西沙滩女郎,将这长达4.15公里、举世闻名的科巴卡巴纳银滩映衬得声色俱佳、气象万千!当地与科巴卡巴纳海湾齐名的依巴内玛海湾,两者并列为大西洋沿岸最大的海滩——因为它们,巴西一年一度的嘉年华会以里约为最。中南美洲流行狂欢节,里约的规模总是最为庞大也最为"疯狂"。每年2月中下旬,里约处处张灯结彩、五色缤纷,千千万万游客从世界各地蜂拥而至,里约市民也倾城而出,在海边、在街市,尽情享受狂歌、劲舞、豪饮、彻夜"笙箫"的"极乐"世界。那一种万人空巷、热烈欢腾的盛景,其他城市实在难以望其项背!为此,里约获得了美洲"狂欢节之城"美称并荣膺世界旅游十大名城之一。

正陶然于眼前这一派令人目迷心醉的海色岚光,导游小郑却急匆匆地跑来催我出发,说好景还在后头别流连忘返了,我只好挥挥手,带走科巴卡巴纳海滨那一抹温柔的朝霞和我心间那一缕莫名的眷念,再奔前程而去!

正是里约的春天,巴士行经黎明时分的街巷,举目四望,住宅轩昂高耸、绿地珠露凝翠,漫漫夹道而生老干虬枝的紫薇,满树繁花如一片片腾烟垂幔的紫雾,清风微馨不请自来,有云山缥缈的呼拉美格湖不期而遇⋯⋯人工创意和大自然造化交融,让里约千娇百媚,人见人爱,诗画为之失色。导游说里约的山也非常秀美,有丽山、面包山、耶稣山等,但里约标志性风景是耶稣山。

耶稣山原名科尔科瓦多山,又称驼峰山,因其山形如骆驼之峰而得名,海拔710米,位于蒂如卡市森林公园内。我们乘坐观光巴士路过街市,远远地便见驼峰上屹立着头顶蓝天、伸展双臂,犹如一个硕大无比的十字架凌空而降的耶稣塑像,难怪驼峰山也叫耶稣山了。进公园上山,山峦起伏绿草如丝,不见一寸裸土,是真正意义的青山了。早春的风清甜湿润,翠鸟鸣啭,令人心醉!立山腰俯瞰四周,全城美景尽收眼底:五颜六色的高楼广厦如春花朵朵,散落在绿树丛中和纵横交错的街道上。晴空万里,远处,圆润如巨大汉堡包的面包山遥遥在望——这座山是里约最早的军事要塞之一,山脚下,当年保卫里约市的圣若昂古城堡依稀可见;沿海一带,一望无际的大西洋与蔚蓝的云天交融,水天一色,壮阔无垠。巨轮在如镜的洋面上流连,漫漫海滩在阳光下如银龙盘旋。登山巅,云蒸雾蔚,峰峦若隐若现,置身其间,如临仙境。高30米、重1145吨、建成于1931年的耶稣塑像是里约的保护神——岁岁年年,它凌立大洋之上、高山之巅,向苍天、向大地,默默无声地祝福众生安详。如今,耶稣山已被评为世界新七大奇迹之一!

下山后，小郑说，巴西人多信仰天主教，里约知名的新、旧教堂不胜枚举，历史最悠久的教堂是建于17世纪初的卡尔莫多修道院，这座教堂除了以旧取胜外，其精美的大门也闻名遐迩。沿着长满金巴乌树、树上开满粉红娇艳的金巴乌花的长街，我们随着小郑来到一座高82米、底部直径104米、设计新颖、形如覆杯状的巴西大教堂，整座教堂均以玻璃镶就，无论内外，全都金碧辉煌，让人心生庄严敬仰之感。另外，我们又参观了可容纳2万信徒的甘地得落大教堂，其宏伟壮丽、宁静幽深，也十分震撼人心。

说起巴西，除了美丽的自然山川、瑰丽的天然宝石之外，人们能想起的第一盛事便是足球。小郑娶了巴西太太，提到巴西足球真是如数家珍兴高采烈。他说，巴西马拉卡纳（Maracana）足球场世界第一，它是1948年为里约举办足球世界杯赛事而兴建的，这个占地近20万平方米、拥有166400个座位的体育场所，世界首屈一指的地位至今不变。于是，马拉卡纳成了参观地的当然之选——当小郑带我们来到这背衬耶稣山、面对世界足坛的举世闻名的绿茵城时，我的心一下子变得年轻——在印满名足脚印的大门口，我和来自世界各地的客人一起，忙忙碌碌地寻找球王贝利、罗纳尔多、罗纳尔迪尼奥、卡福、卡卡等等足球明星的脚印；我和素昧平生的青年们一道，排着队等待将我的"庸足"和名足重叠，留一张终生难忘的"脚的合影"。进入足球场，建筑群落的恢宏博大就不用提了，最感人的是那一种洋溢处处朝气蓬勃的青春气息和顽强拼搏的体育精神。正午的春阳下，我们坐在椭圆形的巨大看台上，看人造草地上足球健儿正挥汗如雨地训练，我向一位身高2米左右的球员挥手，这位非洲小伙子非常高兴地跑过来，俯下身拥抱我，说："China, very good!"于是，我们一起留影，再次成了南美之行亲切的记忆！据说，马拉卡纳除了举办体育比赛之外，历史上也开展过多项的大型公众活动，如"摇滚在里约"、滚石乐队和

著名歌唱家演出等等。

布市——好空气的城市

9月4日中午,离开了细雨绵绵的里约飞往阿根廷,下午,阿根廷时间4:30,抵达阳光灿烂的布宜诺斯艾利斯。

阿根廷是"白银"的意思,又称"白银王国"——公元1516年,西班牙人第一次来到这儿,看到许多人戴银器,以为这儿盛产白银。其实,这些人是来自巴拉圭和巴西。阿根廷境内有一条拉普拉塔河,因此被称为"银河"。阿根廷的首都布宜诺斯艾利斯,简称"布市"。这个名字有两个意思:一是水手保护神,二是好空气。因此,布市又称"为好空气的城市"。

踏入布市,实在因她的美丽而惊艳——正是阿根廷的冬末春初,漫步大街,路旁可见一排排整齐划一的梧桐,瑰丽壮观的古典大楼和摩登时尚的现代高楼,天衣无缝地毗邻合璧,街心争娇斗媚的五彩花坛,路旁充满异国情调的露天茶座,活脱脱是北半球花都的翻版,难怪人们称她为"南美洲的巴黎""南美洲的花都""鬼斧神工之城"。

我们的导游是秀丽文雅的江亚小姐,26岁,上海人。她说她11岁到布市来,转眼15年了,她非常喜欢这儿迷人的风光。这里是阿根廷的粮仓和肉库,200多万平方公里的土地上,居住着300万人。人口少,资源丰富,种植着小麦、黄豆、高粱和玉米,畜牧业也非常发达,有着绮丽的澳洲风情。这里牛羊多,皮革制品多,人们喜欢吃烤牛肉、比萨饼、面食和西餐。

江亚说,这儿绝大多数是西班牙、意大利人的后裔,混血儿多。当地人晚睡晚起,结婚少,同居多,离婚率高。一般人不怎么存钱,有钱就花光。普通公务员的收入在1000比索左右,高级公务员如参、众两院议员在6000比索左右,总统薪水是9000比索。养老金是6000比索,还有许多津贴。

江亚说,这儿的气候非常好,年平均气温在15摄氏度左右。冬天最冷3~5摄氏度,不下雪。因此,树木茂盛,花草葳蕤。

江亚带着我们去参观。我们走到市中心,踏上了宽140米,号称世界最宽的大道——7月9日大道(7月9日,是阿根廷的国庆日)。大道中间,长着茂密的树木。时值初春,高大的木棉正绽放着或粉红或嫩紫的花朵,真是艳丽非凡!

大道上有建市400余周年的纪念碑,世界三大剧院之一的科隆剧院也在这儿。

接着,我们来到玫瑰宫,这是一座具有意大利建筑风格的百年建筑物,1868年,阿根廷总统下令以粉红色粉刷整座建筑物,因此沿称为玫瑰宫。玫瑰宫地上两层是总统府,地下一层为博物馆,陈列着历届总统塑像和重要历史文物。每有政变,玫瑰宫是兵家必争之地,所幸历经无数次大小革命军变,玫瑰宫依然壮观美丽如昔。

布市最大的广场有两个,最重要的一个是五月广场。江亚告诉我们,五月广场的历史可以追溯到16世纪末。1580年,在玫瑰宫前方初建广场时,面积只有目前的一半,300多年来,这个广场多次易名,1811年改名为五月广场。五月广场是布宜诺斯艾利斯的心脏。矗立广场中央13米高的金字塔纪念碑,就是为纪念1810年5月革命殉难的烈士而修建的。广场北侧的古色古香的大教堂内有个陵墓,不朽的人民英雄圣·马丁就长眠这儿。另一个广场是国会广场,它与五月广场遥遥相对,中间连接着1公里长的五月大道。国会大厦前面是一座大型喷水池,有三条水道,江亚说,这三条水道象征着南美洲三条滚滚不息的大河:帕拉南、乌拉圭和拉普拉塔。喷水池边屹立着象征阿根廷民族的妇女雕像。入夜,我们来

到喷水池边,水池里的红蓝黄绿彩灯齐亮,喷泉随着悠扬的音乐翩翩起舞,变成了如梦如幻的音乐喷泉,广场上的红男绿女为之如痴如醉。

布市有个闻名遐迩的"唐人街",它坐落于贝尔格拉诺区,是华侨华人在阿根廷的主要聚集区。我们来到唐人街,这里的中国店铺、餐馆林立,人流不息,车水马龙。我们一一在"中国城"牌楼下合影留念。

是夜,越过丛丛棕榈、榕树如伞如盖的林荫大道,我们来到蒙得义威里尔街的御膳阁晚餐,这家中餐厅面临灯火辉煌华丽迷人的街市,老板是来自中国福建福清的林先生,他拿出阿根廷的国石印加红玫瑰石让我们欣赏,又热情洋溢地介绍布市的掌故,给我们讲述当年在五月广场玫瑰宫总统府的经典阳台上,贝隆夫妇接见老百姓的情景,这使我想起了当地著名的音乐剧《艾薇塔》中的一首流行世界的歌——《阿根廷别为我哭泣》,剧情内容是描述阿根廷前第一夫人伊娃·贝隆,从一个受尽社会歧视的私生女到权倾阿根廷的主政者的传奇一生。我告诉林老板,如果没有这部音乐剧,也许我们永远不会知道伊娃·贝隆是谁,艺术的魅力是可以超越时空超越国界的。

夜宿果里耶底街的阿巴斯托酒店,这是一座花香四溢的五星级酒店。

大冰川——世界第八奇迹

次日清晨,我们在嘤嘤鸟语的告别声中,离开美丽、古典而大气的布市前往机场。沿途,冬末春初清冷的原野、寂寥的树木、幽静的河水、哥特式的小屋,颇具俄罗斯风情。上午9时,飞往卡拉法特市,12时抵达。再行车1.5小时,到达冰川国家公园,又称大冰川市。阿根廷冰川国家公园坐落于阿根廷南部,这里是纵贯南美大陆西部的安第斯山脉南段巴塔哥尼亚山脉东侧,属巴塔哥尼亚高原圣克鲁斯省,主峰阿贡嘎瓦山海拔

6100米。冰川国家公园所在的冰川湖名为阿根廷湖,湖的面积达1414平方公里。

这里地处南纬52度高纬度地区,离南美洲最南端的火地岛已经不远,到首都布宜诺斯艾利斯则较为遥远,有约3小时的飞机航程,最近的城镇是30公里外的卡拉法特,所有旅行者必须先到达卡拉法特,然后才前来冰川国家公园。

冰川国家公园是一个奇特无比而美丽非凡的自然风景区,有着崎岖高耸的山脉和大大小小数不尽的冰湖,其中包括一百英里长的阿根廷湖——在湖的远端三条冰河汇合处,乳灰色的冰水倾泻而下,像圆圆的屋顶一样巨大的流冰,伴着雷鸣般的轰响冲入湖中。

阿根廷冰川国家公园内,共有47条发源于巴塔哥尼亚冰原的冰川,巴塔哥尼亚冰原是南半球除南极大陆以外最大的一片冰雪覆盖的陆地,而冰川国家公园所在的阿根廷湖,接纳了来自周围几十条冰川的冰流和冰块,其中最著名的是莫雷诺冰川。

在这阒无人迹的神奇世界里,我们一行人忘了天寒地冻,忘了旅途劳顿,忘了年龄大小,一起欢呼雀跃,心里充满了对大自然的无限崇仰,一起兴高采烈地登船游览大冰川。

冰川国家公园拥有冰川300来个,总面积共9万平方公里。我们参观的是最活跃的、面积约257平方公里的美丽的多摩列多冰川,这条冰川长5公里、宽30公里,高60来米。由船上仰望,黑色的山脉、白色的积雪、蔚蓝与浅金色交映的冰川,组成一片太古洪荒的旷古奇观,这处子一般圣洁的旷古奇观,美得叫人心颤——那冰川,如粉雕玉琢的雪墙,如飞鸟、如走兽、如玉树临风、如琼花满目……湖面上,崩裂的冰川浮冰朵朵,如雪莲,如浮玉,真是美艳极了!

我们从冰湖上回望陆地,那是一片片长满尖尖细叶,犹如中国新疆的

芨芨草、骆驼刺的灌木丛,它们在极地初春零下15摄氏度的酷寒里,给天地奉献一片翠绿。在蓝天白云积雪和金色阳光的映衬下,挂满小灯笼花的卡拉法底树摇曳生姿,沿着山坡蜿蜒起伏的黄土小路,有木篱、有小屋、有牛羊悠闲地踱步……

乘船看冰川后,我们又乘车半小时、走路半小时,往另一个角度看美丽的多摩列多冰川——那是从陆地上俯瞰冰川,在这里,所有的冰川紧紧相偎成一片浅蓝色的无边无际的冰原,金色的夕阳下,汇成无数钻石熠熠生辉,犹如中国九寨沟黄龙五色海的美妙。这名列世界遗产的冰川,被列为世界第八奇观,实在是名不虚传!

黄昏,我们依依不舍地离开大冰川,乘车回到卡拉法特市。其实,这个城市只是个新开发的小镇,一边是雪峰下悠然徘徊的牛群,一边是阿根廷湖闪烁银光的湖水,镇上疏疏落落地盖了一簇簇供旅客观光居住的小木屋。周边还未绿化,遍地黑土黄沙,有一种原始世界的沉寂和苍凉。

我们到镇上转了一圈,迷你式的小街小商店鳞次栉比,卖的大抵是工艺品。我用临时恶补的49个西班牙语单词,竟然可以与本地人勉强沟通,而且能逗引得温驯的流浪犬不离不弃地跟随左右……

晚上,我们住在童话一般的小木屋"留梦园"——虽然房子小巧玲珑体貌质朴,却是台湾同胞开设的四星级酒店,里面的摆设有仿宋瓷花瓶、大肥猪扑满、中国年画、原木打造的家具,音响里播放着二胡名曲《二泉映月》《良宵》《汉宫秋月》……服务生是生于此地的台湾同胞施小姐,一口闽南腔的普通话听了分外亲切。在这天涯海角,点点滴滴,给人以祖国和故乡的感觉,我禁不住想家了!

别了,举世无双的大冰川!别了,美如童话的留梦园!次日上午11时,我们离开了卡拉法特市,到机场再奔前程。

火地岛·乌斯怀亚

当地时间1时,我们飞抵火地岛省的首府乌斯怀亚。传说在1520年,麦哲伦探险船队航行在茫茫大海中,远远地望见前方出现了一座岛屿,岛上升起的篝火,被麦哲伦误以为是岛上的火山口,便将这座岛屿命名为"火地岛"。火地岛是南美洲最大的岛屿,主岛火地岛又称大火地岛,东临大西洋,西与太平洋相接,南隔德雷克海峡与南极大陆相望,北隔麦哲伦海峡与南美大陆毗邻,是智利和阿根廷两国的最南端领土。

首府乌斯怀亚是世界上最靠南的城市,也称世界尽头,位于火地岛的南部海岸,北靠安第斯山脉,面对连接大西洋和太平洋两大洋的比格尔海峡。在当地土著部落亚马纳语中,乌斯怀亚的含义是"向西深入的海湾""美丽的海湾"。

我们下了飞机,步入乌斯怀亚,这个南美的小城实在是一个动人心魄的绝色美城——依山傍海,郁郁葱葱的山坡和巍峨洁白的雪岭交相辉映,七彩斑斓的各种建筑坐落在波光粼粼的比格尔水道和青山白雪之间,水道对岸智利境内的雪山也历历在目,构成一幅绝美的天然图画。白雪皑皑的安第斯山映照在如镜的海面上,随着一层又一层微微波动的波浪摇晃着,一艘艘红、蓝、绿、白等色彩斑斓的邮轮停泊在海湾里,船头上各色旗帜随风飘动。街道不宽,但十分洁净,街边全是在童话里才会出现的、那种属于白雪公主的可爱迷你的小木屋。屋前屋后的鲜花开得缤纷烂漫,清冷的空气和抬眼处白雪皑皑的山峰,让人恍然提前感受到南极的气息。乌斯怀亚街头,一排排高大笔直的蒙特些利亚树,有如中国北方的白杨,清朗萧疏地屹立蓝天白云之下。绮丽旖旎的风光吸引着大批慕名而来的游客,城中到处车水马龙,游人摩肩接踵,给这片本来满目荒凉的土

地注入了勃勃生机。

城里的比格尔海峡,是太平洋和大西洋的分界线。导游小刘领着我们,沿比格尔海峡岸边宽阔的玛依普大道款款而行,街道两边既有现代化建筑,也有镀锌铁皮盖顶的简易房屋,还有几十年前的木头房子,多是一两层高,在繁华富丽中,也透着质朴、安宁、静谧。市区的主要街道是圣马丁大街——这是一条商业大街,两边商店的豪华程度不亚于任何一个大都市。这里出售的主要是进口的化妆品、贵重烟酒等,这些物品免税,价格比内地便宜许多。过去许多阿根廷人来火地岛旅游,一个重要目的就是到乌斯怀亚采购。

我们一行人为欣赏美景,走得饥肠辘辘,据说乌斯怀亚不仅有很多天然奇景可供观赏与游玩,还有风味特别的美味海鲜,如蟹、蚌、磷虾、蜘蛛蟹、海豹肉、沙丁鱼、鳕鱼和海蜇等特产,让游客们大快朵颐。我们便在小刘带领下,来到一家广东华人开办的彩虹餐厅大饱口福。

小刘说,最为奇特的是乌斯怀亚有一家世界尽头最小的邮局,邮局里出售印有"世界尽头邮政"字样的明信片,可以现场填写后邮寄往世界各地。于是我们一起奔赴海滨邮局。远远地,便见邮局前方通向比格尔海峡的栈道上,挂满了大大小小的阿根廷国旗。我们将自己准备好的明信片,请工作人员在上面加盖有企鹅图案的印章,另外,也在自己的护照上戳几个图章以示"到此一游"。

出城不远,就是那座世界最南端的灯塔——人们应该会记得王家卫经典的影片《春光乍泄》中的这座灯塔,冷蓝灰红,塔影朦胧,像是油画。电影中,曾说过"能走多远就走多远"的台北流浪青年张震,终于来到灯塔下时,说的是"到了世界尽头,我想回家"。啊!乌斯怀亚,触目所及是世纪深处如烟生起的阵阵苍凉。难怪,许多人把乌斯怀亚称为令人断肠的城市——它见过麦哲伦船队的风帆,留下过达尔文匆匆的足迹。火地岛与比格尔海峡,镌刻了这些先哲们的遗踪。与小城有关的电影还有很多——费尔南多·索拉纳斯导演的《旅行》中,马丁·卢卡的父亲就是从乌斯怀亚踏上穿越拉美的旅程,旅行中的所见所闻,引起了他对整个拉丁美洲的疑虑;大导演安哲罗普洛斯执导的《尤里西斯的凝视》中,留下了一句名言:上帝创造的第一件事就是旅行,之后是疑虑和乡愁!

小刘说,乌斯怀亚是个自由港,距本国首都布宜诺斯艾利斯远达3200公里,距南极洲却只有800公里。因此前往南极洲探险和考察,乌斯怀亚是南极科学家不可或缺的一个理想的起航和补给基地,包括中国在内的各国南极考察船队都曾在此停泊,这里堪称世界上最南的居民点。

乌斯怀亚居民多从事伐木、养羊、捕鱼等生产,但由于独特的地理位置,使之成为通往南极洲的门户而驰名世界。游客们除了可以乘游船到比格尔海峡中参观海豹岛和鸟岛,还可以去见识充满着奇妙色彩的火地岛国家公园,这座公园是阿根廷的一个自然保护区,也是世界最南端的国家公园,沿途山明水秀,生机洋溢,拥有许许多多野生动物和珍稀鸟类。这里雨水充足,春天百花争艳,秋天山坡落叶一片火红,雪山、湖泊和原始森林是它的最大特色。这里的风速强劲,吹得树木东倒西歪、形状怪异,因而形成被称作"醉汉林"的景观,奇妙无比!因为乌斯怀亚地处遥远又与世隔绝,1896年阿根廷政府开始在这儿建造世界尽头监狱。1947年贝隆政府关闭监狱,原址改成国家公园和监狱博物馆、海洋博物馆。

我们在乌斯怀亚旅馆过了一夜,第二天早上,沿着3号公路来到世界最南端的火车站——阿莱曼主教市野营地火车站,乘坐小火车前往国家公园。火车站内,现在已经改建为博物馆,挂着各国国旗和许多历史照片,展柜里还展出一些实物和资料。阿根廷乌斯怀亚的"火地岛国家公园",是独具特色的极地国家公园,这个公园原来是一片林场,由于犯人砍伐树木,对生态造成一定程度的破坏,后来辟为国家公园,保护了环境,生

态才得到改善!

我们坐上古色古香的木头小火车,小火车开得很慢很慢,慢得像蜗牛、像小时候在公园里乘坐的儿童火车。我们穿过一片片点缀着小黄花的绿草地,穿过翠茵茵的森林,穿过明澈如镜一眼见底小鹿跳跃的湖泊,看四面雪山迷离野草萋萋,看老屋村庄,还有成群的牛羊,看蓝天白云朵朵、疏疏朗朗的树林如晨雾,看一匹白马自远方蹁跹而来……空气清新得发甜,四周寂然无声,我们仿佛走入远古荒原,走入永世不复的时光隧道……

啊,火地岛公园,已经失去处子情怀的现代文明,把你当作奢侈的消费,而在我心中,你却是一片净化人心的圣地!

火车来到了鲁嘎湖边,鲁嘎是1960年阿根廷总统的名字,湖水由冰川溶解而成。湖的对面是智利国境,智利境内的鲁嘎湖,名叫拉苏利湖,拉苏利也是1960年智利总统的名字。火车又行驶了10分钟左右,下火车改乘汽车去拉苏利湖,沿途有连绵不断常绿不凋的野樱树,不少树被咬断,树枝将湖围起,这是水獭干的勾当。除了水獭,湖边还出没着狐狸、野兔,天空还盘旋着安第斯山秃鹰……

我们离开拉苏利湖,一路所见,都是类似中国的小灯笼花——黄色的法诺利多切诺寄生花。半小时后来到3号公路的尽头拉巴达亚海湾,这里,离阿拉斯加17848公里,离布宜诺斯艾利斯只有3063公里。这里,雪山低头,草甸金黄,幽蓝的海水闪烁银光,时有野兔飞蹿而出,空气清凉如水,一切宁静如画,真可谓人间绝色!

中午,我们回到乌斯怀亚午餐。下午3时许,从乌斯怀亚乘船去比格尔海峡参观鸟岛和海豹岛——在南极大陆,也只有在南极大陆,才能够看到这么多可爱而神奇的野生动物,其中的大明星自然是企鹅家族。这里也是海豹、海燕、信天翁、驼背鲸等动物赖以生存的家园。对于喜欢自然和野生动物摄影的我来说,在船上观鲸,拍摄海鸟以及每一次登岸近距离拍摄企鹅和海豹都是永生难忘的经历。比格尔海峡实在非常美丽,天是永远蔚蓝的天,雪是终年不化的雪,黑黝黝的山峦,绿汪汪的海水,水上雪白无瑕的游艇,水边是高低错落、五颜六色的哥特式、西班牙式的建筑,散淡的居民,悠闲、淳朴、与世无争。据说1830年前,这儿沿海住着印第安人、阿玛拉人,他们在海边捕杀海豹、海鸟和捞海藻,他们住在树上,不穿衣服只用海豹油涂身。后来来了西班牙人,带来了文明也带来了掠夺和瘟疫,结果死了很多人,阿玛拉人连同他们的语言也慢慢绝迹了。

黄昏,我们回到了乌斯怀亚。正是夕阳西下时分,满城如星河般闪烁的璀璨灯火,映照着绵延的雪冠和一湾碧海,瑰丽有如神话。夜8时许,我们离开山川迷人如同梦幻的小城乌斯怀亚,奔赴机场。离开旅馆那一刻,守候门口多时的流浪犬,对我们低低呜咽频频点头……啊!永难相忘,这距离南极最近的城市、这地球上最边缘的极地、这真正的天涯乌斯怀亚,连那临行前流浪犬的依依回眸,也令我终生回味!

两国两季一生日

子夜,再次抵达银河边的布宜诺斯艾利斯。当天9月8日,是我的生日。在祖国,此时正当秋季;在南美,却是初春,多么奇妙的两季一生日!是日,气候清爽宜人,艳阳高照,处处花香鸟语。

清晨,我们先前往当地著名的玫瑰公园。沿途,鸽子在空中飞翔、在地上漫步,一幢幢西班牙式的建筑美轮美奂。经中上阶级居住的嘎笑街,见一群巴拉圭人和玻利维亚人在领事馆领护照。经布宜诺斯艾利斯大学法学院,四周到处是公园、绿树、萋萋芳草。附近有西班牙大使馆、有温基萨英雄纪念碑。这儿是富人区,是全城房产最贵的地方,新建的楼盘每平

方米在5000美元左右。行车半小时,抵达玫瑰园,这里有1000多种1万多株千姿百态各式各样的玫瑰和蔷薇,有一大片铜制的蓝色太阳花,晚上含苞白天开放。玫瑰园里,红、黄、蓝、白、紫五彩缤纷的万千玫瑰争相怒放,吐露芬芳,人在花中,也仿佛变成一朵玫瑰了!园里有洁白如玉的美丽花坛,有鲜艳夺目的红泥大道,有清波粼粼的碧湖,湖中有对对戏水鸳鸯。在花容水色香风醉人的玫瑰园,游人真有亦仙亦幻之感!

离开玫瑰园,来到城南银河边,这里矗立着为纪念1812年在马尔维纳斯群岛战争中牺牲的25位烈士的25座纪念碑;这里有许许多多的红房子,它们是以前存谷类的仓库,1991年,美国人把这些废弃的仓库改为办公楼和咖啡馆、牛排馆,从此这儿成为新开发区,成为当地房地产最贵的区域之一。银河上有一座形似女人的桥名叫女人桥,秀丽灵动的女人桥有如劈腿的探戈,河上舟楫如云,游人无不为之驻足赞叹!

看罢女人桥,行至佛罗里达商业步行街,这儿的商品五光十色琳琅满目,特别是汉斯顿的宝石,真令人目迷心动,但我粗略一算,它的价位,大约比里约热内卢贵8倍以上。

中午,全团及导游小江共9人,一起到酒店为我过生日:吃中式的长寿面、鸡蛋;唱英语的《祝你生日快乐》,每个人都为我说了许多美好的祝福。在这远离亲人的天涯海角,这个不寻常的生日同样也是母难日,让我开心也让我想起故乡的母亲,我遥望蓝天,默默为母亲祝福。

下午5时许,我们告别了孕育印度红玫瑰石的土地、大冰川的故乡、神奇美妙的国度阿根廷,登机前往智利首都圣地亚哥。夜8时,抵圣地亚哥。一下飞机,团友们便纷纷再次为我祝贺生日快乐。大家说,"多有意思呀,两国两季一生日,人生能得几回有?"是呀!两国两季一生日,人生能得几回有?

智利面积75万平方公里,人口1872万人,海岸线4500公里,三分之二为安第斯山所环绕,最狭窄的地方只有100公里。在南美,智利的白人最多,也是经济、治安最好的地方,这儿主讲西班牙语。

圣地亚哥是智利首都,也是南美洲第五大城市。坐落于智利中部的中央谷地,前临马波乔河,东依安第斯山,西距瓦尔帕来索港约185公里。夏季干燥温和,冬季凉爽多雨雾。始建于1541年,1818年迈普独立战争后成为首都。19世纪因发现银矿后迅速发展。其后,屡遭地震、洪水等自然灾害的破坏,历史性建筑荡然无存。今日的圣地亚哥已成为一座现代化城市,市容绮丽多姿,一年四季棕榈婆娑。圣地亚哥的市区在历史上是以圣卢西亚山为中心发展起来的。今天的圣地亚哥是智利最大城市,也是全国政治、经济、文化和交通中心。圣地亚哥面积641平方公里,人口731万人,华侨有1万多人,其中台湾同胞有500户。华侨75%从事餐饮业。

导游小刘说,智利是一个资源型的国家,精铜占全世界的37%,储藏量为5亿吨,每年可开采4500万吨,居世界第一。钼的储藏量是世界第二,铜、钼占出口的53%,中国是它最大的铜出口国。智利是世界上唯一出产硝石的国家,硝石是制造炸药和化肥的原料。智利也是南美第一纸浆出口国、第二木材出口国。智利还出产金、银、铝、锌、碘、石油、天然气、青金石等。迄今为止,智利拥有50多座活火山,到处都是黑土地,非常肥沃,出产葡萄、油梨、人参果、猕猴桃、橙、苹果、牛蒡子、樱桃等,没有任何病虫害,特别环保。智利是世界第五葡萄酒出口国,中国的长城牌葡萄酒原浆就来自智利。智利的渔业资源丰富,是世界第五大渔业国。水产品非常富饶,三文鱼是世界第三出口国,还有扇贝、鲍鱼、鱼翅、蚝、海胆等等。人均国民总值在6000美元以上,但贫富悬殊。

智利河流落差大,所有的河流都不能通航,只能发展水力发电。因为智利是西班牙的殖民地,所以移动公司、高速公路等主要公司都是西班牙

人控制。智利有12大区,原住民玛布奇人都住在第9大区。火车站批发区,是中国人集中做生意的地方。

夜9时,我们到华侨吴先生开设的中餐厅晚餐。餐后上街,是日为农历七月十六,天空悬着一轮好大好大的圆月,周边没有一丝云彩,此刻南半球的月亮,真是明艳极了!我们踏着月色,走上费尔南多将军大街,智利总统府就设在这儿。参观了总统府,我们来到阿梧曼娜街,这是一条繁华的商业步行街,圣地亚哥的发祥地圣卢西亚山也在这儿,沿途随处可见智利国花——鲜红的果必娓,一种野百合。月光下,我们看着碧波粼粼的马波乔河从城边缓缓流过,终年积雪的安第斯山,仿佛一顶闪闪发光的银冠,天然山水给圣地亚哥增添了笔墨难以形容的妩媚风韵,实在令人陶醉!圣地亚哥是智利的天然旅游城市,拥有众多的博物馆、美术馆、公园,圣卢西亚山是观赏整个城市的最佳地点,我们站在圣卢西亚山,可以一览无余地欣赏圣地亚哥的高楼大厦、解放广场、宪法广场、巴格达诺广场;此外,还可观赏到市区和近郊的天主教堂、主教堂、市政厅、邮政大楼、国家图书馆、历史博物馆、美术馆等。

是夜,我们来到城市东区,住进四点酒店,做了一夜美梦。

姐妹城

次日上午,出发前往南太平洋西岸最大的城市、智利第二大城瓦尔帕莱索市。瓦尔帕莱索位于智利中部,原本只是一个小渔村,受益于得天独厚的港口位置,在哥伦布发现新大陆之后和淘金热盛行时期,瓦尔帕莱索一跃成为南美太平洋沿岸的最大港口,被人誉为"太平洋的珍珠",吸引了大量德、法移民来此定居,各种欧式建筑从此拔地而起,为瓦尔帕莱索成为彩色的"梦幻之城"奠定了基础。瓦尔帕莱索的房屋大都是五颜六色的矮房,伴随着各色各样的涂鸦,难怪人们称它为"好色之城"。轻踏着午后的阳光,走在色彩如此丰富的小街上,远处传来优柔的音乐,心情变得特别美好。

导游小刘说,瓦尔帕莱索居民住在45个山头上,2003年,瓦尔帕莱索旧城区被联合国教科文组织列入《世界文化遗产名录》,作为"世遗"的主题是"人如何生活在山坡上?"。

从圣地亚哥到这里,车程往返约3个小时。1879年,智利和秘鲁发生海战,智利用2艘战舰打败秘鲁4艘战舰,民族英雄阿突罗布拉特在战中牺牲,他的形象就是现在智利钱币上的人头像。战争结束后,智利抢了玻利维亚和秘鲁的两块土地,这两块土地从此成了世界上产铜和硝石最多的地区。

我们参观了海战纪念碑、海军司令部和观景台,当地居民上山的唯一通道是缆车,我们乘缆车上山——在高高的观景台上,我们可纵观海景和城市全貌。

中午,我们在福建福清人开办的"巨塔"酒店午餐。酒店老板王银昌见到来自祖国的同胞如同见到亲人,兴高采烈地带着我们去看门外穿城而过的玛列嘎玛列河,玛列嘎玛列的意思是"金子金子",据说看了它会招来财运,大家姑且听之却也心生欢喜。王老板还带着我们到附近的海滩上,让我们走近海边,结果,发现附近礁石上密密麻麻数不尽的小黑点,原来都是海鸥,没想到,这儿人与动物相处,如此和谐!

午饭后,我们驱车15分钟来到瓦尔帕莱索市的姐妹城——维尼亚德尔马市。

维尼亚德尔马市始建于1875年,南与智利第一大港瓦尔帕莱索市连接,人口约30.3万。小刘告诉我们,维尼亚德尔马,西班牙文意为"海上葡萄园",气候宜人,景色秀丽,享有"花园之城"美誉。行车途中,道路两

侧山峦起伏,满山遍野郁郁葱葱,都是生长茂盛、修剪整齐的葡萄园。智利气候条件独特,太平洋和南极海流带来的凉风能很好地调节气候,沿海山脉形成雨影效应能抵挡海风,十分有利于葡萄的栽培。因此当地一直有种植葡萄和酿造葡萄酒的传统。市内花团锦簇,绿树成荫;海边,高楼林立,碧海如镜。

小刘说,维尼亚德尔马市是南美洲太平洋沿岸的著名旅游城市,海滩平坦细腻,游览设施齐全,每年要接待十几万国内外旅游者,许多阿根廷人常常驱车穿越安第斯山来到这里欢度周末。从耸立海边的望海楼举目远眺,可饱赏汹涌澎湃的太平洋景色。这里的国际娱乐场,被誉为"蒙的卡罗",全年开放。依山而建的露天剧场可容纳万名观众,每年举行高水平的国际歌咏比赛,更为该市增添文艺气息。古老的卡拉斯科庄园,被市政府辟为"文化之家",法国著名雕塑家罗丹的作品——英雄纪念碑与其翘首相望。每到旅游旺季,剧院、赌场、酒吧和夜总会人满为患,以海鲜佳肴为特色的餐馆时常座无虚席。

是夜,我们乘坐古色古香的青铜马车在窈窕多姿的维市兜游,颇有一番诗情画意。街上色彩鲜艳的"花草时钟",堪称当地独特景观。打扮美丽时尚的男男女女,沉醉于赌场的豪华气氛中,户外音乐厅流播着当地的流行音乐,自有一番异国情趣。在山坡高地上,全部是以中世纪豪华风貌出现的建筑。北侧有河口,越过河口后就可看到维市最著名的赌场。维市的海岸线很长,白沙滩连绵不断,挤满了享受海水浴及滑水的旅客。

第二天,当地阳光旅行社的经理方梁陪我们去参观复活节岛人像。方经理是上海人,心如菩萨,特别亲切周到。他说,在维市,只能看到来自复活节岛上的石像,但这是真正从复活节岛搬来的人像。

复活节岛位于东南太平洋上,面积约117平方公里,属智利的瓦尔帕莱索地区,是与世隔绝的岛屿之一,离有人群定居的皮特凯恩岛也有

2075公里。复活节岛以其巨大的石雕像著名,岛上约有600座以上的大石雕像,但没有两尊是完全相同的,复活节岛的原住民将这些石像称为"摩艾"。到现在为止,是什么人、在什么时期、为了什么目的雕刻了这些石像依然是一个不解之谜,甚至有人认为这是外星人在地球上留下的遗迹。复活节岛的美,石头人儿只占一半,另一半,是壮丽的火山,蔚蓝的海水,悠闲的野马,洁白的沙滩,变幻万千的光线,和在这座神奇小岛上惬意狂欢的心。世界上有很多未解之谜,虽然人类竭力探究根源,但是依旧有许多至今无法破解,著名的智利复活节岛就是其中之一。方经理调侃地对我们说:据说复活节岛是一个"不去终生遗憾,去了遗憾终生"的地方,是否属实,那就见仁见智了。

在方经理的带领下,我们来到街上的复活节岛人像——莫哀依斯人像前,这是一尊高大庄严栩栩如生的石像,旁边拥簇着一片艳红、嫩黄、粉紫等色彩缤纷的玫瑰,给粗犷而原生态的人像增添了几分温柔气息。我们纷纷与这神秘的天外来客亲切合影,想想,此地一别,何时再见呢?复活节岛石像旁边有一个不大的博物馆,馆里展出一些与复活节岛有关的文物,我们也不失时机地参观浏览。离开智利后,竟对这谜一般的复活节岛人像记忆深深了!

再见了,南美洲

9月10日清晨,我们离开维市,驱车回圣地亚哥。方经理带我们去参观圣地亚哥的发祥地圣卢西亚山,中国人叫它情人山,1940年春西班牙人在此建城堡,圣地亚哥就此发源。

上了山,满山桉树、胡椒树、樱桃树,滴翠凝红,十分美艳。我们先去参观1799年建成的总统府,这里最早是摩列达造币局,当年建筑的城堡

犹存。因为次日9月11日是当年智利政变阿联德被推翻的日子,政府怕市民游行闹事,满城警察拦路,我们约略浏览了总统府,便出门远眺圣母山,圣母山也叫圣克里斯托瓦尔山,位于圣地亚哥城东北,是安第斯山脉的支脉,山顶上屹立着一尊大理石雕刻的圣母玛利亚雕像,像高36.5米,重37吨,洁白如玉,神情灵动,是法国著名雕刻家瓦尔多斯内的杰作,建于1903年。登上圣母山顶,全城景色可尽收眼底。

下山来,沿途可见当年老车站改成的艺术中心,铜瓦复顶,阳光下一片金黄。据说米罗、戈雅、毕加索等三位西班牙历史上最伟大的画家作品,不久前刚在艺术中心展览了一个多月。我们在圣地亚哥最重要的河——马波乔河河边徜徉片刻,有安详的鸽群和流浪犬徘徊左右。

中午11时,到达机场,踏上回返祖国的漫漫归途。下午1时,飞机起飞,先往布宜诺斯艾利斯,再飞巴黎、香港、上海、厦门!

再见了,美丽的安第斯山!再见了,神奇的极地!南美洲毕生难忘的半月行,终于画上了圆满的句号!

南美洲,纵然我只是你千千万万游子中的一名过客,但短暂的相处时光,那无数美好的回忆,却像一颗颗璀璨夺目的珍珠,永存我心中的蚌壳……望着你舷窗外壮美的山河,我忘情地一再挥手——今日一为别,何时再聚首?南美洲!

2020年8月8日完稿于厦门

莱茵河之旅

那一年初冬，当科尔带着莱茵河畔馥郁的花香，横跨欧亚大陆，春风满面地步下总理专机，踏上北京国际机场的红地毯，中德亲切握手便成了一幅永不褪色的历史彩照！于是，远离中华的日耳曼民族，以及那拥有巍峨的阿尔卑斯山、广阔的巴伐利亚高原、茂密的黑森林，还有如诗如画的莱茵河、易北河、多瑙河、奥得河的国度与我们顿时显得亲近……

真是天时不如地利，地利不如人和。就在中德民众细细品味双方政要依依惜别的温馨情怀之时，我第一次踏上了日耳曼之乡。

青少年时代，我读过德国历史，也读过德国文学，不知为什么，日耳曼的天空，在我心中是一片铅色的灰蒙，也许，这是《攻克柏林》之类的电影、小说给我留下纳粹德国扩张侵略、盖世太保淫威暴政的深刻印象，使我忘不了希特勒铁蹄践踏奥地利、占领捷克斯洛伐克、入侵波兰、进攻苏联，点燃欧洲大陆熊熊战火的惨痛史实。

然而，历史记住了残暴、愚蠢，也记住了文明和智慧，当您贴近日耳曼这片欧洲最古人类居住的秀丽而古老的土地，你不能不由衷地赞美她的伟大——伟大的不仅是她眼前充满现代化气息的发达的工业建设，纪律严明、井井有条的城市管理，举世闻名的西门子电子城，奔驰宝马汽车城，先进的高速公路网以及数不清的古香古色、充满中世纪风情的城堡、教堂、歌剧院，还有莱茵河之父、多瑙河之母孕育的丰姿艳丽的女儿和俊秀挺拔的儿郎。啊！最伟大的是——在这块仅比我国广东省大十分之一的25万平方公里的土地上，在十八、十九世纪之交，诞生过那么多令德国民族洋溢骄傲、令人类星空充满光明、令世世代代人群闻之动容、肃然起敬

的巨星——相对论、量子力学创始人爱因斯坦,天文学家开普勒,革命家马克思、恩格斯,音乐家贝多芬、门德尔松、巴赫、梅耶贝尔,诗人歌德、海涅,文学家席勒、莱辛,童话之王格林兄弟,画家温克尔曼等等。这些世界大师级人物,令德国版图光辉灿烂,令千秋万岁世界各地远道而来的造访者举手加额,顶礼膜拜!

打开德国地图便可以一目了然——除了南部耸立着阿尔卑斯山之外,东、西、北三面毫无屏障,所以,自古以来,交通便利,各种思想都能流入日耳曼并在这里交融升华。难怪这儿藏龙卧虎人杰地灵,这是优良的地理山川赐予日耳曼人的福祉,当然更是日耳曼民族积极向上的品质孕育的精华——据说第二次世界大战时,一位美国记者到防空洞去采访德国难民,在那儿,记者看见不少这样的家庭:一张破旧的木床,一群面带菜色的老幼,然而这些"家"的床头,大都放着一盆鲜花。这动人心魄的景象令记者十分感慨。他说:"这个民族一定会兴旺起来——因为,即使在兵荒马乱、饥寒交迫、朝不保夕的战争年月,她还充满生命的追求,美的追求,还充满活力!"

是的,战后的日耳曼果然一如那位美国记者的预言,神话般地兴旺起来并成为欧洲之骄子。

我庆幸有缘结识日耳曼这一方深植慧根、充满灵性、洋溢生命活力的宝地,我庆幸有缘在日耳曼这诗人之国、音乐之国、科技之国留下一串浅浅的足迹,想想,在巨星闪烁的大地上,我的心间我的头顶是怎样一派五彩斑斓的美丽!

到过德国的人们大抵了解德国的四大旅游路线——

莱茵河之旅。莱茵河是仅次于伏尔加河和多瑙河的欧洲第三大河。伏尔加和多瑙河是纯属大自然的野性之美,而莱茵河经过数百年的精心修葺和商业包装,已变得清丽非凡、精致十分,何况还有一个个伟大的身影，一段凄丽的洛娘的传说，一所举世皆知的科隆大教堂，令人充满向往。

中世纪罗曼蒂克之路。那儿有法兰克福的耶路撒冷堂吉诃德时代的建筑群和蜚声小镇的新天鹅堡。

黑森林之路。这儿的度假区驰名世界，全德最大的赌场巴登巴登就在这条旅行线上。

博登游览区。这是欧洲富人的休闲中心。

在这各具风骚的四条旅游彩线中，最富魅力的是莱茵河之旅，她的芬芳如同莱茵河畔"酒桶旅馆"的葡萄酒，真是誉满环球。

天公作美，我踏上的正是迷人的莱茵之旅。我将用我淡淡的铅笔，作为助游的竹杖，给未涉足日耳曼的朋友临摹一帧粗疏的素描，给曾漫游德国的旅人唤回一个依稀的旧梦！

1994年1月写于厦门

法兰克福风情

别说人与人的结识是一份缘,就是人与地的亲近也是一份缘。短短旬日之间,我竟有缘三次落迹法兰克福:头次是莱茵之旅的起点,由亚洲跨进欧洲的第一站,二次是由柏林返回,三次是荷兰归来。首尾三次均下榻罗芙特旅馆。

从香港起飞的国泰航空公司波音747,于北京时间上午11点起飞,经过了漫长的14个小时的洲际航行,于次日中午1时抵达法兰克福机场。北京与法兰克福的时差是7个小时。因此,平安着陆后正是欧洲之冬静谧的黎明,星光、灯火、晨曦并存,令人有如置身梦中。

机场极大,空阔如旷野,设备齐全,使人想起香港机场和新加坡机场,但入耳已无乡音,入目皆是蓝眼睛、灰眼睛,毕竟已远离了亚洲大地呵!我和同行的朋友们在清冷的机场出口处等待着前来接待的德国友人。这时,远处飘来一位袅袅婷婷的东方少女,第六感觉告诉我:她为迎接我们而来。果然,当我趋前询问时,她说她名叫沈莱,是中国留德学生,德方派她前来接机。

沈小姐把我们带到罗芙特旅馆。正是圣诞节前夕,旅馆的大堂、酒吧、咖啡座、橱窗已摆满了灯火如花的圣诞树、红衣服红帽子白胡须的圣诞老人、各种形神毕肖的小猫小狗小兔小洋马以及鲜艳欲滴的丛丛玫瑰,典雅的德国古典音乐在柔丽的灯光花影里显得分外温馨。

沈小姐是我们来德后结识的第一个中国人,她又长得娇小玲珑,清甜可人,大家都很喜欢她。她说此刻虽是早晨但天还未亮,长途夜航很辛苦,问大家是到房间里睡一觉呢还是到街上走走?我们主张徒步去体味一下法兰克福的晨光。

夜雨初歇，道路洁净如洗，空气清冽，到处灯光迷蒙，却不见一个行人。我们一行五人如同天外来客，漫步在悄无声息的异国长街，街旁的桦树和白杨全缀满细密如星的圣诞灯火，法兰克福的标志、形同削尖的铅笔的世界贸易中心——铅笔大厦，珠光闪烁直插霄汉。一栋栋欧洲中世纪古建筑和20世纪的现代化高楼友好相处，小鸽子在街心街角目中无人地安然徜徉，纵使你走近了轻抚它那美丽的白羽红喙，它也只是睁大媚眼投给你楚楚可怜的一瞥，然后踱着绅士的舞步伴你同行。我们漫步至火车总站，这是一座极其华丽宏伟壮观、金碧辉煌的宫殿式的建筑，据说已有200多年的历史，所有的装饰和雕塑都显示着日耳曼民族的严谨精巧，每一个细部铜雕都是一件美丽而古典的艺术品，它不像是火车站倒像是一座富丽堂皇的王宫。火车站里数不清的超级商场一律花团锦簇霓灯明艳，繁华中透着清净。看看车站大钟已是8时，但天色却还未透亮。我们这几位法兰克福的早行人饥肠辘辘，经短暂的搜索便在一家商场的一侧找到了一爿小小的中国餐馆。餐馆老板四十来岁，祖籍广东顺德，几代以前就来德国做生意。他看到我们极为高兴，自报家门姓左，用十分艰涩的华语兴高采烈地说，一早就见乡亲，真是好运！然后手脚麻利地在大电炉上为我们做出类似扬州风味的香肠、鸡蛋炒饭。他在这洋里洋气的豪华商场一角，敬奉着一尊红脸长髯的关公，问他拜关公做什么，他虔诚地微笑着，说中国的关帝爷保佑他生意兴隆，又说他有一位叔公80岁了，已回顺德定居，他打算明年还乡看看老人家，他自己虽有一儿一女，但将来年纪大了也要回中国去，落叶归根嘛！看来，华人怎么洋化，化来化去还是化不了那一颗中国心！

沈小姐向我们介绍：到瑞士游山，到意大利玩水，德国特美，有山又有水！位于莱茵河支流——美茵河畔的法兰克福不仅是德国的金融、商业重镇，而且是风景秀丽的旅游城市。那古色古香的巴伐利亚时代的建筑物和美茵河两岸多姿多彩的风光，实在叫人流连忘返！

法兰克福是次于柏林、汉堡、慕尼黑、科隆的德国第六大城,面积249平方公里,人口70来万,是欧洲的金融商业中心,全城拥有369家银行。不久前"欧共体"将"欧洲中央银行"迁移到这儿,在欧洲经济普遍衰退之时,法兰克福的地产竟因此一再涨价,经济随之繁荣;法兰克福是欧洲空陆交通中心,目前的机场在全欧占第二位,但另一个即将竣工的机场,启用后便是全欧第一大机场;火车站之大在欧洲首屈一指,每日客流量达10万人次;如网络一般的八个车道的高速公路遍布全城并通往欧洲各国;法兰克福是爵士乐之乡,城里有五大歌剧院,小泽征尔曾在这儿作过出色的指挥表演,夜夜弦歌的法兰克福充满怀古情调。然而,法兰克福又是世界贩毒中心,每到星期天,歌德公园里,来自各地的毒贩就在这儿交换毒品——在火车站,可以看到台阶上有一串串一点点猩红的血迹,沈小姐告诉我,那就是吸毒者注射吗啡之类的毒剂留下的遗迹。

在与ABB总部接洽工作之前,我们建议沈小姐带我们去领略法兰克福的市容和美茵河的倩影。

沈小姐说德国城市有三绝:教堂、古堡、博物馆。法兰克福除了三绝之外,另有三多,一是卖艺人多,在著名的查尔大街,每天中午都有一群歌手、画家、戏剧家在这儿公开卖艺,这些艺人的水平都在中等以上,卖艺的目的其一是得到一定的报酬,其二是得到公众的认可。年深月久,街头卖艺成了艺术家们通往艺术殿堂也通向人民大众的桥梁。二是酗酒的人多,这儿出产世界闻名的葡萄酒也出产酒鬼。三是难民多,来自各地的经济难民云集这儿。德国人以赎罪的心对待难民,给予一定的生活保障。

我们走过慕尼黑大街,正好是星期日,街上清冷无人,但所有的橱窗全灯光璀璨,各种商品一目了然,偶尔有电车往返,鸽群在街道上空忽高忽低,咕咕欢叫,房子大抵古老而庄重,仿佛一位位饱经沧桑的过气政客或没落贵族,虽绮年消逝但风度宛然如昨。街上有飞檐翘脊宫灯高悬的中国餐馆,有充满浪漫情调、飘逸古龙香水芳馨的法国餐馆,有墙壁镶嵌威尼斯风景的意大利餐馆,有画一只大啤酒桶、吊一串红香肠的德国餐馆,由于各种餐馆鳞次栉比,法兰克福人又把这条街叫作吃喝街,乘汽车从街心出发,五个小时后可到巴黎,九个小时后可抵维也纳。

街尽头是美茵河,寒冬的美茵河有一份清寂肃穆之美,河水葱绿,缓缓流漾如婴儿的呼吸,河畔的不死草依然苍青如染,修葺整齐的树木枝丫突兀如素描。灰鸽子飞落肩头对你呢喃,凉风轻吻你的双颊;有桥,纤秀如少妇的玉腕;有教堂,尖尖的白屋顶如骑士的剑;沿莱茵河开来的游船,淡淡地与你错身而过,如一段没有开头没有结尾的故事……宁静、和平,有画如诗。走上美茵桥,远处的教堂传来悠扬的钟声,巨钟每隔十五分钟敲响一次,于是,空气里总弥漫着静谧与古典。

下了桥,到法兰克福人文博物馆,它那天姿国色的容颜,着实叫人惊叹,巴洛克建筑艺术在这儿发挥得淋漓尽致;到理查玛尔博物馆,那门前高雅的音乐喷泉和别具心裁的雕塑令人依依难舍;到德国历史博物馆,霏霏细雨里,草地如丝绒缀满珍珠,鸟雀啁啾如迎远客,在黄叶飘零的严冬,这儿自有一番春色盈目,叫你纵使离去却免不了时时重温旧爱。这儿众多的博物馆,几乎每一座都是一件建筑艺术精品,一首立体中国诗词,一幅天然欧洲名画!

我们来到神圣罗马皇帝加冕的法兰克福大教堂,来到保罗教堂——每年颁发歌德文学大奖的地方,到处灯火通明,烛光摇曳,撩人心魂的"圣音"飘浮在雨丝如梦的街巷,使人仿佛回到"浮士德"时代。

我们走过威士顿银行大街,林林总总的银行五色缤纷豪华富态,全新的现代化建筑使你想起香港的中环。这里的每一寸地皮都是一沓沓马克、美元、英镑或法郎……法兰克福这个欧洲举足轻重的金融城、化工城、"奔驰""宝马"汽车城,工业商贸城,证券交易中心,它的后盾就是威士顿!这里有神秘莫测的亿万富翁,这里有惊人的高效率——一分钟就能完成

百万马克的存取业务,这里有令人咋舌的高消费,走进不远处歌德大街的时装区,一套玲珑的时装可以耗掉"打工仔"三个月的薪俸,但这儿物价贵有贵的道理,它是一分钱一分货,没有假货。

我们到罗马贝克——罗马山,这是1240年腓特烈二世第一次举行议会的地方,在那典型歌德式的繁复精美的建筑群中,我们仿佛见到了当年的皇上和侍卫。

沈小姐说欧洲最大的节日就是圣诞节,节前二十天,全欧洲就已经充满了节日的喜气。当我们走进保罗广场的圣诞礼品街,方信此言不虚。那千姿百态、五色交辉的圣诞礼品,从巨大的巧克力塔、形形色色的食品到金玉珠宝各种装饰物、千娇百媚的时装,以及扑朔迷离的彩色灯饰,让你真正走进童话世界。我们和白胡子的圣诞老人合影,和街上的洋娃娃合影,那一种喜庆氛围让你忘了身在何方,忘了人间的一切烦恼!

我们去参观豪华的查尔画廊。那儿除了令你心旷神怡的绘画佳作,还有层层商场让你数不尽看不完种种令人头晕目眩的瑰丽商品……一位顾盼生辉的艺术之神——娴静的画廊小姐莎米尔陪伴我们登上高高的八楼,在那儿俯瞰法兰克福古朴童话般的街市风景,看全城最长的查尔步行街上老人拉着纯种狼犬少女抱着袖珍鬈毛狗悠然漫步街头,听查尔广场上卖艺的歌手用手风琴拉出一串古老的传说……

中午,我们按预定计划前去熊猫餐厅吃午饭,但包括沈小姐在内,我们一律迷了路,左弯右转沿途问询,所见几乎都是温文尔雅礼貌周到的微笑。当我们向一位鬓发苍苍的老者打听餐厅位置时,正好走到大街红绿灯口。长街并无他人,而红灯久久不息,我们没有耐心久候便闯过红灯到了对面人行道上,那老者在寒风凛冽中毫不动摇直等到绿灯开放才紧追一段路赶上我们,再一次给我们指出熊猫餐厅的方向后方独自离去。沈小姐说,德国是法治社会,闯红灯死了人,家属还得赔钱。德国人的热情好客、遵纪守法令人感动至深。

熊猫餐厅是一家中国餐厅,里面贴着福、禄、寿、囍,挂着八角流苏宫灯,做的是叉烧肉、四川榨菜汤、麻婆豆腐。想起在香港时,朋友们让带上方便面一箱,否则每天面包、香肠、自来水,叫你吃一顿两顿犹可吃三顿倒胃口的交代,不禁失笑,踏上法兰克福城,竟然顿顿中餐。凡有人迹处,必有中国菜,此言谅非过分!

黄昏,导游何先生带我们去沙克好逊老区,看德国人在"啤尔好尔"(啤酒屋)潇洒地吃香肠喝啤酒弹琴唱歌,看清丽的灯光映照树影婆娑人迹萧疏的笔直洁净的大街,到处给人以文明、美丽、有条不紊的印象。何先生说在德国只有外国人才住在城里,本国的有钱人都居住郊区,在那儿享受大自然的山光水色和人造森林温柔的绿荫。因为德国属温带大陆性气候,年气温最冷-2℃,最热18℃,因此原野终年郁郁葱葱,家用空调大抵只有暖气,没有冷气,汽车开天窗,享用自然风。当然,城中高楼区的居民,也由政府划拨一块郊区土地给每户人家建造一片小屋,让他们度假、种花种草,在休憩的时光里领略现代城市文明——反正高速公路每小时可跑至200公里,转瞬之间便让你由东而西,由南而北。这里,看不出城乡差别。

华灯初上时分,何先生领我们去皇帝大街,那儿有红灯区、性商店。艳炽高张,帘幕低垂,摆设豪华的香窠丽窟摩肩接踵。据说这儿有300间以上的性交易场所,全是政府批准的合法经营,每间每夜交税至少200马克,每周检查一次。市民称该区为"公共厕所",这大概是对西方的社会"文明"的一种嘲弄吧!

走完皇帝大街进入查尔大街——这条被称为西方奇迹的步行长街,全欧各国的商品都在这儿销售,你走进大街就是走进"欧共体",看不尽的朱粉铅华声色犬马,但大街的一隅有纸箱围起的难民窝,在腊月的朔风中飒飒作响。而街头庄严的市政厅大楼,法兰克福的旗帜高高飘扬,威武的

卫士如泥塑铁铸般伫立大楼两旁。

夜饭订在王朝酒店,一进门,整套精雕细刻、螺钿生辉的红木家具红缎椅靠,以及珠光宝气的"福""禄""寿"绢纱人物彩绘灯笼,立即给你一派唐诗宋词风情。老板伍先生是福建惠安人,说一口混杂不清的闽南腔华语,但笑容可掬,给你"他乡逢故知"的亲切滋味。餐桌上点着粉红色的甜心蜡烛,摆着娇艳的胡姬花,那一番欧洲情调正好应了"中西合璧"这句成语。饭菜也是中西合璧,既有宫保鸡丁也有罗宋汤,既有碗筷也有刀叉。

法兰克福并不完美但实在可爱,转侧看花花不定,有一份柔情和风韵令你缱绻心头。据说当年它与波恩争夺首都席位,因阿登纳多投了波恩一票结果法兰克福以一票之差败北,足见民众何等看好法兰克福。

夜色茫茫,在回罗芙特旅馆的路上,沈小姐说:最好是夏天到这儿来,那时风轻云淡,阳光明亮,美茵河边的绿地上,草鲜花媚,红男翠女,游人如织,他们边跳舞边演出边唱歌,也吟诗也作画——也许是日耳曼伟大的儿子歌德、海涅、贝多芬遗风所及,这儿的人充满艺术,也懂得享受人生。在那美好的时刻,你会觉得亚洲人活得很累而欧洲人活得轻松快活。

听沈小姐的口气,我以为正在攻读土木建筑工程硕士的她乐不思蜀准备定居欧洲,但仍忍不住问她学成之后是否打算回国?想不到俏丽的沈小姐回答得干脆利落:"当然回去!"我再问她为何这等坚决,她黛眉微颦,轻轻地叹了口气:"即使让你拿了德国护照,你的脸孔还是中国脸孔,你的皮肤还是黄皮肤,人家不会认同你!在欧洲,有年薪十万马克,可以生活得很舒服。但我们在这儿,没有家的感觉……寄人篱下,何苦呢?"

是啊,梁园虽好,终非久恋之乡。临渊羡鱼,何如退而结网?这是沈小姐的情怀,也是我们几位匆匆过客的心声!

1994年2月写于厦门

品读馨香

品茗鑒香

拈花微笑

——文学·人生·禅

大家知道，新世纪以来特别推崇国学，而文学是国学之母，禅学是国学之莲，人生的范畴则无际无边。文学、人生、禅三者难解难分。禅是哲学的思考，禅是文学的灵魂，禅是人生的参悟。和谐即禅。和谐世界，有禅则灵，有禅则兴，有禅则人生快乐永存！作为一个紫陌红尘的世俗之人，限于时间、限于水平，我只能蜻蜓点水地谈一谈，和读者诸君一起，淡淡地领略一下多半以文学为载体、与人生息息相关的禅学，领略它那如润物细无声的春雨、如化作春泥更护花的落红、如消除百病的灵芝、如斩断千愁的利剑的那一份魅力，相信会有助于人生的启迪和感悟，有益于身心的安康和吉祥。

一、什么是禅？

什么是禅？佛陀慈光普照世界是禅，菩萨面向人间拈花微笑是禅，清风徐来落花无声是禅，明月当空清光如水是禅，大难当头镇定自若是禅，乐善好施不求回报也是禅……禅来自宗教，但禅的意义，已远远超越宗教。禅，通俗一点讲，它是心的原态，是平实、淡定、安详。安详是生命的活水。如果你能保持内心的安详，你就会由内在之美，化作外表潇洒自然之美，就会有朝气、有亲和力，就会少生病，多吉祥，少敌人，多朋友，少烦恼，多喜悦。因此，人生之路就会愈走愈通畅；专业一点讲，禅是梵文"禅那"的音译简称。意译作"思维修""弃恶"，通常译作"静虑"。

禅是人文精神的升华，是人类向上努力的高尚境界。禅是宗教的灵

魂,也是文学艺术的灵魂。文艺没有禅,那就只是文字、线条、颜色、声音的无生命的组合。中国文化特别是文学艺术,光芒万丈的时代是唐宋时期,尤其是唐朝。唐朝文学能之所以能够光辉灿烂震撼世界,与它注入了禅的思想、禅的精神也不无相关。

国学大师南怀瑾先生说过:"时不分古今,地不分中外,凡有人文的区域,总有南北东西人物精神的优劣异同。北方文化重实际,善笃行;南方文化重旷达,善玄思。春秋时代,孔孟精神是北方文化的代表;老庄思想是南方文化的特色。"因此,闻名千古的南宗禅,产地就在南方。南宗禅祖师慧能主张明心见性、直指人心。这时的禅,从人心深处到大千世界,已无处不在。

今天,尽管自然科学日益进步,物质文明高度发展,但物质的满足,永远填补不了心灵的空虚;今天,知识爆炸科技起飞,但科学的进步并不一定能提升人类的品质。如果心态恶劣,更会导致灾难。要解决问题,除了法律,更重要的是心灵的自我陶冶。因此,传承中华文化的精华,提倡国学中固有的禅学,是改良世态人心的必要。

二、文学与禅

1.中国文学与禅的关系,是镜子和人的关系。

古往今来,中国文学与禅的关系,有如人与镜子的关系。有镜无人,镜有何用?有人无镜,何以映照你我姿容?所以,二者彼此互为依存,生生不息。自先秦两汉魏晋南北朝隋唐五代宋元明清民国以至现代,莫不如此!打开我国第一部诗歌总集《诗经》,其中有一首《蒹葭》:"蒹葭苍苍,白露为霜,所谓伊人,在水一方。溯洄从之,道阻且长;溯游从之,宛在水中央。"写的是天高云淡白露轻寒的早上,一位痴情的青年沿着江流寻找心中伊人的情景。全诗不着一字爱语,淡若秋水,但意境如禅,成为千古爱情绝唱。后来的"秋水伊人"典故,就是从这里来的。

潇洒的散文家庄子,他的《秋水》篇有:"天下之水,莫大于海,万川归之,不知何时止而不盈?"说的是海纳百川,千江万河都奔向它,从不停止,但大海也从不满盈而流溢,那是何等博大的禅境啊!

庄严的老子,五千言《道德经》里,无不哲理之中蕴涵禅机。他的"落花无言,人淡如菊"淡泊无求中孕着轻愁;他的"无为自化,清净自在""信言不美,美言不信""弱之胜强,柔之胜刚",皆属禅语。想想,不是吗——美妙的语言未必诚实可信,诚信的语言往往质朴无华。

孔子、孟子都是大文学家。

《论语》中处处有禅:"天何言哉?四时行焉,百物生焉,天何言哉?""一箪食,一瓢饮,居陋巷,人不堪其忧,回也不改其乐。"说的是,天呀,从来不曾说话,但春夏秋冬四季运行,天下万物生长,却从来没有停止过,天啊,它又何必说话呢?那孔子的学生颜回,吃的是一箪饭,喝的是一瓢水,居住的是贫穷的巷陌,别人也忍受不了如此艰苦的生活,他也从来不曾改变快乐的性格。

雄辩家孟子也是禅心处处:"我知言(辩才),我养吾浩然之气","大人者,不失其赤子之心也!""取之左右而逢其源,故君子欲其自得之也!"孟子说,我虽然具备雄辩之才,但我还是努力涵养我的浩然正气!"大人",指的是有道德的人,孟子说,有道德的人,就不会失去正直的赤子之心。孟子又说,左右逢源,君子可以自得其乐。"左右逢源"的典故,也来于此。

伟大的悲剧诗人屈原修的是苦禅,他最著名的《离骚》,禅缘缕缕;他的另外两个名篇,一是《山鬼》:"山中人兮芳杜若,饮石泉兮荫松柏,君思我兮然疑作。""杜若"是一种香草,诗中说的是,我这山中的人儿,有如芬芳的香草,饮的是石缝的清泉,遮挡的是山间的松柏,我是如此的高洁如

此的超尘脱俗,但你是不是想念我,我的心中真是充满疑惑!

一是《湘夫人》:"帝子降兮北渚,目眇眇兮愁余,袅袅兮秋风,洞庭波兮木叶下。"写的是——我的心上人呀,你降临在那北边的沙洲,袅袅秋风吹起,洞庭湖落叶纷纷,我望穿秋水,满腔相思之愁!这些诗句,虽情深深却都哀而不怨,禅意宛然。

最富禅心的是陶渊明,他的《饮酒歌》:"结庐在人境,而无车马喧。问君何能尔,心远地自偏。采菊东篱下,悠然见南山。山气日夕佳,飞鸟相与还。此中有真意,欲辨已忘言!"诗人说,我虽然居家市井之中,却听不到车马的喧哗,朝朝暮暮,与南山为伴,与飞鸟相亲,你要问我为什么能达到这样的境界,因为我的心远离尘嚣,自然而然如同幽居偏远的乡间。那一种返璞归真的韵味,只可意会而不可言传,我想讲也讲不出来了!诗人的淡泊情怀跃然纸上、千古流传!

唐朝诗人张若虚的《春江花月夜》,被前人称作以孤篇压倒全唐,"江畔何人初见月,江月何年初照人,人生代代无穷已,江月年年望相似,不知江月待何人,但见长江送流水,白云一片去悠悠,青枫浦上不胜愁,谁家今夜扁舟子,何处相思明月楼",空灵、宁静、神思超越千载,是永恒的禅机!

唐宋两朝的文学星空可谓群星灿烂。作家、诗人、词人车载斗量,富于禅心、禅机、禅意、禅理、禅境的作品俯拾皆是。如孟浩然、王维、李白、杜甫、白居易、柳宗元、杜牧、王安石、苏东坡、黄庭坚等,他们写的诗,诗中寓禅已达到水乳交融、出神入化的境地。如柳宗元的《江雪》诗:"千山鸟飞绝,万径人踪灭。孤舟蓑笠翁,独钓寒江雪。"这首脍炙人口的绝句,诗中的意境与禅宗悟道的境界契合,禅味盎然。渔翁(亦代表作者自己)独自垂钓于寒江之上,周围一片白茫茫,那种与天地融为一体,澄澈透明的心境,不正是禅者找到归宿、找到本心、发现自我的禅境吗?

又如著名诗人刘长卿的诗句"万里通秋雁,千峰共夕阳",空间无垠,今古相通;诗人韦应物的"山空松子落,幽人应未眠?";钱起的"曲终人不见,江上数峰青",那一份空旷、幽寂,意在言外,均属禅境杰作。至于以写爱情诗闻名千秋的情圣诗人李商隐之诗,也不乏禅心,如他的《锦瑟》:"锦瑟无端五十弦,一弦一柱思华年。庄生晓梦迷蝴蝶,望帝春心托杜鹃。沧海月明珠有泪,蓝田玉暖日生烟。此情可待成追忆,只是当时已惘然。"缠绵悱恻,扑朔迷离之中,禅意深深。他的"身无彩凤双飞翼,心有灵犀一点通",天涯海角,心灵相通;他的"春蚕到死丝方尽,蜡炬成灰泪始干",爱如春蚕吐丝,如蜡烛垂泪,那是以死相期的至爱呀,但依然是哀而不伤、禅心宛然!

明清小说中,《三国演义》《水浒传》《红楼梦》《西游记》《镜花缘》等等,禅机也随处可寻。诸葛亮的"大梦谁先觉,平生我自知。草堂春睡足,窗外日迟迟"、《红楼梦》的"世人都晓神仙好,惟有功名忘不了。古今将相在何方,荒冢一堆草没了;世人都晓神仙好,只有金银忘不了,终朝只恨聚无多,及到多时眼闭了;世人都晓神仙好,只有娇妻忘不了,君生日日说恩情,君死又随人去了;世人都晓神仙好,只有儿孙忘不了,痴心父母古来多,孝顺儿孙谁见了"都饱含着彻悟人生的禅理、禅机。

现代文学中,巴金、冰心、陆蠡、朱自清、郁达夫、徐志摩等等大家的作品中,也可以找到不少蕴含禅心、禅意、禅境佳品。

所以,文学与禅,如同人与镜子,互为依存、互为观照。

2.文学是禅的重要载体之一。

文学是禅的重要载体之一。禅可以存在佛经中,在音乐中,在美术中,在有形的大千世界,在无形的心灵里,但千古以来,禅的最大载体,却一定是文学。文学的门类很多,有诗歌、散文、小说、戏剧等等,我姑且以诗为例。

中国诗歌的发展,自《诗经》乃至汉、魏、晋以来,逐渐趋向追求表现心

灵的自由，并以主观抒情为主，这个特点，与禅追求的"思维修"、"静虑"乃至禅宗所提倡的"顿悟"极为相通。宋代的文学批评家严羽在他的名著《沧浪诗话》中说："论诗如论禅。……大抵禅道惟在妙悟，诗道亦在妙悟。……惟悟乃为当行，乃为本色。"也就是说，无论禅与诗，都在于一个"悟"字，因此，诗与禅的共性，在于他们都如空中之音，相中之色，水中之月，镜中之像，言有尽而意无穷。于是，就有了禅与诗的结合，有了禅诗的产生。在禅诗里，禅是灵魂，诗是载体。因为有了禅诗，因此就有了诗僧，也就是空门中的诗人，文艺家。

  隋唐时候，禅发展到作为佛教的一个宗派，即禅宗，禅诗的内容也大大地丰富起来。南宗禅更把日月星辰、山河大地、花草树木、恶法善法、天堂地狱等宇宙万物、人间善恶，都归结到无限广大的清净心，这样，诗中寓禅的内容就更为广泛普遍。《大珠禅师语录》中所谓"青青翠竹，尽是法身；郁郁黄花，无非般若"，说的是青青翠竹，都是佛法的化身；郁郁黄花，无非是佛门的智慧；唐代以来诗僧的大量出现，更加丰富了禅诗的内容。诗僧写的禅诗，诗中寓禅更是普遍现象。唐代王梵志、寒山、拾得、皎然，五代的贯休、齐己，宋代的道潜、惠洪，元代的明本，明代的梵琦、德清，清代的律然、今种诸人，他们把诗当作参禅悟道的手段。行、住、坐、卧，于物于事于人，无不以诗出之。无门禅师有诗云："春有百花秋有月，夏有凉风冬有雪。若无闲事挂心头，便是人间好时节。"诗人从春花秋月、夏风冬雪中发现了大自然的美。而只有达到物我两忘（"若无闲事挂心头"），进而物我同一境界的人，才能真正体味到美在其中。诗人们把自己的感情贯注到大自然中，于是风花雪月就成了有生命的东西，成了他们自我的化身。这就是诗中寓禅的魅力，也就是禅味的魅力。一些高僧的启悟，有时也用诗的形式表达。这种诗叫作"偈"，亦称"偈颂""偈诗""诗偈"，此类禅诗的诗味更浓。这里所说的偈，是佛经中的一种文体，每篇两句或四句，每句从三字到八字不等。而诗偈多数是七言四句。唐代五祖弘忍在一次弘法施教时,他的大徒弟神秀口占一诗:"身是菩提树,心如明镜台。时时勤拂拭,莫使有尘埃。"当时,小和尚慧能听了,也题了一诗:"菩提本无树,明镜亦非台。本来无一物,何处惹尘埃?"弘忍看了,认为慧能比神秀禅机更深,慧根更好,你想想,不管是菩提树,还是明镜台,因为有尘埃,才要时时去清扫它;如果本来就没有一物存在,又怎能沾惹尘埃呢?说明慧能心中已达到无我无物的境界。于是,五祖弘忍就让慧能传承禅宗衣钵,成了后来举世皆知的禅宗大师六祖。这是以偈诗禅理悟道的典型代表作。宋代蕲州五祖法演禅师,曾以两句艳诗,开悟即将离任回四川的某提刑官曰:"频呼小玉元无事,只要檀郎认得声。"提刑官唯唯诺诺,并未开悟。而在一旁侍奉的克勤禅师,听后有所感悟,便写一偈呈上:"金鸭香销锦绣帏,笙歌丛里醉扶归。少年一段风流事,只许佳人独自知。"两首诗,前面一首是丫头小玉想让主人注意她,没事找事地老叫主人的名字;后一首是男主人从歌楼酒榭的欢场中醉酒归来,房中的佳人,明知少年的心事,但她却默默无语深藏心中。两首诗,一有声,一无声。但"无声"是心照不宣,真是"此时无声胜有声"了!所以,法演禅师非常赏识克勤的这首偈诗,他说:"我侍者参得禅也。"这也是文学与禅结缘产生的禅诗在佛门开悟的典范,在佛教里,人们称之为"顿悟法门"。

释迦牟尼师创建佛教以及佛教东传的过程中,产生过许多神秘、美丽、有趣的传说和故事,文人与高僧自觉或不自觉地将这些传说和故事写入诗中。不断出现在诗中的"灵鹫""金身""拈花""西来意"等等词语,是禅诗的特色。无禅味,不可称禅诗;无诗味,也不能算作禅诗。

禅诗的上乘之作,是具备幽远而深邃的意境。如唐代和尚皎然的《闻钟》诗:"古寺寒山上,远钟扬好风。声余月松动,响尽霜天空。永夜一禅子,泠然心境中。"诗僧用古寺、寒山、松月、霜天、钟声,构造出一种寂静清

幽的环境，写出禅僧排除物境进入禅境的神妙状态。因此，意境，是禅诗的灵魂。

淡泊的情趣，是禅诗的另一特色。淡泊，才能潇洒面对世态炎凉，才能生活得大自在。如宋代灵澄和尚的《山居》诗："因僧问我西来意，我话山居不记年。草履只裁三个耳，麻衣曾补两番肩。东庵每见西庵雪，下涧常流上涧泉。半夜白云消散后，一轮明月到床前。"诗中说的是——我的老师问我由东而西来到此地的想法，我说居住山中已经不知多少年头了，我脚上穿的是三个耳朵的草鞋，身上穿的是补了双肩的麻衣，我站在东庵可以看见西庵的雪，我站在山下可以望见山上的流泉，半夜里，白云散尽，一轮明月来到窗前，与我相伴。由于诗人淡定的情怀，所以他体验的环境，是清新而宁静的，他的生活，是潇洒自如的。这就是禅诗所表达的清雅淡泊的情趣，也是禅诗诗味之所在。

禅诗，是佛教在中国文化中的反映。禅诗以其禅味寓含哲理，以其诗味耐人吟咏，二者相辅相成，这也是禅诗能够在中国古诗园林中焕发异彩并得到人们长久喜爱的原因。洪丕谟先生在《禅诗百说》一书的序言中说："禅是难以言说而又可以言说的。表达禅的可以言说的最好语言，莫过于诗。因为通过诗的含蓄，诗的隽永，诗的韵味，诗的非逻辑思维，将使你在细细的咀嚼回味中渐次进入佳境，并由此而窥视到禅的观照，禅的明净，禅的超脱，禅的穿透。"

因此，文学，尤其文学中的主要体裁之一的诗歌，作为禅的重要载体，那是毋庸置疑的。

三、禅趣人生

文学与禅互为依存的关系如此，人生更是如此。拥有禅意的人生，是禅趣人生。人一出生,就像一颗种子落进土地,发芽、生根、开花、结果,繁衍后代,成长的路是艰辛的,往往是苦恼多于快乐,付出多于收获,事与愿违多于心想事成;往往是拥有生命未必拥有健康,拥有健康未必拥有财富,拥有财富未必拥有快乐,拥有快乐未必拥有美貌,拥有美貌未必拥有智慧……圆满,只是人生的期待,缺陷才是人生的永恒。人是地球上最不容易满足的动物,特别在商业大潮汹涌澎湃的今天,慈善家、见义勇为者固然不少,但为了蜗角虚名、蝇头微利,夫妻反目、兄弟相残、好友成仇、恩将仇报、过河拆桥等种种丑恶行径也屡见不鲜。因此,人们面对现实,就要懂得随缘。要随缘,就要修心,不单是佛门中人要修,世俗之人也要修。修,一是修心,二是修行。修的目的是什么?就是感悟和超越,感悟人生,超越自我,从而达到心境的宁静和美、处世的和谐圆融,达到人生的大作为、大快乐!

提高自我修养的道路千千万,我们可以选择一条捷径。正如登山,山很高,但山脚下有最近的路;就像过海,海无边,但再宽广也有岸。上山下海,关键是找到山脚的路和岸边的船。禅的特质就是:自在、圆融、安详、空寂、静虑。因此,学禅、修禅,不失为修心养性的登山路和渡海船。

福州开元寺方丈本性法师,特别推崇中华禅的心灵禅修。他认为心灵禅修,就是从寂静和净化心灵开始,本着佛教慈悲、智慧、忍让、包容、自省、忏悔、中道、圆融、和合、共生等精神,从而既传承又发展禅法。他说:"如果心灵禅修是朵芬芳的奇花,那么,心灵的解放与超越,灵性的溯源与回归,则是其异果。"

禅给予人生的滋养,无形的陶冶总会化作有形的功德、化作智慧和力量,从而促进人生的和谐圆满和社会的文明进步。古往今来,得禅道者得天助、得民心。唐代明昭禅师独走夜路,路黑,不免与行人碰撞,忽见一盲人打着灯笼过来,有人说,这盲人每夜都来为别人照路。明昭禅师不解。

问盲人:"你是盲人,黑夜白天对你都一样,打灯笼做什么呢?"盲人说:"我听人讲,到了夜间,人们和我一样都成了盲人,所以,每晚我都打灯笼出来。"明昭禅师听了很感动,说:"原来你做的一切都是为了别人!"没想到盲人却说:"不,其实我为别人也为我自己!"为什么呢?盲人说,"有了灯笼,别人不会相撞,同样也不会撞上我了!"这故事很浅显,但告诉我们一个道理,心中有禅就有爱,就有智慧,有了爱和智慧,利人也是利己。

宋朝的大文豪苏东坡,一生仕途坎坷,从京城到黄州、惠州、海南,屡遭贬官。但他自小学佛、学老庄,一生冲淡旷达情怀潇洒,因此,他有失意的处境没有失意的人生。他说:"此心安处是吾乡。"他写下"芒鞋不踏利名场,一叶轻舟寄渺茫",心中对名利非常淡泊。到了杭州,他为民修堤造福,至今留下美丽如画的"苏堤春晓";到了琼州,他兴修水利,改善农业,如今海南人民还为他立庙祭祀。苏东坡将个人得失置之度外,平静、清寂,无怨无悔。他的禅心,化作人民享用的福惠。

清代安徽桐城人张英,名相张廷玉之父。当年张家盖相府时,邻居与他争三尺地,官司打到县衙门,张家总管写信到京城报告。张英看了,在原信上批了一首诗寄回。诗写道:"千里家书只为墙,让他三尺又何妨?长城万里今犹在,不见当年秦始皇。"张英说,你们千里迢迢写封信来,不就是为了一道墙吗?让给人家三尺又有什么关系呢?你看看万里长城今天依然存在,却看不到当年的秦始皇。张家总管见到这首诗后,立即将地让出三尺。邻居看到相府让地,也腾出三尺地来。结果,桐城就有了一条"六尺巷"留存至今,传为佳话。张英懂得退一步海阔天空的圆融、宽容之道,而圆融、宽容即人生处世之禅。

我最崇拜的佛门大师弘一法师,他是中国现代史上难能可贵的才子。他生于富贵之家,他的前半生,经历过人世间所有的声色犬马荣华富贵;他是音乐家、美术家、诗人、戏剧家,才华盖世。可当他下定决心遁入空门,便芒鞋破钵,严守清规戒律,义无反顾地斩断一切尘缘。当年,弘一师住锡福建泉州开元寺时,他出家前的小太太从日本西渡而来看望他,站在山门外等待三天,弘一师一直不见,最后还是当家师傅恳请他与夫人相见一面以了俗念,他才在大殿上遥遥相望稽首一拜便转身离去。弘一法师毅然舍去尘世的锦衣玉食荣华富贵,舍去人间最难舍的恩爱情仇,因大舍而大得,于是,他得无边佛法,得普济众生,得千秋盛名。弘一大师有如天心圆满月,彻照世人心。他是真正的禅圣!

尽管曾国藩在历史的风风雨雨里是是非非褒贬不一,但他却是毛泽东和蒋介石都非常欣赏的人物。毛主席在《讲堂录》中提到,在中国历史上,有许多建功立业的人,也有许多用思想品德来影响别人的人,但一身而兼二任的人只有两个:一个是宋代的范仲淹,他的"先天下之忧而忧,后天下之乐而乐"的理想光照千秋;另一个就是曾国藩。蒋介石认为曾国藩足以做他的老师,因为曾国藩自己成功,也让别人成功;自己发达,也让别人发达。曾国藩是办实事的人,他的特点是勤奋、坚忍、善忍、分惠、勇退。单说"分惠"一项,正如老蒋所说,曾自己成功也让别人成功——曾的部下大都出身底层,经他推荐提拔的就有一大批人,如李鸿章、左宗棠等等,其中升至道员、巡抚一级的就有几十人。他的眼光、胸襟,由此可见一斑。他希望下属进步、发展,下属壮大了,实际上也是发展了他自己。再说曾的"勇退",就是急流勇退。曾国藩在攻破南京之后,其功劳已是无以复加,因此也引起清朝廷的猜忌。许多部下或劝,或逼曾国藩称帝,就是做皇帝,曾不为所动,他认为"功成身退,天地之道",进京时便请求解散自己的湘军,代之以李鸿章的淮军。其实,曾国藩的成功,在于他的大智慧。他懂得审时度势,懂得安抚人心,懂得以柔克刚、以退为进。近代史上,他是将禅应用于事业开拓和人生修养的一个范例。

所以,归纳起来,文学反映人生;文学歌颂真善美;文学鞭挞假丑恶;

文学净化心灵；文学净化社会。只要有人类存在有文字存在，文学就不会消失、就不可取代，过去如此，现在如此，将来也如此！禅，将人生的千红万紫、千姿百态，千思万虑、千愁万怨，化实为虚，化繁为简，化动为静，化苦为乐。它让灾难消弭，让人心向上，让社会和谐。它是人世不可或缺的甘霖玉露，是引导社会进步的智慧明灯！禅渗透生活的各个领域，但以文学为主要载体而存在。

在2007年南海观音文化节传灯法会上，当年的中国佛教学会副会长、普陀山普济禅寺戒忍方丈说："我们来传灯，是来传承光明，传承福慧、传承希望！"借助方丈法言，我们可以说，传承禅文化禅精神，就是传承智慧的心灯！让我们共同祈愿：愿这盏心灯放大光明，照遍人间；生大功德，护佑苍生；生大吉祥，驱除业障。愿我们的人类，身心清净，福慧增长；愿我们的世界，和平和谐，幸福安详！

2016年8月6日写于厦门

青青的果实

——散文集《无名的星》后记

《无名的星》——这本菲薄的小书,是我近几年间习作中的一部分。

我在一家新闻报社当文艺编辑,每天有来自四面八方的看不完的稿子;我的家中,上有年高患病的婆婆,下有幼小的儿女,每天有琐琐碎碎忙不完的家务。这些习作,大抵是在每日夜间十时以后,在处理完白天遗留下来的工作、在送走一位位来访的业余作者和友人、在洗涮锅碗盆瓢、把调皮的小孩打发进黑甜乡之后,蜷身斗室灯下,用我笨拙的笔锄,一字字、一句句、一行行,慢慢地耕耘出来的。

我常常写着、写着,便伏在书桌上睡着了……夏天,离家不远的地方,清风如水,海波荡漾,棕榈、椰树轻轻地唱着催眠的歌,可我总是躲在蒸笼似的房子里,汗流满面地写着、写着……闽南的冬天没有冰雪,但夜深时分,北风从窗缝里钻进来,也冷得叫人打战。劳累了一天,温暖的被窝是诱人的,可我总是强迫自己,用冰凉的手,写着、写着……多年来,我没有节、假日,除了特殊必要,我不敢逛大街,看电影,我利用每一点、每一滴稍纵即逝的光阴,写着、写着……痛感失去了十年最可宝贵的青春,在我步入中年的门槛,遇上了美好的文艺的春天,我不能不把我工余的生命,扑向我所热爱的事业——文学。

因此,当我重新翻阅这些幼稚的文字,我止不住流下泪来——它们毕竟是我点滴心血凝成的小小的果子啊!

我生于"东方明珠"新加坡,长于祖国东海之滨厦门岛。热烈、绚丽的南国风情,秀逸、明媚的故乡山川,陶冶了我的性格,也濡染了我的情思。我走出校门后,北上太行山,当过教师、当过工人、当过农民。在人生路

上,我领略过美丽温馨,也饱尝风雪飘零。萍梗生涯、坎坷历程、甜酸苦辣、喜怒哀乐、美丑善恶,在我的心灵,镌下了永恒的烙印;在我的笔下,也留下了深深浅浅的痕迹。如果我的读者,能够从这些很不成熟的篇章里,窥见一位海外赤子对乡土的深沉的眷念,对美好人生的执着的追求,对家乡特区建设日新月异变化的由衷的喜悦,对祖国锦绣山川、优秀人物的真挚的爱情,那么,我的劳动,便得到了最大的报偿了!

感谢郭风、柯蓝二位老师。两年前,他们建议并指导我报副刊编辑"散文诗专页",使我亲近了散文、散文诗界。他们经常的鞭策,促使我努力去提高习作的质量和数量。

感谢我的授业师长厦门大学中文系郑朝宗教授、许怀中副教授。十几年来,他们的谆谆督促和殷殷期望,使我不敢怠惰,知难而上。我永远忘不了,去年春天,当我腼腆地拿着这册浅薄的书稿,来到鼓浪屿省干休所郑朝宗老师的寓所,请求他为我作序时,老人正在病中,却欣然允诺,几天内便看完全部稿子并熬夜写序,以至序成之后,刚刚平复的高血压病又发作……我也永远忘不了,许怀中老师在百忙之中,几次三番地关心这一本小书的出版。

感谢我省人民出版社,他们对一颗无名的小星星这样真诚的扶持,令人深深感动!

感谢在我习作路上热情地帮助我、诚挚地爱护我的领导、朋友和为我提供采访之便的同志们,他们的支持和激励,我将铭记心中并永远当作前进的动力。

当我把《无名的星》,呈献在亲爱的读者面前,我的不安,多于欣慰。因为,她是我的处女集,其中的许多篇章,不免失于粗疏、浅陋。我热切地盼望,所有关心我的文友和读者,多多批评、赐教!

1984年4月写于厦门

浮生泥爪

——《陈慧瑛散文选集》自序

我喜欢散文,散文之宽宏大量,天文地理山川家国人物无所不包,散文之独具个性,非"我"莫属,无"我"不在。诗歌可以朦胧,散文务必坦诚;小说可以主观,散文必须客观;于诗歌小说之中,未必能够尽窥作者心路虚实;读散文篇章,写手人品风貌大抵一目了然。

散文虽离不得"我",而情真意挚的佳作会叫人浑然忘我,散文脱不开写实,但潇洒飘逸之美文可令人陶然忘机。忘我是一种境界,陶然是一种情怀,尽管散文给人的忘我境界陶然情怀在时光之河里只是转瞬,然而那瞬间的陶冶有时可以烛照你漫漫的人生,可以规矩你一世的方圆。

由于家庭文学氛围的濡染,加之自身选择的文学专业,从求学时代至今,我读过不少的古今中外散文名篇,其中难以忘怀的如庄子的《逍遥游》、诸葛亮的《出师表》、李密的《陈情表》、王羲之的《兰亭集序》、陶渊明的《归去来兮辞》、陶弘景的《答谢中书书》、欧阳修的《醉翁亭记》、苏轼的前后《赤壁赋》、归有光的《寒花葬志》,以及后来冰心的《寄小读者》、郁达夫的《故都的秋》,等等,其中或汪洋恣肆、纵横排宕,或严峻峭拔、抉剔世情,或超尘脱俗、飘飘欲仙,或凄恻缠绵、催人泪下,或寓庄于谐而以小见大,或貌似清淡却语语含情……这些散文大家之作,或出世,或入世,或入世无门而出世,或出世之后犹思入世,但不管如何,对江山的一份爱心,对人生的一份执着,皆真情流溢、动人心弦;至于语言的文字字字珠玑,神韵天然,则是读千百遍仍回味无穷。

中国散文的优秀篇章给了我知识也哺育了我的思想,那一种潜移默化的教益,滋润我的文思也营养我的生命。当然,"纸上得来终觉浅,绝知

此事要躬行",倘若没有几十年的风萍浪迹、坎坷生涯、爱恨悲欢、尘世风雨,也就无法成就我后来的人生感悟、生活积累和智慧的灵光。这一切是我历久弥新、经久不衰地热爱散文天地并涉笔散文创作的缘分与基因。

我以为写散文贵在真诚,美在潇洒,真诚方能感人,潇洒才可脱俗。于是我以"吾手写吾心"自励,力戒虚妄矫饰,务必以诚感人;行文崇尚行云流水,意到笔随,意尽笔止;修辞追求婉约天然,优美清新,摒弃陈言。十年来,我肩挑双担——一肩公务,一肩创作,生命之分分秒秒,都在呕心沥血、艰难拼搏中度过,当初青丝如鉴,而今鬓染微霜,几分耕耘,几分收获,终于有了近 500 万字的文字问世。幸有京、津、沪、穗、蜀、湘、台、港及故乡福建等各地出版界师友热心栽培,前后为我出版了 14 部散文集子(其中两部与人合集),为我艰辛的创作生涯留下一串串淡淡的脚印。

最近,北方某出版社即将出版一套"当代散文作家选集丛书",承蒙该社垂青,让拙著有幸列入这套选集丛书之中。拙著是我 15 年散文创作的一个小小的缩影,敝帚自珍,我当然分外爱惜。我从深心里感谢出版社及责任编辑的催花护花。

时值盛夏,当成群鸥鸟挟着淡蓝的海风飘过我的窗前,检点逆旅,细数年华,悟往者之永逝,思来日之可追,感人生苦短,日月难留,唯孜孜不倦、自强不息,以求到了人生之秋,能将几页素笺、数百铅字留作生命之泥爪,否则春梦无痕,岂不枉来人世一游?

谨将此选集献给教诲我的各位师长、关怀我的旧雨新知,以及与我的作品结缘的读者诸君,多少年来,你们给予我的厚爱永远是激励我前行的甘泉和佳醪!

1994 年 8 月写于鹭门绿邨书舍

《心若菩提》后记

《心若菩提》，是我近年来走进八闽大地五十几个市、县、区的山山水水留下的履痕墨迹，丙申新春在即，以此作为一瓣心香，敬献福建父老乡亲、敬献故乡！

书中，有福州、厦门、泉州、漳州、莆田、龙岩、三明、南平、宁德各地的山川胜迹、人物风情，有翻天覆地的旧貌新颜，有慷慨欢歌的民众心声，有神秘莫测的大自然奇观，有养在深闺人未识的绝妙佳境，有护佑一方风调雨顺、吉祥平安的古刹梵宫，有享誉海内外的精英人杰、高僧大德……我用我的汗水和真诚、用我的热忱和激情、用我对八闽母土执着不移的赤子之心，制作了这样一支小小的万花筒，让我的读者，可以从中看到：千姿百态的美丽福建几多为人知或不为人知的精彩，看到当年的蛮荒边陲之地如今举世瞩目的辉煌，看到福建福地未来的美景和荣光！希望亲爱的读者诸君能够喜欢。

感恩福建炎黄研究会为我提供了深入生活、深入采风的机会——多年来，我走过了许许多多城镇乡村企业工矿学校机关，接触了工农兵学商、各宗教民族以及港澳台同胞和海外华侨等形形色色人群，他们是我灵感的源泉是我创作的沃土；感恩我足迹所至的所有地方父母官和干部群众的热情接待悉心指教，他们是我完成每一篇作品的动力和鞭策；感恩炎黄研究会的雅朋益友，他们至诚的扶持鼓励关怀帮助，为我的写作生涯增添了许多快乐和温馨……他们，是拙作的产床和催生婆；没有他们，便没有我这一册小书的诞生，因此，我不能不深怀感恩之心！

菩提，就哲学意义而言，指的是明心静性、大彻大悟。这些年间，我在

基层栉风沐雨跋山涉水的采访中,在与民众的无数次倾心交流促膝言欢里,我的心灵,得到再次洗涤净化;我的情思,有了新的颖悟新的飞跃,从而进一步体味了——大智慧大慈悲,来自大众来自民间;官员清正有为,自然业绩斐然荫庇一方;人世的穷通祸福果报,都是山有根水有源!因此,作为作家,来不得花拳绣腿、走马观花,指鹿为马,只有脚踏实地、走进社会、走入生活、走近百姓,砥砺自我,磨炼文章,才能写出人民真正喜闻乐见的佳作。于是,我借此书灵光,力求深心明澈宁静、言行利益众生,朝朝暮暮有如菩提,故书名《心若菩提》。

《心若菩提》,是平生第22部散文著作。老骥伏枥,雄心不泯,私心里总希望一山更比一山高,为此,我也孜孜矻矻努力调理素材烹文煮字,但限于水平,限于时间,疏漏不当之处,在所难免,祈盼我尊敬的师友和亲爱的读者,多多指正。诚谢!

2016年2月4日写于厦门

繁花似锦写春秋

——《东南亚华文新文学史》撷翠

世界华侨领袖陈嘉庚先生说过:"地球上凡有海水处,就有华侨的足迹!"据百度资料介绍:现在遍布世界的华侨约3500万左右,其中80％定居在东南亚各地。另一资料记载:"今天,6000万华人分布世界各地。"这一个庞大的群体,是我们永永远远难忽略、天长地久常牵挂、血脉相连、唇齿相依、休戚与共的兄弟姐妹。因此,作为华人世界的精神产儿华文文学,特别是东南亚华文文学,理所当然是祖国、祖籍国人民尤其是专家、学者、文艺家密切关注的对象。

时值纪念厦门大学东南亚华文文学研究会成立20周年之时,暨第七届东南亚华文文学研讨会召开之际,孕育十年的《东南亚华文新文学史》隆重问世。鉴于对东南亚华文文学几十年来一以贯之的痴情,我用半个月时间通读全书,写了以下点滴随感,如几缕柳絮,如数片鳞爪,虽不足以窥全豹,却是我真诚的心声,以此略表我对编撰者的深深敬意与对该书的由衷热爱。

一、集东南亚华文文学研究之大成

华夏文化流布世界。对于海外华侨华人作家、专家学者来说,华文文学的创作、研究和传播,是对华夏文化的认同和传承。因此,华文文学自然而然地成为全世界华人共同的精神家园,这种理念,已根深蒂固,特别在华侨华人众多的东南亚诸国。数十年来,海内海外,有关东南亚华文文学的研究文章、著作,可谓灿若繁星、车载斗量。由于我的专业所在和我

20 年来长期从事的侨、港、澳、台工作,我有机会查阅过其中许多材料也阅读了其中不少篇章。

拜读了由庄钟庆教授担任主编,陈育伦、周宁、郑楚教授担任副主编的《东南亚华文新文学史》后,我有一种高山仰止的感觉。这部文学史,是厦门市东南亚华文文学研究会和厦门大学东南亚华文文学研究中心的重点科研项目,自 1998 年 10 月启动至今日瓜熟蒂落,转眼十余寒暑。编者著者眼角眉梢或隐或现的纹路、发际双鬓丝丝缕缕的轻霜,无言地向人们诉说着这三千多个日日夜夜呕心沥血的艰辛。这部文学史,"序言"内容既涵盖总体又高屋建瓴,立论恢宏大气且切中肯綮;"导言"深入浅出脉络清晰富有创意;"后记"回眸反观全书言简意赅情理宛然。序言、导言、后记之间,十名学者七大篇章纵横捭阖抒写东南亚新、马、菲、泰、印尼、文莱六国华文新文学史。全书近 70 万字,为历来同类史书之冠。出版该书的是国家顶尖级的文学出版社——人民文学出版社。

因此,《东南亚华文新文学史》一书,其成书时间之长,篇幅之巨,编、撰者阵容之雄,史论之平稳精到,出版社规格之高,在我国东南亚华文文学史书中,堪称首屈一指的集大成之著。

二、以政、经为纲,以文学为目,纲举目张,统领全局;以作家为经,以作品为纬,经纬交错,织成大网

一个民族、一个国家的得失兴衰,在乎政治优劣,经济荣枯。文学,作为国家上层建筑的组成部分,必然与国内、国际的政治、经济状况息息相关。

纵观《东南亚华文新文学史》全书六国史七大篇,无不在表现东南亚人民特别是华族人民反帝、反殖民、反封建斗争以及为所在国经济发展所

做贡献的前提下，在体现接受祖国、祖籍国"五四"新文学运动的影响的基础上，逐步形成自己的文学思潮、文学流派、作家群体和作品风格。另外，全书在注重各国华文文学的民族性、本土性的同时，也指出华文文学具有重要的国际性；在关注东南亚国家多种族、多语种、多民族语言文学等多元化特点的同时，也强调华文文学继承祖国、祖籍国优良文化传统的特色。诚如本书主编庄钟庆教授所说："我们研究文学发展史要从文学与政治、经济、思想文化以及审美艺术等各个侧面去研讨规律，……文学主潮反映一定历史时期的文学发展特征，而这种文学主潮，又同当时的政治、经济、文化思想有着密切的联系。"因此，该书以政治、经济为纲，以文学为目，纲举目张，统领全局，史书的深度、广度由此奠基，这是本书的一大特色。

东南亚十国，书中选编其中六国华文文学。六国之中，作家星罗棋布，作品百树千花。《东南亚华文新文学史》的十位编撰学者，以透视东南亚华文史数十载之精湛目光，以研究华文文学二十年的深厚功力，以如椽巨笔，去粗取精、去伪存真、去繁就简，依作家层次、作品轻重、贡献大小，客观地梳理出各国各历史时期、各社团流派、各文学门类的著名、知名作家，以及作家们各个人生阶段的文学著作、文学成就等，排列有序、见解精辟、评论工稳。虽"横看成岭侧成峰，远近高低各不同"，但读罢全书，东南亚各国作家、作品的岁月沧桑、历史沿革、风骨品位，社会影响等，俱了然于心。其间，又穿插介绍中国大陆及台湾地区的南来作家、文化名人，如郁达夫、胡愈之、巴人、杨骚、张楚琨、余光中、纪弦、覃子豪等等对东南亚华文文学的浸润和华文作家的熏陶，体现了海外华文文学与祖国、祖籍国文化之间永恒不变的血肉亲缘。以作家为经，以作品为纬，纵横交错，编织出《东南亚华文新文学史》这部皇皇巨著，是本书的又一特色。

三、既博采众长、集思广益,又另辟蹊径,特立独行,既呼应全书,又自立格局,分合自如,俱成春秋

东南亚华文新文学从孕育、新生到今天硕果累累,已走过了将近一个世纪的里程。本书副主编周宁教授在"导言"里指出:"在东南亚华文新文学近一个世纪的历史上,许多华文作家辛勤耕耘,在欢呼与掌声中,在孤寂与误解中,始终坚持写作,……这其中有兴奋、有失落、有沉浮、有忧喜,几千种作品留下了,几百名作家诞生了。"作为一部新文学史,要回顾东南亚华文文学的百年风华和坎坷旅程,要将星星点点散落在蕉风椰雨间的作家群落和古老文字集结成军荟萃成文,这是何等艰辛卓越的伟大工程!何况,在东南亚,不同的国家有不同的国情、不同的文化传统、不同的语言环境、不同的作品风格,如马来西亚、泰国华文文学受潮汕文化影响,菲律宾华文文学受闽南文化影响,印尼华文文学与马来西亚华文文学脉息相连,新加坡华文文学与祖籍国的古典文学源流相通。文学史的研究如何在把握东南亚华文文学的共性、整体性的基础上,鉴别彼此间的个性与差异?另外,在多年来东南亚华文文学研究文字汗牛充栋的前提下,仁者见仁,智者见智,如何沙里淘金,取长补短,标新立异,独树一帜,这更是学术领域的难题。但郑楚、张长虹、王丹红、苏永延、李丽、张建英、杨怡诸学者,在浩浩荡荡的史籍与资料中,既能回望历史,咀英含华、博采众长、集思广益;又能不自欺欺人,不阿世媚俗,条分缕析,去秽存精。他们站在21世纪的时代高度,俯观东南亚华文文学的现实,特立独行、另辟蹊径,成一家之言。此类例子,俯拾即是,限于篇幅,无法一一列举。本书汇编六国文学史,各国均独立成篇自成格局,但每篇又紧扣总结百年历史,弘扬华文文学、开拓锦绣未来的史书宗旨,一一呼应首尾。因此,全书分合

自如,俱成春秋。

四、佳著林林总总、名家繁花似锦;以"史"会友,是华文文学界的大快乐,是华侨华人界的大喜事

披阅本书洋洋洒洒70万字,恰似走进热带雨林,佳著如秀木佳树,林林总总,不胜枚举;名家如繁花照眼,五彩缤纷、百态千姿。所有热爱东南亚华文文学的读者,都能在该书中找到旧雨新知,找到心仪已久的作品,还有脍炙人口的评介和令人折服的议论。

我家祖上三代都是星马华侨,我本人是新加坡归侨。在赤道的天空下,我度过少年时代。我的外祖父出洋前是前清举人,到南洋后是诗书并秀的儒商,家父是当年新加坡颇负盛名的诗人,与忘年之交郁达夫先生诗作唱和达百篇之多,与张楚琨、洪丝丝、高云览诸文友相交甚契。我热爱南洋的山川风物人文,并把她视作我的第二故乡。回国后,我生活在厦门侨乡,读书在厦门大学中文系。近20年来,我的正职是人大常委会侨委主任,为了工作,我走过了地球上的许多地方,接触了无数的华侨华人特别是东南亚的华侨乡亲;此外,我曾经担任厦门市作家协会主席24年,现在是名誉主席。为了我挚爱的文学,我曾经精读或泛读过许许多多作品、结交或接待过许许多多作家,特别是我视同兄弟姐妹的亲切的东南亚华文作家。而我自己,作为一名本土作家,在已出版的18部著作中,有一半以上写的是华侨特别是东南亚华侨题材——我如数家珍地介绍这些,是要说明由于我的华侨家世、家学渊源;由于我半个世纪以来所接受的中华传统教育;由于多年来我的工作内容、工作对象以及我对文学事业执着的追求,决定我对东南亚华文文学怀着刻骨铭心的热爱。因此,我拜读全书,有一种旧梦重温的感觉,有一种"最是风雨故人来"时的亲切,有一种为我"第二乡"华文文学"走出低谷"、霞光在前的鼓与呼的欣悦。

在东南亚，我有许多华文作家朋友，粗略算来，如新加坡的骆明、黄孟文、王润华、杨松年、郭永秀、尤今、陈华淑、周颖南、风沙雁、贺南宁、淡莹、杜诚、田流、蓉子、李艺、李建、张曦娜、董农政、林也等；马来西亚的云里风、朵拉、小黑、何乃健、李忆君、柏一、雨川、戴小华、原上草等；泰国的司马攻、岭南人、梦莉、曾心等、印尼的黄东平、犁青、秀农、黑婴等；文莱的林岸松、一凡、傅文成、林下风等；菲律宾的林健民、陈天怀、萧建寅、施颖洲、白刃、云鹤、陈恩、柯清淡、秋笛、寒冰、黄春安等，他们有的是我情同手足的莫逆之交；有的是数十年的同窗知己；有的是在海内外文坛曾经过从却难相忘于江湖的文友旧识。虽然，君子之交淡如水，但西窗之约、云水之思，却无时不在心中。

该书如同一座富丽堂皇的文学会客厅。先师孔子曰："有朋自远方来，不亦乐乎？"在这里，我和所有热爱东南亚华文文学的朋友们，都能找到久违的故人、看到他们耕耘的足迹、丰收的果实。我们一卷在握，足不出户，除了领略史书的浩然气势、接受知识的滋养之外，还能以书会群贤、会明星、会佳著、会美文，从中体味东南亚星空下那一份友谊的温馨、那一片华文文学园林的魅力，那是我们心头多么巨大的快乐！那是华侨华人界多么令人振奋的喜事！

五、厦大廿载，铸就东南亚华文文学研究精华；今日巨著，更添南国学府一段风流

东南亚华文文学是世界华文文学的最重要的组成部分。始于1920年左右的东南亚华文新文学经历了历史风雨的荡涤也经受了新时代大潮的洗礼。今天，作为全球华文文化载体的重大版块，东南亚华文文学正日益为世人所注目。二十年来，尽管各路研究人马纷至沓来，各种研究成果琳琅满目，但能够拥有一座由华侨领袖创建又坐落在著名侨乡的高等学

府、一支锲而不舍的科研团队、一个专家学者济济一堂的精英组织、一位排除万难无私无畏的学术带头人庄钟庆教授的地方,在中国,那只有厦门、只有厦门大学!

1995年,以庄钟庆教授为主的一批厦大中文系学者,开始尝试对东南亚一些国别文学的研究并完成了部分专著;1987年,第一届东南亚华文文学研讨会在厦门大学召开,厦门市东南亚华文文学研究会和厦门大学东南亚华文文学研究中心应运而生。其间,庄钟庆、陈育伦、周宁等十位学者,酝酿、组织、撰写、十载寒毡几易其稿,为完成一部东南亚华文新文学史不舍昼夜;其间,马不停蹄地连续召开第二、三、四、五、六届东南亚华文文学研讨会,直至眼前召开的第七届东南亚华文文学研究会,屈指算来,已经整整二十春秋。二十年来,东南亚所有华文文学界的旧友新朋,来了一批又一批,来了一届又一届,他们把厦门大学当作自己的学术之家、自己心灵的归宿地、自己富饶的精神乐园!

厦门大学用她敬业的大智大勇的学者,用她深厚扎实的学术底蕴,用她博大如海的人文精神,用她与东南亚割不断的夙世情缘,铸就了东南亚华文文学研究枝繁叶茂的奇葩。

今天,《东南亚华文新文学史》这部巨著的诞生,既是给予第七届东南亚华文文学研讨会的珍贵献礼,自然而然地,也为厦门大学东南亚华文研究事业,再添一段风流!

六、当今盛世中华跃居世界强国之林,此书应时出世,意义远远超越文学本身

一个甲子以前,中国被贬称"支那",中国人被叫作"东亚病夫",华侨自认是"海外孤儿"。几十年后的今天,中国发生了天翻地覆、举世瞩目的变化,科技进步、经济发达、国富民强,万邦来仪,继20世纪末"申奥"成

功、港、澳回归、海峡两岸对话,到今日卫星嫦娥上天,中国以无可匹敌的雄姿,巍巍然屹立于世界东方,跻身于世界强国之林。于是,在21世纪初的今天,中国人成了天之骄子,海外同胞成了海外娇儿。

目前,在华文世界的文学交流与活动日趋频繁、华文教育普遍复兴、东南亚华文知识分子队伍日益壮大、民间文化意识逐步加强、广大华文作家对母语文学的热爱坚贞不渝的空前良好的大背景下,《东南亚华文新文学史》的出版,预示着东南亚华文文学又一个花香鸟语的春天即将到来。《东南亚华文新文学史》编撰的本意,在于检阅近一个世纪东南亚华文新文学的成果、探索存在的问题与困惑,从而展望未来,让经营东南亚华文文坛的前仆后继者和关注这一事业的人们,增添信心,看到前程与希望。这一著作,对于产床厦门大学的社会科学研究品位的提升,对于东南亚华文文化的弘扬,对于所有载入史册的作家和作品在国际文坛的进一步传播,自然有着不同寻常的意义。

然而,这本书诞生于中华民族太平盛世、国运腾飞的今日,她的意义已远远超越文学本身——她是祖国、祖籍国强大的明证,她是华文世界兴旺的象征,她让海外中华儿女扬眉吐气,她让地球上不同国籍、不同肤色、不同语言的人们,看到古老的中华文化与天地共存、与日月齐辉!她是我们与海内外华侨、华人共同的骄傲!

希望《东南亚华文新文学史》作为华文文学新一届的"奥运火炬",将海外华文文学的辉煌,传承千秋万代;让她在祖国、祖籍国,在东南亚以至全世界华侨、华人心中,闪烁永恒的光芒!

以上管窥蠡测,挂一漏万,念我抛砖引玉之诚,敬请各位专家学者、各位文友多多海涵、指正!

2014年10月24日改写于厦门

横看成岭侧成峰

——为《城市年轮》序

承江曙曜先生美意，嘱我为他的新著《城市年轮》作序，我用了整整一周时间，阅读了这部约二十万字的著作，读罢心潮起伏，久久不能平息。

我与江曙曜先生相识在20世纪80年代，那时我们一起在厦门日报社工作。当年的他，是一位不满二十岁的阳光俊秀、刻苦好学的小青年。转眼三十多年过去，今天，他已然成为全国业界翘楚，在中国城市报刊的排名榜上，他主政下的《厦门日报》可圈可点、名列前茅、声扬海内外。《城市年轮》是他的第六部专著，描绘的是近二十年来《厦门日报》的浓浓剪影，也是厦门这座城市的深深年轮。

国际新闻巨头普利策说过："倘若一个国家是一条航行在大海上的船，新闻记者就是船头的瞭望者。他要在一望无际的海面上观察一切，审视海上的不测风云和浅滩暗礁，及时发出警告。"作为一位艰辛而光荣的新闻记者，江曙曜和他的同伴们，就是厦门这艘高素质、高颜值、现代化、国际化的大船的守望者。从《城市年轮》中，在江曙曜笔下的一篇篇、一行行文字里，二十年来厦门天翻地覆伟大变化的美丽图画，有如山阴道上的奇山异水、万卉千花，令人目不暇接。江曙曜用他五色斑斓熠熠生辉的彩笔，一年创作一颗夜明珠，二十颗夜明珠，给厦门串出一条光华夺目璀璨辉煌的项链，也给《厦门日报》献上一挂珠围翠绕的靓丽花环。

江曙曜是厦门的原住民，对厦门这座城市有着血浓于水的挚爱。对厦门的天风、海涛、古树、馨花、山村、野石，对"世遗"鼓浪屿，对只争朝夕奋发向上的父老乡亲，他有着童真一般的眷恋，因此，在他的文章中，他用心守望故乡的明亮，他时刻凝望故乡的美好，他随时注视故乡的律动，他

以全身心的爱去折射这座城市的灿烂,他为故乡暖暖的风暖暖的城熏然陶醉,他呼唤人们在这座成长着活力的城市幸福地生活和创造,他祝福故乡龙腾虎跃,再迈新程……他的乡情、乡恋和乡愁,为他的新闻生涯增添了无限的生命力和厚重的人文关怀。

最难能可贵的是这十来年间,江曙曜一直把习近平总书记对厦门的真诚关爱和深厚期待牢记在心并深切感恩,所以,在《城市年轮》里,他写了一系列沿着习总书记指引的壮阔航程筑梦前行的文章,从当年习总书记深入同安军营村访贫问苦到三十年后金砖会议期间对厦门的高度赞许,从对习总书记年年岁岁的重要指示到桩桩件件的决策以及睿语金句的深入学习,无不条分缕析激情洋溢,读后令人热血沸腾!正因为他对习总书记的真诚敬爱,因此,作为海峡西岸的主流大报——《厦门日报》的政治导向,一直与党中央保持一致,一直站立在时代大潮的前端。

从《城市年轮》里,可以看出江曙曜的文怀大气磅礴、文风有的放矢、文笔豪情横溢、文字清新瑰丽。他的议论文也罢,评论也罢,随笔也罢,小品也罢,都浸润着散文的优雅,蕴含着诗情画意,还有出其不意的幽默,令读者如品尝清茗,余韵袅袅。新闻作品能让读者喜闻乐见,除了社会阅历、思想修养、采访功夫之外,还在于作者的文学功力。"不经一番寒彻骨,怎得梅花扑鼻香?"江曙曜因为热爱新闻,把新闻当作生命的寄托,所以几十年来孜孜矻矻读书无数笔耕不辍,加上除了新闻主业之外,他学英语、学画画,绘画成果也达到相当水平。他的多才多艺,触类旁通,也为他的新闻作品增辉添彩。新闻人是没有节假日的,江曙曜肩挑重任,既要抓新闻业务,抓经营管理,又要伏案写作,可谓没日没夜,往往废寝忘食,比起一般新闻记者,更是忙碌许多。"衣带渐宽终不悔,为伊消得人憔悴",为了新闻事业,他夙兴夜寐辛勤耕耘,从不计较个人得失,因此,他心态良好,在你面前,你无法看出他的年龄,因为他总是朝气蓬勃热情奔放、总是言语幽默谈吐动人,他的形象和实际年龄相比,至少要减去十岁。在厦门城里,他既是青年人的偶像,也是中老年人的偶像!

《城市年轮》是一曲城市的颂歌,每一道年轮都是这支歌的优美旋律;《城市年轮》是一幅城市的巨画,每一道年轮都是这幅画的绚丽线条;也可以把《城市年轮》当作一本描摹真人真事的报告文学,在书里,你可以找到你熟悉的人与事、你经历的欢乐与沧桑,你走过的或风生水起或磕磕绊绊的人生……《城市年轮》代表了厦门的二十年,"横看成岭侧成峰,远近高低各不同",它可以让人们多方面去感悟!

祝愿江曙曜先生的大著《城市年轮》成功面世,走向全省,走向全国,走向更辽阔的远方!

2020 年 12 月 2 日写于厦门

锦江春色来天地

——为《沧浪》序

我读《沧浪》，如读诗，如读散文，掩卷之余，那一份案前枕上挥之不去的感觉，有品读《边城》《桨声灯影里的秦淮河》《再别康桥》的婉转悱恻诗情画意；有浏览《徐霞客游记》《马可·波罗游记》《格列佛游记》的别开洞天惊喜莫名。一本地理人文图书，能令我阅读三遍以上，并以它作为导游的竹杖，陪伴我登临海沧岛览胜四天，足见其魅力所在！

谈及厦门岛的海色岚光特区美景，脍炙人口的是鼓浪屿、万石岩、南普陀、环岛路以及数不尽的现代化建筑风情；提到岛外的历史人文名人雅士，如数家珍的是同安的梵天寺、孔庙、朱熹、陈化成、苏颂以及集美学村、陈嘉庚等。海沧，即使到了20世纪90年代初，在举世闻名的厦门版图上，也还只是一位"养在深闺人未识"的村姑。

《沧浪》的作者，以丰富的地理山川人文知识、翔实的陈年往事历史钩沉，孜孜不倦的深入采访，赋予全书厚重的史实、辉煌的现状以及鲜为人知的文化内涵，把海沧——一个往昔名不见经传的海岛渔村的前世今生，演绎得如此雍容大气、活色生香、人见人爱——

流贯千秋生生不息的沧江，见证着悠悠岁月的沧桑巨变：曾经的古渡，涛声如诉古韵犹存；今天的沧海，旧貌新颜沃野连阡；霞阳夕照里，红砖古厝花开四季、沧江书院展痕常新；瓜棚豆架下，时时乡人远游来归；绿城华街，随处可见台胞兄弟；有古刹龙门寺、真寂寺、石峰岩寺、灵惠庙、石室禅院梵音袅袅；有碧湖如珀、流泉如弦；有大岩山、文圃山、玳瑁山、大观山、天竺山钟灵毓秀；有青礁、蛇屿、兔屿珠围翠绕；有老巷新街传统美食：

章鱼、土龙、土笋冻名闻遐迩……

也有剑胆琴心、才子风流：杨衢云、邱菽园、陈翠芬、林文庆、林推迁、马寒冰……一批倜傥人杰印证此地文脉葱茏；有国家非遗"送王船"以及南少林、五祖拳、铁喉功，传承祖祖辈辈侠骨雄风；有流播海峡两岸的慈济文化保生大帝，护佑一方安康繁荣。

更有连云新港风樯雾楫浩浩荡荡气象万千，吸纳四海财富喜迎八面来风；林立高楼摩天接日霓灯如虹，卧波长桥风驰电掣车水马龙，圆了父老乡亲世代期盼百年好梦！

《沧浪》林林总总的敷衍铺陈，能令人读之有味爱不释手，探其原因，除了内容丰盈充实、信息量洋洋大观而外，还得益于它运用诗的语言、诗的心去解读海沧，让你握卷品味之际，有一种"万壑有声含晚籁，数峰无语立斜阳"的诗情；有一种"细雨湿衣看不见，闲花落地听无声"的感悟流漾心中，这种可意会而难以言表的潜移默化，与策划者、作者、编者古典文学年深日久的积淀有关，更与他们对海沧这一片热土的真诚爱恋一往情深密不可分，"千丝碧藕玲珑腕，一卷芭蕉宛转心"，正因为情、艺双佳，才能产生如此撼人心魂的艺术神韵，此即古人所谓"天机云锦用在我，剪裁妙处非刀尺"也！

全书章节条分缕析环环相扣，围绕海沧"锦江春色来天地，玉垒浮云变古今"的沧海桑田主题，形散而神聚，加上图文并茂、排版大气、印刷精美，为该书增色不少。

相信所有读过《沧浪》的受众，都会爱上海沧；相信在建设"美丽海沧"的今天，《沧浪》将为海沧增辉添彩，为美丽厦门锦上添花！

海沧，因《沧浪》更芳名远扬；

《沧浪》，因海沧而传世千秋！

承蒙厦门日报社总编辑江曙耀先生殷殷相托，嘱为本书作序，念与江

君曾于报社共事多年又为文学至交,故不揣浅陋,写了以上文字,是为序!错漏处,敬请读者诸君多多指教。

2014年3月12日写于厦门

不能不爱的薰衣草

近年来,在湄南河畔,在作家、诗人曾心先生清新雅致、古色古香的小红楼,八位诗人不计名利默默耕耘,孕育了一片美丽的诗歌世界,诞生了千首以上脍炙人口的小诗,桃李不言,下自成蹊,影响所及,遍及东南亚,那是华文文坛的奇迹。

在祖国大陆近十年来诗歌原创作品日渐式微、好诗寥若晨星的今天,在年轻一代古典诗歌的传承成为抢救国学项目的今天,想不到,在泰国,有这么一群炎黄海外志士,高举弘扬中华诗魂的大旗,将返璞归真的"小诗磨坊"推上华文文坛,实在令人敬佩!

读磨坊诗人岭南人的《生命如流水》《残荷的心事》《贝壳》等,有一份深深的禅意;读曾心的《和尚》《化缘》《秋叶》《帐篷夜宿》等,有古朴的禅心和哲理;读林焕章的咏花组诗,可以感悟童趣人生;读博夫的《老屋》《双手》《擦肩成缘》,乡土风情扑面而来;读今石的《七月》《纸碟》《说话走路》,可以领略人生百味;读杨玲的《灵感远去》《化蝶》《相思》等,以诗寄情意在言外;读苦觉的《中秋夜》《荷花》《玻璃门》《别》等,机智空灵;读冠宇的《问》《潮》《雨》《真相》,真情动人。这些作品,与著名的华文诗人的诗作:如我国台湾地区席慕蓉的《七里香》《一棵开花的树》、余光中的《乡愁》;菲律宾云鹤的《野生植物》《秋潮》;新加坡郭永秀的《掌纹》;美国秦松的《异乡人》《昨夜》等,有着异曲同工之妙!与古典诗歌《诗经》乐府诗、唐诗、宋词、元曲对照,也明显可见传承的足迹。

在当今商业世界的滚滚红尘中,"小诗磨坊"这样一个原生态的、质朴如土地的诗歌手工作坊,犹如古老的水车、乡间的小路、外婆家的红砖

屋……，不论你走过了多少岁月，你依然不能不时时在心中依依回首；犹如一束随风飘逝的蒲公英、一片秋阳里摇曳生姿的芦花，一抹屋檐上欲落未落的斜阳，总在你的心上，你的梦中，给你一份挥之不去的诗情画意、一缕欲断未断的无名相思。在现代人流熙熙攘攘的大都会，"小诗磨坊"是藏在深闺人初识的村姑，她以她如山花、如古树、如春夏秋冬涓涓不息的清泉、如默默无言奉献人群的禾苗的那一种质朴无华的乡野本色，为喧嚣的人世，留一份大自然毫无雕饰的天生丽质，为所有读者的心灵，留一片陶冶精神的净土。

"小诗磨坊"，用中华海外赤子对祖国、祖籍国传统文化的真诚挚爱、对真善美的执着追求，对文学艺术创作的精益求精，磨砺了一把把诗的宝剑，放飞了一只只诗之蓝鸟——这把剑，已然直指东南亚诗之苍穹，光芒四射！在新加坡、在马来西亚、在菲律宾，在我国台湾地区、香港地区，甚至在我国大陆，一个个"小诗磨坊"的追随者如雨后春笋；这只吉祥鸟，在瑰丽的诗歌之坛，翩翩起舞并且在华文世界亮起迷人的歌喉！

"小诗磨坊"，她不仅仅属于泰华文坛，她是东南亚文艺星空下一颗璀璨的明星，她是覆盖世界上最广阔的土地和人口的华文领域的一朵鲜丽的野花！

平日里，我最喜欢薰衣草——不是单棵的，而是成片成片的生机勃勃一望无际的薰衣草，那一种淡淡如紫色的雾，一直迷茫到天边的痴情和浪漫，那一种淡淡如水似有如无欲说还休的恬静和幽香，令人不爱也难，相忘也难。为此，我想到了和我萍水相逢的"小诗磨坊"和"磨坊"里的诸君，你们就是那一片叫人不爱也难、相忘也难的、生生不息的薰衣草！

2017 年 3 月 1 日修改于厦门

民歌之树常青

——《同安民间歌谣集成》序

歌谣是民众的心声，因此，古人有审乐知政之说。

古今中外杰出的政界领袖从来重视人民喜闻乐见的歌谣，把它们作为洞察一个社会、一个地区政治生活、风土民俗、社会情态的一面镜子。来源于民歌的我国第一部诗歌总集《诗经》，就是当时"王者所以观风俗，知得失，自考正也"（《汉书·艺文志》）。

古今中外杰出的诗人，也莫不汲取民间歌谣的营养以丰富自己创作的灵感。屈原著名的《九歌》，便是据楚国乡间祭神歌辞加工而成。诗仙李白的"巴水急如箭，巴船去若飞。十月三千里，郎行几岁归？"（《巴女词》）也是来自民间的歌唱。难怪明代学者李梦阳在为自己编撰诗集时深深感慨："真诗乃在民间。"法国社会党的奠基人之一、天才理论家保尔·拉法格曾经十分推崇歌谣的艺术功能，他说："这种出处不明，全凭口传的诗歌，乃是人民灵魂的忠实、率真和自发的表现形式，是人民的知己朋友，人民向它倾诉悲欢苦乐的情怀；也是人民的科学、宗教和天文知识的备忘录。"因此采风之举，古往今来不衰，国泰民安则采风兴盛，这是有历史可以作证的。

同安地处闽南金三角腹地，风光秀丽、四季如春、依山傍海、物产丰饶。朱熹曾留下"同民安"墨迹。此地名儒乡贤、英才辈出、文采风流，遍及民间，向来有海滨邹鲁美誉。因此，历史上留下了大量脍炙人口的民歌民谣，它是同安以至闽南地区文化瑰宝中不可忽略的一颗明珠。

同安县文化局长颜立水先生长期关注闽南民间文学，尤其重视歌谣采风，几十年里走遍故乡山山水水，遍访城乡妇孺、古稀艺人；近年间，更

带领一批有志文士,夙兴夜寐,不辞劳苦,将散落民间的歌谣搜集汇总,去粗取精、去芜存菁,编成《同安民间歌谣集成》一册以奉献海内外同好,一瓣心香,流芳后世,其功莫大焉。

《同安民间歌谣集成》凡一百三十五篇,其间有反抗侵略、抵御外侮的民族心声(《抗日歌谣》《抗日五更鼓歌》《妇女抗日歌》);有和平生活的热情礼赞(《车鼓唱词》《四季冬瓜诗》《十二碗菜》);有缠绵悱恻的爱情诗篇(《花歌》《茶乡情歌》《十步送哥》);有民歌化的地方戏曲、民间故事(《雪梅思君》《陈三磨镜》);有歌唱妙趣横生的民情风俗,其中《天乌乌》《月亮月光光》等篇章至今流播闽台各地,可谓家喻户晓。它们大抵感情纯真挚朴,语言生动活泼,寓教于乐,寓庄于谐,寓雅于俗,爱憎分明,情趣盎然,章章句句洋溢生活气息,充满地方色彩。读之如老友促膝谈心,如乡亲剪烛夜话,它不仅可以让当代同安人了解家乡深厚的文化积淀,让后代同安人了解祖先的爱恨情思、生活轨迹,也可以让海外乡人从那道道地地的乡土语言乡土风味中撷取一份浓浓的乡情,于是一书成青鸟,往返倍有情,那一份心的沟通情的维系,那一道无形的桥梁,意义就远远超出歌谣集成本身的价值了!

此书付梓之日,主编颜先生嘱我为其作序,我自知学浅才疏,本不敢从命,念颜先生一片至诚又与我同窗多年,且我亦同安籍人,人情、友情、乡情,在在难辞,故不揣孤陋寡闻,病中草就以上文字,滥竽充数,错谬处,敬请读者指教!

祝故乡民歌艺术之树常青不老,祝孕育歌谣艺术的故乡大地花好月圆!

1991 年 9 月 3 日写于厦门

山水诗的魅力

在姹紫嫣红、芬芳绚丽的诗歌园地里，山水诗是一朵雅淡清丽的兰花。

山水诗，它和各类诗歌一样，以形象思维给人美感；以逻辑思维给人启示；以蕴藉而丰富的情感，陶冶人们的性灵。为人们所喜闻乐见的、美好的山水诗，它赋予天地间的山川以生命和情怀；它把大自然的野趣，化作人类心灵的滋养；它借客观世界的变幻规律，来演示社会生活的至理。因此，纵然它没有完整的情节、激烈的褒贬，但它蕴情于景、寓理于物，使读者于自然淡泊的描写之中，体味出社会的风云变化、作者的喜怒哀乐，领略到生活与斗争的哲理。

读王维的"江流天地外，山色有无中"、王湾的"潮平两岸阔，风正一帆悬"、刘长卿的"长江一帆远，落日五湖春"，壮阔的山川，雄浑的意境如在眼前；咏陶渊明的"采菊东篱下，悠然见南山"、谢朓的"天际识归舟，云中辨江树"、孟浩然的"野旷天低树，江清月近人"，幽绝的景色、恬淡的情思涤人胸襟；而许浑的"淮南一叶下，自觉洞庭波"、李白的"两岸猿声啼不住，轻舟已过万重山"、范烟桥的"山分浓淡天然画，浪有高低自在心"，贴切的联想、深邃的哲理引人深思；柳宗元写过"惊风乱飐芙蓉水，密雨斜侵薜荔墙"，韦应物写过"何因不归去，淮上有秋山"，为纪念明朝民族英雄史可法而筑的史公祠，有诗曰："数点梅花亡国泪，二分明月故臣心。"宦海浮沉的寄托，国家兴亡的悲欢，意在言外。这些山水诗，以它们引人入胜的神韵、瑰丽清奇的想象、美如珠玑的语言；以它们丰富含蓄、与人民息息相通的情感；以它们入木三分、给读者深刻启示的哲理，获得了流传千古的

生命力。

　　山水诗的艺术魅力,不仅在于它自身的价值,还在于它能够开阔人们的视野,使人们的胸怀,由狭小的生活境界,扩大到整个宇宙中去,从而诱导人们去认识客观世界,改造客观世界。

　　我们拥有辽阔疆土、锦绣山川的伟大祖国,古往今来,多少墨客骚人为她写下了千秋不朽的诗篇。李白的"黄河之水天上来,奔流到海不复回",那黄河多豪放不羁;杜甫的"无边落木萧萧下,不尽长江滚滚来",那长江多雄伟壮丽;杜牧写过"烟笼寒水月笼沙,夜泊秦淮近酒家"的金陵桃叶渡;崔颢题过"黄鹤一去不复返,白云千载空悠悠"的武昌黄鹤楼;还有苏轼过"欲把西湖比西子,淡妆浓抹总相宜"的天下名胜杭州城;张继咏过"月落乌啼霜满天,江枫渔火对愁眠"的人间佳景苏州市,这处处胜境,多令人心醉神往!至于白练悬空,"飞流直下三千尺,疑是银河落九天"的庐山瀑布,何等神奇瑰丽;而栈道穿云,"一夫当关,万夫莫开"的剑阁险关,又多么峥嵘崔嵬!更有那千娇百媚的桂林山水,仙风道骨的峨眉金顶;清澈如镜的滇池绿波,繁英似锦的岭南花市;长白山的林海雪原,戈壁滩的海市蜃楼;"山舞银蛇,原驰蜡象"蜿蜒万里的长城;"忽如一夜春风来,千树万树梨花开"的风雪弥漫的塞外;以及祖国南疆海波长、海水绿,三秋艳阳、四季椰风的珊瑚岛……大好的神州,壮美的山川,"江山如此多娇",历代伟大的诗人们为她留下了多少雄奇伟丽、灿如星斗的佳句!吟咏这些美妙的诗句,我们的思维就像风飞翔的白鸽,张开美丽想象的翅膀,飞遍了祖国的名山胜水。我们可以从中了解自己株守一隅无法目睹的千山万水,从而更加热爱我们伟大祖国美好的江山。

　　革命烈士陈辉遗诗云:"英雄非无泪,不洒敌人前。男儿七尺躯,愿为祖国捐。英雄抛碧血,化作红杜鹃。"是啊,千古以来,多少志士仁人、英杰烈士,在反击外族侵略的疆场上,为了守卫祖国的一山一水,一寸土地,洒血疆场,宁死不屈,让鲜血化作火红的花朵,开遍祖国的千山万壑。健康而隽永的山水诗,它是自然而然要激发人民热爱祖国的情思和改造祖国山河,创建美好未来的雄心的啊!

在新长征的大道上,山水诗——这朵诗苑中的春兰,已舒叶绽蕊、幽香习习、笑意盈人。为了它可喜可爱的魅力,让我们也来做热心的种花人吧!

1981年4月3日写于厦门

读好书如饮甘露

——品人教版语文同步阅读作品集

孩子品格的形成,一来自父母家教,二来自环境熏陶,三来自学校教育。学校教材,重点是课本。语文教材承载的任务,不仅是授予知识,还有品德教化,因此,语文课本里文章的选择,就显得特别重要。然而,不管编者对文章的挑选如何精益求精,课本的容量总是有限,急需有与之同步的阅读作品,来作为学生学习的延伸和拓展。特别在到处充斥电视、电脑、手机等等电子产品诱惑的今天,学生阅读课外书籍已越来越为稀罕,如何出版对学生有益,让学生喜闻乐见的好书,实在是当务之急!

今年初春,人民教育出版社隆重推出的"小学语文同步阅读作家作品"系列,如同应时甘霖,给小学语文教育带来一片明媚的春光!

我用12天时光,每天一册,认真阅读了人教版12册、108万字的"小学语文同步阅读作品"——这套丛书由低年级到高年级,由浅入深,既有国内大家名家之作,也有外国经典儿童文学精品。

在阅读的过程中,我有初夏黎明步入一片茂密大森林的感觉:空气清新,百花烂漫、群鸟和鸣,无数美丽的情思空灵的想象,如游丝如飞絮,袅袅娜娜、洋洋洒洒,缭绕脑际飘落心间。读后,令我找回了久违的童心,找回了清纯的少年时光,或多或少地清除了风雨人生沧桑岁月留下的心灵尘垢,无形中淡化了个人的甜酸苦辣恩恩怨怨,那一份快乐和感悟,只有阅读了这套好书的人们,才能真正体味。我想,为孩子而来购这套丛书的人们,一定要先睹为快,才能给孩子做阅读佳作的导读竹杖!

这套丛书有如一束美妙的喷泉花,它给孩子们一个五彩斑斓、神奇瑰丽的世界——借助大自然的日月山川、风雨雷电、花鸟虫鱼;借助人世间桩桩件件、看似平凡实则寓意深刻的小故事小花絮,给孩子以"美"的享受、"真"的教育、"善"和"爱"的启示。其中,供一、二年级阅读的金波先生的散文《雨点儿》《喜鹊》《放河灯的日子》,冰波先生的《企鹅寄冰》《捉星星》,野军先生的《棉鞋里的阳光》《小浪头的故事》,张秋生先生的《称赞》《河岸边的野菊花》《风的脚步》,等等,都是属于这一类型的作品。

供小学三、四年级阅读的名作如《荷花》,文学大师叶圣陶先生把自己化作一朵荷花,"一身雪白的衣裳、透着清香",那是如何通灵的想象呀!吴然先生的《月亮池》《秋千会》《抢春水》等,把少数民族的风景、乡情、民俗描摹得淋漓尽致!法国杰出昆虫学家法布尔的传世之作《昆虫记》,不仅传授知识,还通过昆虫世界许许多多鲜为人知的故事,展示人生的感悟和对生命的尊重。日本儿童文学家新南美吉的《去年的树》,用朴实无华的语言,描述了鸟儿和树真诚执着的友谊,感人至深!

给小学高年级阅读的选本,内容的厚度、思想的深度以及艺术的成熟度,就更上一层楼了。朱自清先生的《背影》《绿》《荷塘月色》,那几乎是家喻户晓的传统名篇了。沈石溪先生的《最后一头战象》,充满人性的老战象那生得英勇、死得高贵、恩怨分明的一生,作家用入木三分的笔触写来,真是惊心动魄令人警醒!散文名家赵丽宏的《与象共舞》《说荷》《城中天籁》等,在娓娓道来的精致细腻描写中蕴含着深深的哲理,给孩子们不仅是美的感动,还有一份理性的思考。

这套丛书,如润物无声的春雨,让孩子在欣赏美文的同时,点点滴滴滋生爱自然、爱生活、爱父母、爱朋友、爱动物、爱人类、爱祖国、爱瑰丽江山的美好情愫,这便是寓教于文的功效了!

这套丛书,也是学生学习写作的优良范本。先不说书中文章谋篇布局、起承转合的圆融得体堪为典范,就语言的简练优美、有如一枚枚晶莹剔透的翡翠;词汇的丰富多彩,恰似一束束五彩缤纷的花树;文笔则如散

淡行云如潺潺流水。无论是七八岁的孩儿，还是十二三岁的少年，都可以从中吸纳许许多多文学王国里的珍珠、宝石、鲜花、美果，作为自己习作的积累和心灵的营养。

这套丛书，编者更有匠心独运之处——书中设计了"作家与你面对面"栏目，把作家走过的地方、最喜欢的东西、业余的爱好、至爱的书籍、已经出版的作品、主要的生活经历、对小学生阅读的建议等，简明扼要地展示出来，让学生和读者，在阅读的同时了解作家，走近作家，它不仅缩短了阅读者与作家的时空距离、心理距离，也增加了阅读者对作家的亲切感，对作品的兴趣、热爱和理解。这种创造性的编辑思路和实践，将为今后编辑丛书，开拓一条通往写作者和读者心田之间的捷径。

人教版的这套小学语文阅读丛书，最可贵的是编者在呕心沥血精挑细选的苦心经营中，对孩子、对教育事业、对社会众生奉献了一片真诚的爱心，因此丛书遴选的作品和编辑构思，才能如此出类拔萃、如此开拓创新、如此令读者一见倾心，这是小学教育界难能可贵的阅读经典，也是社会人群不可多得的精神食粮。

我以为，这套图文并茂的丛书不仅仅属于孩子，也属于各个年龄阶段的成人；我相信，每一个读过这套丛书的人们，都会如饮甘露口舌留香、温馨的记忆久久难忘——

我想，这就是好书的魅力吧！

2014 年 4 月 12 日写于厦门

花与果

——与小学生谈阅读和写作

语文是百科之母。小学语文是基础课也是主课,要学好它,除了先学好基本知识之外,到了高年段,重点是抓好阅读和作文。

阅读能给人以"真"的启迪、美的熏陶、善的滋养;能扩大视野、认识社会、增长智慧。我热爱语文就是从喜欢阅读开始。儿时,长辈教我读唐诗,学《三字经》《弟子规》《幼学琼林》《论语》等,后来,我又接触了冰心的《繁星》《春水》《寄小读者》,朱自清的《桨声灯影里的秦淮河》《荷塘月色》,巴金的《海行杂记》等等一系列经典散文,这些古今名著,深深地影响了我的人生陶冶了我的情怀,它们为我展示了一个很美丽、很真诚的世界,使我爱上了这个世界里的山川人物、日月星辰、花鸟虫鱼,也爱上了文学艺术。所以,阅读是赏花,通过阅读思考吸纳,把百花酿成蜜,成了造就人生的学识和思想营养,成了唤起写作灵感的动力和学习写作的楷模。

如果阅读是赏花的过程,繁花结实,作文便是果实。写作文,我个人的体会是:一是要写短文,小学生得学习多门功课,写作时间少,长文不宜;小学生生活阅历有限,写短文可避免大而空;写短文能使学生注意精思巧构,做到文章短,容量大,短而充实。二是写熟悉的生活为主。每个人都有自己熟悉的生活环境,选择熟悉的人和事、熟悉的生活来写作,就会左右逢源,得心应手,不会有搜索枯肠之感。三是心里怎么想,笔下就怎么写,写出真情实意来。写文章最要紧是要有真情实感,文辞再美丽,结构再巧妙,无真情就不感人。写"情",最大忌讳是作假和造作,造作或作假,非但不能引起读者共鸣,反而要招来人们反感。所以,写作文,要写真话,不写假话,假话穿帮,文章就失去价值。只有真情实感,才能扣动读

者心弦。四是写完文章,多修改几遍,努力在炼意、炼字、炼句上下功夫。古人说:"文章不厌百回改",能短则短,舍得割爱,这样既有利于作者写作能力的提高,也有利于读者欣赏能力的培养。五是增加一点古文修养。泱泱中华,历史悠久,文学经典,车载斗量。写作中涉及山川、古迹、地理、史话、传说等内容,难免涉及古文。如果有一点古文修养,写文章就比较得心应手;且古代经典文章,大都短小精悍,字字珠玑,对提高学生写作水平大有帮助!

写作无并奥妙,多阅读,知识之花自然茂盛;多动笔,创作之果必然丰硕!

2020 年 2 月写于厦门

江山也须美文扶

世界上的城市多如星斗，能称得上艺术城的毕竟屈指可数，因为，并非所有的城市都具备艺术的天赋，也并不是什么城市都可以自诩为艺术城。

作为艺术之城，首先必须有它历史的机遇、人文的土壤，艺术的积淀以及往往必不可少的自然山川、风景灵异。如果没有卢浮宫、圣母院、香榭丽舍大道、凯旋门、埃菲尔铁塔、圣心寺和凡尔赛宫等，没有塞纳河流水和两岸迷人的欧洲风情，巴黎就无法成为举世瞩目的艺术之都。

艺术的门类很多：文学、音乐、美术、书法、戏曲、影视、建筑等等，但文学是艺术王国里不可或缺的一员，是艺术常青树上最为葳蕤繁荣的巨干，正如巴黎，如果不曾诞生或落足过巴尔扎克、卢梭、雨果、福楼拜、莫泊桑、罗曼·罗兰等等这样一批世界级的伟大的文学家，那么"花都"也罢，"艺术城"也罢，这些美誉对于它便是美中不足甚至是明显的缺陷。我国蜀中的乐山市因了大佛也因了当地的沫水、若水诞生了大文豪郭沫若而名满天下，江油市因孕育诗仙李青莲而辉耀中外，白帝城因李白、杜甫、白居易、刘禹锡、范成大、陆游、苏轼、黄庭坚等等墨客骚人曾经慕名而去、避难而去、走马观花而去、结舍山居而去并且留下了"无边落木萧萧下，不尽长江滚滚来""两岸猿声啼不住，轻舟已过万重山"的千秋绝唱，从此荣享"诗城"这飘逸浪漫、倜傥不群的美名。至于因《枫桥夜泊》而代代相传的姑苏城，因"二十四桥明月夜，玉人何处教吹箫"而闻名遐迩的扬州城，因"有三秋桂子、十里荷花""若把西湖比西子，浓妆淡抹总相宜"而被奉为"上有天堂，下有苏杭"的杭州城，因《滕王阁序》而身价百倍的豫章古郡（南昌）、因

"崔颢题诗在上头"而万古风流的黄鹤楼,莫不是文学家之笔迹足迹令其脱颖而出从此名垂青史远播芳馨。文学作为以文字为基础的一大艺术,其耗费除人力心血难以计量而外,就物质而言,仅纸笔而已,其流播则千秋万世、五湖四海,国之文明、城之品位、子民之风雅,泰半由其定春秋。

在当前中国五大经济特区之中,厦门文学艺术土壤之丰厚可排为榜首。这里山川奇秀、风景宜人,所谓"山无高下皆行水,树不秋冬尽放花",海色岚光滋润文思,陶冶性灵,这里英雄辈出,才人云集。从戚继光、俞大猷、邓廷桢、沈有容、郑成功、陈化成、蔡元培、蔡廷锴等等一批民族英雄、志士仁人,到赵翼、王步蟾、鲁迅、洪深、高云览、冰心、郭沫若、谢觉哉等等一批骚人墨客,都曾先先后后在厦门留下他们可歌可泣的光辉业绩和如诗如画的锦绣文章。

到目前为止,厦门加入市、省、全国三级作家协会的作家、诗人超过两百人众,其中享誉海内外者不乏其人,区区小城,文运之兴、文学队伍之壮,令人赞叹!而且,自五口通商以来,厦门港商业繁华,商贾会集,人才济济,加之清末以来,厦门儿女络绎不绝外出谋生求学,五洋七洲,凡有海水处,大抵有厦门人的踪影,于是厦门自然而然成为中国最有特色之侨乡,如今特区欣欣向荣,经济建设如日中天,海内外人士引颈而望,更何况海峡两岸四十年冰冻而今东风化雨,国步龙腾,算厦门春色,偏多几分!

历史的文学渊源,今日的天时地利人和,这是厦门文学艺术兴旺发达的基础和机遇。因此,在当前厦门建设艺术城的宏伟构思中,辟其一隅以修文学院,一可网罗本乡及外地寄旅之文学名士的传记、资料、著作,以文章造化、人物风流提高我市文化艺术品位,二可集结文学队伍,为弘扬民族英雄之乡的英风正气,激励后代爱国爱乡之革命情操,为抒写厦门优秀儿女创业精神及特区日新月异的社会风貌,为歌咏海上花园的美丽山川,光辉历史著书立说,教育后辈,流芳千古。

以厦门之文学、音乐、美术、书法等诸多门类艺术的繁荣而创立艺术城既当之无愧，也是特区精神文明建设的需要，而在艺术城的门庭里建一文学楼院也理所当然。江山也须才子扶，江山也须美文扶，这是历史的经验也是现实的需求！

2019年6月写于厦门

山高水长话国学

国学,指的是本国固有的传统文化。一个民族的传统文化,是这个民族的灵魂。

我出生在南洋,由于祖辈父辈的家学渊源,不满一周岁,外祖父教我的第一首儿歌便是骆宾王的:"鹅鹅鹅,曲项向天歌……"背的第一首诗歌便是李白的"床前明月光,疑是地上霜……"三岁起,父亲给我讲解并教我背诵的便是《三字经》《弟子规》《幼学琼林》《朱子家训》《论语》等等,五岁上小学起,父亲便要我"吾日三省吾身……"让我学习颜回"一箪食,一瓢饮,在陋巷,人不堪其忧,回也不改其乐",又教我记住孔子格言"君子坦荡荡,小人长戚戚",给我解读《离骚》名句"路漫漫其修远兮,吾将上下而求索"。于是,我生命中的文学积淀,由此开始,我人生旅程的道德规范,由此奠基。

儿时回国,在故乡春晨,看树上翠鸟,江滨鸥鹭,自然而然就想起杜甫的:"两个黄鹂鸣翠柳,一行白鹭上青天";在异地秋夕,见新月如钩,星火闪烁,张继名句"月落乌啼霜满天,江枫渔火对愁眠"也会不由自主涌上心头。作为女儿,我知道花木兰从军、缇萦救父的故事;作为长姐,在弟妹面前,我懂得"孔融让梨"的道理。少女时代,那种朦胧而执着的情思,使我深爱"自在飞花轻似梦,无边丝雨细如愁""春蚕到死丝方尽,蜡炬成灰泪始干"等诗句;青年时光,正赶上十年浩劫,能鞭策我时时洁身自爱永不沉沦的是司马迁、范仲淹、苏东坡、文天祥等等仁人志士的英风正气;人到中年,百累羁身,能激励我克服艰辛奋发有为的是孟子"天将降大任于是人也,必先苦其心志,劳其筋骨,饿其体肤,空乏其身,行拂乱其所为。所以动心忍性,曾益其所不能"的谆谆教诲。步入花甲,便爱上陶渊明的"采菊东篱下,悠然见南山"、李商隐的"天意怜幽草,人间重晚晴"、杜牧的"停车坐爱枫林晚,霜叶红于二月花",于是,又是一种陶然自得、耕耘不息的人生。

在我的人生之旅,能够让我如此呕心沥血、持之以恒地刻苦学习、努力创作;能够令我如此历尽艰难、百折不回、无怨无悔地爱我祖国、勤奋工作;能够使我如此坦坦荡荡、潇潇洒洒、面无愧色地走过青春、走过生命的坡坡坎坎……这一切,与源远流长博大精深的国学甘乳朝朝暮暮润物无声的滋养分不开。

伟大的国学是巍峨挺拔的喜马拉雅山,是奔腾万里的长江黄河,是伟大祖先留赐我们的取之不尽、用之不竭的伟大财富,珍惜国学弘扬国学是我们义不容辞的天职。

2018 年 10 月写于厦门

花开的声音

——写在中国"丹青世家"访厦之后

不论任何艺术门类,一般来说,内行的看个门道,外行的看个热闹。

对于艺术,我属于看热闹一流。但毋庸讳言,能够亲力亲为参与看热闹的,至少是粉丝、票友、爱好如我者。

应该是源于先辈家学渊源的浸润,对诗、书、画,从儿时至今,便有一份由衷的笃爱,于是,才具备了那么一点当看客和指手画脚的小小资格。

我总以为,艺术创作,是极其个人的灵性和劳作。朝朝暮暮、呕心沥血、寒毡坐破、青丝成雪;台上一分钟,台下十年功;吟安一个字,捻断数茎须;笔底尺丹青,磨尽千盅墨——戏剧、诗、书、绘画等等艺术的成名者,莫不如此!

就绘画而言,我虽然是门外汉,但因天性喜欢,几十年间,走过苍茫岁月,走遍天涯海角,也观赏过一些名人巨作——外国呢,诸如意大利达·芬奇《蒙娜丽莎》神秘的微笑,荷兰凡·高热烈绚丽的《向日葵》,西班牙毕加索夺人心魂的《阿威农的少女》《格尔尼卡》,以及法国高更、莫奈,俄罗斯列宾等等大师的名作;观摩中国画,那就多了——譬如东晋顾恺之、韩滉,五代顾闳中;北宋李公麟,南宋李唐、梁楷,明代仇英、曾鲸;清代任伯年,现代齐白石、徐悲鸿、张大千、刘海粟、潘天寿、傅抱石、黄宾虹、李可染、李苦禅、黄冑;当代"以诗为魂,以书为骨"的画家翘楚范曾,"简约如诗,空灵若梦"的版画家陈琦,中国水彩之父李剑晨,花鸟画艺独树一帜的江文湛等等名家传世之作。我在绝代风华的画艺海洋里游弋之时,深深感受鬼斧神工的不可复制,那是艺术的高贵与孤傲!

当然,也有各种流派和圈子,也有"心有灵犀"的默契和感应,也有惺惺相惜的互补和借鉴。就国画而言,如南宋四家、元四家、明四家、清四家、清四王、清六家、清四僧、扬州八怪等等。但画艺相承,更多是精神的融通与交汇,而技巧上的探索与创造,真正的名家之作,一般是难以相互临摹相互取代的精品、极品、绝品。因此,艺术大师与工匠之别在于:工匠之技可以代代相习成为业界世家,艺术大师则极难子承父艺一脉相传。

也许是孤陋寡闻,我所知道的古代丹青家族实在是屈指可数,如北宋的米芾、米友仁通称"父子大小米",近代的傅抱石、傅小石、傅二石、傅益珊、傅益璇、傅益瑶、傅益玉等傅氏家族,那是令人叹为观止的凤毛麟角、艺术奇迹!

真想不到,在祖国东南边陲的海上花园厦门岛,在21世纪第一春,居然刮起一股"丹青世家"联展风——在厦门中华儿女美术馆充满庄严艺术气息的宽阔展厅里,马常利、马路、李静森;孙滋溪、王雁、孙飞、孙璐;鲍加、鲍蓓;邵晶坤、邵飞、邵帆、赵天汲等一个个丹青之家,一幅幅或华丽,或简朴,或意象逸飞,或大雅大俗,或融中西画艺于一炉,或蕴古今风采于尺素的精美作品,让厦门岛的艺术天空,一下子日、月、星三光大放异彩,让艺术细胞特别活跃的厦门民众和五湖四海远道来游的他乡客子,心生欢喜、心生敬仰、心生艺术的灵动和人生的美感。

衷心感佩中华儿女美术馆馆长对绘画艺术的至诚挚爱和独到眼力,能够大胆构思、别出心裁、身体力行,延请了一个个丹青世家莅厦并隆重展出他们的作品,这一盛举,轰动厦门,轰动福建,轰动整个中国画坛!所有热爱艺术特别是画艺的人们,都会从深心里感谢他。

诚然,每一个丹青家庭,难免因朝夕相处耳濡目染而不知不觉产生必然的共鸣和师承,但正如著名画家闻立鹏先生所说:丹青世家"分道扬镳又殊途同归,发展创造又和而不同",他们是画坛根深叶茂的大树,是艺界珍稀罕见的奇葩,他们的杰作在风光如画人文荟萃的厦门翩然落足,他们

和他们的作品不虚此行；而得天独厚的厦门，能拥有如此机遇可贵、大开眼界的天赐良缘，那是厦门艺界的幸运！那是厦门人民的福祉！

宋朝大诗人有怀旧诗："人生到处知何似？应似飞鸿踏雪泥。泥上偶然留指爪，鸿飞那复计东西？"这便是"雪泥鸿爪"成语的来源。千古以来，一代丹青里手可谓车载斗量，这些画坛巨子，当然是一枝独秀、一代天骄，但事业没有儿女传承，却也难免心生"山川满目泪沾衣，富贵荣华能几时？不见只今汾水上，唯有年年秋雁飞！"的孤寂之叹。数代连绵的丹青世家，那是丹青史上稀有的雪泥鸿爪，那一缕缕永垂青史的泥爪，留住了丹青家族脍炙人口的鼎盛和默默无语的辉煌，那是画界不泯的胜迹也是人世永恒的瑰宝！

画——花也、永不凋谢的艺术之花！花开的声音，人们听不到，但根听得到。丹青世家是开花的树，花开了，结成果实；果实成熟了，又留下种子。所以，丹青世家这一株株开花的树，开花的声音，快乐的果实听到了！满怀惊喜的我们听到了！中华大地听到了！

2013 年 9 月 15 日写于厦门

海　缘

前世今生，我与大海有不解之缘。

我的高祖是180年前为抗击外侮捐躯海疆的民族英雄陈化成将军，想起以身殉国的祖先，那壮烈的海，是一汪碧血！

我的祖父、外祖父、父亲和我，都曾是漂泊海外的游子，想起几代人剪不断理还乱的乡思乡愁，那望断天涯的海，是珠泪盈波！

我出生在太平洋和印度洋交会的港口新加坡；我的家乡是厦门丙州，我是海的女儿。

因此，我的血脉，流荡的是"君不见，黄河之水天上来，奔流到海不复回"的海的雄伟，是"春江潮水连海平，海上明月共潮生"的海的豪迈，是"海上生明月，天涯共此时"的海的缠绵，是"海内存知己，天涯若比邻"的海的深情！

因此，大海的风帆是我目力所及的最瑰丽的世界，是我生命中的诗和远方；因此，我给儿女起名舒帆、扬帆，我期待他们舒展风樯，扬帆沧海，去搏击风浪，去迎接朝阳！

遥想数十年前我乘坐万福轮号横跨太平洋回到东海之滨的故乡，当年厦门轮渡码头一带，入夜，灰茫茫的只有海上船只稀疏的灯影和忽明忽暗的航标。筼筜港周围，支离破碎的渔火，恍如鬼火在荒蒿野鹭间明明灭灭。对岸的鼓浪屿，黑黝黝的像一头蜷伏的巨兽，纵然有一星半点亮光，也不过是"两三星火是瓜州"的孤寂况味！改革开放后，故乡人用神奇的双手改变了封闭保守的海岛，而今夜晚厦门的海，真是华彩四射曼妙如诗举世闻名——特别是鼓浪屿日光岩高耸天际的金碧辉煌的皇冠灯饰、八

卦楼流朱溢翠的哥特式建筑灯饰、琴台造型幽雅有如骊珠镶嵌的轮渡灯饰、巍峨挺拔恰似浑身披上黄金盔甲的郑成功塑像灯饰……加上或蓝或紫或黄或绿的多彩霓灯穿插其间,加上海风摇影波光潋滟,令鼓浪屿这位国色天香的娟娟秀女,更加仪态万方妩媚迷人。游客来此,如置身童话世界,如误入广寒宫中,真有"今夕何夕""不知天上人间"之叹!

海是厦门的血脉,海是厦门的灵魂,海是厦门人朝夕相依天长地久的挚爱和眷念,即使你远在天涯海角,也忘不了这一片生你养你的海地!岁岁年年,奔波大海的百艇千舸,承载着数百万故乡儿女的衣食住行,牵系着一代代父老乡亲的幸福和希望!"长风破浪会有时,直挂云帆济沧海。"这是诗人李白的美梦,是所有故乡儿女的诗梦,也是曾经寄足厦门的人们不能不留下的相思梦!

遥想 100 年前,出生荷兰的丹麦人乔治·沃德,在厦门建造了一艘起名"厦门号"的木帆船,趁 5 月的季风和洋流,带着妻儿,从厦门沙坡尾出发,途经上海,日本北海道,阿留申群岛,加拿大维多利亚港,然后沿美国西海岸南下,经巴拿马运河,抵达纽约,历时 2 年 1 个月,航程一万八千英里,成为世界上第一艘横渡太平洋,穿越大西洋的中国帆船。山清水秀的厦门,仰仗壮美的大海,成就了如此伟大的行程,至今想起,依然令人血沸心热!

11 年前,故乡的儿郎再次扬帆出海。载着 8 名船员长 15 米的无动力帆船新"厦门号"从故乡起航,开始了又一轮惊心动魄的环球旅行。勇士们劈波斩浪,跨越西北太平洋、西南太平洋、南太平洋、南大西洋、南印度洋、南中国海,第一次绕过美洲大陆最南端被称为"魔鬼角"的合恩角和非洲大陆最南端的好望角,第一次穿越南纬 55 度咆哮的西风带,完成了中国帆船第一次沿地球绕行一周的震撼世界的环球壮举,这也是有记录以来第一艘到达合恩角的亚洲帆船!在经历 316 天、23640 海里艰苦卓绝的航行后,新"厦门号"于 2012 年 9 月 14 日胜利返回五缘湾!

  清明时节,我站在丙洲化成广场,仰望化成先祖矗立蓝天之下面向大海伟岸庄严的塑像,我举酒祭英烈,泪下如霰!我告诉化成先祖,当年,您洒热血战英夷,今天,炎黄子孙谁能敌?如今的中华民族,是横空出世的海上蛟龙,所向披靡;如今的故乡儿女,大海无涯,扬帆再起航,前程万里!

2022 年 4 月 22 日于厦门

茶　缘

茶是平生至爱。

大自然中,能在大半生里朝朝暮暮、不离不弃、相依相伴的知己,大约也就是她了。痴痴地爱她,不仅仅是因她的色、香、味种种令人陶醉,更不因世人加于她的无数功利和声名。刻骨铭心地眷恋的,是她片尘无染的清纯,是她九死未悔的执着,是她百转柔肠的悱恻和金戈铁马的风骨,是她可望而不可即的幽雅和不与众芳争娇夺宠的脱俗。

有一款女儿茶,是泰山封禅时的赐予,那名儿最最体贴茶的身世、身份、身价。试想,除茶而外,世上有哪一种花、草、树木,能与"娉娉袅袅十三余,豆蔻梢头二月初"的女儿并肩比美?

也有清寂而风光的生吗?

有的,那便是茶之生。

也有壮烈而缠绵的死吗?

有的,那便是茶之死。

当初,在青山上,在朝晖夕岚里,她是怎样一位幸运的女儿哟!盈绿的青春,妩媚的笑靥,自由,洒脱……

不也可以选择嫁与东风吗?她将舒坦平静地花开花谢,叶落归根……

可她却甘心把万般衷肠,一身春色,全献与人间。任掐、压、烘、揉,默默地忍受,从无怨尤。在火烹水煎里,舒展蛾眉,含笑死去……

她的心中,不也有一滴苦涩的泪吗?这滴泪,却酿就了人世罕见的甘甜清芬!

茶啊,海隅天涯,但有人迹处,何人不思君——

倘若你是黄叶飘零、空山寂寞的死,谁会记取你的芳名?

人间佳茗,也曾品赏多多,西湖龙井、君山银针、六安瓜片也罢,洞庭碧螺春、云南普洱、庐山云雾茶也罢;绿茶、红茶、黄茶、白茶、黑茶、乌龙茶也罢,深心里都喜欢,都珍惜,但至为钟情的还是——福建武夷的大红袍和家乡闽南的铁观音。

心仪大红袍,当然不会因为这名号里的官袍红运,只是二十九年前,九曲溪畔有幸相遇那一脉沁心沁肺、齿颊留香的清韵,至今不论征旅家居、枕上梦中,依然潆洄不去。

至于铁观音,每每夜籁沉沉,听风铃如诉,把卷西窗,浅啜氤氲,那佛缘,那禅味,那一缕入世与出世之间的玄机,那一份淡然、恬然、安然、陶然的情怀,令人忘物忘我,真是何以解忧?唯此"观音"了!

我的茶缘,源于爱与崇敬。无论风餐露宿、无论浮沉漂泊,无论苦乐轮回;或居草莽山野,或宿偏街仄巷,或登庙堂之高,从来谦卑淡定,从来不惊不乍,从来内敛清雅,从来无求于世人而给予人世多多——这便是茶心、茶品、茶德,茶的前世今生!

厚德君子的人生,不也就是岁岁年年的茶味人生?

2011 年 8 月写于厦门

解读《梅花魂》

梅花魂·赤子之魂·中国魂

一、写作的历史背景

梅花,中国的国花。她凌霜傲雪,品格高尚,古往今来,人们把她作为理想的寄托。南宋著名爱国诗人谢枋得有名句:"天地寂寥山雨歇,几生修得到梅花?"指的就是对一种伟大品格的追求。

我出生在一个三代华侨世家。中国现代史上有四位抗击外敌的爱国将领、民族英雄:林则徐、陈化成、关天培、葛云飞,其中为抗击英国侵略者洒血海疆壮烈捐躯的陈化成将军就是我的先祖,我是化成祖的嫡系五代孙,先祖的英风正气我自幼铭刻心怀;外祖父洪镜湖先生不但是新加坡一位出色的企业家,一颗颇负盛名的文坛将星,更是新加坡知名的爱国华侨。他出生书香门第,自幼饱读经、史、诗、词,且能书善画,精深的儒家文化为他的经商之道奠定了诚实的理念基础。他 20 岁时,远渡重洋,赴新加坡、马来亚等地谋生。后来定居新加坡,经营橡胶种植、贸易商行、船务、邮局等业务。由于秉持"一手持《论语》,一手拿算盘"的理念,经营有方,事业蒸蒸日上,他拥有整条繁华的源顺街所有的商铺,被誉为"南洋商界巨子"。抗战期间,他的次子、我的二舅洪绍佐被日本侵略者杀害,家仇国恨,更激起他无限的爱国热忱,他不但自己慷慨解囊,还积极发动当地华侨募捐,大力支持祖国的抗战事业并做出了卓著的贡献。祖国解放之后,他对家乡的教育、卫生与建设事业也有诸多捐助;我的父亲陈文旌先生在东南亚文坛深孚众望,与当时侨居新加坡的作家郁达夫、高云览,新闻界的侨领洪丝丝、张楚琨等先生均为知交。幼年,母亲教给我的第一个单词,是写在手心里的"中国"两字;外祖父教我的第一首诗,是李白的"床前明月光,疑是地上霜,举头望明月,低头思故乡"!前辈言行的耳濡目染,父母家教的耳提面命,在我心中种下了思乡爱国的种子。

《梅花魂》是我家的真实生活写照,是海外儿女滴泪的心声。外祖父平生最爱梅花。他说梅花是中国的国花,它最有骨气最有品位,不管霜欺雪压,总是欣然开放、吐露芬芳,就像我国千秋百代的仁人志士,历尽磨难也压不垮他们高贵的脊梁。晚清的一位名人曾赠送外祖父一幅《墨梅》,老人视为至宝,平时谁也动不得的。在我少年时代远渡重洋回国前夕,外祖父却把珍藏多年的《墨梅》交给我,说:"瑛儿,我们的根在中国,我送你回去,希望你学有所成,报效国家;希望你不论处身何种境遇,都要具备梅花的秉性。"

我在祖国受完高等教育,不幸赶上十年浩劫,从东海之滨的厦门岛被发配到太行山,当教师、当农民,漫漫六度春秋,政治上、生活上历尽艰辛困顿,海外的亲友再三劝我出国,认为既然学无所用,又何必过于执着?但外祖父的《墨梅》、外祖父关于梅花品格的谆谆教诲,伴我走过青年时代万苦千辛的人生旅程,在祖国最危难的岁月,我与祖国母亲同在!

当年,我曾经写过一篇散文诗《祖国》,其中有一段:

> 我在赤道上度过童年。
>
> 儿时,常常听长辈惦念"唐山"。
>
> "妈妈,'唐山'是什么地方?"有一回,我问母亲。
>
> 母亲郑重其事地找来华语课本——
>
> 从一片枫叶似的中国地图,我第一次认识了祖国的容颜。
>
> 母亲说:"在异国,风是热的,心却凄凉!"

为了寻找那叶脉似的故土山川,我和母亲,告别了美丽的南洋。
我带给祖国的,仅仅是海外孤儿的一瓣心香;
祖国给我的,却是作为主人应有的一切,包括尊严。
回到祖国,我一下子变得富有。
我拥有九百六十多万平方公里上的每一片云霞、每一棵小草、每一朵浪花……还有——无价的自由!
虽然,和许多祖国同胞一样,我心的原野,也受过刀伤火创。
我曾悲哀,但从没绝望;
我历尽坎坷,但从未彷徨,
我熟悉异邦的繁华,但并不向往……
因为,生活在祖国的土地上,我的脊梁,
便有着可靠的依傍;
因为,伟大中华的民族之魂,像巨星,永远在我心头闪亮。
什么是海外赤子最大的依恋?
那就是"祖国"这个光辉的字眼!
为了这缕永恒的痴情,
春往秋来,月月年年——
我像一尾春蚕,默默地倾吐柔丝,去描绣祖国五彩缤纷的河山,
我像一片绿叶,用我的青春,虔诚地布置祖国的春天;
我像一只杜鹃,为讴歌祖国美好的未来,甘心啼血而亡……
什么是我心中最大的骄傲?
那便是"祖国"这个神圣的字眼!

《祖国》这首诗,和《梅花魂》一样,是我热爱祖国的心声。
《梅花魂》首次发表于1984年5月的广东《花城》杂志,同年获全国侨联和《华声报》联合举办的"月是故乡明"全国征文一等奖。《梅花魂》首次

获奖后,中央人民广播电台用5种语言向全世界广播。1991年,《梅花魂》再度荣获新华社《瞭望》杂志"情系中华"国际征文大奖,并在人民大会堂接受隆重颁奖,李瑞环等中央领导人出席了颁奖大会,同时获奖的有诺贝尔奖得主丁肇中教授、林则徐五世孙、我国原驻联合国代表凌青先生等国内外知名作家、专家、学者。此后30来年间,《梅花魂》一文被选入数十种文选和海内外大、中、小学语文课本。22年来,人民教育出版社也一直把《梅花魂》编入小学高年级语文课本。

千古以来,我国有松、竹、梅、兰"四君子";松、竹、梅"岁寒三友"之称,这自然是以物喻人,赞誉人世间的高风亮节。因此,我写《梅花魂》,出发点是对我的充满爱国情怀、至死不渝的外祖父的深切思念;但在我的深心里,梅花精神,是我们伟大民族世世代代永不泯灭的芬芳品格;是全世界炎黄子孙薪火相传的爱国正气!歌颂梅花魂,就是弘扬中华英风、炎黄正气!就是弘扬伟大的中国魂!

二、文章的写作手法

1.《梅花魂》全文以梅花为主线,采用倒叙的手法,从"故乡的梅花又开了"入手,引出对一生热爱梅花的外祖父的深深思念。

2.从五件童年往事,一步步推出《梅花魂》故事。

一是外祖父以古典诗歌"独在异乡为异客,每逢佳节倍思亲""春草明年绿,王孙归不归""自在飞花轻似梦、无边丝雨细如愁"等教育幼年的我;二是因为我玷污了外祖父珍爱的《墨梅》图,遭到外祖父训斥;三是得知我和母亲即将回国,外祖父伤心痛哭;四是我回国前夕,外祖父以《墨梅》图赠送我;五是临行时,外祖父送我一条绣着血色梅花的手帕。

3.从三次落泪,层层递进体现外祖父的乡思、乡愁、乡恋。

第一次落泪是外祖父在对我进行诗词教化中:"每每读到'独在异乡为异客,每逢佳节倍思亲'……之类的句子,常有一颗两颗冰凉的泪珠,落

在我的腮边、手背。"

　　第二次是我要求外祖父和我一起回国的时候,"想不到外公竟像小孩一样呜呜地哭起来了……"

　　第三次是我和外祖父临别之际,"外祖父俯下身来,给我披了件法兰绒外套,不知说了句什么,大概是想安慰我,无声的泪,却顺着两颊的皱纹,弯弯曲曲地流下来……"

　　4.从梅花魂,引申出三重内涵——梅花精神、志士精神、民族精神。

　　梅花精神——"这梅花,是我们中国的国花。旁的花儿,大抵是春暖花才开。她却不一样,愈是寒冷,愈是风欺雪压,花儿便开得愈精神、愈秀气。她是最有品格、有灵魂、有骨气的呢!"

　　志士精神——"几千年来,我们中华民族出了许多有气节的人物,他们不管历尽多少磨难、受到怎样的欺凌,从来都是顶天立地,从来不肯低头折节。他们,就像这梅花一样。"

　　民族精神——"一个中国人,无论在怎样的境遇里,总要有梅花的秉性才好。"

　　由梅花魂,可以联想到古往今来无数爱国爱民的志士仁人和他们流传千秋的壮烈诗篇,诸如陆游的"王师北定中原日,家祭无忘告乃翁";文天祥的"人生自古谁无死,留取丹心照汗青";林则徐的"苟利国家生死以,岂因祸福避趋之";鲁迅的"寄意寒星荃不察,我以我血荐轩辕"等等,从而,使"梅花"这一美丽而高贵的形象,进一步成为中华民族崇高精神品格的象征。

　　5.合—分—合的结构,比喻与象征的手法,真挚的情感。

　　以梅花盛开作为文章的开头,以梅花图作为文章的结局,中间讲述一系列由"梅花"带出的人和事,这种合—分—合的橄榄形首尾呼应的写法,目的在于使主题集中,留给读者更加深刻的思考。

从作者的初心出发，文中用"梅花"比喻中华民族有气节的人物，用"梅花魂"象征热爱祖国的赤子之心、象征坚贞不屈的中华民族之魂，目的在于努力使文章形象、生动，从而加深读者对外祖父爱国情怀的理解。

由于写作的素材来自生活的真实，所以全文如同素描，没有刻意的修饰和浓墨重彩的描绘，力求朴实自然、真挚感人。

我相信，我的读者，一定能从短短的《梅花魂》一文，体会到作者一家数代人深沉的忠贞爱国之心！

不经一番寒彻骨，怎得梅花扑鼻香

我出生在太平洋和印度洋幽会的港口——美丽的东方明珠新加坡。

赤道的艳阳、碧波、蕉风、椰雨，陪伴了我的童年，孕育了我热烈明丽的情思，也带给我深深的异国乡愁。

前面说过，我的外祖父，一位前清的饱学文士，20世纪20年代出洋经商，曾是新加坡颇负盛名的商界巨子，诗坛盟主。老人以才择婿，因此，家父也算是星岛文坛诗书并秀的"名士"，曾因抗战诗作获《星洲日报》征文一等奖而与当年侨居海外的《星洲日报》主编、著名诗人郁达夫先生作忘年文字交，诗歌唱和达数十篇之多。在这样的家庭氛围里，自牙牙学语起，我便与诗歌结下了不解之缘。

两三岁时，长辈便教我背诵唐诗宋词，诸如"大漠孤烟直，长河落日圆""红豆生南国，春来发几枝""君住长江头，我住长江尾""春风又绿江南岸，明月何时照我还？"之类的句子，在我幼小的心灵里，埋下了诗的种子。八九岁时，家父便要我读《诗经》、《离骚》、汉魏乐府以及李白、杜甫、欧阳修、苏东坡、陆游、辛弃疾、李易安、黄山谷的诗词。于是，十岁左右，我已经能背诵数百篇诗文，虽是囫囵吞枣，一知半解，但热爱文学，却自此开

始。在我十岁那一年,便开始信笔涂鸦,写些充满稚气的小诗,诸如:

秋水长天一色同,惊寒海外雁横空。

西山落日浑似火,鹭江波涛胭脂红。

一镰新月挂疏桐,黄叶飘萧逐晚风。

波上渔舟光闪烁,楼台隔岸水云封。

(《秋江》二首)

不需春风意殷勤,摒弃蜂蝶伴霜君。

淡月一痕作颜色,傲骨自有烈士心。

(《咏梅》)

这些少年时代的习作,几十年了,至今还保留在我发黄的、小小的本子上。它们虽然只是粗浅的模拟,而父亲却称赞我,常常将这些小诗拿给友人看:"稚子口角,倒也清丽可人!"那一份敝帚自珍的神气,对我后来的立志于文学,无疑是一种有效的怂恿。

后来,我渡洋回国求学。当我乘坐的远洋巨轮渐渐驶近祖国的海岸,当我遥遥地望见故乡厦门港的灯光,虽然当时我年纪还小,却也抑制不住游子向往母亲的本能的激动,泪珠,一颗颗落进故乡的大海,我希望在祖国母亲的怀抱里,好好读书,将来为国家效力。

我在故乡上了中学。这时候,我开始接触了普希金、莱蒙托夫、拜伦、雪莱、济慈、海涅、惠特曼的诗歌和屠格涅夫、泰戈尔、阿索林以及冰心、陆蠡等人的散文诗。于是,我开始学习写自由诗。高中毕业时,我刚满十六岁,可那些藏诸抽斗,不敢示之于人的旧体诗词、新诗,已积下数百篇之多。

后来,我考上了厦门大学中文系,因为我年纪小,大家叫我"小燕子"。入学不久,我在班刊《红叶》上发表了一首小诗《寄友人》,引起了系里师生们的关注,并破例被吸收进《鼓浪》编委会。《鼓浪》是当年鲁迅先生在厦大授课时创办的刊物。在我之前,还没有女生被选入编委会。那时候,我常常在校刊、系刊上发表习作。到了二年级,便开始在正式报刊上发表诗歌、随笔等。我资质中等,但刻苦、勤奋,学习成绩年年名列前茅。老师、同学们都鼓励我,生活在我面前如同孔雀开屏,五彩斑斓。

没想到刚刚开始文坛学步,却不幸赶上了十年浩劫。20世纪60年代末,我跨出了高等学府大门,因为海外关系,被分配到了远离故乡东海之滨的太行山,从此,开始了我漫长而艰辛的风雪旅程。起初,我到一所中等师范任教,很快地,仍因为海外关系,被下放插队当农民,在风雪凄迷的太行山,我度过了六个严酷的冬天。在那里,冬天的黄昏、孤单的黑窑、野菜、糠窝窝、零下二十几摄氏度的严寒,迷茫的大雪封住我的门槛,野狼、豹子、狐狸凌乱的蹄印撒进我的院子——生活的艰难还在其次,更难堪的是政治上的歧视和压抑,家乡的亲友为我担忧,侨居异国的长辈,一封封滴着清泪的信笺催我重返南洋,然而,我一次又一次地哭了——我实在离不开足下的大地,离不开心上的祖国呵!和祖国相比,香槟、迷你裙、摩天楼又算得了什么?在那孤寂的岁月里,我心头唯一的温热,便是对祖国、对人生的忠贞不渝的信念:世上没有过不完的冬天!

如果没有太行山苦难的六年,也许,就没有我的今天——艰辛磨炼了我的意志,也深化了我的思想,丰厚了我的生活积淀。

20世纪70年代末,拨乱反正、祖国新生.我和千千万万祖国儿女一起,迎来了人生的第二个春天。

我从太行山回到故乡,当上了一家报社的文艺编辑。已是春暖花开时节,可我却无法安享人生,有如一头春牛,我的职责是耕耘。我想,春天里失落的,应该在春天里寻回。

于是,在紧张繁忙的新闻工作之余,我重新拿起了搁置多年的笔。每

天,我有来自四面八方的看不完的稿子;我的家中,上有年高的婆婆,下有幼小的儿女,每天有琐琐碎碎的忙不完的工作和家务。这些作品,大抵是在每日夜间十时以后,在处理完白天遗留下来的工作,在送走一位位来访的业余作者和文人,在洗涮锅碗瓢盆、把调皮的小孩打发进梦乡之后,蜷身斗室灯下,用我笨拙的笔锄,一字字、一句句、一行行,慢慢地耕耘出来的。

我常常写着、写着,便伏在书桌上睡着了……夏天,离家不远的地方,清风如水,海波荡漾,棕榈、椰树轻轻地唱着催眠的歌,可我总是躲在蒸笼似的房子里,汗流满面地写着、写着……闽南的冬天没有冰雪,但夜深时分,北风从窗缝里钻进来,也冷得叫人打战。劳累了一天,温暖的被窝是诱人的,可我总是强迫自己,用冰凉的手,写着、写着……多年来,我没有节、假日,除了特殊必要,我不敢逛大街,我利用每一点、每一滴稍纵即逝的光阴,写着、写着……痛感失去了十年最可宝贵的青春,在我步入中年的门槛,遇上了文艺的美好的春天,我不能不把我业余的生命,全部扑向我最热爱的事业——文学。

后来,我从政20年,无数繁忙的政务占据了我绝大部分的生命,但为了对文学那一片不离不弃的痴情,我在做好本职工作的前提下,依然利用点点滴滴的业余时间,继续从事文学创作。几十年里,我肩挑双担——一肩公务,一肩创作,生命的分分秒秒,都在呕心沥血、艰难拼搏中度过,当初青丝如鉴,而今鬓染华霜,几分耕耘,几分收获,我终于陆陆续续地写就诗、散文诗、散文、报告文学3000来篇总共800多万字,先后出版了《无名的星》《展翅的白鹭》《月是故乡明》《厦门人》《南方的曼陀林》《归来的啼鹃》《芳草天涯》《随缘》《神奇的绿岛》《梅花魂》《有一种爱叫永远》等28部著作。

像春蚕、像杜鹃,我兢兢业业地工作,呕心沥血地创作,先后被评上首届全国"侨界十佳",全国先进归侨知识分子,全国优秀新闻工作者,厦门市专业技术拔尖人才、福建省优秀专家、国家级有突出贡献专家以及首届享受国务院政府特殊津贴专家,并选上市人大常委会、省人大代表等等。我的文章在国内外百次以上获奖,并被选入数百种文选和大、中、小学教材,我的散文著作《无名的星》荣获国家最高文学奖。我用梅花的坚贞鞭策我对祖国的忠诚,我以梅花的气节激励我前行的勇气,从而完成了外祖父对我的殷殷嘱托,也身体力行地体味了梅魂——赤子之魂——中国魂的深刻内涵。

因此,每当我重新翻阅自己那些披肝沥胆写就的文字,我常常会止不住流下泪来——它们的每一个字,毕竟都是我点滴心血凝成的小小的果子啊!

我用我炽热的心,去爱恋生活,去感受祖国大地的每一朵小花,每一棵青草。我对艺术,像对生活一样真诚,我的诗文,是眼泪和热血的结晶。然而,限于功力,限于视野,纵使我心中有个海,而表现出来的,也只能是一枚贝。我剪取的一隅往往很小很小:一张红叶、一片山茶、一蔓藤萝、一条海岬、一颗天星、一掬白云、一掌荷瓣、一鞭夕照、一只翠鸟、一只青蛙、一脉幽思、一段神话、一则轶闻、一位小人物……我总希望能通过自己独特的感受,使这小小的一隅,为读者提供一点有益的思索,一点质朴的美感,虽然,事实和理想还相去甚远。

绚丽的南国风情,秀媚的故土山川,陶冶了我的性格,也濡染了我的文思。在人生路上,我领略过美丽温馨,也饱尝风雪飘零。萍梗生涯、坎坷历程、甜酸苦辣、喜怒哀乐、美丑善恶,在我的心灵,镌下了永恒的烙印;在我的笔下,也留下了深深浅浅的痕迹。如果我的读者,能够从我那些文字里,窥见一位海外赤子对故园乡土深沉的眷念,对美好人生执着的追求,对祖国锦绣山川、优秀人物的真挚的爱情,对家乡特区建设日新月异

变化的由衷喜悦,那么,我的劳动,便得到了最大的报偿。

"谁言寸草心,报得三春晖"——祖国和人民哺育了我,我将我全部的爱,熔铸为文,奉献给我的祖国、我的人民。

路漫漫,我当继续努力前行!

由《梅花魂》拓展谈写作技巧及其他

天下文章万万千,写作手法千姿百态。虽然,谋篇布局内容文字各不相同,但写作总有一定的规律和技巧,可供写手参考与借鉴。

我的《梅花魂》是一篇散文,而我,一向以散文为主要创作体裁。以《梅花魂》为例,我浅谈一下我对散文创作的写作体会:

第一,写短文为主。

我是业余作家。当年,我的本职工作是报社的编辑、记者。新闻工作是非常繁忙的,一年到头,除了农历正月初一不出报外,其余越是节假日,越是忙碌。我后来从政,从政后是人民公仆,更是朝朝暮暮,不得清闲。所以,我只有少得可怜的业余时间,要写长篇文章,时间受限制,这样,就迫使我只能写短文。

写短文,一是作者所花时间较少,占用读者的时间也相对不多。二是现代生活节奏快,写短文比较能适合社会的需要,现实感也比较强。三是写短文能使我们注意在炼字、炼句、炼意上下功夫,注意精思巧构,做到文章短,容量大,短小精干。

我的散文《梅花魂》,写的是我旅居南洋的外祖父,几十年海外漂泊,但对祖国一往情深,至死不渝。文章里面穿插了许多风土人情,家庭恩怨,时间的跨度是漫长的 30 春秋——这个题材,完全可以铺张为一部长篇小说,但我只把它写成一篇 1000 多字的散文。这篇散文被评为全国获奖作品,在授奖大会后的座谈会上,当年著名的电影演员康泰说,读了文章,深受感动,文章虽短,容量很大,可以改编成电影或电视剧。《梅花魂》一文,几十年来一直被选为国内外大、中、小学语文教材,是真正名乎其实的家喻户晓。

我的另外一篇散文《小楼春雨》,写的是一位归侨女朋友苏珊娜几度出国几度回乡,通过对她的人生轨迹的描述,反映了当年中国极左路线对华侨心态的影响。这样的题材,也可以写成两三万字的小说,而我这篇散文却只有1300字,发表后也光荣获奖。因为篇幅短小,我就尽量写得饱满些,努力做到情真意切,以诚感人。我觉得,文章不在于长短,主要在于能否沟通作者和读者的心灵;能否让读者获得一些精神营养;能否给读者一得之见、一点美的享受,不一定要追求鸿篇巨制。因此,我尽量在短而精上鞭策自己。

第二,写熟悉的生活。

一向以来,我以写乡土题材为主,写熟悉的华侨生活为主。我认为,每个人都有自己的生活环境,选择熟悉的生活,选择乡土题材,就会得心应手,不致有搜索枯肠之感。特别是我的故乡厦门,既是著名侨乡,又是中外驰名的风景胜地,有"海上花园"、"东方瑞士"之称,现在又是中国五大经济特区之一,她的特色,为我的写作提供了丰富的素材。当然,这些素材也不是信手拈来,许多青年学生写信问我:"你的写作题材从哪里来?"我告诉他们,题材来自生活,作者一定要走进生活里去了解、去分析,去从刚刚冒芽的事物中看到它的生长趋势,从司空见惯的事物中发掘它的新意,从山川人情的变化中,看到时代的变革。只有这样,才能写出打动人心的文章来。象牙塔里的文章,终究是银样的镴枪头。

我写了一篇只有800字的小散文《三角梅赋》。三角梅是我们家乡一种极其平常的野花,名不见经传。我写的是她的气质——平凡的三角梅

很少被讴歌礼赞,但她,江南江北,都有她的足迹;酷暑严冬,都是她的花期;这朵花未谢,那朵花又开;不管世态炎凉,不畏凄风苦雨,一味泼辣辣地绽放;长在高高的山上,她居显不骄;处身山边水涯,也不低眉折腰。她的枝蔓,向天空,向大地,向四周,蓬蓬勃勃地,争着空间,争着生存,争着自由。抒写这样一种花,就是歌颂一种坚忍不拔的抗争精神,一种不卑不亢的气质和魅力。它象征故乡的儿女,象征炎黄子孙敢于奋斗,勇于探索,不屈不挠的民族精神。

另外,写毁家兴学的爱国侨领陈嘉庚先生的书和文章很多,大部头的小说有,通讯报告更多。我只写了一篇700多字的短文,题目叫《海坟》。我着重写陈嘉庚先生富比陶朱,但寒素如水,参观过陈氏故居的人,没有不被感动。陈嘉庚是亿万富翁,他把全部的财产,无私地捐献给祖国的教育事业,但他的一生,穿的是粗布衣裳,用的是断了头的拐杖,连小小的烛台坏了,他都焊接了重新使用。临终前,他嘱咐子孙将他的坟墓修建在大海上。我想,只有一望无边的大海,才能容纳他如此宽阔的胸襟;只有大海的浪花,才能为他编织永不凋谢的花圈;而且,凡有海水的地方,一定有华侨,有华侨的地方,一定会记住被毛泽东主席赞誉为"华侨旗帜、民族光辉"的陈嘉庚先生的大名。我深信,来到陈嘉庚先生的海坟边,人间的物欲,一定能够得到沉淀;人们的心灵,一定可以得到净化。

我也写乡情,写侨情,写我熟悉的、曾经在那儿历尽艰辛的太行山,写我坎坷的人生旅程。这些都是我熟悉的生活。我从这些熟悉的题材中,挖掘出新鲜典型的东西,去反映时代的脉络,去揭示生活中的真善美。

第三,我手写我心。

心里怎么想,笔下就怎么写,写出真情实意来,这是我对自己的要求。散文这种文体,最紧要的是感性,最要紧是真情。文字再美丽,结构再巧妙,无真情就不感人。写散文,缺少一个"情"字,它就不是生灵,而是化石。写"情",最忌讳的是作假和造作。文章造作或作假,非但不能引起读者共鸣,西洋镜一被拆穿,反而要引起人们反感。所以,我常常这样鞭策自己,你要写,就写真话,不要写假话,假话穿帮,文章就失去价值。只有真情实感,才能扣动读者的心弦。

我的《梅花魂》,就是我一家真实的生活写照,就是我对外祖父的一片至真至诚的崇敬和亲情的描述,这样的题材,是从我血管里流出来的血,我手写我心,我认为,自己的文章首先要感动自己,才能感动读者。

我有一篇散文《竹叶三君》,抒写的是一个平凡的人,一个朴实无华却感人至深的普通知识分子。散文大家郭风先生在他的《陈慧瑛印象》一文中提到:"如果有人问及陈慧瑛的作品,我会毫不犹豫地提出:我最喜欢的,是《竹叶三君》《旧邻》等,我认为这是朴实真诚的散文,是运用我国某些散文记事写人的传统做法而作的、令人读了感到亲切难忘的散文。这种散文最不易作。因为此种做法作文者,前此不乏佳作,甚至不乏传世之作。我一直认为,陈慧瑛的《旧邻》《竹叶三君》,为近年来我国散文领域内难得的佳作……如果作家对于作品中所描绘的人物不是真正理解之深,爱之真挚,绝不可能写出这样一种妙品来。如此之作,一个人终其一生,能做出三五章就很不错了。"此文特色也是真诚感人,发表后多次在国内外获奖,收进中外20多种文选,人民教育出版社还编入中学自读课本。另一篇散文《旧邻》则被选入上海高中二年级语文课本。

20世纪80年代,我把处女作《无名的星》敬呈冰心大师,她给我写了两次信。信中说:"《无名的星》已拜读,可谓文情并茂!"又说:"你的散文,我很喜欢,特别是抒情中都有叙事,不是空幻地伤春悲秋、风花雪月","你不是小冰心,你有自己的风格。"这当然是大师的激励和鞭策,但也说明为文真情实感、"我手写我心"的重要。

第四,要有一点创新精神。

很多同类题材,如何写出新意来,这是难题。

散文诗与散文有血缘关系。散文诗这种体裁在我们中国,一般以写风花雪月居多,无形之中成了可有可无的轻巧摆设。在散文家族里,它往往被当作补白;在诗歌园地里,它也不占主要位置。它是"两栖动物",或栖身于散文,或身于诗歌,没有独立的门庭。

20世纪80年代,我在厦门日报社当文学编辑,率先在副刊上创办《散文诗专页》,把一大批中国第一流的散文家、诗人,甚至小说家、评论家,请到我们的版面上写散文诗,后来风靡全国,《人民日报》、《光明日报》、《文汇报》、《人民文学》、《诗刊》等上百家报刊都相继刊发了《散文诗专页》,风起云涌,形成新时期全国性的轰轰烈烈的散文诗运动。作为一个散文诗运动的始作俑者,一个文学编辑,怎样在保持散文诗自身特点的基础上,把题材扩大,把内容切入生活,使之更富有时代气息,更让人民喜闻乐见,使其立足、成长、发展,拥有自己独立的门庭?我想,散文诗是不是可以取代有一点情节的微型小说?是不是可以写成抒情、叙事、格物、言道的小散文?是不是可以写成抒写性灵、哲理的小诗?当然,它骨子里还必须是散文诗,只是从形式、题材上学习小说、散文、诗歌的长处。

我除了从理论上大力提倡,自己也进行创作实践。比方说,我有一篇短散文诗《距离》——有一对男女青年,他们天天清晨都经过一座山并在山间相遇,彼此起初只是点头之交,有一次,女青年口渴,想舀山涧水解渴,男青年主动将自己的水壶递给她。女青年喝完水后,折了一枝相思树枝插在水壶上,男青年会意,但想到自己病中的妻子,第二天便绕道而行,从此,两人再不相遇。这是一个真实的故事,一个小说题材,我把它写一篇180字的短散文诗,文章的结尾是:"距离,有时也是一种美。"这篇散文诗,可以当作微型小说看。

我写过一篇《椰岛吉他》——少年时代,一位印度尼西亚的朋友送我一把吉他,"文革"中被造反派抄出并踩烂了。我很伤心,因为它不但是我心爱的乐器,而且还是一份情谊的见证,还是一颗海外儿女的赤子心!我把吉他的遗体,用包袱裹起放在壁橱里。10年后,"四人帮"粉碎了,我也从大西北回到了故乡。在故乡的鹭江边,我又看到了人们弹着吉他、曼陀林,鼓浪屿的钢琴声也依然在黄昏里飘荡。我想,我的吉他复活了,这不死的百灵复活了!我在心里欢呼:美的声音,终究不会从世界上消失!这个题材可以写成散文,我用散文的内涵来写散文诗。

我也曾用自由诗的格调来写散文诗。比如我写的《家》,非常短,只有几行。小时候,家是一把金锁,母亲用她固执的爱,锁住我的小手和小脚,不让游泳,不让爬树,不让打野战。多河堤的河岸,常闹决口;富于温情的地方,盛产软弱。长大以后,为了生活,我到处奔波。在异乡,我也常怀念母亲,常想起她的温存、她的体贴,甚至她的啰唆。母亲也经常含着泪写信给我,说"回来吧,孩子!"可是,"为了存在的价值,我还是在异乡漂泊,就像珍珠,为了存在的价值,只得离开蚌壳"。这完全是一首诗,但我把它写成了散文诗。这是我在体裁上所作的探索。

另外,内容方面,我也突破了以往散文诗只写风花雪月的局限,我写国家,写社会,写人生,写改革,写建设,写风土人情,这也是创新的一个体现。

山川草木的描写,也可以挖掘比较新鲜的东西。我有一篇散文诗《茶之死》。文中写道:"当初在青山上,在朝晖夕照里,茶啊,她是怎样一位幸运的女儿哟!妩媚,自由,洒脱,她不是也可以选择嫁与东风吗?那她就可以舒坦、平静地花开花谢,叶落归根。可是,她却甘心把万般柔肠,一生春色,全部付予人间,任掐、压、烘、揉,默默地忍受,从无怨尤;甘心在水烹火煎里舒展蛾眉,含笑死去。她的心中,不也有一滴苦涩的泪吗?可是,这滴泪,却酿就了人世永存的甘甜清芬。天涯海角,凡有人际处,谁人不

想她？倘若她是黄叶飘零，空山寂寞的死，又有谁会记起她的芳名？"茶之死，写的是一种壮烈而缠绵之死。这种死是一种永恒的美，于是，文章的意义，也就远远超越对茶的功能、品格的讴歌了。

我写了一篇《世界》。这个题目很大，但我从自身很小的感受来写——小时候，我邀集一群小伙伴，雇了一艘小舢板，扬起蓝色的小手帕，要去大西洋、去好望角、去黄金海岸，一点也没有想到，海上会有风暴，而且，小船就像蛋壳那样脆弱。那时，心很大很大，世界很小很小；到了青年时代，大学毕业了，正遇上"文革"浩劫，在一个凄风苦雨的四月，母亲送我上火车远走天涯。到了太行山，那千山万壑，七沟八岭一面坡，连做梦也梦不回故乡了。那时，坐在山梁上，望着满目青山，想家，想母亲，想寒窗十七载，未来的路在何方？几时，能拾回儿时一张小小的描红，一支小小的彩笔？那时，世界很大很大，可是，心却很小很小；现在，人到中年，家里有种种电器、出门有汽车代步，和风习习，日月如酒。但我们就像一头春牛，祖国辽阔的版图，需要我们去耕耘，春天里失去的，必须在春天里寻回。这时，世界有多大，我的心就有多大。《世界》发表后，也多次获奖。

《梅花魂》这篇文章的创新，就在于在歌颂梅花的同时，揭示梅花魂——赤子魂——民族魂的深刻寓意。

第五，炼字、炼句、炼意。

写完文章，多修改几遍，不急忙拿出去发表，努力在炼字、炼句、炼意上下功夫，这样既有利于作者写作水平的提高，也有利于读者欣赏能力的培养。作为作者，都有急于求成的心理，写完以后，总想尽快发表见诸报端。古人说："文章不厌百回改"，我深有体会。写完文章后，我总是抑制自己，一般都经过几次修改，做到头遍打草稿，二遍修改，三遍、四遍、五遍再修改。有些文章放上几天，有些放上几个月。在还没有电脑的时代，往往一篇文章的原稿上，铅笔、钢笔、圆珠笔、红笔、蓝笔不停地改，稿纸上布满了"电线"和"蜘蛛网",有时修改后文章已面目全非。这样的文章花的力气大时间多,但投稿出去,往往命中率高,社会反响较好。如果急于求成,除非为了谋生无话可说,但作为艺术品,我还是主张精雕细琢,精益求精。特别是短文章。比方说《人民文学》曾经发表我的一篇散文《海色》。原稿2000多字,成稿后只有900多字。发表后反应很好,收进二十几家选本。倘若照2000多字寄出,《人民文学》这样的国家级名刊,就未必会录用。

《梅花魂》的炼字、炼句、炼意,最明显的是外祖父的三次"落泪":第一次是外祖父"每每读到'独在异乡为异客,每逢佳节倍思亲。……'之类的句子,常有一颗两颗冰凉的泪珠,落在我的腮边、手背",这是忘情的泪;第二次是我要求外祖父和我一起回国的时候,"想不到外公竟像小孩一样呜呜地哭起来了……",这是痛哭的泪;第三次是我和外祖父临别之际,外祖父"无声的泪,却顺着两颊的皱纹,弯弯曲曲地流下来……",这是无言的泪。同样的泪,情景不同,表现不同,意思层层递进,这就是通过炼字、炼句达到炼意。

我写文章的总原则是:能短则短,写后多改,舍得割爱。这样,既节约读者时间,也奉献社会精品,这也是作家的一种美德!

第六,增加古文修养。

写作者一定要增加古文修养。我们泱泱中华,历史悠久,文学经典,车载斗量。散文作家,一定要具备比较丰富的古今中外学识,其中,古典文学修养特别重要。一般涉及山川、人物、风情、地理、史话、传说,难免涉及古文。如果古文不过关,写散文就比较困难。另一方面,古代经典文章,都短小精悍,字字珠玑,有些真是一字不易。像欧阳修的《醉翁亭记》,你要改动一字都难。学古文对散文炼字、炼句、炼意,有很大的帮助。比方,我的散文《江州赋》,如果不懂江州就是江西的九江,不懂白居易在九

江写过千古名篇《琵琶行》，我就写不出《江州赋》这样一篇文章来。比方《梅花魂》，如果不读王维、秦观等诗人的诗歌，就无法理解外祖父对故乡对祖国的思恋之情。

第七，多读报纸刊物。

写作者要多读一些报、刊，包括科学方面的刊物。因为现代社会，一日千里，瞬息万变，没有时代感，没有起码的科学常识，文章就老朽了，有时还可能出差错、闹笑话。要了解文艺的讯息，科技的讯息，能读到的杂志，尽量做到精读和浏览相结合。海外的，包括欧美、东南亚的报刊，能看到的，也争取不定期通读，多多益善。多读各类报刊，能启发思维，开拓思路，调动创作的灵感，达到取他人之长，补自己之短。所以，不管工作多忙，我必定多读报、刊，作为我创作必备的基本功。

以上浅见，只是个人多年写作实践中的点滴体会，今天借解读《梅花魂》之机抛砖引玉，借此求教于大方之家。

纵然年华老去，青春不再；纵然世风不古，红尘滚滚，但文学创作是我不离不弃的永恒情人，我对她的挚爱，将伴随我的生命直至永远！

注：《梅花魂》，散文，自2000年至今一直选入人民教育出版社小学五年级下学期《语文》课本及数十种选本。

2023年3月写于厦门

女性作家的甜酸苦辣

——在海外华文女作家2014双年会暨华文文学论坛的发言

关于女性作家的甜酸苦辣,可以写厚厚的一本书,但限于时间、限于水平,我只能做15分钟的发言。敬请在座各位方家批评指正!

这世界,离开女人不行,但做人难,做女人更难,做名女人难上加难,这是不争的事实!

当上作家,自然是名人,当上女作家,当然是女名人。纵观古今中外,女性作家的命运,比起男性作家,凄苦悲凉、坎坷困顿者更占多数。日本写《源氏物语》的紫式部、欧美写《简·爱》《呼啸山庄》等的勃朗宁三姐妹,写《傲慢与偏见》的简·奥斯汀、写《金色笔记》的多丽丝·莱辛、写《飘》的玛格丽特·米切尔、写《牛虻》的伏尼契、写《我的一生》的乔治·桑等等,中国古代的四大才女卓文君、班昭、蔡文姬、李清照;民国女作家肖红、丁玲、张爱玲、庐隐、石评梅等等,当代的三毛、琼瑶以及大陆不少女作家的人生历程,莫不如此,限于时间,不一一列举。

究其原因,一是无论东方西方亘古不变的男尊女卑理念,男是天,女是地,天在上,地在下,天可以笼罩地,地无法包容天。女性无论在政治、在文化、在生活等各种领域,总是处于一种被统领、被旁置、被压抑、被歧视的劣势地位。你看美国至今44任总统,有哪一位是女性?世界各国的文化部部长,有几位是女性?今天的中国作家协会主席是女性,是罕见的例外。在素来讲究三从四德的中国,照顾翁姑、儿女、操持家务种种,许多的劳碌和艰辛,大抵属于女人;风花雪月、潇洒浪漫,功名利禄,一般属于男人。这类例子众所皆知不胜枚举,也就不去说它了。

二是女性对情爱、对婚姻的热烈向往和执着追求,"得成比目何辞死,愿作鸳鸯不羡仙",为此常常付出青春付出岁月付出毕生的心血,也给自己带来无尽的艰难与忧患。古往今来,多少家喻户晓感天动地的爱情故事——从《诗经》的"关关雎鸠",屈原的《山鬼》,梁祝的化蝶,焦仲卿、刘兰芝的《孔雀东南飞》,司马相如、卓文君的《凤求凰》,到《红楼梦》《西厢记》《牡丹亭》……,还有外国的《罗密欧与朱丽叶》《安娜·卡列尼娜》《廊桥遗梦》等等,女主人公的命运轨迹,往往也是女性作家的人生写照。李商隐的"春蚕到死丝方尽,蜡炬成灰泪始干""锦瑟无端五十弦,一弦一柱思华年"也罢,苏东坡的"十年生死两茫茫,不思量,自难忘"也罢,柳永的"执手相看泪眼,竟无语凝噎……今宵酒醒何处,杨柳岸,晓风残月"也罢,陆游的"红酥手,黄滕酒,满园春色宫墙柳""此身行作稽山土,犹吊遗踪一泫然"也罢,唐明皇和杨贵妃的"七月七日长生殿,夜半无人私语时。在天愿作比翼鸟,在地愿为连理枝"的轰轰烈烈的生死恋也罢,这些让世人泪湿青衫的爱情绝唱,细细思量,写作者都是男人,牺牲的全是女人。台湾地区作家三毛与荷西的爱情故事浪漫而凄艳——尽管两人早已化作尘泥,但至今仍是无数少男少女心中的爱情偶像——往往读到三毛怀念荷西的文字:"每想你一次,天上飘落一粒沙,从此形成撒哈拉!"总令人泫然泣下!荷西虽然先走一步,三毛却也追随而去,结果仍是悲剧。

女性作家的甜酸苦辣千言万语难尽其详。言为心声,女作家的作品,个别除天才之外,大多数如春蚕吐丝,如杜鹃啼血,因而,真诚与感人的成分,往往胜过男作家多多。为此,女性作家要珍惜自己,红颜易逝,青春难再;尽量不为情迷,不为利诱;力争属于自己的一片天,不求依傍别人的一分地,不要把爱情当成生命的全部,不要把家庭儿女当成生命的全部,不要把写作的名与利当作生命的全部,随缘、随心、随遇而安;淡然、淡泊、淡定、淡淡人生,这样,会少却许多苦恼,会省却许多烦忧,会颐养天年,会生产更多作品，为人类创造更丰富的精神财富。想想，除了社会原因之外，如果才华横溢的萧红不是过于依附爱情，从而使她承载了太多的不幸，也不至于在芳华正茂的31岁香消玉殒；如果石评梅不是因为高君宇的英年早逝而悲伤过度，也不会在满树芳菲的26岁凄然夭折。值得我们女性作家永远敬佩和学习的是冰心，冰心用她如水的情怀、如诗的风韵，用她充满爱心的文字，用她心中有正义却与世无纷争的胸襟，高山流水、清风明月般地，走过她的百岁人生；值得我们女性作家永远敬佩和学习的还有百龄寿星杨绛，她的才华学识、她的正直品格、她身处绝境的从容坦荡、她与钱锺书几十年的相濡以沫、她在丈夫女儿相继亡故之后、悲伤有如泰山压顶之时的泰然面对、她对生、老、病、死的彻悟与豁达，她在九十高龄之后依然坚忍不拔笔耕不辍，她是女性作家永恒的榜样和骄傲！

其次，在社会政治生活的大潮中，为人女、为人妻、为人媳、为人母的女性作家，比起男性作家，活动的空间相对小一些，行走的路途相对窄一些，遭遇的艰难相对多一些，总而言之，在两性作家里，女性作家是一个相对弱势的群落，因此，我们除了自尊自重自爱自我珍惜之外，现在是e时代，世界是个地球村，我们不仅要去掉地域观念、种族观念，去掉门户之见、个人恩怨，去掉妇姑勃蹊、妒忌中伤，去掉小女子心态小家子心胸，我们还要学会抱团，抱团取暖，众人拾柴火焰高，女性作家才能巾帼不让须眉，女性文学才能如火如荼，繁荣昌盛！正如今天的妇女联合会简称妇联，那是妇女抱团的组织，有了它，妇女方方面面的权益更有保障！

今天，海外华文女作家协就是一个女性作家抱团的大会。这个大会在我的故乡、风光如画的厦门岛；在我的母校厦门大学隆重召开，我感到无比喜悦！感谢东道主林丹娅主席的盛情邀请，感谢远道而来莅临盛会的各位老师和作家姐妹们！台湾诗人席慕蓉女士写过一首诗，诗里有这么几句：

> 如何让你遇见我,
> 在我最美丽的时刻。
> 为这,我已在佛前求了五百年,
> 求佛,让我们结一段尘缘。

我是虔诚信佛的人,我想,我和在座各位,也是五百年前古佛琉璃灯下结下的尘缘。你们来了,我真诚高兴;你们走了,我会想念你们!有一位无名氏写了这么几句诗:

> 花儿开了一季又一季,
> 你走了之后再没有消息,
> 每个静坐的夜晚,
> 你的笑容就会飘进我寂寞的诗句,
> 只是你不知道,
> 我还在江南的烟雨里等你!

希望你们走后,依然电邮传书,以文会友。我呢,也会在鹭岛的星空下等待你们,等待你们的再度光临!

2014年10月26日于厦门